Der Hades-Faktor

Robert Ludlum/Gayle Lynds

Der Hades-Faktor

Roman

Aus dem Amerikanischen von Bernhard Liesen

RONDO

Die Originalausgabe erschien unter dem Titel
»The Hades Factor«
bei St. Martin's Press, New York

Besuchen Sie uns im Internet:
http://www.heyne.de

Umwelthinweis:
Dieses Buch wurde auf chlor- und säurefreiem Papier gedruckt.

Rondo ist ein Unternehmen der Heyne Verlagsgruppe, München
Satz: Leingärtner, Nabburg
Druck und Bindung: Wiener Verlag, Himberg
Printed in Austria

ISBN 3-453-18189-1

PROLOG

Freitag, 10. Oktober, 19 Uhr 14
Boston, Massachusetts

Mit einem Eindollarschein in einer seiner zitternden Hände stolperte Mario Dublin durch eine belebte Straße der Innenstadt. Der taumelnde Stadtstreicher, der sich mit der freien Hand den Kopf hielt, ließ die energische Entschlossenheit eines Mannes erahnen, der sein Ziel genau kannte. Er wankte in einen Discount-Drugstore mit Sonderangebotsplakaten in beiden Schaufenstern.

Zitternd schob er den Dollarschein über die Theke. »Advil. Aspirin verträgt mein Magen nicht. Ich brauche Advil.«

Der Verkäufer schürzte verächtlich die Lippen, als er den unrasierten Mann in der zerlumpten Armeeuniform sah. Aber Geschäft war Geschäft. Er griff in ein Regal mit Schmerzmitteln und hielt dem Kunden die kleinste Packung Advil hin. »Sie müssen schon drei Dollar drauflegen, wenn Sie die Tabletten mitnehmen wollen.«

Dublin ließ den Geldschein auf die Theke fallen und griff nach der Schachtel.

Der Angestellte zog die Hand zurück. »Sie haben gehört, was ich gesagt habe, Kumpel. Noch drei Dollar. Ohne Moos gibt's nichts.«

»Ich habe nur einen Dollar, und mein Schädel explodiert!« Mit erstaunlicher Geschwindigkeit streckte sich Dublin über die Theke und griff nach der kleinen Schachtel.

Der Verkäufer versuchte, sie zurückzuziehen, aber Dublin war hartnäckig. Während sie miteinander rangen, stießen sie ein Glas mit Süßigkeiten und ein Regal mit Vitamintabletten zu Boden.

»Lass los, Eddie!«, brüllte der Besitzer von der Rückseite des Raums, bevor er zum Telefon griff. »Lass ihm die Tabletten!«

Der Angestellte gehorchte, während der Besitzer eine Nummer wählte.

Hektisch riss Dublin die versiegelte Schachtel auf, fummelte an dem kindersicheren Verschluss herum und schüttete die Tabletten in seine Hand, wobei einige auf dem Boden landeten. Dann steckte er die Pillen in den Mund. Würgend versuchte er, sie alle auf einmal hinunterzuschlucken. Von den Schmerzen geschwächt, sank er zu Boden und presste seine Hände schluchzend gegen die Schläfen.

Ein paar Augenblicke später fuhr ein Streifenwagen vor dem Drugstore vor und der Inhaber winkte die Polizisten herein. »Schaffen Sie diesen stinkenden Penner aus meinem Laden! Sehen Sie nur, was er angerichtet hat. Ich werde Anzeige wegen Körperverletzung, Sachbeschädigung und Diebstahl erstatten!«

Die Polizisten zogen ihre Schlagstöcke hervor. Neben dem geringfügigen Sachschaden und den verstreuten Tabletten fiel ihnen auch der Alkoholgestank auf.

Der Jüngere half Dublin auf die Beine. »Okay, Mario, wir machen jetzt eine kleine Spritztour.«

Sein Kollege packte Dublins anderen Arm und dann schoben sie den Betrunkenen, der keinen Widerstand leistete, zum Streifenwagen. Als der zweite Polizist die Wagentür öffnete, drückte der jüngere die Hand auf Dublins Kopf, um ihn ins Innere des Autos zu bugsieren.

Schreiend schlug Dublin um sich und wich vor der Hand auf seiner pochenden Schläfe zurück.

»Schnapp ihn dir, Manny!«, brüllte der jüngere Streifenbeamte.

Manny versuchte es, aber Dublin konnte sich befreien. Der jüngere Polizist packte ihn, und Manny holte mit seinem Schlagstock aus und streckte ihn zu Boden. Schreiend und am ganzen Körper zitternd, rollte Dublin über den Bürgersteig.

Die beiden Polizisten erbleichten und starrten sich an.

»So hart habe ich ihn auch wieder nicht getroffen«, meinte Manny.

Der Jüngere bückte sich, um Dublin aufzuhelfen. »Guter Gott, der macht schlapp!«

»Schaff ihn ins Auto!«

Nachdem sie den keuchenden Obdachlosen hochgehoben hatten, bugsierten sie ihn auf den Rücksitz des Polizeiautos. Mit heulender Sirene raste der Streifenwagen durch die nächtlichen Straßen. Nachdem sie mit kreischenden Bremsen vor der Notaufnahme gehalten hatten, stieß Manny die Tür auf und stürmte ins Krankenhaus, um Hilfe zu rufen.

Der andere Polizist rannte um den Wagen herum und öffnete die Fondtür.

Als die Ärzte und Krankenschwestern mit einer Bahre herauskamen, starrte der jüngere Cop wie gelähmt auf den Rücksitz, wo Mario Dublin in einer Blutlache lag und Blut auf den Boden tropfte.

Der Arzt atmete tief durch. Dann stieg er in das Auto, fühlte Dublins Puls, horchte das Herz ab und kletterte kopfschüttelnd aus dem Streifenwagen heraus. »Er ist tot.«

»Unmöglich!« Die Stimme des älteren Polizisten wurde lauter. »Wir haben die Sau kaum angerührt! Das können die uns nicht anhängen.«

Weil die Polizei in den Fall verwickelt war, bereitete ein Arzt bereits vier Stunden später in der Leichenhalle im Keller des Krankenhauses alles für die Autopsie des verstorbenen Mario Dublin vor, dessen Wohnsitz unbekannt war.

Die Tür flog auf. »Schlitz ihn noch nicht auf, Walter.«

Dr. Walter Pecjic blickte auf. »Stimmt was nicht, Andy?«

»Vielleicht hat es ja nichts zu bedeuten«, antwortete Dr. Andrew Wilks nervös, »aber das viele Blut in dem Streifenwagen macht mir Sorgen. Akutes Lungenversagen dürfte nicht zu Blutungen aus dem Mund führen. Solch eine exzessive Hämorrhagie habe ich nur bei der Behandlung einer tropischen Fieberkrankheit gesehen, als ich in der UN-Friedenstruppe in Afrika diente. Dieser Typ hatte einen Behindertenausweis der Veteranen bei sich. Eventuell war er in Somalia oder irgendwo sonst in Afrika stationiert.«

Dr. Pecjic starrte auf den Toten, den er obduzieren wollte. Dann legte er das Skalpell weg. »Vielleicht sollten wir doch den Chef anrufen.«

»Und das Institut für Infektionskrankheiten«, fügte Dr. Wilks hinzu.

Dr. Pecjic nickte. Sein Blick verriet nackte Angst.

19 Uhr 55
Atlanta, Georgia

In der Aula der Highschool herrschte angespannte Stille im Publikum, das aus Eltern und Freunden der Schüler bestand. Auf der hell erleuchteten Bühne stand ein wunderschönes Mädchen im Teenageralter vor einem Bühnenbild, das die Restaurantszene aus William Inges Drama *Bus Stop* darstellte. Ihre Bewegungen waren unbeholfen, und die Wörter, die sie sagte, klangen nicht wie üblich fröhlich und ungezwungen, sondern leblos und steif.

Doch das irritierte die resolute, mütterliche Frau in der ersten Reihe nicht, die ein silbergraues Kostüm trug, wie man es bei der Brautmutter auf einer Hochzeitsfeier erwarten mochte, dazu ein feierliches Ansteckbukett aus Rosen. Sie strahlte das Mädchen an, und als am Ende der Szene höflicher Beifall gespendet wurde, applaudierte sie heftig.

Nach dem letzten Vorhang sprang sie auf, um erneut zu klatschen. Dann ging sie zum Bühneneingang und wartete, bis die Schauspieler in Zweier- und Dreiergrüppchen erschienen, um sich zu ihren Eltern, Freundinnen und Freunden zu gesellen. Es war die letzte Aufführung des alljährlichen Schuldramas gewesen und die Schauspieler hatten vor lauter Stolz errötete Gesichter. Sie freuten sich auf die Party, die bis spät in die Nacht dauern würde.

»Ich wünschte, dein Vater hätte dich heute Abend sehen können, Billie Jo«, sagte die stolze Mutter, während die Highschool-Schönheit ins Auto stieg.

»Ich auch, Mama. Lass uns nach Hause fahren.«

»Nach Hause?«, fragte die Mutter verwirrt.

»Ich muss mich etwas hinlegen. Danach ziehe ich mich für die Party um, okay?«

»Du klingst ziemlich heiser.« Die Mutter betrachtete das Gesicht ihrer Tochter und fädelte sich dann in den Verkehr ein. Seit über einer Woche litt Billie Jo an Husten und Schnupfen, aber sie hatte darauf bestanden, in der Aufführung mitzuspielen.

»Es ist nur eine Erkältung«, sagte das Mädchen leicht irritiert.

Als sie das Haus erreicht hatten, rieb sie sich stöhnend die Augen. Auf ihren Wangen sah man zwei rote Fieberflecken. Ihre verängstigte Mutter schloss hektisch die Haustür auf und wählte die Notrufnummer. Der Beamte riet ihr, das Mädchen im warmen Wagen sitzen zu lassen. Innerhalb von drei Minuten waren die Notärzte da.

Während der Krankenwagen mit heulender Sirene durch die Straßen von Atlanta raste, wand sich das Mädchen auf der Bahre und rang stöhnend nach Luft. Die Mutter strich ihrer fiebernden Tochter übers Gesicht und brach dann verzweifelt in Tränen aus.

In der Notaufnahme des Krankenhauses ergriff eine Krankenschwester die Hand der Mutter. »Wir werden alles Nötige veranlassen, Mrs. Pickett. Ich bin sicher, dass es ihr bald besser gehen wird.«

Zwei Stunden später begann Billie Jo, Blut zu spucken. Kurz darauf starb sie.

17 Uhr 12
Fort Irwin, Barstow, Kalifornien

Anfang Oktober war das Wetter in der kalifornischen Hochwüste so unsicher und wechselhaft wie die Befehle, die ein frisch gebackener Unteroffizier seiner ersten Truppe erteilt. An diesem Tag war es klar und sonnig gewesen, und als Phyllis Anderson in der Küche ihres komfortablen, zweistöckigen Hauses im besten Teil des National Training Center das Abendessen vorzubereiten begann, war sie optimistisch. Nach dem heißen Tag hatte ihr Mann Keith ein langes Nickerchen gehalten. Seit zwei Wochen hatte er mit einer schweren Erkältung zu kämpfen, und sie hoffte, dass die Sonne und Wärme die Krankheit ein für alle Mal vertreiben würden.

Vor ihrem Küchenfenster waren die Rasensprenger eingeschaltet. Die Schatten des Spätnachmittags wurden immer länger. Auf den Beeten blühten Spätsommerblumen, die sich von der rauen Wildnis mit den dornigen, graugrünen Mesquitbäumen, Yucca, Kreosoten und Kakteen abhoben, die zwischen den schwarzen Felsen der beigefarbenen Wüste wuchsen.

Während sie die Makkaroni in die Mikrowelle schob, summte Phyllis vor sich hin. Sie lauschte auf die Schritte ihres Mannes, der die Treppe herunterkam. Heute musste der Major zu einem nächtlichen Manöver. Aber das Geräusch der stolpernden Schritte klang eher nach ihrem Sohn Keith Junior, der aufgeregt die Treppe herunterturnte, weil sie die beiden Kinder ins Kino mitnehmen wollte, da der Vater zur Arbeit musste. Es war schließlich Freitag.

»Hör auf damit, Jay-Jay«, rief sie.

Aber es war nicht Keith Junior.

Ihr Mann taumelte in die warme Küche, schon halb in seiner Wüstentarnkleidung. Er schwitzte stark und presste beide Hände gegen den Kopf, als ob er verhindern wollte, dass er explodierte.

»Ins Krankenhaus …«, keuchte er. »Ich brauche Hilfe …«

Vor ihren Augen brach er auf dem Küchenboden zusammen. Sein Brustkorb hob und senkte sich, während er mühsam nach Atem rang.

Phyllis starrte ihn entsetzt an, handelte dann aber mit der Schnelligkeit und Zielstrebigkeit der Soldatenfrau. Sie schoss aus der Küche, riss ohne anzuklopfen die Seitentür des Nachbarhauses auf und stürmte in die Küche.

Captain Paul Novak und seine Frau starrten sie mit weit aufgerissenem Mund an.

»Wo brennt's denn, Phyllis?« Novak stand auf.

Sie verlor keinen Augenblick Zeit. »Ich brauche Ihre Hilfe, Paul. Passen Sie bitte auf unsere Kinder auf, Judy. Schnell!«

Phyllis wirbelte herum und rannte los, gefolgt von Captain Novak und dessen Frau. Ein Soldat stellte keine Fragen, wenn er einen Einsatzbefehl erhielt.

In der Küche der Andersons begriffen die Novaks die Situation sofort. »Soll ich den Notarzt rufen?« Judy Novak griff nach dem Telefonhörer.

»Keine Zeit!«, schrie ihr Mann.

»Wir nehmen unseren Wagen!«, brüllte Phyllis.

Judy Novak rannte die Treppe nach oben, wo die beiden Kinder sich in ihren Zimmern fürs Kino fertig machten. Phyllis Anderson und Novak hoben den keuchenden Major, aus dessen Nase Blut tröpfelte, vom Boden hoch. Er war halb bewusstlos, stöhnte und konnte nicht mehr sprechen. Über den Rasen eilten sie zum Wagen.

Novak setzte sich hinter das Lenkrad und Phyllis stieg mit ihrem Mann hinten ein. Sein Kopf ruhte an ihrer Schulter und sie drückte ihren Mann fest an sich. Während er nach Luft schnappte, starrten seine Augen sie gequält an. Hupend raste Novak durch den Militärstützpunkt, und der Verkehr teilte sich wie bei einem Infanterietrupp, der den Panzern Platz macht.

Doch als sie das Weed Army Community Hospital erreichten, hatte Major Keith Anderson bereits das Bewusstsein verloren.

Drei Stunden später war er tot.

Im Falle eines plötzlichen, rätselhaften Todes wurde im Bundesstaat Kalifornien eine Autopsie angeordnet. Wegen der ungewöhnlichen Umstände wurde der Leichnam des Majors sofort in die Leichenhalle gebracht. Als der Militärarzt seinen Brustkorb öffnete, schoss eine große Menge Blut heraus.

Sein Gesicht wurde kalkweiß. Er sprang zurück, streifte die Gummihandschuhe ab und rannte aus dem Obduktionsraum in sein Büro.

Dort griff er nach dem Telefonhörer. »Verbinden Sie mich mit dem Pentagon und dem USAMRIID. Sofort! Es ist dringend!«

Erster Teil

1

Sonntag, 12. Oktober, 14 Uhr 55
London, England

In Knightsbridge fiel ein kalter Oktoberregen. Der stetige Strom von hupenden Autos, Taxen und roten Doppeldeckerbussen an der Kreuzung Brompton Road und Sloane Street bewegte sich stockend auf Sloan Square und Chelsea zu. Weder der Regen noch die Tatsache, dass die Unternehmens- und Regierungsbüros am Wochenende geschlossen waren, verringerte den dichten Verkehr. Die Weltwirtschaft lief gut, die Läden waren voll, und die neue Labour-Regierung hatte das Land nicht ruiniert. Heutzutage besuchten die Touristen London zu jeder Jahreszeit und an diesem Sonntagnachmittag kamen die Autos nur im Schneckentempo voran.

Ungeduldig sprang Dr. Jonathan »Jon« Smith, Lieutenant Colonel der U.S. Army, zwei Straßen vor seinem Ziel elegant vom Trittbrett des langsam fahrenden, altmodischen Busses der Linie 19. Jetzt hatte der Regen etwas nachgelassen. Smith machte ein paar große Schritte auf den nassen Bürgersteig neben dem Bus und lief dann eilig weiter.

Er war ein großer, durchtrainierter, athletischer Mann Anfang Vierzig mit zurückgekämmtem Haar und ebenmäßigen Gesichtszügen. Automatisch beobachteten seine marineblauen Augen Fahrzeuge und Passanten. Er trug ein Tweed-Jackett, eine Baumwollhose und einen Trenchcoat. An seiner äußeren Erscheinung war nichts ungewöhnlich, dennoch schauten sich viele Frauen nach ihm um. Gelegentlich registrierte er es lächelnd, aber er setzte seinen Weg unbeirrt fort.

Am Wilbraham Place trat er aus dem Nieselregen in die Halle

des alten, eleganten Wilbraham-Hotels, wo er immer ein Zimmer mietete, wenn das USAMRIID ihn wegen eines medizinischen Symposions nach London schickte. Auf der Treppe nahm er zwei Stufen auf einmal, um zu seinem Zimmer im zweiten Stock zu gelangen. Dort durchwühlte er seine Koffer und suchte die Berichte über den Ausbruch hohen Fiebers bei in Manila stationierten amerikanischen Soldaten. Er hatte versprochen, sie Dr. Chandra Uttam zu zeigen, der für die Abteilung für Viruserkrankungen bei der Weltgesundheitsorganisation tätig war.

Schließlich fand er sie unter einem Haufen getragener Kleidungsstücke, die er in den größeren Koffer geworfen hatte. Er seufzte und grinste. Leider hatte er die schlechten Angewohnheiten nicht ablegen können, die er während jener Jahre angenommen hatte, als er bei Vor-Ort-Einsätzen in Zelten gelebt und sich auf diese oder jene Krise konzentriert hatte.

Während er die Treppe hinunterrannte, um wieder zu der von der WHO veranstalteten Konferenz über Epidemien zurückzukehren, rief der Rezeptionist nach ihm.

»Hier ist ein Brief für Sie, Colonel. Es steht ›dringend‹ drauf.«

»Ein Brief?« Wer sollte ihm hierher schreiben? Smith blickte auf seine Armbanduhr, die auch den Wochentag anzeigte. »An einem Sonntag?«

»Er wurde persönlich abgegeben.«

Plötzlich war Smith beunruhigt. Er nahm den Umschlag entgegen und riss ihn auf. Auf dem weißen Papier stand weder ein Briefkopf noch ein Absender.

Smithy,
wir treffen uns Montag um Mitternacht auf dem Pierce-Mill-Picknickplatz im Rock-Creek-Park in Washington. Die Sache ist dringend. Sprich mit niemandem darüber.
B.

Smith' Herz setzte für einen Schlag aus. Auf dieser Welt gab es nur einen Menschen, der ihn Smithy nannte – Bill Griffin. Er hatte ihn in der dritten Klasse der Hoover-Grundschule in

Council Bluffs in Iowa kennen gelernt. Sie waren schnell Freunde geworden und hatten gemeinsam die Highschool, das College der Universität von Iowa und später die Graduate School der Uni Kalifornien in Los Angeles besucht. Erst nachdem Smith in Medizin und Bill in Psychologie promoviert hatte, trennten sich ihre Wege. Als beide in die Armee eintraten, erfüllten sie sich einen Jugendtraum. Bill arbeitete für den militärischen Geheimdienst. Seit mehr als zehn Jahren hatten sie sich nicht gesehen, aber trotz ihrer beruflichen Pflichten in der Fremde den Kontakt nie abreißen lassen.

Stirnrunzelnd und wie angewurzelt stand Smith in der prächtigen Halle und starrte auf die geheimnisvollen Wörter.

»Stimmt etwas nicht, Sir?«, fragte der Rezeptionist höflich.

Smith blickte sich um. »Nein, alles in Ordnung. Ich muss schnell zurück, wenn ich das nächste Seminar nicht verpassen will.«

Nachdem er den Brief in die Tasche seines Trenchcoats gesteckt hatte, trat er in den regennassen Nachmittag hinaus. Woher wusste Bill, dass er in London und ausgerechnet in diesem abgelegenen Hotel war? Und warum dieses Getue wie in einem Spionageroman, das so weit ging, dass er einen Spitznamen aus ihrer Jugendzeit benutzte?

Keine Adresse, keine Telefonnummer.

Nur der Anfangsbuchstabe eines Vornamens.

Und warum um Mitternacht?

Smith betrachtete sich gern als einfachen Menschen, aber er wusste, dass das meilenweit von der Wahrheit entfernt war. Seine Laufbahn bewies, wie es in Wirklichkeit aussah. Er war Militärarzt in mobilen Armeekrankenhäusern gewesen und arbeitete jetzt in der Forschung. Auch er hatte kurzzeitig für den militärischen Geheimdienst gearbeitet. Dann war er eine Zeit lang Kommandeur einer Truppe gewesen. Die Rastlosigkeit gehörte so selbstverständlich zu seiner Persönlichkeit, dass er sie kaum noch wahrnahm.

Und doch hatte er während des letzten Jahres eine Art von Glück kennen gelernt, durch das er eine Konzentrationsfähigkeit wie nie zuvor erreicht hatte. Das lag nicht nur daran, dass er seine Arbeit beim USAMRIID als herausfordernd und aufregend empfand. Der eingeschworene Junggeselle hatte sich außerdem verliebt. *Richtig* verliebt. Es war nicht wie bei den Highschool-Affären, als Frauen wie durch eine Drehtür in sein Leben eingetreten und wieder daraus verschwunden waren. Sophia Russel bedeutete ihm alles. Auch sie war Wissenschaftlerin. Sie war seine Partnerin bei der Forschungsarbeit und eine blonde Schönheit.

Es kam vor, dass er von seinem Elektronenmikroskop aufblickte, um sie anzustarren. Immer wieder fragte er sich, wie sich diese zerbrechliche Schönheit mit so viel Intelligenz und eisernem Willen verbinden konnte. Der bloße Gedanke an sie ließ ihn jetzt spüren, wie sehr er sie vermisste. Morgen früh sollte er in Heathrow losfliegen. Dann würde ihm gerade noch genug Zeit bleiben, nach Maryland heimzufahren und mit Sophia zu frühstücken, bevor sie beide ins Labor mussten.

Aber jetzt hatte er diese verwirrende Botschaft von Bill Griffin erhalten.

Seine inneren Alarmglocken schrillten. Aber er empfand es auch als interessante Abwechslung. Trocken lächelte er vor sich hin. Offensichtlich war seine Rastlosigkeit immer noch nicht gezähmt.

Während er ein Taxi rief, schmiedete er schon Pläne.

Er würde seinen Flug auf Montagabend umbuchen lassen und sich um Mitternacht mit Bill Griffin in Washington treffen. Er kannte Bill schon zu lange, als dass er anders hätte handeln können. Dies bedeutete, dass er erst am Dienstag an seinem Arbeitsplatz erscheinen würde, einen Tag zu spät. General Kielburger, der Direktor des USAMRIID, würde rotsehen. Der General fand seine unabhängige, bei Vor-Ort-Einsätzen erprobte Methode, Probleme zu lösen, gelinde gesagt, ärgerlich.

Kein Problem – er würde sich dafür doppelt ins Zeug legen.

Gestern hatte er am frühen Morgen Sophia angerufen, einfach nur, weil er ihre Stimme hören wollte. Ihr Gespräch war aber unterbrochen worden, weil sie durch einen anderen Anruf gestört worden waren. Sie sollte sofort ins Labor kommen und einen Virus identifizieren, der in Kalifornien aufgetreten war. Es war gut möglich, dass Sophia die nächsten sechzehn oder vierundzwanzig Stunden durcharbeiten musste. Vielleicht würde es im Labor so spät werden, dass sie morgen früh noch gar nicht aufgestanden war, wenn er mit ihr frühstücken wollte. Smith seufzte enttäuscht. Das einzig Gute an der Sache war, dass sie zu beschäftigt sein würde, um sich um ihn Sorgen zu machen.

Er könnte eine Nachricht auf ihrem Anrufbeantworter hinterlassen, dass er einen Tag später zurückkommen würde und dass sie sich nicht beunruhigen solle. Ob sie es Kielburger erzählte oder nicht, war ihre Sache.

Und das Ganze lohnte sich für ihn auch noch. Die Verzögerung betrug zwar nur ein paar Stunden, aber das gab den Ausschlag: Er konnte sich noch mit Tom treffen. Tom Sheridan war der Chef des U.K.-Microbiological-Research-Establishment-Teams, das an der Entwicklung eines Impfstoffs gegen alle Hantaviren arbeitete. Am heutigen Abend würde er sich nicht nur Toms Vortrag anhören, sondern ihn auch überreden, mit ihm essen zu gehen und einige Drinks zu nehmen. Er würde die Interna und Details seiner Forschungsarbeit aus ihm herauspressen, die Tom noch nicht veröffentlichen wollte, und es so deichseln, dass er ihn morgen – vor seinem abendlichen Rückflug – zu einem Besuch nach Porton Down einlud.

Nickend und beinahe lächelnd sprang Smith über eine Pfütze und riss die Tür des schwarzen Taxis auf, das neben ihm gehalten hatte. Er nannte dem Fahrer die Adresse, wo die Konferenz der WHO abgehalten wurde.

Doch als er sich zurücklehnte, verschwand sein Lächeln. Er zog den Brief von Bill Griffin aus der Tasche und las ihn erneut, weil er hoffte, Hinweise zu finden, die ihm bei der ersten Lektüre entgangen waren. Am bemerkenswertesten war, was nicht in dem Brief stand. Die Furche zwischen seinen Augenbrauen wurde tiefer. Während er über die Vergangenheit nachdachte, versuchte er herauszufinden, was geschehen sein mochte, dass Bill plötzlich auf diese Art und Weise Kontakt zu ihm aufnahm.

Wenn Bill Hilfe in wissenschaftlicher Hinsicht oder irgendeine Form der Unterstützung durch das USAMRIID brauchte, hätte er sich an die offiziellen Regierungskanäle gehalten. Mittlerweile war Bill Spezialagent des FBI und stolz darauf. Wie jeder andere Agent würde er den Direktor des USAMRIID um seine, Smith', Dienste bitten.

Wenn es andererseits um etwas Privates ging, wäre das geheimnisvolle Getue überflüssig gewesen. In diesem Fall hätte er im Hotel anrufen und eine Telefonnummer hinterlassen können, damit Smith zurückrief.

In dem kühlen Taxi zuckte Smith die Achseln. Dieses Treffen war nicht nur inoffiziell, sondern geheim, und zwar sehr geheim. Das bedeutete, dass Bill das FBI, das USAMRIID und alle Regierungsbehörden übersprang.

Offenbar hoffte er, ihn in diese geheime Angelegenheit hineinziehen zu können.

2

Sonntag, 12. Oktober, 9 Uhr 57
Fort Detrick, Maryland

Fort Detrick lag in Frederick, einer von den grünen Hügeln des westlichen Maryland umgebenen Kleinstadt, und war die Heimat des United States Army Medical Research Institute for Infectious Diseases, kurz USAMRIID oder einfach »das Institut« genannt. In den Sechzigerjahren hatte das Institut zur Erforschung von Infektionskrankheiten wie ein Magnet gewalttätige Proteste angezogen, weil damals dort im Auftrag der Regierung chemische und biologische Waffen entwickelt und getestet wurden. Als Präsident Nixon diese Programme 1969 beendete, verschwand das USAMRIID aus dem Scheinwerferlicht und wurde zu einem wissenschaftlichen Zentrum, wo Therapiemethoden entwickelt wurden.

Dann kam das Jahr 1989. Der hochgradig ansteckende Ebola-Virus schien für den Tod einiger Affen verantwortlich zu sein, die in einer Quarantäneeinrichtung in Reston in Virginia gestorben waren. Militär- und zivile Ärzte sowie Veterinärmediziner des USAMRIID waren herbeigeeilt, um eine Gefahr einzudämmen, die sich zu einer furchtbaren Epidemie unter den Menschen hätte ausweiten können.

Noch besser aber war, dass sie beweisen konnten, dass der in Reston aufgetretene Virus in genetischer Hinsicht minimal andersartig war als der tödliche Ebola-Virus, den man im damaligen Zaire und im Sudan identifiziert hatte. Am wichtigsten aber war, dass sich der Virus für Menschen als ungefährlich erwies. Diese aufregende Entdeckung katapultierte die USAMRIID-Wissenschaftler landesweit in die Schlagzeilen. Plötzlich war Fort Detrick wieder ein Thema, aber diesmal als Amerikas bestes militärisch-medizinisches Forschungsinstitut.

In ihrem USAMRIID-Büro dachte Dr. Sophia Russel über diesen Anspruch nach und hoffte auf eine Inspiration, während sie ungeduldig auf einen Anruf wartete. Sie wollte mit einem Mann sprechen, der vielleicht einige Antworten parat hatte, um bei der Bewältigung einer Krise zu helfen, die sich, wie sie fürchtete, zu einer ernsthaften Epidemie auswachsen könnte.

Sophia hatte in Zell- und Molekularbiologie promoviert und war ein wichtiges Rädchen in dem Uhrwerk, das durch den Tod von Major Keith Anderson weltweit in Bewegung gesetzt worden war. Seit vier Jahren arbeitete sie für das USAMRIID und wie jene Wissenschaftler aus dem Jahr 1989 kämpfte auch sie gegen eine medizinische Notfallsituation an, für die ein unbekannter Virus verantwortlich war. Schon jetzt waren sie und ihre Zeitgenossen in einer sehr viel prekäreren Lage – dieser Virus *war* tödlich. Er hatte drei Opfer gefordert, den Major und zwei Zivilisten. Augenscheinlich waren alle innerhalb weniger Stunden plötzlich an akutem Lungenversagen gestorben.

Aber nicht der Zeitpunkt der Todesfälle oder das akute Lungenversagen hatten beim USAMRIID Aufmerksamkeit erregt. Jedes Jahr starben überall auf der Welt Millionen an akutem Lungenversagen – aber weder junge noch gesunde Menschen oder solche, die zuvor keine Probleme mit pulmonaler Insuffizienz oder anderen dazu beitragenden Faktoren gehabt hatten. Und sie starben nicht mit heftigen Kopfschmerzen und blutgefüllten Brustkörben.

Jetzt waren an einem einzigen Tag drei Menschen mit identischen Symptomen gestorben, und zwar in verschiedenen Regionen des Landes: der Major in Kalifornien, das junge Mädchen in Georgia und der Obdachlose in Massachusetts.

Der Direktor des USAMRIID, Brigade General Calvin Kielburger, zögerte, wegen dreier Todesfälle, über die sie erst gestern informiert worden waren, weltweiten Alarm auszulösen. Er hasste es, für Aufruhr zu sorgen oder als ängstlicher Panikmacher dazustehen. Aber noch mehr war es ihm zuwider, den Lorbeer mit konkurrierenden Stufe-Vier-Laboratorien, besonders den Centers for Disease Control in Atlanta, teilen zu müssen.

Beim USAMRIID war die Spannung mittlerweile spürbar.

Sophia, die ein Team von Wissenschaftlern leitete, hatte am Samstagmorgen um drei Uhr die erste Blutprobe erhalten. Sofort war sie in ihr Stufe-Vier-Laboratorium gegangen, um mit den Tests zu beginnen. In dem kleinen Umkleideraum hatte sie ihre Kleidung, ihre Uhr und den Ring abgelegt, den Jon Smith ihr geschenkt hatte, nachdem sie seinen Heiratsantrag angenommen hatte. Nur einen Augenblick lang blickte sie lächelnd auf den Ring und dachte an Jon. Vor ihrem geistigen Auge sah sie sein Gesicht mit den fast an einen Indianer erinnernden hohen Wangenknochen, aber sehr dunkelblauen Augen. Diese Augen hatten sie von Anfang an fasziniert, und manchmal stellte sie sich vor, was für ein Vergnügen es wäre, sich in ihrer Tiefe zu verlieren. Sie liebte seine flüssigen Bewegungen, die an ein Tier aus dem Dschungel erinnerten, das nur aufgrund einer freien Entscheidung gezähmt worden war. Sie liebte sein Feuer und seine Erregung beim Sex. Aber am meisten liebte sie ganz einfach ihn – leidenschaftlich und unwiderruflich.

Weil sie schnell ins Labor musste, hatte sie ihr letztes Telefonat abgebrochen. *»Ich muss weg, Darling. Auf der anderen Leitung hat mich jemand vom Labor angerufen. Es ist dringend.«*

»Um diese Uhrzeit? Hat das nicht bis morgen Zeit? Du brauchst ein bisschen Ruhe.«

Sie lächelte. »Du hast mich angerufen. Ich war gerade dabei, mich auszuruhen, und habe sogar geschlafen, bis das Telefon geklingelt hat.«

»Ich habe gespürt, dass du mit mir reden willst. Du musst ununterbrochen an mich denken.«

Sie lachte. »Genau. Ich möchte zu jeder Tages- und Nachtzeit mit dir reden, und du fehlst mir in jedem einzelnen Augenblick, den du in London bist. Ich bin glücklich, dass du meinen gesunden Schlaf gestört hast und ich dir das sagen konnte.«

Jetzt lachte er. »Ich liebe dich auch, Darling.«

Im Umkleideraum des USAMRIID seufzte Sophia und schloss die Augen. Dann verdrängte sie Jon aus ihren Gedanken. Sie musste arbeiten – dies war ein Notfall.

Schnell zog sie sterile grüne Chirurgenkleidung an. Wegen des Unterdrucks, der keine infektionserregenden Substanzen aus den Hochsicherheitslaboratorien nach draußen dringen ließ, musste sie die Tür zum Bio-Safety-Bereich Level-Two barfuß aufstemmen. Sicherheitsstufe zwei, drei, dann vier. Als sie endlich angekommen war, ging sie durch eine Trockendusche in eine Art Badezimmer, wo saubere weiße Strümpfe aufbewahrt wurden.

Nachdem sie die Socken angezogen hatte, eilte sie in den Materialraum, streifte Chirurgenhandschuhe aus Latex über und befestigte sie mit Klebestreifen an den Ärmeln, um ihre Haut völlig zu schützen. Mit den Socken und den Hosenbeinen wiederholte sie die Prozedur. Danach zog sie ihren hellblauen Synthetikanzug für biologische Laboratorien an, der ein wenig wie das Innere eines Plastikeimers roch. Sorgfältig überprüfte sie den Stoff auf mögliche Löcher. Dann setzte sie den Plastikhelm auf und zog den Reißverschluss zwischen Helm und Anzug zu, der garantierte, dass sie völlig geschützt war.

Schließlich nahm sie einen gelben Luftschlauch von der Wand und steckte ihn in ihren Anzug. Mit einem leisen Zischen entwich die Luft in das weit geschnittene, an einen Astronautenanzug erinnernde Kleidungsstück. Nachdem sie den Schlauch wieder entfernt hatte, schleppte sie sich durch eine Stahltür in die Luftschleuse des Stufe-Vier-Labors, wo sich an beiden Seiten Hähne für Wasser und Chemikalien für die Dekontaminationsduschen befanden.

Schließlich drückte sie die Tür zum Stufe-Vier-Labor auf, der »Hot Zone«.

Jetzt ließ sie sich Zeit. Bei jedem Schritt durch die ausgeklügelten Sicherheitsvorrichtungen musste sie sehr vorsichtig sein. Ihre einzige Waffe waren effiziente Bewegungen, und je effizienter sie waren, desto schneller kam sie voran. Geschickt winkelte sie ihren Fuß an, ließ ihn in einen der schweren gelben

Gummistiefel gleiten und wiederholte das Ganze mit dem anderen Fuß.

Endlich watschelte sie durch die engen Schlackensteinkorridore zu ihrem Labor. Dort streifte sie ein drittes Paar Latexhandschuhe über, nahm die Blut- und Gewebeproben vorsichtig aus dem Tiefkühlbehälter und machte sich daran, den Virus zu isolieren.

Während der nächsten vierundzwanzig Stunden dachte sie weder an Essen noch an Schlaf. Sie lebte im Labor, mit dem Virus, den sie durch ein Elektronenmikroskop untersuchte. Zu ihrer Überraschung konnten sie und die Mitglieder ihres Teams einen Ebola-, Marburg- oder sonstigen Filovirus ausschließen. Dieser hier hatte die bei den meisten Viren übliche runde und etwas ausgefranste Form eines Tennisballs. Da bei den drei Opfern akutes Lungenversagen die Todesursache gewesen war, dachte sie zuerst an einen Hantavirus, wie etwa denjenigen, dem 1993 die jungen Sportler im Navajo-Reservat zum Opfer gefallen waren. Bei der Erforschung von Hantaviren war das USAMRIID führend. Karl Johnson, einer der legendären Wissenschaftler des Instituts, hatte in den Siebzigerjahren den ersten Hantavirus entdeckt, isoliert und identifiziert.

Während sie daran dachte, hatte sie den unbekannten Krankheitserreger ohne Resultat mit tiefgefrorenen Proben aus der USAMRIID-Blutbank verglichen, die von Opfern verschiedener Hantaviren auf der ganzen Welt stammten. Irritiert versuchte sie, mittels einer Polymerase-Kettenreaktion einen Teil eines DNS-Strangs aus dem Virus zu extrahieren, der aber an keinen bekannten Hantavirus erinnerte. Dennoch legte sie für künftige Nachforschungen eine vorläufige Ausschlussliste an. Jetzt wünschte sie sich am sehnlichsten, dass Jon bei ihr wäre und nicht auf der WHO-Konferenz in London.

Weil sie immer noch kein definitives Resultat hatte, verließ sie das Labor frustriert. Die Mitglieder ihres Teams hatte sie bereits schlafen geschickt, und jetzt wollte auch sie sich hinlegen. Nachdem sie ihren Raumanzug abgelegt und die Dekontaminationsprozeduren hinter sich gebracht hatte, zog sie wieder ihre normale Kleidung an.

Nach vier Stunden Schlaf – sie redete sich ein, dass ihr das genüge – eilte sie wieder ins Büro. Nachdem die anderen Teammitglieder erwacht waren, schickte sie sie ebenfalls wieder an die Arbeit.

Sie hatte Kopfschmerzen und ihre Kehle war ausgetrocknet. In ihrem Büro nahm sie eine Wasserflasche aus dem kleinen Eisschrank und setzte sich an ihren Schreibtisch. An der Wand hingen drei gerahmte Fotos. Sie trank und beugte sich vor, um die Bilder zu betrachten, die sie anzogen wie das Licht die Motten. Ein Bild zeigte Jon und sie in Badekleidung. Wie viel Spaß sie in ihrem einzigen gemeinsamen Urlaub auf Barbados im letzten Herbst gehabt hatten! Auf dem zweiten Foto, das am Tag von Jons Beförderung zum Lieutenant Colonel aufgenommen worden war, trug er Uniform. Auf dem letzten Bild war ein noch jüngerer Captain mit ungebändigtem schwarzem Haar, verschmiertem Gesicht und stechenden blauen Augen in einer staubigen Uniform vor dem Zelt eines mobilen Militärhospitals irgendwo in der irakischen Wüste zu sehen.

Weil sie ihn vermisste und ihn im Labor brauchte, griff sie nach dem Telefonhörer, um ihn in London anzurufen, legte dann aber wieder auf. Der General selbst hatte Jon in die britische Hauptstadt geschickt und bei ihm musste alles nach Plan laufen und jeder Auftrag erledigt werden. Keinen Tag zu spät, keinen zu früh. Jon würde erst in ein paar Stunden ankommen. Dann begriff sie, dass er wahrscheinlich ohnehin bereits im Flugzeug saß – und dass sie nicht in seinem Haus auf ihn warten konnte. Sie unterdrückte ihre Enttäuschung.

Sophia hatte ihr Leben der Wissenschaft gewidmet und war damit sehr glücklich. Nie im Leben hätte sie erwartet, dass sie eines Tages heiraten würde. Sie hatte geglaubt, sich zu verlieben – aber heiraten? Nein. Nur wenige Männer wünschten sich eine Frau, die von ihrer Arbeit besessen war, aber Jon verstand das. Tatsächlich genoss er es, dass sie in plastischen, farbigen Wörtern mit ihm über Zellen diskutieren konnte, und sie fand seine grenzenlose Neugier inspirierend. Sie glichen zwei Kindern, die bei einer Feier im Kindergarten den passenden Spielkameraden gefunden hatten, und passten nicht nur in beruflicher Hinsicht, sondern auch von ihrem Temperament her gut zusammen. Beide waren einsatzfreudig und mitfühlend, liebten das Leben und den anderen.

So ein Glück hatte sie nie gekannt und sie musste Jon dafür dankbar sein.

Mit einem ungeduldigen Kopfschütteln schaltete sie den Computer ein, um die Aufzeichnungen des Labors nach etwas zu durchsuchen, das ihr vielleicht entgangen war, aber sie fand nichts von Bedeutung.

Als weitere DNS-Daten eintrafen und sie alle klinischen Fakten überprüfte, die es bis jetzt über den Virus gab, befiel sie ein merkwürdiges Gefühl.

Irgendwo hatte sie diesen Virus – oder einen, der ihm unglaublich ähnlich war – schon einmal gesehen.

Sie zermarterte sich das Gehirn und durchsuchte ihr Gedächtnis, kam aber nicht darauf.

Schließlich las sie den Bericht eines der Mitglieder ihres Teams, in dem vermutet wurde, dass der neue Virus mit Machupo verwandt war, einer der ersten, wiederum von Karl Johnson entdeckten Fieberkrankheiten mit exzessiven inneren Blutungen.

Beim Gedanken an Afrika fiel ihr nichts ein. Aber Bolivien …?

Peru!

Die Anthropologieexkursion, als sie noch Studentin gewesen war, und …

Victor Tremont.

Ja, so hieß er. Der Biologe, der in Peru unterwegs gewesen war, um Pflanzen und Erdproben für die Entwicklung von Medikamenten zu sammeln. Für ein Pharmaunternehmen namens Blanchard Pharmaceuticals.

Nachdem sie sich wieder ihrem Computer zugewandt hatte, klinkte sie sich schnell ins Internet ein und suchte nach Blanchard Pharmaceuticals. Fast sofort wurde sie fündig – der Unternehmenssitz war in Long Lake im Staat New York. Victor Tremont war inzwischen Präsident und Chief Operating Officer des Unternehmens. Sie griff nach dem Telefon und wählte die Nummer.

Es war Sonntagmorgen, aber in großen Unternehmen waren die Telefone das ganze Wochenende für wichtige Anrufe besetzt. So auch bei Blanchard Pharmaceuticals. Eine menschliche Stimme antwortete, und als Sophia nach Victor Tremont fragte, bat man sie zu warten. Sie trommelte mit den Fingern auf die Schreibtischplatte und versuchte, ihre Ungeduld zu zähmen.

Nach einer Pause und einer Reihe von klickenden Geräuschen am anderen Ende der Leitung meldete sich eine andere Stimme, die neutral und tonlos klang. »Darf ich Sie nach Ihrem Namen fragen und erfahren, was Sie von Dr. Tremont wollen?«

»Ich heiße Sophia Russel. Sagen Sie ihm, dass wir uns auf einer Exkursion nach Peru kennen gelernt haben.«

»Bleiben Sie bitte dran.« Dann, nach einer erneuten Pause: »Ich stelle Sie jetzt zu Mr. Tremont durch.«

»Mrs. Russel ...?« Offensichtlich dachte Tremont über den Namen nach, den man ihm vermutlich auf einem Notizblock aufgeschrieben hatte. »Was kann ich für Sie tun?« Seine Stimme war tief und angenehm, aber er sprach im Befehlston. Der Mann war augenscheinlich daran gewöhnt, Verantwortung zu tragen.

»Mittlerweile *Dr.* Russel«, entgegnete sie sanft. »Erinnern Sie sich nicht an meinen Namen, Dr. Tremont?«

»Kann ich nicht behaupten. Aber Sie erwähnten Peru – daran kann ich mich erinnern. Das ist zwölf oder dreizehn Jahre her, oder?« Er gab zu erkennen, warum er mit ihr sprach, gab aber nichts preis, weil sie ja eventuell nur einen Job suchte oder das Ganze irgendein Scherz war.

»Dreizehn Jahre, und ich erinnere mich deutlich an Sie.« Sie versuchte, den Plauderton beizubehalten. »Mich interessiert die Zeit auf dem Cairibo-Fluss. Ich war mit einer Gruppe von Anthropologiestudenten aus Syracuse auf einer Exkursion, während Sie potenziell nützliches medizinisches Material sammelten. Ich rufe Sie an, um Sie nach dem Virus zu fragen, den Sie bei den isoliert lebenden Eingeborenen entdeckt haben, die man ›Affenblut-Volk‹ nannte.«

In seinem großen Eckbüro wurde Victor Tremont von einer plötzlichen Angst erfasst, aber ebenso schnell unterdrückte er sie wieder. Er drehte sich mit seinem Schreibtischsessel herum und starrte auf den See hinaus, der im frühen Morgenlicht wie Quecksilber schimmerte. An seinem hinteren Ufer erstreckte sich ein dichter Kiefernwald bis zu den in der Ferne gelegenen Bergen.

Tremont war verärgert, weil sie ihn mit einer möglicherweise gefährlichen Erinnerung überrascht hatte. Er drehte sich weiter.

»Jetzt erinnere ich mich an Sie«, sagte er in freundlichem Tonfall. »Sie sind die eifrige, junge blonde Frau, die so von der Wissenschaft fasziniert war. Ich habe mich gefragt, ob Sie Anthropologin werden würden. Sind Sie es geworden?«

»Nein. Ich habe in Zell- und Molekularbiologie promoviert. Deshalb brauche ich Ihre Hilfe. Ich arbeite für das Medizinische Institut der Armee zur Erforschung von Infektionskrankheiten in Fort Detrick. Wir haben es mit einem Virus zu tun, der dem aus Peru sehr ähnlich zu sein scheint – mit einem unbekannten Virentyp, der Kopfschmerzen, Fieber und akutes Lungenversagen bei ansonsten gesunden Menschen auslösen und durch exzessive Blutungen der Lunge zum Tod führen kann. Läuten bei Ihnen die Alarmglocken, Dr. Tremont?«

»Nennen Sie mich Victor. Jetzt erinnere ich mich, glaube ich, an Ihren Vornamen. Susan oder Sally ...?«

»Sophia.«

»Ja, natürlich. Sophia Russel. Fort Detrick.« Es klang, als ob er mitschreiben würde. »Ich bin glücklich, dass Sie der Wissenschaft erhalten geblieben sind. Manchmal wünschte ich, wieder im Labor arbeiten zu können und nicht im Chefsessel sitzen zu müssen. Aber das ist Schnee von gestern.« Er lachte.

»Erinnern Sie sich an den Virus?«

»Nein, kann ich nicht behaupten. Schon bald nach der Reise

nach Peru habe ich mich dem Verkauf und dem Management zugewandt. Wahrscheinlich habe ich den Vorfall deshalb vergessen. Wie gesagt, es ist lange her. Aber nach meinen Erinnerungen an meine molekularbiologischen Forschungen scheint mir Ihr Szenario unwahrscheinlich zu sein. Sie müssen an eine Reihe unterschiedlicher Viren denken, von denen wir auf dieser Reise gehört haben. An solchen Nachrichten gab es keinen Mangel. Daran erinnere ich mich noch.«

Sophia presste frustriert den Hörer gegen ihr Ohr. »Nein, ich bin mir sicher, dass es ein Mittel gab, das wir durch die Arbeit mit dem ›Affenblut-Volk‹ kennen gelernt haben. Damals habe ich der Sache nicht viel Aufmerksamkeit geschenkt. Aber ich habe auch nicht damit gerechnet, Biologin zu werden, von der Zell- und Molekularbiologie ganz zu schweigen. Dennoch ist es mir in Erinnerung geblieben.«

»Das ›Affenblut-Volk‹? Seltsam. Ich bin sicher, dass ich mich an einen Stamm mit einem so außergewöhnlichen Namen erinnern könnte.«

»Hören Sie bitte zu, Dr. Tremont«, sagte Sophia in eindringlichem Tonfall. »Es ist sehr wichtig. Wir haben gerade im Zusammenhang mit drei Fällen von einem Virus gehört, der mich an den in Peru erinnert. Diese Eingeborenen verfügten über ein Heilmittel, das in fast achtzig Prozent aller Fälle wirkte: Sie tranken das Blut einer bestimmten Spezies von Affen. Ich erinnere mich, dass Sie deshalb erstaunt waren.«

»Das wäre ich immer noch.« Die Genauigkeit ihrer Erinnerung machte Tremont nervös. »Primitive Indios mit einem Heilmittel gegen einen tödlichen Virus? Davon weiß ich nichts«, log er. »Wenn es so war, wie Sie es beschreiben, bin ich mir sicher, dass ich mich erinnern würde. Was sagen denn Ihre Kollegen dazu? Einige von ihnen haben doch bestimmt auch in Peru gearbeitet.«

Sophia seufzte. »Ich wollte zuerst mit Ihnen reden. Fehlalarm gibt es bei uns häufig genug und auch für mich liegt Peru lange zurück. Aber wenn Sie sich nicht erinnern ...« Ihre Stimme versagte. Sie war fürchterlich enttäuscht. »Ich bin sicher, dass ein solcher Virus existierte. Eventuell werde ich Kontakt nach Peru aufnehmen. Dort muss es Akten über ungewöhnliche Heilmittel der Indios geben.«

Victor Tremonts Stimme wurde etwas lauter. »Vielleicht wird das nicht notwendig sein. Ich habe noch ein Journal von der damaligen Reise. Es enthält Notizen über Pflanzen und möglicherweise neu zu entwickelnde Pharmazeutika. Vielleicht habe ich auch etwas über Ihren Virus niedergeschrieben. Ich werde nachsehen.«

Sofort ging Sophia auf seinen Vorschlag ein. »Das wäre sehr nett von Ihnen.«

Tremont lächelte. Jetzt hatte er sie. »Die Notizbücher sind irgendwo in meinem Haus, wahrscheinlich auf dem Dachboden oder im Keller. Ich rufe Sie morgen zurück.«

»Ich stehe in Ihrer Schuld, Victor. Vielleicht wird bald die ganze Welt in Ihrer Schuld stehen. Bitte denken Sie morgen sofort an mich. Sie haben keine Ahnung, wie wichtig es sein könnte.« Sie gab ihm ihre Telefonnummer.

»Ich glaube schon, dass ich das weiß«, versicherte Tremont dann. »Spätestens morgen früh werde ich es wissen.«

Nachdem er aufgelegt hatte, drehte er sich erneut in seinem Schreibtischsessel und blickte auf den jetzt heller strahlenden See und die hohen Berge, die plötzlich nah und unheildrohend aufzuragen schienen. Tremont stand auf und ging zum Fenster hinüber. Er war ein großer Mann mit mittelstarkem Körperbau und unverwechselbaren Gesichtszügen. Die Natur hatte es gut mit ihm gemeint. Der Jugendliche mit der übergroßen Nase, den unförmigen Ohren und hohlen Wangen hatte sich zu einem gut aussehenden Mann entwickelt. Mittlerweile war er Mitte Fünfzig und hatte voll ausgeprägte Gesichtszüge. Sie waren adlerartig, sympathisch und aristokratisch. Seine Nase hatte genau die richtige Größe – sie war gerade und stark und passte zu seinen sehr englischen Zügen. Mit seiner gebräunten Haut und dem dichten, stahlgrauen Haar zog er überall die Aufmerksamkeit auf sich. Aber er wusste, dass die Leute ihn nicht wegen seiner Würde und Attraktivität anziehend fanden, sondern wegen seines Selbstvertrauens. Er verströmte eine Aura der Macht und weniger selbstsichere Menschen fanden das faszinierend.

Im Gegensatz zu dem, was er Sophia Russel erzählt hatte, machte Victor Tremont keinerlei Anstalten, in sein abgelegenes Haus zurückzukehren. Stattdessen starrte er gedankenverloren auf die Berge und kämpfte gegen die Anspannung an. Er war wütend und verärgert.

Sophia Russel. Mein Gott, Sophia Russel!

Wer hätte das gedacht? Anfangs hatte er sich nicht einmal an ihren Namen erinnert. Tatsächlich konnte er sich an keinen Namen der Mitglieder dieser unbedeutenden Studentengruppe erinnern und er bezweifelte, dass seiner irgendjemandem von ihnen noch etwas sagte. Aber Sophia Russel hatte sich an ihn erinnert. Was für ein Gehirn behielt so ein Detail? Offensichtlich war ihr das Triviale zu wichtig. Angewidert schüttelte er den Kopf. In Wahrheit stellte sie kein Problem dar, sondern nur eine Belästigung. Dennoch musste man sich um sie kümmern. Nachdem er die Geheimschublade seines mit Schnitzereien verzierten Schreibtischs aufgezogen hatte, zog er ein Handy hervor und wählte.

»Ja?«, fragte eine emotionslose Stimme mit leichtem Akzent.

»Wir müssen uns treffen«, sagte Victor Tremont. Er beendete das Gespräch, legte das Handy wieder in die Schublade und griff nach seinem normalen Telefon. »Muriel? Verbinden Sie mich mit General Caspar in Washington.«

3

Montag, 13. Oktober, 9 Uhr 14
Fort Detrick, Maryland

Als die Angestellten an diesem Montagmorgen im USAMRIID eintrafen, verbreitete sich auf dem Gelände der Forschungseinrichtung schnell die Nachricht, dass die Bemühungen des Wochenendes, die Gefahr zu bannen, die von dem Killervirus ausging, erfolglos geblieben waren. Die Presse hatte noch nicht Wind von der Story gekriegt und aus dem Büro des Direktors kam die Anordnung, den Medien gegenüber Stillschweigen zu bewahren. Niemand sollte mit einem Journalisten reden und nur die Mitarbeiter der Labors wurden über die quälende Suche auf dem Laufenden gehalten.

Unterdessen mussten die Routinetätigkeiten weiterhin erledigt werden. Formulare waren auszufüllen, Geräte zu warten, Anrufe zu beantworten. Im Vorzimmer des Sergeant Major saß Hideo Takeda an seinem durch Zwischenwände abgetrennten Arbeitsplatz und sortierte die Post. Er öffnete einen offiziell wirkenden Briefumschlag, auf dem das Logo des amerikanischen Verteidigungsministeriums prangte.

Nachdem er den Brief zweimal gelesen hatte, beugte er sich über die Trennwand, die seinen Arbeitsplatz von dem seiner Kollegin Sandra Quinn abgrenzte. »Ich werde nach Okinawa versetzt.«

»Sie machen Witze.«

»Wir hatten die Hoffnung schon aufgegeben.« Takeda grinste. Seine Freundin Miko war in Okinawa stationiert.

»Sagen Sie es der Chefin besser sofort«, warnte Sandra. »Das bedeutet, dass sie einer neuen Kraft beibringen muss, wie man mit den gottverdammten zerstreuten Professoren hier umgehen muss. Es wird sie ankotzen. Wegen des neuen Virus sind sie heute sowieso alle von der Rolle.«

»Sie soll mich am Arsch lecken«, meinte Takeda gut gelaunt.

»Nicht in meinem schlimmsten Alptraum.« Sergeant Major Helen Daugherty stand in der Tür ihres Büros. »Würden Sie bitte eintreten, Mister Takeda?«, fragte sie übertrieben höflich. »Oder soll ich Sie lieber gleich k. o. schlagen?«

Daugherty war eine imposante, über einen Meter achtzig große blonde Frau, deren weibliche Rundungen den Männern ein bewunderndes Pfeifen entlockten. Mit dem Lächeln eines Piranhas blickte sie auf den einen halben Kopf kleineren Takeda herab. Der gehorchte und eilte mit einem nervösen, ängstlichen Gesichtsausdruck, der nicht gänzlich gespielt war, in das Büro seiner Vorgesetzten. Bei Helen Daugherty, die sich wie jeder gute männliche Sergeant Major verhielt, wusste man nie genau, ob man sich in Sicherheit wiegen konnte.

»Schließen Sie die Tür und setzen Sie sich.«

Takeda befolgte ihre Anweisungen.

Helen Daugherty fixierte ihn mit einem stechenden Blick. »Wie lange wissen Sie schon von einer möglichen Versetzung, Hideo?«

»Die Nachricht kam heute Morgen aus heiterem Himmel. Ich habe den Brief gerade geöffnet.«

»Und wir haben die Versetzung für Sie beantragt ... War das nicht vor fast zwei Jahren?«

»Vor zweieinhalb Jahren, gleich nach meiner Rückkehr aus Okinawa. Wenn Sie mich noch eine Weile hier brauchen, Sergeant Major ...«

Helen Daugherty schüttelte den Kopf. »Selbst wenn ich es wollte, es sieht nicht so aus, als ob das möglich wäre.« Mit einem Finger tippte sie auf ein Schriftstück auf ihrem Schreibtisch. »Diese E-Mail habe ich ungefähr zur selben Zeit erhalten, als Sie den Brief geöffnet haben. Es sieht so aus, als ob Ihre Nachfolgerin bereits hierher unterwegs ist. Sie kommt aus der Führungsetage des Militärischen Nachrichtendiensts im Kosovo. Darunter tun sie es nicht.« Helen Daughertys Gesichtsausdruck war nachdenklich. »Sie muss bereits im Flugzeug gesessen haben, bevor der Brief bei Ihnen landete.«

»Wollen Sie damit sagen, dass sie bereits heute kommen wird?«

Helen Daugherty blickte auf die Uhr auf ihrem Schreibtisch. »In zwei Stunden, um genau zu sein.«

»Meine Güte, das geht ja schnell.«

»Allerdings«, stimmte sie zu. »Für Sie gibt es genaue Anordnungen. Sie haben einen Tag, um Ihren Arbeitsplatz aufzuräumen. Morgen früh sitzen Sie im Flugzeug.«

»*Einen* Tag?«

»Machen Sie sich besser an die Arbeit. Und viel Glück, Hideo. Ich habe gern mit Ihnen zusammengearbeitet und werde eine positive Beurteilung für Ihre Akte schreiben.«

»Jawohl, Sergeant Major. Vielen Dank.«

Immer noch etwas verwirrt verließ Takeda das Büro seiner Vorgesetzten, die weiter über die ihr zugegangene Nachricht nachdachte. Sie rollte einen Stift zwischen den Händen hin und her und starrte geistesabwesend ins Leere, während Takeda begeistert seinen Schreibtisch ausräumte und dabei einen Triumphschrei unterdrückte. Er hatte es satt, nicht bei Miko sein zu können. Vor allem aber war er es leid, in diesem USAMRIID-Hexenkessel leben zu müssen. Er hatte hier jede Menge Krisensituationen miterlebt, aber diese beunruhigte, ja verängstigte alle mehr als jede andere zuvor. Er war froh, von hier wegzukommen.

Drei Stunden später salutierte Takedas Nachfolgerin Adele Schweik vor dem Schreibtisch von Sergeant Major Helen Daugherty. Schweik war eine kleine Frau mit dunkelbraunem, fast schwarzem Haar, einer steifen Körperhaltung und wachen grauen Augen. Ihre Uniform war makellos und sie trug zwei Reihen von Ordensbändern, die bewiesen, dass sie in vielen Ländern und bei vielen militärischen Einsätzen in Übersee gedient hatte. Sogar in Bosnien hatte sie einen Orden erhalten.

»Rühren.«

Schweik gehorchte. »Danke, Sergeant Major.«

Helen Daugherty las ihre Papiere und sprach, ohne aufzusehen. »Das ging ja ziemlich schnell, was?«

»Vor ein paar Monaten habe ich darum gebeten, aus persönlichen Gründen in die Nähe von Washington versetzt zu werden. Mein Colonel hat mir erzählt, dass in Fort Detrick plötzlich eine Stelle frei geworden ist. Da habe ich die Gelegenheit beim Schopf ergriffen.«

Helen Daugherty blickte zu ihr auf. »Sind Sie nicht ein bisschen überqualifiziert? Dies ist ein Job in der Provinz, bei einer kleinen Kommandobehörde, wo nicht viel zu tun ist. In Übersee werden wir nie aktiv.«

»Ich weiß nur, dass es Detrick ist. Über Ihre Einheit ist mir nichts bekannt.«

»Wie bitte?« Helen Daugherty hob eine ihrer blonden Augenbrauen. Irgendwie war diese Miss Schweik zu kühl und beherrscht. »Sie befinden sich im USAMRIID, dem Medizinischen Institut der Armee zur Erforschung von Infektionskrankheiten. Hier geht's um wissenschaftliche Forschung. Alle unsere Offiziere sind Ärzte, Veterinärmediziner oder medizinische Spezialisten. Bei uns arbeiten sogar Zivilisten. Keine Waffen, keine Manöver, kein Ruhm.«

»Hört sich friedlich an, Sergeant Major«, entgegnete Schweik lächelnd. »Eine nette Luftveränderung nach dem Einsatz im Kosovo. Nebenbei – ich habe gehört, dass das USAMRIID an vorderster Front gegen ziemlich tödliche Krankheiten kämpft. Hört sich aufregend an.«

Helen Daugherty neigte den Kopf. »Das ist Sache der Ärzte. Bei uns geht's nur um Bürokram. Wir sind für die Organisation zuständig. Am Wochenende hat es eine Art Notfall gegeben. Stellen Sie keine Fragen, das geht Sie nichts an. Sollte Sie irgendein Journalist ansprechen, verweisen Sie ihn an die Pressestelle. Das ist ein Befehl. Ihr Arbeitsplatz ist neben dem von Miss Quinn. Richten Sie sich ein bisschen ein, dann wird sie Sie einarbeiten.«

Schweik salutierte. »Danke, Sergeant Major.«

Erneut drehte Helen Daugherty den Stift zwischen ihren Händen und starrte auf die Tür, die sich gerade hinter ihrer neuen Untergebenen geschlossen hatte. Dann seufzte sie. Sie hatte nicht ganz die Wahrheit gesagt. Wenngleich jede Menge Routinearbeit anfiel, gab es doch auch Augenblicke wie diesen, in denen man nichts mehr verstand. Sie zuckte die Achseln. Nun, sie hatte schon seltsamere Dinge miterlebt als einen plötzlichen Personalwechsel, mit dem beide Seiten glücklich waren. Nachdem sie Quinn angerufen und um eine Tasse Kaffee gebeten hatte, verdrängte sie die Viruskrise und die seltsame Versetzung aus ihren Gedanken.

Um kurz nach halb sechs verschloss Helen Daugherty ihre Tür und wollte das leere Büro verlassen. Aber das Büro war nicht leer.

»Ich würde gern noch bleiben und so viel wie möglich über meine neue Arbeit lernen«, sagte Adele Schweik. »Hoffentlich ist Ihnen das recht.«

»Okay. Ich werde dem Sicherheitsdienst Bescheid sagen. Haben Sie einen Büroschlüssel? Schließen Sie ab, wenn Sie gehen. Sie werden nicht allein im Gebäude sein. Der neu entdeckte Virus treibt die Ärzte zum Wahnsinn. Wahrscheinlich werden einige von ihnen die ganze Nacht über auf dem Gelände bleiben. Wenn das noch länger so weitergeht, werden sie stinkig werden. Sie mögen keine Rätsel, durch die Menschen ums Leben kommen.«

»Das habe ich schon gehört.« Die kleine Frau nickte lächelnd. »Sehen Sie, in Fort Detrick ist doch jede Menge los.«

»Ich muss mich korrigieren«, sagte Helen Daugherty lachend, bevor sie das Büro verließ.

An ihrem Schreibtisch in dem stillen Büro las Schweik Memoranden und machte sich Notizen. Als sie sich nach einer halben Stunde sicher war, dass weder Helen Daugherty zurückkehren noch die Leute vom Sicherheitsdienst auftauchen würden, um sie zu überprüfen, öffnete sie den Diplomatenkoffer, den sie während ihrer ersten Kaffeepause ins Büro gebracht hatte. Als sie am Morgen auf dem Flugplatz der Andrews Air Force Base gelandet war, hatte er in dem für sie bereitstehenden Wagen gelegen.

Aus dem Koffer zog sie ein schematisches Diagramm der Telefoninstallationen im USAMRIID-Gebäude hervor. Der Kasten mit den Anschlüssen für alle internen Nebenstellen und persönlichen Leitungen nach draußen befand sich im Keller. Sie studierte das Diagramm lange genug, um sich zu merken, wo er sich befand. Dann legte sie den Plan in den Koffer zurück, verschloss ihn und trat damit in den Korridor.

Mit einem unschuldig-neugierigen Gesichtsausdruck blickte sie sich vorsichtig um.

Der Wachposten am Haupteingang las. An ihm musste sie vorbei. Nachdem sie tief durchgeatmet hatte, schlich sie leise durch den Korridor zur Kellertür.

Dort wartete sie. Der Wachposten bewegte sich nicht. Obwohl für das Gebäude die höchste Sicherheitsstufe angeordnet war, war der Schutz weniger dafür bestimmt, Leute am Eindringen zu hindern, als vielmehr dafür, die Öffentlichkeit vor dem Ausströmen tödlicher Giftstoffe, Viren, Bakterien und anderer gefährlicher wissenschaftlicher Materialien zu bewahren, die im USAMRIID analysiert wurden. Zwar war der Wachposten gut ausgebildet, aber er ließ die Aggressivität seiner Kollegen vermissen, die ein Labor bewachten, wo geheime Kriegswaffen hergestellt wurden.

Erleichtert stellte sie fest, dass der Wachposten weiterhin in sein Buch vertieft war. Sie versuchte, die schwere Stahltür zu öffnen, doch sie war verschlossen. Aus dem Diplomatenkoffer zog sie einen Schlüsselbund hervor. Der dritte Schlüssel passte. Geräuschlos schritt sie die Kellertreppe hinab und schlängelte sich unten zwischen riesigen Maschinen hindurch, die das Gebäude heizten oder kühlten, keimfreie Luft und Unterdruck für die Labors lieferten, das Lüftungs- und Abgassystem funktionsfähig hielten, für Wasser und chemische Lösungen für die Duschen sorgten und für alle anderen Wartungsarbeiten in dem medizinischen Institut zuständig waren.

Als sie den Kasten mit den Telefonanschlüssen gefunden hatte, war sie bereits ins Schwitzen geraten. Nachdem sie den Diplomatenkoffer auf den Boden gelegt hatte, nahm sie einen kleineren Werkzeugkoffer mit Drähten, bunten Kabeln, Messgeräten, Schalteinheiten, Abhöreinrichtungen und winzigen Aufnahmegeräten heraus.

Wenn man von dem gelegentlichen Klicken, Gurgeln und Summen in den Rohrleitungen und Schächten absah, war es im Keller des Gebäudes ruhig. Dennoch lauschte sie eine Weile, um sicher zu sein, dass niemand in der Nähe war. Ihre Nervosität ließ sie frösteln. Aufmerksam beobachtete sie den grauen Raum. Als sie den Kasten mit den Telefonanschlüssen schließlich geöffnet hatte, begann sie, sich an den Leitungen zu schaffen zu machen.

Zwei Stunden später war Schweik wieder in ihrem Büro, wo sie ihr Telefon überprüfte, einen Minikopfhörer anschloss und einen Schalter auf der versteckten Kontrolleinheit in ihrer Schreibtischschublade bediente. Dann lauschte sie: *»Ja, es tut mir Leid, aber ich werde mindestens noch zwei Stunden hier bleiben müssen. Sorry, Darling, es lässt sich nicht ändern. Dieser Virus ist ein harter Brocken. Das ganze Team arbeitet an der Sache. Okay, ich werde versuchen, zu Hause zu sein, bevor die Kinder ins Bett gehen.«*

Befriedigt darüber, dass ihr Abhörsystem funktionierte, schaltete sie es aus. Dann wählte sie eine Nummer. »Ja?«, fragte eine männliche Stimme, die während der letzten Nacht Kontakt zu ihr aufgenommen und Anweisungen gegeben hatte.

»Die Installation ist abgeschlossen«, berichtete sie. »Ich bin mit der Telefonzentrale verbunden, bekomme ein Zeichen, wenn in einem der für Sie interessanten Büros telefoniert wird, und kann dann mithören.«

»Man hat Sie nicht beobachtet und verdächtigt Sie nicht?«

Sie war stolz auf ihr gutes Gehör für Stimmen und ihre Sprachkenntnisse. Dies war die Stimme eines gebildeten Menschen – er beherrschte die englische Sprache gut, aber nicht perfekt. Das Sprachmuster war nicht englischer Provenienz, sondern hatte einen minimalen Akzent, der auf den Nahen Osten schließen ließ. Nicht auf Israel, den Iran oder die Türkei, aber möglicherweise auf Syrien oder den Libanon. Wahrscheinlicher waren aber Jordanien oder der Irak.

Sie prägte sich diese Entdeckung für die Zukunft ein.

»Natürlich nicht«, antwortete Schweik.

»Gut. Achten Sie auf alle Entwicklungen, die den unbekannten Virus betreffen. Hören Sie alle Telefonate von Dr. Russel, Lieutenant Colonel Smith und General Kielburger ab.«

Dieser Job durfte nicht allzu lange dauern, oder er würde zu riskant werden. Obwohl man die Leiche der echten Adele Schweik wahrscheinlich nie finden würde. Diese hatte offenbar keine Angehörigen und nur wenige Freunde außerhalb der Armee gehabt. Deshalb hatte man sich ja für sie entschieden.

Aber Schweik hatte den Eindruck, dass Sergeant Major Helen Daugherty misstrauisch und durch ihre Ankunft etwas irritiert war. Wenn man sie zu genau im Auge behielt, konnte alles auffliegen.

»Wie lange werde ich hier bleiben?«

»Bis wir Sie nicht mehr brauchen. Erregen Sie auf keinen Fall irgendwie Aufmerksamkeit.«

Das Freizeichen summte in ihrem Ohr. Sie legte auf, beugte sich vor und fuhr fort, sich mit der Büroarbeit vertraut zu machen. Zugleich hörte sie ein- und ausgehende Telefonate ab und achtete auf das Licht auf ihrem Telefon, das sie über Gespräche von Dr. Sophia Russel informieren sollte. Einen Augenblick lang überlegte sie neugierig, warum diese Frau so wichtig war. Dann verdrängte sie diesen Gedanken. Manches wusste man besser nicht.

4

Mitternacht
Washington, D. C.

Washingtons herrlicher Rock-Creek-Park ist ein keilförmiges Stück Wildnis im Herzen der Stadt. Vom Potomac in der Nähe des Kennedy Center verbreitert sich der enge Streifen zu großen Wäldern im oberen Nordwesten der Stadt. In dem natürlichen Wald gibt es viele Wander-, Rad- und Reitwege, daneben Picknickplätze und historische Sehenswürdigkeiten. Pierce Mill, an der Kreuzung von Tildon Street und Beach Drive gelegen, war einer dieser historisch bedeutsamen Orte. Die alte Mühle stammte aus der Zeit vor dem Amerikanischen Bürgerkrieg, als eine Reihe solcher Getreidemühlen am Ufer des Bachs gestanden hatten. Jetzt war sie ein vom National Park Service geführtes Museum, ein vom Mondlicht erleuchtetes Relikt jener längst vergangenen Zeit.

Nordwestlich der Mühle, im dichten Unterholz in der Dunkelheit des Waldes, wartete Bill Griffin, der einen hochgradig wachsamen Dobermann an der Leine hielt. Obwohl es kalt war, schwitzte Griffin. Aufmerksam beobachtete er die Mühle und die Picknickplätze. Als der schlanke Hund Witterung aufnahm, drehten sich seine aufgerichteten Ohren.

Von rechts, aus der Richtung der Mühle, näherte sich jemand. Schon lange vor Griffin hatte der Hund die schwachen Geräusche knisternden Herbstlaubs gehört. Als Griffin die Schritte vernahm, befreite er den Hund von der Leine. Der Dobermann blieb gehorsam sitzen, aber seine angespannten Muskeln zitterten.

Schweigend gab Griffin dem Hund ein Handzeichen.

Wie ein schwarzes Phantom schoss der Dobermann in die Nacht und umrundete in einem großen Kreis den Picknickplatz. In dem unheildrohenden Dunkel zwischen den Bäumen war das Tier nicht zu sehen.

Griffin sehnte sich verzweifelt nach einer Zigarette. Jeder einzelne seiner Nerven war bis zum Zerreißen gespannt. Hinter ihm lief irgendein wildes Tier raschelnd durch das Unterholz. In einem Baum schrie eine Nachteule. Doch Griffin nahm weder die Geräusche noch die Anspannung seiner Nerven wahr. Er war ein bestens ausgebildeter Vollprofi und deshalb blieb er wachsam und rührte sich nicht. Weil er sich in der kalten Luft nicht durch weißen Hauch vor dem Mund verraten wollte, atmete er behutsam. Obwohl er sein Temperament unter Kontrolle hielt, war er zornig und beunruhigt.

Als er Lieutenant Colonel Jonathan Smith im Mondlicht über die freie Fläche auf sich zukommen sah, rührte sich Griffin immer noch nicht. Auf der anderen Seite des Picknickplatzes legte sich der Dobermann nieder, wie Griffin wusste, obwohl das Tier nicht zu sehen war.

Jon Smith, der auf dem Pfad herankam, zögerte. »Bill?«, flüsterte er heiser.

In der Dunkelheit zwischen den Bäumen konzentrierte sich Bill Griffin auf seine Wahrnehmung. Er lauschte auf den Verkehr der nahen Straße und die Geräusche der nächtlichen Stadt. Ihm fiel nichts Ungewöhnliches auf. In diesem Teil des riesigen Naturparks hielt sich niemand auf. Er wartete auf eine Reaktion des Hundes, aber der Dobermann blieb, wo er war, und gab keinen Laut von sich.

Griffin seufzte und ging zum Rand des Picknickplatzes, wo das Mondlicht und die Dunkelheit zusammentrafen. »Hierher, Smithy«, sagte er mit tiefer und eindringlicher Stimme.

Nervös wandte sich Jon Smith um. Er sah nur eine vage Silhouette im Mondlicht. Als er darauf zuging, fühlte er sich ungeschützt und verletzbar. »Bist du das, Bill?«, knurrte er.

»Der unerwünschte Freund«, erwiderte Griffin leichthin und zog sich wieder in die Finsternis zurück.

Smith trat zu ihm und blinzelte, damit sich seine Augen an die Dunkelheit gewöhnten. Schließlich sah er, dass ihn sein alter Freund anlächelte. Obwohl er zehn Pfund abgenommen zu haben schien, hatte er noch immer dasselbe runde Gesicht und dieselben sanften Gesichtszüge. Aber seine Wangen waren weniger dick und die Schultern wirkten breiter, weil sein Bauch und seine Taille schlanker waren. Sein braunes, halblang geschnittenes Haar hing ungepflegt herab. Er war fünf Zentimeter kleiner als der über einen Meter achtzig große Smith und kräftig.

Smith hatte es schon erlebt, dass Bill Griffin sich benahm wie ein unauffälliger und gewöhnlicher Mann, der gerade von seiner Arbeit in einer Computerfabrik zurückkam oder auf dem Weg ins nächste Café war. Sein Erscheinungsbild kam ihm beim militärischen Geheimdienst und bei verdeckten Operationen des FBI zugute, da sich hinter diesem unscheinbaren Äußeren ein scharfer Verstand und ein eiserner Wille verbargen.

Für seinen alten Freund Smith war Griffin immer so etwas wie ein Chamäleon gewesen, aber in dieser Nacht war alles anders. Jetzt blickte er ihn an – und sah den Footballstar aus Iowa und einen Mann, der eine eigene Meinung hatte. Er hatte sich zu einem aufrichtigen, bescheidenen und zugleich wagemutigen Kerl entwickelt – dies war der wahre Bill Griffin.

Griffin streckte die Hand aus. »Hallo, Smithy. Ich bin glücklich, dich nach so langer Zeit mal wieder zu treffen. Wann haben wir uns zuletzt gesehen? Im Drake-Hotel in Des Moines?«

»Richtig. Da haben wir Porterhouse-Steaks gegessen und Potosi-Bier getrunken.« Aber als er Griffins Hand schüttelte, lächelte Jon Smith nicht angesichts der schönen Erinnerung. »Das war ein verdammt weiter Weg für ein Treffen. In was für eine Sache hast du dich hineinmanövriert? Hast du Ärger?«

»Könnte man sagen.« Bill nickte. Sein Tonfall klang immer noch unbekümmert. »Aber mach dir darüber jetzt keine Gedanken. Wie geht's dir, Smithy?«

»Gut«, antwortete Smith ungeduldig. »Aber sprechen wir über dich. Woher wusstest du, dass ich in London war?« Dann lächelte er in sich hinein. »Vergiss es. Eine dumme Frage, oder? Du weißt alles. Also, was …«

»Ich habe gehört, dass du heiratest. Hast du endlich eine Frau gefunden, die den Cowboy zähmt? Wirst du dich in einem Vorort niederlassen, Kinder großziehen und den Rasen mähen?«

»So weit kommt's noch.« Smith grinste. »Sophia ist selbst eine Art Cowboy und jagt auch Viren hinterher.«

»Ah, verstehe. Vielleicht klappt es ja tatsächlich«, sagte Griffin nickend. Sein Blick war so ruhelos und irritiert wie der des jetzt unsichtbaren Dobermanns, als ob die Nacht um sie herum in Flammen aufgehen könnte. »Wie kommen eure Leute denn mit dem Virus klar?«

»Mit was für einem Virus? In Detrick haben wir es mit verdammt vielen zu tun.«

Bill Griffin blickte sich immer noch in dem teilweise vom Mondlicht erhellten, teilweise im Dunkeln liegenden Park um, ganz wie ein Panzergrenadier auf der Suche nach einem Ziel. Sein Schwitzen ignorierte er. »Ich rede von dem Virus, den zu untersuchen man dich am Samstagmorgen beauftragt hat.«

Smith war irritiert. »Ich war seit Dienstag in London. Das musst du doch wissen. Verdammt!«, fluchte er laut. »Das muss der Notfall sein, wegen dem Sophia unser Telefongespräch abbrach. Ich muss zu ihr …« Er hielt inne und runzelte die Stirn. »Woher weißt du von dem neuen Virus? Geht's dir darum? Du glaubst, dass sie mir alles darüber erzählt haben, als ich in England war, und jetzt willst du mich wegen Informationen anzapfen?«

Griffins Gesichtsausdruck verriet nichts. Er beobachtete weiterhin die Umgebung. »Beruhige dich, Jon.«

»Ich soll mich beruhigen?«, fragte Smith ungläubig. »Ist das FBI so an diesem Virus interessiert, dass sie dich geschickt haben, um mich auszuquetschen? Das ist dämlich. Dein Boss kann meinen anrufen. So läuft das doch in solchen Fällen.«

Endlich blickte Griffin Smith an. »Ich arbeite nicht mehr für das FBI.«

»Du …?« Smith starrte ihn an, aber Griffins fester Blick blieb nichts sagend. Er war leer, genau wie sein Gesichtsausdruck. Der alte Bill Griffin war verschwunden und einen Augenblick lang fühlte Smith in seinem tiefsten Inneren einen stechenden Schmerz. Dann wurde er immer wütender und die Alarmglocken des Soldaten und Virenjägers schrillten. »Was ist so besonders an diesem neuen Virus? Und wofür brauchst du die Informationen? Für irgendein schmieriges Groschenblatt?«

»Ich arbeite nicht für eine Zeitung.«

»Dann für einen Kongressausschuss? Natürlich, was wäre besser, als einen ehemaligen FBI-Mann einzusetzen, wenn man die Wissenschaftsförderung kürzen will!« Smith atmete tief durch. Jetzt erkannte er den Mann, den er einst für seinen besten Freund gehalten hatte, nicht mehr wieder. Irgendetwas hatte Bill Griffin verändert, aber dieser machte keinerlei Anstalten, ihn einzuweihen. Er schien ihre Freundschaft für seine Zwecke ausnutzen zu wollen. Smith schüttelte den Kopf. »Nein, Bill, erzähl mir nicht, für wen du arbeitest. Es spielt keine Rolle. Bedien dich der Informationskanäle der Armee, wenn du etwas über Viren wissen willst. Und ruf mich nicht wieder an – es sei denn als mein Freund und nichts sonst.« Angewidert entfernte er sich.

»Warte, Smithy. Wir müssen reden.«

»Du kannst mich mal, Bill.« Smith ging weiter.

Griffin pfiff leise.

Plötzlich tauchte ein riesiger, knurrender Dobermann vor Smith auf. Er erstarrte. Der Hund blieb vor ihm stehen, hob den Kopf und knurrte lang und tief. Sein scharfes Gebiss glänzte weiß und feucht. Mit einem Biss konnte der Hund die Kehle eines Menschen durchbeißen.

Smith' Herz pochte wild. Wie angewurzelt starrte er auf den Hund.

»Tut mir Leid.« Griffins Stimme klang fast traurig. »Du hast mich gefragt, ob es Ärger gibt. Allerdings – aber nicht für mich.«

Während der Hund weiterhin knurrte, rührte sich Smith nicht von der Stelle. Nur sein Gesichtsausdruck veränderte sich.

»Willst du damit sagen, dass *ich* Ärger habe?«, höhnte er verächtlich. »Mach mal halblang.«

Griffin nickte. »Genau das, Smithy. Deshalb wollte ich dich sehen. Aber das ist alles, was ich sagen kann. Du schwebst in großer Gefahr. Zum Teufel, hau aus der Stadt ab und geh nicht in dein Labor zurück. Nimm ein Flugzeug und …«

»Wovon redest du? Du weißt verdammt gut, dass ich das nie tun würde. Meine Arbeit im Stich lassen? Verdammt noch mal, was ist mit dir los, Bill?«

Griffin ignorierte seine Worte. »Hör gut zu. Ruf Detrick an und erzähl dem General, dass du Urlaub brauchst, und zwar sofort, einen langen Urlaub im Ausland. Mach dich so schnell wie möglich aus dem Staub. Noch heute Nacht!«

»Das ist ein bisschen wenig. Was ist an diesem Virus so außergewöhnlich? Wenn ich etwas machen soll, muss ich den Grund kennen.«

»Um Himmels willen!«, schrie Griffin, der die Fassung verlor. »Ich versuche, dir zu helfen. Hau ab, und zwar schnell! Und nimm deine Sophia mit.«

Noch bevor er geendet hatte, hob der Dobermann plötzlich seine Vorderpfoten und sprang um neunzig Grad herum. Er blickte zum hinteren Ende des Parks hinüber.

»Besuch, mein Junge?«, fragte Griffin sanft und gab dem Dobermann ein Handzeichen, der daraufhin zwischen den Bäumen verschwand. Dann wandte sich Griffin wieder Smith zu. *»Verschwinde von hier, Jon!«*, brach es aus ihm heraus. *»Auf der Stelle!«* Mit unglaublicher Geschwindigkeit schoss er hinter dem Dobermann her.

Herr und Hund verschwanden zwischen den dicken Bäumen neben dem dunklen Pfad.

Einen Augenblick lang war Smith verwirrt. Hatte Bill um ihn oder um sich selbst Angst? Oder um sie beide? Sein alter Freund schien ein großes Risiko eingegangen zu sein, um ihn zu warnen und um etwas zu bitten, was keiner von ihnen früher in Betracht gezogen hätte: Er sollte seine Arbeit im Stich lassen und vor der Verantwortung fliehen.

Um so weit zu gehen, musste Bill sich in einer ausweglosen Lage befinden.

In was um Himmels willen war Griffin hineingeschlittert?

Smith lief ein kalter Schauer über den Rücken und in seiner Schläfe begann es zu pochen. Bill hatte Recht: Er war in Gefahr, zumindest in diesem finsteren Park. Seine alten Gewohnheiten kehrten zurück. Plötzlich waren all seine Sinne geschärft und er beobachtete die Bäume und Rasenflächen mit dem Blick des Profis.

Während er nachdachte, lief er am Rand der dunklen Bäume entlang. Er hatte angenommen, dass Bill ihn über das FBI gefunden hatte, aber er arbeitete nicht mehr für das Bureau.

Nur seine Verlobte, sein Boss und der Angestellte in Fort Detrick, der die Reise arrangiert hatte, hatten gewusst, dass er in London im Wilbraham abgestiegen war. Keiner von ihnen hätte einem Fremden seinen Aufenthaltsort mitgeteilt, wie überzeugend dieser auch immer aufgetreten sein mochte.

Wie hatte Bill, der behauptete, nicht mehr für das FBI zu arbeiten, dann herausgefunden, wo er in London gewohnt hatte?

In der Nähe des Parkeingangs an der Tidden Street lauerte im Schatten der alten Mühle eine schwarze Limousine ohne Licht. Auf der Rückbank saß Nadal al-Hassan, ein großer Mann mit dunkler Haut und einem schmalen und scharf geschnittenen Gesicht. Er hörte seinem Untergebenen Steve Maddux zu, der ihm durchs Fenster Bericht erstattete.

Weil Maddux gerannt war, war sein Gesicht gerötet und verschwitzt. »Wenn Bill Griffin im Park ist, gleicht er einem gottverdammten Geist, Mr. al-Hassan«, sagte er schwer atmend. »Ich habe nur diesen Militärarzt herumspazieren sehen.«

Die Gesichtshaut des großen Mannes in dem Luxuswagen war voller Narben. Er war einer der wenigen, die die einst gefürchtete Pockenkrankheit überlebt hatten. Der Blick seiner schwarzen Augen war verschleiert und ausdruckslos. »Ich habe Ihnen schon mal gesagt, dass Sie nicht so blasphemisch daherreden sollen, wenn Sie weiter für mich arbeiten wollen.«

»Tut mir Leid, okay? Jesus Chr...«

Wie der Kopf einer angreifenden Kobra schoss die Hand des großen Mannes durchs Fenster und seine langen Finger packten Maddux' Kehle.

Maddux war vor Furcht wie gelähmt und gab würgende Geräusche von sich. Obwohl er den Fluch nicht vollendet hatte, schienen die unausgesprochenen Silben in der Finsternis unheilvoll in der Luft zu hängen. Endlich lockerte sich der Würgegriff etwas. Von Maddux' Stirn tropften Schweißperlen.

Die Augen des Mannes im Auto glichen einem Spiegel, durch dessen reflektierende Oberfläche niemand hindurchsehen konnte. »Möchten Sie schon sterben?«, fragte er mit gefährlich leiser Stimme.

»Sie sind doch ein Muslim«, antwortete der verängstigte Mann heiser. »Was ist denn nicht in Ordnung, wenn ich ...«

»Alle Propheten sind Heilige – Abraham, Moses, Jesus. Alle!«

»Okay, okay! Jes...« Maddux begann zu zittern, als der Würgegriff wieder fester wurde. »Woher soll ich das denn wissen?«

Der große Mann drückte einen weiteren Augenblick lang zu. Dann ließ er los. »Vielleicht haben Sie Recht. Ich erwarte einfach zu viel von verblödeten Amerikanern. Aber jetzt wissen Sie Bescheid und werden es nie mehr vergessen.« Das war eindeutig eine Drohung.

»Aber natürlich, Mr. al-Hassan«, sagte Maddux schwer atmend und nach Luft schnappend.

Der Mann mit dem scharf geschnittenen Gesicht betrachtete ihn mit einem kalten Blick. »Jon Smith war also hier.« Er lehnte sich in dem dunklen Wagen zurück und sagte leise, als spräche er mit sich selbst: »Unser Mann in London hat herausgefunden, dass Smith seinen Flug umgebucht hat und den ganzen Tag über nicht in London war. Ihre Männer haben ihn am Dulles International Airport hier in Washington aufgetan, aber er fährt nicht nach Hause nach Maryland, sondern kommt hierher. Zur selben Zeit verdrückt sich unser geschätzter Mitarbeiter aus dem Hotel. Ich folge ihm, aber er schüttelt mich hier in der

Nähe ab. Sie schaffen es nicht, ihn im Park zu finden. Das ist doch ein merkwürdiger Zufall, oder? Warum ist der Kollege von Dr. Russel hier – wenn nicht, um unseren Mr. Griffin zu treffen?«

Maddux schwieg. Er wusste, dass die meisten Fragen seines Chefs Teil eines laut vorgetragenen Monologs waren. Als wieder Stille herrschte, unterbrach er sie nicht. Um sie herum atmete der naturbelassene Park, als führte er eine Art Eigenleben.

Schließlich zuckte al-Hassan die Achseln. »Eventuell irre ich mich ja. Vielleicht ist es ein Zufall und Griffin hat nichts damit zu tun, dass Smith hier ist. Eigentlich spielt es keine große Rolle. Die anderen werden sich um Lieutenant Colonel Smith kümmern, okay?«

»Ja.« Maddux nickte begeistert. »Er hat keine Chance, Washington zu verlassen.«

5

Dienstag, 14. Oktober, 1 Uhr 34
Fort Detrick, Maryland

Nachdem sie in ihrem Büro die Schreibtischlampe eingeschaltet hatte, ließ sich Sophia Russel müde und frustriert in ihren Drehsessel fallen. Am Morgen hatte Victor Tremont angerufen und ihr mitgeteilt, dass in seinen Journalen aus Peru der von ihr beschriebene Virus oder der Indiostamm »Affenblut-Volk« nirgends erwähnt wurde. Tremont war ihre beste Spur außerhalb des Instituts und sie war am Ende ihrer Weisheit, weil er ihr nicht hatte helfen können.

Obwohl sie und die übrigen Detrick-Molekularbiologen rund um die Uhr gearbeitet hatten, waren sie der Lösung des Problems keinen Schritt näher gekommen. Unter dem Elektronenmikroskop zeigte der Virus dieselbe kugelartige Form mit der behaart aussehenden Oberfläche einiger seiner Proteine, die stark an einen Grippevirus erinnerte. Aber dieser Virus war weitaus simpler aufgebaut als ein Grippevirus – und weitaus tödlicher.

Nachdem sie unter den Hantaviren keinen entsprechenden gefunden hatten, überprüften sie erneut Marburg-, Lassa- und Ebola-Virus, obwohl diese verwandten Killerviren unter dem Mikroskop keinerlei Ähnlichkeit mit dem unbekannten Virus aufgewiesen hatten. Sie versuchten es mit jeder anderen bekannten Variante hämorrhagischen Fiebers und überprüften auch typhoide Beulenpest, Lungenpest, Meningitis und Hasenpest.

Doch alle Vergleiche waren erfolglos geblieben. Am Nachmittag hatte sie darauf bestanden, dass General Kielburger die Existenz des Virus bekannt gab und um die Unterstützung der Centers for Disease Control und anderer, auch ausländischer

Stufe-Vier-Laboratorien bat. Weil es nach wie vor nur drei Fälle gab, zögerte er noch. Da der Virus aber völlig unbekannt und hochgradig tödlich zu sein schien, trug er die Verantwortung, falls er nicht die richtigen Schritte einleitete und eine weit verbreitete Epidemie ausbrach. So stimmte Kielburger schließlich grummelnd zu, komplette Memoranden und Blutproben an die CDC in Atlanta, die Special Pathogens Branch der WHO, Porton Down in Großbritannien, die Universität von Antwerpen in Belgien, das deutsche Bernard-Nocht-Institut, die Spezialabteilung des Institut Pasteur in Frankreich und an alle anderen Stufe-Vier-Laboratorien weltweit schicken zu lassen.

Jetzt trafen die ersten Berichte aus den anderen Hot-Zone-Laboratorien ein. Alle stimmten darin überein, dass der Virus wie ein Hantavirus wirkte, aber zu keinem in ihrer Datenbank passte. Die Berichte der CDC und der ausländischen Laboratorien brachten keinerlei Fortschritte. Sie enthielten nur verzweifelte Vermutungen.

Sophia lehnte sich todmüde in ihrem Schreibtischsessel zurück und massierte sich die Schläfen, um Kopfschmerzen vorzubeugen. Als sie auf die Uhr blickte, war sie geschockt. Guter Gott, es war fast zwei Uhr morgens!

Sorgenfalten zerfurchten ihre Stirn. Wo war Jon? Wenn er wie geplant in der letzten Nacht zu Hause eingetroffen wäre, wäre er heute ins Labor gekommen. Weil sie ununterbrochen gearbeitet hatte, hatte sie nicht allzu viel über seine Abwesenheit nachgedacht. Trotz ihrer Müdigkeit, der Kopfschmerzen und ihrer Sorge um Jon konnte sie ein Lächeln nicht unterdrücken. Ihr einundvierzig Jahre alter Verlobter war immer noch neugierig und impulsiv wie ein Zwanzigjähriger. Wenn Jon es mit einem medizinischen Rätsel zu tun hatte, schoss er los wie ein Rennpferd. Er musste etwas Faszinierendes entdeckt haben, das ihn aufgehalten hatte.

Trotzdem hätte er sie anrufen können. Bald würde er einen ganzen Tag zu spät dran sein.

Vielleicht hatte Kielburger ihn heimlich irgendwohin bestellt und er konnte sie nicht anrufen. Das würde zu ihrem Chef passen. Ihm war es egal, dass sie Jons Verlobte war. Wenn der General Jon losgeschickt hatte, würde sie davon erst gemeinsam mit ihren Kollegen erfahren, falls der Boss denn die Güte besäße, es ihnen zu sagen.

Nachdenklich richtete sie sich in ihrem Schreibtischsessel auf. Die Wissenschaftler arbeiteten die ganze Nacht durch, selbst der General, der nie eine Gelegenheit ausließ, sich im richtigen Licht zu präsentieren. Plötzlich war sie wegen Jon zugleich wütend und besorgt. Sie verließ den Raum und machte sich auf den Weg zum Büro ihres Chefs.

Brigadegeneral Dr. Calvin Kielburger war einer jener großen, muskulösen Männer mit lauter Stimme und nicht allzu viel Grips, die man in der Armee gern bis zum Colonel aufsteigen ließ, aber dann nicht weiter beförderte. Diese Männer waren manchmal hart und immer niederträchtig, hatten wenig Feingefühl im Umgang mit Menschen und noch weniger diplomatisches Geschick. In der Regel nannte man sie »Bulle« oder »Stutzer«. Manchmal schafften es Offiziere mit diesen Spitznamen, in einen höheren militärischen Rang aufzusteigen, aber es waren geistig unbedeutende, streitsüchtige Typen mit großer Klappe.

Nachdem er bereits einen Stern mehr erreicht hatte, als er realistischerweise erwarten konnte, hatte General Kielburger die wissenschaftliche medizinische Forschung aufgegeben und sich der berauschenden Vision hingegeben, zu einem richtigen General mit Kommando über Truppen befördert zu werden. Dafür brauchte die Armee aber intelligente Offiziere, die gut mit den unverzichtbaren zivilen Angestellten zusammenarbeiten konnten. Kielburger war so sehr damit beschäftigt, sich selbst in den Vordergrund zu stellen, dass er nicht begriff, dass es clever gewesen wäre, Intelligenz und Taktgefühl an den Tag zu legen. Deshalb war er jetzt für eine respektlose Horde von militärischen und zivilen Wissenschaftlern zuständig, die in der Regel nicht allzu autoritätsgläubig waren, besonders nicht gegenüber engstirnigen Großmäulern wie Kielburger.

Es hatte sich herausgestellt, dass Lieutenant Colonel Jon

Smith innerhalb dieser ungebärdigen Meute der Respektloseste, Unkontrollierbarste und Eigensinnigste war. Also bellte Kielburger als Antwort auf Sophias Frage: »Ich bin verdammt sicher, dass ich Lieutenant Colonel Smith nicht mit irgendeinem Auftrag betraut habe! Wenn wir ein heikles Problem hätten, wäre er der Letzte, den ich losschicken würde, und zwar genau wegen solcher Bravourstücke, wie er es sich jetzt wieder leistet!«

Sophia war so kühl wie Kielburger cholerisch. »Jon leistet sich keine ›Bravourstücke‹.«

»Wir brauchen ihn hier und er ist einen ganzen Tag zu spät dran!«

»Woher soll er denn wissen, dass wir ihn brauchen, wenn Sie ihn nicht angerufen haben?«, gab Sophia zurück. »Bevor ich den Virus zu untersuchen begann, wusste selbst ich nicht, wie schlimm die Lage ist. Dann war ich Tag und Nacht im Labor. Ich bin mir sicher, dass Sie sich erinnern, wie das ist.« Tatsächlich bezweifelte sie, dass Kielburger irgendwelche Erinnerungen an den Druck und die Aufregung hatte, die die Arbeit im Labor mit sich brachte. Sie hatte gehört, dass er es auch früher schon vorgezogen hatte, Papierkram zu erledigen und die Aufzeichnungen der Wissenschaftler zu kritisieren. »Jon muss einen Grund dafür haben, dass er sich verspätet hat, oder er wird durch außergewöhnliche Umstände festgehalten.«

»Zum Beispiel?«

»Wenn ich es wüsste, würde ich nicht Ihre wertvolle Zeit in Anspruch nehmen oder meine eigene vergeuden. Aber es ist nicht seine Art, sich zu verspäten, ohne mich anzurufen.«

»Ich würde sagen, dass das sehr gut zu ihm passt«, höhnte Kielburger mit gerötetem Gesicht. »Er ist ein gottverdammter Abenteurer, immer auf der Suche nach der nächsten Kiste mit Gold. Smith wird sich nie ändern. Glauben Sie mir: Er hat ein ›interessantes‹ medizinisches Problem oder eine Behandlungsmethode entdeckt und deshalb seinen Flug verpasst. Sehen Sie den Tatsachen ins Auge, Miss Russel. Er ist nicht zu bändigen und nach der Hochzeit werden Sie damit fertig werden müssen. Ich beneide Sie nicht darum.«

Sophia biss sich auf die Lippen und kämpfte gegen das kaum bezwingbare Bedürfnis an, dem General ihre Meinung zu sagen.

Kielburger hingegen starrte sie an und zog sie dabei in Gedanken langsam aus. Blondinen hatten ihm schon immer gefallen. Ihr Pferdeschwanz war sexy und er fragte sich, ob sie überall blond war.

Als sie nicht antwortete, schlug er einen etwas konzilianteren Ton an. »Regen Sie sich nicht auf, Dr. Russel. Er wird bald zurückkommen. Das hoffe ich wenigstens, weil wir wegen dieses Virus jeden Mann brauchen. Ich nehme an, dass Sie nichts Neues zu berichten haben?«

Sophia schüttelte den Kopf. »Ehrlich gesagt sind mir die Ideen ausgegangen und bei den anderen sieht es genauso aus. Auch in den anderen Laboratorien strengen sie sich an. Wir sind noch im Anfangsstadium, aber bis jetzt gehen nur negative Befunde und bloße Vermutungen ein.«

Kielburger trommelte frustriert auf der Schreibtischplatte herum. Als Direktor fühlte er sich verpflichtet, etwas zu tun. »Wollen Sie damit sagen, dass es sich um einen Virus handelt, der bis jetzt noch nicht entdeckt worden ist?«

»Es gibt für alles ein erstes Mal.«

Der General stöhnte. Diese Geschichte konnte alle seine Chancen zunichte machen, dem medizinisch-wissenschaftlichen Getto zu entkommen und zum Kommandeur einer Truppe aufzusteigen.

Sophia blickte ihn an. »Darf ich einen Vorschlag machen?«

»Warum nicht?«, fragte Kielburger verbittert.

»Die drei Opfer sind an geographisch weit voneinander entfernten Orten gestorben. Zwei waren ungefähr im gleichen Alter, eines sehr viel jünger. Zwei waren männlich, eines weiblich. Ein Mann war aktiver Soldat, der andere Veteran, das Mädchen hatte nichts mit der Armee zu tun. Wie haben sie sich mit dem Virus infiziert? Was war die Infektionsquelle? Irgendeine Verbindung muss es geben. Es ist extrem unwahrscheinlich, dass sich drei Menschen, die innerhalb von vierundzwanzig Stunden einem bisher unbekannten Virus erlegen sind,

Tausende von Meilen voneinander entfernt aufgehalten haben.«

Wie üblich verstand der General nichts. »Was wollen Sie damit sagen?«

»Solange es an den drei bekannten Orten keine neuen Opfer gibt, müssen wir eine Verbindung zwischen den Toten finden und ihre Lebensläufe untersuchen. Vielleicht haben sie zum Beispiel vor einem halben Jahr alle im selben Hotel in Milwaukee gewohnt und sich da infiziert.« Einen Augenblick lang schwieg sie. »Außerdem sollten wir die medizinischen Akten aus diesen drei Regionen gründlich studieren und überprüfen, ob es Anzeichen für frühere Infektionen gibt, bei denen Antikörper produziert worden sein könnten.«

Das war immerhin ein konstruktiver Vorschlag, der nach außen signalisieren würde, dass er entschlossen handelte, dachte Kielburger. »Ich werde allen Mitarbeitern Anweisungen geben, sofort damit zu beginnen. Außerdem möchte ich, dass Sie und Lieutenant Colonel Smith morgen früh nach Kalifornien fliegen und mit den Menschen reden, die Major Anderson gekannt haben. Alles klar?«

»Sonnenklar, General.«

»Gut. Lassen Sie es mich wissen, wenn Smith wieder an seinen Arbeitsplatz zurückgekehrt ist. Ich werde ihm den Arsch aufreißen!«

Sophia war so wütend, dass sie sich nicht einmal darüber amüsieren konnte, wie Kielburger nach Hollywood-Manier die Rolle des harten amerikanischen Helden spielte, der keinen Spaß verstand.

Nachdem sie das Büro ihres Chefs verlassen hatte, blickte sie im Flur auf die Wanduhr. Es war fast zwei Uhr morgens. Erneut wurde sie von Sorgen überwältigt. War Jon etwas zugestoßen? Wo war er?

2 Uhr 05
Washington, D. C.

Während er in seinem kleinen Triumph durch die nächtliche Stadt fuhr, grübelte Jon Smith über Bill Griffins Worte nach und versuchte, die unausgesprochenen Hinweise zu verstehen.

Bill hatte gesagt, dass er nicht mehr für das FBI arbeitete. War er freiwillig gegangen, oder hatte man ihn dazu aufgefordert?

Wie auch immer – irgendwie hatte es etwas mit dem neuen Virus zu tun, den die Armee dem USAMRIID zur Analyse geschickt hatte. Wahrscheinlich sollte das Labor den Virus identifizieren und die beste Behandlungsmethode vorschlagen. Für Smith hörte sich das alles nach einem Routinefall an – so etwas gehörte zu den wichtigen, wenn auch alltäglichen Aufgaben, die in Fort Detrick erledigt wurden.

Doch Bill Griffin hatte behauptet, dass Smith in Gefahr schwebe.

Der speziell abgerichtete Dobermann hatte mehr über Griffins Verfassung verraten als seine Worte. Offensichtlich sah Bill eine Gefahr, und zwar nicht nur für Jon, sondern auch für sich selbst.

Nach ihrem Treffen war Jon vorsichtig über die dunklen Pfade des Parks geschlichen und hatte sich mehrfach hinter Bäumen versteckt, um sich zu vergewissern, dass ihm niemand folgte. Nachdem er seinen rundum überholten Triumph Baujahr 1968 erreicht hatte, blickte er sich sorgfältig um, bevor er einstieg. Dann verließ er den Park in südlicher Richtung, also nicht in Richtung Marylands und seines Hauses, um eventuelle Verfolger zu irritieren. Trotz der späten Stunde herrschte immer noch Verkehr. Erst mitten in der Nacht, etwa um vier Uhr früh, würde die hektische Großstadt zur Ruhe kommen und dann würden sich auch ihre Hauptverkehrsadern leeren.

Zuerst hatte Jon geglaubt, dass ihm ein Wagen folgte. Deshalb bog er um Straßenecken, beschleunigte und bremste überraschend. Dann fuhr er nach Dupont Circle und Foggy Bottom, schließlich wieder nach Norden. Die Fahrerei kostete ihn mehr als eine Stunde, aber dann war er sicher, dass ihm niemand im Nacken saß.

Während er weiterhin aufmerksam die Umgebung beobachtete, wandte er sich wieder nach Süden, diesmal auf der Wisconsin Avenue. Hier fuhren nur sehr wenige Autos. Der Lichtschein der Straßenlampen hob sich gelblich gegen den dunklen Nachthimmel ab. Smith seufzte müde. Mein Gott, wie sehr sehnte er sich nach Sophia. Ob es gefährlich wäre, zu ihr zu fahren? Er konnte den Potomac überqueren und über den Washington Parkway zur 495 fahren, die nach Maryland führte – zu Sophia. Der bloße Gedanke an sie ließ ihn lächeln. Je länger er von ihr getrennt war, desto mehr vermisste er sie. Er konnte es nicht erwarten, sie wieder in seinen Armen zu halten. In der Nähe des Flusses fuhr er müde an den langen Reihen von Trend-Boutiquen, eleganten Buchläden, angesagten Restaurants, Bars und Klubs von Georgetown vorbei. Plötzlich tauchte links neben seinem kleinen Auto ein riesiger Lastwagen mit dröhnendem Motor auf.

Es war ein sechsrädriger Lkw, wie man ihn auf jeder Umgehungsstraße und Autobahn in der Nähe großer Städte von der Atlantik- bis zur Pazifikküste sah. Zuerst fragte sich Smith, was der Lastwagen hier zu suchen hatte, weil Geschäfte und Restaurants erst in drei oder vier Stunden Lieferungen entgegennehmen würden. Auffallend war, dass er am Führerhaus und der weißen Wand des Laderaums keinen Firmennamen, keine Adresse, kein Logo, keinen Werbeslogan, keine Telefonnummer oder irgendetwas sah, was auf die Art der Lieferung hinwies.

In sehnsüchtige Gedanken an Sophia versunken, dachte Smith nicht weiter über das ungewöhnliche, nichts sagende Äußere des Lastwagens nach. Dennoch hatten die Ereignisse der Nacht seinen fein geschärften Sinn für gefährliche Situationen aktiviert, den er im Laufe der Jahre als Arzt und Befehlshaber an Fronten entwickelt hatte, wo jeden Augenblick Gewalt ausbrechen konnte, wo der Tod nah und real war und in jeder Hütte und hinter jedem Busch Krankheiten lauerten. Vielleicht hatte auch irgendeine Bewegung, eine Aktion oder ein Geräusch in dem Lkw seine Aufmerksamkeit erregt.

Was immer es auch gewesen sein mochte – einen Sekundenbruchteil bevor der riesige Lastwagen plötzlich nach vorne schoss und auf seine Spur kam, um Smith den Weg abzuschneiden, wusste er, was passieren würde.

Der Adrenalinstoß packte ihn und seine Kehle war wie zugeschnürt. Sofort erfasste er die Situation.

Während der Lkw nach rechts steuerte, riss Smith das Lenkrad herum. Sein Wagen sprang über die Bordsteinkante und landete auf dem menschenleeren Bürgersteig. Er fuhr nicht besonders schnell, aber auf einem schmalen Trottoir war eine Geschwindigkeit von knapp fünfzig Stundenkilometern Wahnsinn.

Dennoch blieb ihm keine andere Wahl. Während der Truck neben ihm herdonnerte, versuchte er, nicht die Kontrolle über seinen Wagen zu verlieren. Mit krachenden Geräuschen, die Explosionen glichen, riss er einen Briefkasten, einen Abfallbehälter und einen Tisch um. Er schoss an den verschlossenen Türen von Geschäften, Bars und Klubs vorbei. Dunkle Fenster blitzten wie blinde Augen auf, die ihm zuzublinzeln schienen. Schwitzend blickte er nach links. Der Lastwagen fuhr weiter neben ihm her. Offensichtlich wartete der Fahrer auf eine Gelegenheit, ihn gegen die Fassade eines Hauses zu quetschen. Smith verrichtete ein stilles Dankgebet, dass keine Menschen auf dem Bürgersteig waren.

Während er Müllcontainern auswich, sah er, wie das Fenster des Lastwagens auf der Beifahrerseite heruntergekurbelt wurde. Dann kam die Mündung einer Waffe zum Vorschein, die direkt auf ihn zielte. Einen Augenblick lang lähmte ihn Entsetzen. Er saß in der Falle – der Truck versperrte ihm den Weg auf die Straße und er konnte sich weder verstecken noch fliehen. Außerdem war er nicht bewaffnet. Was immer für Pläne sie zuvor gehabt haben mochten, jetzt wollten sie ihn erschießen.

Smith trat leicht auf die Bremse und schlingerte hin und her, so dass der Mann in dem Lkw auf ein sich bewegendes Ziel schießen musste.

Schweißperlen rannen Smith' Stirn hinab. Dann sah er einen Moment lang einen Hoffnungsschimmer – vor ihnen tauchte eine Kreuzung auf. Die Haut über seinen Fingerknöcheln färbte sich weiß, während er den Triumph darauf zusteuerte.

Als er gerade beschleunigte, wurde aus dem Lastwagen auf ihn gefeuert. Der Krach war ohrenbetäubend, aber die Kugel kam zu spät. Sie schoss am Heck seines Wagens vorbei und zerschmetterte ein Schaufenster. Während die Glassplitter durch die Luft flogen, atmete Smith mit einem scharfen Geräusch ein. Das war verdammt knapp gewesen.

Er beobachtete aufmerksam den Lauf der Waffe, der im offenen Fenster des Trucks auf und ab hüpfte. Zum Glück näherte er sich der Kreuzung rasch. An einer Ecke befand sich eine Bank, an den anderen drei Geschäfte.

Dann blieb keine Zeit mehr. Die Kreuzung war direkt vor ihm und vielleicht war dies seine letzte Chance. Er atmete tief durch. Nachdem er sorgfältig die Entfernung abgeschätzt hatte, trat er auf die Bremse. Dann riss er den schlingernden Triumph scharf nach rechts. Ihm blieben nur Sekunden, um auf den Lkw zu achten, während er selbst in die kreuzende Straße schoss. Aber in diesen paar Sekundenbruchteilen sah Smith, worauf er gehofft hatte. Als Opfer seiner Geschwindigkeit raste der Lastwagen weiter die Avenue hinab und war bald nicht mehr zu sehen.

Innerlich triumphierend trat er kräftig aufs Gaspedal, bremste erneut und bog um eine weitere Ecke in eine mit Blättern bedeckte Straße mit Reihenhäusern, die Ende des achtzehnten Jahrhunderts erbaut worden waren. Er fuhr weiter, bog um mehrere Ecken und blickte dabei die ganze Zeit über in den Rückspiegel, wenngleich er wusste, dass der lange Truck trotz des um diese Uhrzeit spärlichen Verkehrs wahrscheinlich nicht um einhundertachtzig Grad hatte wenden können.

Schwer atmend hielt er schließlich unter den Zweigen eines Magnolienbaums an. Die am Bordstein der dunklen Straße geparkten teuren Wagen der Marken BMW und Mercedes zeigten, dass dies ein Wohnviertel der Reichen von Georgetown war. Smith nahm seine Hände vom Lenkrad und schaute sie an. Sie zitterten, aber nicht vor Angst. Es war lange her, dass er sich in einer gefährlichen Situation wie dieser befunden hatte, die nicht vorauszusehen und auf die er nicht scharf gewesen war. Er legte den Kopf in den Nacken, schloss die Augen und atmete tief durch. Immer wieder war er erstaunt, wie schnell sich die Dinge ändern konnten. Er wollte keinen Ärger haben, doch in ihm gab es einen älteren Teil seiner selbst, der ein Faible für die Gefahr hatte. Er hatte geglaubt, dass durch seine Beziehung zu Sophia damit Schluss wäre. Wenn er mit ihr zusammen war, schien er – anders als in der Vergangenheit – keine Gefahr mehr zu brauchen, um sich wirklich lebendig zu fühlen.

Doch jetzt blieb ihm keine Wahl.

Die Killer in dem Lastwagen mussten etwas mit dem zu tun haben, wovor Bill Griffin ihn zu warnen versucht hatte. Alle Fragen, über die er seit ihrem mitternächtlichen Treffen nachgedacht hatte, kehrten jetzt zurück.

Was war an diesem Virus so außergewöhnlich?

Was hatte Bill verschwiegen?

Erschöpft legte er den ersten Gang ein und fuhr los. Er fand keine Antworten auf diese Fragen, aber vielleicht konnte Sophia ihm weiterhelfen. Während er dies dachte, zog sich ihm der Brustkorb zusammen. Sein Mund war wie ausgetrocknet und eine furchtbare Angst ließ ihm das Blut in den Adern gefrieren.

Wenn sie ihn töten wollten, versuchten sie es vielleicht auch bei Sophia.

Smith blickte auf die Uhr. Es war kurz nach halb drei morgens.

Er musste sie anrufen. Aber sein Handy lag in seinem Haus, weil er keinen Grund gesehen hatte, es nach London mitzunehmen. Jetzt galt es, so schnell wie möglich ein Münztelefon zu finden. Die Chancen standen in der Wisconsin Avenue am besten, aber er wollte nicht das Risiko eingehen, dem Lastwagen erneut zu begegnen.

Er musste nach Fort Detrick, und zwar *sofort*.

Smith gab Gas und raste zur O Street. Verschwommen schossen hohe Bäume an ihm vorbei. Neben den Bürgersteigen ragten alte viktorianische Gebäude mit dekorativer Schneckenverzierung und spitzen Giebeln wie Geisterhäuser auf. Vor ihm lag eine vom silbergrauen Licht der Straßenlampen erleuchtete Kreuzung. Plötzlich tauchten in der dunklen Nacht die grellen Scheinwerfer eines Autos auf. Der Wagen näherte sich aus der entgegengesetzten Richtung der Kreuzung und er fuhr doppelt so schnell wie Smith.

Fluchend warf Smith einen Blick auf den Fußgängerübergang. In der kühlen Nachtluft war ein einsamer Passant auf die Straße getreten. Während der alkoholisierte Mann taumelnd und falsch singend auf den anderen Bordstein zustolperte, bewegte er die Arme wie ein Spielzeugsoldat. Smith erstarrte. Der Mann steuerte achtlos auf die andere Straßenseite zu, auf der das entgegenkommende Auto heranraste.

Der betrunkene Fußgänger blickte nicht auf. Plötzlich hörte Smith das Kreischen von Bremsen. Hilflos musste er mit ansehen, wie der Mann vom Kotflügel des Autos gerammt wurde und mit weit gespreizten Armen nach hinten fiel. Ohne sich dessen bewusst zu sein, hatte Smith den Atem angehalten. Noch bevor der Mann auf dem Boden aufkam, stieg Smith bereits auf die Bremse. Auch der andere Fahrer bremste einen Augenblick lang, als wäre er verwirrt, aber dann raste er weiter und verschwand um eine Straßenecke.

Als der Triumph zum Stehen gekommen war, sprang Smith aus dem Wagen und rannte auf den gestürzten Mann zu. Alle Geräusche der nächtlichen Stadt schienen plötzlich verstummt zu sein. Die elektrische Beleuchtung der Kreuzung warf lange Schatten. Smith kniete sich hin, um die Verletzungen des Mannes zu untersuchen, als sich ein weiteres Auto näherte. Hinter sich hörte Smith kreischende Bremsgeräusche. Dann hielt der Wagen neben ihm.

Erleichtert blickte er auf und winkte um Hilfe. Zwei Männer sprangen aus dem Auto und rannten auf ihn zu. Zugleich bemerkte Smith, dass sich der Verletzte bewegte. Er blickte auf den Mann herab. »Wie geht es Ihnen?«

Er erstarrte.

Das »Unfallopfer« sah ihn nicht nur aufmerksam und offensichtlich nüchtern an, sondern zielte auch mit einer halbautomatischen Glock mit Schalldämpfer auf ihn.

»Guter Gott, es ist verdammt schwer, Sie umzulegen. Übrigens, was für ein verdammter Arzt sind Sie eigentlich?«

6

2 Uhr 37
Washington, D.C.

Ein Teil von Jon Smith' Bewusstsein war bereits wieder in der Vergangenheit, in Bosnien und der ehemaligen DDR, wo er vor dem Fall der Mauer eine Zeit lang als Undercoveragent gearbeitet hatte. Schatten, Erinnerungen, zerbrochene Träume, kleine Siege und immer wieder die Ruhelosigkeit. Alles, was er hinter sich zu lassen geglaubt hatte, kehrte jetzt zurück.

Als die beiden Fremden im Licht der Kreuzung mit gezogenen Waffen auf ihn zueilten, packte Smith das Handgelenk und den Oberarm des Mannes auf dem Boden. Noch bevor der wieder auf die Beine kam, schlug Smith zu und brach ihm dann mit geübten Bewegungen den Arm.

Der »Betrunkene« schrie auf und erbleichte. Sein Gesichtsausdruck war schmerzverzerrt. Als er das Bewusstsein verlor, fiel die Pistole zu Boden. All dies geschah innerhalb von Sekunden. Smith grinste grimmig. Zumindest musste er den Mann nicht umbringen. In einer einzigen fließenden Bewegung hob er die Pistole auf, rollte sich ab und zielte kniend auf die herankommenden Männer. Dann drückte er ab. Wegen des Schalldämpfers hörte man nur ein *Pop*.

Einer der beiden fiel auf den kalten Bürgersteig und krümmte sich vor Schmerzen. Während er sich den Oberschenkel hielt, wo Smith' Kugel ihn getroffen hatte, ließ sich der zweite Mann neben ihm zu Boden fallen. Im Liegen hob er den Kopf, als wäre er auf dem Schießstand und Smith ein unbewegliches Ziel – ein großer Fehler. Smith wusste genau, was der Mann vorhatte. Er wich zur Seite aus und die Kugel aus der schallgedämpften Waffe flog an seiner Schläfe vorbei.

Jetzt blieb Smith keine andere Wahl mehr. Bevor der Mann erneut feuern oder den Kopf senken konnte, drückte Smith ein zweites Mal auf den Abzug. Die Kugel traf das rechte Auge des Angreifers und hinterließ einen schwarzen Krater. Aus dem Einschussloch strömte Blut. Das Gesicht auf dem Boden, blieb er bewegungslos liegen. Smith wusste, dass er tot war.

Der Puls in seinen Schläfen pochte. Er sprang auf und ging vorsichtig auf die beiden zu. Er hatte den Mann nicht töten wollen und war wütend, dass er keine andere Wahl gehabt hatte. Um ihn herum schien die Luft immer noch zu vibrieren. Schnell blickte er die Straße hinab – auf den Veranden waren keine Lichter angegangen. Wegen der späten Stunde und der Schalldämpfer war der Vorfall unbemerkt geblieben.

Smith zog eine Militär-Beretta aus der schlaffen Hand des Mannes, dem er durchs Auge geschossen hatte, und überprüfte ohne große Hoffnung, ob der Mann vielleicht doch noch lebte. Aber er war tot. Kopfschüttelnd, angewidert und bedauernd entfernte er die Waffen aus der Reichweite der beiden Verletzten. Der Mann mit dem gebrochenen Arm war noch bewusstlos, während der mit der Oberschenkelwunde pausenlos fluchte und Smith mit funkelndem Blick anstarrte.

Smith ignorierte ihn und eilte zu seinem Triumph zurück. In diesem Augenblick wurde die nächtliche Stille durch das Motorengeräusch eines sich nähernden riesigen Lastwagens durchbrochen. Smith wirbelte herum. Der große, weiße, sechsrädrige Truck ohne Aufschrift raste auf die Kreuzung. Irgendwie hatten diese Killer ihn erneut gefunden.

Aber wie?

In jeder Schlacht gibt es einen Zeitpunkt, wo man seinen Mann stehen und kämpfen, und einen anderen, wo man verdammt schnell davonrennen muss. Smith dachte an Sophia und lief los, an den viktorianischen Häusern vorbei. In einem Hinterhof kläffte ein Hund und umgehend antwortete ein anderer Vierbeiner. Das Gebell hallte durch das alte Wohnviertel. Als es verklungen war, schlich Smith in den Schatten eines dreistöckigen Hauses mit Türmchen, Kuppeln und einer großen Veranda. Er war mindestens hundert Meter von der Kreuzung entfernt. Nachdem er sich niedergekauert hatte, beobachtete er die Szenerie. Er erinnerte sich an den geparkten Wagen und konzentrierte sich dann auf den Truck, der angehalten hatte. Ein kleiner, schwerer Mann war aus dem Führerhaus gesprungen, um sich über die beiden Verwundeten und den Toten zu beugen. Smith kannte ihn nicht.

Der Kleine winkte energisch. Zwei weitere Männer verließen die Fahrerkabine und begannen, die drei Angreifer wegzutragen, während der andere die hintere Faltplane hob. Ein halbes Dutzend Männer kletterte über die Heckklappe. Sie blickten sich um. Selbst in dem unbeständigen Mondlicht sah Smith, dass das Gesicht des schweren Mannes, der die Befehle gab, vor Schweiß glänzte.

Die beiden Verwundeten und der Tote wurden in einen anderen Wagen verfrachtet und einer der Männer fuhr damit schnell in nördlicher Richtung davon. Dann setzte sich der große Lastwagen in Richtung Fluss in Bewegung und der Anführer schickte seine Leute in Zweiergruppen los. Zweifellos sollten sie nach Smith suchen. Trotz der Berichte der zwei Überlebenden würden sie mit etwas Glück davon ausgehen, dass jeder Einzelne von ihnen einem über vierzigjährigen Laborangestellten haushoch überlegen war. Einem Verrückten aus dem Elfenbeinturm der Wissenschaft, der seine Uniform nur zur Zierde trug und Glück gehabt hatte – diesen Fehler hatten vor ihnen schon andere begangen.

In seinem Versteck lauschte er, bis zwei Männer nahe an ihn herankamen. Diese beiden musste er irgendwie ausschalten. Er wandte sich um und rannte in die Dunkelheit davon. Dabei achtete er darauf, dass die beiden ihn hörten. Sie schluckten den Köder, liefen ihm nach und entfernten sich dabei immer weiter von den anderen. Smith' Nerven waren zum Zerreißen gespannt, während er durch dunkle Hinterhöfe lief und dabei seine Umgebung beobachtete. Vier Querstraßen jenseits der

Kreuzung kam ihm eine Idee. Am Ende einer kurzen Auffahrt stand ein unbeleuchtetes weißes Haus im Kolonialstil und daneben befand sich ein Gartenhäuschen, das zwischen den dicken Bäumen und Büschen, die den Rand des Grundstücks markierten, in der dunklen Nacht fast unsichtbar war.

Smith hustete und lief geräuschvoll über die Auffahrt, um sicherzustellen, dass die beiden Verfolger ihn hörten und dachten, er wolle sich bei dem herrschaftlichen Haus verstecken. Dann schlüpfte er in das Gartenhäuschen. Er hatte Recht gehabt – durch die großen Gitterfenster konnte er das ganze Grundstück gut überblicken. Weil er nicht die Absicht hatte, sie zu etwas anderem als zur Einschüchterung zu benutzen, legte er die Glock und die Berettta auf eine Bank. Diese Sache musste leise und schnell erledigt werden.

Eine lange Minute verstrich. Hatten sie vermutet, was er plante, und die anderen informiert? Kreisten sie ihn in diesem Augenblick ein, um ihn von hinten anzugreifen? Mit dem Handrücken wischte er sich den Schweiß von der Stirn. Sein Herzschlag schien so laut wie Donner zu sein.

Zwei Minuten, drei Minuten …

Ein Schatten kam zwischen den Bäumen hervor und rannte auf die linke Seite des großen Hauses zu.

Dann lief ein zweiter Mann zur rechten Seite.

Smith atmete tief durch. Was Verbrecher taten, war voraussehbar, gleichgültig, ob es sich um Zivilisten oder Militärs handelte. Sie agierten nicht besonders einfallsreich und ihre taktischen Ideen waren nur ansatzweise ausgeprägt – der Sturmangriff oder der simple Trick des Schul-Quarterbacks, der den Football nie in die Richtung wirft, in die er schaut, sondern immer in die entgegengesetzte.

Die beiden, die ihn in die Zange nehmen wollten, waren besser als die meisten anderen, aber wie Custer bei der Schlacht am Little Bighorn oder Lord Chelmsford bei der Schlacht gegen die Zulus bei Isandhlwana taten auch sie ihm den Gefallen, ihre Kräfte aufzusplitten, so dass er sich nacheinander um sie kümmern konnte. Darauf hatte er gehofft.

Der Kühnere der beiden näherte sich zwischen der rechten Seite des Hauses und dem Gartenhäuschen. Das war Smith' Chance. Er folgte dem Mann, trat dabei aber auf einen Zweig, der leise zerbrach. Das Geräusch war laut genug, um den Angreifer zu alarmieren. Smith' Herz blieb stehen. Mit gezückter Pistole wirbelte der Mann herum.

Smith reagierte sofort. Eine harte Rechte gegen die Kehle des Gegners setzte dessen Stimmbänder außer Kraft. Dann traf ein harter Tritt die Schläfe des Mannes, und er sackte lautlos zu Boden.

Smith schlich wieder in das Gartenhäuschen zurück.

Eine Minute verging, zwei Minuten...

In einem Flecken Mondlicht zwischen dem Gartenhäuschen und dem Bewusstlosen erschien der vorsichtigere Gangster. Er war clever genug, sich seinem Partner im Dunkeln zu nähern, aber damit war sein Einfallsreichtum auch schon erschöpft. Eilig beugte er sich über den am Boden Liegenden.

»Jerry? Verdammt, was ist...?«

In diesem Moment traf ihn Smith' Beretta am Hinterkopf.

Er zog die beiden bewusstlosen Männer in das Gartenhäuschen. Während er keuchend vor ihnen kauerte, lauschte er auf die nächtlichen Geräusche, aber er hörte nur, dass in der Ferne ein Wagen Richtung Süden fuhr. Erleichtert verließ er das Gartenhäuschen und rannte im Schatten des Hauses und der Bäume den Weg zurück, den er gekommen war. Als er sich der Kreuzung näherte, wo man ihn angegriffen hatte, verlangsamte er seine Schritte und lauschte erneut. Das einzige Geräusch, das er hörte, schien das des Wagens von vorhin zu sein, der jetzt in die entgegengesetzte Richtung – nach Norden – verschwand.

Auf Ellbogen und Knien, mit je einer Pistole in den Händen, kroch er in einen Vorgarten an der Kreuzung. Bei den parkenden Autos auf beiden Straßenseiten hatte sich nichts verändert. Sein Triumph stand immer noch dort am Bordstein, wo er ausgestiegen war, um dem »Unfallopfer« zu helfen. Niemand war zu sehen.

Es gab keine Erklärung, wie der Lastwagen ihn zuerst auf der

Wisconsin Avenue und dann hier hatte aufspüren können. So viel Glück hatte niemand. Und dennoch hatten die Fahrer des Trucks, des Autos und der »Betrunkene« einen Hinterhalt gelegt, um ihn umzubringen.

Sie mussten genau gewusst haben, wo er sich befand.

Er wartete, während der Mond unterzugehen begann. Die Nacht wurde dunkler, eine Eule flog in den Bäumen umher, der Wagen in der Ferne fuhr weiter in südlicher Richtung, dann in nördlicher, dann wiederum in südlicher. Langsam näherte sich das Auto der Kreuzung.

Zufrieden, dass ihm hier niemand auflauerte, sprang Smith auf und rannte zu seinem Triumph. Nachdem er eine kleine Taschenlampe aus dem Handschuhfach genommen hatte, schlüpfte er unter das Autoheck. Und fand ihn.

Nicht besonders einfallsreich oder originell.

Im hellen Lichtstrahl der Taschenlampe sah er einen kleinen Transmitter, nicht größer als sein Daumennagel, den jemand mit einem starken Minimagneten an der Karosserie des Autos angebracht hatte. Das Empfangsgerät befand sich wahrscheinlich in dem Lastwagen, oder der kleine, dicke Anführer der Männer trug es bei sich.

Nachdem er die Lampe ausgeschaltet und sie in die Tasche gesteckt hatte, entfernte er den Sender. Er bewunderte die Kreativität, die die Konstruktion eines so raffinierten Geräts ermöglicht hatte. Als er wieder unter dem Triumph hervorkroch, merkte er, dass der Wagen, den er gehört hatte, fast die Kreuzung erreicht hatte. Kniend beobachtete er das langsam fahrende Auto, dessen Fahrer aus dem heruntergekurbelten Fenster Zeitungen auf die Rasenflächen und Auffahrten vor den Häusern warf.

Dann wendete der Wagen.

Smith stand auf und pfiff. Als das Auto auf der Kreuzung abbremste, rannte er auf das offene Fenster zu. »Können Sie mir eine Zeitung verkaufen?«

»Klar doch. Ich habe ein paar übrig.«

Smith griff in die Tasche, ließ eine Münze auf den Boden

fallen, hob sie auf und befestigte dabei mit einem kühlen Lächeln den Mikrotransmitter unter dem Wagen.

Dann richtete er sich auf, griff nach der Zeitung und nickte. »Vielen Dank.«

Der Wagen fuhr weiter und Smith sprang in seinen Triumph. Während er losfuhr, hoffte er, dass der Trick seine Gegner so lange ablenkte, bis er bei Sophia war. Doch wenn diese Angriffe etwas mit dem zu tun hatten, wovor Bill Griffin ihn gewarnt hatte, wussten sie, wer er war und wo sie ihn fanden. Und dasselbe galt für Sophia.

4 Uhr 07
Fort Detrick, Maryland

Der Bericht des belgischen Prinz-Leopold-Instituts für Tropenmedizin war bereits der dritte, den Sophia las, nachdem sie sich wieder in die Arbeit gestürzt hatte. Von den Wissenschaftlern war sie die einzige, die noch am Schreibtisch saß – sie war zu müde, um schlafen zu können. Wenn dieser verdammte General mit seiner Vermutung Recht hatte, dass Jons Begeisterung für irgendeine medizinische Entwicklung ihn aufgehalten hatte, wäre sie wirklich wütend. Trotzdem hoffte sie, dass Kielburgers Annahme stimmte, weil sie dann keinen Grund hatte, sich Sorgen zu machen.

Eine ganze Zeit lang widmete sie sich schon der Lektüre der aktuellsten Berichte, aber ein Hoffnungsschimmer tauchte erst auf, als sie das Schreiben des Prinz-Leopold-Instituts las. Ein Dr. René Giscours erinnerte sich an einen Bericht, den er vor Jahren gelesen hatte, als er in einem hoch gelegenen Urwaldkrankenhaus im bolivianischen Amazonien gearbeitet hatte. Zu dieser Zeit war er vornehmlich damit beschäftigt gewesen, gegen einen vermutlich neuen Ausbruch des Machupo-Fiebers zu kämpfen, und zwar in der Nähe der Flussstadt San Joaquín, wo Karl Johnson, Kuns und MacKenzie vor vielen Jahren den tödlichen Virus erstmals gefunden hatten. Damals hatte er keine

Zeit gehabt, über ein unbestätigtes Gerücht aus Peru auch nur nachzudenken. Also hatte er sich eine Notiz gemacht und die Sache dann vergessen.

Aber der neue Virus hatte seiner Erinnerung auf die Sprünge geholfen. Er durchstöberte seine Unterlagen und fand dabei zwar seine damalige Notiz wieder, nicht aber den Bericht. In der Notiz hatte er auf eine offensichtliche Kombination von Hantavirus-Symptomen und solchen von hämorrhagischen Fiebern hingewiesen und es gab auch einige Verbindungen zu Affen.

Wütend erkannte Sophia, dass sie vielleicht doch Recht gehabt hatte. Nachdem Victor Tremont nicht in der Lage gewesen war, ihr zu helfen, hatte sie an sich selbst gezweifelt. Jetzt bestätigte Giscours' Bericht ihre Erinnerung. Was für Kontakte besaß das USAMRIID dort unten? Wenn sie sich nicht täuschte, hatte es seitdem keine kleineren oder größeren Ausbrüche des Virus gegeben und das bedeutete, dass er immer noch im tiefen Dschungel eines abgelegenen Teils von Peru eingeschlossen sein musste.

In ihrem Tagesjournal beschrieb sie ihre Reaktion auf den Bericht des Prinz-Leopold-Instituts, ihre Erinnerung an den seltsamen Virus und ihre beiden Gespräche mit Victor Tremont, die jetzt wichtig sein konnten. Außerdem stellte sie ein paar Spekulationen an, wie ein Virus aus Peru jenseits des Urwalds hatte auftreten können.

Während sie schrieb, hörte sie, wie die Tür ihres Büros geöffnet wurde. Wer …? In ihr stieg Hoffnung auf.

Aufgeregt wirbelte sie in ihrem Drehstuhl herum. »Jon? Darling, was zum Teufel war denn …«

In dem Augenblick, als ihr Kopf furchtbar zu schmerzen begann, erhaschte sie einen Blick auf vier Männer. Keiner von ihnen war Jon. Dann verlor sie das Bewusstsein.

Nadal al-Hassan, der von Kopf bis Fuß Labor-Schutzkleidung trug, durchsuchte methodisch den Schreibtisch der Wissenschaftlerin. Er las jedes Dokument, jeden Bericht, jedes Notizbuch und Memorandum. Dann studierte er die Akten. Trotz der Chirurgenhandschuhe fand er seine Aufgabe anstößig. Solche modernen Gotteslästerungen gab es zwar auch in seinem eigenen Land und bei vielen anderen islamischen und sogar arabischen Nationen, aber er machte kein Geheimnis aus seiner Abscheu. Wenn man es Frauen gestattete, zu studieren und mit Männern zusammenzuarbeiten, war das nicht nur Häresie, sondern beschmutzte zugleich die Würde der Männer und die Reinheit der Frauen. Es besudelte ihn, wenn er die Gegenstände anfasste, die auch diese Wissenschaftlerin berührt hatte.

Aber die Suchaktion war notwendig und deshalb ging er mit großer Sorgfalt vor und ließ nichts aus. Fast gleichzeitig fand er zwei bedrohliche Dokumente. Eines war der einzige Bericht, der aufgeschlagen auf ihrem Schreibtisch lag. Er stammte vom belgischen Prinz-Leopold-Institut und der Verfasser war ein gewisser Dr. René Giscours. Das andere war ein handschriftlich geführtes Verzeichnis aller Telefongespräche nach draußen, das der USAMRIID-Direktor offensichtlich jeden Monat von seinen Mitarbeitern verlangte.

Dann stieß er auf das Journal mit ihren Gedanken über den Bericht aus Belgien. Glücklicherweise standen sie auf einer einzigen Seite. Aus einem kleinen Lederkoffer zog er eine rasiermesserscharfe Klinge hervor, wie sie von Konstruktionszeichnern benutzt wurde, und trennte die Seite damit vorsichtig und bedächtig aus dem Logbuch. Dann überprüfte er, ob der Schnitt zu sehen war, und versteckte die Seite anschließend unter seinem Schutzanzug. Danach fand er nichts mehr von Bedeutung.

»Ich habe ein neues Memorandum in einer Akte über Peru gefunden«, sagte einer der Männer.

»In ein paar alten Ordnern ist von Südamerika die Rede«, fügte ein anderer hinzu.

Ein dritter Mann schüttelte nur den Kopf.

»Haben Sie alles gelesen?«, keifte al-Hassan. »Jede einzelne Akte aus jeder Schublade?«

»Wie Sie es angeordnet haben.«

»Haben Sie auch unter und hinter den Möbeln nachgesehen?«

»Wir sind schließlich keine Idioten.«

Da hatte al-Hassan starke Zweifel. Seiner Meinung nach waren die meisten Leute aus dem Westen faul und inkompetent. Aber angesichts des Chaos in dem Büro glaubte er, dass sie diesmal ganze Arbeit geleistet hatten. »Gut. Jetzt werden Sie alle Spuren unserer Aktion tilgen. Alles muss wieder so wie vorher aussehen.«

Während die Männer sich grummelnd an die Arbeit machten, streifte al-Hassan ein zweites, diesmal dickeres Paar weißer Gummihandschuhe über. Dann nahm er einen kleinen tiefgekühlten Metallbehälter aus dem Lederkoffer, öffnete einen Druckverschluss und zog ein Glasfläschchen hervor. Vorsichtig griff er nach einer Spritze, zog sie auf und injizierte Sophia die Substanz in die Vene an ihrem rechten Fußgelenk. Sophia bewegte sich stöhnend.

Die drei Männer hörten es. Als sie sich umwandten, wurden ihre Gesichter aschfahl.

»Machen Sie weiter!«, sagte al-Hassan barsch.

Die Männer blickten zu Boden und schluckten. Während sie weiter aufräumten, legte al-Hassan die gebrauchte Spritze in einen Plastikbehälter, verschloss ihn und packte ihn in den Lederkoffer. Seine Männer bedeuteten ihm schließlich, dass sie fertig waren. Ein weiteres Mal inspizierte al-Hassan das Büro. Dann gab er befriedigt das Signal zum Aufbruch. Als er einen letzten Blick auf die mittlerweile bewegungslos daliegende Sophia geworfen hatte, sah er die Schweißperlen auf ihrem Gesicht. Als sie erneut stöhnte, folgte er den anderen lächelnd aus dem Büro.

7

4 Uhr 14
Thurmont, Maryland

Der leichte Wind raschelte in den Büschen und Bäumen und es roch nach auf dem Boden verfaulenden Äpfeln. Jon Smith' im New-England-Stil erbautes, zweistöckiges Haus stand am Fuß des Mount Catoctin. Alles war dunkel und nicht einmal ein Licht auf der Veranda begrüßte ihn. Deshalb vermutete er, dass Sophia noch im Labor war. Aber er musste sichergehen.

Er kauerte einen Häuserblock entfernt hinter einem Lastwagen und beobachtete Haus, Grundstück und Garten. Es war offensichtlich, dass etwas nicht stimmte: Weil jemand dahinter stand, wirkte der Stamm des alten Apfelbaums viel zu dick und weiter oben an der Straße ragte die Motorhaube eines Mercedes aus der Auffahrt eines Nachbarn hervor. Smith wusste, dass er nur einen Buick Le Savre 2000 besaß, der immer in der Garage stand.

Wenn man bedachte, wie schnell er auf den fast verwaisten Straßen von Georgetown nach Hause gefahren war, bestand keine Möglichkeit, dass die beiden, die hier auf ihn warteten, ihn verfolgt und vor ihm eingetroffen waren. Das hieß, dass sie zu einem zweiten Observierungspaar gehörten, und das beunruhigte ihn stark.

Der Wachposten vor dem Haus konnte die Auffahrt und das Garagentor sehen. Wahrscheinlich beobachtete ein weiterer Mann die Rückseite des Hauses und der Garage. Aber Smith sah keinen Grund, warum auf der anderen Seite der Garage ebenfalls ein Mann postiert sein sollte.

Er spürte die vertraute Angst in der Magengrube, die jeder

Soldat kennt, aber auch den Adrenalinstoß. Nachdem er in eine Seitengasse geschlüpft war, sprintete er hinter den Häusern entlang und überquerte seine Straße. Dann kehrte er außer Sichtweite seiner Gegner um. Schwitzend arbeitete er sich durch eine Gruppe von Platanen vor, die in der Nähe der Seitenwand seiner Garage standen. Die letzten Meter kroch er auf den Ellbogen und dem Bauch weiter.

Er lauschte. Hinter dem Haus hörte man keinerlei Geräusche. Er stand auf und spähte in die Garage.

Dann seufzte er erleichtert auf. Sophias alter grüner Dodge war nicht da. Sie musste die ganze Zeit über in Fort Detrick gewesen sein. Wenn das stimmte, hatte sie seine Nachricht auf dem Anrufbeantworter nicht abgehört und so erklärte sich auch, dass das Licht auf der Veranda nicht eingeschaltet war. Er atmete tief durch und fühlte sich sofort besser.

Nachdem er auf demselben Weg zu seinem Triumph zurückgeeilt war, fuhr er zu einer knapp vierhundert Meter entfernten Telefonzelle. Er konnte es nicht abwarten, ihre Stimme zu hören, und wählte die Nummer ihres Büros. Nachdem das Telefon viermal geklingelt hatte, schaltete sich der Anrufbeantworter ein. »Ich bin nicht im Büro oder im Labor. Bitte hinterlassen Sie eine Nachricht. Ich rufe so schnell wie möglich zurück. Danke.«

Als er den hellen Klang ihrer energischen Stimme hörte, erfüllten ihn ein starker Schmerz und ein anderes Gefühl, das er nicht erklären konnte. Einsamkeit?

Er wählte erneut. Diesmal antwortete eine ganz und gar geschäftsmäßige Stimme und angesichts der Umstände beruhigte ihn das. »U. S. Army, Fort Detrick. Sicherheitsdienst.«

»Hier spricht Lieutenant Colonel Jonathan Smith vom USAMRIID.«

»Wie lautet die Nummer Ihres Dienstausweises, Lieutenant Colonel?«

Er nannte sie ihm.

»Danke, Lieutenant Colonel«, sagte der Mann nach kurzem Schweigen. »Was können wir für Sie tun?«

»Verbinden Sie mich mit dem Wachposten am Eingang des USAMRIID.«

Klicken, Piepen. Dann eine andere Stimme: »USAMRIID-Security. Grasso.«

»Jon Smith am Apparat. Grasso, hören Sie …«

»Dann sind Sie also zurück, Lieutenant Colonel. Alles in Butter? Dr. Russel hat gefragt …«

»Mir geht's gut, Grasso. Ich rufe wegen Dr. Russel an. Sie geht nicht ans Telefon. Wissen Sie, wo sie ist?«

»Sie steht auf der Liste der Leute, die nachts arbeiten. Man hat sie mir beim Dienstantritt gegeben. Ich habe nicht gesehen, dass sie gegangen ist.«

»Seit wann arbeiten Sie?«

»Seit Mitternacht. Wahrscheinlich ist sie im Labor und hört nichts.«

Smith blickte auf die Uhr. Es war 4 Uhr 42.

»Könnten Sie hochgehen und nachsehen?«

»Na klar, Lieutenant Colonel. Ich rufe zurück.«

Smith gab ihm die Telefonnummer. Jede Sekunde erschien ihm so lang wie eine Minute und von Minute zu Minute fiel ihm das Atmen schwerer. In der Telefonzelle schien er fast zu ersticken.

Als das Telefon endlich klingelte, griff er hastig nach dem Hörer. »Ja?«

»Sie ist nicht da, Lieutenant Colonel. Das Büro und das Labor sind abgeschlossen.«

»Irgendwelche Anzeichen für Ärger?«

»Nein. Alles ist aufgeräumt und abgedeckt.« Grassos Stimme klang ein bisschen defensiv. »Verdammt, wenn ich doch nur wüsste, warum ich sie nicht gesehen habe. Vielleicht hat sie einen der anderen Ausgänge genommen. Sie könnten mit dem Wachposten am Haupttor reden.«

»Danke, Grasso. Können Sie mich verbinden?«

»Bleiben Sie dran.«

»Fort Detrick, Haupttor«, sagte eine sehr verschlafene Stimme. »Schroeder am Apparat.«

»Hier spricht Lieutenant Colonel Jonathan Smith vom USAMRIID. Hat Dr. Sophia Russel heute Nacht den Militärstützpunkt verlassen, Schroeder?«

»Keine Ahnung, Lieutenant Colonel. Ich kenne Dr. Russel nicht. Versuchen Sie es bei dem Typ vom USAMRIID.«

Smith fluchte leise. Diese zivilen Sicherheitsbeamten wechselten ständig und arbeiteten länger als Militärpolizisten. Es war bekannt, dass sie in dem Häuschen am Tor einnickten. Vor der Schranke dort musste jeder Wagen anhalten, der auf das Gelände wollte, und das Motorengeräusch hätte den Wachposten mit Sicherheit geweckt. Aber es gab keine Schranke für Autos, die das Gelände verlassen wollten.

Smith hängte den Hörer ein. Das alles hörte sich so an, als ob Sophia zu müde gewesen wäre, um den ganzen Weg nach Thurmont zurückzufahren. Wahrscheinlich war sie in ihrer alten Eigentumswohnung in Frederick, die sie kürzlich verkauft hatte, aus der sie aber noch nicht ganz ausgezogen war. Er konnte dort anrufen, aber das würde nichts bringen. Wenn sie rund um die Uhr arbeiteten, stellten sie das Telefon ab, um ein paar Stunden Schlaf zu bekommen.

Seine Gedanken überschlugen sich, während er mit hoher Geschwindigkeit davonfuhr. *Sie muss so müde gewesen sein, dass sie das Labor durch einen der Seitenausgänge verlassen hat, damit sie niemand sieht. Das klingt gut. Der Wachposten am Tor hat sie nicht gesehen, wahrscheinlich, weil er eingeschlafen ist. Sophia ist zu ihrer Eigentumswohnung gefahren und ich schlüpfe zu ihr ins Bett. Ohne aufzuwachen, wird sie spüren, dass ich bei ihr bin. Sie wird im Schlaf lächeln, etwas vor sich hin murmeln und sich eng an mich schmiegen. Ich werde ihre Hüfte an meiner fühlen, lächeln, sanft ihre Schulter küssen und sie beobachten, bevor ich selbst einschlafe. Ich werde …*

Nur wenige Reiseführer zählten Fort Detrick zu den Sehenswürdigkeiten der historischen Stadt Frederick. Mit seinem Maschendrahtzaun und dem Wachposten am Haupteingang war es ein mittelmäßig gesicherter Militärstützpunkt, der mitten in einem Wohngebiet lag. Sophias Eigentumswohnung war fünf Häuserblocks davon entfernt. Hier sah Smith, der wieder etwas weiter oben an der Straße geparkt hatte, keinerlei Anzeichen dafür, dass ihn jemand beobachtete. Er stieg aus seinem Wagen, schloss leise die Tür und lauschte. In einiger Entfernung hörte er einen Schlafenden husten. Gelegentliches Gelächter oder eine lallende Stimme erklangen. Mit quietschenden Reifen wendete ein einsames Auto. Und dann war da noch das gleichbleibende, tiefe Summen der Stadt.

Aber es gab keine bedrohlichen Geräusche oder Bewegungen.

Smith schloss die Tür zur Eingangshalle des dreistöckigen Gebäudes auf und ging über die Fliesen und den Teppich auf die Aufzüge zu, die um diese Uhrzeit alle leer waren.

Im dritten Stock stieg er mit gezückter Waffe vorsichtig aus dem Lift. Seine Schritte hallten im Korridor wie in einer leeren, antiken Grabkammer. Als er die Wohnungstür erreicht hatte, lauschte er erneut, aber er vernahm keinerlei Laut aus dem Inneren. Das leise Klicken des Schlüssels im Schloss kam ihm so laut wie eine Explosion vor.

Nachdem er die Tür leise geöffnet hatte, ließ er sich auf den Teppich fallen.

In der Wohnung war es dunkel und nichts rührte sich. Auf dem Tischchen neben der Tür fühlten seine Finger eine Staubschicht.

Er stand auf und schlich durch das düstere Wohnzimmer zu dem kurzen Flur, der zu den zwei Schlafzimmern führte. Beide waren leer, die Betten gemacht und unbenutzt. In der Küche gab es keinerlei Anzeichen, dass jemand eine Mahlzeit zubereitet oder auch nur eine Tasse Kaffee gekocht hatte. Das Spülbecken war trocken und der Eisschrank gab keinerlei Geräusche von sich, weil er schon vor Wochen abgestellt worden war.

Sophia war nicht hier gewesen.

Benommen ging Smith mit steifen Bewegungen zurück ins Wohnzimmer und schaltete das Licht an. Er achtete auf Anhaltspunkte für einen Angriff, eine Verletzung oder eine Wohnungsdurchsuchung.

Ihm fiel nichts auf. Die Wohnung war so sauber und gepflegt wie ein Exponat in einem Museum.

Wenn sie Sophia getötet oder entführt hatten, war es nicht hier geschehen.

Im Labor war sie nicht, auch nicht in seinem Haus in Thurmont. Hier war sie ebenfalls nicht. Smith hatte keinerlei Hinweise, dass ihr an einem dieser Orte etwas zugestoßen war.

Er brauchte Hilfe.

Zuerst musste er den Militärstützpunkt anrufen und die Armee über Sophias Verschwinden informieren. Dann kam die Polizei an die Reihe, dann das FBI. Er griff nach dem schnurlosen Telefon, um Fort Detrick anzurufen.

Mitten in der Bewegung blieb seine Hand in der Luft hängen. Schritte hallten durch den Korridor.

Nachdem er das Licht ausgeschaltet hatte, legte er das Telefon auf den Tisch. Hinter der Couch kniete er sich nieder und zielte mit der Glock auf die Tür.

Irgendjemand kam taumelnd auf die Wohnungstür zu, prallte gegen die Wände und blieb zwischendurch stehen. Ein Betrunkener, der nach Hause wankte?

Jemand stieß heftig gegen die Wohnungstür. Smith hörte abgehackte Atemgeräusche. Ein Schlüssel suchte das Schloss.

Smith' Nerven waren angespannt. Dann flog die Tür auf.

In dem Lichtstrahl aus dem Flur sah er Sophia taumeln. Ihre Kleider waren zerrissen und schmutzig, als ob sie durch eine Gosse gekrochen wäre.

Smith sprang auf sie zu. »Sophia!«

Sie stolperte in den Raum und er fing sie auf, bevor sie zu Boden fallen konnte. Keuchend schnappte sie nach Luft. Ihr Gesicht war vom Fieber gerötet.

Ihre schwarzen Augen starrten zu ihm hinauf und sie versuchte zu lächeln. »Du bist wieder da, Darling. Wo … wo warst du?«

»Es tut mir so Leid, Sophia. Es hat einen Tag länger gedauert. Ich wollte …«

Sie streckte ihre Hand aus, um ihn zu unterbrechen. Ihre

Stimme klang, als ob sie im Delirium wäre. »Das Labor... Im Labor... Irgendjemand hat...«

Bewusstlos fiel sie in seine Arme. Ihr wunderschönes Gesicht war schmerzverzerrt und bleich und auf ihren Wangen glühten zwei grelle Fieberflecken. Sie war schwer krank. Was war ihr zugestoßen? Hier konnte es sich nicht nur um Erschöpfung handeln.

»Sophia! Sophia! Darling!«

Sie antwortete nicht. Ihr Körper war schlaff und sie war bewusstlos.

Erschüttert und verängstigt erinnerte er sich an seine medizinische Ausbildung. Er war Arzt und wusste, was zu tun war. Nachdem er sie auf die Couch gelegt hatte, griff er nach dem Telefon und wählte die Notrufnummer, während er mit der anderen Hand ihren Puls und die Atmung überprüfte. Der Puls ging schwach und schnell und sie rang mühsam nach Atem. Ihre Haut war vom Fieber gerötet. Sie zeigte die Symptome akuter pulmonaler Insuffizienz mit Fieber.

»Akute respiratorische Insuffizienz«, brüllte er ins Telefon. »Dr. Jonathan Smith, verdammt. *Kommen Sie her! Sofort!*«

Unter dem Baum an der Straße vor Sophia Russels Haus war der unbeschriftete Lastwagen fast unsichtbar. Das Licht einer schwachen Straßenlampe erhellte die Nacht kaum und die Männer in dem Truck hatten das, was sie wollten – Finsternis und Tarnung. Aus dem dämmrigen Inneren beobachtete Bill Griffin den Notarztwagen mit seinem blauroten Signallicht, der vor dem dreistöckigen, jetzt hell erleuchteten Haus stand.

»Dr. Russel hätte nicht in der Lage sein dürfen, ihr Büro allein zu verlassen«, sagte der Mann mit dem scharf geschnittenen Gesicht, der auf dem Vordersitz saß. »Nie hätte sie bis hierher kommen dürfen.«

»Sie hat aber beides geschafft.« Der Ausdruck von Bill Griffins rundem Gesicht wirkte unbeteiligt. In der Dunkelheit schien sein braunes, mittellang geschnittenes Haar fast schwarz zu sein und der muskulöser Körper mit den breiten Schultern wirkte entspannt. Dies war ein anderer, härterer und kühlerer Mann als derjenige, der sich nur ein paar Stunden zuvor im Rock-Creek-Park in Washington mit seinem Freund Jon Smith getroffen hatte.

»Ich habe getan, was im Fall dieser Frau angeordnet worden ist«, sagte al-Hassan schließlich. »Wir konnten nur so mit ihr verfahren, ohne Verdacht zu erregen.«

Griffins Schweigen verbarg seine Verwirrung. Nie hätte er voraussehen können, dass Jon in diese Sache verwickelt werden würde. Er hatte seinen Freund zu warnen versucht, aber al-Hassan hatte ihn in Washington von Maddux verfolgen lassen, bevor er auch nur eine Chance gehabt hatte, über Flucht nachzudenken. So hatte Jon zwar erfahren, dass seine Warnung ernst gemeint war, aber nach dem Anschlag auf Sophia würde er nicht klein beigeben. Wie zum Teufel sollte er seinen alten Freund jetzt retten?

Er und al-Hassan hatten darauf gewartet, dass die anderen Jon Smith wiederfanden, als ihr Spion beim USAMRIID, die falsche Adele Schweik, al-Hassan auf dessen Handy angerufen hatte. Die Bewegungsmelder, die sie in Sophia Russels Büro und Labor angebracht hatte, hatten sie alarmiert und als sie die versteckte Videokamera eingeschaltet hatte, hatte sie Sophia aus ihrem Büro stolpern sehen. Sie war nach Fort Detrick geeilt, aber als sie dort angekommen war, war Sophia bereits verschwunden.

»In ihrem Zustand kann sie nicht fahren«, hatte Schweik al-Hassan berichtet. »Also habe ich ihre Personalakte überprüft. Sie hat eine Eigentumswohnung in der Nähe von Fort Detrick.«

Sie waren sofort zu dem Haus gefahren, aber als sie dort eintrafen, waren die Notärzte schon da gewesen und sämtliche Anwohner von dem Aufruhr geweckt worden. Sie hatten keine Möglichkeit gehabt, in das Haus zu gelangen, ohne Aufmerksamkeit zu erregen.

»Wie auch immer«, sagte Bill Griffin. »Wenn sie reden kann und Smith zu viel erzählt, wird der Boss gar nicht zufrieden sein. Sehen Sie sich das an.«

Vier Notärzte kamen mit einer Bahre durch den Hauseingang nach draußen. Jon Smith ging neben der Trage und hielt Sophias Hand, während er sich über sie beugte und zu ihr sprach. Von dem, was um ihn herum vorging, schien er nichts zu bemerken. Er redete pausenlos.

»Wir hätten von dieser Wohnung wissen müssen«, fluchte al-Hassan auf Arabisch.

Bill Griffin musste die Chance ergreifen und dafür sorgen, dass al-Hassan ihn noch mehr hasste, als er es ohnehin schon tat. Er hoffte, dass der Araber dann vielleicht einen Fehler begehen würde. »Wir wussten es aber nicht und jetzt reden sie miteinander. Sophia lebt. Sie haben die Sache vermasselt, al-Hassan, und dafür wird man Ihnen bei lebendigem Leib das Fell abziehen. Also – was sollen wir tun?«

»Wir folgen ihnen zum Krankenhaus«, erwiderte al-Hassan leise. »Dort werden wir sie kaltmachen, und ihn auch.« Er wandte sich um und starrte Griffin an.

Griffin war klar, dass al-Hassan ihn beobachtete, weil er feststellen wollte, ob es auch nur den leisesten Hinweis darauf gab, dass ihm der Gedanke, Jon würde ermordet werden, nicht behagte. Er durfte kein bisschen erstarren, zusammenzucken oder erschaudern.

Stattdessen wies Griffin auf den Notarztwagen. Sein Gesichtsausdruck war eiskalt. »Wenn es nötig ist, werden wir die Typen da auch umlegen. Vielleicht haben sie gehört, was Dr. Russel gesagt hat. Ich hoffe, dass Sie darauf vorbereitet sind. Sie werden doch nicht etwa schlappmachen und weich werden?«

Al-Hassan war beleidigt. »An die Notärzte hatte ich nicht gedacht. Natürlich werden wir sie umlegen, falls es nötig sein sollte.« Seine Augen verengten sich zu Schlitzen. »Durchaus möglich, dass Jon Smith bereits mit einer Leiche redet«, sagte er nach einer kurzen Pause. »Liebe macht auch aus den intelligentesten Männern Narren. Wir werden ja sehen, ob sie auch so stirbt. Wenn dies der Fall sein sollte, müssen wir nur Jon Smith kaltmachen. Das erleichtert uns die Arbeit ein wenig, nicht?«

8

5 Uhr 52
Frederick, Maryland

Sophia lag auf der Intensivstation und schnappte keuchend nach Luft, obwohl sie künstlich beatmet wurde. Sie war an alle Maschinen angeschlossen, die ein modernes Krankenhaus aufzubieten hatte, und wurde von Apparaten gefangen gehalten, denen es gleichgültig war, wer sie war oder was mit ihr nicht stimmte. Smith hielt ihre fiebrige Hand und hätte die Maschinen am liebsten angebrüllt: *Das ist Sophia Russel. Wir reden, lachen und arbeiten zusammen. Wir lieben uns. Wir leben! Im nächsten Frühling ist unsere Hochzeit. Bald wird es ihr wieder gut gehen und wir werden in ein paar Monaten heiraten. Wir werden zusammenleben, bis wir alt und grau sind, und auch dann werden wir uns immer noch lieben.*

Er beugte sich dicht über sie. »Du wirst wieder gesund werden, Darling«, sagte er mit fester Stimme. Wie auf zahllose junge Soldaten, die verstümmelt in seinem mobilen Militärlazarett an irgendeiner Front gelegen hatten, sprach er auch auf sie beruhigend ein. »Bald wird es dir wieder gut gehen. Du wirst wieder auf die Beine kommen und dich viel besser fühlen.« Seine Angst und seine Sorgen waren seiner Stimme nicht anzumerken. Er musste ihre Moral stärken – es gab immer Hoffnung. Aber hier ging es um Sophia. Mehr als je zuvor in seinem Leben musste er darum kämpfen, seine Verzweiflung zu verbergen. »Du musst nur durchhalten«, flüsterte er. »Bitte, Darling. Halt durch.«

Wenn sie zwischenzeitlich bei Bewusstsein war, versuchte sie, ihn zwischen ihren keuchenden Atemstößen anzulächeln.

Kraftlos drückte sie seine Hand. Das Fieber und der Kampf um Luft erschöpften sie.

Sie versuchte zu lächeln. »Wo … warst du …?«

Zärtlich legte er ihr einen Finger auf die Lippen. »Versuch, nicht zu sprechen. Du musst dich ganz darauf konzentrieren, wieder gesund zu werden. Schlaf, Darling. Ruh dich aus.«

Ihre Augen fielen zu wie der Vorhang am Ende eines Theaterstücks. Innerlich schien sie sich ganz auf den Kampf gegen das Unheil zu konzentrieren. Smith betrachtete ihre durchscheinende Haut, die grazilen Knöchel, ihre wunderschön geschwungenen Augenbrauen. Immer hatte ihr Gesicht eine kultivierte Schönheit ausgestrahlt, die durch ihre Intelligenz noch bezwingender war. Aber jetzt wirkte sie vor dem Hintergrund der weißen Bettwäsche wegen des Fiebers dünn und geschwächt. Ihre Haut war fast transparent und ihr Gesicht leuchtete auf eine Art und Weise, die ihn verängstigte.

Plötzlich begann aus ihrem linken Nasenloch Blut zu tröpfeln.

Smith wischte es ihr überrascht mit einem Papiertaschentuch ab und rief nach der Krankenschwester. »Sie müssen die Blutung stoppen.«

Die Schwester griff nach einer Schachtel mit Wattebäuschen. »Bei der Ärmsten muss ein Kapilargefäß in der Nase geplatzt sein.«

Smith antwortete nicht. Er ging quer durch den Raum mit den Apparaten und blinkenden Lichtern. Dr. Josiah Withers, der Lungenspezialist des Krankenhauses, Dr. Eric Mukogawa, der Internist von Fort Detrick, und Hauptmann Donald Gherini, der beste Virologe vom USAMRIID, unterhielten sich leise. Als Smith zu ihnen trat, blickten sie ihn besorgt an.

»Nun?«

»Wir haben es mit jedem nur erdenklichen Antibiotikum versucht«, sagte der Lungenspezialist. »Aber es scheint ein Virus zu sein, Dr. Smith. Alle unsere Anstrengungen, die Symptome zu lindern, waren fruchtlos. Sie hat auf kein Medikament reagiert.«

Smith fluchte. »Lassen Sie sich *irgendetwas* einfallen. Bemühen sie sich wenigstens, dass ihr Zustand stabil bleibt!«

»Jon…« Hauptmann Gherini legte Smith eine Hand auf die Schulter. »Es scheint sich um denselben Virus zu handeln, mit dem wir es am Wochenende im Labor zu tun hatten. Alle Stufe-Vier-Laboratorien auf der ganzen Welt arbeiten daran, aber bis jetzt haben wir keine Ahnung, was für ein Virus es ist und wie er zu behandeln ist. Er sieht wie ein Hantavirus aus, ist aber keiner, zumindest keiner von den bekannten.« Er zog eine Grimasse und schüttelte traurig den Kopf. »Irgendwo muss sie sich infiziert haben…«

Smith starrte Gherini an. »Wollen Sie damit sagen, dass sie im Labor einen Fehler gemacht hat? In der Hot Zone? Ausgeschlossen! Dafür ist sie viel zu vorsichtig und geschickt!«

»Wir tun alles, was in unseren Kräften steht, Lieutenant Colonel«, sagte der Internist leise.

»Dann tun Sie eben noch mehr und machen Sie Ihre Sache besser! Um Himmels willen, finden Sie *irgendetwas* heraus!«

»Doktor! Colonel!«

Die Krankenschwester beugte sich über das Bett, in dem Sophia sich vor Schmerz aufgerichtet hatte, als ob sie tief einzuatmen versuchte.

Smith stieß die anderen zur Seite und rannte los. »Sophia!«

Als er an ihrem Bett stand, versuchte sie zu lächeln.

Smith ergriff ihre Hand. »Schatz?«

Ihre Augen fielen zu und ihre Hand wurde schlaff.

»Nein!«, brüllte er.

Sie lag in ihrem Bett, als wäre sie von einer langen Reise erschöpft. Ihre Brust hob und senkte sich nicht mehr. Nach dem langen, keuchenden Kampf ums Atemholen herrschte plötzlich eine unwiderrufliche Stille. Bevor Smith es richtig registriert hatte, strömte Blut aus ihrer Nase und ihrem Mund.

Entsetzt und ungläubig riss er den Kopf hoch, um auf den Monitor zu blicken. Eine waagrechte grüne Linie glitt über den Bildschirm.

Sie war tot.

»Reanimation durch Elektroschocks!«, brüllte er.

Die Schwester unterdrückte ein Schluchzen und reichte ihm die Defibrillatoren für die Wiederbelebungsversuche.

Smith kämpfte gegen die Panik an. Er rief sich in Erinnerung, dass er in blutigen Gemetzeln verwundete Männer in Krisengebieten auf der ganzen Welt behandelt hatte. Er war Arzt und *rettete Menschenleben*. Das war sein Job, das, was er am besten beherrschte. *Er würde Sophias Leben retten.*

Während er den Elektroschock auslöste, beobachtete er den Monitor. Sophias Körper bäumte sich lautlos auf und fiel dann wieder aufs Bett zurück.

»Noch mal!«

Er versuchte es fünfmal und verstärkte jedesmal die Intensität des Elektroschocks. Zweimal glaubte er, sie ins Leben zurückgeholt zu haben. Er war sich fast sicher, dass sie zumindest einmal reagiert hatte. Sie konnte nicht tot sein. Das war unmöglich.

Hauptmann Gherini berührte sein Handgelenk. »Jon.«

»Nein!«

Er löste einen weiteren Elektroschock aus, aber die Linie auf dem Monitor blieb flach. Das alles musste ein Irrtum sein, ein Alptraum. Er schlief und hatte einen Alptraum. Sophia lebte. Sie war voller Vitalität und wunderschön wie ein Sommertag. Und eine Klugscheißerin. Er liebte die Art und Weise, wie sie ihn aufzog ...

»Noch mal!«

Dr. Withers, der Lungenspezialist, legte Smith einen Arm um die Schultern. »Hören Sie auf, Jon.«

Smith blickte ihn an. »Wie bitte?«

Aber er gehorchte. Withers nahm die Defibrillatoren an sich.

»Es tut mir sehr Leid, Jon«, sagte Dr. Mukogawa, der Internist. »Uns allen. Es ist entsetzlich und unfassbar.« Er zeigte auf die anderen. »Wir werden Sie allein lassen. Sie werden mehr Zeit brauchen, um es zu begreifen.«

Sie verließen den Raum. Die Vorhänge um Sophias Bett schlossen sich und Smith' Herz war eine einzige Ödnis des Schmerzes. Er zitterte, ließ sich auf die Knie fallen und presste seine Stirn gegen Sophias schlaffen Arm, der noch warm war. Er wollte sich weiterhin einreden, dass sie noch lebte. Er wollte, dass sie sich bewegte, sich aufrichtete und ihm lachend erzählte, dass alles nur ein schlechter Witz war.

Eine Träne rann seine Wange herab und er wischte sie zornig weg. Dann entfernte er das Sauerstoffzelt, um sie richtig sehen zu können. Immer noch sah sie mit ihrer rosafarbenen und feuchten Haut so lebendig aus. Er setzte sich neben sie auf das Bett, ergriff ihre Hände, hielt sie und küsste dann ihre Finger.

Ich erinnere mich, als ich dich zum erstenmal gesehen habe. Du warst so wunderschön. Und du hast diesem armen Wissenschaftler die Hölle heiß gemacht, weil er den Objektträger falsch abgelesen hat. Du bist eine großartige Wissenschaftlerin, Sophia. Die beste Freundin, die ich je hatte, und die einzige Frau, die ich jemals geliebt habe ...

Er saß da, redete in Gedanken mit ihr, gestand ihr seine Liebe. Manchmal drückte er ihre Hand, wie er es getan hatte, wenn sie gemeinsam im Kino waren. Einmal blickte er herab und sah seine Tränen auf dem Bettbezug. »Leb wohl, Schatz«, sagte er schließlich nach einer langen Zeit.

Im Wartezimmer des Krankenhauses war die lange, scheinbar ewig währende Nacht vorüber, aber der morgendliche Betrieb hatte noch nicht begonnen. Jon Smith saß zusammengesunken in einem Armsessel und fühlte sich halb benommen und hundeelend.

Am ersten Tag Sophias im USAMRIID-Labor hatte sie schon zu reden begonnen, bevor Smith noch von seinem Mikroskop aufgeblickt hatte: »Randi hasst Sie bis auf die Knochen. Den Grund dafür kenne ich nicht. Mir gefiel die Art und Weise, wie Sie sozusagen die Schuld für das auf sich genommen haben, was Sie ihr angetan haben, und wie Sie gesagt haben, dass es Ihnen Leid tut. Es war offensichtlich, dass Sie es ernst gemeint und darunter gelitten haben.«

Er wandte sich um, blickte sie an und wusste wieder, warum er die Armee bedrängt hatte, sie nach Fort Detrick zu holen. Zuerst war er ihr im Labor des Staatlichen Gesundheitsamtes begegnet, wo sie einen unaufmerksamen Wissenschaftler kritisiert hatte. Überraschend traf er sie bei ihrer Schwester Randi erneut. Diese beiden Begegnungen genügten ihm, um sich darüber klar zu werden, dass er mehr Zeit mit ihr verbringen wollte. Unter Randis wütenden Blicken saß er da und sah Sophia bewundernd an. Ihr langes, seidiges Haar war zu einem Pferdeschwanz zurückgebunden und sie hatte eine schlanke, sehr weibliche Figur.

Sein Interesse entging ihr nicht. »Ich nehme die unbesetzte Werkbank da drüben«, sagte sie an ihrem ersten Arbeitstag im USAMRIID. »Sie können jetzt aufhören, mich anzugaffen, dann mache ich mich an die Arbeit. Alle Welt erzählt, dass Sie ein sehr guter Militärarzt sind, der sich in Krisengebieten bewährt hat. Ich respektiere das, aber auf wissenschaftlichem Gebiet bin ich so gut, wie Sie es nie sein werden. Besser, Sie gewöhnen sich daran.«

»Ich werde daran denken.«

Sie blickte ihm direkt in die Augen. »Und lassen Sie Ihren Schwanz in der Hose. Holen Sie ihn erst dann raus, wenn ich es sage.«

Lächelnd nickte er. »Ich kann warten.«

Das Wartezimmer des Krankenhauses glich einer Insel jenseits der Zeit. In Smith' Gedanken war die Welt irgendwo anders. Verrückte Erinnerungen rasten durch sein Gehirn. Er schien die Kontrolle über sich zu verlieren. Er musste die Hochzeitsvorbereitungen stornieren, das Essen, die Limousine abbestellen …

Mein Gott, was geschah mit ihm?

Er schüttelte heftig den Kopf und versuchte, sich zu konzentrieren. Er war im Krankenhaus.

Das Licht des frühen Morgens spiegelte sich rosafarben und gelblich auf den Gebäuden auf der anderen Straßenseite. Seine Ausgehuniform würde er wieder in die Mottenkiste verbannen müssen.

Wo war sie in den letzten Wochen? Er hätte bei ihr sein und ihr nie den Job im USAMRIID besorgen sollen.

Wie viele Leute hatten Sie zur Hochzeit eingeladen? Er musste allen persönlich schreiben und ihnen mitteilen, dass sie gestorben war …

Er hatte Sophia umgebracht, weil er das USAMRIID dazu bewegt hatte, ihr ein so gutes Angebot zu machen, dass sie den Detrick-Job angenommen hatte. Er hatte sie getötet. Von dem Augenblick an, wo er sie bei Randi gesehen hatte, war ihm bewusst gewesen, dass er sie haben wollte. Als er versucht hatte, Randi zu erklären, wie Leid ihm der Tod ihres Verlobten tue, war sie zu zornig gewesen, um ihm zuzuhören. Aber Sophia hatte ihn verstanden. Er hatte es in ihren Augen gesehen, ihren schwarzen, tiefsinnigen, lebhaften Augen.

Er musste es ihrer Familie sagen. Doch sie hatte nur Randi.

Er musste mit ihrer Schwester telefonieren.

Nachdem er schwankend aufgestanden war, fand er ein Münztelefon. Plötzlich erinnerte er sich an Somalia. Bei der Invasion, die die Ordnung wiederherstellen und amerikanische Bürger in dem zerrissenen Land schützen sollte, das wie die Hauptstadt Mogadischu durch den Krieg zwischen zwei Stammesherren geteilt worden war, war er in einem Krankenhaus auf einem Schiff stationiert gewesen. Dann hatten sie ihn in einen abgelegenen Busch abberufen, wo er einen Major behandeln sollte, der an Fieber litt. Von der zwölfstündigen Schicht erschöpft, diagnostizierte er Malaria, aber dann stellte sich heraus, dass es sich um das weit weniger bekannte und weitaus tödlichere Lassa-Fieber handelte. Noch bevor die Diagnose korrigiert und eine bessere Behandlungsmethode angewendet werden konnte, starb der Major.

Die Armee beschuldigte ihn keines Fehlverhaltens. Es war ein Fehler, den schon weitaus erfahrenere Ärzte, die nicht mit der Virologie vertraut waren, gemacht hatten und machen würden. Auch wenn die besten Behandlungsmethoden angewandt wurden, war das Lassa-Fieber in der Regel tödlich. Es gab kein Heilmittel. Aber ihm war klar, dass er sich hochmütig verhalten hatte und zu sehr von sich selbst eingenommen gewesen war. Deshalb hatte er keine Hilfe gerufen und dann war es zu spät gewesen. Er gab sich selbst die Schuld und bedrängte die entsprechenden Armeestellen deshalb, ihn nach Fort Detrick zu versetzen, wo er sich zu einem Fachmann in Virologie und Mikrobiologie ausbilden konnte.

Und dort, nachdem er begriffen hatte, wie selten das Lassa-Fieber im Vergleich zu Malaria war, akzeptierte er seinen Irrtum endlich als Risiko, das der Einsatz als Militärarzt in weit entfernten und nicht vertrauten Ländern mit sich brachte. Aber der Major war Randi Russels Verlobter gewesen und Randi hatte ihm nie verziehen und ihm immer die Schuld an seinem Tod gegeben. Und jetzt musste er ihr erzählen, dass er einen weiteren Menschen getötet hatte, den sie liebte.

Smith ließ sich auf eine Couch fallen.

Sophia. Er hatte sie getötet. Seine geliebte Sophia. Im Frühling hatten sie heiraten wollen, aber jetzt war sie tot. Nie hätte er ihr den Job bei Detrick besorgen dürfen. Niemals!

»Lieutenant Colonel Smith?«

Als Smith die Stimme hörte, kam es ihm vor, als ob er sich tief unter der Wasseroberfläche auf dem Grund einer trüben Lagune befände. Er sah eine verschwommene Silhouette, dann ein Gesicht. Er tauchte auf und blinzelte in dem grellen Licht.

»Smith? Alles in Ordnung?« General Kielburger beugte sich über ihn.

Jetzt ging ihm die schockierende Wahrheit durch Mark und Bein. *Sophia war tot.*

Er setzte sich auf. »Ich muss bei der Autopsie dabei sein. Wenn ...«

»Entspannen Sie sich. Sie haben noch nicht mit der Obduktion begonnen.«

Smith sah ihn mit funkendem Blick an. »Warum zum Teufel hat man mir nichts von diesem neuen Virus gesagt? Sie wussten verdammt genau, wo ich war.«

»Reden Sie nicht in diesem Ton mit mir, Lieutenant Colonel! Man hat Sie nicht sofort benachrichtigt, weil die Sache nicht dringend zu sein schien. Es gab nur den Fall des Soldaten in

Kalifornien. Als die beiden anderen Todesfälle gemeldet wurden, sollten Sie in etwas mehr als einem Tag sowieso zurück sein. Wenn Sie Ihren Anweisungen gemäß zurückgekehrt wären, hätten Sie Bescheid gewusst. Und vielleicht …«

Smith' Magen zog sich zusammen und er ballte die Fäuste. Wollte Kielburger damit sagen, dass er Sophias Leben vielleicht hätte retten können, wenn er hier gewesen wäre? Dann ließ er sich zurücksinken. Der General brauchte ihm nicht zu erzählen, worüber er ohnehin schon die ganze Zeit nachdachte. Seit er hier saß, gab er sich die Schuld.

Er stand abrupt auf. »Ich muss telefonieren.«

Das Telefon befand sich in der Nähe der Aufzüge. Er wählte die Nummer von Randi Russels Wohnung. Nachdem es zweimal geklingelt hatte, schaltete sich der Anrufbeantworter ein und er hörte ihre Stimme. Sie kam wie immer sofort zur Sache. »Randi Russel. Ich bin im Moment nicht erreichbar. Hinterlassen Sie nach dem Piepton eine Nachricht … Danke.«

Das »Danke« kam widerwillig, als ob eine innere Stimme ihr geraten hätte, sich nicht allzu geschäftsmäßig zu verhalten. Das war typisch Randi.

Dann rief er in ihrem Büro beim Foreign Affairs Inquiries Institute an, einer internationalen Denkfabrik. Hier war die Ansage noch spröder: »Russel. Hinterlassen Sie eine Nachricht.« Diesmal gab es kein »Danke«, nicht einmal als nachträglichen Einfall.

Verbittert dachte Smith darüber nach, eine ähnliche Nachricht auf Band zu sprechen: »Hier Smith. Schlechte Neuigkeiten. Sophia ist tot. Tut mir Leid.«

Aber er hängte einfach ein. Es gab keine angemessene Möglichkeit, die Nachricht von Sophias Tod zu hinterlassen. Er würde weiterhin versuchen müssen, Randi zu erreichen, auch wenn es wehtat. Wenn er sie bis morgen noch nicht gesprochen hatte, würde er ihren Chef darüber informieren, was geschehen war, und ihn bitten, Randi zu sagen, dass sie ihn anrufen solle. Was sonst konnte er tun?

Kontakte zu Randi hatten sich immer nur dann und wann

ergeben, weil sie aus beruflichen Gründen häufig länger verreist war. Ihre Schwester sah sie nur selten. Nachdem das Verhältnis zwischen ihm und Sophia enger geworden war, hatte sie kaum noch angerufen und sie nie besucht.

Im Wartezimmer wippte Kielburger ungeduldig mit dem Fuß. Die Hose seiner Uniform hatte messerscharfe Bügelfalten und seine Schuhe waren auf Hochglanz poliert.

Smith ließ sich neben dem General in einen Sessel fallen. »Erzählen Sie mir von diesem Virus. Wo ist er aufgetreten? Um was für einen Typus handelt es sich? Ähnelt er dem Machupo-Virus, der Fieber und exzessive Blutungen auslöst?«

»Ja und nein«, antwortete Kielburger. »Major Keith Anderson ist am Freitagabend in Fort Irwin an akutem Lungenversagen gestorben, das uns in dieser Variante nicht bekannt war. Es gab massive Lungenblutungen und auch sein Brustkorb war mit Blut gefüllt. Das Pentagon hat uns alarmiert und uns am frühen Samstagmorgen Blut- und Gewebeproben geschickt. Zu diesem Zeitpunkt waren bereits zwei weitere Todesfälle in Atlanta und Boston zu beklagen. Weil Sie nicht hier waren, habe ich Dr. Russel mit dem Fall beauftragt. Das ganze Team hat rund um die Uhr gearbeitet. Durch Ausschlussverfahren hat sich herausgestellt, dass der Virus keinem der bereits bekannten entsprach. Auf die Antikörperproben, über die wir für alle bekannten Viren verfügen, hat er nicht reagiert. Ich habe mich dazu entschlossen, die Kollegen von den Centers for Disease Control und aller anderen Stufe-Vier-Laboratorien auf der ganzen Welt zu informieren, aber bis jetzt gibt es nur negative Befunde. Es ist ein neuer Virus und er ist tödlich.«

Im Flur kam der Pathologe, Dr. Lutfallah, mit zwei Sanitätern vorbei, die ein mit einem Tuch bedecktes Krankenbett mit Rädern vor sich herschoben. Der Arzt nickte Smith zu, aber der General sprach weiter.

»Ich möchte, dass Sie ...«

Smith ignorierte ihn. Was er jetzt zu tun hatte, war wichtiger als alles, was Kielburger von ihm wollte. Er sprang auf und folgte den anderen in den Autopsieraum.

Der Sanitäter Emiliano Coronado schlüpfte auf die Gasse hinter dem Krankenhaus, wo die Zulieferer hielten, um eine Zigarette zu rauchen. Weil er stolz auf die Tapferkeit und den Ruhm seiner fernen Vorfahren war, stand er aufrecht und mit geraden Schultern da und in seiner Fantasie blickte er in die riesigen Weiten von Colorado, wo sich vor vierhundert Jahren die Goldenen Städte befunden hatten.

Er spürte einen plötzlichen Schmerz an seiner Kehle. Die Zigarette fiel ihm aus dem Mund und seine Vision der glorreichen Vergangenheit versank im Abfall, der die dunkle Seitengasse übersäte. Durch den Schnitt eines Messers tröpfelte ein dünnes Blutrinnsal aus der Wunde an seinem Hals. Die Klinge drückte gegen die Wunde.

»Keinen Ton«, sagte die Stimme hinter ihm.

Emiliano konnte nur verängstigt grunzen.

»Erzählen Sie mir von Dr. Russel.« Als Ermutigung drückte Nadal al-Hassan fester mit der rasiermesserscharfen Klinge zu. »Lebt sie?«

Coronado versuchte zu schlucken. »Sie ist tot.«

»Was hat sie vor ihrem Tod gesagt?«

»Nichts. Zu niemandem ...«

Der Druck der Klinge wurde stärker. »Sind Sie sicher? Auch nicht zu Lieutenant Colonel Smith, ihrem Verlobten? Hört sich nicht gerade plausibel an.«

»Sie war bewusstlos«, stammelte Emiliano verzweifelt. »Wie sollte sie da reden?«

»Sehr gut.«

Die Klinge tat ihren Dienst und Emiliano Coronado lag bewusstlos und sterbend auf dem Boden, während sein Blut den Abfall in der dunklen Gasse benetzte.

Vorsichtig blickte sich al-Hassan um. Er verließ die Seitengasse und ging um den Häuserblock, wo der Lastwagen auf ihn wartete.

»Nun?«, fragte Bill Griffin, nachdem al-Hassan eingestiegen war.

»Nach den Worten eines Sanitäters hat sie nichts mehr gesagt.«

»Also weiß Smith vermutlich nichts. Vielleicht ist es gut, dass Maddux ihn in Washington nicht in die Finger gekriegt hat.

Zwei Morde an USAMRIID-Angestellten würden das Risiko erhöhen, dass jemand etwas herauskriegt.«

»Mir wäre es lieber, wenn Maddux ihn umgelegt hätte. Dann wäre diese Diskussion überflüssig.«

»Aber Maddux hat ihn nicht kaltgemacht und wir müssen darüber nachdenken, ob es einen Sinn hätte, ihn zu töten.«

»Wir können nicht sicher sein, dass sie in ihrer Wohnung nicht geredet hat.«

»Wir können – wenn sie die ganze Zeit über bewusstlos war.«

»Als sie das Gebäude verließ, war sie nicht bewusstlos«, antwortete al-Hassan. »Unserem Boss wird nicht gefallen, dass sie ihm vielleicht etwas über Peru erzählt hat.«

»Ich muss mich wohl wiederholen, al-Hassan. Zu viele unerklärliche Todesfälle und Morde können eine Menge Aufsehen erregen. Und zwar besonders, wenn Smith irgendjemandem von den Überfällen auf ihn erzählt hat. Das könnte dem Boss noch viel weniger gefallen.«

Der Araber zögerte. Er misstraute Griffin, aber der ehemalige FBI-Mann hatte vielleicht Recht. »Dann müssen wir ihn entscheiden lassen, was ihm am wenigsten gefällt.«

Bill Griffin spürte, wie ihm ein Stein vom Herzen fiel. Aber nicht ganz – er kannte Smithy. Wenn Jon auch nur vermutete, dass es sich bei Sophias Tod nicht um einen Arbeitsunfall handelte, würde er nie aufgeben. Deshalb hoffte er, dass der Dickschädel glaubte, ihr wäre im Labor ein fürchterlicher Fehler unterlaufen, und zwischen den Angriffen auf ihn und ihrem Tod bestünde keinerlei Beziehung. Wenn sich die Attacken auf ihn nicht wiederholten, würde er der Sache nicht weiter nachgehen. Dann wäre Smithys Leben nicht mehr in Gefahr und Griffin brauchte sich keine Sorgen mehr zu machen.

In dem gekachelten Raum für die Obduktionen im Keller des Krankenhauses blickte Smith auf, als Dr. Lutfallah den Seziertisch verließ. Es war kalt und roch stark nach Formaldehyd. Beide Männer trugen grüne Schutzkleidung.

Lutfallah seufzte. »Nun, das war's, Jon. Es besteht kein Zweifel, dass sie an einer schweren Virusinfektion gestorben ist, die ihre Lungen zerstört hat.«

»Was für ein Virus?«, fragte Smith, obwohl er sich ziemlich sicher war, dass er die Antwort kannte.

Der Pathologe schüttelte den Kopf. »Das überlasse ich Ihren Koryphäen in Fort Detrick. Die Lungen und sonst fast nichts … Aber es war weder Lungenentzündung noch Tuberkulose oder eine andere Krankheit, die ich kenne. Alles ging sehr schnell und die Infektion war absolut tödlich.«

Smith nickte. Mit einer übermenschlichen Willensanstrengung verdrängte er den Gedanken daran, wer die aufgeschlitzte Leiche auf dem schrägen Metalltisch mit seinen Blutabflussrinnen gewesen war. Gemeinsam mit Lutfallah machte er sich an die furchtbare Aufgabe, Blut- und Gewebeproben zu nehmen.

Erst nach der Autopsie, als Smith die grüne Kapuze, Gesichtsmaske, Handschuhe und den Schutzanzug abgelegt hatte und allein auf einer langen Bank vor dem Obduktionsraum wartete, gestattete er es sich wieder, um Sophia zu trauern.

Er hatte zu lange gewartet und es zugelassen, dass ihn seine Lust auf wissenschaftliche und medizinische Abenteuer rund um den Erdball führte und ihn zu weit von allem entfernte. Und er hatte sich selbst belogen, als er sich einredete, dass sein Leben als Nomade durch die Beziehung zu Sophia ein Ende gefunden habe. Es stimmte nicht. Selbst nachdem er ihr einen Heiratsantrag gemacht hatte, ließ er sie weiterhin seiner Interessen wegen allein. Und jetzt konnte er die verlorene Zeit nicht zurückholen.

Der Schmerz war tiefer als irgend ein körperliches Leiden, das er je gespürt hatte. Er versuchte, mit der furchtbaren Tatsache fertig zu werden, dass sie nie mehr zusammen sein würden. Schließlich beugte er sich vor und ließ sein Gesicht in seine Hände sinken. Er sehnte sich nach ihr. Dicke Tränen rannen durch seine Finger. Tränen des Bedauerns, der Schuld, der Trauer. Er zitterte und schluchzte leise. Sie war tot und er konnte nur den einen Gedanken fassen, dass er sich danach sehnte, sie noch einmal in den Armen zu halten.

9

9 Uhr 18
Bethesda, Maryland

Die meisten Menschen stellen sich das riesige Staatliche Gesundheitsamt (NIH) als eine einzelne Einheit vor, aber das ist weit von der Realität entfernt. Auf dem mehr als dreihundert Morgen großen NIH-Gelände in Bethesda, nur etwa fünfzehn Kilometer von der Kuppel des Kapitols entfernt, liegen vierundzwanzig getrennte Institute, Zentren und Abteilungen, die mehr als sechzehntausend Menschen beschäftigen. Erstaunlich ist, dass sechstausend Wissenschaftler einen Doktortitel führen. Hier gibt es mehr hoch qualifizierte Uniabsolventen als an den meisten Colleges und in manchen Staaten.

Über all dies dachte Lily Lowenstein nach, während sie aus dem Fenster ihres Büros im obersten Stock eines der fünfundsiebzig Gebäude starrte, die auf dem NIH-Gelände standen. Ihr Blick glitt über die Blumenbeete, die hügeligen Rasenflächen, die von Bäumen gesäumten Parkplätze und die Bürogebäude, in denen so viele bestens ausgebildete und hochintelligente Menschen arbeiteten.

Sie suchte nach einer Antwort auf eine Frage, auf die es keine Antwort gab.

Als Direktorin der Zentralstelle für medizinische Datenerfassung war Lily selbst eine sehr intelligente und bestens ausgebildete Frau, die in ihrem Beruf den Gipfel erklommen hatte. Sie war allein in ihrem Büro und starrte auf das Gelände des renommierten Instituts, aber sie sah weder die Menschen noch die Gebäude, noch sonst etwas. Tatsächlich dachte sie über ein Problem nach, das im Laufe vieler Jahre fast unmerklich so schwer wiegend geworden war, dass es sie wie die sprichwörtliche Zentnerlast zu Boden zu drücken drohte.

Lily war eine pathologische Spielerin. Es war gleichgültig, um was für ein Spiel es sich handelte – sie war nach allen süchtig. Anfangs hatte sie ihren Urlaub mehrmals in Las Vegas verbracht. Später, nachdem sie ihre erste Stellung in Washington angenommen hatte, fuhr sie nach Atlantic City, weil sie so schneller an die Spieltische gelangte. Dort konnte sie an den Wochenenden, an einem freien Tag oder sogar – wie in den letzten Jahren – eine Nacht lang spielen. Der Zwang war im selben Maße wie ihr Schuldenberg größer geworden.

Hätte sich ihr Spieltrieb auf die Spielkasinos und einen gelegentlichen Ausflug zur Pferderennbahn in Pimlico oder Arlington beschränkt, wäre alles im Rahmen geblieben. Die Verluste waren ärgerlich und hätten ihr gutes Gehalt verschlungen. In ihren familiären Beziehungen hätten sich Risse aufgetan, wenn sie Besuche absagte und ihren Nichten und Neffen zu Weihnachten oder zum Geburtstag keine Geschenke schickte. Sie hätte mit nur wenigen Freunden dagestanden. Aber es hätte kein derart fürchterliches Fiasko gegeben, wie sie es jetzt durchstehen musste.

Bei den Buchmachern wettete sie per Telefon, sie setzte in Bars mit Wettbüros und schließlich pumpte sie sich Geld bei Kredithaien, die gesichtslosen und gehetzten Seelen wie ihr noch etwas gaben. Jetzt war ihre Schuldenlast auf mehr als fünfzigtausend Dollar angewachsen und ein Mann, der seinen Namen nicht genannt hatte, hatte sie angerufen und gesagt, dass er alle ihre Schulden übernommen habe und gerne mit ihr über die Rückzahlung reden würde. Es lief ihr kalt den Rücken hinunter. Ihre Hand zitterte wie die einer Trinkerin. Der Mann war höflich gewesen, aber es hatte ein bedrohlicher Unterton in seinen Worten mitgeschwungen. Um neun Uhr dreißig sollte sie ihn in der Innenstadt von Bethesda in einer Bar mit Wettbüro treffen, die sie nur zu gut kannte.

Verängstigt versuchte sie herauszufinden, was sie tun sollte. Illusionen machte sie sich nicht. Natürlich konnte sie zur Polizei gehen, aber dann würde alles herauskommen. Sie würde ihren Job verlieren und wahrscheinlich ins Gefängnis kommen, weil sie Büromaterial billig gekauft und die Differenz zu dem offiziell bewilligten Betrag eingestrichen hatte. Sogar in die Portokasse hatte sie gegriffen. So war das eben bei Spielsüchtigen.

Jetzt gab es keine Freunde oder Familienmitglieder mehr, die ihr Geld leihen würden, selbst wenn sie ihnen gestanden hätte, dass sie ein Problem hatte. Eins ihrer beiden Autos, der Beemer, war gepfändet worden und ihr Haus war bis zum äußersten mit Hypotheken belastet. Einen Ehemann hatte sie nicht – nicht mehr. Mit ihren Zahlungen für die Privatschule ihres Sohns war sie im Rückstand. Sie hatte keine Wertpapiere, keine Aktien, keine Immobilien. Niemand würde ihr helfen, nicht einmal ein Kredithai. Jetzt nicht mehr.

Davonlaufen konnte sie auch nicht. Alles, was sie noch hatte, war ihr Job. Ohne den wäre sie nichts.

Sie *war* nichts.

Aus einer Nische im hinteren Teil der Bar beobachtete Bill Griffin die Frau, die das Lokal betrat. Sie entsprach ungefähr dem, was er erwartet hatte: mittleres Alter, Mittelklasse, fast etwas geziert, schwer zu beschreiben. Ein paar Zentimeter größer, vielleicht knapp einen Meter fünfundsiebzig. Ihre vernachlässigte Kleidung sprach Bände. Das Kostüm war fast schäbig und saß nicht so, wie man es bei der Direktorin einer großen Regierungsbehörde erwartet hätte. Ihre Frisur war unordentlich und man sah die grauen Haarwurzeln. Die Spielerin.

Aber sie wirkte auch – und das war typisch für Bürokraten der mittleren Führungsebene – etwas hochnäsig, wie sie da in der Tür stand und sich nach jemandem umblickte, der aufstände und ihr ein Zeichen gäbe.

Griffin ließ sie schmoren.

Schließlich erhob er sich, blickte sie an und nickte. Mit steifem Gang kam sie an den Tischen und Nischen vorbei auf ihn zu.

»Mrs. Lowenstein?«

Sie nickte, um ihre Angst unter Kontrolle zu kriegen. »Und wie ist Ihr Name?«

»Spielt keine Rolle. Nehmen Sie Platz.«

Sie setzte sich, und weil sie nervös war und sich unbehaglich fühlte, ging sie zum Angriff über. »Woher wissen Sie von meinen Schulden?«

Bill Griffin lächelte dünn. »Das interessiert Sie doch nicht wirklich, Mrs. Lowenstein, oder? Wer ich bin, woher ich über Ihre Schulden Bescheid weiß, warum ich sie übernommen habe… Das alles ist Ihnen verdammt egal, stimmt's?« Er blickte auf ihre zitternden Wangen und Lippen. Innerlich nickte er befriedigt. Sie war verängstigt und das machte sie anfällig. »Ich habe Ihre Schuldscheine.« Während sie unbehaglich hin und her rutschte, betrachtete er ihre braunen Augen. »Ich bin hier, um Ihnen eine Chance zu geben, damit Sie sich aus dem Schlamassel befreien können.«

Sie schnaubte verächtlich. »Aus dem Schlamassel befreien?«

Kein Spieler gab viel darum, einfach nur seine Schulden zu tilgen. Das Spielen war ein Zwang, eine Krankheit. Die Schulden waren ein Ärgernis oder eine Gefahr, aber sie hinterließen erst dann Eindruck, wenn die Pferderennbahnen, die Buchmacher oder sonst jemand sich weigerte, den Spielsüchtigen ohne Bargeld zocken zu lassen. Griffin wusste von Lilys täglichem Kampf, mehr Geld heranzuschaffen, als für Fünfdollareinsätze nötig war.

Also warf er ihr den Knochen vor, der diese Hündin mit dem Schwanz wedeln lassen sollte. »Sie können einen neuen Anfang machen. Ich werde Ihre Schulden streichen. Niemand wird je davon erfahren und ich werde Ihnen genug Geld geben, damit Sie neu beginnen können. Hört sich das nicht gut an?«

»Ein neuer Anfang?« Die Aufregung ließ Lily Lowenstein erröten. Einen Augenblick lang strahlten ihre Augen, aber fast genauso schnell runzelte sie die Stirn. Sie saß zwar in der Patsche, aber sie war keine Idiotin. »Das hängt ganz davon ab, was ich dafür tun muss.«

In seiner Zeit beim militärischen Geheimdienst war Griffin

einer der Besten darin gewesen, hinter dem Eisernen Vorhang Mitarbeiter zu rekrutieren. Er hatte sie so lange mit persönlichen Vorteilen, moralischen Prinzipien oder dem Argument von der gerechten Sache geködert, bis ihr Widerstand erlahmte. Wenn sie sich später sträubten, Befehle auszuführen – und früher oder später war das immer so –, musste man ihnen nur den Köder vor die Nase halten, die Daumenschrauben anziehen und sie unter Druck setzen. Das war nicht der Teil des Jobs gewesen, den er am meisten schätzte, aber er hatte ganze Arbeit geleistet und jetzt war es an der Zeit, diese Frau in die Mangel zu nehmen.

»Nein, eigentlich nicht.« Griffin sprach jetzt deutlich leiser. »Das hängt von gar nichts ab. Sie können Ihre Schulden nicht bezahlen und es sich nicht leisten, dass die Sache auffliegt. Stehen Sie auf und gehen Sie, falls Sie anderer Meinung sein sollten. Vergeuden Sie nicht meine Zeit.«

Lily errötete vor Wut. »Jetzt hören Sie mir mal gut zu, Sie arroganter …«

»Ich weiß, dass es hart ist«, fiel ihr Griffin ins Wort. »Sie sind der Boss, was? Irrtum. Jetzt bin *ich* der Boss. Ansonsten stehen Sie morgen ohne Job da. Und ohne jede Chance, einen neuen zu kriegen. Nicht bei der Regierung, nicht in Washington, wahrscheinlich nirgendwo.«

Das war ein Schlag in die Magengrube. Lily begann zu weinen. Nein! Sie würde nicht heulen! Sie heulte nie. Sie war der Boss. Sie …

»Ist schon gut«, sagte Griffin. »Weinen Sie ruhig. Lassen Sie's raus. Das Ganze ist hart für Sie und es wird noch härter werden. Lassen Sie sich Zeit.«

Je mehr er seinem Mitleid Ausdruck verlieh, desto stärker weinte Lily. Durch ihre Tränen hindurch sah sie, wie er sich entspannt zurücklehnte. Er winkte die Kellnerin herbei und zeigte auf sein Glas. Aber er zeigte nicht auf sie und fragte, was sie trinken wolle. Dies war kein geselliges Beisammensein, sondern eine geschäftliche Angelegenheit. Wer immer dieser Mann auch sein mochte – plötzlich begriff sie, dass nicht er sie erpresste. Er war nur der Überbringer der Nachricht, der gleichgültig und unpersönlich seinen Job erledigte.

Als die Kellnerin ihm sein Bier brachte, wandte Lily den Kopf ab, weil sie sich für ihre geröteten Augen und ihre Tränen schämte. Nie hatte sie mit einer solchen Situation und mit einem solchen Mann fertig werden müssen und sie fühlte sich schrecklich allein.

Griffin nippte an seinem Bier. Es war an der Zeit, ihr den Köder erneut hinzuhalten. »Okay. Fühlen Sie sich jetzt besser? Vielleicht hilft das. Sehen Sie die Sache mal so: Eines Tages wäre das Fallbeil sowieso heruntergekommen. So kommen Sie aus der Sache raus und können reinen Tisch machen. Außerdem gebe ich Ihnen eine kleine Bonuszahlung für einen Neuanfang, sagen wir fünfzigtausend Dollar. Und das alles für zwei Stunden Arbeit. Wahrscheinlich noch weniger, wenn Sie in Ihrem Job so gut sind, wie ich glaube. Kein schlechtes Angebot, oder?«

Reinen Tisch machen … Fünfzigtausend Dollar … Die Worte schossen wie ein Sonnenstrahl durch ihre Gedanken. Ein Neuanfang – der Alptraum wäre vorüber. Und sie hätte Geld für einen neuen Start. Sie könnte sich helfen lassen und eine Therapie machen. So etwas würde ihr nie wieder passieren. Niemals!

Sie wischte sich die Tränen ab und hätte diesen Mann plötzlich küssen und umarmen können. »Was … was soll ich tun?«

»Ah, jetzt kommen Sie zur Sache«, sagte Griffin erfreut. »Ich wusste doch, dass Sie clever sind. Das mag ich. Für diesen Job brauche ich eine kluge Person.«

»Versuchen Sie nicht, mir zu schmeicheln. Nicht jetzt.«

Griffin lachte. »Reizbar sind Sie auch. Jetzt sind Sie wieder auf dem Damm, stimmt's? Mein Gott, bei der Angelegenheit wird niemand zu Schaden kommen. Es müssen nur ein paar Computerdateien vernichtet werden. Dann sind Sie frei.«

Computerdateien löschen? Ihre Dateien? Niemals! Sie erschauderte und riss sich dann zusammen. Was hatte sie denn erwartet? Weshalb sollte sie der Mann sonst brauchen? Sie arbeitete in der Datenverwaltung und war Chefin der Zentralstelle für medizinische Datenerfassung. Natürlich ging es um medizinische Informationen.

Griffin beobachtete sie – dies war der entscheidende Augenblick: Der erste Schock eines neuen Mitarbeiters, der jetzt wusste, was er zu tun hatte. Er musste sein Land verraten, seinen Arbeitgeber, seine Familie und das Vertrauen, das man in ihn gesetzt hatte. Während er sie betrachtete, bemerkte er, wie der Augenblick des Schocks und des innerlichen Kampfs vorüberging. Sie hatte sich wieder in der Gewalt.

Er nickte. »Okay. Das war der schlimme Teil. Von jetzt an geht's locker bergab. Wir wollen Folgendes: Es gibt einen Bericht an Fort Detrick, die Centers for Disease Control und wahrscheinlich eine Menge ausländischer Institute, der gelöscht werden muss. Alle Dateien und Kopien müssen vernichtet werden. Dieser Bericht hat nie existiert. Dasselbe gilt für alle Berichte der Weltgesundheitsorganisation über Virusausbrüche und/oder -heilungen im Irak während der letzten zwei Jahre. Dazu kommen Aufzeichnungen von ein paar Telefonaten, die ebenfalls gelöscht werden müssen. Können Sie das erledigen?«

Noch immer war sie zu schockiert, um reden zu können. Aber sie nickte.

»Es gibt eine weitere Bedingung. Die Sache muss bis Mittag erledigt sein.«

»Bis Mittag? Während der Bürоöffnungszeiten? Aber wie soll ich ...«

»Das ist Ihr Problem.«

Sie konnte nur erneut nicken.

»Gut.« Griffin lächelte. »Wie wär's jetzt mit einem Drink?«

10

13 Uhr 33
Fort Detrick, Maryland

Während er gegen eine überwältigende Müdigkeit ankämpfte, arbeitete Smith im Stufe-Vier-Labor. Woran war Sophia gestorben? Bill Griffins Warnung hallte durch seine Gedanken und er dachte an die brutalen Überfälle auf ihn in Washington. Er konnte nicht glauben, dass ihr Tod ein Unfall war. Dennoch bestand kein Zweifel, woran sie gestorben war: an akutem Lungenversagen, ausgelöst durch einen tödlichen Virus.

Im Krankenhaus hatten ihm die Ärzte geraten, nach Hause zu gehen und zu schlafen, und der General hatte ihm befohlen, diesen Rat zu befolgen. Stattdessen fuhr er direkt zum Haupttor von Fort Detrick. Der Wachposten salutierte traurig. Er parkte auf seinem üblichen Stellplatz in der Nähe des monolithischen gelben Backsteingebäudes. Die Lüftungsventilatoren auf dem Dach bliesen permanent gründlich gefilterte Luft aus den Stufe-Drei- und Stufe-Vier-Labors nach draußen.

Wegen seiner Trauer und Erschöpfung war Smith halb in Trance. Die Behälter mit den tiefgefrorenen Blut- und Gewebeproben in einer Hand, zeigte er dem Wachposten an der Pforte seinen Dienstausweis und der Mann nickte ihm mitfühlend zu. Wie ferngesteuert ging er weiter. Die Flure glichen einer Erscheinung aus einem dunstigen Traum, einem verschwommenen Labyrinth von Ecken und Biegungen, Türen und den Fenstern der Hochsicherheitslabors. Vor Sophias Büro blieb er stehen und blickte hinein.

In seiner Kehle bildete sich ein Kloß. Er schluckte und eilte zum Stufe-Vier-Labor, wo er seine Schutzkleidung anlegte.

Gegen alle Ratschläge, Befehle und Sicherheitsvorschriften arbeitete er allein in dem Hot-Zone-Labor. Mit Sophias Gewebe- und Blutproben wiederholte er alle Arbeitsschritte, die sie mit den Proben der anderen drei Todesopfer gemacht hatte: Er isolierte den Virus, studierte ihn unter dem Elektronenmikroskop und verglich ihn mit Proben des USAMRIID von früheren Opfern verschiedener weltweiter Viruserkrankungen. Der Virus, der Sophia getötet hatte, glich keinem. Mit einer Polymerase-Kettenreaktion zur DNS-Analyse versuchte er, ihn zu identifizieren, dann erstellte er eine vorläufige Ausschlussliste. Anschließend überspielte er die Daten auf den Computer in seinem Büro und nach einer siebenminütigen Dekontaminations-Trockendusche in der Luftschleuse legte er die Schutzkleidung ab.

Wieder angezogen, ging er in sein Büro und verglich seine Daten mit denen von Sophia. Schließlich lehnte er sich zurück und starrte ins Leere. Der Virus, der seine Verlobte das Leben gekostet hatte, war mit keinem anderen identisch, von dem er je gehört oder den er je gesehen hatte. Hier und da gab es Ähnlichkeiten, aber immer mit unterschiedlichen bekannten Viren.

Doch er war definitiv mit dem unbekannten Virus identisch, an dem Sophia gearbeitet hatte.

So mitgenommen Smith wegen Sophias Tod auch war, dachte er dennoch entsetzt an die mögliche Bedrohung der Menschheit durch diesen neuen, tödlichen Virus. Vielleicht waren die vier Todesopfer nur der Anfang gewesen.

Wie hatte Sophia sich infiziert?

Einen Arbeitsunfall mit möglichem Viruskontakt hätte sie sofort gemeldet. Das war nicht nur Vorschrift – es wäre schlicht Wahnsinn, es nicht zu tun. Die Krankheitserreger in einem Hot-Zone-Labor waren tödlich. Impfstoff und Heilmethode gab es nicht. Aber eine sofortige Behandlung, durch die die Widerstandskräfte des Körpers gestärkt und der bestmögliche Gesundheitszustand bewahrt wurden, verbunden mit den üblichen medizinischen Schritten bei Virusinfektionen, hatte vielen Menschen das Leben gerettet, die ansonsten unweigerlich gestorben wären.

Fort Detrick verfügte über ein Quarantäne-Krankenhaus, dessen Ärzte alles über die Behandlung von Viruserkrankungen wussten. Wenn irgendjemand Sophia hätte retten können, dann einer dieser Ärzte, und das hatte sie gewusst.

In erster Linie war Sophia Wissenschaftlerin gewesen. Wenn sie geglaubt hatte, dass nur die entfernteste Möglichkeit bestand, dass sie sich mit dem Virus infiziert hatte, dann wäre es ihr Wunsch gewesen, dass alles festgehalten und analysiert wurde, um das medizinische Wissen über den Virus zu vergrößern und vielleicht andere Menschenleben zu retten.

Sie hätte über alles Bericht erstattet.

Wenn Smith zudem die Überfälle in Georgetown bedachte, konnte er nur eine Schlussfolgerung ziehen: Sophia war nicht durch einen Arbeitsunfall ums Leben gekommen.

In Gedanken hörte er ihre keuchende Stimme: *»Im Labor … Irgendjemand hat …«*

In jenem grausamen Augenblick hatten ihm die unter Qualen hervorgebrachten Worte nichts gesagt, aber jetzt hallten sie in seinen Gedanken wider. War jemand in ihr Labor eingedrungen und hatte sie überfallen?

Wie elektrisiert überprüfte er erneut ihre Notizen, Memoranden und Berichte im Hinblick auf mögliche Indizien darauf, was wirklich geschehen war.

Da fiel sein Blick auf die ordentlich geschriebene Nummer oben auf der vorletzten Seite ihres Journals, in dem die tägliche Arbeit an dem unbekannten Virus festgehalten war. Sie lautete PRL-53-99.

Smith wusste, was gemeint war. »PRL« verwies auf das belgische Prinz-Leopold-Institut. Das war nichts Besonderes, sondern lediglich Sophias Methode, auf den Bericht eines anderen Forschers zu verweisen, auf den sie bei ihrer Arbeit zurückgegriffen hatte. Die Nummer verwies auf ein spezifisches Experiment, eine Argumentationskette oder eine Chronologie. Entscheidend war, dass sie diese Nummer immer – *immer* – ans Ende eines Berichts geschrieben hatte.

Ans Ende.

Dieser Hinweis stand oben auf der Seite, am Beginn eines Kommentars über die drei Todesopfer, die geographisch weit auseinander gelebt hatten. Trotz anderer Umstände und obwohl sie nicht dasselbe Geschlecht oder Alter hatten, waren sie gleichzeitig an derselben Viruserkrankung gestorben. Aber es waren keine Todesfälle aus ihrer jeweiligen Umgebung bekannt geworden.

In Sophias Anmerkungen wurden keine anderen Berichte erwähnt – also musste die Nummer am falschen Platz stehen. Behutsam untersuchte Smith die letzten beiden Seiten und presste das Buch auseinander, um den Bundsteg untersuchen zu können, wo die Seiten befestigt waren. Durch seine Lupe entdeckte er nichts.

Nachdem er einen Augenblick lang nachgedacht hatte, legte er das Buch so unter sein großes Seziermikroskop, dass sich der Bundsteg unter der Linse befand. Dann blickte er durch das Okular.

Er atmete mit einem scharfen Geräusch ein, als er den Schnitt sah, der fast so gerade und präzise wie der eines Laserskalpells war. Sehr gute Arbeit, aber nicht gut genug, um unter dem leistungsfähigen Mikroskop die Wahrheit zu verbergen.

Smith sah eine leicht gezackte Schnittkante.

Eine Seite war aus dem Journal herausgetrennt worden.

General Calvin Kielburger stand in der offenen Tür von Jon Smith' Büro. Mit den hinter dem Rücken gefalteten Händen, den gespreizten Beinen und seiner ernsten Miene wirkte er wie General Patton, der, in den Ardennen auf einem Panzer stehend, die amerikanische Armee anfeuerte.

»Ich habe Ihnen befohlen, nach Hause zu fahren, Colonel Smith. In Ihrem Zustand nützen Sie niemandem etwas. Wir brauchen eine klar denkende Belegschaft. Besonders jetzt, wo Dr. Russel nicht mehr bei uns ist.«

Smith blickte nicht auf. »Irgendjemand hat eine Seite aus ihrem Journal herausgetrennt.«

»Fahren Sie nach Hause, Colonel.«

Jetzt hob Smith den Kopf. »Haben Sie nicht gehört, was ich gesagt habe? Es fehlt eine Seite über ihre Tätigkeit direkt vor ihrem Tod. Warum?«

»Wahrscheinlich hat sie sie selbst herausgeschnitten, weil sie sie nicht brauchte.«

»Haben Sie alles über wissenschaftliche Arbeit vergessen, seit man Ihnen diesen Stern verliehen hat? Niemand vernichtet eine Notiz über seine Forschung. Die herausgetrennte Seite bezog sich auf einen Bericht des belgischen Prinz-Leopold-Instituts. In ihren Unterlagen habe ich kein Exemplar dieses Berichts gefunden.«

»Wahrscheinlich befindet er sich in der Computer-Datenbank.«

»Da sehe ich als Nächstes nach.«

»Das müssen Sie auf später verschieben. Zuerst möchte ich, dass Sie etwas schlafen, und dann werden Sie an Stelle von Dr. Russel nach Kalifornien fliegen. Dort sprechen Sie mit Major Andersons Familie, seinen Freunden und allen anderen Menschen, die ihn kannten.«

»Nein, verdammt! Schicken Sie jemand anderen.« Smith setzte schon an, um Kielburger von den Überfällen in Washington zu erzählen. Vielleicht würde der General dann begreifen, dass er herauszufinden versuchte, wie Sophia sich mit dem Virus infiziert hatte. Aber dann würde Kielburger wissen wollen, was er in Washington zu suchen gehabt hatte, wo er doch schon wieder in Fort Detrick hätte sein müssen. Er würde von seinem geheimen Treffen mit Bill Griffin erzählen müssen. Solange er nicht mehr wusste, konnte er einen alten Freund nicht bloßstellen. Folglich musste er den General auf andere Weise überreden, ihn weitermachen zu lassen. »Irgendetwas stimmt nicht mit Sophias Tod«, sagte er also. »Da bin ich mir sicher. Und ich werde herausfinden, was.«

»Nicht auf Kosten der Armee«, entgegnete Kielburger wütend. »Wir haben ein weitaus größeres Problem als den Tod eines unserer Mitarbeiter, gleichgültig, wer es auch gewesen sein mag, Colonel.«

Wie ein Hengst, der von einer Klapperschlange angegriffen wurde, schoss Smith aus seinem Schreibtischstuhl hoch. »Dann werde ich den Dienst in der Armee quittieren!«

Einen Moment lang starrte Kielburger ihn mit funkelndem Blick an, die Hände an den Hosennähten zu Fäusten geballt. Sein Gesicht war leuchtend rot. Er stand kurz davor, Smith aufzufordern, seine Drohung wahr zu machen – er hatte die Nase voll von seiner Aufmüpfigkeit.

Dann überdachte er das Ganze. Es würde einen schlechten Eindruck machen, wenn er nicht in der Lage wäre, seine Leute zu Loyalität zu zwingen. Dies war nicht der richtige Zeitpunkt, sich mit Smith' Arroganz und Widerspenstigkeit zu beschäftigen.

Er zwang sich, entspannt zu wirken. »In Ordnung. Arbeiten Sie weiter an Dr. Russels Fall. Ich werde jemand anderen nach Kalifornien schicken.«

14 Uhr 02
Bethesda, Maryland

Obwohl sie sich beeilt hatte, brauchte Lily Lowenstein den ganzen Vormittag, um das zu erledigen, was ihr der namenlose Mann befohlen hatte. Jetzt beendete sie gerade ein Festessen in ihrem Lieblingsrestaurant in der Innenstadt von Bethesda. Während sie an ihrem zweiten Daiquiri nippte, dachte sie wieder einmal, dass die Hochhäuser vor dem Fenster, auf denen die strahlende Oktobersonne reflektierte, sie an ein Mini-Dallas erinnerten.

Überraschenderweise war es am einfachsten gewesen, in das Computernetz der WHO einzudringen. Niemand hatte es für nötig gehalten, rigorose Sicherheitsmaßnahmen zu ergreifen, um wissenschaftliche und humanitäre Daten zu schützen. Folglich war es ein Kinderspiel gewesen, alle Spuren mehrerer Berichte der Weltgesundheitsorganisation zu löschen, die über Todesopfer und Überlebende zweier geringfügiger Virusepidemien in den irakischen Städten Bagdad und Basra informierten.

Das irakische Computersystem hinkte der Zeit fünf Jahre hinterher und deshalb war es genauso einfach gewesen, die Originale der Berichte zu löschen. Seltsamerweise hatte Lily herausgefunden, dass die ursprünglichen Informationen aus dem Irak von Getreuen des Regimes von Saddam Hussein bereits gelöscht worden waren. Zweifellos wollte man nicht, dass die Außenwelt etwas von den Schwächen und der Hilfsbedürftigkeit des Landes erfuhr.

Mehr Zeit hatte es gekostet, den belgischen Bericht von ihrem ZMD-Computer und aus den USAMRIID-, CDC- und den anderen internationalen Datenbanken zu löschen. Am schwierigsten war es aber, das Thema aus den Telefonaufzeichnungen von Fort Detrick zu tilgen. Sie war gezwungen, eine große Telefongesellschaft um einen Gefallen zu bitten, die in ihrer Schuld stand.

Neugierig hatte sie versucht, den Grund für die Forderungen des Erpressers zu verstehen, aber es schien keine Gemeinsamkeiten zwischen den von ihr gelöschten Materialien zu geben, wenn man einmal davon absah, dass die meisten etwas mit einem Virus zu tun hatten. Hunderte von anderen Forschungsberichten wurden auf elektronischem Weg zwischen einem Dutzend Stufe-Vier-Instituten auf der ganzen Welt hin und her geschickt, aber daran hatte der Erpresser kein Interesse gezeigt.

Was immer er auch beabsichtigte – sie hatte ihre Aufgabe erfolgreich bewältigt. Weil sie nicht entdeckt worden war und keine Spuren hinterlassen hatte, würde sie bald keine finanziellen Probleme mehr haben. Sie nahm sich vor, nie wieder so tief in die Patsche zu geraten. Mit fünfzigtausend Dollar in bar konnte sie in Las Vegas oder Atlantic City einen Coup landen und ihre Verluste wieder hereinholen. Mit einem sorglosen Lächeln auf den Lippen entschloss sie sich, zunächst einen Tausender beim Pferderennen zu setzen.

Fast hätte sie laut aufgelacht, als sie das Restaurant verließ und um eine Straßenecke bog, um sich zu einer Bar aufzumachen, in der ihr bevorzugter Buchmacher sein privates »Büro«

hatte. Sie spürte, dass sie einfach nicht verlieren konnte. Jetzt nicht mehr.

Selbst als sie hinter sich Schreie und quietschende Reifen hörte, sich umwandte und den großen schwarzen Lastwagen bemerkte, der auf dem Bürgersteig auf sie zukam, hatte sie noch ein Lächeln auf den Lippen. Und sie lächelte auch noch, als sie von dem Wagen erfasst wurde und tot auf dem Bürgersteig lag.

15 Uhr 16
Fort Detrick, Maryland

Smith wandte sich von dem Monitor ab. Es gab fünf Berichte des Prinz-Leopold-Instituts, aber keiner war gestern oder heute früh eingetroffen. Sie enthielten alle die Nachricht, dass es nicht gelungen sei, den unbekannten Virus zu klassifizieren.

Aber es musste einen Bericht mit einer neuen Information geben. Zumindest mit einem Detail, das Sophia für so wichtig befunden hatte, dass sie vergangene Nacht eine ganze Seite ihres Journals beschrieben hatte. Aber Smith hatte die Datenbanken von Detrick und der Centers for Disease Control – kurz CDC – durchsucht und mit Hilfe des Supercomputers der Armee alle anderen Stufe-Vier-Labors der Welt überprüft, zu denen auch das Prinz-Leopold-Institut zählte.

Er hatte nichts gefunden.

Frustriert starrte er auf den Computer, der ihm nicht weitergeholfen hatte. Vielleicht war Sophia ein Fehler unterlaufen und sie hatte den falschen Code niedergeschrieben – dann hatte der Bericht nie existiert. Oder …

Oder er war aus allen entsprechenden Datenbanken der Welt gelöscht worden, einschließlich der ursprünglichen Quelle des Berichts.

Das war nur schwer zu glauben. Unmöglich war es nicht, aber man konnte sich kaum vorstellen, dass jemand sich so viel Arbeit wegen eines Virus machte, der im Interesse aller untersucht werden musste. Kopfschüttelnd versuchte Smith, den

Gedanken loszuwerden, dass auf der fehlenden Seite etwas Entscheidendes gestanden hatte, aber es gelang ihm nicht. Die Seite war aus dem Buch herausgeschnitten worden.

Und zwar von jemandem, der den Militärstützpunkt ungesehen betreten und verlassen hatte. Oder waren es mehrere Leute gewesen?

Erneut griff er zum Telefonhörer. Er wollte herausfinden, wer in der letzten Nacht sonst noch im Labor gewesen war. Aber nachdem er mit der ganzen Belegschaft und Sergeant Major Daugherty gesprochen hatte, war er einer Antwort keinen Schritt näher gekommen. Daughertys Leute waren um sechs Uhr abends nach Hause gegangen, während die Wissenschaftler bis zwei Uhr morgens arbeiteten, selbst Kielburger. Nur Sophia blieb länger.

Grasso, der Sicherheitsbeamte von der Pforte, hatte nichts gesehen, nicht einmal, dass Sophia das Gelände verließ. Das wusste Smith bereits. Die Wachposten vom Haupttor schworen, dass sie nach zwei Uhr morgens niemanden gesehen hätten – aber sie hatten offensichtlich auch nicht mitgekriegt, dass Sophia aus dem Gebäude taumelte. Ihre Aussage war also nicht viel wert. Außerdem bezweifelte er, dass jemand, der so geschickt war, eine Seite aus dem Journal herauszuschneiden, ohne dass man die Schnittkante mit bloßem Auge erkannte, beim Betreten oder Verlassen des Geländes Aufmerksamkeit geweckt hatte.

Er steckte in einer Sackgasse.

Plötzlich hörte er in Gedanken Sophias Keuchen. Er schloss die Augen und sah ihr wunderschönes Gesicht vor sich, dessen Züge durch die peinigenden Schmerzen verzerrt waren. Sie fiel in seine Arme, rang nach Atem und konnte doch noch stammeln: *»Im Labor … Irgendjemand hat …«*

17 Uhr 27
Frederick, Maryland

Dr. Lutfallah war verärgert. »Ich wüsste nicht, was wir sonst noch herausfinden könnten, Colonel Smith. Der Befund der Autopsie ist klar und endgültig. Sollten Sie nicht besser mal eine Pause einlegen? Ich bin überrascht, dass Sie sich überhaupt noch auf den Beinen halten können. Sie brauchen Schlaf ...«

»Schlafen werde ich, wenn ich weiß, was ihr zugestoßen ist«, blaffte Smith. »Und ich frage nicht danach, *was* sie getötet hat, sondern nur, *wie* es geschehen ist.«

Zögernd hatte der Pathologe zugestimmt, sich erneut im Obduktionsraum des Krankenhauses mit Smith zu treffen. Er war nicht gerade glücklich darüber, seinen perfekt gemixten Tanquery-Martini stehen lassen zu müssen.

»Wie?« Lutfallah hob die Augenbrauen. Das war zu viel. Er gab sich keine Mühe, seinen beleidigenden Sarkasmus zu kaschieren. »Ich würde sagen, dass sie so gestorben ist, wie das bei einer tödlichen Virusinfektion üblich ist, Colonel.«

Smith ignorierte ihn. Er beugte sich über den Tisch und kämpfte gegen einen erneuten Zusammenbruch an, als er seine bleiche und leblose Sophia sah. »Untersuchen Sie jeden Zentimeter ihres Körpers, Doktor. Jeden Zentimeter. Achten sie auf alles, was uns entgangen sein könnte, auf alles Ungewöhnliche.«

Obwohl er immer noch wütend war, begann Lutfallah, die Leiche zu untersuchen. Schweigend arbeiteten die beiden Ärzte eine Stunde lang. Lutfallah wollte eben erneut verärgert schnaufen, doch dann entfuhr ihm ein gedämpfter Aufschrei durch die Chirurgenmaske. »Was ist das denn?«

Smith fuhr auf. »Was? Haben Sie etwas gefunden? Zeigen Sie es mir!«

Diesmal antwortete Lutfallah nicht. Schweigend untersuchte er Sophias linken Fußknöchel. Dann fragte er: »War Dr. Russel Diabetikerin, Colonel?«

»Nein. Was haben Sie gefunden?«

»Hat sie irgendwelche intravenösen Injektionen bekommen?«

»Nein.«

Lutfallah nickte und blickte dann auf. »Hat sie Drogen genommen, Colonel?«

»Meinen Sie Rauschgift? Um Himmels willen, nein.«

»Dann sehen Sie sich das mal an.«

Smith trat zu dem Pathologen, der links neben Sophias Leiche stand. Die kleine, rötliche und leicht angeschwollene Stelle, die bislang niemand bemerkt hatte, war fast unsichtbar. Vielleicht war sie vorher auch nicht sichtbar gewesen, sondern eine späte Folge der Viruserkrankung.

In der Mitte der Hautrötung befand sich ein einziger kleiner Nadeleinstich. Die Injektion war so perfekt ausgeführt worden wie die Entfernung der Seite aus Sophias Notizbuch.

Smith richtete sich abrupt auf, von Wut gepackt. Sein Herz pochte und er ballte die Hände zu Fäusten. Er hatte es vermutet und jetzt hatte er Gewissheit.

Sophia war ermordet worden.

20 Uhr 15
Fort Detrick, Maryland

Jon Smith knallte die Tür seines Büros zu und ging zu seinem Schreibtisch, setzte sich aber nicht. Wie ein wildes Tier in einem Käfig lief er hin und her. Trotz seines körperlichen Zustandes war er geistig voll auf der Höhe. Obwohl die Erforschung des Virus für die gesamte Menschheit wichtig war, gab es für ihn jetzt nur noch ein Ziel: Er musste Sophias Mörder finden.

Also dann, dachte er. *Denk nach.* Sie hatte vermutlich etwas so Brisantes herausgefunden, dass sie ermordet und alle Spuren ihrer Entdeckung vernichtet werden *mussten.* Was taten Forscher während einer weltweiten wissenschaftlichen Untersuchung? *Sie kommunizierten miteinander.*

Smith griff nach dem Telefonhörer. »Verbinden Sie mich mit dem Boss des Sicherheitsdienstes.« Er klopfte ungeduldig mit den Fingern auf der Schreibtischplatte herum wie ein Trommler des achtzehnten oder neunzehnten Jahrhunderts, der die Regimenter zur Schlacht ruft.

»Hier Dingman. Was kann ich für Sie tun, Colonel?«

»Haben Sie Aufzeichnungen von allen eingehenden und ausgehenden Telefonaten bezüglich des USAMRIID?«

»Wir nicht, aber wir können rankommen. Darf ich fragen, an was für einem speziellen Telefonat Sie interessiert sind?«

»An allen Gesprächen, die Dr. Sophia Russel seit dem letzten Samstag geführt hat, besonders an den eingehenden.«

»Sind Sie dazu berechtigt, Sir?«

»Fragen Sie Kielburger.«

»Ich rufe zurück, Colonel.«

Eine Viertelstunde später meldete sich Dingman mit einer Liste von Sophias Telefonaten. Es waren nur wenige gewesen, weil sie und die anderen Mitarbeiter sich wegen des Virus in ihren Laboratorien und Büros verkrochen hatten. Fünf ausgehende Gespräche, davon drei ins Ausland, nur ein Anruf. Nacheinander wählte Smith die Nummern. Bei allen Gesprächen war es um die Fehlschläge bei der Erforschung des Virus gegangen.

Enttäuscht lehnte er sich zurück, aber dann schoss er aus seinem Schreibtischsessel hoch. Er rannte zu Sophias Büro, wo er erneut die Unterlagen auf ihrem Schreibtisch durchsah. Anschließend überprüfte er die Schubladen. Er hatte sich nicht getäuscht. Das Monatsverzeichnis ihrer Telefongespräche, das Kielburger von seinen Mitarbeitern verlangte, war verschwunden.

Er lief in sein Büro zurück und telefonierte erneut. »Mr. Curtis? Hat Sophia ihr Telefonverzeichnis für Oktober schon früher eingereicht? Nein? Sind Sie sicher? Danke.«

Die Mörder hatten auch das Telefonverzeichnis gestohlen. Warum? Weil es ein Telefongespräch gegeben *hatte*, in dem es darum gegangen war, was sie zu verbergen suchten. Die Aufzeichnung war zusammen mit dem Bericht des Prinz-Leopold-Instituts gelöscht worden. Seine Widersacher waren mächtig und clever. Der Versuch herauszufinden, was Sophia getan oder gewusst hatte oder weshalb ihr Mörder geglaubt hatte, sie umbringen zu müssen, hatte ihn zu einer scheinbar undurchdringlichen Mauer geführt.

Er musste die Antwort auf einem anderen Weg finden – indem er die Lebensgeschichten der anderen Opfer untersuchte. Vor ihrem Tod musste es eine Verbindung zwischen ihnen gegeben haben, die auf tragische Weise zu ihrem Tod geführt hatte.

Er griff erneut nach dem Telefon. »Hier Jon Smith, Miss Curtis. Ist der General in seinem Büro?«

»Natürlich, Colonel. Bleiben Sie dran.« Melanie Curtis stammte aus Mississippi und mochte Smith. Aber heute war ihm nicht nach dem üblichen Flirt zumute.

»Danke.«

»General Kielburger.«

»Wollen Sie immer noch, dass ich morgen nach Kalifornien fliege?«

»Weshalb haben Sie Ihre Meinung geändert, Colonel?«

»Vielleicht habe ich eine Erleuchtung gehabt. Die größere Gefahr sollte Vorrang haben.«

»Natürlich«, antwortete Kielburger ungläubig. »Okay. Sie starten morgen um acht Uhr in Andrews. Kommen Sie um sieben Uhr in mein Büro, damit ich Ihnen Ihre Anweisungen geben kann.«

11

17 Uhr 04
Adirondack-Park, New York

Entgegen der Ansicht der meisten Bewohner dieses Erdballs bestehen zwei Drittel New Yorks nicht aus Wolkenkratzern, überfüllten U-Bahnen und gnadenlosen Finanzmärkten. Von seiner Veranda aus blickte Victor Tremont, Chief Operating Officer von Blanchard Pharmaceuticals, nach Westen auf den riesigen Adirondack-State-Park. Vor seinem geistigen Auge sah er die Landkarte vor sich: Das gut zweihundert Millionen Hektar große, teils in Privatbesitz befindliche, teils dem Bundesstaat New York gehörende Naturschutzgebiet erstreckte sich von Vermont im Osten fast bis zum Lake Ontario im Westen, von der kanadischen Grenze im Norden fast bis nach Albany im Süden. In diesem Nationalpark gab es reißende Flüsse, Tausende von Seen und die sechsundvierzig gezackten Gipfel von mehr als eintausendzweihundert Meter hohen Bergen.

Tremont wusste all dies, weil sein scharfer Verstand automatisch wichtige Fakten herausfilterte und speicherte. Ihm war der Adirondack-Nationalpark nicht nur deshalb wichtig, weil es sich um ein faszinierendes naturbelassenes Waldgebiet handelte, sondern auch, weil die Gegend nur spärlich besiedelt war. Eine der Geschichten, die er gerne seinen Gästen am Kamin erzählte, handelte vom Chef der Steuerbehörde eines Bundesstaates, der hier ein Sommerhaus gekauft hatte und der Meinung war, dass der Steuerbescheid des Countys zu hoch ausgefallen sei. Er ging der Sache nach und fand im Verlauf seiner Untersuchungen heraus – an dieser Stelle lachte Tremont immer herzhaft –, dass Steuerinspektoren in massive Korruptionsvorfälle verstrickt waren. Er erreichte, dass die zwielichtigen Gestalten angeklagt wurden, aber man brachte keine Jury zusammen. Warum? In diesem County gab es nur wenige permanente Bewohner und die waren entweder selbst in die Korruptionsaffäre verstrickt oder Verwandte der Angeklagten.

Tremont lächelte. Die Abgeschiedenheit und die Korruption machten das bewaldete Land für ihn zum vollkommenen Paradies. Vor zehn Jahren hatte er den Umzug von Blanchard Pharmaceuticals in einen Gebäudekomplex aus roten Backsteinen veranlasst, der auf seine Anweisungen hin im Wald in der Nähe des Dorfs Long Lake errichtet worden war. Zur selben Zeit hatte er ein abgelegenes Haus am nahe gelegenen Lake Magua zu seinem Hauptwohnsitz erkoren.

Während die Sonne wie eine feurige, orangefarbene Scheibe hinter den Kiefern, den Laubbäumen und den gezackten Berggipfeln unterging, stand Tremont auf der überdachten Veranda im ersten Stock seines Hauses. Er genoss seinen Reichtum, seine Macht und seinen guten Geschmack, von denen dieser Blick, sein Haus und sein Lebensstil Zeugnis ablegten.

Einst hatte sein Sommerhaus zu einer Siedlung gehört, die reiche Leute gegen Ende des neunzehnten Jahrhunderts hier errichtet hatten. Es hatte dasselbe mit Schindeln gedeckte Holzdach wie das Landhaus am Great Camp Sagamore am nahen Raquette Lake und sein großzügig gebautes Versteck war das letzte Überbleibsel aus den alten Tagen. Weil sich über dem Haus ein dichtes Laubdach und an der Seeseite ein ebenso dichter Wald befand, war es für Fremde praktisch unsichtbar. Tremont hatte das während der Restaurierung des Gebäudes so geplant und es zugelassen, dass die Vegetation frei und wild wuchs. Weder ein Namensschild an der Straße noch ein Anlegesteg am See verrieten seine Anwesenheit. Hier waren Publikum oder Besuche von Unternehmensmitarbeitern nicht erwünscht. Von diesem Landhaus wussten nur Victor Tremont, einige Partner seines Hades-Projekts, die sein Vertrauen genossen, und die loyalen Wissenschaftler und Techniker, die in dem privaten Hightech-Labor im zweiten Stock arbeiteten.

Während die Oktobersonne weiter sank, spürte Victor Tremont, wie die kühle Abendluft durch den Stoff seiner Jacke und Hose drang. Dennoch hatte er es nicht eilig, ins Haus zu gehen. Er genoss seine dicke Zigarre und den Geschmack des fünfzig Jahre alten Langavulin-Whiskys. Er wärmte ihn und erfreute seine Kehle mit einem befriedigenden Brennen. Langavulin war vielleicht der weltweit beste Whisky, doch sein schweres Torfrauch-Bouquet und sein unglaublich ausgewogener Geschmack waren außerhalb Schottlands kaum bekannt, weil Tremont jedes Jahr die gesamte Produktion der Brennerei auf der Hebrideninsel Islay aufkaufte.

Doch während er im Licht der letzten goldenen Sonnenstrahlen auf seiner Veranda stand, ließ ihn eher die Wildnis als der Whisky lächeln. Der makellose See war nur eine kurze Kanufahrt von dem übervölkerten Raquette entfernt. Die großen Kiefern wiegten sich sanft im Wind und ihr beissender Geruch erfüllte die Luft. In der Ferne glänzte der nackte Gipfel des 1829 Meter hohen Mount Marcy wie ein Finger, der auf Gott zeigte.

Seit der Zeit, als Tremont noch ein aufsässiger Teenager aus Syracuse gewesen war, faszinierte ihn dieser Berg. Sein Vater, ein an der Universität lehrender Wirtschaftsprofessor, hatte ihn damals genauso wenig kontrollieren können wie heute der fette Präsident von Blanchard Pharmaceuticals. Beide vertraten die Ansicht, dass manches eben nicht zu schaffen sei und dass niemand alles tun könne, wozu er Lust habe. Diese Engstirnigkeit hatte er nie verstanden. Was für Grenzen gab es denn, von denen der eigenen Fantasie einmal abgesehen? Die der eigenen Fähigkeiten? Des Wagemuts? Das Hades-Projekt war ein gutes Beispiel. Wenn sie gewusst hätten, was er plante, hätten ihm beide erklärt, dass das Ganze unrealistisch sei. Das könne niemand schaffen.

Innerlich schnaubte er angewidert. Beide waren unbedeutende, schwache Männer. In ein paar Wochen würde sein Projekt ein totaler Erfolg sein. Hätte *er* Erfolg. Und würde jahrzehntelang die Gewinne einstreichen.

Vielleicht lag es daran, dass sich das Hades-Projekt im Endstadium befand – er ertappte sich gelegentlich dabei, dass er sich

Träumereien hingab und an seinen längst verstorbenen Vater dachte. Auf eine seltsame Art und Weise war sein Vater der einzige Mensch gewesen, der ihn je respektiert hatte. Der alte Mann hatte seinen Sohn zwar nicht verstanden, aber zu ihm gehalten. Als Teenager faszinierte der Film *Jeremiah Johnson* Tremont. Er sah ihn ein Dutzend Mal. Dann machte er sich in einem eiskalten Winter in die Berge auf, weil er – genau wie Johnson – entschlossen war, von den Früchten des Landes zu leben. Er wollte Beeren pflücken, Wurzeln ausgraben und jagen, wenn er Fleisch brauchte. Gegen Indianer kämpfen. Er wollte sich in einer heroischen Kraftanstrengung, für die nur Wenige den Mut und die notwendige Fantasie hatten, gegen die Naturgewalten stemmen.

Aber er machte kaum großartige Erfahrungen. Mit dem Remington-Gewehr seines Vaters erlegte er außerhalb der Jagdsaison zwei Hirsche und schoss versehentlich ein paar Wanderer an, die beinahe starben. Weil er giftige Beeren aß, wurde er sehr krank und einmal erfror er fast. Da das Gewehr, sein Parka und sein Rucksack verschwunden waren und er ununterbrochen von dem Film geredet hatte, vermutete sein Vater glücklicherweise, wohin er sich aufgemacht hatte. Als die Waldhüter die Suche nach ihm aufgeben wollten, wurde sein Vater wütend und setzte mit Hilfe seiner Beziehungen zu bekannten Wissenschaftlern und Politikern alle Hebel in Bewegung. Die Waldhüter suchten murrend weiter und fanden ihn schließlich in elendem Zustand und halb erfroren in einer Höhle an den schneebedeckten Abhängen des Mount Marcy.

Trotz allem zählte er dieses Erlebnis zu den wichtigsten Erfahrungen seines Lebens. Durch das Fiasko in den Bergen hatte er begriffen, dass die Natur brutal, gleichgültig und kein Freund des Menschen war. Zudem hatte er erkannt, dass ihn die körperliche Herausforderung nur wenig reizte – man konnte zu leicht verlieren. Aber die wichtigste Lektion war, dass er den entscheidenden Grund begriffen hatte, warum Johnson in die Berge gegangen war. Damals hatte er geglaubt, es sei um die Herausforderung durch die Natur gegangen, den Kampf gegen die Indianer, den Beweis der eigenen Männlichkeit. Irrtum. Es war ums Geldverdienen gegangen. Die Männer in den Bergen waren Fallensteller und erduldeten alle Leiden nur aus einem Grund: Sie wollten reich werden.

Das hatte er nie vergessen. Die Kühnheit und Schlichtheit dieses Ziels hatten sein Leben geprägt.

Während ihm auf der rustikalen Veranda diese Gedanken durch den Kopf gingen, wünschte er sich, dass sein Vater das Schlussstadium des Hades-Projekts miterleben könnte. Dann hätte der Alte endlich eingesehen, dass ein Mann alles erreichen konnte, wenn er nur clever und hart genug war. Wäre sein Vater stolz auf ihn gewesen? Wahrscheinlich nicht. Er lachte laut auf. Zu schade für den alten Mann. Seine Mutter wäre sicher stolz gewesen, aber das war ihm gleichgültig, weil Frauen nicht zählten.

Tremont wurde abrupt aus seinen Gedanken gerissen und lauschte mit seitlich geneigtem Kopf. Die Propellergeräusche eines Helikopters wurden lauter. Er kippte seinen Whisky hinunter, ließ seine Zigarre in einem großen, schlangenförmigen Aschenbecher und schlenderte dann in das riesige, mit Geweihen dekorierte Wohnzimmer. Von den Wänden starrten ihn die Glasaugen der ausgestopften Jagdtrophäen an. Auf den handgeknüpften Teppichen um den Kamin herum standen Möbel aus Holz und Leder. Tremont ging an dem knisternden Feuer vorbei durch einen Korridor, in dem es aus der Küche nach heißen Biskuits duftete.

Schließlich trat er auf der anderen Seite des Landhauses in die kühle Luft der Abenddämmerung hinaus. Der Bell S-92C-Helibus-Hubschrauber landete auf einer etwa hundert Meter entfernten Lichtung.

Die vier Männer, die aus dem Helikopter stiegen, waren Mitte Vierzig oder Anfang Fünfzig, also ungefähr im selben Alter wie Tremont. Aber im Gegensatz zu diesem, der maßgefertigte Baumwollhosen, ein zinnfarbenes Buschhemd, eine mit Goretex gefütterte Safarijacke und einen breitkrempigen Safarihut trug, der am Kinnband über seinem Rücken hing, trugen die Besucher teure Schneideranzüge. Es waren elegante Männer mit den kultivierten Manieren privilegierter Geschäftsleute.

Im Dröhnen des Rotors begrüßte Tremont sie mit dem breiten Lächeln und dem lebhaften Handschlag eines alten Freundes. Der Kopilot sprang aus dem Helikopter, um das Gepäck herauszuholen. Tremont wies auf das Landhaus und drehte sich dann um, um seine Gäste hineinzugeleiten.

Einige Augenblicke nachdem der Helibus in der Dämmerung wieder gestartet war, landete ein kleinerer 206B-Jet-Ranger-III-Helikopter auf der Lichtung. Aus diesem Hubschrauber kletterten zwei ganz anders aussehende Männer. Sie trugen gewöhnliche Anzüge von der Stange, denen niemand einen zweiten Blick geschenkt hätte. Der große, dunkelhäutige Mann in dem dunkelblauen Anzug hatte ein pockennarbiges Gesicht mit schweren Augenlidern und einer Nase, die so gebogen und scharf geschnitten war wie ein Krummsäbel. Der Mann mit den breiten Schultern, dem runden Gesicht und dem braunen Haar, der sehr ruhig wirkte, trug einen aschgrauen Anzug. Keiner der beiden hatte Gepäck dabei. Nicht nur wegen der gewöhnlichen Kleidung und der fehlenden Koffer wirkten sie anders. Etwas an ihren Bewegungen erinnerte an Raubtiere. Jeder, der sich mit solchen Männern auskannte, hätte sie sofort als gefährlich eingestuft.

Die beiden duckten sich unter dem Rotor und folgten den anderen.

Obwohl Victor Tremont sich nicht umdrehte, bemerkten die vier anderen Männer die beiden. Ihre Blicke verrieten Unbehagen, als ob sie sie schon einmal gesehen hätten.

Nadal al-Hassan und Bill Griffin reagierten weder auf Tremonts Gleichgültigkeit noch auf die Nervosität der vier Besucher. Sie blickten sich schweigend um und betraten dann durch verschiedene Eingänge das Landhaus.

Victor Tremont und seine vier Gäste verspeisten an dem langen norwegischen Tisch ein Festmahl, das direkt aus Walhalla hätte stammen können: Es gab süßen Entenbraten mit Shitaki-Pilzen, Forellen aus dem See und Wildbret mit geschmortem Brüsseler Chicorée, Dauphin-Kartoffeln und einer Rhone-Hermitage-Sauce. Anschließend nahmen die Männer in den dick gepolsterten Sesseln um den Kamin herum Platz. Sie tranken Kognak – Remy Martin Cordon Bleu – und rauchten kubanische Maduros-Zigarren, die exklusiv für Tremont hergestellt wurden. Der Gastgeber beendete gerade den Lagebericht über das Projekt, das während der letzten zwölf Jahre ihre Fantasie, ihre Hoffnungen und ihr Leben beherrscht hatte.

»... Wir sind ja immer von der Hypothese ausgegangen, dass die Mutation bei Amerikanern erst ungefähr ein Jahr später auftritt als bei bestimmten Ausländern. Da spielen auch Faktoren wie die allgemeine Volksgesundheit, die Ernährung, die körperliche Fitness und genetische Voraussetzungen eine Rolle. Nun ...«

Tremont schwieg einen Augenblick lang, um seinen Worten Nachdruck zu verleihen und den Gesichtsausdruck seiner Gäste zu studieren. Sie waren alle von Anfang an dabei gewesen, seit damals, ein Jahr nachdem er mit dem seltsamen Virus und dem Affenblut aus Peru zurückgekehrt war. Zu seiner Rechten saß George Hyem, der groß war und eine gesunde rötliche Gesichtsfarbe hatte. Damals war er ein junger Buchhalter gewesen und hatte das finanzielle Potenzial des Hades-Projekts sofort erkannt. Jetzt war er Chefbuchhalter von Blanchard Pharmaceuticals, während er tatsächlich für Tremont arbeitete. Neben ihm hatte das dicke Computergenie Xavier Becker Platz genommen, der die Forschungen hinsichtlich des Virus und der Verbesserung des Serums um fünf Jahre verkürzt hatte. Gegenüber von Tremont saß Adam Cain, ein promovierter Virologe, der Georges Zahlen gesehen und beschlossen hatte, dass er nicht zu den Centers for Disease Control gehen, sondern seine Zukunft Blanchard Pharmaceuticals und Tremont widmen wollte. Er hatte eine Methode gefunden, den aktivierten, tödlichen Virus für eine Woche stabil zu halten. Auf der anderen Seite von Becker befand sich Jack McGraw, der Sicherheitschef von Blanchard Pharmaceuticals, der von Anfang an alle ihre Aktivitäten vertuscht hatte.

Seine vier Verbündeten erwarteten, dass sich die Sache bald in barer Münze auszahlte.

Tremont schwieg noch einen Augenblick, bevor er fortfuhr: »Jetzt ist der Virus in den Vereinigten Staaten aufgetreten und bald wird das weltweit der Fall sein, in einem Land nach dem anderen. Eine Epidemie. Noch weiß die Presse nichts davon, aber das wird sich bald ändern. Es wird keine Möglichkeit geben, die Journalisten oder den Virus aufzuhalten. Den Regierungen wird keine andere Alternative bleiben, als unseren Preis zu zahlen.«

Die vier Männer grinsten und in ihren Augen schienen Dollarzeichen aufzuleuchten. Aber in ihren Blicken lag noch mehr: Triumph, Stolz, Erwartung und Gier. Beruflich waren sie bereits erfolgreich und jetzt wollten sie abkassieren, extrem reich werden und den Gipfel des amerikanischen Traums erklimmen.

»George?«, fragte Tremont.

Plötzlich änderte sich Georges Gesichtsausdruck – er wirkte traurig und niedergeschlagen. »Die Profit-Prognose für die Aktionäre ist bald fertig.« Er zögerte. »Es tut mir Leid, dass unsere Hoffnungen sich nicht zu erfüllen scheinen. Der Profit wird vielleicht nur fünf, bestenfalls sechs ... *Milliarden Dollar* erreichen.« Er lachte schallend über seinen Witz.

Xavier Becker, der angesichts von Georges Ausgelassenheit ernst die Stirn runzelte, wartete nicht, bis Tremont sich an ihn wandte. »Was ist mit der geheimen Wirtschaftsprüfung, die ich entdeckt habe?«

»Laut Jack hat sie nur Haldane gesehen«, erwiderte Tremont. »Ich werde ihn mir vor dem Abendessen während des jährlichen Vorstandstreffens vorknöpfen. Sonst noch was, Xavier?« Mercer Haldane war der Präsident von Blanchard Pharmaceuticals.

»Ich habe die Computeraufzeichnungen so manipuliert, dass jetzt darin steht, dass wir die ganzen letzten zehn Jahre lang an einem Cocktail von Rekombinations-Antikörpern gearbeitet haben, die ein Serum produzieren. Seit wir das Patent bekommen haben, haben wir demnach das Produkt verbessert, unsere abschließenden Tests beendet und das Produkt der Food and Drug Administration zur Genehmigung vorgelegt. Zudem steht jetzt in den Computeraufzeichnungen, dass uns astronomisch hohe Kosten entstanden sind.« Xaviers Stimme klang aufgeregt. »Wir haben schon Millionen Dosen des Serums hergestellt und machen weiter.«

Adam lachte. »Und niemand hat irgendeinen Verdacht geschöpft.«

»Selbst wenn sie einen Verdacht hätten, würden sie nie eine Spur finden.« Jack McGraw, der Sicherheitschef, rieb sich befriedigt die Hände.

»Sagen Sie uns, wann wir loslegen sollen!«, bat George.

Tremont lächelte und hob eine Hand. »Machen Sie sich keine Sorgen. Ich habe einen vollständigen Zeitplan konzipiert, der darauf basiert, wie schnell sie begreifen, dass sie es mit einer Epidemie zu tun haben. Mit Haldane werde ich mich vor der Vorstandssitzung beschäftigen.«

Die fünf Männer tranken und ihre Zukunftsperspektiven wurden mit jeder Sekunde rosiger.

Dann stellte Tremont sein Kognakglas hin. Seine Miene verdüsterte sich und er hob erneut eine Hand, um die anderen zum Schweigen zu bringen. »Unglücklicherweise sind wir in eine Sache hineingeraten, die problematischer sein könnte als die Wirtschaftsprüfung. Bis jetzt wissen wir noch nicht, wie groß die Gefahr ist oder ob es überhaupt noch eine Gefahr gibt, nachdem wir ein paar Schritte unternommen haben. Sie können aber sicher sein, dass alles gründlich beobachtet und erledigt wird.«

»Was für ein Problem, Victor?«, fragte Jack McGraw stirnrunzelnd. »Warum hat man mir nichts davon gesagt?«

Tremont blickte ihn an. »Weil ich nicht will, dass Blanchard Pharmaceuticals auch nur im Entferntesten damit in Verbindung steht.« Er hatte erwartet, dass Jack eifersüchtig wäre, aber letztlich traf er alle Entscheidungen. »Was das Problem angeht, so war es einfach einer dieser Vorfälle, die niemand voraussehen kann. Als ich damals in Peru auf der Expedition den Virus und das potenzielle Serum entdeckt habe, traf ich eine Gruppe von jungen Studenten, die sich auf einer Exkursion befanden. Wir gingen zwar höflich miteinander um, schenkten einander aber nicht allzu viel Beachtung, weil wir an unterschiedlichen Dingen interessiert waren.« Er schüttelte verwundert den Kopf. »Aber vor drei Tagen erhielt ich einen Anruf. Als die Frau ihren Namen nannte, erinnerte ich mich vage an eine Studentin, die damals großes Interesse an meiner Arbeit gezeigt hatte. Später wurde sie Zell- Und Molekularbiologin. Das Problem ist, dass sie jetzt für das USAMRIID arbeitet, wo die ersten Todesfälle untersucht werden. Wie wir erwartet hatten, waren sie nicht in der Lage, den Virus zu identifizieren. Aber die einzigartige Kombination von Symptomen hat diese Frau plötzlich an die Reise nach Peru erinnert. Sie wusste meinen Namen noch und rief mich an.«

»Guter Gott«, entfuhr es George, dessen rötliches Gesicht blass geworden war.

»Hat sie den Virus mit Ihnen in Verbindung gebracht?«, knurrte Jack McGraw.

»Mit *uns*!«, brach es aus Xavier heraus.

Tremont zuckte die Achseln. »Ich habe alles abgeleugnet und sie davon überzeugt, dass sie sich irrt und es dort keinen solchen Virus gegeben hat. Dann habe ich Nadal al-Hassan und seine Leute beauftragt, sie zu eliminieren.«

Alle seufzten erleichtert auf und die allgemeine Anspannung ließ nach. Mehr als ein Jahrzehnt hatten sie lange und hart gearbeitet und wegen dieses visionären Projekts Beruf und Lebensunterhalt aufs Spiel gesetzt. Keiner von ihnen hatte auch nur die geringste Absicht, die Reichtümer zu riskieren, die jetzt in Reichweite waren.

»Unglücklicherweise«, fuhr Tremont fort, »haben wir dasselbe bei ihrem Verlobten und Forschungskollegen nicht geschafft. Er ist uns entkommen und es ist möglich, dass sie vor ihrem Tod mit ihm gesprochen hat.«

Jack McGraw begriff. »Deshalb ist al-Hassan hier. Ich wusste, dass irgendetwas passiert ist.«

Tremont schüttelte den Kopf. »Machen Sie aus einer Mücke keinen Elefanten. Ich habe al-Hassan hergebeten, damit er über unsere Lage Bericht erstattet. Zwar habe ich am meisten zu verlieren, aber wir sitzen alle in einem Boot.«

Die Stille in dem Raum wog schwerer als jeglicher Lärm.

Xavier brach das Schweigen. »Okay. Dann lassen Sie uns hören, was er zu sagen hat.«

Das Feuer im Kamin war niedergebrannt und man sah nur

noch glühende Holzkohle und ein paar flackernde Flammen. Tremont ging zur Seite des Kamins und drückte auf einen Knopf in der geschnitzten Verkleidung. Nacheinander betraten al-Hassan und Bill Griffin den riesigen Raum. Während der Araber neben Victor Tremont am Kamin Platz nahm, blieb Bill Griffin bescheiden im hinteren Teil des Wohnzimmers stehen. Al-Hassan erläuterte im Detail Sophia Russels Anruf bei Tremont und schilderte ihren Tod und wie er alle Spuren beseitigt hatte, die den Virus mit dem Hades-Projekt in Verbindung bringen konnten. Dann beschrieb er Jonathan Smith' Reaktionen und erzählte, wie Griffin Lily Lowenstein erpresst hatte, die daraufhin alle elektronisch gespeicherten Beweise löschte.

»Wenn Sophia Russel Smith nichts erzählt hat, kann uns nichts mit ihr oder dem Virus in Verbindung bringen«, schloss al-Hassan seinen Bericht.

»Ein verdammt großes Wenn«, knurrte Jack McGraw.

»Das sehe ich auch so«, pflichtete al-Hassan bei. »Irgendetwas hat Smith' Verdacht erregt, dass es sich bei ihrem Tod nicht um einen Unfall gehandelt hat. Er ist der Sache nachgegangen und hat sogar seine wissenschaftliche Arbeit an dem Virus vernachlässigt.«

»Kann er uns finden?«, fragte der Buchhalter nervös.

»Jeder kann jeden finden, wenn er sich nur lange und beharrlich genug bemüht. Deshalb denke ich, dass wir auch ihn eliminieren müssen.«

Victor Tremont nickte dem Mann im hinteren Teil des Raums zu. »Aber Sie sind anderer Meinung, oder, Griffin?«

Alle wandten sich um und sahen den Ex-FBI-Mann an, der an einer Wand lehnte.

Bill Griffin dachte an Jon Smith. Er hatte alles getan, um seinen Freund zu warnen. Mit Hilfe seiner alten FBI-Ausweispapiere hatte er in Jons Büro erfahren, dass er nicht in der Stadt war, in Dutzenden von Büros recherchiert und schließlich herausgefunden, auf welcher Konferenz in London er war und wo er logierte.

Während sein kluger Blick über die fünf Männer glitt, die ihn anstarrten, tat er, was er tun musste, um seine eigene Haut zu retten, aber zugleich versuchte er, Jon aus der Schusslinie herauszuhalten. Er zuckte unverbindlich die Achseln. »Smith hat so hart daran gearbeitet herauszufinden, was Dr. Russel zugestoßen ist, dass sie ihm meiner Meinung nach nichts über Peru oder uns erzählt hat. Ansonsten wäre er jetzt wahrscheinlich schon hier und würde an die Tür klopfen, um mit Ihnen zu reden, Mr. Tremont. Unsere Spionin beim USAMRIID sagt, dass Smith mit der Untersuchung ihres Todes aufgehört hat und sich wieder gemeinsam mit dem Team auf die Arbeit an dem Virus konzentriert. Morgen wird er nach Kalifornien fliegen, um die Routinebefragungen von Major Andersons Familie und Freunden durchzuführen.«

Tremont nickte nachdenklich. »Was meinen Sie, Nadal?«

»Unsere Kontaktperson bei Detrick sagt, dass General Kielburger Smith befohlen hat, nach Kalifornien zu fliegen, dass er sich aber geweigert hat«, antwortete al-Hassan. »Später hat er sich freiwillig angeboten und das ist eine ganz andere Sache. Meiner Ansicht nach sucht er in Kalifornien Unterstützung, um seinen bereits bestehenden Verdacht zu erhärten.«

»Er ist Arzt und war bei der Autopsie dabei«, wandte Griffin ein. »Das ist nicht außergewöhnlich. Er hat nichts gefunden und es gibt keinen Grund für ihn, Verdacht zu schöpfen. Sie haben sich ja um alles gekümmert.«

»Wir wissen nicht, was Smith bei der Obduktion festgestellt hat«, erwiderte al-Hassan.

Griffin zog eine Grimasse. »Dann legen Sie ihn um. Das löst *ein* Problem. Aber jeder neue Mord erhöht die Gefahr von Untersuchungen und Entdeckungen. Besonders ein Mord an Dr. Russels Verlobtem und Forschungskollegen. Vor allem, wenn er General Kielburger von den Überfällen in Washington erzählt hat.«

»Wenn wir warten, könnte es zu spät sein«, insistierte al-Hassan.

Das Schweigen in dem Raum schien so schwer zu wiegen, als ob es das Haus zum Einsturz bringen könnte. Die Verschwörer sahen sich an und richteten dann ihre verunsicherten Blicke auf Victor Tremont, ihren aristokratisch wirkenden Anführer.

Der ging langsam vor dem Kamin auf und ab. »Griffin könnte Recht haben«, sagte er schließlich. »Wir sollten das Risiko besser nicht eingehen, so kurz danach einen weiteren Detrick-Mitarbeiter umzubringen.«

Erneut blickten sich die Männer an und diesmal nickten sie. Nadal al-Hassan beobachtete die stumme Abstimmung und richtete dann seinen verschleierten Blick auf Bill Griffin, der im dunklen Teil des Raums lauerte.

»Nun gut«, sagte Tremont lächelnd. »Das hätten wir. Es wäre besser, wenn wir etwas schlafen würden. Morgen werden wir mit der endgültigen Planung noch viel zu tun haben.« Während die Männer das imposante Wohnzimmer verließen, bedachte er alle mit einem herzlichen Händedruck.

Al-Hassan und Griffin gingen als Letzte.

Victor Tremont winkte sie zu sich. »Behalten sie Smith genau im Auge. Er darf sich nicht rasieren können, ohne dass Sie wissen, wann und wo er es getan hat.« Er blickte auf die glühende Holzkohle im Kamin, als ob sie ein Orakel seiner Zukunft wäre. Dann hob er plötzlich den Kopf. Al-Hassan und Griffin hatten sich gerade abgewandt, um zu gehen. Er rief sie zurück.

»Verstehen Sie mich nicht falsch, Gentlemen«, sagte er mit tiefer und harter Stimme, als die beiden dicht vor ihm standen. »Wenn sich herausstellt, dass Mr. Smith Ärger macht, wird er selbstverständlich aus dem Weg geräumt. Das Leben ist ein Balanceakt zwischen Risiko und Sicherheit, zwischen Sieg und Niederlage. Doch was wir verlieren können, wenn man uns ein paar gezielte Fragen über die Zusammenhänge zwischen seinem Tod und dem seiner Verlobten stellt, wiegt womöglich schwerer, als ihn rasch daran zu hindern, etwas über die Umstände ihres Todes zu enthüllen.«

»Falls er herumschnüffelt.«

Tremont richtete seinen prüfenden Blick auf Bill Griffin. »Ja, falls. Es ist Ihr Job, das herauszufinden, Mr. Griffin.« Plötzlich klang seine Stimme kalt, wie eine Warnung. »Enttäuschen Sie mich nicht.«

12

Mittwoch, 15. Oktober, 10 Uhr 12
Fort Irwin, Barstow, Kalifornien

An einem warmen, windigen Morgen um zehn Uhr zwölf landete die Maschine des Flugs C-130, die auf der Andrew Air Force Base gestartet war, auf dem Southern California Logistical Airport in der Nähe von Victorville. An der Rollbahn wurde Smith von einem Militärpolizisten abgeholt.

»Willkommen in Kalifornien, Sir«, begrüßte er ihn, während er Smith' Tasche nahm und ihm die Tür des Wagens aufhielt.

»Danke, Sergeant. Fahren wir nach Irwin?«

»Nein, zum Hubschrauberlandeplatz, Sir. Dort wartet ein Helikopter aus Irwin auf Sie.«

Der Militärpolizist hievte Smith' Tasche hinten in den Wagen, setzte sich hinter das Lenkrad und verließ die Landebahn. Smith hielt sich fest, während der große Jeep über Furchen und Schlaglöcher holperte und dann einen wartenden Rettungshubschrauber mit dem Logo des Eleventh Armored Cavalry Regiment erreichte – es zeigte einen sich aufbäumenden schwarzen Hengst auf einem diagonal gestreiften rot-weißen Hintergrund. Der Rotor drehte sich bereits.

Ein älterer Mann mit einem goldenen Majorsabzeichen und dem Äskulapstab auf dem Ärmel kam unter den langen Rotorblättern hervor und streckte seine Hand aus. »Dr. Max Behrens vom Weed Army Hospital, Colonel«, brüllte er.

Ein Soldat nahm Smith' Tasche und sie kletterten in den vibrierenden Rettungshubschrauber, der daraufhin aufstieg und niedrig über der Wüste dahinglitt. Smith blickte nach unten, während sie über zweispurige Landstraßen und die Häuser von

Kleinstädten flogen. Bald folgten sie dem Verlauf der großen, vierspurigen Interstate 15.

Dr. Behrens beugte sich vor und brüllte gegen Wind und Lärm an. »Wir haben alle Einheiten auf dem Militärstützpunkt genau im Auge behalten, aber es sind keine weiteren Virusinfektionen aufgetreten.«

»Sind Mrs. Anderson und die anderen darauf vorbereitet, mit mir zu reden?«, rief Smith.

»Ja, Sir. Familie, Freunde und alle, mit denen Sie sprechen wollen. Der Colonel der OPFOR will Sie in jeder Hinsicht unterstützen und er wäre glücklich, selbst mit Ihnen zu reden, wenn Ihnen das weiterhelfen sollte.«

»Der OPFOR?«

Behrens grinste. »Tut mir Leid, aber ich hatte vergessen, dass Sie bereits eine Weile für Detrick arbeiten. Das ist unsere Mission – OPPOSING FORCE. Das Eleventh Cavalry Regiment simuliert für alle Truppen und Brigaden, die aus Ausbildungsgründen hierher kommen, die Rolle des Feindes. Wir machen es ihnen verdammt schwer. Uns macht das Spaß und die anderen werden bessere Soldaten.«

Der Helikopter überquerte einen vierspurigen Highway und flog dann niedrig in die steinige Wüste hinein, bis Smith eine Straße, ein Willkommensschild und auf einem Hügel einen Haufen von Felsbrocken sah, die mit den blitzenden farbigen Logos und Abzeichen von Einheiten geschmückt waren, die hier stationiert oder im Laufe der Jahre durchgekommen waren.

Unter ihnen bewegten sich Reihen schneller Militärfahrzeuge, die Staubwolken aufwirbelten. Es war erstaunlich, wie sehr die optisch veränderten amerikanischen Vehikel den BMP-2, BRDM-2 und den T-80-Panzern der russischen Infanterie glichen. Der Helikopter glitt über den Hauptposten und landete dann in einer Sandwolke auf dem Wüstenboden. Dort wartete bereits ein Empfangskomitee und Smith wurde plötzlich wieder daran erinnert, weshalb er hier war.

Phyllis Anderson war eine große Frau und ein bisschen übergewichtig, als ob sie sich auf zu vielen Militärstützpunkten falsch ernährt hätte. Ihr rundes Gesicht wirkte müde, als sie in dem stillen Wohnzimmer des hübschen Hauses auf den Umzugskartons saß. Sie hatte jenen verängstigten Blick, den Smith schon bei so vielen noch relativ jungen Witwen gestorbener Soldaten gesehen hatte. Was würde sie jetzt tun? Ihr ganzes Eheleben lang war sie mit ihrem Mann von einem Fort zum nächsten gezogen. Auf den Militärstützpunkten oder in deren Nähe hatte sie nie in einem eigenen Haus gelebt. Sie besaß kein Heim.

»Die Kinder habe ich zu meinen Eltern geschickt«, antwortete sie auf Smith' Frage. »Sie sind zu jung, um es zu begreifen.« Sie blickte auf die gepackten Umzugskartons. »In ein paar Tagen werde ich zu ihnen fahren. Wir müssen ein Haus finden. Es ist eine Kleinstadt in der Nähe von Erie in Pennsylvania. Ich brauche Arbeit und weiß nicht, was ich kann ...«

Ihre Stimme versagte und Smith kam sich brutal vor, weil er ihr seine Fragen stellen musste.

»War der Major vor diesem Tag jemals krank?«

Sie nickte. »Manchmal bekam er plötzlich Fieber, für ein paar Stunden, aber dann ging es wieder weg. Einmal hat es vierundzwanzig Stunden gedauert. Die Ärzte waren besorgt, konnten aber keine Ursache finden und es wurde immer von selbst besser. Aber vor ein paar Wochen lag er mit einer schweren Erkältung im Bett. Ich wollte, dass er ein paar Tage krankfeiert oder zumindest nicht draußen arbeitet, aber das war nicht seine Art. Er sagte, dass kriegerische Auseinandersetzungen nicht wegen einer Erkältung enden würden. Der Colonel sagt immer, dass Keith es länger als alle anderen auf dem Schlachtfeld aushält.« Sie blickte auf ihren Schoß, wo ihre Hände ein zerfetztes Taschentuch zerknüllten. »Aushielt.«

»Fällt Ihnen irgendetwas ein, das mit dem Virus zusammenhängen könnte, der seinen Tod verursacht hat?«

Er sah, wie sie zusammenzuckte, aber es gab keine andere Möglichkeit, ihr die Frage zu stellen.

»Nein.« Sie hob den Kopf. Diese Menschen litten genauso

wie er und er musste darum kämpfen, dass sich ihr Leiden nicht in seinem Blick spiegelte. »Es ging alles so schnell zu Ende. Seine Erkältung schien sich gebessert zu haben. Am Nachmittag hat er länger geschlafen. Als er aufwachte, lag er bereits im Sterben.« Sie biss sich auf die Unterlippe, um ein Schluchzen zu unterdrücken.

Smith spürte Tränen in seinen Augen. Er streckte die Hand aus und legte sie auf ihre. »Es tut mir so Leid. Ich weiß, wie schwer das für sie ist.«

»Wirklich?« Ihre Stimme klang verzweifelt, aber die Frage war ernst gemeint. Sie wussten beide, dass er ihren Mann nicht wieder lebendig machen konnte, aber kannte er vielleicht ein magisches Heilmittel, das den endlosen, bodenlosen Schmerz auslöschen konnte, den sie mit jeder Faser ihres Körpers empfand?

»Ich weiß es«, sagte er sanft. »Meine Verlobte ist auch durch den Virus ums Leben gekommen.«

Sie starrte ihn schockiert an und zwei Tränen kullerten ihre Wangen hinab. »Das ist ja entsetzlich.«

Smith räusperte sich. Er empfand einen brennenden Schmerz in der Brust und sein Magen fühlte sich an, als ob ein Betonmischer darüber gefahren wäre. »Ja. Glauben Sie, dass Sie unser Gespräch fortsetzen können? Ich will alles über den Virus herausfinden, damit nicht noch mehr Menschen sterben.«

Sie war immer noch die Frau eines Soldaten und deshalb war es am besten, nicht davonzulaufen. »Was wollen Sie noch wissen?«

»War Major Anderson kürzlich in Atlanta oder in Boston?«

»Ich glaube nicht, dass er jemals in Boston war, und in Atlanta waren wir nicht mehr, seit er vor Jahren Fort Bragg verlassen hat.«

»Wo außer in Fort Bragg hat er noch gedient?«

»Nun …« Sie zählte eine ganze Reihe von Militärstützpunkten von Kentucky bis Kalifornien auf. »Natürlich war Keith auch in Deutschland, als er bei der Third Armored war.«

»Wann?« Das Marburg-Fieber, eine eng mit der Ebola-Virusinfektion verwandte Krankheit, war 1967 in Deutschland erstmalig entdeckt worden.

»Von 1989 bis 1991.«

»Mit der Third Armored? War er danach bei der Operation Desert Storm dabei?«

»Ja.«

»War er sonst irgendwo in Übersee stationiert?«

»In Somalia.«

Dort hatte Smith seine schicksalhafte Erfahrung mit dem Lassa-Fieber gemacht. Es war nur eine kleinere militärische Operation gewesen, aber hatte er über alles Bescheid gewusst, was dort passierte? In den tiefen Urwäldern, den Wüsten und Bergen dieses unglückseligen Kontinents war es immer möglich, dass ein unbekannter Virus auftrat.

Smith fragte weiter. »Hat er jemals von Somalia erzählt? Ist er dort erkrankt, wenn auch nur kurz? An diesem plötzlichen Fieber, das wieder wegging? Hatte er Kopfschmerzen?«

Sie schüttelte den Kopf. »Davon weiß ich nichts.«

»Ist er während der Operation Desert Storm erkrankt?«

»Nein.«

»Ist er mit irgendwelchen chemischen oder biologischen Kampfstoffen in Berührung gekommen?«

»Ich glaube nicht. Aber ich erinnere mich, dass er erzählt hat, dass die Ärzte ihn wegen einer geringfügigen Schrapnellverletzung in ein mobiles Militärkrankenhaus geschickt haben, und einige Mediziner haben gesagt, dass das Militärlazarett mit solchen Kampfstoffen in Kontakt gekommen sei. Sie haben alle geimpft, die in dem Lazarett waren.«

Diese Information ging Smith durch und durch, aber er ließ nicht zu, dass man seiner Stimme die Aufregung anmerkte. »Auch den Major?«

Sie lächelte fast. »Er hat erzählt, dass das die schlimmste Impfung seines Lebens war und dass es wirklich wehgetan hat.«

»Sie erinnern sich nicht zufällig an die Nummer des mobilen Militärkrankenhauses?«

»Nein. Tut mir Leid.«

Kurz danach beendete Smith das Gespräch. Schweigend standen sie auf der Veranda vor dem Hauseingang. In der Normalität des täglichen Lebens lag eine Art Trost.

Aber als er die Veranda verlassen wollte, fragte sie mit müder Stimme: »Waren Sie der Letzte, Colonel? Ich glaube, ich habe jetzt alles gesagt, was ich weiß.«

Smith wandte sich um. »Hat sonst schon jemand Sie wegen Ihres Manns befragt?«

»Major Behrens vom Weed Army Hospital, der Colonel, ein Pathologe aus Los Angeles und diese fürchterlichen Regierungsärzte, die am Samstag hier angerufen haben. Sie haben entsetzliche Fragen über Keith' Symptome gestellt, wie lange er noch gelebt hat und wie er in der …« Sie erschauderte.

»Letzten Samstag?« Smith dachte nach. Welcher Regierungsarzt hätte am Samstag anrufen können? Da hatten Detrick und die Centers for Disease Control gerade erst mit der Untersuchung des Virus begonnen. »Haben die gesagt, für wen sie arbeiten?«

»Nein. Nur, dass sie bei der Regierung beschäftigt sind.«

Nachdem er Phyllis Anderson erneut gedankt hatte, verließ er sie. Durch das grelle Sonnenlicht und den starken Wind der Hochwüste ging er zu Fuß zu seinem nächsten Gesprächspartner. Unterwegs dachte er darüber nach, was er herausgefunden hatte. War es möglich, dass Major Anderson sich im Irak mit dem Virus infiziert hatte oder vorsätzlich infiziert worden war? Konnte es sein, dass der Virus danach zehn Jahre lang geschlafen hatte, wenn man von ein paar ungeklärten leichten Fiebererkrankungen absah, und dann zu einer tödlichen Krankheit geführt hatte, bei der es sich zuerst um eine gewöhnliche schwere Erkältung zu handeln schien?

Smith war klar, dass sich kein Virus so verhielt. Aber andererseits hatte sich auch kein bekannter Virus so wie HIV verhalten, bis die Krankheit in Zentralafrika ausbrach und sich über die ganze Welt ausbreitete.

Und wer waren diese »Ärzte im Dienst der Regierung«, die Phyllis Anderson angerufen hatten, bevor irgendjemand, der nicht zu den Centers of Disease Control oder Fort Detrick gehörte, überhaupt etwas von einem neuen Virus wissen konnte?

20 Uhr 22
Lake Magua, New York

Der Kongressabgeordnete Benjamin Sloat strich sich mit der Hand über den kahlen Kopf und nahm einen weiteren Schluck von Victor Tremonts Malt Whisky. Die beiden Männer saßen in dem dunklen Wintergarten und blickten auf die Terrasse und den Rasen hinaus. Während sie sich unterhalten hatten, war eine Hirschkuh mit großen Augen über die Terrasse spaziert, als ob sie ihr gehörte, doch Victor Tremont hatte nur gelächelt. Dem Kongressabgeordneten war schon seit langem klar, dass er Tremont nie verstehen würde, aber das war ja auch nicht nötig. Tremont bedeutete für ihn Beziehungen, Wahlkampfspenden und ein dickes Paket von Blanchard-Pharmaceuticals-Aktien. In dieser kostspieligen politischen Zeit war das eine unschlagbare Kombination.

»Verdammt, Victor, warum haben Sie mich nicht eher eingeweiht«, murmelte Sloat jetzt jedoch unzufrieden. »Ich hätte Smith und diese Frau nach Übersee versetzen lassen und auf diese Weise loswerden können. Dann müssten wir keinen Mord vertuschen und niemand würde herumschnüffeln.«

In seinem Armsessel gestikulierte Tremont mit seiner Zigarre. »Ihr Anruf war ein so großer Schock für mich, dass ich nur noch daran denken konnte, wie ich sie loswerde. Erst jetzt wissen wir, wie eng die Beziehung zwischen ihr und Smith war.«

Sloat nippte verstimmt an seinem Whisky. »Können wir ihn nicht einfach ignorieren? Zum Teufel, bald wird die Frau begraben und vergessen sein und es sieht so aus, als ob Smith bis jetzt nicht viel weiß. Vielleicht ist bald Gras über die ganze Geschichte gewachsen.«

»Wollen Sie dieses Risiko eingehen?« Tremont beobachtete

den schwitzenden Vorsitzenden des Streitkräfteausschusses. »Bald wird auf der ganzen Welt die Hölle losbrechen und wir werden die Wohltäter sein, die zu Hilfe eilen. Falls nicht irgendjemand über etwas Belastendes stolpert und uns verpfeift.«

In der hintersten Ecke des dunklen Wintergartens stand fast unsichtbar Nadal al-Hassan. »In diesem Augenblick ist Dr. Smith in Fort Irwin«, warnte er. »Vielleicht hört er von unseren ›Regierungsärzten‹.«

Tremont betrachtete die Asche seiner Zigarre. »Smith hat bereits einen weiten Weg hinter sich. Noch nicht weit genug, um uns wehtun zu können, aber er ist nah genug an uns dran, so dass wir uns mit ihm beschäftigen müssen. Wenn er uns zu nahe kommen sollte, wird Nadal ihn eliminieren, ohne dass sich eine Verbindung zu uns oder dem Tod von Sophia Russel ergibt. Diesmal wird es anders laufen. Es wird etwas Tragisches passieren, stimmt's, Nadal?«

»Ein Selbstmord«, erwiderte der Araber. »Smith ist ja ganz offensichtlich verzweifelt über Dr. Russels Tod.«

»Das wäre eine gute Lösung, wenn Sie es hundertprozentig hinkriegen«, stimmte Tremont zu. »In der Zwischenzeit sorgen Sie dafür, Sloat, dass er seine Nachforschungen nicht fortsetzt. Sehen Sie zu, dass er in seinem Labor bleibt oder versetzt wird. Lassen Sie sich was einfallen.«

»Ich werde General Salonen anrufen«, überlegte Sloat. »Er wird den richtigen Mann kennen. Der Virus muss geheim bleiben. Das alles ist zu heikel. Smith ist nur ein Arzt, ein Amateur, doch das ist ein Job für Profis.«

»Hört sich gut an.«

Sloat trank seinen Whisky aus, leckte sich die Lippen, nickte anerkennend und stand dann auf. »Ich werde Salonen sofort anrufen, aber nicht von hier aus. Besser, ich benutze eine Telefonzelle im Dorf.«

Nachdem der Kongressabgeordnete den Raum verlassen hatte, zog Tremont an seiner Zigarre und sagte dann, ohne Nadal al-Hassan anzusehen: »Wir hätten Smith eliminieren sollen. Sie hatten Recht und Griffin lag falsch.«

»Vielleicht. Aus seiner Sicht hatte er vielleicht Recht.«

Tremont wandte sich um. »Wie meinen Sie das?«

»Ich habe mich gewundert, warum Dr. Smith auf unsere ersten Angriffe so gut vorbereitet zu sein schien. Warum war er so spät in dem Park, der weit von seinem Haus in Thurmont entfernt ist? Warum hat er gleich auf Mord getippt?«

Tremont betrachtete den Araber. »Sie glauben, dass Griffin ihn gewarnt hat. Aber warum? Wenn wir auffliegen, hat Griffin genauso viel zu verlieren wie wir alle.« Eine Zeit lang schwieg er nachdenklich. »Es sei denn, er arbeitet immer noch für das FBI.«

»Nein, das habe ich überprüft. Ich bin sicher, dass er auf eigene Faust arbeitet. Aber vielleicht gab es in der Vergangenheit irgendeine Verbindung zwischen ihm und Dr. Smith. Meine Leute gehen dem nach.«

Victor Tremont hatte stirnrunzelnd zugehört, aber jetzt lächelte er plötzlich. »Es gibt eine Lösung, und zwar eine elegante. Überprüfen Sie die Vergangenheit der beiden, aber zugleich sagen Sie Griffin, dass ich meine Meinung geändert hätte. Ich will, dass er – er persönlich – Smith findet und eliminiert, und zwar schnell.« Er nickte kalt und lächelte dann erneut. »So werden wir herausfinden, wem gegenüber Mr. Griffin sich loyal verhält.«

13

Donnerstag, 16. Oktober, 9 Uhr 14
Fort Detrick, Maryland

Smith' übrige Gespräche am gestrigen Tag in Fort Irwin waren erfolglos geblieben. Mehr als bei der Unterhaltung mit Phyllis Anderson hatte er nicht herausgefunden. Danach war er in Victorville gestartet und hatte fast die ganze Nacht über im Flugzeug unruhig geschlafen. Von Andrews aus war er nach der Landung sofort nach Fort Detrick gefahren. Er hatte keine verdächtigen Autos bemerkt, die ihn verfolgt oder in Fort Detrick auf ihn gewartet hätten. Die Berichte über die Gespräche mit den Familienmitgliedern und Freunden der anderen beiden Todesopfer waren bereits eingetroffen. Smith erfuhr, dass der Obdachlose in Boston und der verstorbene Vater des toten Mädchens aus Atlanta beide während des Golfkriegs in der Armee gedient hatten. Er überprüfte die Personalakten der drei Soldaten.

Sergeant Harold Pickett hatte während der Operation Desert Storm im Infantry Battalion 1-502, Second Brigade, 101st. Air Assault Division, gedient. Nach einer Verwundung war er im 167. Mobilen Militärlazarett behandelt worden, wo Mario Dublin als Sanitäter gearbeitet hatte. Es gab keinen Bericht darüber, ob der damalige Lieutenant Keith Anderson in demselben Lazarett behandelt worden war, aber Einheiten der Third Armored waren in der Nähe an der Grenze zwischen dem Irak und Kuweit stationiert gewesen.

Diese Neuigkeiten ließen Smith einmal mehr zum Telefon greifen. Er rief in Atlanta an.

»Mrs. Pickett? Entschuldigen Sie, dass ich so früh anrufe. Ich bin Lieutenant Colonel Smith vom Medizinischen Institut der Armee zur Erforschung von Infektionskrankheiten. Darf ich Ihnen ein paar Fragen stellen?«

Die Frau am anderen Ende der Leitung war der Hysterie nahe. »Keine weiteren Fragen. Bitte, Colonel. Haben Ihre Leute …«

Smith gab nicht auf. »Ich weiß, dass das alles schrecklich schwierig für Sie ist, Mrs. Pickett, aber wir wollen verhindern, dass noch mehr junge Mädchen wie Ihre Tochter auf diese Weise ums Leben kommen.«

»Bitte …«

»Nur zwei Fragen.«

Als sich das Schweigen in die Länge zog, dachte Smith schon, dass sie einfach den Hörer niedergelegt hätte. Dann hörte er ihre traurige und leblose Stimme erneut. »Fragen Sie.«

»War Ihre Tochter jemals so schwer verletzt, dass sie eine Bluttransfusion benötigte, und war Ihr Mann der Spender?«

Jetzt verriet ihr Schweigen Angst. »Woher wissen Sie das?«

»Es musste etwas in der Richtung sein. Eine letzte Frage. Wurden Sie am letzten Samstag von angeblich im Dienst der Regierung tätigen Ärzten angerufen, die Ihnen Fragen nach dem Tod Ihrer Tochter stellten?«

Ihr Nicken war fast hörbar. »Allerdings. Ich war schockiert. Sie haben sich wie Leichenschänder aufgeführt. Ich habe aufgelegt.«

»Haben Sie sich einfach nur als ›Ärzte im Dienst der Regierung‹ vorgestellt?«

»Ja, und ich hoffe, dass Sie sie alle feuern werden.«

Die Verbindung war unterbrochen, aber Smith hatte seine Informationen.

Es war fast sicher, dass alle drei Soldaten vor zehn Jahren im Golfkrieg im selben mobilen Militärlazarett gegen eine »mögliche Kontamination durch bakteriologische Kampfstoffe« geimpft worden waren.

Smith rief General Kielburger an, um ihm über die Ergebnisse der Gespräche Bericht zu erstatten.

»Desert Storm?«, kreischte Kielburger fast. »Sind Sie sicher, Smith? Ganz sicher?«

»So sicher, wie ich im Augenblick nur sein kann.«

»Verdammt! Nach all den Kopfschmerzen und Gerichtsverfahren wegen des Golfkriegs-Syndroms wird das im Pentagon wie eine Bombe einschlagen. Reden Sie mit niemandem darüber, bis ich die Angelegenheit mit dem Pentagon besprochen habe. Kein Sterbenswörtchen. Verstanden?«

Angewidert legte Smith auf. Politik!

Beim Mittagessen dachte er nach und beschloss, als Nächstes die »Regierungsärzte« zu finden. Irgendjemand hatte ihnen befohlen, bei den beiden Frauen anzurufen, aber wer?

Nach vier langen, verlorenen Stunden stand Smith kurz davor, aus der Haut zu fahren. »... Ja, Ärzte, die in Fort Irwin, Atlanta und wahrscheinlich auch in Boston angerufen haben. Sie haben rücksichtslos Fragen über den Tod der mit dem Virus infizierten Menschen gestellt. Die Familienmitglieder kochen vor Wut und ich werde auch bald wahnsinnig!«

»Ich tue nur meine Arbeit, Dr. Smith.« Die Stimme der Frau am anderen Ende der Leitung klang aufgelöst. »Unsere Direktorin ist gestern bei einem Verkehrsunfall ums Leben gekommen und wir leiden an Personalmangel. Jetzt wiederholen Sie noch mal Ihren Namen und den Ihrer Firma.«

Smith atmete tief durch. »Lieutenant Colonel Jonathan Smith. Ich arbeite für das Medizinische Institut der Armee zur Erforschung von Infektionskrankheiten in Fort Detrick.«

Einen Augenblick lang herrschte Schweigen. Die Frau schien seinen Namen und den seiner »Firma« zu notieren. Dann meldete sie sich wieder. »Bleiben Sie bitte dran.«

Er kochte. Während der letzten vier Stunden hatte er es mit ähnlichen aufgeblähten bürokratischen Apparaten zu tun gehabt. Nur die Centers for Disease Control hatten bestätigt, dass von ihnen niemand bei den Familien angerufen habe. Das Büro des Generalstabsarztes hatte ihm geraten, seine Fragen schriftlich einzureichen, und die verschiedenen in Frage kommenden Einrichtungen des Staatlichen Gesundheitsamtes hatten ihn an höhere Stellen verwiesen. Ein Mann hatte gesagt, dass allen Mitarbeitern befohlen worden sei, über nichts zu reden, was mit diesen Todesfällen in Zusammenhang stehe. So sehr er sich auch bemühte, seinen Gesprächspartnern zu erklären, dass er ein Wissenschaftler einer Regierungsbehörde sei, der bereits an der Untersuchung dieser Todesfälle arbeite – er kam keinen Millimeter weiter.

Nachdem er auch von den entsprechenden Marine- und Luftstreitkräfteabteilungen sowie dem Gesundheitsministerium eine Abfuhr bekommen hatte, war ihm klar, dass hier mit Verschleppungstaktiken gearbeitet wurde. Seine letzte Chance war die Zentralstelle für medizinische Datenerfassung des Gesundheitsamtes, die ZMD. Danach standen ihm keine anderen Möglichkeiten mehr offen.

»Aronson, amtierender Direktor der ZMD. Womit kann ich Ihnen dienen, Colonel?«

Smith bemühte sich, ruhig zu bleiben. »Freut mich, dass Sie mit mir sprechen. Es scheint da ein Team von für die Regierung tätigen Ärzten zu geben, die sich für die Opfer der Virusinfektionen in Fort Irwin, Atlanta und ...«

»Verschwenden Sie nicht Ihre Zeit, Colonel. Alle Informationen über die Viruserkrankung in Fort Irwin unterliegen der Geheimhaltung. Sie werden sich an die offiziellen Amtswege halten müssen.«

Jetzt explodierte Smith. »Ich *arbeite* mit dem Virus! Das USAMRIID ist mit der Erforschung beauftragt! Ich will nur ...«

Sein Gesprächspartner hatte aufgelegt.

Was zum Teufel war hier los? Es sah ganz so aus, als ob irgendein Schwachkopf alle Aktivitäten unmöglich gemacht hatte, die mit dem Virus zu tun hatten. Ohne Genehmigung gab es keine Informationen. Aber warum? Und wer musste die Genehmigung erteilen?

Nachdem er den Raum verlassen hatte, eilte er mit großen Schritten durch den Flur und stürmte dann an Melanie Curtis vorbei in Kielburgers Büro. »Was zum Teufel geht hier vor, General? Ich versuche herauszufinden, wer diesen so genannten Regierungsärzten befohlen hat, in Fort Irwin und Atlanta anzurufen, und alle brüllen nur ›topsecret‹ und wollen nicht mit mir reden.«

Kielburger lehnte sich in seinem Schreibtischsessel zurück und verschränkte die Wurstfinger über seinem muskulösen Oberkörper. »Wir sind für die ganzen Nachforschungen nicht mehr zuständig. *Wir* sind topsecret, Smith. Wir machen mit unseren wissenschaftlichen Untersuchungen weiter und erstatten dann dem Generalstabsarzt, dem Armeegeheimdienst und dem Nationalen Sicherheitsrat Bericht. Basta. Keine weitere Polizeiarbeit.«

»Bei dieser Untersuchung *sind* wir die Polizei.«

»Erzählen Sie das mal dem Pentagon.«

Blitzartig begriff Smith, warum die letzten drei Stunden so frustrierend verlaufen waren. Es lag nicht in erster Linie an der Bürokratie der Regierungsapparate. Dazu waren zu viele Behörden einbezogen. Und es wäre unsinnig gewesen – normalerweise nahm man nicht denen die Untersuchung aus der Hand, die am besten Bescheid wussten. Schon gar keine wissenschaftliche Untersuchung. Wenn wirklich »Regierungsärzte« involviert wären, gäbe es keinen Grund, das ihm oder anderen USAMRIID-Mitarbeitern zu verschweigen.

Es sei denn, sie stünden gar nicht im Dienst der Regierung.

»Hören Sie, General. Ich glaube …«

Kielburger unterbrach ihn verärgert: »Sind Sie taub, Colonel? Verstehen Sie keine Befehle mehr? Wir geben die Sache aus der Hand und die Profis werden Sophia Russels Tod untersuchen. Ich schlage vor, dass Sie wieder in Ihr Labor gehen und sich auf den Virus konzentrieren.«

Smith atmete tief durch. Jetzt war er nicht nur wütend, sondern auch besorgt. »Irgendetwas stimmt hier nicht. Entweder manipuliert ein sehr mächtiger Mann die Armee, oder die Armee steckt selbst dahinter. Sie wollen die Untersuchungen stoppen und vertuschen die Sache mit dem Virus. Letztlich werden sie dadurch viele Menschen töten.«

»Sind Sie verrückt? Sie selbst sind in der Armee! Und Sie haben einen klaren Befehl erhalten!«

Smith starrte ihn mit funkelnden Augen an. Den ganzen Tag lang hatte er gegen seine Trauer angekämpft und jedesmal, wenn Sophias Bild vor seinem geistigen Auge aufgetaucht war, versucht, die Gedanken an sie zu verdrängen. Manchmal fiel sein Blick auf Gegenstände, die ihr gehört hatten: auf ihren Lieblings-Füllfederhalter, die Fotografien an der Wand ihres Büros, den kleinen Parfümflakon auf ihrem Schreibtisch. Dann fühlte er sich einsam, wollte sich auf die Knie fallen lassen und die unbekannten Mächte anheulen, die ihm Sophia genommen hatten. Und dann wollte er sie umbringen.

»Ich verlasse die Armee«, knurrte Smith. »Heute Nachmittag liegt der Papierkram auf Ihrem Schreibtisch.«

Jetzt verlor Kielburger die Fassung. »Sie können uns nicht mitten in einer gottverdammten Krise sitzen lassen! Ich werde Sie vors Kriegsgericht bringen!«

»Okay. Ich habe noch einen Monat Urlaub und nehme ihn!«

»Nichts da! Wenn Sie morgen nicht in Ihrem Labor sind, haben Sie sich ohne Erlaubnis von der Truppe entfernt!«

Die beiden Männer starrten sich über Kielburgers Schreibtisch hinweg an. Dann setzte Smith sich. »Sie haben sie umgebracht, Kielburger. Sie haben Sophia ermordet.«

»Ermordet?«, fragte Kielburger ungläubig. »Das ist doch lächerlich. Der Befund der Autopsie ist eindeutig. Sie ist an den Folgen einer Virusinfektion gestorben.«

»Ja, der Virus hat sie das Leben gekostet, aber sie hat sich nicht bei irgendeinem Arbeitsunfall infiziert. Zuerst haben wir es nicht gesehen, vielleicht weil die Hautrötung erst nach ein paar Stunden aufgetreten ist. Aber als wir die Leiche noch mal untersucht haben, sahen wir den Einstich einer Nadel an ihrem Fußknöchel. Der Virus ist injiziert worden.«

»Ein Einstich an ihrem Fußknöchel?« Kielburger runzelte besorgt die Stirn. »Sind Sie sicher, dass sie nicht ...«

Smith' Augen glichen harten blauen Achaten. »Es gibt keine

andere Erklärung für den Einstich als eine Injektion mit dem Virus.«

»Um Himmels willen, Smith! Warum? Das Ganze macht keinen Sinn.«

»Doch – wenn Sie sich an die aus ihrem Logbuch herausgeschnittene Seite erinnern. Sie wusste oder vermutete etwas, das sie nicht wissen oder vermuten sollte. Also hat man ihre Notizen aus dem Buch herausgetrennt, ihr Telefonverzeichnis gestohlen und sie umgebracht.«

»Wer ist *man*?«

»Ich weiß es nicht, aber ich werde es herausfinden.«

»Sie sind mit den Nerven am Ende, Smith. Ich verstehe das ja, aber dieser Virus kann sich auf der ganzen Welt verbreiten und möglicherweise gibt es eine Epidemie.«

»Da bin ich mir nicht sicher. Wir haben drei Todesopfer, die räumlich weit voneinander entfernt gelebt und niemanden in ihrem Umfeld angesteckt haben. Haben Sie jemals vom Ausbruch eines Virus gehört, bei dem sich nur ein Mensch in einer bestimmten Region infiziert hat?«

Kielburger dachte über Smith' Frage nach. »Nein, aber ...«

»Niemand hat je davon gehört«, sagte Smith grimmig. »Es gibt immer wieder neue Viren und die Natur verwirrt uns jedes Mal. Aber wenn dieser Virus so tödlich ist, wie es aussieht, warum hat es dann in den drei Regionen nicht mehr Todesfälle gegeben? Im besten Fall weist das darauf hin, dass der Virus nicht besonders ansteckend ist. Die Familienmitglieder und Nachbarn der Verstorbenen haben sich nicht infiziert, das Personal in den Krankenhäusern auch nicht. Sogar der Pathologe, der mit Blut besudelt war, hat sich nicht angesteckt. Das einzige Opfer, bei dem wir sicher sein können, dass es durch einen anderen infiziert worden ist, ist das Mädchen aus Atlanta, das vor Jahren eine Transfusion gekriegt hat, für die ihr Vater Blut gespendet hat. Das weist auf zwei Fakten hin. Erstens: Wie der HIV scheint auch dieser Virus jahrelang zu schlummern, bevor er plötzlich ausbricht. Zweitens: Für die Infektion ist offenbar eine direkte Injektion in den Blutkreislauf erforderlich, wobei der Virus im schlummernden oder virulenten Stadium sein kann. Wie auch immer, eine Epidemie scheint sehr unwahrscheinlich zu sein.«

»Ich wünschte, dass Sie Recht hätten.« Kielburger zog eine Grimasse. »Aber diesmal liegen Sie völlig falsch. Wir haben weitere Fälle. Es sind Menschen infiziert und sie sterben. Dieser verrückte Virus mag auf die übliche Weise nicht besonders ansteckend sein, aber er verbreitet sich weiter.«

»In Südkalifornien, Atlanta und Boston?«

»Nicht dort, sondern in anderen Teilen der Welt: in Europa, Südamerika und Asien.«

Smith schüttelte den Kopf. »Dann stimmt immer noch etwas nicht.« Einen Augenblick lang schwieg er. »Sie haben Sophia ermordet. Begreifen Sie, was das bedeutet?«

»Nun, ich ...«

Smith stand auf und beugte sich über den Schreibtisch. »Das bedeutet, dass jemand diesen Virus im Reagenzglas hat. Einen unbekannten, tödlichen Virus, den noch niemand identifizieren oder ableiten konnte. Aber irgendwelche Leute wissen über ihn und seine Herkunft Bescheid, *weil sie ihn sich besorgt haben.*«

Das massige Gesicht des Generals lief purpurrot an. »Weil sie ihn ... Aber ...«

Smith schlug mit der Faust auf den Schreibtisch. »Wir haben es hier mit Leuten zu tun, die andere Menschen vorsätzlich mit dem Virus infiziert haben! Sophia zum Beispiel. Sie sind bereit, den Virus wie eine Waffe einzusetzen!«

»Mein Gott.« Kielburger starrte ihn an. »Aber *warum*?«

»Das müssen wir herausfinden!«

Kielburgers stämmiger Körper schien wie in einem Schock zu zittern. Dann stand er plötzlich auf und sein zuvor gerötetes Gesicht war wieder blass wie eh und je. »Ich werde im Pentagon anrufen. Schreiben Sie auf, was Sie mir gerade erzählt haben und was Sie in Zukunft unternehmen wollen.«

»Ich muss nach Washington.«

»In Ordnung. Sie bekommen jede Unterstützung. Offizielle Befehle gelten für Sie nicht.«

»Ja, Sir.« Smith war erleichtert und ein wenig überrascht, dass er es endlich geschafft hatte, Kielburger zu überzeugen. Vielleicht war der General gar nicht so verbohrt und dumm, wie er immer gedacht hatte. Einen Augenblick lang empfand er fast Zuneigung für den ungeduldigen Mann.

Während er aus dem Büro stürmte, hörte er, wie Kielburger zum Telefon griff. »Verbinden Sie mich mit dem Pentagon und dem Generalstabsarzt. Ja, zwei Gespräche. Nein, es ist mir egal, mit wem ich zuerst spreche!«

Adele Schweik legte an ihrem Telefon den Schalter für die Abhörfunktion um und lauschte aufmerksam auf Geräusche, die besagten, dass Sergeant Major Daugherty ihr Büro verließ. »Hier ist das Büro von Generalstabsarzt Oxnard«, log sie dann schnell. »Nein, General Kielburger, der Generalstabsarzt ist nicht in seinem Büro. Ich werde ihm sagen, dass er Sie sofort anrufen soll, wenn er zurückkommt.«

Adele Schweik blickte sich um. Ihre Kollegin Sandra Quinn saß glücklicherweise an ihrem Schreibtisch und Sergeant Major Daugherty war in ihrem Büro. Aus Kielburgers Büro wurde erneut telefoniert. »Hier ist das Pentagon«, antwortete sie mit verstellter Stimme. »Bleiben Sie bitte dran.«

Eilig wählte sie eine Nummer, die sie von einer Liste in ihrer obersten Schreibtischschublade abgelesen hatte. »General Caspar, bitte? Ja, General Kielburger vom USAMRIID, es ist dringend.« Dann schaltete sie wieder auf ihre Telefonleitung um und wählte erneut. Sie sprach leise und schnell, bevor sie auflegte und sich wieder an ihre Arbeit machte.

17 Uhr 50
Thurmont, Maryland

In dem leeren Haus am Fuß des Catoctin Mountain war Smith gerade mit dem Packen fertig. Er fühlte sich etwas krank, fand das aber nicht überraschend. Überall war Sophia gegenwärtig.

Das begann bei den Mineralwasserflaschen in der Küche und endete bei ihrem Geruch in ihrem gemeinsamen Bett. Die Leere des Hauses hallte in seinem Inneren wider. Das Haus war ein Grab, das Grab seiner Hoffnungen, von Sophias Träumen und Lachen erfüllt. Hier konnte er nicht bleiben. Hier konnte er nicht leben.

Nicht in diesem Haus, auch nicht in ihrer Wohnung. Er konnte sich keinen Ort auf der ganzen Welt vorstellen, wo er gerne sein wollte. Ihm war klar, dass er das irgendwann herausfinden musste, aber nicht jetzt. Noch nicht. Zuerst musste er ihre Mörder finden und vernichten – sie zertreten, bis nur noch ein Haufen aus Blut, Knochen und Gewebe übrig bleiben würde.

Nachdem er Kielburger verlassen hatte, fasste er in seinem Büro seine Berichte und Notizen zusammen und druckte dann alles aus. Anschließend fuhr er ziellos herum, um zu sehen, ob ihm jemand folgte. Auf dem Weg zu seinem großen, im New-England-Stil erbauten Haus, in dem er so viele glückliche Monate mit Sophia gelebt hatte, war ihm ebenfalls niemand aufgefallen. Nachdem er frische Sachen für eine Woche und jedes Wetter eingepackt hatte, lud er seine Dienstwaffe, eine Beretta. Dann legte er seine Uniform an, steckte Pass, Adressbuch und Handy ein und wartete auf Kielburgers Anruf, der ihn über die Reaktion des Pentagons informieren sollte.

Aber Kielburger rief nicht an.

Als er um achtzehn Uhr nach Fort Detrick fuhr, wurde es gerade dunkel. Melanie Curtis, Kielburgers Sekretärin, saß nicht an ihrem Schreibtisch, und als er im Büro des Generals nachsah, musste er feststellen, dass auch dieser nicht anwesend war. Andererseits machten beide Büros nicht den Eindruck, als ob sie zum Feierabend aufgeräumt worden wären. Sehr ungewöhnlich. Smith blickte auf die Uhr – es war kurz vor halb sieben. Sie mussten gerade eine Kaffeepause einlegen. Aber beide gleichzeitig?

In der Cafeteria waren weder Kielburger noch seine Sekretärin zu sehen.

Kielburgers Büro war immer noch leer.

Smith fühlte sich unbehaglich und ging zu seinem immer noch beschädigten Triumph zurück, ohne mit jemandem zu sprechen. Mit oder ohne Genehmigung des Pentagons – er würde nach Washington fahren. Er konnte keine weitere Nacht in dem Haus in Thurmont schlafen. Nachdem er den Motor angelassen hatte, steuerte er durch das Tor. Niemand schien ihn zu beobachten, aber um sicherzugehen, fuhr er erneut eine Stunde lang herum, bevor er die Interstate 270 nahm und sich nach Süden, nach Washington, wandte. In Gedanken ließ er die Zeit mit Sophia Revue passieren. Sich zu erinnern tat ihm gut. Sonst war ihm ja auch nichts geblieben.

In den vergangenen drei Tagen hatte er nur eine Nacht geschlafen. Weil er Gewissheit haben wollte, dass ihm niemand im Nacken saß, bog er plötzlich nach Gaithersburg ab. Niemand folgte ihm. Befriedigt fuhr er zum Holiday Inn und trug sich unter einem falschen Namen ein. Nachdem er in der Bar zwei Gläser Bier getrunken und im Speiseraum zu Abend gegessen hatte, ging er auf sein Zimmer, wo er eine Stunde lang CNN guckte, bevor er versuchte, Kielburger in seinem Büro und zu Hause zu erreichen. Niemand nahm ab.

Plötzlich setzte sich Smith entsetzt in seinem Stuhl auf. Der dritte Bericht der Nachrichten hatte eben begonnen: *»Das Weiße Haus teilt mit, dass General Kielburger vom Medizinischen Institut der US-Armee zur Erforschung von Infektionskrankheiten in Fort Detrick, Maryland, eines tragischen Todes gestorben ist. Der General und seine Sekretärin wurden tot in ihren Wohnungen aufgefunden. Offensichtlich kamen sie durch einen noch nicht identifizierten Virus ums Leben, dem in den Vereinigten Staaten bereits vier Menschen zum Opfer gefallen sind, darunter auch eine Wissenschaftlerin von Fort Detrick. Das Weiße Haus betont, dass diese tragischen Vorfälle voneinander unabhängig betrachtet werden müssen und dass für die Öffentlichkeit zurzeit keine Gefahr besteht.«*

Verblüfft dachte Smith nach. Weder Kielburger noch Melanie Curtis hatten in der Hot Zone mit dem Virus gearbeitet. Es war unmöglich, dass sie sich dort infiziert hatten. Dies war kein Unfall oder eine natürliche Ausbreitung des Virus. Es war Mord ... Zwei weitere Morde! Der General war davon abgehalten worden, sich an das Pentagon und den Generalstabsarzt zu wenden, und Melanie Curtis hatte man daran gehindert, etwas über Kielburgers Absichten verlauten zu lassen.

Und was war aus der absoluten Geheimhaltung geworden, auf die alle, die an dem Virus arbeiteten, verpflichtet worden waren? Jetzt wusste die ganze Nation Bescheid. Irgendjemand hatte eine komplette Umkehr eingeleitet. Aber warum?

»... In Verbindung mit den beiden Todesfällen bittet die Armee alle in der Region arbeitenden Polizisten, nach Lieutenant Colonel Jonathan Smith Ausschau zu halten, der sich ohne Erlaubnis von seiner Einheit in Fort Detrick entfernt hat.«

Smith erstarrte. Einen Augenblick lang hatte er den Eindruck, alles um ihn herum stürzte in sich zusammen. Er schüttelte den Kopf – er musste klar denken. Seine Gegner waren extrem mächtig, die Feinde, die Sophia, den General und Melanie Curtis ermordet hatten. Sie warteten da draußen auf ihn und jetzt war auch noch die Polizei hinter ihm her.

Er war ganz auf sich allein gestellt.

Zweiter Teil

14

Freitag, 17. Oktober, 9 Uhr 30
Das Weiße Haus, Washington, D.C.

Präsident Samuel Adams Castilla war seit drei Jahren im Amt und steckte im Wahlkampf für seine zweite Amtsperiode. An diesem kühlen, grauen Morgen hatte er sich auf ein gutes Ergebnis bei einem Fund-Raising-Frühstück im Mayflower Hotel gefreut, den Termin aber wegen eines dringenden Treffens absagen müssen.

Verärgert und beunruhigt stand er von dem schweren Tisch aus Kiefernholz auf, der ihm im Oval Office als Schreibtisch diente, und ging zu dem Ledersessel am Kamin, wo seine Gäste warteten. Wie bei jedem Präsidenten spiegelte auch hier die Inneneinrichtung den persönlichen Geschmack des Amtsinhabers wider. Ein dünnblütiger Innendekorateur von der Ostküste war für Präsident Castilla nicht in Frage gekommen. Stattdessen hatte er seine rustikalen Möbel aus der Gouverneursresidenz in Santa Fe mit nach Washington gebracht, und ein Künstler aus Albuquerque hatte die rotgelben Navajo-Vorhänge, den gelben Teppich, das gewebte blaue Präsidentensiegel, die Vasen, die Körbe und den Indianerkopfschmuck aufeinander abgestimmt. So erinnerte dieses Oval Office wie keines zuvor auch an die amerikanischen Ureinwohner.

»Also dann«, sagte der Präsident. »CNN berichtet, dass dieser Virus sechs Menschen das Leben gekostet hat. Sagen Sie mir, wie schlimm die Situation *wirklich* ist und womit wir konfrontiert sind.«

Die Stimmung der Männer und Frauen, die sich um den schlichten Kaffeetisch aus Kiefernholz versammelt hatten, war zwar gedrückt, aber auch vorsichtig optimistisch. Generalstabsarzt Jesse Oxnard, der neben der Gesundheitsministerin saß, antwortete: »Bis jetzt sind fünfzehn Menschen an einem unbekannten Virus gestorben, der am letzten Wochenende entdeckt worden ist. Diese Zahl bezieht sich natürlich nur auf die Vereinigten Staaten. Kürzlich haben wir erfahren, dass es sechs ursprüngliche Fälle gab, und von diesen Infizierten haben drei überlebt. Das macht uns zumindest etwas Hoffnung.«

»Berichte der WHO weisen darauf hin«, fügte Generalstabschef Charles Ouray hinzu, »dass sich in Übersee zehn- bis zwölftausend Menschen mit dem Virus infiziert haben. Mehrere Tausend sind gestorben.«

»Meiner Ansicht nach erfordert das keine speziellen Notfallmaßnahmen von unserer Seite«, sagte Admiral Stevens Brose, der Vorsitzende der Vereinigten Stabschefs. Er lehnte unter einem großformatigen Gemälde der Rocky Mountains von Albert Bierstadt an der Kaminverkleidung.

»Aber ein Virus kann sich wie ein Waldbrand ausbreiten«, betonte Nancy Petrelli, die Gesundheitsministerin. »Meiner Ansicht nach können wir nicht mit gutem Gewissen abwarten, bis uns die CDC oder Fort Detrick Gegenmaßnahmen empfehlen. Wir müssen den privatwirtschaftlichen Sektor einbeziehen und alle medizinischen und pharmazeutischen Unternehmen um Rat und Hilfe bitten.« Sie blickte den Präsidenten streng an. »Andernfalls garantiere ich Ihnen, dass die Sache schlimm enden wird, Sir.«

Als einige der anderen zu protestieren begannen, unterbrach sie der Präsident. »Was für Einzelheiten über diesen Virus sind uns bis jetzt bekannt?«

Generalstabsarzt Oxnard zog eine Grimasse. »Soweit Detrick und die CDC wissen, ist dieser Virentyp völlig unbekannt. Bis jetzt haben wir noch keine Ahnung, wie er übertragen wird. Augenscheinlich ist er tödlich – drei Detrick-Mitarbeiter sind gestorben. Allerdings sind von den sechs zuerst Infizierten nur fünfzig Prozent ums Leben gekommen.«

»Für mich sind drei Tote mehr als genug«, sagte der Präsident grimmig. »Sie sagten, dass auch drei Wissenschaftler von Fort Detrick gestorben sind?«

»Eines der Opfer war General Kielburger, der medizinische Befehlshaber.«

»Guter Gott.« Der Präsident schüttelte traurig den Kopf. »Ich erinnere mich an ihn. Kurz nach meiner Amtsübernahme haben wir miteinander gesprochen. Das ist tragisch.«

»Dadurch ist die Sache an die Öffentlichkeit gekommen«, meinte Admiral Brose in düsterem Tonfall. »Nach den ersten vier Todesfällen hatte ich die Sache als topsecret deklariert, weil General Caspar, mein stellvertretender Kommandeur, mir berichtet hatte, dass zu viele Pfuscher ihre Nase hineinsteckten. Ich war besorgt, dass die Öffentlichkeit in Panik geraten könnte.« Einen Augenblick lang schwieg er, damit die anderen die Richtigkeit seiner Entscheidung bestätigen konnten. Alle nickten, sogar der Präsident. Erleichtert atmete der General auf. »Aber als die Leichen von General Kielburger und seiner Sekretärin gefunden wurden, hat man die Polizei benachrichtigt. Im Krankenhaus wurde derselbe Virus diagnostiziert, durch den der erste USAMRIID-Wissenschaftler ums Leben gekommen war. Jetzt wissen die Journalisten also Bescheid. Ich musste die Sache publik machen, aber die Medien wissen, dass sie nur Informationen des Pentagons verwenden dürfen.«

»Das scheint mir ein guter Schachzug gewesen zu sein«, stimmte Gesundheitsministerin Petrelli zu. »Dann gibt es da noch einen Wissenschaftler, der ohne Erlaubnis seine Einheit in Fort Detrick verlassen hat. Auch das macht mir Sorgen.«

»Er ist verschwunden? Kennen Sie den Grund?«

»Nein, Sir«, musste Jesse Oxnard zugeben. »Aber die Umstände sind verdächtig.«

»Er ist kurz vor dem Tod von General Kielburger und dessen Sekretärin verschwunden«, erklärte Admiral Brose, der Vorsitzende der Vereinigten Stabschefs. »Wir haben die Armee, das FBI und die örtliche Polizei alarmiert. Sie werden ihn finden. Im Moment sagen wir noch, dass wir ihn lediglich befragen wollen.«

Der Präsident nickte. »Hört sich vernünftig an. Außerdem bin ich derselben Ansicht wie Nancy. Lassen Sie uns sehen, was uns der privatwirtschaftliche Sektor anzubieten hat. In der Zwischenzeit halten Sie mich alle auf dem Laufenden. Ein tödlicher Virus, über den niemand etwas weiß, jagt mir höllische Angst ein. Er sollte uns allen höllische Angst einjagen.«

15

9 Uhr 22
Washington, D.C.

In dem geschäftigen, multiethnisch bevölkerten Adams-Morgan-Viertel gibt es viele Restaurants auf Dachterrassen, die einen weiten Ausblick über die Stadt bieten. In den beiden Hauptstraßen, der Columbia Road und der Eighteenth Street, findet man ein lebhaftes Nebeneinander von Straßencafés, Bars und Klubs, Buchläden und Antiquariaten, Plattenläden, exzentrischen Secondhandshops und angesagten Boutiquen. Die exotische Kleidung der Einwanderer trägt noch zu einer ohnehin pittoresken Atmosphäre bei. Die Neuankömmlinge stammen aus Guatemala und El Salvador, Kolumbien und Ecuador, Jamaika und Haiti, der Demokratischen Republik Kongo und dem ehemaligen Zaire, zudem aus Kambodscha, Laos und Vietnam.

Special Agent Lon Forbes vom FBI saß an einem Tisch im hinteren Teil eines Cafés in der Eighteenth Street, wo die Kaffeebecher mit Brandzeichen versehen waren und so alt wirkten, dass sie aus der Zeit hätten stammen können, als noch Indianer über die hiesigen Gebirgskämme streiften. Er wartete darauf, dass Lieutenant Colonel Jonathan Smith endlich zur Sache kam. Wenn man einmal davon absah, dass Smith behauptet hatte, ein Freund von Bill Griffin zu sein, wusste Forbes nur wenig über seinen Gesprächspartner. Deshalb war der FBI-Agent zugleich interessiert und vorsichtig.

Da ihm keine Zeit geblieben war, Recherchen über Smith anzustellen, wusste er nur, dass dieser als forschender Wissenschaftler in Fort Detrick beschäftigt war. Forbes hatte vorgeschlagen, dass sie sich in diesem heruntergekommenen Café trafen. Da er schon früh eingetroffen war, hatte er von der anderen Straßenseite aus beobachtet, wie Spätaufsteher vorbeischlenderten, die auf der Suche nach einem Frühstück waren. Dann kam Smith.

Der Lieutenant Colonel in der khakifarbenen Offiziersuniform blickte sich vor dem Café um und beobachtete dann durch die Tür das Innere. Schließlich trat er ein. Dem FBI-Mann fiel die eindrucksvolle körperliche Erscheinung Smith' auf und er nahm so etwas wie eine unterdrückte Gewaltbereitschaft wahr. Wenn er von seinem ersten Eindruck ausging, wirkte Smith nicht wie ein kopflastiger Wissenschaftler, der auf dem geheimnisumwitterten Gebiet der Zell- und Molekularbiologie arbeitete.

Smith trank Kaffee, plauderte über das für die Jahreszeit zu warme Wetter und fragte Forbes, ob er Kuchen essen wolle, was dieser verneinte. Unter dem Tisch klopfte der Lieutenant Colonel mit einem Fuß auf den Boden. Forbes wartete ab und hörte zu. Das Gesicht mit der hohen Stirn und dem ordentlich zurückgekämmten schwarzen Haar verriet Willensstärke und ließ an nordamerikanische Indianer denken. Der Blick der marineblauen Augen wirkte verfinstert, was aber nichts mit der an Tinte erinnernden Farbe der Pupillen zu tun hatte. Forbes nahm eine Gewaltbereitschaft wahr, die danach lechzte, explodieren zu können. Dieser Offizier war nicht nur nervös, seine Nerven waren bis zum Zerreißen gespannt – wie eine Stahlfeder.

»Ich muss Kontakt zu Bill aufnehmen«, meinte Smith schließlich.

»Warum?«

Smith überlegte, ob es klug wäre, darauf zu antworten. Dann wurde ihm klar, dass er das Risiko eingehen und etwas von seinem Wissen preisgeben musste. Schließlich wollte er, dass Forbes ihm half. »Vor ein paar Tagen hat Bill zu mir Kontakt aufgenommen und ein geheimes Treffen im Rock-Creek-Park arrangiert, um mich zu warnen, dass ich in Gefahr bin. Jetzt ist es so weit und ich muss in Erfahrung bringen, woher er Bescheid wusste und was er jetzt weiß.«

»Das ist deutlich genug. Wollen Sie mir erzählen, um was für eine Art von Gefahr es geht?«

»Irgendjemand will mich umbringen.«

»Aber Sie wissen nicht, wer?«

»Um es kurz zu machen – nein.«

Forbes blickte auf die leeren Tische um sie herum. »Sie wollen nicht darüber reden, *weshalb* man Sie umbringen will?«

»Im Augenblick nicht. Ich muss einfach nur Bill finden.«

»Beim FBI arbeiten viele Leute. Warum wenden Sie sich ausgerechnet an mich?«

»Ich habe mich daran erinnert, dass Bill mir erzählt hat, Sie wären beim FBI so ungefähr sein einziger Freund und würden auf seiner Seite stehen, wenn's kritisch werden würde.«

Das stimmte und das war ein weiterer Pluspunkt für Smith. Bill hätte das nur jemandem erzählt, dem er vertraute. »Okay. Erzählen Sie mir von sich und Bill.«

Smith beschrieb ihre gemeinsame Kindheit, dann die Zeit auf der Highschool und auf dem College. Forbes hörte zu und verglich es mit dem, was Griffin ihm erzählt und was in seiner Personalakte gestanden hatte, die er nach seinem Verschwinden studiert hatte. Es schien alles zu stimmen.

Forbes trank Kaffee und betrachtete dann in dem verschlafenen Café seine um den Becher gelegten Hände. Seine Stimme war tief und ernst. »Bill hat mir das Leben gerettet. Nicht nur einmal, sondern gleich zweimal. Wir waren Partner, Freunde und noch viel mehr. Viel, viel mehr.« Er blickte zu Smith auf. »Okay?«

Smith versuchte zu ergründen, was in seinem Inneren vorging. In der nur aus dem Wort »Okay« bestehenden Frage lag eine ungeheure Bedeutung. Hieß das, sie hatten eine so enge Beziehung zueinander, dass es Dinge gab, von denen das FBI nichts wusste? Hatten sie gemeinsam die Spielregeln verletzt, sich gegenseitig den Rücken freigehalten und Gesetze gebrochen? *Es gab gemeinsame Unternehmungen, okay? Stellen Sie keine Fragen. Nicht nach den Einzelheiten. Seien Sie sicher, dass Sie mir trauen können, wenn's um Griffin geht. Aber kann ich Ihnen auch trauen?*

Smith startete einen Versuch: »Sie wissen, wo Bill ist.«

»Nein.«

»Können Sie Kontakt zu ihm aufnehmen?«

»Vielleicht.« Forbes trank seinen Kaffee eher, um die Gesprächspausen zu überbrücken, als dass er Durst hatte. »Er arbeitet nicht mehr für das FBI. Ich nehme an, dass Sie das nicht wussten.«

»Doch. Bei unserem Treffen hat er es mir erzählt. Aber ich wusste nicht, ob ich ihm glauben soll. Er könnte undercover arbeiten.«

»Tut er nicht.« Forbes zögerte, sprach dann aber weiter. »Er kam vom militärischen Geheimdienst, wo man auf eigene Faust arbeiten kann, aber das FBI hat für alles seine Spielregeln. Es fragt nach jedem Schritt, gleichgültig, wie gut die Resultate sind. Bill war zu selbständig. Eigeninitiative schätzen die hohen Tiere nicht, von geheimen Aktivitäten ganz zu schweigen. Das FBI mag Agenten, die über jeden Atemzug Bericht erstatten, am besten gleich dreifach. Das war nie Bills Ding.«

Smith lächelte. »Nein, das war es nie.«

»Er bekam Ärger – wegen Befehlsverweigerung. Bill ist kein Mannschaftsspieler. Und ich habe das oft am eigenen Leibe erfahren müssen. Aber Bill ging noch weiter. Er hielt sich nicht an die Spielregeln und die vorgeschriebenen Wege und er hat nicht immer über seine Aktivitäten und Ausgaben Rechenschaft abgelegt. Man hat ihn beschuldigt, Budgets missbraucht zu haben. Als er Deals machte, um gewisse Fälle abzuschließen, stellte sich das FBI bei solchen, in die besonders üble Charaktere verwickelt waren, quer. Die Jungs haben Bill das Leben schwer gemacht und schließlich war er nur noch angeekelt.«

»Hat er den Dienst quittiert?«

Forbes suchte in der Innentasche seines Jacketts nach einem Taschentuch und Smith sah den großen 10-mm-Browning in seinem Schulterholster. Das FBI glaubte immer noch, dass seine Agenten die Männer mit den größeren Kanonen waren. Forbes wischte sich über das Gesicht. Offensichtlich machte er sich Sorgen, aber nicht um sich selbst, sondern um Bill Griffin.

»Nicht ganz«, antwortete er. »Bei der Arbeit an einem Fall, bei dem es um Steuerbetrug ging, hat er jemanden mit Geld und Macht kennen gelernt. Ich habe nie erfahren, wer es war. Dann fing er an, an Treffen nicht mehr teilzunehmen und sich zwischen zwei Aufträgen nicht mehr im Hoover Building blicken zu lassen. Als er mit einer Außenstelle zusammenarbeiten sollte, hat ihn dort manchmal tagelang niemand zu Gesicht bekommen. Dann hat er bei einem Auftrag Mist gebaut und es gab Anzeichen für einen exklusiven Lebensstil – zu viel Geld, wie üblich. Der Boss fand Beweise, dass Bill schwarz für den Steuerbetrüger arbeitete und dass einige seiner Praktiken hart am Rande der Legalität waren. Demnach hatte er Leute eingeschüchtert und sie mit seinem FBI-Ausweis unter Druck gesetzt – irgendetwas in der Art. Wenn man für das FBI arbeitet, repräsentiert man das FBI – Punkt. Sie haben ihn gefeuert und er hat dann für jemand anderen gearbeitet. Ich hatte den Eindruck, dass es sich um den Steuerbetrüger handelte.« Forbes schüttelte bedauernd den Kopf. »Seit mehr als einem Jahr habe ich ihn nicht mehr gesehen.«

Smith versuchte, die Straße vor dem Fenster im Auge zu behalten, aber die verdreckte Glasscheibe war mit zu vielen Schildern beklebt. »Ich verstehe, warum er frustriert oder angeekelt war. Aber dass er für einen solchen Typ arbeitet und andere einschüchtert? Das hört sich nicht nach Bill an.«

»Nennen Sie es, wie Sie wollen: Ekel, Desillusionierung, verratene Prinzipien.« Forbes zuckte die Achseln. »In seinem Fall kümmerte sich niemand im FBI um Gerechtigkeit. Da zählten nur die Spielregeln und das Gesetz. Ja, ich glaube auch, dass er auf Geld und Macht scharf war. Niemand wechselt die Seiten, nur weil er seinen Glauben an etwas verloren hat.«

»Und Sie finden das okay?«

»Es ist nicht okay, aber es ist auch nicht nicht-okay. Es ist das, was Bill wollte, und ich stelle keine Fragen. Ungeachtet dessen ist er mein Freund.«

Smith dachte über all das nach. Seine Situation glich der, in der Bill sich befunden hatte. Bei ihm war es nicht das FBI, sondern die Armee, die ihn betrog. Und wie weit war er im Augenblick noch davon entfernt, zum Schurken zu werden? In den Augen des Pentagons war er wahrscheinlich bereits einer – mit Sicherheit galt er als Soldat, der sich unerlaubt von seiner Einheit entfernt hatte. War es an ihm, über Bill zu richten? War dieser FBI-Mann enger mit Bill Griffin befreundet als er?

Moralische Handlungen waren nicht immer so absolut, wie man gerne glaubte.

»Sie wissen nicht, wo er ist oder für wen er arbeitet?«

»Ich habe keine Ahnung, wo er sich aufhält oder ob er für denselben Typ arbeitet. Das ist nur eine Vermutung und ich habe nie gewusst, wer dieser Typ war.«

»Aber Sie können Kontakt zu Bill aufnehmen?«

Forbes blinzelte. »Nehmen wir mal an, ich könnte es. Was sollte ich ihm dann ausrichten?«

Smith hatte sich seine Worte bereits zurechtgelegt. »Sagen Sie ihm, dass ich seine Warnung ernst genommen und überlebt habe, dass sie aber Sophia ermordet haben. Richten Sie ihm bitte aus, dass ich weiß, dass sie den Virus haben, aber nicht, was sie damit planen. Sagen Sie ihm, dass ich mit ihm reden muss.«

Forbes betrachtete den großen Wissenschaftler, der für die Armee tätig war. Vor ein paar Tagen war das FBI über die Gefahr durch den unbekannten Virus und zudem über den Tod von Dr. Sophia Russel informiert worden. Dann war ein Memorandum der Armee eingetroffen, in dem erklärt wurde, dass Smith sich ohne Erlaubnis von seiner Einheit entfernt habe und die Untersuchung gefährde. Die Einzelheiten waren vom Weißen Haus als topsecret deklariert worden. Washington hatte das FBI gebeten, nach Smith zu suchen und ihn unter Bewachung nach Fort Detrick zurückzuschicken.

Aber ein lebenslanger Lernprozess, bei dem er manchmal innerhalb von Sekunden, wenn sein Leben am seidenen Faden hing, Menschen einschätzen musste, hatte dazu geführt, dass Forbes dem eigenen Urteil vertraute. Smith war nicht der Feind. Wenn irgendetwas die Untersuchung gefährdete, dann der paranoide Befehl, die Wissenschaftler aus dem Verkehr zu ziehen. Das Pentagon wollte keine Schlagzeilen mehr über amerikanische Soldaten, die während der Operation Desert Storm möglicherweise mit bakteriologischen Kampfstoffen in Berührung gekommen waren. Wie üblich wollte es die Sache vertuschen.

»Falls ich Kontakt zu ihm aufnehmen kann, werde ich es ihm ausrichten, Colonel.« Forbes stand auf. »Noch ein Tipp: Was immer Sie auch planen oder tun mögen, passen Sie gut auf sich auf. Es gibt einen Haftbefehl – unerlaubtes Entfernen von der Truppe und Flucht. Versuchen Sie nicht, noch einmal mit mir in Verbindung zu treten.«

Als er das hörte, hielt Smith für einen Moment den Atem an. Überrascht war er nicht, aber dennoch traf ihn diese Nachricht wie ein Schock. Er fühlte sich betrogen und verletzt – aber so war es seit seiner Rückkehr aus London laufend gewesen. Zuerst hatte er Sophia verloren, jetzt seinen Job und seine Karriere. Die ganze Geschichte steckte ihm wie Glasscherben in der Kehle.

Während der FBI-Agent das Lokal verließ, blickte sich Smith in dem Café um, in dem sich ein paar vereinzelte Gäste über ihre Tassen mit exotischen Kaffee- und Teesorten beugten. Er sah gerade noch, wie Forbes durch die Tür verschwand und mit seinem durch jahrelange Routine geübten Blick die Straße kontrollierte. Dann hatte er sich auch schon in Luft aufgelöst – wie der Dampf seines Kaffees.

Nachdem er Geld auf den Tisch gelegt hatte, verließ Smith das Lokal durch den Hinterausgang. Er sah keine verdächtigen Personen oder geparkte dunkle Fahrzeuge, in denen jemand saß. Sein Puls raste, während er auf die weit entfernte U-Bahn-Station Woodley zueilte.

16

10 Uhr 03
Washington, D.C.

Am Dupont Circle verließ Smith die U-Bahn. Die Morgensonne strahlte auf den dichten Autostrom im Kreisverkehr. Nachdem er sich lässig umgeblickt hatte, reihte er sich in die Menge aus Geschäftsleuten und Regierungsangestellten ein, die eine Kaffeepause einlegen wollten. Während er durch das Labyrinth von Straßen mit Cafés, Bars, Buchläden und Boutiquen ging, blieb sein Blick ständig in Bewegung. Hier waren die Geschäfte exklusiver als im Adams-Morgan-Viertel. Obwohl Oktober war, zogen die Touristen Geldscheinbündel aus der Tasche, um einzukaufen.

Während Smith die Gesichter der Passanten studierte, hatte er mehrfach ein bittersüßes Déjà-vu-Erlebnis und ein paar aufregende Augenblicke lang schien ihm, dass er gerade Sophia gesehen hatte …

Sie war nicht tot.

Sie lebte und war nur ein paar Schritte von ihm entfernt.

Der Gang einer Brünetten war genauso beschwingt und sexy wie der Sophias. Er musste dagegen ankämpfen, stehen zu bleiben, sich umzudrehen und sie anzustarren. Eine andere Frau hatte das lange blonde Haar zu einem Pferdeschwanz zurückgebunden, wie Sophia es immer während der Arbeit getan hatte, damit ihr die Haare nicht ins Gesicht fielen. Und dann war da noch jene Frau, deren Parfüm im Vorübergehen einen Duft hinterließ, der ihn so sehr an Sophia erinnerte, dass sich ihm vor Schmerz der Magen zusammenzog.

Du musst darüber hinwegkommen, dachte er.

Er hatte einen wichtigen Job zu erledigen, der Sophias schrecklichem Tod einen Hauch von Sinn verleihen konnte.

Nachdem er tief durchgeatmet hatte, überprüfte er, ob ihm jemand im Nacken saß. Dann ging er in nördlicher Richtung über die Massachusetts Avenue auf den Sheridan Circle und die Embassy Row zu. Auf halbem Weg unternahm er einen letzten Schritt, um sicherzugehen, dass er mögliche Verfolger abgeschüttelt hatte. Nachdem er schnell durch den Haupteingang in ein Museum eingetreten war, wo gerade eine Ausstellung der Sammlung Phillips eröffnet worden war, eilte er durch menschenleere Säle zuerst an bemerkenswerten Cézannes und Renoirs, dann an provokanten Rothkos und O'Keefes vorbei. Durch einen Notausgang verließ er das Museum. Dann lehnte er sich an die Mauer des Gebäudes und betrachtete die Passanten und Autos.

Schließlich war er sicher, dass ihn niemand beobachtete. Wenn ihm jemand im Nacken gesessen hatte, hatte er den Beschatter abgehängt. Also eilte er zur Massachusetts Avenue zurück, wo sein Triumph in einer Seitenstraße geparkt war.

Nachdem er vom Tod Kielburgers und Melanie Curtis' gehört und erfahren hatte, dass er gesucht wurde, weil er sich ohne Erlaubnis von der Truppe entfernt habe, hatte er diese Ausweichmanöver intensiviert. Noch vor dem Morgengrauen hatte ihn seine biologische Uhr in Gaithersburg geweckt, wie das bei allen Ärzten der Fall war, die in Kriegsgebieten gearbeitet hatten. Traurig und in Schweiß gebadet, war er aus seinen Träumen von Sophia aufgewacht. Er zwang sich, ein anständiges Frühstück zu sich zu nehmen, und beobachtete dabei den stärker werdenden morgendlichen Verkehr und die Hubschrauber, die ihn überwachten. Frisch geduscht und rasiert stand er um sieben Uhr auf der Straße.

Von einer Telefonzelle aus rief er Forbes an, dann fuhr er über den Potomac in die Innenstadt von Washington. Eine Zeit lang kreuzte er herum, bevor er seinen Triumph an der Embassy Row parkte und mit der U-Bahn zu dem Café fuhr, wo er mit Forbes verabredet war.

Als er wieder in seinem Triumph saß, fuhr er gelassen zu einer belebten Straße zwischen Dupont und Washington Circle, wo an einem Tor zu einer engen Auffahrt mit einer hohen, ungepflegten Hecke ein unübersehbares Schild hing. PRIVATGRUNDSTÜCK – BETRETEN VERBOTEN! Darunter hingen kleinere Schilder: ZUTRITT UNTERSAGT. KEINE VERTRETERBESUCHE. KEINE WERBUNG. KEINE BETTLER! VERSCHWINDEN SIE!

Smith ignorierte die Warnungen und bog in die Auffahrt ein. Hinter der Hecke verbarg sich ein kleiner, schwarz verputzter Bungalow mit weißen Schindeln. Er parkte vor einem gepflasterten Weg, der von der Auffahrt zur Haustür führte.

Nachdem er aus dem Auto gestiegen war, ertönte eine mechanisch klingende Stimme: »Stopp! Nennen Sie Ihren Namen und den Grund Ihres Besuchs! Sollten Sie das innerhalb von fünf Minuten nicht getan haben, werden Verteidigungsmaßnahmen ergriffen.« Die tiefe Stimme schien mit der Autorität eines Gottes vom Himmel herabzudröhnen.

Smith grinste. Der Bungalow gehörte einem Elektronikgenie und die Oberfläche der Auffahrt war mit einer Reihe widerlicher Vorrichtungen gespickt, die einem das Leben verleiden konnten. Es fing mit Tränengas an und reichte bis zu einem Schwefelspray, das schrecklich nach Knoblauch stank. Der Hausbesitzer – Smith' alter Freund Marty Zellerbach – war vor vielen Jahren ein paarmal von wütenden Vertretern, Stromablesern, Postangestellten und Lieferanten vor Gericht gezerrt worden.

Aber Marty hatte zwei Doktortitel und wirkte immer sanftmütig und verantwortungsbewusst, wenn auch etwas naiv. Außerdem war er extrem reich und konnte sich die besten Anwälte leisten, die leidenschaftliche und überzeugende Plädoyers hielten: Seine Opfer mussten die Schilder gesehen und gewusst haben, dass sie ohne Erlaubnis ein Privatgrundstück betreten hatten. Ein kranker Mann, der allein lebte, hatte sie gebeten, sich vorzustellen und auszuweisen. Sie waren gewarnt gewesen.

Martys Sicherheitsmaßnahmen mochten zwar ärgerlich sein, waren aber weder tödlich noch mit ernsthafter Verletzungsgefahr verbunden. Vor Gericht hatte er immer gewonnen und nach ein paar Verhandlungen hatten die Behörden davon Abstand genommen, ihn anzuklagen. Stattdessen hatten sie den Klägern geraten, eine Entschädigung zu verlangen und das Grundstück nicht mehr zu betreten.

»Mach schon, Marty«, sagte Smith amüsiert. »Ich bin's, dein alter Kumpel Jonathan Smith.«

Er nahm ein überraschtes Zögern wahr. Dann sagte die künstlich verzerrte Stimme: »Nähern Sie sich der Haustür auf dem gepflasterten Weg und verlassen Sie ihn nicht. Das würde weitere Verteidigungsmaßnahmen aktivieren.« Plötzlich klangen die Worte besorgt. »Vorsicht, Jon. Ich möchte nicht, dass du gleich wie ein Stinktier riechst.«

Smith nahm den von Marty empfohlenen Weg. Unsichtbare Laserstrahlen überwachten das gesamte Grundstück. Wenn er nur einen Schritt von dem Pfad abwich oder wenn jemand unbefugt auf das Gelände vordrang, würde das alle möglichen Geräte aktivieren.

Er schritt die Stufen zu der überdachten Veranda hoch. »Pfeif die Wachhunde zurück, Marty. Ich bin da. Mach auf.«

»Auch du musst dich an die Spielregeln halten, Jon«, sagte Marty aus dem Inneren des Hauses. Dann ertönte wieder die geisterhafte Stimme. »Bleiben Sie vor der Tür stehen. Öffnen Sie den Kasten zu Ihrer Rechten und legen Sie Ihre linke Hand auf die Glasfläche.«

Zwei unheilvoll wirkende Stahlabdeckungen über der Tür öffneten sich und enthüllten dunkle Röhren, die von Spritzpistolen bis zu Raketenwerfern alles enthalten konnten. Schon immer hatte Marty ein kindliches Vergnügen an Ideen und Spielen gefunden, an denen die meisten anderen Menschen in der Pubertät das Interesse verloren. Smith blieb mutig vor der Tür stehen, öffnete den Stahlkasten und legte seine Hand auf das Glas. Er kannte das Spielchen: Zuerst würde eine Videokamera ein Digitalfoto von seinem Gesicht aufnehmen und dann würde Martys Supercomputer seine Gesichtsmaße in eine Reihe von Zahlenwerten umwandeln. Zugleich würden die Linien seiner Handfläche registriert und die Daten mit denen von Martys sämtlichen Bekannten verglichen werden.

»Sie sind Lieutenant Colonel Jonathan Smith«, verkündete die hölzerne Stimme. »Deshalb dürfen Sie eintreten.«

»Danke, Marty«, sagte Smith trocken. »Ich hatte mich schon gefragt, wer ich bin.«

»Sehr witzig, Jon.«

Nach einer Reihe von dramatisch wirkenden Geräuschen öffnete sich die mit Holz verkleidete Stahltür quietschend. Im Gegensatz zu theatralischen Inszenierungen war Instandhaltung nicht Martys Stärke. Die Diele wirkte ganz normal, wenn man von einem beeindruckenden Detail absah: Hinter Smith schloss sich die Tür eines Metallkäfigs. Er wartete hinter den an ein Gefängnis erinnernden Gitterstäben.

»Hallo, Jon«, begrüßte ihn Martys hohe, gemächliche, präzise artikulierende Stimme von jenseits der Diele. Als sich die Tür des Käfigs öffnete, erschien Marty in einem Türrahmen. »Komm bitte rein.« Seine Augen zwinkerten teuflisch.

Er war ein kleiner, rundlicher Mann, dessen Gang unbeholfen wirkte, als ob er nie gelernt hätte, seine Beine richtig zu bewegen. Smith folgte ihm in einen riesigen, unordentlichen und verwahrlosten Computerraum. Ein Ehrfurcht gebietender Mainframe-Computer und andere elektronische Gegenstände standen an den Wänden und bedeckten den größten Teil des Fußbodens. Die paar Möbel sahen aus, als ob sie von der Heilsarmee stammten, und die mit Vorhängen versehenen Fenster waren vergittert.

Während sich Martys rechte Hand ziellos bewegte, streckte er Smith die Linke entgegen. Seine strahlenden grünen Augen blickten auf die Computer auf der linken Seite des Raums.

»Schon eine Weile her, dass wir uns getroffen haben, Marty«, sagte Smith. »Schön, dich zu sehen.«

»Das Vergnügen ist ganz auf meiner Seite.« Marty lächelte

schüchtern und der Blick seiner grünen Augen begegnete dem Smith', bevor er sich wieder abwandte.

»Nimmst du deine Medikamente zurzeit, Marty?«

»Allerdings.« Er schien nicht besonders glücklich darüber zu sein. »Setz dich, Jon. Möchtest du eine Tasse Kaffee und Plätzchen?«

Dr. Dr. Martin Joseph Zellerbach, der seine beiden akademischen Grade in Cambridge erworben hatte, war seit der mit Smith gemeinsam verbrachten Grundschulzeit Patient von dessen Onkel Ted gewesen, einem Psychiater. Weil er weitaus kontaktfreudiger und im Umgang mit anderen reifer war, hatte Smith Marty unter seine Fittiche genommen und ihn vor den grausamen Hänseleien der anderen Schüler und sogar der Lehrer geschützt. Marty war nicht dumm – im Gegenteil. Im Alter von fünf Jahren hatte sich herausgestellt, dass er ein Genie war, und Smith hatte ihn immer witzig, nett und geistig anregend gefunden. Im Laufe der Jahre wuchs seine Intelligenz immer mehr, aber er geriet auch in eine immer stärkere Isolation. In der Schule steckte er alle in die Tasche, aber er hatte keine Vorstellung von und kein Interesse an Menschen und den Beziehungen, die Kindern und Jugendlichen im Allgemeinen wichtig sind.

Marty hatte sehr viel gelesen und war von einer geheimnisvollen Neugier besessen. In den meisten Fächern wusste er alles, und um der Langeweile zu entgehen, verwirrte er seine Klassenkameraden mit seinen wilden und spektakulären Fantasien und Manien. Niemand wollte glauben, dass ein so cleverer Junge wie Marty sich ohne Absicht danebenbenahm und Ärger machte, und folglich wurde er häufig zum Schuldirektor geschickt. In späteren Jahren hatte sich Smith mit einer Reihe von wütenden Jungen auseinander zu setzen, weil Marty angeblich sie oder ihre Freundinnen beleidigt hatte.

Alle diese ungewöhnlichen Verhaltensweisen waren Folgen des Asperger-Syndroms, einer seltenen, aber weniger ernsthaften autistischen Kontaktstörung. Nachdem die Ärzte in seiner Kindheit von »leichtem Autismus« über »zwanghaft ungebührliches Benehmen« bis hin zu »stark ausgeprägtem Autismus« alles Mögliche diagnostiziert hatten, erkannte Smith' Onkel Ted die Verhaltensstörung schließlich. Martys charakteristische Symptome waren alles verzehrende Obsessionen, eine hohe Intelligenz, ein fataler Mangel an sozialer und kommunikativer Kompetenz und ein herausragendes Talent auf einem speziellen Gebiet – der Elektronik.

War das Asperger-Syndrom weniger stark ausgeprägt, sprach man häufig von »aktiven, aber seltsamen Menschen« oder von »autistischer Exzentrik«, aber bei Marty war die Sache etwas ernster. Trotz aller Versuche der Spezialisten, ihn in die Gesellschaft zu integrieren, hatte er – von den paar Gerichtsverhandlungen vor etlichen Jahren einmal abgesehen – seinen Bungalow nicht mehr verlassen. In fünfzehn Jahren hatte er sein Haus sorgfältig und liebevoll zu einem elektronischen Paradies und einem Residuum für seine exzentrischen Schrullen ausgebaut.

Ein Heilmittel gab es nicht und die einzige Hilfe für Menschen wie Marty waren Medikamente zur Stimulierung des zentralen Nervensystems: Ritalin, Cylert oder – wie in Martys Fall – das neue Medikament Mideral. Wie bei der Behandlung von Schizophrenie ermöglichten es ihm diese Arzneimittel, mit beiden Beinen fest auf der Erde zu stehen. Sie dämpften seine Fantasien, seinen Enthusiasmus und seine Obsessionen. Obwohl er die Medikamente hasste, nahm Marty sie immer dann ein, wenn »normale« Dinge anfielen, etwa Rechnungen zu begleichen waren, oder wenn ihn das Asperger-Syndrom völlig aus der Bahn zu werfen drohte.

Er behauptete, dass ihm nach der Einnahme der Arzneimittel alles gleichgültig, langweilig und fremd erscheine und dass ein Großteil seiner Genialität und Kreativität verloren gehe. Deshalb hatte er das neue Medikament begeistert begrüßt, das ihn wie die meisten anderen Mittel schnell beruhigte, dessen Wirkung aber höchstens sechs Stunden anhielt. In der von der Außenwelt abgeschotteten Atmosphäre seines Bungalows konnte er länger als die meisten Asperger-Patienten ohne Medikamente auskommen.

Wenn man für kreative, möglicherweise illegale Hacker-Jobs ein Computergenie brauchte, war es besser, wenn Marty Zellerbach gerade nicht unter dem Einfluss der Medikamente stand. Dann lag es an einem selbst, dafür zu sorgen, dass er nicht abhob, oder dafür, dass er wieder auf die Erde zurückkam, wenn er in ein nur ihm bekanntes Universum zu entschwinden drohte.

Genau deshalb war Smith hier.

»Ich brauche deine Hilfe, Marty.«

»Natürlich, Jon«, antwortete Marty lächelnd. In der Hand hielt er einen fleckigen Kaffeebecher. »Es ist fast wieder Zeit für meine Medikamente. Ich werde sie diesmal nicht nehmen.«

»Das hatte ich gehofft.« Smith erzählte ihm von dem Bericht des belgischen Prinz-Leopold-Instituts, der nicht zu existieren schien, und von den Telefonanrufen, die Sophia geführt oder erhalten hatte, von denen aber die Aufzeichnungen fehlten. Anschließend erklärte er, warum er jede Information über den unbekannten Virus benötigte, die irgendwo auf der Welt aufzutreiben war. »Und dann sind da noch ein paar andere Sachen. Ich will Bill Griffin finden. Du kennst ihn aus der Schule.« Schließlich beschrieb er Marty, wie er die ersten drei Opfer der Virusinfektion mit dem Golfkrieg und dem mobilen Militärlazarett in Verbindung gebracht hatte. »Sieh zu, ob du irgendetwas über das Auftreten des Virus im Irak während der letzten zehn Jahre herausfinden kannst.«

Nachdem Marty seinen Kaffeebecher abgestellt hatte, ging er schnell zu seinem Mainframe-Computer. Er lächelte begeistert. »Ich werde meine neuen Programme benutzen.«

Smith stand auf. »In ungefähr einer Stunde bin ich zurück.«

»In Ordnung.« Marty rieb sich die Hände. »Das wird spaßig.«

Als Smith ihn verließ, bearbeitete er mit langsamen, unbeholfenen Fingerbewegungen die Tastatur, aber Smith wusste, dass die Wirkung der Medikamente bald aufhören würde. Gleich würden seine Finger nur so über die Tasten fliegen und sein Verstand abheben, bis er kurz davor war, jeden Realitätskontakt zu verlieren. Dann war es wieder an der Zeit, Mideral zu nehmen.

Draußen ging Smith schnell auf seinen Triumph zu. Wegen des lauten Straßenverkehrs überhörte er das Motorengeräusch des auf der Stelle schwebenden Helikopters hoch über ihm, der dann nach links abbog, um parallel zu Smith zu fliegen, während dieser auf die Massachusetts Avenue zufuhr.

Der Krach der Propeller und des Winds, der durch das offene Fenster des Bell JetRanger ins Innere drang, ließ den Hubschrauber erzittern. Nadal al-Hassan hielt ein Mikrofon dicht vor seinen Mund. »Maddux? Smith hat einem Bungalow in der Nähe des Dupont Circle einen Besuch abgestattet.« Nachdem er den Bungalow auf einem Stadtplan gefunden hatte, beschrieb er die verborgene Auffahrt und die hohe Hecke. »Finden Sie heraus, wer dort wohnt und was Smith da wollte.«

Er schaltete das Mikrofon aus und starrte auf den alten Triumph herab, der unter ihm auf Georgetown zusteuerte. Zum ersten Mal fühlte sich al-Hassan unbehaglich. Tremont würde er von diesem Gefühl nichts erzählen, aber es veranlasste ihn, Smith dicht auf den Fersen zu bleiben. Selbst wenn man Bill Griffin trauen konnte, war er vielleicht nicht in der Lage, dieser Bedrohung Herr zu werden.

17

10 Uhr 34
Washington, D. C.

Bill Griffin war kurze Zeit verheiratet gewesen. Smith hatte seine Frau vor der Verlobung des Paars zweimal gesehen. Bei beiden Gelegenheiten hatten sie den lauten New Yorker Bars einen Besuch abgestattet, die Bill während seiner Zeit bei der Armee häufig besuchte. Vielleicht ging er damals so oft in diese lärmerfüllten Bars, weil er sein sonstiges Leben in abgelegenen Gegenden im Ausland verbrachte, wo jeder Schritt der letzte sein und jedes Geräusch einen Feind ankündigen konnte. Smith wusste fast nichts über Bills Exfrau oder ihre Ehe, wenn man einmal davon absah, dass sie keine zwei Jahre gehalten hatte. Er hatte gehört, dass sie noch in derselben Wohnung in Georgetown lebte, die sie damals mit Bill geteilt hatte. Wenn sein alter Freund in Gefahr war, hatte er sich vielleicht hier verschanzt, wo nur wenige Menschen nach ihm suchen würden.

Die Idee war weit hergeholt, aber wenn er von Marty absah, blieben ihm nur wenige Möglichkeiten.

Als er das Haus erreicht hatte, rief er Bills Exfrau über sein Handy an.

Sie antwortete prompt. »Marjorie Griffin.«

»Sie werden sich nicht an mich erinnern, Mrs. Griffin, hier spricht Jonathan Smith, Bills ...«

»Ich erinnere mich an Sie, Captain Smith. Oder sind Sie mittlerweile Major oder Colonel?«

»Ich bin mir nicht sicher und es spielt auch keine Rolle, aber gestern war ich noch Lieutenant Colonel. Wie ich höre, tragen Sie immer noch Bills Namen.«

»Ich habe Bill geliebt, Colonel Smith. Pech für mich, dass er seine Arbeit noch mehr liebte. Aber Sie rufen doch sicher nicht an, um sich über meine Ehe oder die Scheidung zu informieren. Sie suchen Bill, stimmt's?«

Smith blieb vorsichtig. »Nun ...«

»Schon in Ordnung. Er hat gesagt, dass Sie vielleicht anrufen würden.«

»Haben Sie ihn gesehen?«

Einen Augenblick lang schwieg sie. »Von wo rufen Sie an?«

»Mein Wagen steht vor Ihrem Haus – der Triumph.«

»Ich komme runter.«

In dem riesigen, chaotischen und mit Computern, Monitoren und Platinen voll gestopften Raum beugte sich Marty Zellerbach konzentriert vor. In der Nähe seines Stuhls lagen unordentliche Stapel zerrissener Ausdrucke. Ein Communications Receiver gab leise statische Geräusche von sich, während er die kreischenden und piependen Geräusche der Datenübertragung belauschte. Die Vorhänge waren zugezogen und es herrschte eine fast klaustrophobische Atmosphäre in dem Raum. Die Luft war kühl und trocken, was nicht nur Martys elektronischer Ausrüstung gut tat, sondern auch seinen persönlichen Vorlieben entsprach. Er lächelte. Mit Hilfe von Jons Codes hatte er das USAMRIID-Computersystem angewählt und war in den Server eingedrungen. Jetzt konnte es richtig losgehen. Er empfand tiefe Erregung, während er durch die verschiedenen Verzeichnisse blätterte, bis er die Passwort-Datei des Betriebssystems gefunden hatte. Marty lächelte verächtlich. Die Daten waren verschlüsselt.

Er verließ die Datei und fand die, der er entnehmen konnte, dass der USAMRIID-Server mit Popcorn arbeitete, einem der modernsten Kryptographieprogramme. Er nickte befriedigt. Erstklassige Software – das Labor war in guten Händen.

Allerdings hatten sie die Rechnung ohne Marty Zellerbach gemacht. Mit Hilfe eines Programms, das er selbst geschrieben hatte, konfigurierte er seinen Computer für die Suche nach dem

Passwort, indem dieser jedes Wort aus *Webster's Unabridged Dictionary* überprüfte. Dazu kamen die Dialoge aus allen *Star-Wars*-Spielfilmen, der *Star-Trek*-Fernsehserie und -Kinofilme, *Monty Python's Flying Circus* und jedem Roman von J.R.R. Tolkien. Daraus rekrutierten sich die Lieblingstitel der Cyberfreaks.

Marty sprang auf und ging im Raum hin und her. Mit seinen hinter dem Rücken verschränkten Fingern und dem schwankenden Gang bewegte er sich wie der Kapitän eines Piratenschiffs auf hoher See. Sein Programm arbeitete unglaublich schnell, trotzdem musste er warten, wie andere Sterbliche auch. Heutzutage konnten die besten Hacker und Cracker die meisten Passwörter stehlen, sogar in die Computersysteme des Pentagons eindringen und wie die Outlaws des Wilden Westens durchs Internet reiten. Selbst ein Anfänger konnte Software erstehen, die ihn in die Lage versetzte, in Websites einzudringen. Aus diesem Grund erhöhten große Unternehmen und Regierungsbehörden permanent die Sicherheitsstandards. Deshalb schrieb Marty inzwischen die meisten Programme selbst und entwickelte Scanner, um Systemschwächen zu finden und Firewalls zu knacken, die für andere undurchdringlich waren.

Plötzlich spielte sein Computer eine kurze Melodie aus einer bekannten Fernsehserie. Lächelnd eilte er zu seinem Schreibtischsessel zurück, drehte sich zum Monitor und frohlockte. Er hatte das Passwort. Es war nicht besonders originell. »Betazoiden« hießen die Einwohner des Planeten Beta in *Star Trek*. Seinen komplizierteren Passwort-Cracker, der auch ein Zufallsprogramm für willkürliche Zahlen- und Buchstabenkombinationen enthielt, der alle tatsächlich existierenden Wörter ignorierte, hatte er gar nicht einsetzen müssen. Mit der Passwort-Datei des System-Administrators hatte er zugleich auch die interne Internet-Protokolladresse. Jetzt war er im Besitz der Konzeption des USAMRIID-Computernetzes und bald hatte er Zugang zu jeder Datei. Er konnte alle Daten nach Belieben ändern oder löschen oder zurückverfolgen. Er war Gott.

Die Aufgabe, um deren Lösung ihn Jon Smith gebeten hatte,

war zwar kein Kinderspiel, aber auch kein Aufstieg zum Gipfel des Mount Everest. Schnell überprüfte Marty alle E-Mails vom Prinz-Leopold-Institut, in denen aber nur von Fehlschlägen berichtet wurde, den neuen Virus zu identifizieren. Das waren nicht die Dateien, die Jon sehen wollte. Wenn es noch anderes Material aus dem belgischen Laboratorium gab, dann war es für die Augen der meisten Menschen komplett gelöscht und für immer verloren. An diesem Punkt hätten sie aufgegeben.

Marty dagegen startete ein neues Suchprogramm, das die Räume und Spalten zwischen den Daten inspizierte. Wenn neue Daten in ein System eingegeben wurden, wurden die alten überschrieben. War dies einmal geschehen, dann waren die Daten nicht zurückzuholen. Fand sein Programm keine Hinweise auf die Existenz einer anderen E-Mail des belgischen Labors, galt das wahrscheinlich auch für diesen Fall.

Marty warf den Kopf in den Nacken und streckte die Arme zur Decke. Jetzt hatte die Wirkung der Medikamente nachgelassen und ein Schauder durchfuhr ihn, während seine Gedanken eine an die Transparenz eines Diamanten erinnernde Klarheit annahmen. Seine Finger flogen förmlich über die Tastatur, um mit der Schnelligkeit seiner Gedanken mithalten zu können. Er ließ das Programm mit einem neuen Suchvorgang beginnen, der sich diesmal auf Bruchstücke des Namens oder der E-Mail-Adresse und andere Identifikationsmerkmale bezog. Das Programm suchte mit unglaublicher Geschwindigkeit und schon hatte es etwas gefunden – zwei kleine Bruchstücke des Namens des Labors: *...opold Inst.*

Mit einem Aufschrei folgte er den Spuren der E-Mail – Spuren von Daten und Zahlen, die einer Fährte glichen. Sie waren an die Zentralstelle für medizinische Datenerfassung des Staatlichen Gesundheitsamtes und dort an ein Terminal geschickt worden, das nur mittels des Passworts der Direktorin zugänglich war, einer gewissen Lily Lowenstein. Von dort verfolgte er den Weg zum Prinz-Leopold-Institut zurück.

Martys grüne Augen blitzten. »Da bist du ja, du Bastard!« In einer versteckten, tief in der Systemsprache des Instituts verborgenen Sicherungskopie einer Datei fand er eine Kopie des Berichts.

Er war via E-Mail vom Prinz-Leopold-Institut für Tropenmedizin an Stufe-Vier-Laboratorien auf der ganzen Welt geschickt worden. Nachdem er einen schnellen Blick darauf geworfen hatte, war ihm klar, dass er Jon weiterhelfen würde. Nun versuchte Marty, die E-Mail an einem ihrer Zielorte zu finden. Nach einer Weile runzelte er die Stirn. Irgendjemand hatte die E-Mail nicht nur vom Zentralcomputer des Prinz-Leopold-Instituts gelöscht, sondern auch bei den verschiedenen Empfängern. Zumindest sah es so aus. Und damit hätten sich der durchschnittliche Computer-Freak, ein gewöhnlicher Hacker und selbst die meisten Experten für elektronische Sicherheit zufrieden gegeben.

Bei Marty Zellerbach lag der Fall anders. Die meisten Cyberspace-Spezialisten baten ihn um die Lösung unbekannter Probleme und neue Ideen, die noch nie in die Praxis umgesetzt worden waren. Wenn man von seinen Doktortiteln in Quantenphysik und Mathematik und seinem Abschluss in Literaturwissenschaft absah, hatte er keine weiteren Titel – er arbeitete nur für sich selbst. Wie ein gestrandeter Wal schnappte er in der realen Welt hilflos nach Luft, ein Versager, der Mitleid erregte oder Verachtung hervorrief. Doch in den tiefen elektronischen Gewässern des Cyber-Ozeans glitt er elegant und kraftvoll dahin. Hier war er der König – Neptun – und geringere Sterbliche erwiesen ihm ihre Reverenz.

Glücklich lachend fuchtelte er mit seinem Finger wie ein Fechter herum, sprang dann auf und drückte auf eine Taste, um den Druckvorgang zu starten. Während er eine schiefe Pirouette drehte, begann der Drucker den Bericht auszuspucken. Für Marty war nichts so befriedigend wie die Lösung einer Aufgabe, an der alle anderen scheiterten. Es war nur eine kleine Entschädigung für sein einsames Leben und in stillen Augenblicken dachte er gelegentlich darüber nach.

Aber letzten Endes blickte er doch auf die geistig schwerfälligen und tumben Menschen herab, die über ihn richteten, während sie ein »normales« Leben mit »Beziehungen« führten. Guter Gott – auch wenn er am Asperger-Syndrom litt und Medikamente nehmen musste, glaubte er doch, in den letzten fünfzehn Jahren, in denen er seinen Bungalow kaum einmal verlassen hatte, mehr Beziehungen gehabt zu haben als die meisten Menschen in einem ganzen Leben. Was in Gottes Namen dachten diese Idioten da draußen, was er tat? Was glaubten sie, wofür es E-Mails gab? Sie waren einfach verblödet!

Wie mit dem Kopf eines getöteten Feindes wedelte er mit dem Bericht herum. »Niemand besiegt den Paladin, du Monster-Virus! Und *ich* bin der Paladin! Der Sieg ist mein!«

Eine halbe Stunde später führten ihn die Spuren von demselben Terminal der ZMD in ein antiquiertes elektronisches Network der irakischen Regierung und zu einer Reihe von einem Jahr alten Berichten, die von einem gehäuften Auftreten akuten Lungenversagens handelten. Nachdem er sie ausgedruckt hatte, suchte er nach Berichten über einen ähnlichen Virus seit der Operation Desert Storm, fand aber nichts.

Die Suche nach den Aufzeichnungen von Sophia Russels Telefonaten war eine härtere Herausforderung. Im Telefonsystem von Frederick entdeckte er keine Hinweise auf einen Eindringling. Wenn es eine Aufzeichnung von einem nicht aufgeführten Anruf auf Sophia Russels Leitung nach draußen gab, dann war sie innerhalb der Telefongesellschaft gelöscht worden.

Alle Versuche, Bill Griffins Adresse über dessen Kranken- und Sozialversicherung herauszukriegen oder sie durch Nachforschungen über sein privates und öffentliches Leben in der Vergangenheit zu eruieren, erbrachten dasselbe Resultat: Aufenthaltsort unbekannt. Also drang Marty in das System des FBI ein, was er schon so oft getan hatte, dass sein Computer die Aufgabe fast allein erledigte. Ihm blieb nur wenig Zeit, bevor sie ihn entdecken würden, denn das FBI-Überwachungssystem war eines der besten Sicherheitsprogramme. Er verweilte dort gerade lang genug, um zu erfahren, dass Griffin laut seiner offiziellen Personalakte aus einem konkreten Anlass entlassen worden war. Wenn es irgendwelche geheimen Absprachen gab, so konnte Marty nichts darüber in Erfahrung bringen – keine geheimen Berichte, keine Verrechnungsschecks, keine Code-Passwörter und auch sonst nichts, was darauf hingewiesen hätte, dass Griffin als Undercoveragent arbeitete. Wie auch immer – in der Personalakte stand eine Anmerkung, dass die dort angegebene Adresse nicht mehr gültig und Griffins gegenwärtiger Aufenthaltsort dem FBI unbekannt sei und herausgefunden werden solle.

Junge, Junge, Bill Griffin war wirklich eine harte Nuss. Selbst das FBI fragte sich, wo er war.

Sehr viel schwerer als den Firewall des FBI und das Überwachungssystem war das Sicherheitssystem des militärischen Geheimdienstes zu knacken. Nachdem Marty den Firewall überwunden hatte, musste er blitzschnell die Personalakte lesen und sich dann wieder aus dem System zurückziehen. Eine aktuelle Adresse fand er dort nicht. Er kratzte sich am Kopf und spitzte die Lippen. Es schien ihm, dass Bill Griffin nicht nur untertauchen wollte, sondern auch die dafür nötigen Fähigkeiten an den Tag gelegt hatte.

Das verdiente einigen Respekt. Obwohl Marty Bill Griffin nie gemocht hatte, musste er jetzt seine Cleverness anerkennen. Also lehnte er sich lächelnd mit vor der Brust verschränkten Armen zurück und rührte seinen Computer quälende dreißig Sekunden lang nicht an. Das war seine Methode, Griffin Reverenz zu erweisen.

Dann öffnete er eine leere, Bill Griffin persönlich zugeschriebene Datei. Weil er nicht daran gewöhnt war, im Cyberspace zu scheitern, ärgerten und inspirierten ihn seine Schwierigkeiten zugleich. Bill Griffin hatte ihn reingelegt. Aber das war nicht das Ende, sondern erst der Anfang! Nichts war so köstlich wie eine neue Herausforderung durch einen gleichwertigen Gegner und Griffin stellte sich als ein solcher heraus. Marty grinste, kratzte sich am Kinn und zwang sein Gehirn, in die Stratosphäre abzuheben, um in seinen dahinfliegenden Gedanken eine Lösung zu finden. Wenn die Wirkung seiner Medikamente verpufft war, war er dazu in der Lage.

Aber als gerade eine Idee heranzureifen begann, sprang er alarmiert auf. Sein Computer gab einen hohen, schrillen Ton von sich und auf dem Monitor blitzte eine grellrote Warnung auf:

EINDRINGLINGE! EINDRINGLINGE!
EINDRINGLINGE!

Eher aufgeregt als nervös drückte Marty auf eine Taste. Das konnte ja lustig werden. Auf dem Bildschirm stand:

POSITIONEN A UND X

Nachdem er erneut eine Taste gedrückt hatte, leuchteten über ihm an der Wand zwei Bildschirme mit hoher Auflösung auf. Bei Position A, die sich hinter dem Bungalow befand, versuchten zwei Männer, sich durch die dichte Hecke zu quetschen, was aber unmöglich war. Zum Hinüberklettern war die Hecke zu hoch. Marty beobachtete ihre vergeblichen Versuche und gab ein verächtliches Geräusch von sich.

Die Sache mit Position X war eine andere Geschichte. Er schluckte schwer und starrte auf einen grauen Lastwagen ohne Aufschrift, der auf seiner versteckten Auffahrt gehalten hatte. Zwei muskulöse Männer mit großen halbautomatischen Waffen stiegen aus dem Lkw und betrachteten das Grundstück. Verängstigt identifizierte Martys hervorragendes Gedächtnis eine Waffe als einen alten 45er Colt-1911, während es sich bei der anderen um einen 10-mm-Browning handelte, wie er auch vom FBI benutzt wurde. Diese Eindringlinge würden sich nicht so leicht vertreiben lassen.

Der kleine, stämmige Marty erschauerte. Fremde und jegliche Gewalt waren ihm verhasst. Sein rundes Gesicht, das noch vor ein paar Sekunden so strahlend und aufgeregt gewirkt hatte, war plötzlich bleich und bebte. Er betrachtete den Bildschirm, während die mechanische Stimme die Männer im Vorgarten ansprach.

Genau wie er erwartet hatte, ignorierten sie die Warnung und rannten auf die Treppe am Eingang zu.

Martys Laune besserte sich augenblicklich. Wenigstens würde er für eine kleine Weile seinen Spaß haben. Er schnippte mit den Fingern und hüpfte in seinem Stuhl auf und ab, während sein automatisches Sicherheitssystem eine Wolke Tränengas in die Luft blies. Die beiden Männer fassten sich ans Gesicht und sprangen hustend und fluchend zurück.

Marty lachte. »Beim nächsten Mal solltet ihr *zuhören*, wenn euch jemand einen guten Ratschlag gibt!«

Hinter dem Haus hatten die beiden anderen Fremden Mülltonnen aus dem Hof des Nachbarn aufeinander gestapelt, um die Hecke zu überwinden, und Marty beobachtete sie gespannt. Genau im richtigen Augenblick, als sie den Grat der Hecke erreicht hatten, drückte er auf eine Taste. Ein Hagel von schweren Gummikugeln traf sie und sie stürzten in den Nachbargarten.

Marty blieb gerade noch Zeit zu lächeln, weil die beiden vor dem Haus sich ausreichend erholt hatten, um durch das Tränengas zur Eingangstür zu taumeln.

»Jetzt kommt der Höhepunkt!«, versprach Marty.

Interessiert beobachtete er, wie das Tränengas aus den Öffnungen über der Tür die aufstöhnenden Männer erneut zurückstolpern ließ. Er klatschte in die Hände, als der kleine, stämmige Mann, der der Anführer zu sein schien und sich erholt hatte, nach dem Türknauf griff.

Gespannt beugte sich Marty vor. Mit dem Türknauf war ein Gerät verbunden, das einen Elektroschock durch die Hand des Gangsters jagte, der schreiend zurücksprang. Lächelnd wirbelte Marty in seinem Schreibtischsessel herum, um die anderen beiden im Hof zu beobachten, die sich als einfallsreich erwiesen. Sie waren mit ihrem Wagen durch die Hecke gebrochen und krochen unter den Laserstrahlen hinweg auf das Haus zu.

Grinsend dachte er darüber nach, was sie erwartete: Überraschungswaffen in den anderen Türen und Fenstern und Käfige, die sie einsperren würden, falls sie ins Haus gelangen sollten.

Aber all seine Verteidigungsmaßnahmen, so diabolisch sie auch sein mochten, hatten keine tödliche Wirkung. Marty war ein friedliebender Mann, der nie einen Grund gehabt hatte, mit ernsthafter Gefahr zu rechnen. Seine Schutzvorrichtungen galten Witzbolden, harmlosen Leuten, die unbefugt sein Grundstück betraten, und Quälgeistern, die seine friedliche Isolation störten. Wie in einem Kinderspiel hatte er ein System von skurrilen Abwehrmaßnahmen und Fluchtwegen erfunden, die aus einem Comic hätten stammen können.

Aber keine seiner Geheimwaffen würde entschlossene Killer aus der wirklichen Welt letztlich aufhalten. Er wurde von einer kalten Angst gepackt und sein Herz pochte. Aber es hatte Vorteile, wenn man ein Genie war. Für genau solche Notfälle hatte er vor einem Dutzend Jahren einen Plan entworfen. Nachdem er eine Fernbedienung und die Ausdrucke für Jon an sich genommen hatte, eilte er ins Badezimmer. Er drückte auf einen Knopf der Fernbedienung und die Badewanne hob sich gegen die Wand. Durch einen weiteren Knopfdruck öffnete er eine darunter versteckte Falltür. Verängstigt kletterte er über die Leiter in einen hell erleuchteten Tunnel hinab. Durch zweimaligen Knopfdruck schloss sich die Falltür über ihm und die Badewanne glitt, was er jetzt nicht mehr sehen konnte, an ihren alten Platz zurück.

Erleichtert atmete Marty auf. Mit wiegendem Gang taumelte er zu einer weiteren Falltür in der Decke.

Sekunden später stand er in einem annähernd identischen Bungalow in der benachbarten Straße, der ihm ebenfalls gehörte. Er hatte ihn im ursprünglichen Zustand belassen und nicht möbliert. Vor dem leeren Haus, in dem es nur ein Telefon und ein Bett gab, stand ein Schild mit der Aufschrift »Zu verkaufen«. Hinter ihm, jenseits der Hecke zwischen den Bungalows, hörte er Flüche und Schmerzensschreie. Aber er vernahm auch das verräterische Geräusch zersplitternden Glases und da war ihm klar, dass die Angreifer gleich in seinem Haus sein und nach seinem Fluchtweg suchen würden.

Verängstigt griff er zum Telefon und wählte.

18

11 Uhr 07
Washington, D.C.

Die im Jahr 1789 von Jesuiten gegründete Universität von Georgetown war die erste römisch-katholische Universität in den Vereinigten Staaten. Zwischen den Bäumen und Kopfsteinpflasterstraßen standen stattliche Gebäude aus dem achtzehnten und neunzehnten Jahrhundert, die an eine Zeit erinnerten, als die Wissenschaft nur wenig über Viren wusste und man begann, Bildung als Lösung für die gravierenden Probleme der modernen Gesellschaft zu sehen. Darüber dachte Smith nach, während er in der Cafeteria der Fakultät durch das Fenster den alten Campus unter den hohen Bäumen bewunderte.

»Dann arbeiten Sie also hier an der Fakultät?«, fragte er.

»Ich bin außerordentliche Professorin für Geschichte.« Marjorie Griffin zuckte traurig die Achseln. »Wahrscheinlich hat Bill Ihnen nie etwas über meinen Beruf erzählt. Als wir uns kennen lernten, arbeitete ich an der Universität von New York. Dann habe ich mich hier beworben.«

»Über sein Privatleben hat er nie viel erzählt«, räumte Smith ein. »Meistens haben wir uns über die Arbeit oder die Vergangenheit unterhalten. Die alten Zeiten.«

Marjorie Griffin rührte ihren Tee geistesabwesend um. »Bei unseren wenigen Treffen in der letzten Zeit wäre das schon viel gewesen. Bill ist still und melancholisch geworden.«

»Wann haben Sie ihn zuletzt gesehen, Marjorie?«

»In den letzten paar Tagen gleich zweimal. Am Dienstagmorgen stand er vor meiner Tür und dann habe ich ihn gestern Abend gesehen.« Sie trank. »Er wirkte nervös und angespannt und schien sich um Sie Sorgen zu machen. Als er hereinkam, ging er sofort zum Vorderfenster und beobachtete die Straße. Ich fragte ihn, wonach er Ausschau halte, aber er antwortete nicht. Stattdessen schlug er vor, dass wir zusammen eine Tasse Tee trinken. Er hatte aus einer französischen Bäckerei auf der M-Street eine Tüte Croissants mitgebracht.«

»Ein spontaner Besuch«, vermutete Smith. »Aber warum?«

Marjorie Griffin antwortete nicht gleich. Während sie die vor dem Fenster auf der Kopfsteinpflasterstraße vorbeigehenden Studenten beobachtete, schien ihr Gesicht zu verfallen. »Vielleicht wollte er sich wieder mal zu Hause blicken lassen. Ich hasse den Gedanken, dass er sich verabschieden wollte. Aber genau das könnte es gewesen sein.« Sie blickte zu Smith auf. »Ich hatte gehofft, dass Sie etwas wüssten.«

Plötzlich begriff Smith beinahe schockiert, dass sie eine wunderschöne Frau war. Nicht wie Sophia – sie war eine stille Schönheit, die eine gewisse Gelassenheit ausstrahlte. Nicht im eigentlichen Sinn passiv, aber auch nicht rastlos. Sie hatte dunkelgraue Augen und das schwarze Haar im Nacken zu einem Knoten zusammengesteckt. Ihre Wangenknochen und Kiefer waren wohlgeformt und sie war weder sehr dünn noch korpulent. Smith empfand blitzartig, unerwartet und ungewollt ein erregendes Gefühl, das auf ihre Reize reagierte, aber dann war es wieder verschwunden, bevor es mehr anrichten konnte. Sofort spürte er einen stechenden Schmerz der Trauer und des Leids und Sophia stand ihm wieder vor Augen.

»Vor zwei, mittlerweile fast drei Tagen hat er mich gewarnt, dass ich in Gefahr sei.« Smith schilderte ihr Treffen im Rock-Creek-Park, die Überfälle, die Sache mit dem Virus und Sophias Tod. »Irgendjemand hat den Virus, Marjorie. Und diese Leute haben Sophia, Kielburger und seine Sekretärin umgebracht.«

»Guter Gott.« Entsetzt legte sich ihr schönes Gesicht in Falten.

»Ich kenne weder die Täter noch den Grund, aber sie versuchen zu verhindern, dass ich etwas herausfinde. Bill arbeitet mit ihnen zusammen.«

Sie hob die Hand an den Mund. »Nein! Unmöglich!«

»Nur so konnte er wissen, dass er mich warnen musste. Ich will herausfinden, ob er als Undercoveragent oder auf eigene Faust mit ihnen zusammenarbeitet.« Er zögerte. »Sein engster Freund beim FBI behauptet, dass er nicht undercover arbeitet.«

»Lenny Forbes. Ich habe ihn immer gemocht.« Sie presste die Lippen zusammen und schüttelte traurig den Kopf. »Bill ist härter und zynischer geworden. Bei unseren letzten beiden Treffen war er ernsthaft beunruhigt. Es schien mir um etwas zu gehen, worauf er nicht besonders stolz war, das er tat, weil die Welt nun mal so ist, wie sie ist.« Sie griff nach ihrer Teetasse, die aber bereits leer war, und starrte hinein. »Das sind natürlich nur Vermutungen. Ich werde nie wieder heiraten. Ab und zu treffe ich einen netten Mann, aber das ist auch alles und es wird sich nie mehr daraus entwickeln. Bill war meine große Liebe. Aber seine große Liebe war seine Arbeit und da muss irgendetwas schiefgegangen sein. Ich weiß, dass er sich verraten fühlt. Man könnte sagen, dass er seinen Glauben verloren hat.«

Smith begriff. »In einer Welt, wo es außer Geld keine anderen Werte gibt, will auch er seinen Anteil. Das ist anderen auch schon passiert. Zum Beispiel Wissenschaftlern, die sich für das große Geld verkaufen und die Ausrottung und Heilung von Krankheiten und die Rettung von Menschenleben gewissenlos mit einem Preisschild versehen.«

»Aber Sie kann er nicht verraten«, sagte Marjorie. »Deshalb zerreißt ihn dieser innere Konflikt so.«

»Er hat mich bereits verraten. Sophia ist tot.«

Als sie gerade protestieren wollte, piepte Smith' Mobiltelefon. Überall in dem Raum blickten sich verärgerte Menschen um.

Er zog das Handy aus der Tasche. »Ja?«

Es war Marty und seine Stimme klang zugleich aufgeregt und verängstigt. »Ich habe ja immer gesagt, dass die Welt ein unsicherer Ort ist, Jon.« Keuchend schwieg er einen Augenblick lang. »Jetzt habe ich den Beweis. Hier ist eine ganze Bande von Eindringlingen – vier Männer. Sie sind in mein Haus eingebrochen. Wenn sie mich finden, werden sie mich töten. Das ist das Gebiet, auf dem du dich auskennst. Du musst mich retten!«

»Wo bist du?«, fragte Smith leise.

»In meinem anderen Haus.« Er nannte Smith die Adresse. Plötzlich zitterte seine Stimme vor Angst. »Beeil dich!«

»Bin schon unterwegs.«

Nachdem Jon sich bei Marjorie Griffin entschuldigt hatte, schrieb er ihr seine Handynummer auf und bat sie, ihn anzurufen, falls Bill wieder auftauchen sollte.

Während er beunruhigt an Martys Haus vorbeifuhr, sah er auf der Auffahrt einen grauen Lastwagen stehen. In dem Lkw schien sich niemand aufzuhalten und die hohe Hecke und die Vorhänge verhinderten, dass Smith ins Innere des Hauses blicken konnte. Er beobachtete die Umgebung, sah aber nichts Verdächtiges. Wie üblich dröhnte der Verkehrslärm. Während er den Block umrundete und dann auf die Auffahrt eines Bungalows direkt hinter Martys fuhr, blickte er sich weiterhin um. Auf dem Rasen vor dem Haus rostete ein weißes Metallschild mit der Aufschrift »Zu verkaufen« vor sich hin.

Hinter einem der Vorderfenster wurde eine Jalousie hochgezogen und Martys verängstigtes Gesicht spähte unten über den Fensterrahmen.

Smith rannte zur Haustür.

Marty öffnete. An seine Brust presste er einen Stapel Papiere und eine Fernbedienung. »Komm schnell rein. Beeilung!« Verängstigt starrte er an Smith vorbei. »Wenn du Florence Nightingale wärst, wäre ich jetzt tot. Weshalb hast du so lange gebraucht?«

»Wenn ich Florence Nightingale wäre, wäre ich nicht hier, weil wir in verschiedenen Jahrhunderten leben würden.« Smith schloss die Tür ab und blickte sich in dem leeren Raum um, während Marty das Vorderfenster überprüfte. »Weih mich ein. Erzähl mir, was passiert ist.«

Nachdem er die Jalousie herabgelassen hatte, beschrieb Marty die vier Fremden, ihre Waffen und ihre Versuche, in sein Haus einzubrechen. Smith ging in der Zwischenzeit durch das Haus und überprüfte Türen und Fenster, während Marty ihm mit seinem unbeholfenen Gang folgte. Die Vorhänge waren zugezogen und in den verdunkelten Zimmern sah man in den dünnen Sonnenstrahlen Staubkörnchen. Der Bungalow war menschenleer und so sicher wie jedes andere Haus – also nicht besonders.

Schließlich beendete Marty seine Geschichte mit einem Haufen Spekulationen.

»Du hast Recht«, sagte Smith nüchtern. »Zuerst werden sie in der Nachbarschaft weitersuchen.«

»Na toll. Genau das, was ich hören wollte.« Marty grinste schwach. Es war eine makabre Grimasse, aber wenigstens ein tapferer Versuch.

Smith drückte Martys Schulter und bemühte sich, seine Stimme nicht allzu besorgt klingen zu lassen. »Woher wissen sie, dass wir befreundet sind? Hast du irgendjemandem von uns erzählt?«

»Nicht in einer Quadrillion Jahre würde ich das tun.«

»Dann müssen sie mir gefolgt sein. Aber ich weiß nicht, wie.« Schnell überdachte er die Vorsichtsmaßnahmen, die er seit seiner Abfahrt aus Frederick ergriffen hatte, um eventuelle Verfolger abzuschütteln. »Diesmal können sie keinen Transmitter an meinem Triumph angebracht haben.«

In diesem Augenblick hörte er vor dem Hintergrund der Geräuschkulisse der Stadt ein anderes Geräusch, dessen Herkunft er aber zunächst nicht lokalisieren konnte. Plötzlich wusste er, wie sie ihm gefolgt waren. Seine Kehle zog sich zusammen. Er schlich zum Vorderfenster, zog die Jalousie hoch und spähte hinaus.

»Verdammt!« Er schlug mit der Faust gegen die Wand.

Marty trat zu ihm und blickte zu dem Helikopter hoch, der parallel zu den beiden Bungalows auf der Stelle schwebte. Dann wendete er und kam auf das Haus zugeflogen, in dem er und Marty sich versteckten. Jetzt erinnerte sich Smith, einen Hubschrauber gehört zu haben, als er von Martys Haus aus losgefahren war.

Fluchend schlug er erneut gegen die Wand. Das war die Antwort – der Triumph. Er wusste, dass er mögliche Verfolger abgeschüttelt hatte, bevor er in Gaithersburg von der Interstate abgefahren war. Und diesmal hatten sie keine Möglichkeit gehabt, eine Wanze an seinem Wagen anzubringen. Sein Auto war zwar überholt worden, aber von den Manövern der letzten Nacht ramponiert. Wie viele Triumphs Baujahr 1968 mochte es in dieser Gegend wohl geben? Nicht viele, und wahrscheinlich war keiner davon am frühen Morgen auf der Interstate von Frederick nach Washington gefahren. Einer der Helikopter, die er während des Frühstücks in Gaithersburg gesehen und für Hubschrauber zur Überwachung des Verkehrs gehalten hatte, konnte leicht einen ganz anderen Zweck verfolgt haben. Sie hatten nur vermuten müssen, dass er nach Washington unterwegs war. Dann konnten sie die Interstate nach einem Triumph abgesucht und zur Bestätigung das Nummernschild überprüft haben.

Nachdem sie ihn in Gaithersburg entdeckt hatten, waren sie ihm nach Washington gefolgt.

Verdammt, der Triumph hatte ihn verraten.

»Okay, Jon«, sagte Marty ernst. »Für deine Wutausbrüche haben wir jetzt keine Zeit. Außerdem mag ich keine Löcher in meinen Wänden, es sei denn, ich sorge selbst dafür. Erzähl mir, was du herausgefunden hast. Vielleicht kann ich helfen.«

»Keine Zeit. Du hast gesagt, dass ich auf diesem Gebiet der Experte bin, oder? Du hattest doch mal ein Auto. Hast du es noch?« In seinem Triumph hatte Smith sich fälschlicherweise in Sicherheit gewiegt – doch jetzt würden sich seine Feinde in trügerischer Sicherheit wiegen, weil sie sich auf den Wagen verließen, um ihn zu finden. Jeder konnte sich irren.

Marty nickte. »Es steht in einer Garage in der Nähe der Massachusetts Avenue. Aber du weißt doch, dass ich das Haus nicht mehr verlasse, Jon.« Nachdem er in den benachbarten Raum gegangen war, blickte er dort nervös aus dem Fenster. Noch immer hielt er die Fernbedienung und die Papiere in der Hand, als ob sie Talismane wären, die ihn vor Gefahren schützten.

»Dann gehst du jetzt eben mal wieder raus«, erwiderte Smith mit fester Stimme. »Wir werden über den Weg vor dem Bungalow das Grundstück verlassen und …«

»Sieh mal, Jon.« Marty wies mit der Fernbedienung wie mit einem Zeigestock aus dem Hinterfenster.

Sofort stand Smith mit der gezückten Beretta neben ihm. Zwei Fremde waren durch die Hecke gekrochen und eilten jetzt geduckt auf den Bungalow zu, in dem sie sich versteckten. Sie hielten Waffen in den Händen. Smith' Puls pochte. Neben ihm war Marty vor Angst erstarrt. Smith legte eine Hand auf seine Schulter und drückte ihn mit nach unten, während er sich neben das Fenster kauerte.

Als die beiden Fremden nur noch etwas über drei Meter entfernt waren, richtete er sich auf, zielte sorgfältig und feuerte mit der Beretta auf ihre Beine. Weil er jahrelang nicht mehr auf den Abzug einer Waffe gedrückt hatte, war sein Verstand in dieser Hinsicht eingerostet, aber seine Muskeln funktionierten instinktiv wie eine gut geölte Maschine.

Die beiden überraschten Männer fielen nach vorne aufs Gesicht und stöhnten vor Schmerz.

Während sie auf zwei alte Rosskastanien zukrochen, um dort Deckung zu suchen, eilte Smith ins Wohnzimmer.

»Komm schon, Marty.«

Sein Freund folgte ihm auf dem Fuße und sie blickten gemeinsam durchs Fenster. Wie Smith befürchtet hatte, wartete das zweite Paar vor dem Haus. Einer der beiden war der stämmige Mann, der vor zwei Tagen in Georgetown der Anführer gewesen war, als sie ihn in den Hinterhalt gelockt hatten. Weil sie die Schüsse gehört hatten, ließ sich der Stämmige ins Gras fallen und zog eine Glock aus seiner Jacke. Er landete hart auf der Brust, hielt die Waffe aber fest. Der andere reagierte drei Sekunden zu spät. Er stand noch auf dem Steinweg, den alten 45er U.S. Army-Colt in Hüfthöhe auf das Haus gerichtet.

Smith verfehlte sein Bein, aber bevor der Mann auf die Straße zurückstolpern konnte, traf ihn der zweite Schuss in die Schulter und streckte ihn zu Boden.

Marty sah beunruhigt zu. »Gut gemacht, Jon.«

Smith dachte schnell nach. Durch seine überraschenden Schüsse hatte er die beiden hinter dem Haus außer Gefecht gesetzt, aber vor dem Haus war der Anführer unverletzt und der andere Mann nur leicht angeschlagen. Weil sie jetzt wussten, dass sie auf Widerstand stießen, würden sie vorsichtig sein – aber nicht verschwinden.

Außerdem würde der Hubschrauber ihnen Verstärkung schicken.

»Kann man den Tunnel auch aus dieser Richtung benutzen?«, fragte Smith rasch mit angespannter Stimme.

Marty blickte auf und nickte. »Ja, Jon. Sonst wäre das Ganze unlogisch.«

»Los!«

Im Schlafzimmer drückte Marty auf eine Taste seiner Fernbedienung. Das Bett glitt leise zur Seite und entblößte eine Falltür, die sich durch einen weiteren Tastendruck öffnete. »Mir nach.« Die Papiere und die Fernbedienung fest an sich gedrückt, kletterte Marty durch einen hell erleuchteten Schacht die Leiter hinunter, die zu dem unterirdischen Betontunnel führte. Sobald er unten angekommen war, trat er zur Seite.

Ein paar Sekunden später stand Smith neben ihm. »Beeindruckend, Marty.«

»Und nützlich.« Er drückte erneut auf seine Fernbedienung. »So schließt sich die Falltür und das Bett gleitet zurück.«

Schnell gingen die beiden durch den hellen Tunnel. Als sie das andere Ende erreicht hatten, bestand Smith darauf, zuerst hochzuklettern. Kurz darauf stand er in dem kleinen Badezimmer von Martys Bungalow und erstarrte – ein fünfter Mann verschwand durch den Flur im Wohnzimmer.

Smith lauschte mit hämmerndem Puls und begriff dann, dass der Mann auf das Badezimmer zukam.

»Mach die Falltür zu!«, befahl er, nachdem er in den Schacht zurückgeklettert war.

Martys rundliches Gesicht wirkte ängstlich. Er schloss die Falltür und ließ die Badewanne herab. Sekunden später hörten sie, wie der Mann das Badezimmer betrat und dann urinierte.

Rasch gab Smith Marty Anweisungen, was er jetzt zu tun hatte.

19

Mit der gezückten Beretta kletterte Smith die Stahlleiter hoch, um auf der obersten Sprosse zu warten. Er atmete tief durch, als sich die Verriegelung der Falltür öffnete, die aber immer noch durch die Badewanne verdeckt war. Als er die Pistole hob, schoss die Badewanne gegen die Decke und die Falltür sprang auf. Jetzt konnte er das gesamte Badezimmer und einen Teil des Flurs und des Wohnzimmers überblicken. Smith verkniff sich ein grimmiges Lächeln – die Lage war besser, als er gehofft hatte.

Vor sich sah er den Rücken des Manns vor der Toilette. Dem halb bekleideten Eindringling fiel die Kinnlade herunter, weil er im Spiegel gesehen hatte, wie die Badewanne wie ein weißes Gespenst in die Luft sauste. Ihm blieb nicht einmal Zeit, den Reißverschluss zuzuziehen.

Aber er war ein Profi. Mit offener Hose griff er nach der Waffe auf dem Wasserkasten und wirbelte herum.

»Gut, aber nicht gut genug.« Mit voller Wucht rammte Smith ihm die Beretta gegen die Kniescheibe. Er hörte, wie der Knochen brach. Der Mann fiel stöhnend zu Boden und hielt sich das Knie. Seine Waffe schlitterte auf die Tür zu.

Smith sprang durch die offene Falltür ins Bad, hob die Waffe auf und griff dann nach dem Walkie-Talkie auf dem Wasserkasten der Toilette. Jetzt konnte der Mann weder schießen noch um Hilfe rufen.

»He!«, brüllte der Mann mit schmerzverzerrtem Gesicht. Er versuchte aufzustehen, aber sein zerschmettertes Knie schmerzte so stark, dass er auf den Boden zurückfiel.

»Meine Güte!«, sagte Marty, während er durch die Falltür kletterte und mit seinem wiegenden Gang an Smith vorbei in den Flur eilte.

Smith folgte ihm und verschloss die Tür des Badezimmers.

»Du hast nicht geschossen?«, fragte Marty verwundert.

Jon schob seinen Freund vor sich her. »Ich habe ihn zum Krüppel geschlagen. Das reicht. Drei oder vier Operationen werden schon nötig sein, um das Knie wieder hinzukriegen. So kann er uns nichts mehr anhaben und nirgendwohin fliehen. Komm schon, Marty. Wir müssen uns aus dem Staub machen.«

Während sie durch das mit Computern voll gestopfte Büro gingen, blieb Marty einen Augenblick lang mit verzweifelter Miene stehen. Seufzend folgte er Smith dann zu dem Käfig an der Haustür, den die Eindringlinge aufgeschossen hatten.

Smith öffnete die Tür und spähte hinaus. Der graue Lastwagen stand noch auf der Auffahrt. Er war versucht, den Wagen kurzzuschließen, was Bill Griffin ihm als Teenager beigebracht hatte, aber der Helikopter flog nach wie vor über dem Bungalow hin und her.

»Wir gehen zur Massachusetts Avenue und holen dann deinen Wagen, Marty. Nimm deine Medikamente mit.«

»Mir gefällt das alles nicht.« Nachdem er zu seinem Schreibtisch gestolpert war und eine kleine schwarze Ledertasche geholt hatte, kam er zur Haustür zurück. »Mir gefällt das alles überhaupt nicht.« Er schauderte. »Auf dieser Welt gibt es nur Fremde.«

Smith ignorierte seine Klagen. Vielleicht hatte Marty Angst vor Menschen, die er nicht kannte, aber Smith glaubte, dass er vor dem Tod weitaus größere Angst hatte. »Geh dicht an Häusern oder unter Bäumen entlang, überall dort, wo man sich verstecken kann. Nicht rennen – das erregt Aufmerksamkeit. Wenn wir Glück haben, sehen sie uns aus dem Hubschrauber da oben nicht. Sollten sie uns doch entdecken, müssen wir den Helikopter abhängen, wenn wir in deinem Auto sitzen. Zur Sicherheit werde ich versuchen, den Lastwagen fahruntüchtig zu machen.«

Plötzlich hob Marty einen Finger und grinste über beide Ohren. »Das kann *ich* erledigen!«

»Von hier aus? Wie denn?«

»Ich werde seinen Bordcomputer zerstören.«

Wenn es um Elektronik ging, zweifelte Smith nie an Martys Worten.

Marty durchstöberte die Schubladen seines Schreibtischs und zog ein Lederfutteral wie für eine große Kamera hervor. Durch die Haustür richtete er eine Öffnung auf die Seite des Lastwagens. Dann öffnete er den Deckel, drehte an ein paar Schaltern und drückte auf einen Knopf. »Das sollte reichen.«

Smith starrte ihn misstrauisch an. »Ich habe nicht gesehen, dass was passiert ist.«

»Natürlich nicht. Mit meinem TED-Gerät habe ich den Computer in dem Lastwagen zerstört, der die Funktionen des Motors kontrolliert.«

»Was zum Teufel ist TED?«

»Die Abkürzung für ›Transient Electromagnetic Device‹. So ein Gerät nutzt Radiofrequenzen. Denk an statische Elektrizität, aber stärker. Dieses Gerät habe ich selbst gebaut, weil es leistungsstärker als die handelsüblichen Produkte sein sollte. Die Russen können dir auch ein Normgerät verkaufen. Es wird in einer Art Aktentasche geliefert und kostet dich ungefähr hunderttausend Dollar.«

Smith war beeindruckt. »Nimm das Ding mit.« Er trat durch die Haustür nach draußen. »Lass uns abhauen.«

Reglos stand Marty vor seinem Haus und starrte verdutzt auf den blauen Himmel, den grünen Rasen und die vorbeifahrenden Autos. Er schien überwältigt zu sein. »Es ist schon eine ganze Weile her«, murmelte er zitternd.

»Du schaffst das schon«, ermutigte ihn Smith.

Marty schluckte und nickte dann. »Okay. Ich bin bereit.«

Gemeinsam rannten sie von der Veranda auf die Stelle zu, wo die beiden Hecken sich trafen. Jon kletterte hindurch und sein Freund folgte ihm auf dem Fuß. Auf der Straße ergriff er Martys Arm – gut gelaunte Freunde, die auf die zwei Querstraßen entfernte Avenue zuschlenderten.

Hinter ihnen schwebte der Hubschrauber über den beiden Bungalows, vor ihnen lag die belebte Massachusetts Avenue.

Als sie sie erreicht hatten, hoffte Smith, dass sie in dem Strom von Passanten untertauchen konnten, der sich auf die großartige Embassy Row und andere historische Gebäude und Institutionen zwischen dem Dupont- und Sheridan Circle zubewegte.

Sie schafften es nicht. Als sie die zweite Querstraße gekreuzt hatten, kam der Helikopter dröhnend näher. Smith blickte über die Schulter.

Auch Marty bemerkte den Hubschrauber. »Um Himmels willen!«

»Schneller!«, befahl Smith.

Während sie die Straße hinabrannten, flog der Helikopter so tief hinter ihnen her, dass er die Bäume zu stutzen schien. Der durch die mächtigen Rotoren verursachte Windstoß fuhr ihnen in den Rücken. Dann wurden Schüsse aus dem Hubschrauber abgegeben und Marty schrie leise auf. Um sie herum wirbelten die abprallenden Kugeln Dreck und Betonsplitter auf.

Smith packte den Arm seines Freundes. »Renn weiter!«, brüllte er.

Weil er unbeholfen mit den Armen herumfuchtelte, wirkte Marty wie ein Mittelding zwischen einem Roboter und einer Stoffpuppe. Der Hubschrauber flog über sie hinweg und wollte dann wenden.

»Schneller!« Smith brach der Schweiß aus und er zerrte an Martys Arm.

Jetzt hatte der Helikopter sein Wendemanöver beendet und kam auf sie zu.

Doch da frohlockte Smith. »Er wird es nicht schaffen!« Auf der Massachusetts Avenue tauchten sie in die Menschenmenge ein. Es war Freitagnachmittag und die Leute kamen von einem ausgedehnten Mittagessen zurück, gingen zu Verabredungen oder schmiedeten Pläne für das Wochenende.

»Oje, oje!« Marty drückte sich ängstlich an Smith, ging aber weiter. Sein rundlicher Kopf wirbelte herum und er hatte die Augen weit aufgerissen, während er die Vielzahl von Eindrücken verarbeitete.

»Du schlägst dich großartig«, beruhigte Smith ihn. »Mir ist klar, dass es hart ist, aber für eine Weile sind wir jetzt in Sicherheit. Wo steht dein Wagen?«

»In der nächsten Seitenstraße«, keuchte Marty nervös.

Smith blickte zu dem Hubschrauber hoch, der jetzt langsam über der Menschenmenge weiterflog und dessen Insassen sie zu finden versuchten. Er sah Marty an, der wie üblich eine dunkle Windjacke, ein blaues Hemd und weit geschnittene Baumwollhosen trug.

»Zieh die Windjacke aus und bind sie dir um die Taille.«

»Okay. Aber sie könnten uns trotzdem entdecken. Dann knallen sie uns ab.«

»Bald werden wir nicht mehr zu erkennen sein.« Smith log, aber unter diesen Umständen schien das die klügste Strategie zu sein. Während er sich von seinen Sorgen nichts anmerken ließ, knöpfte er die Jacke seiner Uniform auf und zog sie im Gehen aus. Dann schlang er sie um sein »Schiffchen« und klemmte sich das Bündel unter den Arm. Es war zwar kein besonders großartiges Täuschungsmanöver, aber aus der Höhe des Hubschraubers konnte man sie in der Menschenmenge vielleicht doch nicht erkennen. Nach einem weiteren Häuserblock kam der Helikopter wieder näher. Smith blickte Marty an, der sich schrecklich zu fühlen schien und schwitzte, sich aber zu einem Lächeln zwang. Trotz seiner Anspannung erwiderte Smith es.

Plötzlich schwebte der Hubschrauber fast direkt über ihnen.

»Hier!«, rief Marty aufgeregt. »Ich erkenne die Straße wieder. Hier rein!«

Smith beobachtete den Helikopter. »Noch nicht. Tu so, als ob du deinen Schnürsenkel zubinden würdest.« Marty kauerte sich hin und nestelte an seinen Turnschuhen herum. In gebückter Haltung strich Smith über seine Hose, als ob sie dreckig geworden wäre. Die Passanten eilten an ihnen vorbei und einige blickten sie verärgert an, weil sie den Weg versperrten.

Der Hubschrauber flog über sie hinweg.

»Jetzt.« Smith arbeitete sich durch die Menschenmenge vor und schuf so Platz für Marty. Nach ungefähr vier Metern befanden sie sich in einer Seitenstraße, die eher an eine kleine Gasse erinnerte. Marty führte ihn zu einem dreistöckigen, gelblichen Backsteingebäude mit einer breiten Einfahrt. Es gab ein Häuschen für den Garagenwächter, aber es fuhren weder Autos herein noch heraus. Das Flachdach gefiel Smith nicht, weil der Hubschrauber dort landen konnte.

Als Marty dem Angestellten die Fahrzeugpapiere präsentierte, wirkte dieser verdutzt, weil er den Besitzer des in Frage stehenden Autos offensichtlich noch nie gesehen hatte. »Wie lange brauchen Sie Ihren Wagen, Mr. Zellerbach?«

»Das können wir noch nicht mit Sicherheit sagen«, antwortete Smith, der seinen Freund davor bewahren wollte, mit Fremden reden zu müssen.

Nachdem der Angestellte die Fahrzeugpapiere überprüft hatte, führte er sie in den zweiten Stock, wo mehrere Autos unter schützenden Planen versteckt waren.

Als der Mann die Plane von dem vorletzten Auto zog, starrte Smith das Vehikel an. »Ein Rolls-Royce?«

»Er hat meinem Vater gehört.« Marty grinste schüchtern.

Es war ein dreißig Jahre altes Silver-Cloud-Modell, das noch genauso glänzte wie an jenem Tag, als die längst vergessenen Autobauer ihre Arbeit an dem Luxuswagen beendet hatten. Als der Garagenwärter die Zündung anließ und vorsichtig aus der Parklücke herausfuhr, schnurrte der Motor des Rolls-Royce so leise, dass Smith sich nicht sicher war, ob er tatsächlich lief. Er hörte keinerlei irritierende Geräusche.

»Das ist er, Mr. Zellerbach«, sagte der Angestellte stolz. »Der Wagen ist unser bestes Stück. Ich bin froh, dass Sie ihn endlich einmal benutzen.«

Smith nahm die Schlüssel an sich und bat Marty, im Fond Platz zu nehmen. Die Jacke seiner Uniform zog er nicht wieder an, aber er setzte sein »Schiffchen« auf, damit er eher für einen Chauffeur gehalten wurde. Als er hinter dem Steuer saß, studierte er das hölzerne Armaturenbrett und überprüfte die Schalter. Dann legte er ehrfürchtig den Gang ein und steuerte das elegante Auto auf die Seitenstraße hinaus. Fast überall im ganzen Land würde der Rolls-Royce genauso auffallen wie Smith' Triumph. Aber nicht in New York, Los Angeles oder Washington. Hier war er nur ein weiteres jener teuren Autos, in denen gewöhnlich ein Botschafter, ein Würdenträger aus dem Ausland, ein wichtiger Prominenter oder ein CEO saß.

»Gefällt dir der Wagen, Jon?«, fragte Marty aus dem Fond.

»Er ist wundervoll – wie ein fliegender Teppich.«

»Deshalb habe ich ihn auch behalten.« Marty lächelte befriedigt und schmiegte sich wie eine übergewichtige Katze an die Lehne des Rücksitzes, weil er sich in dem begrenzten Innenraum des Autos sicher fühlte. Er legte die Papiere und die schwarze Schachtel mit seinen Medikamenten neben sich und lächelte leise vor sich hin. »Der Typ im Badezimmer wird seinen Kumpels von meinem Fluchtweg erzählen, aber sie werden nie herausfinden, wie das Ganze funktioniert.« Triumphierend hielt er seine Fernbedienung hoch. »Mann, die haben wir drangekriegt, was?«

Lachend blickte Smith in den Rückspiegel. Einen Häuserblock weiter flog der Hubschrauber hilflos im Kreis herum. Smith bog in die Massachusetts Avenue ab. Trotz des starken Verkehrs drang kaum ein Geräusch ins Innere des Silver Cloud.

»Sind das Ausdrucke deiner Downloads?«

»Ja. Es gibt gute und schlechte Neuigkeiten.«

Während sie den Dupont Circle hinter sich ließen und in nördlicher Richtung durch die Stadt und dann auf die große Umgehungsstraße fuhren, erzählte Marty über seine Computerrecherchen. Smith blieb angespannt und achtete darauf, ob ihnen jemand folgte. Ständig hatte er das Gefühl, dass sie weiterhin jederzeit angegriffen werden konnten.

Schließlich blickte er Marty im Rückspiegel erstaunt an. »Du hast es wirklich geschafft, den Bericht des Prinz-Leopold-Instituts zu finden?«

Marty nickte. »Und Berichte über Virusinfektionen im Irak.«

»Erstaunlich. Vielen Dank. Und was ist mit den Aufzeichnungen von Bill Griffins und Sophias Telefongesprächen?«

»Tut mir Leid, Jon. Ich hab's wirklich versucht.«

»Ich weiß. Ich sollte die Ausdrucke so schnell wie möglich lesen.«

Sie näherten sich der Ausfahrt Connecticut Avenue, wo sich der Rock-Creek-Park auf das Territorium des Bundesstaats Maryland erstreckte. Smith verließ die Umgehungsstraße, fuhr in den Park hinein und hielt an einer abgeschiedenen, von dicken Bäumen gesäumten Heuwiese.

»Sie sind von der Direktorin der Zentralstelle für medizinische Datenerfassung, die zum Staatlichen Gesundheitsamt gehört, gelöscht worden«, erklärte Marty, als er Smith die beiden Ausdrucke reichte.

»Eine Regierungsbehörde!« Smith fluchte. »Verdammt. Entweder steckt jemand aus der Regierung oder der Armee dahinter, oder diese Leute verfügen über noch mehr Macht, als ich angenommen hatte.«

»Das macht mir Angst, Jon.«

»Mir auch, und wir sollten es besser bald herausfinden.«

Zuerst las Smith vor sich hin murmelnd den Bericht des Prinz-Leopold-Instituts.

Dr. René Giscours beschrieb einen Vor-Ort-Bericht, den er gelesen hatte, als er vor Jahren eine Zeit lang an einem Urwaldkrankenhaus im bolivianischen Amazonasgebiet arbeitete. Er kämpfte dort gegen eine Epidemie, bei der es sich um einen neuen Ausbruch des Machupo-Fiebers zu handeln schien, und hatte keine Zeit, weiter über ein unbestätigtes Gerücht aus Peru nachzudenken. Aber der neue Virus half seiner Erinnerung auf die Sprünge und deshalb durchsuchte er seine Papiere und fand zwar seine Notizen, aber nicht den eigentlichen Bericht. Seine damaligen Notizen beschrieben eine ungewöhnliche Kombination von Hantavirus-Symptomen und solchen, wie sie bei Fiebererkrankungen mit starken inneren Blutungen auftreten. Auch auf einige Verbindungen zu Affen wurde hingewiesen.

Smith dachte nach. Was hatte Sophias Interesse geweckt? Es gab nur wenige Fakten, eigentlich nichts außer einer vagen Erinnerung an eine Anekdote. War es die Erwähnung des Machupo-Virus? Aber hier stellte Giscours keine spezielle Verbindung her und Machupo-Antikörper hatten keinerlei Wirkung auf den unbekannten Virus. Der Wissenschaftler des belgischen Instituts nahm an, dass der neue, unbekannte Virus tatsächlich in der Natur vorkam, aber davon würden auch andere Forscher ausgehen. Vielleicht war es die Erwähnung Boliviens oder auch Perus. Aber warum?

»Ist der Bericht wichtig?«, fragte Marty, der unbedingt helfen wollte.

»Ich weiß es noch nicht. Lass mich erst zu Ende lesen.«

Der Packen enthielt drei weitere Berichte, die alle aus dem Büro des irakischen Gesundheitsministers stammten. Die ersten beiden betrafen drei durch akutes Lungenversagen verursachte Todesfälle, die vor einem Jahr in der Gegend von Bagdad aufgetreten waren. Obwohl im Grunde unerklärlich, wurden die Todesfälle schließlich einem Hantavirus zugeschrieben, der angeblich von Wüstenmäusen in die Stadt getragen worden war, weil es für sie auf den Feldern nicht genug Nahrung gab. In dem dritten Bericht wurden drei Fälle von akutem Lungenversagen in Basra erwähnt, aber hier hatten die Erkrankten überlebt. *Drei Fälle in Basra.* Smith lief es kalt den Rücken hinunter. Drei Tote und drei Überlebende – wie bei einem genau kontrollierten Experiment. Waren die drei Todesopfer aus den Vereinigten Staaten auch Versuchskaninchen bei einem Experiment gewesen?

Und dann gab es da noch die Verbindung zwischen den ersten drei amerikanischen Opfern und der Operation Desert Storm.

Smith war etwas beruhigt, so als ob sich endlich Klarheit eingestellt hätte, in welcher Richtung er weiter nachzuforschen hatte. Er musste in den Irak reisen und dort herausfinden, wer gestorben war und wer überlebt hatte ... und warum.

»Wir müssen nach Kalifornien, Marty. Da gibt es einen Mann, der uns helfen wird.«

»Ich fliege nicht.«

»Jetzt wirst du es tun.«

»Aber ...«

»Vergiss es, Marty. Du wirst bei mir bleiben. Außerdem weißt du doch tief in deinem Inneren, dass du gerne verrückte Sachen machst. Sieh das Ganze als eines deiner verrücktesten Abenteuer an.«

»Meiner Ansicht nach genügt positives Denken in diesem Fall nicht. Ich könnte ausflippen. Nicht etwa, dass ich das will – du verstehst. Selbst Alexander der Große litt an Anfällen.«

»Der war Epileptiker. Du leidest am Asperger-Syndrom und hast Medikamente, um es zu kontrollieren.«

Marty erstarrte. »Da gibt's ein kleines Problem. Ich habe *keine* Medikamente.«

»Hast du die Schachtel nicht mitgenommen?«

»Natürlich. Aber es ist nur noch eine Dosis drin.«

»In Kailfornien werden wir dir Nachschub besorgen.« Während Marty eine Grimasse zog, ließ Smith den Motor wieder an und bog auf die Interstate ein. »Wir werden Geld brauchen. Die Armee, das FBI, wahrscheinlich auch die Polizei und die Leute, die im Besitz des Virus sind, werden meine Bankkonten und meine Kreditkarten überwachen. Bei dir ist das noch nicht der Fall.«

»Stimmt. Okay, da mir mein Leben lieb und teuer ist, muss ich wohl mitspielen, zumindest eine Weile lang. Sieh es als eine Spende an. Glaubst du, dass fünfundzwanzigtausend Dollar reichen?«

Angesichts der großen Summe war Smith verdutzt. Aber als er darüber nachdachte, wurde ihm klar, dass Geld Marty nichts bedeutete. »Fünfundzwanzigtausend Dollar sind okay.«

»Wir haben sie aus den Augen verloren«, brüllte Nadal al-Hassan über das Dröhnen der Rotoren und des Luftschraubenstrahls hinweg ins Telefon. Seine dunkle Sonnenbrille schien das Sonnenlicht wie ein schwarzes Loch zu schlucken.

Victor Tremont fluchte in seinem Büro in der Nähe des Adirondack-Sees. »Verdammt! Wer ist dieser Marty Zellerbach? Warum hat Smith ihn aufgesucht?«

Al-Hassan legte eine Hand auf sein anderes Ohr, um Tremont

besser verstehen zu können. »Das werde ich herausfinden. Was ist mit der Armee und dem FBI?«

»Offiziell hat Smith sich unerlaubt von seiner Einheit entfernt und er wird mit dem Tod von Kielburger und dessen Sekretärin in Verbindung gebracht, weil er der Letzte war, der sie lebend gesehen hat. Die Polizei und die Armee suchen nach ihm.« Wegen des entfernten Dröhnens des Hubschraubers wollte er brüllen, als ob er neben al-Hassan stehen würde. »Über seine Quelle innerhalb des FBI ist Jack McGraw immer auf dem Laufenden.«

»Das ist gut. In Zellerbachs Haus stehen jede Menge hochmoderne Computer. Es ist möglich, dass Smith deshalb bei ihm war. Vielleicht können wir herausfinden, was Smith sucht, wenn wir analysieren, was dieser Zellerbach getan hat, als wir kamen.«

»Ich werde Xavier nach Washington schicken. Lassen Sie Ihre Leute die Krankenhäuser beobachten, wo die Opfer behandelt wurden, besonders die, wo die Überlebenden lagen. Bis jetzt hat die Regierung noch nichts über sie veröffentlicht, aber sie wird es tun. Wenn Smith davon hört, wird er wahrscheinlich versuchen, Kontakt zu ihnen aufzunehmen.«

»Ich habe das bereits veranlasst.«

»Gut gemacht, Nadal. Wo ist Bill Griffin?«

»Keine Ahnung. Er hat mir heute keinen Bericht erstattet.«

»Finden Sie ihn.«

20

19 Uhr 14
New York City

Mercer Haldane, der Präsident von Blanchard Pharmaceuticals, brachte kaum ein Lächeln zustande, als Mrs. Pendragon ihm die Tagesordnung für die morgige Vorstandssitzung brachte. Dennoch wünschte er ihr auf die übliche freundliche Weise einen schönen Abend. Nachdem sie ihn wieder verlassen hatte, saß er in seinem Maßanzug samt weißer Krawatte brütend da. Heute Abend fand eines der vierteljährlichen Essen für den Vorstand statt, doch er war mit einem riesigen Problem konfrontiert, das zuerst angegangen werden musste.

Haldane war stolz auf Blanchard Pharmaceuticals und das schloss die Vergangenheit des Unternehmens ebenso wie seine Zukunft ein. Die Firma war von Ezra und Elijah Blanchard 1884 in einer Garage in Buffalo gegründet worden und hatte damals nach den Rezepten ihrer Mutter Seife und Gesichtscreme hergestellt. Seitdem war der eine oder andere Blanchard Besitzer und Chef des Unternehmens gewesen, das eine ständige Blüte erlebt und sich dann auch auf chemische Produkte verlegt hatte. Während des Zweiten Weltkriegs war Blanchard Pharmaceuticals eine der wenigen ausgewählten Firmen, die Penicillin herstellen durften; so wurde Blanchard zu einem Pharmaunternehmen. Nach dem Krieg wuchs es weiter rasant und in den Sechzigerjahren ging es mit großem Trara an die Börse. Zwei Dezennien später, in den frühen Achtzigerjahren, übergab der letzte Abkömmling der Blanchards Mercer Haldane die Führung des Unternehmens. Als CEO führte Haldane, der vor zehn Jahren auch Präsident geworden war, die Firma in die Neunzigerjahre. Jetzt war sie sein Unternehmen.

Bis vor zwei Tagen hatte die Zukunft von Blanchard Pharmaceuticals genauso rosig ausgesehen wie die Vergangenheit. Victor Tremont war Haldanes Entdeckung – ein brillanter Biochemiker mit Kreativität und allen Voraussetzungen, die eine Führungskraft brauchte. Vorsichtig protegierte und beförderte er Tremont, nachdem der alle Bereiche des Unternehmens kennen gelernt hatte. Tremont sollte sein Nachfolger werden. Vor vier Jahren ernannte Haldane ihn zum Chief Operating Officer, obwohl in Wirklichkeit weiterhin er alles kontrollierte. Er wusste, dass Victor Tremont wegen seiner begrenzten Kompetenzen vor Wut schäumte und scharf darauf war, Boss des Unternehmens zu werden, aber Haldane sah das als einen Pluspunkt an. Jeder, der sein Geld wert war, wollte seinen Weg machen und ein erfolgshungriger Mann behauptete sich überall.

Jetzt schäumte Mercer Haldane vor Wut.

Vor einem Jahr hatte ein neuer Finanzprüfer von Kosten für Forschung und Entwicklung berichtet, die merkwürdig zu sein schienen. Der Revisor wirkte besorgt, sogar nervös. Es war unmöglich, die Gelder für ein Projekt bis zu dessen Ende zu verfolgen. Haldane führte seine Sorgen darauf zurück, dass er sich mit der komplizierten Materie von Forschung und Entwicklung in der Pharmaindustrie nicht auskannte. Doch weil er ein vorsichtiger Unternehmenschef war, beauftragte er ein zweites Finanzprüfungsunternehmen damit, sich die Sache genauer anzusehen.

Das Ergebnis war alarmierend. Vor zwei Tagen hatte Haldane den Bericht erhalten. Es war ein kompliziertes System kleiner, kaum wahrnehmbarer Unregelmäßigkeiten: Überziehungen, Fehlbeträge, Zahlungen ohne Beleg, Kredite, außergewöhnlich hohe Material- und Reperaturkosten, geringfügige Diebstähle und so weiter. Aus dem Budget für Forschung und Entwicklung schien im Laufe von zehn Jahren fast eine Milliarde Dollar verschwunden zu sein. Eine Milliarde Dollar! Zudem war eine ähnliche Summe offenbar einem Forschungs- und Entwicklungsprogramm zugewiesen worden, von dem Haldane noch nie etwas gehört hatte. Das Verfahren war extrem kompliziert und die Finanzprüfer räumten ein, dass sie sich ihrer Resultate nicht absolut sicher seien. Aber sie sagten, dass sie sicher genug seien, um weitere Nachforschungen zu rechtfertigen.

Haldane dankte ihnen und sagte, dass er weiterhin Kontakt zu ihnen halten werde. Er hatte sofort an Victor Tremont gedacht. Nicht eine Sekunde lang glaubte er, dass eine Milliarde Dollar durch Nadelöhre verschwunden sein oder dass Victor Tremont eine solche Summe gestohlen haben könnte. Aber es war denkbar, dass sein erfolgshungriger Stellvertreter ein geheimes Forschungsprogramm initiiert hatte und es vor ihm geheim hielt. Ja, er glaubte, dass es sich so verhielt.

Er reagierte nicht sofort. Vor dem vierteljährlich stattfindenden Abendessen für den Vorstand des Unternehmens wollte er Victor Tremont in seinem New Yorker Büro treffen. Er würde Victor mit dem konfrontieren, was er wusste, und eine Erklärung verlangen. So oder so, er würde schon herausfinden, ob es irgendein geheimes Forschungsprogramm gab. Wenn es so war, würde er Victor feuern müssen. Aber es war denkbar, dass das Projekt es wert war, gerettet zu werden. Wenn ein solches Programm jedoch nicht existierte und Victor den Verlust der Milliarde Dollar nicht erklären konnte, würde er ihn auf der Stelle entlassen.

Haldane seufzte. Es war eine tragische Angelegenheit, aber zugleich spürte er, wie das Blut in seinen Adern zu kochen begann. Er war zwar älter geworden, für einen harten Kampf aber immer noch zu haben, und zwar besonders dann, wenn er wusste, dass er ihn gewinnen würde.

Als er seinen privaten Aufzug nach oben fahren hörte, ging er durch sein luxuriöses Büro, von dem aus man einen Blick über die ganze Stadt bis zum Battery-Park und zur Bucht hatte. Nachdem er sich ein Glas mit seinem besten XO-Kognak eingeschenkt hatte, kehrte er an seinen Schreibtisch zurück. Er öffnete einen Humidor, nahm eine Zigarre heraus, steckte sie an und genoss gerade den ersten langen Zug, als der Aufzug hielt und Victor Tremont eintrat, der ebenfalls einen Maßanzug und eine weiße Krawatte trug.

Haldane wandte sich um. »Guten Abend, Victor. Schenken Sie sich einen Kognak ein.«

Tremont studierte Haldane, der rauchend hinter seinem großen Schreibtisch saß. »Sie wirken sehr ernst heute, Mercer. Gibt's irgendein Problem?«

»Schenken Sie sich einen Kognak ein. Dann reden wir darüber.«

Tremont folgte der Aufforderung, griff ebenfalls nach einer Zigarre, nahm dann gegenüber von Haldane in einem bequemen Ledersessel Platz und schlug die Beine übereinander. »Dann wollen wir nicht unsere wertvolle Zeit vergeuden«, sagte er lächelnd. »Ich muss noch eine Dame zum Abendessen abholen. Also, was habe ich falsch gemacht?«

Haldane war wütend, weil man ihn herausforderte. Er beschloss, unverblümt zu reden und Tremont den Kopf zurechtzurücken. »Es sieht so aus, als ob eine Milliarde Dollar verschwunden wäre. Was haben Sie getan, Victor – das Geld gestohlen oder es in irgendein geheimes Projekt umgeleitet?«

Tremont nippte an seinem Kognak, betrachtete die Asche an seiner Zigarre und nickte dann, als ob er die Frage erwartet hätte. In dem schwachen Licht wirkte sein längliches, aristokratisches Gesicht düster. »Die geheime Wirtschaftsprüfung – das wird's wahrscheinlich gewesen sein. Nun, die schlichte Antwort lautet nein und ja zugleich... Ich habe das Geld nicht gestohlen, sondern es in ein eigenes Projekt umgeleitet.«

Haldane hielt seine Wut im Zaum. »Wie lange geht das schon so?«

»Ich würde sagen, ungefähr zehn Jahre. Es begann zwei Jahre nach der Reise nach Peru, wo Sie mich hingeschickt hatten, um Proben zu sammeln, als ich noch in unserem Hauptforschungslabor arbeitete. Erinnern Sie sich?«

»Zehn Jahre! Das ist unmöglich! Sie können mich nicht so lange zum Narren gehalten haben. Was...«

»Oh, ich konnte und habe es getan. Natürlich nicht allein. Ich habe innerhalb des Unternehmens ein Team mit unseren besten Leuten zusammengestellt. Sie haben erkannt, dass mit meinem Projekt Milliarden zu machen sind, und sind eingestiegen. Hier ein wenig kreative Buchführung, dort ein bisschen Hilfe von der Sicherheit, ein paar exzellente Wissenschaftler, mein privates Labor außerhalb des Unternehmens, viel Hingabe, etwas Zusammenarbeit mit der Regierung und der Armee, und schon hatten wir das Hades-Projekt. *Voilà!* Konzipiert, geplant, entwickelt und startbereit.« Victor Tremont lächelte erneut und gestikulierte mit seiner Zigarre, als ob sie ein Zauberstab wäre. »In ein paar Wochen – höchstens ein paar Monaten – werden mein Team und Blanchard Pharmaceuticals Milliarden scheffeln. Wahrscheinlich Hunderte von Milliarden. Alle werden reich sein – ich, mein Team, die Vorstandsmitglieder, die Aktionäre und natürlich Sie.«

Haldanes Hand mit der Zigarre blieb in der Luft hängen. »Sie sind geisteskrank.«

Tremont lachte. »Wohl kaum. Ich bin nur ein guter Geschäftsmann, der eine Chance für einen gigantischen Profit sah.«

»Sie sind wahnsinnig und werden im Knast landen!«, rief Haldane.

Tremont hielt eine Hand hoch. »Beruhigen Sie sich, Mercer. Wollen Sie nicht wissen, wie das Hades-Projekt aussieht und warum es uns alle stinkreich machen wird, und zwar auch Sie, trotz Ihrer mangelnden Dankbarkeit?«

Mercer Haldane zögerte. Tremont hatte zugegeben, dass er Gelder des Unternehmens für geheime Forschungen eingesetzt hatte. Er würde ihn entlassen und wahrscheinlich verklagen müssen. Aber Tremont war auch ein sehr guter Chemiker und offiziell gehörte das Projekt Blanchard Pharmaceuticals. Vielleicht würde ein großer Profit dabei herausspringen. Als Präsident und CEO des Unternehmens war es seine Pflicht, die Bilanz der Firma zu schützen und zu verbessern. Er neigte seinen grauhaarigen Kopf zur Seite. »Ich sehe zwar nicht, wie das irgendetwas ändern könnte, Victor. Aber wie sieht ihr brillanter Coup aus?«

»Als Sie mich vor dreizehn Jahren nach Peru geschickt haben, habe ich in einer abgelegenen Gegend einen seltsamen Virus entdeckt. Er war lebensgefährlich, in den meisten Fällen tödlich. Aber ein Stamm war im Besitz eines Heilmittels. Seine Mitglieder tranken des Blut einer bestimmten Spezies von Affen, die ebenfalls mit dem Virus infiziert waren. Meine Neugier war geweckt und ich habe den Virus und das Blut mehrerer Affen mit nach Hause gebracht. Meine Entdeckung war überraschend, aber auf eine elegante Art und Weise logisch.«

Haldane starrte ihn an. »Erzählen Sie weiter.«

Victor Tremont nahm einen großen Schluck von seinem Kognak, leckte sich genüsslich die Lippen und lächelte seinen Boss über den Schwenker hinweg an. »Die Affen waren von demselben Virus infiziert wie die Menschen. Aber es ist ein seltsamer Virus, der jahrelang im Wirtskörper schlummert, vergleichbar dem HIV, bevor AIDS ausbricht. Vielleicht verursacht er geringfügiges Fieber, Kopfschmerzen und andere plötzlich und kurzfristig auftretende Schmerzen, aber das ist nicht lebensgefährlich. Dann wird der Virus scheinbar spontan aktiviert und für etwa zwei Wochen treten Symptome einer schweren Erkältung oder einer leichten Influenza auf. Jetzt endet die Erkrankung für Menschen und Affen tödlich. Entscheidend war, dass der Virus bei den Affen früher und weitaus weniger gravierend zuschlägt. Viele infizierte Tiere überleben und ihr Blut enthält viele Antikörper, die den aktivierten Virus neutralisieren. Die Indianer hatten das begriffen, meiner Ansicht nach durch ein Trial-and-Error-Verfahren. Bei Erkrankungen tranken sie das Affenblut und waren bald geheilt – zumindest in den meisten Fällen, wenn sie das richtige Affenblut zur Hand hatten.«

Tremont beugte sich vor. »Das Schöne an dieser Symbiose ist, dass die Aktivierung bei den Affen immer zuerst auftritt, unabhängig davon, wie der Virus mutiert. Das bedeutet, dass jederzeit Antikörper für jede Mutation vorhanden sind. Ist das nicht ein hervorragender Einfall der Natur?«

»Erstaunlich«, antwortete Haldane trocken. »Aber ich sehe

keinen Weg, wie sich aus Ihrer Anekdote eine Aussicht auf Profit ergeben sollte. Kommt dieser Virus auch da vor, wo es keine natürlichen Heilmittel gibt?«

»Soweit wir im Augenblick wissen, definitiv nicht. Das ist der Schlüssel zum Hades-Projekt.«

»Klären Sie mich bitte auf. Ich kann's gar nicht abwarten.«

Tremont lachte. »Sie sind sarkastisch. Eins nach dem anderen, Mercer.« Er stand auf, ging zur Bar hinüber und schenkte sich ein weiteres Glas des teuren Kognaks ein. Dann setzte er sich wieder und schlug die Beine übereinander. »Natürlich konnten wir schlecht Millionen Affen importieren und sie wegen ihres Blutes töten, ganz zu schweigen davon, dass nicht alle Affen Antikörper tragen und das Blut schnell verdorben wäre. Also mussten wir zuerst den Virus und die Antikörper in dem Blut isolieren. Dann mussten wir Methoden für eine Produktion im großen Stil entwickeln und das Serum musste eine ausreichend große Breitenwirkung haben, um auch bei spontanen Mutationen zu wirken.«

»Ich nehme an, Sie erzählen gleich, dass all das bereits erledigt ist.«

»Genau. Innerhalb des ersten Jahres hatten wir den Virus isoliert und die Produktion im Griff. Die restlichen Aufgaben nahmen verschieden lange Zeitspannen in Anspruch und mit der Entwicklung des Rekombinations-Antiserums sind wir erst im letzten Jahr fertig geworden. Jetzt sind Millionen Päckchen transportbereit. Das Medikament ist als Heilmittel für den Affenvirus patentiert worden, aber wir haben natürlich nicht erwähnt, dass sich auch Menschen infizieren können. Es wird wie ein kleiner Glücksfall aussehen. Wir haben unsere Kosten künstlich in die Höhe getrieben, so dass wir einen höheren Preis verlangen können. Außerdem haben wir bei der Ernährungs- und Arzneimittelaufsicht eine Genehmigung beantragt.«

»Sie haben noch *keine* Genehmigung der EAA?«, fragte Haldane ungläubig.

»Wenn die Pandemie ausbricht, wird sie sofort erteilt werden.«

»*Wenn* sie ausbricht?« Jetzt lachte Haldane verächtlich. »Was für eine Pandemie? Wollen Sie damit sagen, dass es keine Virusepidemie gibt, bei der Sie Ihr Serum ausprobieren können? Mein Gott, Victor …«

»Es wird eine Epidemie geben«, erwiderte Tremont lächelnd.

Haldane starrte seinen Stellvertreter an. »Es *wird* eine geben?«

»In jüngster Zeit hat es in den Vereinigten Staaten sechs Erkrankungen gegeben. Dreimal haben wir die mit dem Virus Infizierten heimlich mit unserem Serum geheilt. Bald wird es auch hier mehr Todesopfer geben. In Übersee sind schon tausend Menschen gestorben. In ein paar Tagen wird die Welt erkennen, was für einer Gefahr sie gegenübersteht. Schön wird das nicht werden.«

Mercer Haldane saß reglos da. Seinen Kognak hatte er vergessen und sein Zigarrenstummel war aus dem Aschenbecher gefallen und sengte die Schreibtischplatte an. Tremont wartete immer noch lächelnd ab. Sein stahlgraues Haar und seine gebräunte Haut schienen im Lampenlicht zu glühen. Als Haldane endlich das Wort ergriff, war seine Entschlossenheit selbst für Tremont schmerzhaft.

Aber der Unternehmenschef hatte seine Stimme unter Kontrolle. »Irgendetwas über dieses Projekt haben Sie mir nicht erzählt.«

»Richtig.«

»Was?«

»Das werden Sie sicher nicht wissen wollen.«

Eine Zeit lang dachte Haldane darüber nach. »Nein, so läuft das nicht. Sie werden ins Gefängnis gehen und nie wieder arbeiten, Victor.«

»Schenken Sie mir etwas Vertrauen. Außerdem stecken Sie genauso tief in der Sache drin wie ich.«

Haldane hob überrascht seine weißen Augenbrauen. »Was zum Teufel …«

Tremont lachte in sich hinein. »Verdammt, nein, Sie stecken viel tiefer drin. Ich habe meinen Arsch gerettet. Sie haben jede Bestellung und jede Ausgabe bewilligt und unterschrieben. Für jeden unserer Schritte haben wir Ihr schriftliches Einverständnis. Meistens ist die Unterschrift nicht gefälscht. Wenn Sie gereizt sind, unterschreiben Sie unbesehen Papiere, damit sie nicht mehr auf Ihrem Schreibtisch herumliegen. Ich habe Sie Ihnen vorgelegt und Sie haben unterschrieben und mich dann wie einen Schuljungen aus Ihrem Büro hinauskomplimentiert. Die paar restlichen Fälschungen werden niemandem auffallen. Einer meiner Leute hat einen Experten an der Hand.«

Wie ein müder alter Löwe unterdrückte Haldane seinen Zorn über Tremonts Hinterhältigkeit. Stattdessen betrachtete er seinen Schützling und versuchte, die potenziellen geschäftlichen Chancen einzuschätzen, die sich mit dessen Enthüllungen verbanden. Widerwillig musste er sich eingestehen, dass sein Unternehmen einen gigantischen Profit einstreichen könnte, und er würde dafür sorgen, dass er seinen Anteil bekam. Zugleich versuchte er, ein mögliches Manko des Projekts zu entdecken, das sie alle ruinieren konnte.

Dann begriff Haldane. »Die Regierung wird Ihr Heilmittel massenhaft produzieren und es der Welt geben wollen. Im nationalen Interesse wird man Ihnen die Sache aus der Hand nehmen.«

Tremont schüttelte den Kopf. »Nein. Solange wir sie nicht über die Einzelheiten informieren, kann sie das Serum nicht herstellen. Außerdem verfügt außer uns niemand über funktionstüchtige Produktionsstätten. Die Regierung wird nicht versuchen, uns die Sache aus der Hand zu nehmen. Erstens werden wir genug Medikamente zur Hand haben, um den Job zu erledigen, und zweitens wird uns keine amerikanische Regierung einen anständigen Profit verweigern. Das ist doch die Spielart des Kapitalismus, die wir dem Rest der Welt predigen, oder? Dies ist eine kapitalistische Gesellschaft und wir halten uns nur erfolgreich an ihre Spielregeln. Und der Clou an dem Ganzen ist, dass wir rund um die Uhr arbeiten, um die Menschheit zu retten. Folglich verdienen wir auch eine Belohnung. Wie ich bereits gesagt habe, haben wir die Forschungskosten künstlich aufgebläht, aber das wird die Regierung nicht allzu genau überprüfen. Wir werden einen unglaublich hohen Profit machen.«

Haldane zog eine Grimasse. »Dann wird es also eine Pandemie geben. Ich nehme an, das einzig Gute daran wird sein, dass Sie das Medikament zur Heilung der Krankheit haben. Vielleicht werden dann nicht so viele Menschen sterben müssen.«

Der Zynismus in Haldanes Tonfall, durch den sich sein Chef die Kapitulation erleichtern wollte, entging Tremont nicht. Wie immer hatte Tremont seine Reaktion richtig vorausgesehen. Jetzt blickte er sich gemächlich in Haldanes Büro um, als ob er sich jede Einzelheit einprägen wollte.

Dann konzentrierte er sich wieder auf seinen einstigen Förderer und sein Gesichtsausdruck wurde kühl und abweisend. »Wenn das Ganze funktionieren soll, muss ich die Verantwortung tragen. Deshalb werden Sie auf der morgigen Vorstandssitzung zurücktreten und mir die Leitung des Unternehmens übertragen. Ich werde CEO und Geschäftsführer und habe über alles die volle Kontrolle. Wenn Sie Lust haben, können Sie Vorstandsvorsitzender bleiben und ruhig noch engeren Kontakt zu den alltäglichen Geschäftsabläufen haben als die anderen Vorstandsmitglieder. Aber in einem Jahr werden Sie mit einem feierlichen Handschlag und einer fetten Pension in den Ruhestand gehen. Dann werde ich auch Vorstandsvorsitzender von Blanchard Pharmaceuticals.«

Haldane starrte Tremont an. Der kampflustige alte Löwe stritt am Rande des Abgrunds. Das hatte er nicht erwartet und er war schockiert. Er hatte Tremont unterschätzt. »Und wenn ich ablehne?«

»Das können Sie nicht. Das Patent ist auf den Namen meiner Aktiengesellschaft eingetragen, bei der ich Hauptaktionär bin, und Blanchard Pharmaceuticals hat gegen eine hohe Gebühr eine Lizenz erworben. Übrigens haben Sie diesem Arrangement vor Jahren zugestimmt, so dass alles legal ist. Aber machen Sie sich keine Sorgen. Für Blanchard Pharmaceuticals wird reichlich übrig bleiben und Sie kriegen einen fetten Bonus. Vorstand und Aktionäre werden begeistert auf den Profit reagieren, von dem Publicrelations-Coup einmal ganz zu schweigen. Wir werden die Helden sein, die die Welt von einer Katastrophe erlösen, die schlimmer als die Schwarze Pest sein wird.«

»Sie betonen die ganze Zeit, wie viel Geld ich als Mitglied oder als ehemaliges Mitglied des Unternehmens einstreichen werde. Ich sehe keinen Grund, meinen Hut zu nehmen. Ich werde Blanchard Pharmaceuticals weiterhin führen und dafür sorgen, dass Sie finanziell entlohnt werden.«

Tremont lächelte in sich hinein. Er genoss die Vorstellung, zugleich Retter zu sein und ein Vermögen zu machen, das eines Midas würdig wäre. Dann blickte er Haldane grimmig an. »Das Hades-Projekt wird ein immenser Erfolg werden, der größte Coup, den Blanchard Pharmaceuticals je gelandet hat. Aber auch wenn Sie das Projekt auf dem Papier abgesegnet haben, wissen Sie in Wirklichkeit nichts darüber. Versuchen Sie, das Projekt zu übernehmen, stehen Sie im besten Fall wie ein Narr da. Im schlimmsten Fall wäre Ihre Imkompetenz unübersehbar. Alle würden vermuten, dass Sie den Lorbeer für meine Arbeit ernten. Dann könnte ich den Vorstand und die Aktionäre dazu bewegen, Sie innerhalb von fünf Minuten zu feuern.«

Haldane atmete tief durch. In seinen schlimmsten Alpträumen hätte er nicht erwartet, dass so etwas passieren könnte. Aufgrund dieser Ereignisse war er wie im stählernen Griff eines Schraubstocks gefangen und hatte jegliche Kontrolle verloren. Er fühlte sich so hilflos wie ein Fisch in einem Netz, aus dem es kein Entkommen gab. Es verschlug ihm die Sprache. Tremont hatte Recht. Nur ein Idiot würde jetzt noch kämpfen. Es war besser, das Spielchen mitzuspielen und mit der Kriegsbeute in den Ruhestand zu gehen. Sobald er sich entschieden hatte, fühlte er sich besser. Nicht gut, aber immerhin besser.

Er zuckte die Achseln. »Nun gut, dann lassen Sie uns jetzt zu unserem Abendessen gehen.«

Tremont lachte. »Das ist der Mercer Haldane, den ich kenne. Kopf hoch. Sie werden reich und berühmt.«

»Reich bin ich bereits und der Ruhm war mir immer schon verdammt egal.«

»Gewöhnen Sie sich daran – Sie werden Gefallen daran finden. Denken Sie an all die anderen ehemaligen Unternehmenschefs, mit denen Sie dann Golf spielen können.«

21

16 Uhr 21
San Francisco, Kalifornien

Mit Marty Zellerbachs Kreditkarte hatten Smith und sein Freund einen Jet gemietet, der am späten Freitagabend auf dem San Francisco International Airport landete. Weil er sich Sorgen wegen des Nachschubs von Martys Medikament machte, organisierte Smith sofort einen Mietwagen und fuhr zu einer Apotheke in der Innenstadt. Der Apotheker rief Martys Arzt in Washington an, weil dieser seine Zustimmung geben musste, aber der Doktor bestand darauf, persönlich mit Marty zu sprechen. An einer Nebenstelle hörte Smith das Telefongespräch mit.

Die Stimme des Arztes klang steif und mitgenommen und er stellte irrelevante Fragen. Schließlich wollte er wissen, ob Marty in Begleitung von Colonel Smith unterwegs sei.

Der spürte einen Adrenalinstoß, riss seinem Freund den Hörer aus der Hand und legte auf.

Hinter seiner durch Glas geschützten Theke runzelte der Apotheker irritiert die Stirn. »Dein Arzt hat versucht, dich hier festzuhalten«, erklärte Smith Marty leise. »Wahrscheinlich, weil die Polizei oder der militärische Geheimdienst mich hier verhaften wollen. Vielleicht auch im Auftrag der Killer aus deinem Bungalow. Was sie tun würden, wissen wir beide.«

»Der Apotheker hat den Namen und die Adresse der Apotheke genannt«, sagte Marty mit vor Schreck geweiteten Augen. »Jetzt kennt sie auch mein Arzt!«

»Genau. Und derjenige, der am anderen Ende der Leitung mitgehört hat. Lass uns verduften.«

Sie eilten aus der Apotheke. Die Wirkung von Martys Medikament begann nachzulassen und sie mussten die letzte Dosis für die lange Autofahrt am nächsten Morgen aufbewahren. Marty ging brummelnd dicht neben Smith. Nachdem er Kleidung gekauft und andere notwendige Einkäufe erledigt hatte, aß er widerwillig mit seinem Freund in einem italienischen Restaurant zu Abend, an das Smith sich erinnerte, weil er eine Zeit lang im Presidio gearbeitet hatte, als es noch ein Militärstützpunkt gewesen war. Das Computergenie wurde immer aufgeregter und geschwätziger.

Bei Einbruch der Dunkelheit mieteten sie ein Zimmer im Mission Inn, das weit draußen an der Mission Street lag. Es war neblig geworden und der Dunst hüllte die pittoresken Laternenpfähle ein und stieg vor den Erkerfenstern auf.

Marty nahm weder den Reiz der Umgebung noch die Vorzüge des kleinen Motels wahr. »Du kannst mich doch nicht in dieser mittelalterlichen Folterkammer unterbringen, Jon. Wer um alles in der Welt ist so blöd, in einer stinkenden Gefängniszelle wie dieser übernachten zu wollen?« Der Raum roch nach dem Nebel. »Wir werden zum Stanford-Court-Hotel fahren. Das ist wenigstens annehmbar und halbwegs erträglich.« Das Stanford Court war eines von San Franciscos legendären Luxushotels für betuchte ältere Damen.

Smith war erstaunt. »Hast du da schon mal gewohnt?«

»Tausende Male!« Die begeisterte Übertreibung war eine Warnung für Smith, dass sein Freund jetzt auszuflippen begann. »Dort haben wir eine Suite gemietet, als ich mit meinem Vater in San Francisco war. Das Hotel hat mich fasziniert. In der Eingangshalle habe ich mit den Pagen Verstecken gespielt.«

»Und alle wussten, dass du in San Francisco dort abgestiegen bist?«

»Natürlich.«

»Wenn es dir nichts ausmacht, dass unsere gewalttätigen Freunde dich finden, kannst du ja wieder dort einziehen.«

Sofort änderte Marty seine Meinung. »Meine Güte. Du hast

Recht. Mittlerweile müssen sie in San Francisco sein. Sind wir in diesem Loch in Sicherheit?«

»Ich hoffe es – deshalb sind wir ja hier. Das Hotel ist abgelegen und ich habe das Zimmer unter einem falschen Namen gemietet. Wir bleiben nur eine Nacht hier.«

»Ich habe nicht vor, auch nur ein Auge zuzumachen.« Marty weigerte sich, seine Kleidung abzulegen. »Sie können uns jederzeit angreifen und ich werde nicht im Nachthemd über die Straße flüchten, weil uns diese Bestien oder das FBI im Nacken sitzen.«

»Du brauchst Schlaf. Morgen haben wir eine lange Reise vor uns.«

Aber Marty wollte nichts davon hören. Während Smith sich rasierte und die Zähne putzte, schob er einen Stuhl unter die Türklinke. Dann knüllte er die Seiten einer Zeitung zusammen und legte das Papier vor die Tür. »Das hätten wir. Jetzt können sie nicht hereinschleichen, ohne dass wir etwas davon mitkriegen. Ich habe das in einem Film gesehen. Der Polizist hatte seine Pistole auf den Nachttisch gelegt, damit er sie sofort zur Hand hatte. Du wirst das mit deiner Beretta genauso machen, okay?«

»Wenn du dich dann besser fühlst.« Während Smith sich das Gesicht abtrocknete, verließ er das Badezimmer. »Lass uns ins Bett gehen.«

Als Smith unter die Decke schlüpfte, legte sein Freund sich komplett angezogen auf sein Bett. Mit weit aufgerissenen Augen starrte er an die Decke. Plötzlich blickte er zu Smith hinüber. »Warum sind wir in Kalifornien?«

Smith schaltete die Nachttischlampe aus. »Wir besuchen einen Mann, der uns helfen kann. Er wohnt in den Sierras, in der Nähe des Yosemite-Tals.«

»Die Sierras – das Land der Modoc-Indianer! Kennst du die Geschichte von Captain Jack und den Lava-Betten? Er war ein genialer Häuptling der Modoc. Die Modoc wurden in dasselbe Reservat wie die Klamath – ihre Erzfeinde – gesteckt.« In dem nur schwach erleuchteten Raum hob Martys Geist zu einer wüsten Träumerei ab. »Am Ende töteten sie ein paar Weiße und wurden deshalb von der Armee mit Kanonen verfolgt! Vielleicht zehn Indianer gegen ein ganzes Regiment. Und dann …«

In allen Einzelheiten schilderte er, wie ungerecht die Armee den unschuldigen Modoc-Häuptling behandelt hatte. Von da ging er zu der Erzählung von Häuptling Joseph und seinen Nez-Percé-Indianern über, die in Washington und Idaho in ihrem verrückten Freiheitskampf gegen die halbe Armee der Vereinigten Staaten angetreten waren. Bevor er mit den herzzerreißenden letzten Worten des Häuptlings fertig war, riss er seinen Kopf plötzlich zur Tür herum.

»Sie sind im Flur! *Ich höre sie!* Greif zur Waffe, Jon!«

Smith sprang auf, packte die Beretta und versuchte, leise über die zusammengeknüllten Zeitungsseiten zu gehen, was aber unmöglich war. An der Tür lauschte er etwa fünf Minuten lang mit pochendem Herzen.

»Nichts. Bist du sicher, dass du was gehört hast, Marty?«

»Hundertprozentig.« Marty warf die Hände in die Luft und setzte sich dann kerzengerade auf. Die Lippen seines rundlichen Gesichts zitterten.

Smith kauerte sich hin, weil er seinen müden Körper nicht weiter belasten wollte. Er lauschte noch eine halbe Stunde lang. Draußen kamen und gingen die Leute und er hörte Gespräche und gelegentliches Gelächter. Schließlich schüttelte er den Kopf. »Es ist nichts. Schlaf ein bisschen, Marty.« Über die raschelnden Zeitungen ging er wieder zu seinem Bett.

Jetzt war Marty überzeugt und legte sich schweigend wieder hin. Aber zehn Minuten später begann er, in chronologischer Reihenfolge die Geschichte aller Indianerkriege seit King Philip im 17. Jahrhundert zu erzählen.

Dann hörte er erneut Schritte. »Da ist jemand an der Tür, Jon! Drück ab! Schieß, bevor sie reinkommen! *Knall sie ab!*«

Smith rannte zur Tür, hörte aber keinerlei Geräusch. Langsam hatte er die Nase voll. Marty würde die ganze Nacht lang imaginäre Gefahren erfinden und weitere Geschichten aus der Frühzeit der Vereinigten Staaten erzählen. Er driftete ab und je länger er sein Medikament nicht nahm, desto schlimmer würde es für sie beide werden.

»Okay, Marty. Du solltest jetzt besser die letzte Tablette nehmen.« Er lächelte gütig. »Wir müssen einfach darauf vertrauen, dass wir dir morgen Nachschub besorgen können, wenn wir Peter Howell besuchen. In der Zwischenzeit sollten wir beide schlafen.«

Martys Gedanken rasten. Bilder und Wörter durchzuckten sein Gehirn mit unglaublicher Geschwindigkeit. Jons Stimme schien aus weiter Entfernung zu kommen, fast wie von einem anderen Kontinent. Dann sah er seinen alten Freund lächeln. Er wollte, dass er sein Medikament nahm, aber alles in seinem Inneren wehrte sich dagegen. Er hasste es, diese faszinierende Innenwelt verlassen zu müssen, wo alle Ereignisse schnell und dramatisch verliefen.

»Hier ist deine Tablette, Marty.« Jon stand mit einem Glas Wasser und der verhassten Pille neben ihm.

»Ich würde lieber auf einem Kamel durch den Sternenhimmel reiten und blaue Limonade trinken. Würdest du nicht gerne Elfen lauschen, die auf goldenen Harfen spielen? Würdest du dich nicht gerne mit Isaac Newton oder Galilei unterhalten?«

»Hörst du zu, Mart? Nimm bitte deine Medizin.«

Marty blickte auf Jon herab, der jetzt mit einem ernsten und beunruhigten Gesichtsausdruck neben ihm kauerte. Er mochte Jon aus vielen Gründen, von denen aber jetzt keiner wichtig zu sein schien.

»Ich weiß, dass du mir vertraust, Marty. Du musst mir glauben, wenn ich sage, dass du dein Medikament zu lange nicht genommen hast. Es ist an der Zeit, wieder in die Wirklichkeit zurückzukehren.«

»Ich mag diese Pillen nicht«, antwortete Marty unglücklich. »Wenn ich das Medikament nehme, bin ich nicht ich selbst. Ich kann nicht denken, weil es dann kein ›Ich‹ mehr gibt!«

»Mir ist klar, dass das hart ist«, sagte Smith freundschaftlich. »Aber wir wollen doch nicht, dass du ausflippst. Wenn du die Pillen zu lange nicht genommen hast, spielst du ein bisschen verrückt.«

Wütend schüttelte Marty den Kopf. »Sie haben mir beizubringen versucht, wie man sich anderen Menschen gegenüber ›normal‹ verhält, und zwar so, wie sie anderen Klavier spielen beibringen! Ich soll mir *einprägen*, was normal ist. ›Sehen Sie dem anderen in die Augen, aber starren Sie ihn nicht an.‹ ›Strecken Sie Ihre Hand aus, wenn es sich um einen Mann handelt, warten Sie aber bei einer Frau, bis sie Ihnen die Hand geben will.‹ So ein Schwachsinn! Ich habe etwas über einen Typ gelesen, der genau die richtigen Worte gefunden hat: ›Wir können lernen vorzugeben, dass wir uns wie alle anderen verhalten, aber wir begreifen nicht, warum.‹ Mir leuchtet der Grund nicht ein, Jon. *Ich will nicht normal sein!*«

»Auch ich möchte nicht, dass du ›normal‹ wirst. Ich mag deine Exzentrik und geistige Brillanz. Ohne sie wärst du nicht der Marty, den ich kenne. Aber wir müssen auch dafür sorgen, dass du nicht aus dem Gleichgewicht gerätst und zu weit in eine Stratosphäre abhebst, aus der es kein Zurück gibt. Wenn wir morgen bei Peter angekommen sind, kannst du die Pillen wieder absetzen.«

Marty starrte vor sich hin. In Gedanken jonglierte er mit Zahlen und Algorithmen. Er liebte die Freiheit seiner geistigen Zügellosigkeit, aber ihm war auch klar, dass Jon Recht hatte. Er hatte sich so eben noch in der Gewalt und wollte nicht das Risiko eingehen, in den Abgrund zu stürzen.

Marty seufzte. »Du hast gewonnen, Jon. Entschuldigung. Gib mir die verdammte Pille.«

Eine knappe halbe Stunde später waren beide in tiefen Schlaf gesunken.

Samstag, 18. Oktober, 0 Uhr 06
San Francisco International Airport

Nadal al-Hassan verließ die aus New York kommende DC-10 und schlenderte zur großen Abfertigungshalle des Flughafens. Den übergewichtigen Mann in dem schäbigen Anzug, der ihn dort begrüßte, hatte er nie zuvor gesehen, aber sonst passte niemand zu der Personenbeschreibung, die man ihm gegeben hatte.

»Sind Sie al-Hassan?«

Angewidert betrachtete der Araber den Mann in dem abgetragenen Anzug. »Kommen Sie von der Detektivagentur?«

»Allerdings.«

»Was haben Sie zu berichten?«

»Durch das FBI sind wir auf diesen Apotheker gekommen, aber der wusste nur, dass sie zu zweit waren und ein Taxi genommen haben, nachdem sie die Apotheke verlassen hatten. Wie die Bullen und das FBI überprüfen wir die Taxiunternehmen. Zusätzlich die Hotels, Motels, Pensionen, Autovermietungen und die anderen Apotheken. Bis jetzt haben wir nichts rausgekriegt und bei den Cops und beim FBI läuft's auch nicht besser.«

»Ich werde im Hotel Monaco in der Nähe des Union Square wohnen. Rufen Sie mich sofort an, wenn Sie etwas herausfinden.«

»Sollen wir die ganze Nacht über weitermachen?«

»So lange, bis Sie oder die Polizei sie gefunden haben.«

Der Mann in dem abgetragenen Anzug zuckte die Achseln. »Es ist ja Ihr Geld.«

Mit dem Taxi fuhr al-Hassan zu dem frisch renovierten Hotel in der Innenstadt von San Francisco, dessen kleine, elegante Halle und Restaurant an den europäischen Stil der Zwanzigerjahre erinnerten. Als er auf seinem Zimmer war, rief er sofort in New York an und wiederholte, was der Privatdetektiv erzählt hatte.

»Auf die Ressourcen der Armee kann Smith nicht zurückgreifen. Wir beobachten seine und Zellerbachs Freunde, außerdem alle, die mit den Überlebenden der Virusinfektion in Verbindung stehen.«

»Heuern Sie eine weitere Detektivagentur an, falls es nötig sein sollte«, befahl Victor Tremont in seinem New Yorker Hotelzimmer. »Xavier hat herausgefunden, was dieser Zellerbach für Smith erledigt hat.« Er fasste zusammen, was Xavier bei der Untersuchung von Martys Computeraufzeichnungen entdeckt hatte. »Offensichtlich hat Zellerbach das Giscours-Memorandum gefunden, außerdem nicht verschlüsselte Berichte über das Auftreten des Virus im Irak. Wahrscheinlich weiß Smith, dass wir den Virus haben, und jetzt will er wissen, was wir damit machen. Jetzt ist er keine potenzielle Bedrohung mehr, sonder eine sehr reale.«

»Nicht mehr lange«, versprach al-Hassan.

»Halten Sie zu Xavier Kontakt. Dieser Zellerbach hat versucht, die Aufzeichnung des Telefongesprächs zwischen Sophia Russel und mir zu finden. Unserer Meinung nach wird er es erneut versuchen. Xavier überwacht Zellerbachs Computer. Wenn er ihn benutzt, wird er dafür sorgen, dass Zellerbach so lange online ist, bis wir die Polizei in Long Lake um eine Fangschaltung bitten können.«

»Ich werde in Washington anrufen und ihm die Nummer meines Handys geben.«

»Haben Sie Bill Griffin gefunden?«

Ein paar Augenblicke lang schwieg der Araber irritiert. »Seit wir ihn beauftragt haben, Smith umzulegen, hat er zu keinem unserer Leute mehr Kontakt aufgenommen.«

Tremonts Stimme klang wie ein Peitschenknall. »Sie wissen immer noch nicht, wo Griffin ist? Unglaublich! Wie können Sie einen Ihrer Männer aus den Augen verlieren!«

Al-Hassan sprach weiterhin leise und ehrerbietig. Victor Tremont war einer der wenigen Heiden in diesem gottlosen Land, die er respektierte, und sein Boss hatte Recht. Er hätte den Ex-FBI-Mann besser im Auge behalten sollen. »Wir bemühen uns, Griffin zu finden. Für mich ist es Ehrensache, dass wir ihn schnell aufspüren.«

Tremont schwieg und versuchte, sich zu beruhigen. »Xavier hat mir auch erzählt, dass Martin Zellerbach versucht hat, Griffins letzten Wohnsitz herauszukriegen, und zwar offensichtlich im Auftrag von Smith. Es muss da irgendwo eine Verbindung geben, ganz wie Sie vermutet haben. Jetzt haben wir den Beweis.«

»Interessant ist, dass Bill Griffin keinerlei Versuch unternommen hat, zu Jon Smith Verbindung aufzunehmen. Andererseits hat Smith gestern in Georgetown Griffins Exfrau getroffen.«

Tremont dachte darüber nach. »Vielleicht spielt Griffin ein doppeltes Spiel. Er könnte sich als unser gefährlichster Feind oder als unsere nützlichste Waffe erweisen. Finden Sie ihn!«

7 Uhr
San Francisco Mission District

Um sieben Uhr morgens verließen Smith und Marty das Motel und eine Stunde später hatten sie San Franciscos glitzernde Bucht hinter sich gelassen und fuhren auf der Interstate 580 nach Osten. Hinter Lathrop nahmen sie erst die Interstate 99, dann die Interstate 120, die durch fruchtbares Ackerland in Richtung Süden nach Merced führte, wo sie ein spätes Frühstück einnahmen. Dann ging die Fahrt erneut – diesmal auf der Interstate 140 – nach Osten zum Yosemite-Tal. Marty war immer noch ruhig, und als sie die höheren Berge erreicht hatten, schien sich der Himmel in ein durchlässiges Blau zu verwandeln.

Nahe bei dem ungefähr tausend Meter hohen Mid-Pines-Gipfel und dem reißenden Fluss Merced erreichten sie bei El Portal den Nationalpark. Marty hatte schweigend aus dem Fenster geblickt. Während sie neben dem nach unten schießenden Fluss etwa zwei Drittel des Berges erklommen hatten, kamen sie in dem berühmten Tal an. Marty berauschte sich weiterhin an der faszinierenden Gebirgsszenerie.

»Vielleicht hätte ich doch mal mein Haus verlassen sollen«, sagte er. »Es ist unbeschreiblich schön.«

»Und es gibt kaum Menschen, die einem den Blick versperren.«

»Du kennst mich zu gut, Jon.«

Dann fuhren sie an dem in seine eigene Gischt gehüllten Bridal-Veil-Wasserfall und den nackten Felsen von El Capitain vorbei. In der Ferne sah man die legendären Half-Dome- und Yosemite-Wasserfälle. Sie bogen scharf auf die nördliche Gabelung der Talstraße ab und nahmen die Big Oak Flat Road zur Kreuzung mit der hoch gelegenen Tioga Road, die von November bis Mai und oft bis tief in den Juni hinein für alle Fahrzeuge gesperrt war. Dann durchquerten sie Schneefelder und das faszinierende Hochland der wilden Sierras. Schließlich fuhren sie den östlichen Abhang hinab. Hier war das Land trockener und weniger fruchtbar.

Jetzt sang Marty alte Cowboylieder. Die Wirkung seines Medikaments begann nachzulassen. Ein paar Kilometer bevor die Tioga Road auf den Highway 195 und die Kleinstadt Lee Vining stieß, bog Smith auf eine schmale, asphaltierte Straße ab. Zu beiden Seiten lagen ausgedörrte, mit dürrem Gras bewachsene Abhänge, auf denen Stacheldrahtzäune die Grenzen zwischen den Weiden markierten. Unter den Bäumen, deren Silhouetten einen starken Kontrast zu den goldfarbenen Bergen bildeten, grasten Pferde, Kühe und Rinder.

»*Home, home on the range, where the deer and the antelope play!*«, sang Marty inbrünstig. »*Where seldom is heard a discouraging word and the skies are not cloudy all day!*«

Smith steuerte den Wagen Schwindel erregende Serpentinen hoch, überquerte mehrere Flüsse und wackelige Brücken und hielt schließlich am Rand eines tiefen Tals, durch das ein breiter Strom donnerte. Über den Abgrund führte eine enge Stahlbrücke zu einer Lichtung und einem zwischen hohen Kiefern und duftenden Zedern verborgenen Blockhaus. In der Ferne wirkte der viertausend Meter hohe Mount Dana mit seinem schneebdeckten Gipfel wie ein Wachposten.

Während Smith den Wagen parkte, rasten Martys Gedanken dahin, die durch die erstaunliche Bandbreite der landschaftlichen Eindrücke, die vom Meer über die Berge bis zum Farmland reichten, angeregt worden waren. Aber jetzt begriff er, dass sie fast am Ziel waren und dass er hier bleiben, schlafen und vielleicht eine Zeit lang leben musste.

Smith öffnete ihm die Tür und sein Freund stieg zögernd aus dem Wagen. Er wich vor der sanft im Wind schaukelnden Fußgängerbrücke zurück, die über einen dreißig Meter tiefen Abgrund führte.

»Ich werde keinen Fuß auf diese wackelige Konstruktion setzen.«

»Schau nicht nach unten. Komm schon.«

Die ganze Zeit über hielt Marty sich am Geländer fest. »Was haben wir in dieser Wildnis verloren? Da drüben ist doch nur dieser alte Schuppen.«

»Dort wohnt unser Mann«, antwortete Smith, während sie über den Weg auf das Blockhaus zugingen.

Marty blieb stehen. »*Das* ist unser Ziel? Keine fünf Sekunden werde ich in so einer primitiven Hütte bleiben. Ich bezweifle stark, dass es darin fließendes Wasser gibt. Und mit Sicherheit gibt es keine Elektrizität, also auch keinen Computer. Ich brauche jetzt nämlich unbedingt einen Computer!«

»Da gibt's aber auch keine Killer«, erwiderte Smith. »Außerdem soll man nicht von der äußeren Erscheinung auf das Innere schließen.«

»Das ist ein Klischee«, schnaubte Marty.

»Geh schon.«

Unter den dicken Ästen der Kiefern tauchten sie in Dämmerlicht ein und der Duft der Bäume erfüllte die Luft. Vor ihnen lag still das Blockhaus und Marty schüttelte bestürzt den Kopf.

Plötzlich ließ sie ein hohes Knurren wie angewurzelt stehen bleiben.

Ein ausgewachsener Berglöwe sprang vor ihnen von einem Baum und kauerte sich etwa drei Meter vor ihnen hin. Das Tier schlug mit dem Schwanz und seine gelben Augen funkelten.

»Jon!«, kreischte Marty, der sofort die Flucht ergreifen wollte.

Smith packte ihn am Arm. »Warte.«

»Rühren Sie sich nicht, Gentlemen«, sagte irgendwo vor ihnen eine Stimme mit englischem Akzent. »Wenn Sie keine Waffe ziehen, wird er Ihnen nichts tun. Und ich vielleicht auch nicht.«

22

13 Uhr 47
In der Nähe von Lee Vining, High Sierras, Kalifornien

Von der überdachten Veranda des Blockhauses trat ein schlanker, mittelgroßer Mann, der ein automatisches englisches Enfield-Gewehr in den Händen hielt. Seine Worte hatte er an Smith gerichtet, aber sein Blick fixierte Marty Zellerbach. »Du hast nicht gesagt, dass du jemanden mitbringst, Jon. Ich mag keine Überraschungen.«

»Ich wäre glücklich, wenn wir wieder abhauen würden«, flüsterte Marty.

Smith ignorierte ihn. Peter Howell war nicht Marty Zellerbach. Seine Verteidigungsmaßnahmen waren tödlich und man musste sie ernst nehmen. »Pfeif das Kätzchen zurück und nimm die Knarre runter, Peter«, sagte Smith leise. »Marty kenne ich schon viel länger als dich und im Moment brauche ich euch beide.«

»Aber *ich* kenne ihn nicht«, erwiderte der drahtige Mann genauso leise. »Da liegt der Hase im Pfeffer, stimmt's? Willst du damit sagen, dass du ihn hundertprozentig kennst und dass er sauber ist?«

»Niemand ist sauberer als er, Peter.«

Eine endlose Minute lang betrachtete Howell Marty. Der Blick seiner blassblauen Augen war kühl und so durchbohrend wie ein Röntgengerät. Schließlich gab er ein undefinierbares, raues Geräusch von sich, das zugleich an ein Schnauben und ein Räuspern erinnerte. »Na komm, Stanley«, sagte er leise. »Bist ein gutes Kätzchen. Troll dich.«

Der Berglöwe wandte sich ab. Er blickte noch ein paarmal zurück, bevor er hinter dem Blockhaus verschwand. Es war, als ob das Tier darauf hoffte, zum Angriff aufgefordert zu werden.

Der Mann ließ das Gewehr sinken.

Mit strahlenden Augen beobachtete Marty, wie die große Raubkatze davonschlich. »Von einem dressierten Berglöwen habe ich noch nie gehört. Wie haben Sie das geschafft? Das Tier hat sogar einen Namen. Wunderbar! Wussten Sie, dass afrikanische Könige Leoparden für die Jagd abgerichtet haben? Und in Indien haben sie Geparden beigebracht ...«

Howell schnitt ihm das Wort ab. »Wir sollten im Haus weiterreden. Man weiß nie, ob man belauscht wird.« Er gestikulierte mit seinem Gewehr und trat zur Seite, um seinen Gästen den Vortritt zu lassen. Als Smith an ihm vorbeiging, hob der Engländer eine Augenbraue und zeigte auf Martys Rücken. Smith nickte beruhigend.

Das Innere des Blockhauses war größer, als man von draußen angenommen hätte, und es entsprach auch nicht seiner rustikalen Fassade. Wenn man von dem riesigen Steinkamin absah, erinnerte nichts in dem geschmackvoll eingerichteten Wohnzimmer an die üblichen Landhäuser der Westküste. Die Einrichtung bestand aus Antiquitäten englischer Provenienz, deren Gemütlichkeit an ein dortiges Landhaus erinnerte. Das Ganze wurde durch lederne Klubsessel und militärische Erinnerungsstücke aus den meisten Kriegen des Zwanzigsten Jahrhunderts komplettiert. An den Wänden hingen zwischen Gewehren, Regimentsfahnen und gerahmten Fotografien mehrere großformatige Gemälde der Expressionisten de Kooning, Newmann und Rothko, die ein Vermögen wert waren.

Der Raum erstreckte sich über die gesamte Breite des Hauses, hatte aber einen von der Vorderseite nicht sichtbaren Flügel, der bis tief unter die hohen Kiefern reichte. Der Grundriss des Gebäudes glich einem L. Die erste Tür im Flur hinter dem Wohnzimmer führte in eine Bibliothek, in der auch ein moderner PC stand.

Marty stieß einen Freudenschrei aus und Peter Howell beobachtete, wie er auf den Computer zuraste und die Welt um sich herum vergaß.

»Was hat er?«, fragte Howell leise.

»Er leidet am Asperger-Syndrom«, antwortete Smith. »Marty ist ein Genie, besonders wenn's um Elektronik geht, aber der Umgang mit anderen Menschen ist für ihn die Hölle.«

»Hat er keine Medikamente?«

Smith nickte. »In Washington mussten wir uns schnell aus dem Staub machen. Gib mir eine Minute Zeit, dann können wir uns unterhalten.«

Wortlos kehrte Howell ins Wohnzimmer zurück und Smith trat zu seinem Freund.

Marty blickte ihn missbilligend an. »Warum hast du mir nicht erzählt, dass er einen Generator hat?«

»Wegen des Löwen habe ich es vergessen.«

Das Computergenie nickte verständnisvoll. »Unser niedlicher Berglöwe Stanley. Wusstest du, dass sie in China Sibirische Tiger abgerichtet haben, um …«

»Lass uns später darüber reden.« Smith war nicht so überzeugt davon, dass sie in Sicherheit waren, wie er es Marty gegenüber vorgegeben hatte. »Kannst du noch mal herauszufinden versuchen, ob Sophia besondere Telefongespräche getätigt oder angenommen hat? Und vielleicht auch, wo Bill Griffin ist?«

»Genau das hatte ich vor. Ich muss nur eine Verbindung zu meinem Mainframe und meiner Software herstellen. Wenn der Computer deines Freundes nicht so primitiv ist wie die Gegend hier, werde ich in ein paar Minuten so weit sein.

»Niemand ist dafür besser geeignet als du.« Smith klopfte ihm auf die Schulter und sah dann, wie sich sein Freund weiter und weiter über die Tastatur beugte, während er sich in die Welt zurückzog, die nur ihm gehörte.

»Wie ist es möglich, dass dieser Mini-Computer so viel Power hat?«, murmelte er vor sich hin. »Na, egal. Das Ganze sieht jetzt schon besser aus.«

Als Smith das Wohnzimmer betrat, saß Peter Howell vor dem Kamin und reinigte eine Maschinenpistole aus schwarzem Stahl. Neben ihm brannte knisternd das Feuer. Wenn man von der Armeewaffe in den Händen des Engländers absah, war es ein heimeliger Anblick.

»Setz dich«, sagte Howell, ohne aufzublicken. »Der alte Ledersessel da ist bequem. Als ich begriffen habe, dass ich zu Hause zu einer Art Belastung wurde und dass es klüger sein könnte, mich abzusetzen, wo ich weniger bekannt bin und besser auf mich aufpassen kann, habe ich ihn meinem Klub abgekauft.«

Für einen ein Meter achtzig großen Mann war Howell fast schon zu schlank. Er trug ein blaugrün kariertes Flanellhemd, dicke englische Armeehosen aus Khaki und schwarze Kampfstiefel. Die Farbe und die Falten seines Gesichts erinnerten an jahrelang von Wind und Sonne gegerbtes Leder. Die Falten waren so tief, dass seine Augen wie in schmalen Tälern zu verschwinden schienen. Sein Blick war scharf und wachsam, sein dichtes, ehemals schwarzes Haar fast grau und seine Hände glichen braunen Krallen.

»Erzähl mir von deinem Freund.«

Jon Smith ließ sich in den Sessel fallen und fasste kurz die Höhepunkte von Martys und seiner gemeinsamen Jugend zusammen. Dann schilderte er die Schwierigkeiten, die Marty in jungen Jahren gehabt hatte, und wie das Asperger-Syndrom diagnostiziert worden war. »Dadurch hat sich für ihn alles geändert, weil ihm die Medikamente ein unabhängiges Leben ermöglichten. Mit Hilfe der Arzneimittel konnte er seine Ausbildung absolvieren und die harte Arbeit leisten, die für zwei Promotionen erforderlich ist. Wenn er das Medikament nimmt, kann er die langweiligen, praktischen Dinge erledigen, die lebensnotwendig sind. Er wechselt Glühbirnen aus, wäscht seine Wäsche und kocht. Natürlich hätte er genug Geld, um Personal einzustellen, aber Fremde machen ihn nervös. Sein Medikament muss er sowieso nehmen, warum sollte er also nicht für sich selbst sorgen?«

»Ich kann es ihm nicht verübeln. Du hast gesagt, dass die Wirkung des Medikaments nachlässt?«

»Ja. Unter anderem merkt man das daran, dass er zur Hysterie neigt, wie du eben gesehen hast. Dann liest er und schwärmt herum, schläft nur wenig und treibt alle zum Wahnsinn. Wenn er seine Arznei zu lange nicht nimmt, kann er in ein unbekanntes Universum entschwinden und so sehr die Kontrolle über sich verlieren, dass er für sich selbst – und vielleicht auch für andere – gefährlich wird.«

Howell schüttelte den Kopf. »Versteh mich nicht falsch, aber der junge Mann tut mir Leid.«

Smith lachte in sich hinein. »Du musst es andersherum sehen. Wir beide tun ihm Leid. Weil wir nie erfahren werden, was er weiß, bemitleidet er uns. Wir können nicht begreifen, was er versteht. Es ist ein großer Verlust, dass er sich völlig isoliert hat, um sich ganz und gar auf die Arbeit mit dem Computer zu konzentrieren. Nach dem, was ich mitgekriegt habe, konsultieren ihn Computerexperten aus der ganzen Welt, allerdings nie persönlich, sondern immer nur per E-Mail.«

Howell säuberte während der Unterhaltung seine Heckler & Koch-MP5, die genauso tödlich war, wie sie aussah. »Aber wenn er mechanisch und langsam reagiert, wenn er sein Medikament genommen hat, und verrückt spielt, wenn er es nicht tut, wie schafft er es dann, irgendetwas auf die Reihe zu kriegen?«

»Das ist der Trick bei der Sache. Er hat gelernt, sich ein Stück weit gehen zu lassen, wenn die Wirkung des Medikaments nachlässt, aber nicht so weit, dass er die Kontrolle verliert. So bleiben ihm jeden Tag ein paar Stunden dieses Zwischenzustands, in dem er vollkommen glücklich ist. Dann durchzucken ihn mit Lichtgeschwindigkeit neue Ideen. Sein Geist ist hellwach, klar und schnell, während er sich nur halb in der Gewalt hat. Dann ist er unschlagbar.«

Howells zerfurchtes Gesicht blickte von der Waffe auf und seine blassblauen Augen flackerten. »Am Computer unschlagbar? Na gut, das ist was anderes.« Erneut wandte er sich seiner Heckler & Koch zu, die vor ein paar Jahren die bevorzugte Waffe des britischen Special Air Service gewesen war, woran sich vermutlich nichts geändert hatte.

»Säuberst du immer eine Waffe, wenn du Besuch hast?« Weil Smith nach der langen Autofahrt müde war, schloss er die Augen.

Howell schnaubte. »Hast du jemals *The White Company* von Arthur Conan Doyle gelesen? Ein ziemlich gutes Buch – als Junge hat es mich sehr viel mehr interessiert als Sherlock Holmes. Merkwürdige Sachen. Ein Sohn ist gleichzeitig der Vater eines Mannes und solche Geschichten.« Bevor er weitersprach, schien er noch einen Augenblick lang über Jungen und Männer nachzudenken. »Wie auch immer – in dem Buch gibt es einen alten Bogenschützen Namens Black Simon. Eines Morgens fragt ihn der Held, warum er sein Schwert so scharf wie ein Rasiermesser schleift, wenn die Kompanie keinerlei Kampfhandlung erwartet. Black Simon antwortet ihm, dass er in den Nächten vor den großen Schlachten von Crecy und Poitiers von einer roten Kuh geträumt habe und dass das in der letzten Nacht wieder so gewesen sei. Deshalb bereite er sich auf den Ernstfall vor. Natürlich haben die Spanier später am selben Tag angegriffen, wie Black Simon es erwartet hatte.«

Smith lachte in sich hinein und öffnete die Augen. »Das soll wohl heißen, dass man sich besser auf Ärger vorbereitet, wenn ich auftauche.«

»So ungefähr«, erwiderte Howell lächelnd.

»Wie üblich hast du Recht. Ich brauche Hilfe und wahrscheinlich ist die Sache gefährlich.«

»Wofür sollte ein alter Geheimagent und Wüstenfuchs sonst gut sein?«

Smith war Howell während der langweiligen Aktion Desert Shield begegnet, als sie im Lazarett jeden Tag mit Kämpfen gerechnet hatten, die nie stattfanden. Peter Howell allerdings wurde in eine Auseinandersetzung verstrickt. Oder – um genauer zu sein – Peter und der britische Special Air Service. Nie hatte Peter genau gesagt, worum es gegangen war, doch eines Nachts war er wie ein Gespenst aus dem Wüstensand in dem Lazarett aufgetaucht. Er hatte hohes Fieber und war leichenblass. Einige Ärzte schworen, dass sie einen Hubschrauber oder ein kleines Landfahrzeug in der Nähe gehört hätten, aber niemand war sich seiner Sache sicher. Es blieb ein Rätsel, wie er angekommen war oder wer ihn gebracht hatte.

Smith bemerkte sofort, dass der unbekannte Patient britische Tarnkleidung ohne Abzeichen trug, die etwas über seinen militärischen Rang oder seine Einheit verraten hätten. Er war von einer Giftschlange gebissen worden und Smith rettete ihm durch eine unverzügliche Behandlung das Leben. Während Peter sich in den folgenden Tagen erholte, lernten sie sich näher kennen und gegenseitig zu respektieren. Smith erfuhr, dass sein Patient Major Peter Howell hieß, zum Special Air Service gehörte und in irgendeiner geheimen Mission tief im Irak gewesen war. Mehr verriet er darüber nicht. Weil er für einen regulären Einsatz beim Special Air Service zu alt war, musste an der Geschichte mehr dran gewesen sein. Den Rest reimte sich Smith Stück für Stück selbst zusammen, aber selbst dann blieb noch vieles unklar.

Wenn man es auf eine kurze Formel bringen wollte, war Peter einer dieser ruhelosen und verwegenen Briten, die in den letzten zwei Jahrhunderten in jedem kleineren oder größeren Konflikt auf einer der beiden Seiten aufgetaucht waren. Er hatte in Cambridge studiert, die Militärakademie in Sandhurst besucht und war zugleich Sprachwissenschaftler und Abenteurer. Während des Vietnamkriegs ging er zum Special Air Service, anschließend arbeitete er als freier Mitarbeiter für den MI6 und den Auslandsgeheimdienst. Seitdem war er ständig für eine der beiden Organisationen tätig, was davon abhing, ob es sich um einen heißen oder kalten Krieg handelte, manchmal sogar für beide gleichzeitig, bis er für die eine zu alt und für die andere nicht mehr nützlich war.

Jetzt genoss er an der abgelegenen und nur spärlich besiedelten östlichen Seite der Sierras seinen wohlverdienten Ruhestand. Zumindest schien es so. Smith hatte den Verdacht, dass sein Ruhestand genauso undurchsichtig wie der Rest seines Lebens war.

Jetzt, wo Smith sich unerlaubt von seiner Einheit entfernt

hatte, brauchte er die Art Beistand, die der Special Air Service oder der MI6 leisten konnten. »Ich muss in den Irak reisen, Peter. Geheim, aber ich benötige Kontakte.«

Howell begann, seine Waffe wieder zusammenzusetzen. »Junge, das ist nicht nur gefährlich, sondern glatter Selbstmord. Keine Chance. Nicht für einen Amerikaner oder Engländer. So wie die Dinge dort heute liegen, ist das völlig unmöglich.«

»Sie haben Sophia ermordet. Es muss eine Möglichkeit geben.«

Howell gab ein Geräusch von sich, das dem glich, mit dem er den Löwen Stanley zurückgerufen hatte. »Einfach so? Wärst du so gütig, mir zu erklären, warum du dich ohne Erlaubnis von der Truppe entfernt hast?«

»Du weißt davon?«

»Du siehst, dass ich versuche, nicht ganz aus der Welt zu sein. Ich habe mich selbst ein paarmal unerlaubt von der Truppe entfernt, gewöhnlich aus gutem Grund.«

Smith weihte ihn in alles ein, was nach dem Tod von Major Anderson in Fort Irwin passiert war. »Wer sie auch sein mögen, sie sind mächtig, Peter. Sie können die Armee, das FBI, die Polizei und vielleicht auch die gesamte Regierung manipulieren. Was immer sie planen, es lohnt sich, dafür Menschen umzubringen. Ich muss den Grund herausfinden und auch, warum sie Sophia getötet haben.«

Nachdem er seine Maschinenpistole gesäubert, geölt und wieder zusammengesetzt hatte, griff Howell mit seiner gebräunten Hand nach einem Humidor und stopfte sich dann eine Pfeife. Weiter hinten im Haus stieß Marty vor dem Computer aufgeregte Rufe der Zufriedenheit aus.

»Mit diesem Virus, gegen den es kein Heilmittel und keinen Impfstoff gibt, kann man den ganzen Planeten als Geisel nehmen«, murmelte Howell, nachdem er seine Pfeife angezündet hatte und gemütlich vor sich hin paffte. »Es muss jemand wie Saddam Hussein oder Gaddafi dahinterstecken. Vielleicht auch China.«

»Oder Pakistan, Indien oder irgendein anderes Land, das

schwächer als die Staaten der westlichen Welt ist.« Einen Augenblick lang schwieg Smith. »Oder es ist kein Land. Vielleicht geht's nur um Geld, Peter.«

Während der aromatische Pfeifenrauch den Raum erfüllte, dachte Howell nach. »Dich in den Irak einzuschmuggeln könnte mehr kosten als nur mein Leben, Jon. Dadurch könnte die gesamte Untergrundbewegung dort zerstört werden. Die Opposition gegen Saddam Hussein innerhalb des Irak ist zwar schwach, aber es gibt sie. Während sie den richtigen Augenblick abwartet, helfen die Briten und die Amerikaner, den Widerstand gegen das Regime zu stärken. Wenn ich sie darum bitte, schleusen sie dich in den Irak ein, aber sie werden nicht die gesamte Bewegung gefährden. Falls du ernsthaften Ärger bekommen solltest, wirst du auf dich allein gestellt sein. Das Embargo der Vereinigten Staaten ruiniert das Leben der Menschen dort, von Saddam und den Mitgliedern seiner Clique einmal abgesehen. Dadurch sterben Kinder. Von der Untergrundbewegung kannst du nur wenig Hilfe erwarten, vom irakischen Volk überhaupt keine.«

Smith hielt für einen Moment den Atem an, dann zuckte er die Achseln. »Das Risiko muss ich eingehen.«

»Dann sollte ich mich besser an die Arbeit machen. Ich werde für den bestmöglichen Schutz sorgen. Ich wünschte, ich könnte mitkommen, aber ich wäre nur eine Belastung für dich. Im Irak kennen sie mich zu gut.«

»Es wäre besser, wenn ich allein reise. Ich habe hier sowieso eine Aufgabe für dich.«

Howells Gesichtsausdruck hellte sich auf. »Ach, ja? Ich habe mich sowieso schon ein bisschen gelangweilt. Auf die Dauer ist es nicht besonders aufregend, immer nur Stanley zu füttern.«

»Noch was – Marty muss seine Medikamente bekommen, sonst wird er uns bald nicht mehr nützlich sein. Die leeren Fläschchen kann ich dir geben, aber zu seinem Arzt in Washington können wir keinen Kontakt aufnehmen.«

Howell nahm die Fläschchen an sich und ging dann durch den Flur an der Bibliothek vorbei, wo Marty am Computer wütete. Smith blieb sitzen und hörte Marty zu. Draußen strich der Wind durch die majestätischen Kiefern. Es war ein angenehmes Geräusch, als ob die Erde atmen würde. Müde versuchte Smith, sich in dem Sessel zu entspannen. Er verdrängte seine Trauer um Sophia und die Sorge darüber, ob er im Irak etwas herausfand und die Reise mit heiler Haut überstand. Wenn ihn irgendjemand in dieses tyrannisierte Land einschleusen konnte, dann Peter. Er war sicher, dass dort irgendwo Antworten zu finden waren – bei den Menschen, die die Virusinfektion im letzten Jahr überlebt hatten.

17 Uhr
Washington, D.C.

In dem großen Büro in Martys verwüstetem Bungalow in der Nähe des Dupont Circle beobachtete der Computerexperte Xavier Becker fasziniert, wie Zellerbach, der von irgendeinem weit entfernten PC die Verbindung zu seinem riesigen Cray-Mainframe hergestellt hatte, mit der Präzision eines Chirurgen die Computer der Telefongesellschaft durchsuchte.

Noch nie hatte Xavier solche Such- und Crack-Programme gesehen, wie Zellerbach sie geschrieben hatte. Die Genialität und Eleganz dieser Software ließ ihn fast vergessen, weshalb er hier war.

Um Zellerbach einen Schritt voraus zu sein, blieb ihm nichts anderes übrig, als ihn durch ein Labyrinth von falschen positiven Resultaten zu führen, um ihn so online zu halten, während die Polizei in Long Lake Zellerbachs Weg durch das Gewirr von Relais auf der ganzen Welt verfolgte. Xavier schwitzte, weil er sich Sorgen machte, dass Zellerbach die Abfolge der Relais ändern könnte; das würde bedeuten, dass sie ihn verlieren würden. Aber Zellerbach tat es nicht. Dieser Fehler blieb Xavier unverständlich. Es war, als ob Zellerbach ein System von Relais ausgewählt hätte, um den Standort seines Computers nicht preiszugeben, einfach weil er wusste, dass das notwendig war.

Er schien aber keinen Schritt weiter zu denken und kam daher nicht auf die Idee, seinen Weg zu ändern.

Durch seinen Kopfhörer hörte Xavier eine angespannte Stimme. »Nur noch ein paar Minuten. Halten Sie ihn hin, Xavier.«

Jack McGraws Stimme klang, als würde er genauso schwitzen wie Xavier. Schon zweimal hatten sie Zellerbach fast gehabt – einmal, als Xavier ihn im Kreis durch gefälschte Daten führte, während Marty versuchte, Bill Griffins Aufenthaltsort herauszufinden, und dann erneut, als er die Verbindung zum USAMRIID-Computer herstellte, um sich über die Fortschritte bei der Untersuchung des unbekannten Virus zu informieren. Beide Male war Zellerbach zu schnell für Xavier gewesen. Aber diesmal nicht. Vielleicht waren Xaviers falsche Daten jetzt besser, vielleicht war Zellerbach auch einfach müde geworden und seine Konzentration ließ nach. Was immer es auch sein mochte, in zwei oder drei Minuten …

»Wir haben ihn!«, verkündete Jack McGraw aufgeregt. »Sein Computer steht in der Nähe einer Kleinstadt namens Lee Vining in Kalifornien. Al-Hassan hält sich in der Nähe des Yosemite-Tals auf. Wir werden ihn sofort benachrichtigen.«

Xavier schaltete den Kopfhörer ab. Er teilte das Triumphgefühl des Sicherheitschefs nicht, während er weiter beobachtete, wie Zellerbach der falschen Fährte folgte, die ihn vermeintlich zu einer Aufzeichnung des Telefongesprächs zwischen Sophia Russel und Victor Tremont führte. Zellerbachs Kreativität war zu beeindruckend, als dass sie durch seine eigene Sorglosigkeit ihren Glanz verlieren durfte. Xavier war traurig und verwirrt. Es sah so aus, als hätte sich Zellerbach von seiner Begeisterung davontragen lassen, weil er auf eine naive Weise die Existenz der Xavier Beckers und Victor Tremonts dieser Welt ignoriert hatte.

14 Uhr 42
In der Nähe von Lee Vining, High Sierras, Kalifornien

Als Smith in die Bibliothek mit dem Computer eintrat, begrüßten ihn Martys Flüche wie die Explosionen einer Bombe. »Verdammt, verdammt, verdammt! Wo bist du, du Schimäre? Niemand besiegt Marty Zellerbach, verstanden? Ich weiß, dass du da bist! *Fuck it*, verdammte Scheiße …«

»Mart?« Noch nie hatte Smith seinen Freund derart fluchen hören. Ein weiteres Anzeichen dafür, dass sich sein Verstand zu verabschieden begann? »Hör auf, Mart! Was ist los?«

Aber Marty fluchte weiter. Er schlug auf den Computer ein und nahm nicht einmal war, dass Smith im Raum war und mit ihm sprach.

»Mart!« Smith packte ihn an der Schulter.

Wie ein wildes Tier wirbelte Marty mit gefletschten Zähnen herum. Als er Smith sah, sackte er plötzlich in sich zusammen. Gequält starrte er seinen Freund an. »Nichts! Nichts! Ich habe nichts gefunden!«

»Schon in Ordnung«, sagte Smith besänftigend. »Was hast du nicht herausgefunden? Bill Griffins Adresse?«

»Keine Spur. Ich war so dicht dran, Jon. Und dann ist nichts dabei herausgekommen. Für die Aufzeichnungen der Telefongespräche gilt dasselbe. Ich habe die Verbindung zu meinem Computer hergestellt und meine eigene Software benutzt. Es war nur noch ein Schritt. Die Informationen sind da, ich weiß es! Ich war so nah …«

»Uns war doch klar, dass es sehr schwierig ist. Wie sieht es mit dem Virus aus? Gibt's in Fort Detrick irgendetwas Neues?

»Das hatte ich schon nach ein paar Minuten herausgekriegt. Offiziell hat es in den Vereinigten Staaten bisher fünfzehn Todesopfer gegeben und drei Menschen haben die Virusinfektion überlebt.«

Plötzlich war Smith hellwach. »Neue Todesfälle? Wo? Und Überlebende? Wie war das möglich? Wie sind sie behandelt worden?«

»Einzelheiten habe ich nicht erfahren. Ich musste einen brandneuen Firewall knacken. Das Pentagon hält alle Daten unter Verschluss. Außer mir kommt da niemand ran.« Er schnaubte. »Die Öffentlichkeit erfährt nichts, es sei denn durch die Armee.«

»Deshalb haben wir nichts von den Überlebenden gehört. Kannst du herausfinden, wo sie sich aufhalten?«

»Ich habe keinen blassen Schimmer, wer oder wo sie sind. Tut mir Leid, Jon!«

»Nicht in Fort Detrick oder im Pentagon?«

»Nein. Da nicht. Es ist zum Kotzen. Meiner Meinung nach halten diese Banditen im Pentagon ihre Informationen geheim.«

Smith' Gedanken überschlugen sich. Seine erste Idee war gewesen, die Überlebenden zu finden und zu befragen. Das schien der einfachste und direkteste Weg zu sein.

Der Grund dafür, dass die Regierung die Informationen unter Verschluss hielt, lag wahrscheinlich darin, dass man – wie in solchen Fällen üblich – den Ausbruch einer Panik verhindern wollte. Vielleicht war die Lage so schlimm, dass bereits mehr als fünfzehn Menschen ums Leben gekommen waren. Bevor man an die Öffentlichkeit ging, würden die Wissenschaftler die Überlebenden auf der Suche nach Antworten rund um die Uhr untersuchen und das bedeutete, dass man alle verfügbaren menschlichen und technologischen Ressourcen ausschöpfte.

Frustriert seufzte Smith lautlos. Peter Howell und er hatten keine Chance, diese Hindernisse zu überwinden.

Außerdem würden ihn der militärische Geheimdienst, das FBI und die Mörder zuerst bei den Überlebenden der Virusinfektion suchen und dort auf ihn warten. Er atmete tief durch und nickte dann. Ihm blieb keine andere Wahl. Die einzigen Überlebenden der Krankheit, die er möglicherweise erreichen konnte, lebten im Irak. In diesem von der Außenwelt abgeschotteten Land rechnete man nicht mit ihm. Und dort verfügten die Machthaber nicht über die hochmoderne Technik der amerikanischen Regierung. Wenn er herauskriegen wollte, was hinter der Sache steckte, würde er im Irak am besten und schnellsten zum Zug kommen.

»Da!«, rief Marty aufgeregt. »Fast hätte ich dich gehabt! Noch einen Augenblick …«

Smith tauchte aus seinen Gedanken auf. Marty saß kreischend vor dem Monitor, ganz wie ein Jäger, der seine Beute nur ein paar Meter vor sich sieht.

Die Angst lähmte Smith. Plötzlich ergaben Martys Aktionen einen entsetzlichen Sinn. »Wie lange bist du schon mit deinem Computer in Washington verbunden?«

Jetzt tauchte Howell im Türrahmen auf. Sein drahtiger Körper erstarrte. »Er war durch seinen eigenen Computer online?«

»Wie lange, Marty?«, fragte Smith angespannt.

Sein Freund erwachte aus seinem Trancezustand. Er blinzelte und überprüfte die Uhrzeit auf dem Monitor. »Eine Stunde, vielleicht auch zwei. Aber es ist alles *in Ordnung*. Ich benutze eine Reihe von überall auf der Welt verstreuten Relais. Außerdem ist es mein Computer, und ich …«

Smith fluchte. *»Sie wissen, wo dein Mainframe steht!* Vielleicht sind sie in diesem Augenblick in deinem Bungalow an deinem Computer und führen dich an der Nase herum! Hast du den Weg über die Telefongesellschaft heute auch beim ersten Mal benutzt?«

»Verdammt, nein! Ich habe einen neuen Pfad gefunden, auch bei der Suche nach Bill Griffin, aber der führte nirgendwo hin. Der hier bei der Telefongesellschaft eröffnet mir neue Wege. Ich weiß, dass ich …«

»Haben die Kerle Leute in Kalifornien?«, fragte Peter Howell.

»Darauf würde ich mein letztes Hemd verwetten«, antwortete Smith.

»Martys Medikamente sind unterwegs.« Howell wirbelte auf dem Absatz herum. »Über die Telefonleitung können die Killer Lee Vining und mich finden, wenn auch natürlich nicht unter meinem richtigen Namen. Sie müssen die Lage des Blockhauses eruieren, die Straße finden und hierher kommen. Im schlimmsten Fall werden sie in einer Stunde hier sein, wenn wir Glück haben, erst in zweien. Es wäre also klug, wenn wir in weniger als einer Stunde verschwunden wären.«

23

18 Uhr 51
New York City

In seiner Suite im Waldorf Astoria stand Victor Tremont vor dem Spiegel, zupfte an seinem Dinnerjacket und richtete seine schwarze Krawatte. Auf dem zerwühlten Bett hinter ihm lag eine nackte Frau. Mit ihren üppigen weiblichen Rundungen und der goldfarbenen Haut war Mercedes O'Hara wunderschön.

Im Spiegel fixierte sie Victor Tremont mit ihren dunklen Augen. »Es gefällt mir nicht, dass du mich wie deine Anzüge ablegst und mich erst dann wieder hervorholst, wenn du mich brauchst.«

Tremont runzelte die Stirn. Es war ein Fehler, dass er sich für diese weder geduldige noch zurückhaltende Frau mit den langen roten Haaren, die kaskadengleich über ihre Brüste fielen, entschieden hatte. Eine solche Fehleinschätzung unterlief ihm selten. Eigentlich konnte er sich nur an ein anderes Mal erinnern. Als Victor Tremont zu jener Frau gesagt hatte, dass er sie nie heiraten würde, hatte sie sich das Leben genommen.

»Ich muss zu einer Sitzung, Mercedes. Wenn ich zurückkomme, werden wir gemeinsam zu Abend essen. Ich habe in deinem Lieblingsrestaurant – dem Le Cheval – einen Tisch reservieren lassen. Wenn dir das nicht passt, kannst du ja verschwinden.«

Mercedes O'Hara würde sich nicht umbringen. Die Chilenin besaß große Weinberge und eine weltberühmte Kellerei im Maipo-Tal. Außerdem saß sie im Vorstand zweier Bergbauunternehmen und im chilenischen Parlament. Sie war Ministerin gewesen und würde es wieder werden. Aber wie alle Frauen beanspruchte auch sie zu viel von seiner Zeit und früher oder später würde sie darauf bestehen, dass er sie heiratete. Keine Frau begriff, dass er keine Partnerin brauchte oder wollte.

»So?« Sie beobachtete ihn weiterhin vom Bett aus. »Keine Versprechen? Eine Frau ist wie die andere. Wir sind alle bloß ein Ärgernis. Victor liebt nur sich selbst.«

Tremont war verärgert. »Ich würde nicht sagen, dass ich …«

»Nein«, unterbrach sie ihn. »Das würde ja voraussetzen, dass du etwas begriffen hättest.« Sie setzte sich auf, schwang ihre langen Beine über den Rand des Betts und stand auf. »Ich denke, dass ich von Ihnen die Nase voll habe, Dr. Tremont.«

Er hörte auf, an seiner schwarzen Krawatte herumzunesteln, und sah ungläubig zu, wie sie zu ihren Kleidungsstücken schlenderte und sich dann anzog, ohne ihn noch einmal anzublicken. Eine Woge unerwarteten Zorns übermannte ihn. Was glaubte diese Frau, wer sie war? Arrogantes Miststück. Mit aller Macht unterdrückte er seine Wut, beschäftigte sich wieder mit dem Sitz seiner Krawatte und lächelte sie im Spiegel an. »Mach dich nicht lächerlich, meine Liebe. Geh einen Cocktail trinken. Und zieh das grüne Abendkleid an, das dir so wunderbar steht. In einer Stunde werden wir uns im Le Cheval treffen. Wenn's hochkommt, wird es zwei Stunden dauern.«

Sie trug jetzt ihr schwarzes Armani-Kostüm, das ihr Haar feuerrot erscheinen ließ. »Du bist ein trauriger Mann, Victor.« Mercedes O'Hara lachte. »Und ein Narr.«

Bevor er antworten konnte, hatte sie das Schlafzimmer schon verlassen, noch immer lachend.

Tremont hörte, wie die Eingangstür der Suite zugeknallt wurde.

Wie eine Lawine überkam ihn die Wut und er begann tatsächlich zu zittern. Mit zwei schnellen Schritten eilte er auf die offene Tür des Schlafzimmers zu. Über Victor Tremont machte sich niemand lustig. Niemand! Eine Frau. Er würde …

Sein Gesicht war gerötet, als ob er Fieber hätte. Er ballte die Fäuste wie ein Schuljunge.

Dann lachte er auf. Was zum Teufel war mit ihm los? Dieses dumme Weibsstück. Sie hatte ihm die langweilige Prozedur erspart, seinen Fehler korrigieren zu müssen. Er hatte geglaubt, dass Mercedes O'Hara intelligent wäre, aber letztlich traf das auf keine Frau zu. Jetzt begriff er, dass es keine dramatischen und tränenreichen Szenen geben würde, und er würde ihr die Trennung auch nicht durch teure Abschiedsgeschenke versüßen müssen. Sie würde mit leeren Händen dastehen. Wer war also der Narr?

Breit grinsend kehrte er zum Spiegel zurück, richtete seine Krawatte endgültig, strich das Dinnerjacket glatt und warf einen letzten Blick auf seine äußere Erscheinung. Dann wandte er sich um, um den Raum zu verlassen, aber bevor er die Tür erreicht hatte, klingelte sein Handy. Er hoffte, dass das al-Hassan war, der ihm Neuigkeiten über Jon Smith und Marty Zellerbach mitteilte.

»Ja?«

Die Stimme des Arabers klang beruhigend. »Zellerbach hat eine Verbindung zu seinem eigenen Computer hergestellt, um die Suche nach der Aufzeichnung von Sophia Russels Anruf bei Ihnen fortzusetzen. Xavier hat ihn lange genug hingehalten, so dass Jack McGraw herausfinden konnte, dass er sich in Lee Vining in Kalifornien aufhält.« Al-Hassan schwieg einen Moment lang befriedigt. »Da bin ich jetzt.«

»Wo in Gottes Namen liegt Lee Vining?«

»Auf der östlichen Seite der Sierra Nevada, in der Nähe des Yosemite-Nationalparks.«

»Woher wussten Sie, dass Sie dorthin fahren mussten?«

»Das FBI hat das Motel gefunden, in dem sie die letzte Nacht verbracht haben, und herausbekommen, wo sie einen Wagen gemietet haben. Smith hat eine Karte von Nordkalifornien verlangt und gefragt, ob eine bestimmte Straße durch das Yosemite-Tal für den Autoverkehr freigegeben ist. Also sind wir zum Nationalpark gefahren, und als Jack McGraw anrief, haben wir uns einfach nach Lee Vining aufgemacht. Die Telefonnummer gehört zu einem gewissen Nicholas Romanow, aber das ist offensichtlich ein falscher Name. Wir sind gerade dorthin unterwegs.«

Tremont atmete zufrieden auf. »Gut. Sonst noch was?« Das ärgerliche Kapitel mit Lieutenant Colonel Jon Smith war bald zu Ende.

»Ja, ich habe noch andere Neuigkeiten«, sagte der Araber vertraulich mit gedämpfter Stimme, die Stolz verriet. »Sehr gute Neuigkeiten, die Ihnen zugleich gefallen und nicht gefallen werden. Meine Nachforschungen haben ergeben, dass dieser Marty Zellerbach seit seiner Schulzeit ein Freund von Smith ist – genau wie Bill Griffin.«

»Also hat Griffin Smith im Rock-Creek-Park gewarnt«, knurrte Tremont.

»Außerdem hat er zweifellos nicht die Absicht, Smith umzulegen. Aber vielleicht wird er uns nicht verraten.«

»Glauben Sie, dass er immer noch auf das Geld scharf ist?«

»Ich sehe keinerlei Anzeichen dafür, dass es sich anders verhält.«

Tremont nickte nachdenklich. »Dann haben wir vielleicht die Möglichkeit, ihn zu unserem Vorteil einzusetzen. Okay, Sie kümmern sich um Smith und seine Begleiter.« In seinen Gedanken begann ein Plan heranzureifen. Ja, er wusste genau, was zu tun war. »Griffin übernehme ich.«

19 Uhr 52
Thurmont, Maryland

Bill Griffin lächelte dünn. In den letzten drei Stunden war der weiße Lieferwagen eines Pizza-Service dreimal an Jon Smith' dreistöckigem Haus vorbeigefahren. Nachdem er seinen Beobachtungsposten bei Fort Detrick, wo er den ganzen Tag über Wache geschoben hatte, aufgegeben hatte, wartete er seit sechs Uhr abends in dem dunklen Gebäude. Als er den Wagen des Pizza-Service zum erstenmal vor dem Haus hatte abbremsen sehen, hatte er seine Aufmerksamkeit geweckt. Konnte das Jon sein, der überprüfen wollte, ob sein Haus sicher und unbeobachtet war? Beim zweiten Mal hatte er durch sein Nachtglas gesehen, dass nicht Jon hinter dem Steuer saß. Beim dritten Mal war ihm klar geworden, dass einer von al-Hassans Männern nach Jon – und vielleicht auch nach ihm – suchte.

Bill Griffin wusste, dass der Araber ihn seit dem Treffen im Rock-Creek-Park immer verdächtigt hatte, aber al-Hassan würde nicht davon ausgehen, dass er in Jons Haus wartete. Sorgfältig hatte Griffin darauf geachtet, keine Spuren zu hinterlassen. Sein Wagen befand sich in der Garage eines leer stehenden, drei Häuserblocks entfernten Hauses und er war in Jons Haus eingedrungen, indem er das Schloss der Hintertür geknackt hatte. Da Jon weder nach Fort Detrick noch nach Thurmont zurückgekehrt war, begann Griffin zu glauben, dass es dabei bleiben würde. Hatte al-Hassan ihn bereits getötet? Nein – sonst würde er nicht seine Männer herschicken, um nach Jon oder ihm zu suchen.

Durch die Dunkelheit ging er schnell in Jons Bibliothek. Nachdem der Computer betriebsbereit war, gab er das Passwort und den Verschlüsselungscode für seine geheime Website ein. Dort fand er eine Nachricht von Lon Forbes, seinem alten Partner vom FBI:

> *Colonel Jonathan Smith versucht, dich zu finden. Aus irgendeinem Grund hat er auch zu Marjorie Kontakt aufgenommen. Das FBI, die Polizei und die Armee suchen Smith, weil er sich unerlaubt von seiner Einheit entfernt hat und wegen zweier Todesfälle verhört werden soll. Lass es mich wissen, wenn du mit ihm sprechen möchtest.*

Griffin dachte nach, dann überprüfte er die Website. Dabei entdeckte er die Spuren von jemandem, der sich auf seine Website gehackt hatte. Das konnte bedeuten, dass er auch von einer dritten Person gesucht wurde. Nichts an seiner Website konnte einem Hacker verraten, wo er sich aufhielt. Dennoch fühlte er sich unbehaglich.

Nachdem er die Website verlassen und den Computer ausgeschaltet hatte, ging er zur Hintertür. Als er sicher war, dass die Rückseite des Hauses immer noch nicht beobachtet wurde, verschwand er in der Nacht.

20 Uhr 06
New York City

Die vier Leute, die sich in einem Privatraum des Harvard Club in der 44. Straße versammelt hatten, waren nervös. Sie kannten sich seit Jahren. Gelegentlich hatten sie auf unterschiedlichen Seiten gestanden und deshalb Interessenskonflikte gehabt. Aber jetzt waren alle gleichermaßen von Geld, Macht und einer Zukunftsperspektive angezogen, die sie gerne als »bestechend« charakterisierten und die sie in diesem Raum zusammengeführt hatte.

Der jüngste der Anwesenden, Major General Nelson Caspar, war der höchste Mitarbeiter des Vorsitzenden der Vereinigten Stabschefs. Er unterhielt sich leise mit dem Kongressabgeordneten Ben Sloat, der in regelmäßigen Abständen in Victor Tremonts abgelegenem Haus in Adirondack zu Gast war. Alle paar Sekunden blickte General Caspar zur Tür hinüber. Nancy Petrelli, die Gesundheitsministerin, die ein beiges Strickkostüm trug, ging allein vor den zugezogenen Fenstervorhängen auf und ab. Einar Salonen, Lieutenant General im Ruhestand und prominenter Lobbyist des militärisch-industriellen Komplexes saß zwar mit einem Buch in einem Sessel, las aber nicht. Weder General Caspar noch General Salonen trugen Uniform – für dieses geheime Treffen hatten sie schlichte, aber teure Anzüge bevorzugt.

Als sich die Tür öffnete, fuhren ihre Köpfe gleichzeitig herum.

Victor Tremont eilte in den Raum. »Gentlemen, meine Dame«, sagte er, während er sich leicht vor der Gesundheitsministerin verbeugte. »Es tut mir Leid, aber ich wurde durch etwas aufgehalten, das mit unserem Problem mit Colonel Smith zu tun hat. Übrigens darf ich Ihnen erfreut mitteilen, dass dieses Problem bald gelöst sein wird.«

Alle murmelten erleichtert vor sich hin.

»Wie ist das Treffen mit dem Vorstand von Blanchard Pharmaceuticals gelaufen?«, wollte General Caspar wissen. Das war die Frage, die sie alle beschäftigte.

Tremont, der sein elegantes Dinnerjacket und seine schwarze Krawatte trug, nahm auf der Armlehne einer Ledercouch Platz.

Er vermittelte seinen vier vornehmen Gästen ein Gefühl der Beruhigung und nahm aller Aufmerksamkeit wie ein Magnet gefangen. Lachend hob er sein eines Patriziers würdiges Kinn. »Ich habe jetzt das gesamte Unternehmen fest unter Kontrolle.«

General Salonens Stimme übertönte die anderen. »Meinen Glückwunsch!«

»Großartige Neuigkeiten, Victor«, stimmte der Kongressabgeordnete Sloat zu. »Damit haben wir die Macht.«

»Ich war mir nicht ganz sicher, ob Sie das hinkriegen würden«, gab Gesundheitsministerin Petrelli zu.

»Oh, ich hatte da keinerlei Zweifel.« General Caspar lächelte. »Victor gewinnt immer.«

Tremont lachte erneut. »Vielen Dank. Danke für Ihr Vertrauen. Aber ich muss sagen, dass ich mit General Caspar übereinstimme.«

Jetzt lachten alle, selbst Nancy Petrelli, aber ihr Lachen klang eher humorlos. Sie kam ohne Umschweife auf den kritischen Punkt zu sprechen. »Haben Sie dem Vorstand über die Einzelheiten Bericht erstattet?«

»Bis ins kleinste Detail.« Tremont verschränkte lächelnd die Arme vor der Brust und wartete ab, um sie ein bisschen auf die Folter zu spannen.

Die Spannung nahm zu. Aller Augen ruhten auf ihm.

»Und?«, fragte Nancy Petrelli schließlich.

»Was haben die gottverdammten Bonzen gesagt?«, wollte General Salonen wissen.

Victor Tremont lächelte breit. »Sie waren auf das Hades-Projekt so scharf wie ein Hund auf den Knochen.« Er studierte den erleichterten Gesichtsausdruck seiner Gäste. »Man konnte förmlich das Dollar-Zeichen in ihren Augen aufblitzen sehen. Mir kam es vor, als wäre ich in Las Vegas gewesen – und sie waren die einarmigen Banditen.«

»Keine Gewissensbisse?«, fragte Sloat. »Brauchen wir uns keine Sorgen zu machen, dass sie Hintergedanken haben oder ein schlechtes Gewissen bekommen?«

Tremont schüttelte den Kopf. »Erinnern Sie sich daran, dass

wir es mit handverlesenen Leuten zu tun haben. Wir haben unsere Quellen angezapft, um sie nach ihrer Biographie, ihren Interessen und ihrer Risikobereitschaft auswählen zu können.« Tremonts größtes Problem hatte darin bestanden, die Namen an Haldane vorbeizuschmuggeln, damit die Kandidaten für den Vorstand vorgeschlagen und gewählt werden konnten, wenn alte Mitglieder in den Ruhestand gingen oder ihre Amtszeit abgelaufen war. »Jetzt ist natürlich die Frage, ob wir sie richtig beurteilt haben.«

»Das ist doch offensichtlich«, sagte Sloat befriedigt.

»Genau«, antwortete Tremont. »Gut, sie wurden etwas bleich, als ich ihnen mitteilte, wie viele Tote ohne unser Serum zu beklagen wären, und von den Todesfällen erzählte, die unvermeidlich sein werden, bevor es für den Gebrauch zugelassen ist. Andererseits habe ich ihnen auch erklärt, dass die Virusinfektion ohne Behandlung nicht hundertprozentig tödlich verläuft, und sie haben begriffen, dass es weltweit nicht viel mehr als eine Million Tote geben wird, wenn die Regierung unser Serum schnell genug akzeptiert.«

»Und was ist, wenn die Regierung Ihren Preis nicht zahlen will?«, fragte die ewig pessimistische Nancy Petrelli.

Ein tiefes Schweigen senkte sich wie ein dunkles Leichentuch über den kleinen Raum. Mit Unbehagen wandten sich die anderen von der Gesundheitsministerin ab. Diese Frage hatte sie alle beschäftigt.

»Dieses Risiko war uns von Anfang an bekannt«, erwiderte Tremont. »Wir mussten es eingehen, damit wir bald Millionen scheffeln können. Aber ich bezweifle, dass unsere oder sonst eine Regierung eine andere Möglichkeit sehen wird. Wenn sie uns das Serum nicht abkaufen, wird überall ein Großteil der Bevölkerung ins Gras beißen. So lautet die einfache Antwort auf diese Frage.«

General Caspar nickte anerkennend. »Wer wagt, gewinnt.«

»Ach, ja. Die Maxime des SAS.« Tremont nickte dem General zu. »Aber ich denke«, fügte er dann trocken hinzu, »dass wir als Lohn für das Risiko eine größere und realistischere Belohnung erwarten als ein paar Medaillen und ein Schulterklopfen von der Queen, oder?«

Tremont bewegte sein Bein auf und ab, während er beobachtete, wie seine vier Gäste mit der Monstrosität des Hades-Projekts rangen. *Das Gewissen macht uns alle zu Feiglingen.* Shakespeares Worte, die so oder so ähnlich lauteten, hallten durch seine Gedanken. *Aber wenn wir unseren Mut bis zum Äußersten steigern, werden wir nicht fehlen.* Doch weder der Mut noch Shakespeare hatten ihn das Risiko eines möglichen Massensterbens eingehen lassen. Zu Beginn des einundzwanzigsten Jahrhunderts ging es um Macht und Reichtum.

»Keiner von uns und keines unserer Familienmitglieder wird sterben«, sagte General Salonen unverblümt. »Wir haben schließlich das Serum.«

Daran hatten alle gedacht, aber nur Salonen war tapfer und vielleicht auch unsensibel genug, die Worte auszusprechen. Tremont wartete weiter.

»Wann wird es losgehen?«, fragte Nancy Petrelli.

Tremont dachte nach. »Ich würde sagen, dass die Erkenntnis einer Pandemie die Welt in drei oder vier Tagen mit der Wucht eines Blitzes treffen wird.«

Man hörte ein Gemurmel, von dem schwer zu sagen war, ob es Mitleid oder Gier verriet.

»Wenn es so weit ist«, fuhr Tremont fort, »möchte ich, dass Sie alle betonen, was für eine Gefahr diese Pandemie für die Menschheit darstellt. Beschwören Sie eine Panikstimmung herauf. Dann werden wir bekannt geben, dass wir ein Serum entwickelt haben.«

»Und der bedrohten Menschheit zu Hilfe eilen.« General Caspar lachte heiser.

Als die vier Verschwörer gemeinsam in Zukunftsvisionen schwelgten und an das Ziel dachten, von dem sie so lange geträumt hatten, lösten sich alle Zweifel in Luft auf. Jetzt hatten sie den Erfolg dicht vor Augen. Für den Moment waren alle Gedanken an Widerstand, den möglichen Verrat Bill Griffins oder Jonathan Smith' entschlossene Nachforschungen wie weggeblasen.

»Wunderbar«, flüsterte jemand leise.

24

15 Uhr 15
High Sierras, Kalifornien

»Schau nur!«, kreischte Marty. »*Wunderbar*!« Er war plötzlich im Flur stehen geblieben und stapfte jetzt mit unbeholfenen Bewegungen in einen nur schwach erleuchteten, höhlenartigen Raum im hinteren Teil von Peter Howells verstecktem Haus in der Sierra. Konsterniert blickte Marty auf die gegenüberliegende Wand und seine grünen Augen blitzten.

Etwa drei Meter über dem Boden glühten elektronische Landkarten an der Wand. Jeder Staat war in einer anderen Farbe illuminiert. Das Licht winziger, blinkender Glühbirnen bewegte sich permanent über die Karten und daneben leuchteten vielfarbige Lichter neben jedem der aufgelisteten Namen. Darunter befand sich ein hochmodernes Computer-Equipment. In der Mitte des Raums stand ein Chefsessel aus Leder und Stahl, der auf den Seiten von einem großen Globus und einem Aktenschrank eingerahmt war.

Smith betrachte die Karten. Irak, Iran, die Türkei und jene Regionen dieser drei Länder, die das historische Siedlungsgebiet der Kurden waren. Dann Ost-Timor, Kolumbien, Afghanistan, das südliche Mexiko und Guatemala, El Salvador, Israel und Ruanda – Krisengebiete mit ihren Stammeskonflikten, erbitterten ethnischen Auseinandersetzungen, Bauernaufständen, Kämpfen zwischen verschiedenen Religionsgemeinschaften und Volkserhebungen.

»Ist das dein Kontrollraum?«, fragte Jon Peter.

»Genau.« Howell nickte. »Es ist gut, am Ball zu bleiben.«

Die technische Ausrüstung war für einen normalen Bürger

nicht nur zu kompliziert, sondern auch schlicht zu teuer. Offensichtlich arbeitete Peter Howell immer noch für irgendjemanden.

Marty eilte auf die Computerinstallation zu. »Mir war klar, dass Ihr PC für einen handelsüblichen Rechner viel zu viel Power hat. Er *musste* an einen Großrechner angeschlossen sein. Es ist *wundervoll*! Solche Landkarten will ich in meinem Bungalow auch haben. Sie verfolgen die Aktivitäten in diesen Ländern, oder? Sind Sie direkt mit ihnen verbunden? Sie müssen mir zeigen, was Sie tun. Wie die Karten miteinander verbunden sind und wie …«

»Nicht jetzt, Mart.« Jon versuchte, geduldig zu bleiben. »Wir müssen uns aus dem Staub machen. Erinnerst du dich nicht, dass wir abhauen wollten?«

»Warum ist es denn so wichtig, dass wir verschwinden?«, fragte Marty mit enttäuschtem Gesichtsausdruck. »Ich will hier bleiben.« Jetzt war seine Miene nicht mehr traurig und sein rundes Gesicht strahlte wie die erleuchteten Landkarten über ihm. »Ich bleibe! Die Ausrüstung hier ist perfekt. Hier werde ich mit der ganzen Welt Kontakt aufnehmen können. Nie werde ich diesen Raum …«

»Wir verschwinden sofort«, erwiderte Jon mit fester Stimme, während er Marty auf die Tür zuschubste. »Du könntest uns beim Packen helfen, okay?«

»Ich werde meine Unterlagen mitnehmen.« Howell griff nach einem Stapel brauner Akten, die auf einem der Schränke lagen. Während er den Raum verließ, drückte er mit einem Finger gegen den Türrahmen. Jon hörte ein leises Klicken. »Ihr beide holt aus der Küche Proviant für ungefähr einen Tag. Außerdem werden wir Waffen und Munition brauchen und selbstverständlich Whiskey.«

Jon nickte. »Wir haben auch Lebensmittel in unserem Wagen. Wie zum Teufel sollen wir das alles transportieren?«

»Lass mich nur machen.«

Aus dem Kontrollraum hörten sie ein leises, säuselndes Geräusch. Marty hatte sich davongestohlen und saß jetzt in Peters Chefsessel vor der riesigen Computerkonsole. Während sein Blick den sich verändernden Lichtern auf den Wandkarten folgte, bewegte er sich hin und her. Er begann den Sinn der Karten und ihre Verbindung untereinander zu verstehen. Es war faszinierend. Fast hätte er fühlen können, wie die Lichter im gleichen Rhythmus wie sein Gehirn pulsierten …

Jon berührte seine Schulter. »Mart?«

»Nein!« Marty wirbelte herum, als ob er gebissen worden wäre. »Nie werde ich diesen Raum verlassen. Nie! Niemals!«

Jon versuchte seinen Freund fest zu halten, während dieser sich wand und um sich trat. »Er muss sofort sein Medikament nehmen«, sagte Smith zu Howell.

Wie wild holte Marty mit den Fäusten aus, während er unzusammenhängend fluchte. Jon umfasste ihn mit einer ungestümen Umarmung, hob ihn hoch und trug ihn von der Konsole weg. Marty trat weiterhin um sich und brüllte.

Peter runzelte die Stirn. »Für solche Eskapaden haben wir keine Zeit.« Er trat vor Marty und versetzte ihm einen Kinnhaken.

Mit weit aufgerissenen Augen sank Marty bewusstlos in Jons Armen zusammen.

Der drahtige Howell kehrte in den Flur zurück. »Bring ihn mit.«

Jon seufzte, weil er den Eindruck hatte, dass seine beiden Freunde nicht gut miteinander auskommen würden. Jetzt war der Ausdruck von Martys rundlichem Gesicht wieder friedlich. Er legte ihn sich über die Schulter und folgte dem ehemaligen SAS- und MI6-Agenten durch die Hintertür in eine Küche und dann in eine Garage.

Dort stand ein mittelgroßes Wohnmobil.

»Es gibt noch eine Straße«, begriff Jon. »Natürlich, es muss so sein. Schließlich lebt man nicht an einem Ort, wo man in der Falle sitzt.«

»Stimmt genau. Es muss immer zwei Fluchtwege geben. Die zweite Straße ist nicht asphaltiert und auf der Karte nicht verzeichnet. Sie ist zwar nicht besonders gut in Schuss, aber es wird reichen. Bring Marty in das Wohnmobil.«

Jon legte Marty auf eines der drei Etagenbetten. Das Innere glich dem jedes anderen Wohnmobils – es gab eine kleine Koch- und Essnische und ein Bad. Anders verhielt es sich mit dem Wohnzimmer, dem Herzstück des Wohnmobils. Es war eine kleine Kopie des Karten- und Computerraums aus dem Blockhaus. Auch hier gab es Wandkarten, eine Konsole und kleine, farbige Lämpchen, die gerade aufleuchteten, als Jon die technische Ausrüstung betrachtete.

»Ich lade die Batterien auf«, sagte Peter, als Jon wieder in die Garage trat. Der Engländer hatte die Batterie des Wohnmobils mit der Stromversorgung des Hauses verbunden.

Während der nächsten Stunde trugen sie Lebensmittel, Whiskey, Waffen und Munition zum Wagen. Jon verstaute die Sachen und Peter arrangierte alles für die Reise. Schließlich begann Marty auf dem Bett zu stöhnen und einen Arm zu bewegen. Im selben Augenblick hörte Jon das sich nähernde Motorengeräusch eines niedrig fliegenden Flugzeugs.

Mit gezückter Beretta rannte er ins Haus.

»Immer mit der Ruhe«, sagte Howell.

Gemeinsam standen sie vor dem Haus und suchten den Gebirgshimmel ab. Eine einmotorige Cessna dröhnte im Tiefflug über das Blockhaus und warf über der Lichtung ein kleines Stahlrohr ab. Ein paar Augenblicke später kehrte Peter damit zurück.

»Die Medizin für den kleinen Mann.«

Im Wohnmobil setzte Jon den stöhnenden Marty auf dem Bett auf und reichte ihm sein Medikament und ein Glas Wasser. Dann beobachtete er, wie sein Freund die Pille einnahm, wobei er die ganze Zeit über vor sich hin knurrte. Anschließend legte er sich wortlos wieder hin und starrte an die Decke. Er sprach nur selten über seine Niedergeschlagenheit, aber manchmal erlebte Jon ihn in einem dieser ungeschützten Augenblicke, in denen er vor sich hin starrte, als ob er sich fragte, was die anderen Menschen dachten und fühlten und was ein »normales Leben« bedeutete.

Peter steckte den Kopf durch die Tür. Seine Miene war düster. »Wir haben Besuch.«

»Bleib da liegen, Marty.« Jon klopfte seinem Freund auf die Schulter und eilte dann in die Garage.

An Peters Hals baumelte ein Fernglas und er hielt seine frisch gesäuberte Heckler & Koch-Maschinenpistole in einer Hand. Mit der anderen reichte er Jon das Enfield-Gewehr. Sein faltiges, braun gebranntes Gesicht schien von einem seltsamen inneren Feuer erleuchtet zu sein, als wäre plötzlich seine eigentliche Persönlickeit hervorgebrochen, das, was ihm wirklich gefiel, was sein Blut in Wallung brachte.

Jon atmete tief durch und spürte die angenehme Stimulation durch Aufregung und Angst, die ihm einst so wichtig gewesen war.

Hinter Peter ging er durch das Haus, dann traten sie gemeinsam auf die vordere Veranda, wo sie durch Büsche geschützt waren, während sie die Stahlbrücke über die tiefe Schlucht beobachteten. Am anderen Ende standen fünf Männer, die Jons Mietwagen durchsuchten.

Howell blickte durch sein Fernglas. »Drei sind Stellvertreter des hiesigen Sheriffs. Die zwei anderen tragen dunkle Anzüge und Hüte. Das Sagen scheinen sie zu haben.«

»Hört sich nicht nach unseren Killern an.« Jon nahm das Fernglas und stellte es scharf. Drei waren uniformierte Polizisten, die beiden Männer in den Anzügen gaben die Befehle. Sie standen etwas abseits und sprachen miteinander, als ob die Polizisten gar nicht anwesend wären. Einer zeigte auf das Blockhaus.

»Das FBI«, vermutete Jon. »Die sind nicht auf eine Schießerei aus. Ich habe mich ja schließlich nur ohne Erlaubnis von der Truppe entfernt.«

»Es sei denn, sie stecken mit deinen Gangstern unter einer Decke, oder die Lage hat sich geändert. Besser, wir gehen kein Risiko ein. Wir wollen sie mal etwas nachdenklich machen.«

Peter ließ seinen Freund allein und verschwand im Haus. Smith konzentrierte sich weiter auf die FBI-Männer, die den Stellvertretern des Sheriffs befahlen, hinter ihnen herzugehen. Mit gezückten Waffen näherten sie sich der Brücke. Der erste FBI-Mann hatte ein elektrisches Megaphon dabei.

Als sie nur noch ein paar Schritte von der Brücke entfernt waren, blieben die fünf Männer plötzlich erstaunt stehen. Auch Jon blinzelte, weil er seinen Augen nicht traute. Wo sich vor einer Sekunde noch die Brücke befunden hatte, war jetzt nichts mehr zu sehen.

Er hörte ein krachendes Geräusch, dann stieg eine braunweiße Staubwolke aus der Schlucht auf.

Die Eindringlinge standen mit offenem Mund da, blickten nach unten, dann nach oben. Die Cops schlenderten langsam nach vorne und Jon sah durch das Fernglas, wie sie grinsend und anerkennend in den tiefen Abgrund blickten. Ein Witz auf Kosten des FBI. Die Männer lachten.

Peter kauerte sich wieder neben Smith nieder. »Waren sie ein bisschen überrascht?«

»Könnte man sagen. Was war das?«

»Ein elektrischer Taschenspielertrick. Auf dieser Seite hat die Brücke zwei verteufelt massive Angeln. Wenn ich die Sicherheitsvorrichtungen auf der anderen Seite öffne, kracht sie in die Schlucht, prallt gegen die Felsen und bleibt dann da hängen. Es ist eine ziemliche Arbeit, sie wieder hochzukriegen, aber das erledigen ein paar Leute aus Lee Vining für mich, wenn ich sie brauche.« Er stand auf. »Wie auch immer – das sollte genügen, um sie etwa eine halbe Stunde aufzuhalten. Zu Fuß ist der Weg durch die Schlucht ziemlich mühsam. Gehen wir.«

Jon lachte, während sie durch das Haus zur Garage zurückkehrten, wo Marty jetzt müde und traurig auf den Stufen des Wohnmobils saß. »Hallo, Jon. Habe ich Ärger gemacht?«, fragte er schleppend.

»Du warst brillant wie immer, aber wir müssen wieder weg. Das FBI hat uns gefunden. Sie sind drüben bei unserem Wagen. Wir hauen sofort ab.«

»Was kann ich tun?«

»Geh ins Wohnmobil und warte da.«

Als Jon zurückging, sah er Howell im Schneidersitz zwischen den Tannennadeln der hohen Kiefern sitzen. Die Sonne schien durch die Zweige und warf ein kompliziertes Muster auf sein Gesicht. Ihm gegenüber hockte der goldfarbene Berglöwe.

»Tut mir Leid, Stanley, aber ich muss wieder los«, sagte Peter leise. »Mir ist klar, dass das für dich ärgerlich ist. Du musst zu deiner besseren Hälfte zurückkehren und ein bisschen für dich selbst sorgen. Es tut mir wirklich Leid. Halte bis zu meiner Rückkehr die Stellung. Ich werde bald wieder da sein.«

Die große Raubkatze saß reglos und feierlich da und fixierte Peter mit ihren gelben Augen. Fast kam es Jon so vor, als ob sie die Wörter verstanden hätte. Was immer es auch gewesen sein mochte – die Wörter, der Tonfall oder die Körpersprache –, das Tier trat dicht an Howell heran, streckte seinen Hals und liebkoste zärtlich seine Nase.

»Goodbye, mein Junge.« Howell erwiderte die Liebkosung.

Dann stand er auf und wechselte einen letzten Blick mit der Raubkatze, die sich daraufhin umwandte und leichtfüßig zwischen den Bäumen verschwand.

»Wird er es schaffen?«, fragte Jon. »Kann er allein überleben?«

»Stanley ist nur teilweise dressiert und nicht gezähmt. Ich bin mir nicht sicher, ob Berglöwen wirklich zu zähmen sind, aber das ist ein anderes Thema. Stanley duldet mich und schützt mich und das Blockhaus, aber er führt eine Art Doppelleben. Er hat sein Territorium, jagt und hat Weibchen und Kinder, doch aus irgendeinem Grund hat er mich und mein Grundstück als Teil seiner Verantwortung akzeptiert. Das Futter, das ich ihm als Belohnung gebe, weil er nicht auf die Jagd gehen kann, wenn er bei mir ist, frisst er, aber meiner Ansicht nach nicht, weil er darauf angewiesen ist. Ihm wird's an nichts fehlen.«

»Er wird nicht versuchen, die Bullen da anzugreifen?«

»Nur, wenn ich es ihm befehle. Ansonsten meidet er Menschen wie alle anderen Löwen auch, es sei denn, man bedroht ihn. Aber er wird mein Grundstück vor anderen Tieren, etwa Bären, schützen, die es zerstören würden.« Plötzlich hob er den Kopf und lauschte. »Ich hatte Recht. Sie sind in der Schlucht und kommen hoch. Zeit, dass wir uns aus dem Staub machen.«

Einige Minuten später holperte das voll gepackte Wohnmobil mit aufgeladenen Batterien zwischen den hohen Kiefern, Zedern und vereinzelten Eichen durch die Gebirgslandschaft. Hinter ihnen hörten sie aus dem Blockhaus eine Reihe gedämpfter Explosionen.

Martys Kopf wirbelte herum. »Was war das, Jon?«

»Verdammt, sie sind schon im Haus!«

»Wohl kaum«, sagte Peter. »Ein kleiner Akt der Selbstzerstörung. Schließlich konnte ich ihnen doch nicht den Kontroll- und Computerraum überlassen, oder? Er implodiert. Die gesamte Ausrüstung wird zerstört, aber das Haus selbst bleibt intakt. Clever, was? Das ist das Werk eines alten Armee-Ingenieurs, der Elektronikexperte geworden ist.«

In der Sierra begann der Winter erst spät, aber zwischen den Bäumen funkelten bereits weiße Schneeflecken. Aus der Straße herausragende Steine und durch Regenfälle verursachte Risse machten dem Wohnmobil zu schaffen. Doch sie gewannen Zeit, als sie holpernd und schlingernd die Serpentinen hinabrasten.

Jon hielt sich fest. »Hast du für meine Reise in den Irak alles vorbereitet?«

Peter griff in die Tasche seiner Buschjacke, die er über das Flanellhemd gezogen hatte, und reichte Smith einen Umschlag. »Da drin ist der Ausdruck. Folge den Anweisungen bis in die kleinsten Einzelheiten, sonst wird deine Reise schon lange vorbei sein, bevor du es weißt. Beachte alle Details.«

»Verstehe.«

Howell blickte zum Beifahrersitz hinüber. »Da war doch von einem Job für mich die Rede, nicht?«

»Und was wird aus mir, Jon?«, fragte Marty.

»Ihr wisst, was ihr zu erledigen habt. Findet heraus, wo der Virus herstammt, wie er zu behandeln ist, wer ihn hat und was Sophias Mörder damit planen.«

»Und wie wir sie aufhalten können«, fügte Howell grimmig hinzu.

»Vor allem das.« Jon hielt sich fest, während der Wagen durch ein tiefes Schlagloch raste und sie von ihren Sitzen gerissen und durchgeschüttelt wurden. »Alle Stufe-Drei- und Stufe-Vier-Laboratorien auf der ganzen Welt arbeiten an einer Behandlungsmethode, also erhalten wir von dort Unterstützung. Zwar bleiben noch die anderen offenen Fragen, aber eigentlich geht es nur um eine: Wer hat den Virus? Doch Informationen zu den anderen Punkten könnten zu einer definitiven Antwort führen. Ich zähle auf den Irak. Ich glaube, dass ich dort die besten Chancen habe, etwas über die Herkunft des Virus herauszufinden. Und auch, was die Mistkerle im Schilde führen.«

»Die Antwort auf die Frage, wer Sophia ermordet hat, kann uns auch Klarheit über den Rest verschaffen. Das ist mein Job, stimmt's?«

»Ja. Deiner und Martys.« Jon blickte sich um. »Du versuchst weiter, die Aufzeichnungen der fehlenden Telefonate zu finden und den Aufenthaltsort von Bill Griffin rauszukriegen, Mart. Aber diesmal muss alles schneller gehen. Du darfst nicht zu lange dieselbe Leitung benutzen und musst sie öfter wechseln. Das sind zwei wichtige Aufgaben.«

»Tut mir Leid, Jon«, sagte Marty schuldbewusst.

»Ich weiß.« Einen Augenblick lang schwieg Smith. »Wir müssen einen Weg finden, Kontakt zu halten.«

»Über das Internet«, antwortete Marty prompt. »Aber nicht durch normale E-Mails.«

»Allerdings«, stimmte Howell zu. »Vielleicht können wir sonst irgendwo eine Nachricht hinterlassen.«

Jon lächelte. »Ich weiß, wo – direkt vor ihrer Nase. Dort, wo sie nie auf die Idee kommen werden nachzusehen. Wie wär's mit der Asperger-Syndrom-Website?«

Marty nickte begeistert. »Das ist eine großartige Idee, Jon. Perfekt.«

Sie sprachen eine Weile über die Website und die Art der verschlüsselten Nachrichten, die sie dort hinterlassen würden.

»Fest halten!«, brüllte Peter plötzlich. »Auf zehn null null sind Gespenster aufgetaucht!«

Das Wohnmobil scherte so heftig nach rechts aus, dass es eine Sekunde lang nur noch auf zwei Rädern fuhr. Aus dem Wald wurde eine Salve von Schüssen abgegeben. Durch die Luft flogen Glassplitter und die Kugeln trafen auch die Rückseite des Wohnmobils. Marty schrie auf.

»Mart?« Jon blickte sich um.

Sein Freund saß zusammengekauert auf dem Boden des schlingernden Wohnmobils und hielt das linke Bein fest, wobei er zugleich zu vermeiden versuchte, wie ein Mehlsack – besser: wie ein *blutiger* Mehlsack – hin und her geschleudert zu werden. Smith sah den größer werdenden Blutflecken auf Martys Hosenbein, aber sein Freund grinste schwach. »Alles in Ordnung, Jon«, sagte er mit zitternder Stimme.

»Falt ein Handtuch zusammen und drück es fest auf die Wunde. Sag Bescheid, wenn die Blutung nicht bald aufhört.« Weil Jon Peters Enfield-Gewehr benutzen musste, falls einer der Angreifer ihnen den Weg abschneiden sollte, musste er vorne sitzen bleiben.

Peter war zu sehr damit beschäftigt, mit eisernem Griff das Lenkrad zu umklammern und den Wagen zu manövrieren, als dass er hätte schießen können. Der Blick seiner blassblauen Augen war kühl. Das schwerfällige Fahrzeug schoss von der Straße und dann zwischen Bäumen und Unterholz entlang, wobei es an ein Wunder grenzte, dass es keine Kollision gab. Howell lenkte das Fahrzeug mit der Präzision eines Astronauten, der an einer Raumstation andockt. Zweimal jagte das schwere Fahrzeug durch Flüsse und schlitterte dabei über gefährliche, unter der Wasseroberfläche verborgene Felsbrocken und wirbelte Gischt auf.

Auf der Straße wollten zwei mit Gewehren bewaffnete Männer das Wohnmobil ins Visier nehmen, aber das heftige, unvorhersehbare Schlingern und Hüpfen des Fahrzeugs vereitelte diesen Versuch. Der Wagen fegte Zweige zur Seite und schoss über Felsbrocken. Hinter ihnen schickte sich ein grauer Lastwagen an, in die enge Straße einzubiegen, um die Verfolgung aufzunehmen.

Als die hinter ihnen herrennenden Männer zurückfielen, sah Jon vor ihnen eine tiefe Schlucht auftauchen. »Vorsicht, Peter!«

»Alles klar.« Howell trat auf die Bremse und riss das Steuer so scharf herum, dass das schwere Fahrzeug sich zu überschlagen drohte, seitlich zwischen zwei riesigen Felsbrocken hindurchschoss und dann vibrierend nur Zentimeter von dem Abgrund entfernt stehen blieb.

Die auf der Straße rennenden Männer waren weit hinter ihnen, aber der Abstand wurde rasch kleiner. In der Ferne hatte es der Lastwagen fast geschafft, auf die Straße einzubiegen.

Im Wohnmobil herrschte eine angespannte Atmosphäre. Smith starrte in die tiefe Schlucht und wischte sich den Schweiß von der Stirn.

»Weiter geht's.« Howell gab Gas und das große Fahrzeug raste parallel zur Schlucht auf die Straße zu.

Jon beobachtete die beiden rennenden Gangster, die den Weg abzukürzen versuchten, indem sie durch den Wald liefen. »Sie kommen näher!«

Howell warf einen kurzen Blick auf die Verfolger. Plötzlich machte die Schlucht einen scharfen Knick und er steuerte das schwerfällige Wohnmobil durch die Bäume hindurch wieder auf die Straße. Er grinste erleichtert, während sie die nicht asphaltierte Straße hinabrasten und dabei Staubwolken aufwirbelten.

Die Kugeln einer letzten Gewehrsalve flogen um das flüchtende Fahrzeug herum und dann zwang sich Jon, tief durchzuatmen und den Klammergriff, mit dem er die Waffe fest hielt, zu lockern. Im Rückspiegel sah er, dass ein dritter Mann zu den beiden anderen gestoßen war. Wütend standen sie mit gesenkten Waffen auf der staubigen Straße.

Smith erkannte den kleinen, stämmigen Mann, der sich zu den beiden anderen gesellt hatte. »Das sind die Typen, die versucht haben, mich kaltzumachen«, sagte er zornig. Dann blickte er Peter an. »Irgendwo müssen sich noch andere versteckt haben.«

»Allerdings.« Howell studierte die holprige Straße. »Ich kenne die Gegend und schlage ein Ausweichmanöver vor. Man kann darauf vertrauen, dass der Feind das Überraschungsmoment überschätzt.«

Indem er sich an allem fest hielt, was Halt bot, kletterte Jon nach hinten zu Marty. Diesmal hatte sein Freund Recht gehabt – es war nur ein Streifschuss gewesen. Er hatte eine oberflächliche Fleischwunde an seinem linken Bein verursacht. Smith verarztete ihn mit einem Antibiotikum und einem Verband. Ein Fenster des Wohnmobils war durch eine Kugel zerstört und die Außenwand an drei Stellen von Projektilen getroffen worden, die aber nicht hindurchgedrungen waren. Wichtige Gegenstände waren nicht beschädigt worden, auch nicht der Computer, der zu Peters Standardausrüstung gehörte.

Fünf Minuten nachdem Jon wieder vorne neben Peter Platz genommen hatte, hörten sie Verkehrsgeräusche.

»Was denkst du?« Er beobachtet die nicht asphaltierte Straße, die sich zwischen den Bäumen hinabschlängelte. »Werden sie an der Stelle auf uns warten, wo wir auf den Highway einbiegen?«

»Wenn nicht schon vorher. Dann wollen wir ihnen mal eine kleine Enttäuschung bereiten.« Peters Lächeln wirkte fast verträumt.

Vor ihnen zweigte eine Straße nach links ab, die noch schmaler und zerklüfteter war als die, auf der sie gerade fuhren. Sie war nur Zentimeter breiter als das Wohnmobil, aber immerhin eine Straße und kein Schotterweg.

»Das ist eine Straße für die Feuerwehr«, erklärte Howell. »Davon gibt es hier im Wald etliche. Sie sind nur auf den Karten der Waldhüter und der Feuerwehr verzeichnet.«

»Nehmen wir sie?«

»Es ist die landschaftlich schönste Route.« Lächelnd bog Peter ab.

An den Seitenwänden des Wohnmobils kratzten Kiefernzweige entlang. Das nicht enden wollende Geräusch war so entnervend wie das von Kreide auf einer Tafel. Eine Viertelstunde später, als Jon schon den Verstand zu verlieren glaubte, sahen sie das Ende der Straße vor sich.

»War's das?«, fragte er hoffnungsvoll.

»Wie bitte? Möchtest du, dass unsere reizende kleine Spritztour schon zu Ende ist?« Peter bog auf eine andere Straße ab.

»Merkst du, dass es jetzt bergab geht? Es dauert nicht mehr lange«, sagte er fröhlich. »Kopf hoch, Kumpel.«

Aber diese Straße für die Feuerwehr war genauso schmal und weiterhin kratzten Zweige über die Außenwände des Wohnmobils. Seufzend schloss Jon die Augen und hoffte, dass er keine Gänsehaut mehr bekam. Wenigstens jammerte Marty nicht – glücklicherweise wirkte sein Medikament.

Als sie endlich den Highway erreicht hatten, setzte sich Jon wachsam auf. Howell bremste am Rand der asphaltierten Straße unter den Bäumen. Das entsetzliche Kratzen hörte auf und nur das Geräusch des Motors und des Verkehrs störten die friedliche Schönheit des Waldes.

Jon blickte sich um. »Siehst du etwas von ihnen?« Der Verkehr auf der breiten, zweispurigen Straße war stärker, als sie angenommen hatten. »Das ist nicht die 120.«

»Nein – die U. S. 395. Auf dieser Seite ist das die größte. Sie reicht uns. Siehst du irgendjemanden auf uns lauern?«

Jon blickte auf beide Seiten. »Nein.«

»Gut. Ich auch nicht. Welchen Weg sollen wir nehmen?«

»Wie kommen wir schnell nach San Francisco?«

»Indem wir rechts abbiegen und dann auf der Interstate 120 durch den Yosemite-Nationalpark fahren.«

»Also dann.«

Howell blinzelte ihm zu. »Ziemlich abgebrüht.«

»Sie werden nicht damit rechnen, dass wir denselben Weg nehmen, auf dem Marty und ich gekommen sind. Außerdem sehen alle Wohnmobile ähnlich aus.«

»Es sei denn, dass sie unser Nummernschild erkannt haben.«

»Dann wechsel die Kennzeichen aus.«

»Verdammt, mein Junge. Daran hätte ich schon eher denken sollen.« Nachdem er einen Schraubenzieher und zwei Nummernschilder aus Montana aus dem Handschuhfach gezogen hatte, stieg Peter aus.

Jon folgte ihm mit gezückter Beretta und beobachtete dann, wie er die Nummernschilder austauschte. In dem friedlichen Wald sangen Vögel und summten Insekten.

Einige Augenblicke später saßen sie wieder im Wohnmobil.

Marty, der vor dem Computer hockte, blickte auf. »Alles in Ordnung?«

»Absolut«, beruhigte ihn Jon.

Peter legte den Gang ein. »Dann wollen wir uns mal auf das gefährliche Abenteuer einlassen«, sagte er begeistert.

Er steuerte das voll gestopfte Fahrzeug in südlicher Richtung auf den Highway. Als die Kreuzung mit der Interstate 120 vor ihnen auftauchte, bog er ab. Bergauf ging es weiter. Nach ein paar hundert Metern kamen sie an zwei Lastwagen vorbei. Sie standen zu beiden Seiten der nicht asphaltierten Straße am Waldrand, die von der Rückseite von Peters Grundstück hierher führte.

Neben einem der Lkw sprach ein großer Mann mit pockennarbiger Haut und dunklen, verschleierten Augen in ein Walkie-Talkie. Er wirkte aufgeregt und starrte frustriert auf die Berglandschaft. Dem ramponierten Wohnmobil mit dem Nummernschild aus Montana, das auf dem Highway zum Yosemite-Nationalpark fuhr, schenkte er kaum einen Blick.

»Ein Araber«, sagte Howell. »Der Typ sieht gefährlich aus.«

»Ganz meine Meinung.« Jon beobachtete den Verkehr. Seine Stimme klang ernst. »Dann wollen wir mal hoffen, dass ich im Irak auf einige Antworten stoße und dass es euch gelingt, Bill Griffin zu finden und mehr über Sophias Tod herauszubekommen. Die gelöschten Aufzeichnungen der Telefonanrufe könnten von entscheidender Bedeutung sein.«

Während sie weiterfuhren, schaltete Howell das Radio ein, das Nachrichten aus einer nichts ahnenden Welt sendete, während die hereinbrechende Dämmerung lange, unheilvolle Schatten über die schneebedeckten Gipfel der Sierra warf.

Dritter Teil

25

Dienstag, 21. Oktober, 20 Uhr
Das Weiße Haus, Washington, D.C.

Die Titelseite der *Washington Post*, die der Präsident auf den ovalen Tisch im Sitzungssaal des Kabinetts geworfen hatte, wirkte wie eine Anklage. Wenngleich keines der Kabinettsmitglieder, die um den polierten Tisch herumsaßen, und keiner ihrer Ministerialdirektoren, die an den Wänden standen, auf die fette Schlagzeile blickte, waren sie sich ihrer doch alle schmerzlich bewusst. Nach dem Aufstehen hatten sie vor ihrer Haustür ihr Exemplar der Zeitung gefunden, genau wie Millionen andere Amerikaner, auf die die entsetzlichen Schlagzeilen gewartet hatten. Den ganzen Tag über hatte das Radio die Neuigkeiten gesendet und im Fernsehen gab es kaum ein anderes Thema.

Seit Tagen hatten die Wissenschaftler und Militärs den Präsidenten und hohe Regierungsbeamte informiert. Aber erst jetzt, als die so genannte zivilisierte Welt durch die Neuigkeiten aufgeschreckt wurde, begriff man die ganze Tragweite der sich ausweitenden Epidemie.

UNBEKANNTER VIRUS LÖST WELTWEIT
TÖDLICHE PANDEMIE AUS

In dem vollen Sitzungssaal des Kabinetts setzte Außenminister Norman Knight seine Nickelbrille auf. »Siebenundzwanzig Länder haben über durch den Virus verursachte Todesfälle berichtet. Insgesamt sind bis jetzt über eine halbe Million Menschen ums Leben gekommen«, stellte er nüchtern fest. »Immer begann es für etwa zwei Wochen mit den Symptomen einer schweren Erkältung oder einer leichten Grippe, bis die Erkrankten innerhalb weniger Stunden an respiratorischer Insuffizienz mit anschließendem akutem Lungenversagen starben. Manchmal ging es noch schneller.« Er seufzte unglücklich. »Zweiundvierzig weitere Nationen berichten von plötzlich auftretenden Fällen, bei denen es sich um eine leichte Grippe zu handeln scheint. Bisher wissen wir noch nicht, ob auch diese Menschen mit dem Virus infiziert sind. Wir haben gerade erst begonnen, diese Fälle zu zählen – aber es sind Millionen.«

Die Zahlen des Außenministers wurden von den Anwesenden mit einem geschockten Schweigen aufgenommen. Alle schienen vor Entsetzen zu erstarren.

Präsident Samuel Adams Castillas durchbohrender Blick glitt langsam über die Gesichter seiner Mitarbeiter. Er suchte nach Anhaltspunkten auf die seelische Verfassung seiner Kabinettsmitglieder, weil er wissen musste, bei wem er darauf zählen konnte, dass er standhaft blieb und Wissen, Weisheit und Entschlusskraft einbrachte. Wer würde in Panik verfallen, wen würde der Schock lähmen? Wissen ohne Handlungswillen war ohnmächtig und Handlungswille ohne Wissen blind und leichtsinnig. Alle, die über keine dieser Eigenschaften verfügten, mussten entlassen werden.

»Okay, Norman«, sagte er schließlich ruhig. »Wie viele Fälle gibt es in den Vereinigten Staaten«

Das längliche Gesicht des Außenministers wurde durch einen ungebändigten Schopf dichten weißen Haars gekrönt. »Zu den neun Fällen, von denen wir zu Beginn der letzten Woche erfahren haben, kommen laut Information der CDC ungefähr fünfzig weitere Todesfälle und mindestens tausend grippeähnliche Erkrankungen, bei denen zurzeit untersucht wird, ob sie auf den Virus zurückzuführen sind.«

»Sieht so aus, als ob wir noch einmal mit einem blauen Auge davongekommen wären«, meinte Admiral Stevens Brose, der Vorsitzende der Vereinigten Stabschefs. Seine Stimme klang vorsichtig hoffnungsvoll.

Zu vorsichtig und zu hoffnungsvoll, dachte Präsident Castilla. Es war seltsam, aber ihm war aufgefallen, dass Militärs oft als Letzte bereit waren, sofort zu handeln. Andererseits mussten sie auch öfter als die meisten anderen die Konsequenzen schlecht geplanter Aktionen mit ansehen.

»Bis jetzt zumindest«, bemerkte Gesundheitsministerin Nancy Petrelli düster. »Das heißt nicht, dass es morgen keine Katastrophe geben kann.«

»Ganz meine Meinung«, stimmte der Präsident zu, etwas überrascht, weil ihn der negative Tenor der Äußerung seiner Gesundheitsministerin verwunderte. Er hatte sie immer für eine Optimistin gehalten. Wahrscheinlich eine Folge des Entsetzens, das der Virus den Menschen und Regierungen einflößte. Das allein unterstrich die Notwendigkeit wohlüberlegten und sinnvollen Handelns, das die hilflose Panik verringern musste, die alle paralysieren konnte.

Der Präsident wandte sich dem Generalstabsarzt zu. »Irgendwelche Neuigkeiten, wo sich die ersten sechs Erkrankten mit dem Virus infiziert haben, Jesse? Oder über eine Verbindung zwischen ihnen?«

»Wenn man von der Tatsache absieht, dass alle an der Operation Desert Storm beteiligt oder mit beteiligten Soldaten verwandt waren, konnten weder die CDC noch USAMRIID bislang mehr herausfinden.«

»Und wie sieht's in Übersee aus?«

»Genauso«, gab Generalstabsarzt Jesse Oxnard zu. »Alle Wissenschaftler stimmen darin überein, dass sie mit ihrer Weisheit am Ende sind. Unter ihren Elektronenmikroskopen sehen sie den Virus, aber die Information der DNS-Sequenz lässt bis jetzt keine nützlichen Rückschlüsse zu. Sie ist mit keiner Sequenz eines bekannten Virus identisch, so dass sie nur Vermutungen anstellen können, wie man mit dem Virus umgehen sollte. Hinsichtlich seiner Herkunft haben sie keinen blassen Schimmer und auch nicht, wie man die Infektionsepidemie behandeln oder stoppen könnte. Sie können nur die üblichen Behandlungsmethoden für Virusinfektionen mit hohem Fieber anbieten und dann darauf hoffen, dass die Sterblichkeitsrate nicht höher liegt als bei den ersten sechs Fällen.«

»Wenigstens etwas«, antwortete der Präsident. »Wir können alle medizinischen Experten aus den Industrienationen mobilisieren und sie samt Medikamenten überall auf der Welt hinschicken. Alles, was gebraucht wird.« Der Präsident nickte Anson McCoy zu, dem Verteidigungsminister. »Sie stellen Jesse die gesamte Armee zur Verfügung, Anson. Alles, was er benötigt: Transportmittel, Truppen, Schiffe – was immer er will.«

»In vernünftigen Grenzen, Sir«, warnte Admiral Brose. »Einige Nationen könnten versuchen, die Situation auszunutzen, wenn wir zu viele Menschen und zu viel Material in diese Aktion investieren. Das könnte uns für Angriffe verwundbar machen.«

»So wie's im Moment aussieht«, antwortete der Präsident trocken, »ist vielleicht bald nicht mehr viel übrig, das angegriffen oder verteidigt werden könnte. Es ist an der Zeit für ein neues Denken – die alten Antworten stimmen nicht mehr. Etwas Ähnliches hat Lincoln während einer lange zurückliegenden Krise gesagt und es könnte verdammt gut möglich sein, dass wir jetzt mit einer solchen Krise konfrontiert sind. Seit Jahren haben Kenny und Norman versucht, uns davon zu überzeugen. Stimmt's, Kenny?«

Innenminister Kenneth Dahlberg nickte. »Globale Erwärmung, Umweltprobleme, Zerstörung der Regenwälder, Landflucht in der gesamten Dritten Welt. Das alles führt überall zu neuen Krankheiten, also auch zu vielen Todesfällen. Vielleicht ist diese Epidemie nur die Spitze des Eisbergs.«

»Und das heißt, dass wir alles daransetzen müssen, um ihr Einhalt zu gebieten«, sagte der Präsident. »Wie alle anderen Industrienationen auch.« Aus den Augenwinkeln sah er, wie Nancy Petrelli den Mund öffnete, als ob sie Einspruch erheben wollte. »Erzählen Sie mir jetzt nicht, wie viel das Ganze kosten wird, Nancy. In diesem Stadium spielt das keine Rolle mehr.«

»Ganz meine Meinung, Sir. Ich wollte Ihnen einen Vorschlag unterbreiten.«

»Okay.« Der Präsident versuchte, seine Ungeduld zu zügeln. In Gedanken schritt er bereits zur Tat. »Sagen Sie, was Ihnen vorschwebt.«

»Ich stimme nicht zu, dass alle Wissenschaftler ratlos sind. Vor nicht ganz einer Stunde hat in meinem Büro ein gewisser Dr. Victor Tremont angerufen, der Präsident und CEO von Blanchard Pharmaceuticals ist. Er sagte, dass er sich nicht absolut sicher sei, weil er keine Vergleichsmöglichkeit habe, dass die Beschreibung des neuen Virus und der Krankheitssymptome aber auf einen bei Affen entdeckten Virus zu passen scheine, mit dem sein Unternehmen seit einigen Jahren arbeite.« Sie schwieg eine Zeit lang, um dem Folgenden Nachdruck zu verleihen. »Sie haben ein Serum entwickelt, dass die Krankheit in den meisten Fällen kuriert.«

Einen Moment lang waren alle verdutzt, dann explodierte die Aufregung in einem dissonanten Stimmengewirr und die Gesundheitsministerin wurde mit Fragen bombardiert. Die Anwesenden bestritten die Möglichkeit entweder, oder sie waren begeistert von dem potentiellen Heilmittel.

Schließlich schlug der Präsident mit der Faust auf den Tisch. »Ruhe jetzt, verdammt! *Halten Sie den Mund!*«

Durch das plötzliche Schweigen schien der Sitzungssaal des Kabinetts förmlich zu vibrieren. Mit funkelndem Blick sah der Präsident alle Anwesenden an, bis sich die Lage beruhigt hatte. Die Anspannung war spürbar und das Ticken der Wanduhr wirkte so laut wie ein immer wiederkehrender Donner.

Schließlich blickte Präsident Castilla mit festem Blick wieder seine Gesundheitsministerin an. »Jetzt sagen Sie das noch mal, und diesmal etwas genauer. Irgendjemand glaubt, dass er ein Medikament gegen diese Virusinfektion entwickelt hat? Wo? Und wie?«

Nancy Petrelli blickte ihre Kabinettskollegen und die Berater feindselig an, die sich bereit machten, wieder auf sie einzuschlagen. »Wie ich schon sagte, Sir, der Mann heißt Victor Tremont. Er ist CEO und Präsident von Blanchard Pharmaceuticals, einem großen, international tätigen Pharmakonzern. Tremont behauptet, dass ein Team von Blanchard Pharmaceuticals ein Serum gegen einen Virus entwickelt habe, der bei Affen in Südamerika aufgetreten ist. Tierversuche haben sehr positive Resultat ergeben, ein Veterinärmedizin-Patent ist bewilligt worden. Die Ernährungs- und Arzneimittelaufsicht überprüft das alles.«

Generalstabsarzt Oxnard runzelte die Stirn. »Die EAA hat noch nicht einmal für den Gebrauch bei Tieren eine Genehmigung erteilt?«

»Oder das Serum jemals an Menschen getestet?«, fragte Verteidigungsminister McCoy.

»Nein«, erwiderte die Gesundheitsministerin. »Das Unternehmen hatte ja keinerlei Absicht, das Medikament bei Menschen anzuwenden. Dr. Tremont glaubt, dass es sich bei diesem unbekannten Virus vielleicht um denselben Affenvirus handelt, mit dem sich jetzt auch Menschen infizieren. Angesichts der Umstände würde ich sagen, dass es idiotisch wäre, wenn wir der Sache nicht nachgehen würden.«

»Warum sollte irgendjemand ein Heilmittel gegen eine Viruserkrankung bei Affen entwickeln?«, wollte der Handelsminister wissen.

»Um herauszufinden, wie man Viren generell bekämpfen und für die Zukunft Verfahren der Massenproduktion konzipieren kann«, antwortete Nancy Petrelli. »Sie haben doch gerade gehört, wie Kenny und Norman erklärt haben, dass neue Viren eine zunehmende Gefahr für die Welt darstellen, in der einst abgelegene Gegenden zugänglich geworden sind. Was heute noch eine Virusinfektion bei Affen ist, kann morgen schon eine bedrohliche Epidemie bei Menschen sein. Meiner Ansicht nach sollten wir diese Möglichkeit in Betracht ziehen und uns klarmachen, dass ein Medikament gegen einen Affenvirus vielleicht auch Menschen helfen kann.«

Erneut brach ein Tumult aus.

»Verdammt, das ist zu riskant!«

»Ich finde, dass Nancy Recht hat. Uns bleibt keine andere Wahl.«

»Die EAA würde das niemals zulassen.«

»Was haben wir denn zu verlieren?«

»Eine Menge. Das könnte schlimmer werden als die Krankheit.«

»Hört sich das nicht etwas komisch an? Ein Mittel gegen einen unbekannten Virus, das aus heiterem Himmel kommt?«

»Komm schon, Sam, offensichtlich haben sie jahrelang daran gearbeitet.«

»Forschung hat oft keinen sofortigen praktischen Nutzen, hilft letztlich aber doch.«

Der Präsident schlug erneut mit der Faust auf den Tisch. »Schon gut, schon gut! Wir werden darüber reden und ich werde mir alle Einwände anhören. Aber jetzt will ich, dass Nancy und Jesse Blanchard Pharmaceuticals einen Besuch abstatten und das Ganze überprüfen. Wir sind mit einem Desaster konfrontiert, das wir definitiv nicht verschlimmern wollen. Außerdem könnten wir im Moment ein Wunder gut gebrauchen. Lassen Sie uns hoffen, dass dieser Tremont weiß, wovon er redet. Und lassen Sie uns beten, dass er Recht hat, bevor die halbe Weltbevölkerung ausgelöscht ist.« Er stand auf. »Okay, das wär's. Wir wissen alle, was wir zu tun haben. An die Arbeit.«

Als er den Raum verließ, schien sein Gang einen viel größeren Optimismus auszustrahlen, als er ihn wirklich empfand. Castilla hatte kleine Kinder.

Und Angst.

Auf dem Rücksitz ihrer langen, abhörsicheren schwarzen Limousine telefonierte Nancy Petrelli mit dem Handy. »Wie Sie vorgeschlagen haben, habe ich gewartet, bis die Stimmung auf dem Tiefpunkt war, Victor. Als ich sah, dass alle begriffen hatten, dass wir außer Trostpflastern und jeder Menge Mitmenschlichkeit nichts anzubieten haben, habe ich die Bombe platzen lassen. Viele haben zwar mit den Zähnen geknirscht, aber letztlich würde ich behaupten, dass der Präsident grundsätzlich bereit ist, jede Hilfe anzunehmen.«

»Das haben Sie clever gedeichselt.« Victor Tremont lächelte in seinem Büro über dem ruhigen und friedlichen See in den weit entfernten Adirondack Mountains. »Was wird Castilla unternehmen?«

»Er schickt mich mit dem Generalstabsarzt zu Ihnen und dann sollen wir ihm Bericht erstatten.«

»Das ist ja noch besser. Wir werden für Jesse Oxnard eine Show inszenieren, mit der wir unsere wissenschaftlichen Möglichkeiten und unsere Bescheidenheit unter Beweis stellen.«

»Seien Sie vorsichtig, Victor. Oxnard und ein paar andere sind misstrauisch. Weil der Präsident nach jeder positiven Nachricht Ausschau hält, werden sie nur etwas murren. Aber wenn sie den Verdacht schöpfen, dass etwas nicht stimmt, werden sie sich diese Chance nicht entgehen lassen.«

»Sie werden nichts finden, Nancy. Vertrauen Sie mir.«

»Und was ist mit diesem Jon Smith? Ist er endlich von der Bildfläche verschwunden?«

»Darauf können Sie sich verlassen.«

»Ich hoffe es, Victor. Ich hoffe es wirklich.« Die Gesundheitsministerin beendete das Gespräch und trommelte mit ihren manikürten Fingernägeln auf die Armlehne. Nancy Petrelli war zugleich aufgeregt und besorgt. Aufgeregt, weil alles nach Plan zu laufen schien, und besorgt, weil sie vielleicht irgendeine Kleinigkeit übersehen oder ignoriert hatten und doch noch alles schiefging.

Victor Tremont blickte aus seinem Büro auf die entfernten hohen Adirondack Mountains. Nancy Petrelli hatte er beruhigt, aber er hatte sehr viel mehr Mühe damit, sich selbst zu beruhigen. Nachdem al-Hassan Smith und dessen beide Freunde in den Sierras aus den Augen verloren hatte, waren die drei Männer verschwunden. Er hoffte, dass sie untergetaucht waren und keine weitere Bedrohung mehr darstellten, weil sie um ihr Leben fürchteten.

Aber er durfte keinerlei Risiko eingehen. Nach allem, was er über Smith in Erfahrung gebracht hatte, schien ihm offenkundig zu sein, dass er nicht aufgeben würde. Tremont würde seine Leute weiter nach ihm Ausschau halten lassen. Smith' Chancen, weiteren Schaden anzurichten oder auch nur zu überleben, standen alles andere als gut.

Tremont schüttelte den Kopf und einen Augenblick lang überlief ihn ein Frösteln. Denn selbst wenn Jon Smith nur eine minimale Chance hatte, blieb ein Mann wie er gefährlich.

26

Mittwoch, 22. Oktober, 8 Uhr 02
Bagdad, Irak

Bagdad, jene Metropole der Gegensätze, die einst als Wiege der Zivilisation galt und zwischen den Flüssen Tigris und Euphrat liegt, schien im Morgenlicht zu vibrieren. Von den türkisfarbenen Kuppeln und Minaretten der exotischen Stadt riefen die Muezzins die Gläubigen zum Gebet. Frauen in langen *abayas* glitten wie schwarze Pyramiden durch die engen Gänge der Suks auf die modernen Glaswolkenkratzer der Neustadt zu.

Im Laufe der letzten tausend Jahre war die alte Stadt der Mythen und Legenden vielfach besetzt worden – von Arabern, Mongolen und Engländern –, und jedes Mal hatten die Bewohner Bagdads überlebt und am Ende triumphiert. Aber nach einem Jahrzehnt der vor allem von den USA durchgesetzten Sanktionen schien diese lange Geschichte keine Bedeutung mehr zu haben. Im schäbigen Bagdad des Saddam Hussein ging es um den täglichen Kampf um Nahrung, sauberes Wasser und Medikamente. Autos röhrten über die von Palmen gesäumten Boulevards und die Abgase verpesteten die Wüstenluft.

Über all dies hatte Jon Smith nachgedacht, während ihn ein Taxifahrer schnell durch die grauen Straßen chauffiert hatte. Während er bezahlte, blickte er sich vorsichtig in der einst teuren Wohngegend um. Niemand schien allzu neugierig zu sein, aber er gab sich ja auch als Mitarbeiter der Vereinten Nationen aus und trug deren offizielle Armbinde und einen in Plastik eingeschweißten Ausweis an seiner Jacke. Außerdem gab es in dieser unerbittlichen und kampfbereiten Stadt überall Taxis. Das

Taxifahren war eine der wenigen Beschäftigungen, zu der die meisten Angehörigen der irakischen Mittelklasse bereit waren: Sie hatten zumindest ein fahrtüchtiges Auto und Saddam Hussein hielt den Benzinpreis niedrig, so dass zehn Liter Treibstoff hier weniger als einer in den Vereinigten Staaten kosteten.

Während der Taxifahrer startete, beobachtete Smith erneut aufmerksam die Straße und schlenderte dann auf die ehemalige amerikanische Botschaft zu. Die Fensterläden waren geschlossen, Haus und Grundstück in einem schlechten Zustand. Alles wirkte verlassen, aber Jon ging weiter und klingelte.

Die USA hatten immer noch einen Mann in Bagdad, aber der war Pole. 1991, gegen Ende des Golfkriegs, hatten die Polen die einst imposante Botschaft in der P-Straße übernommen. Seit dieser Zeit – auch während des amerikanischen Bombenhagels und Raketenbeschusses – nahmen polnische Diplomaten nicht nur die Interessen ihres Landes, sondern auch die der Vereinigten Staaten wahr. In der großen, abgeschotteten Botschaft befassten sie sich mit Passangelegenheiten und berichteten über die örtlichen Medien. Gelegentlich übermittelten sie auch geheime Botschaften zwischen Washington und Bagdad, denn wie in allen Kriegen hatte es auch hier Zeiten gegeben, als selbst Feinde miteinander kommunizieren mussten. Das war der einzige Grund, warum Saddam Hussein die Polen akzeptierte. Doch der unberechenbare Staatschef konnte seine Meinung jederzeit ändern und die Mitarbeiter ins Gefängnis stecken.

Als sich die Eingangstür der Botschaft öffnete, erblickte Smith einen großen Mann mit Stupsnase, dichtem grauem Haar und struppigen Brauen über den intelligent dreinschauenden braunen Augen. Sein Äußeres passte zu der Beschreibung, die Peter Jon gegeben hatte.

»Jerzy Domalewski?«

»Der bin ich. Sie müssen Peters Freund sein.« Nachdem er die Tür ganz geöffnet hatte, betrachtete der Pole den großen Amerikaner mit einem einzigen wissenden Blick. Der Diplomat war Mitte vierzig und sein brauner Anzug sah aus, als wäre er zu lange nicht in der Reinigung gewesen. Sein Englisch hatte einen polnischen Akzent. »Kommen Sie herein. Es hat keinen Sinn, dass wir uns zu noch besseren Zielscheiben machen, als wir ohnehin schon sind.« Nachdem er die Tür geschlossen hatte, geleitete er Jon durch ein Marmorfoyer in ein großes Büro. »Sind Sie sicher, dass Ihnen niemand gefolgt ist?« Ihm gefielen der ausgeglichene Blick der dunkelblauen Augen des Fremden und die starke körperliche Präsenz, die dieser ausstrahlte. Im gefährlichen Bagdad würde ihm das zugute kommen.

Sofort nahm Smith wahr, dass der Mann Angst hatte. »Der MI6 weiß schon, was er tut. Ich will Sie nicht mit Einzelheiten über den Umweg langweilen, auf dem man mich ins Land geschmuggelt hat.«

»Gut, dann behalten Sie es für sich.« Domalewski nickte, während er die Bürotür schloss. »Es gibt Geheimnisse, über die niemand Bescheid wissen sollte. Selbst ich nicht.« Er lächelte trocken. »Nehmen Sie Platz. Sie müssen müde sein. Der Sessel mit den Armlehnen ist bequem. Da sind noch Sprungfedern drin.« Während Jon sich setzte, beobachtete der Diplomat durch die einen Spalt weit geöffneten Fensterläden die morgendliche Straße. »Wir müssen vorsichtig sein.«

Smith schlug die Beine übereinander. Domalewski hatte Recht – er war müde. Aber er hatte auch das dringende Bedürfnis, mit seinen Nachforschungen weiterzumachen. Die Erinnerungen an Sophias wunderschönes Gesicht und ihren Todeskampf verfolgten ihn.

Vor drei Tagen war er in den frühen Morgenstunden auf dem Londoner Flughafen Heathrow gelandet, in neuer Kleidung, die er in San Francisco gekauft hatte. Das war der Beginn einer langen, beschwerlichen Reise gewesen. Auf dem Flughafen hatte ihn ein Agent vom MI6 in einem Krankenwagen der Armee versteckt, der ihn zu einem Stützpunkt der Royal Air Force in Südostengland gefahren hatte. Von dort aus war er mit dem Flugzeug zu einem in der Wüste gelegenen Flugplatz in Saudi-Arabien gebracht worden, wo ihn ein namenloser und wortkarger Corporal vom britischen SAS abgeholt hatte, der ein langes Beduinengewand trug und die arabische Sprache perfekt beherrschte.

»Ziehen Sie das an.« Er hatte Jon die gleiche Beduinenkleidung zugeworfen. »Wir werden ein wenig bekanntes Abkommen aus der Vorkriegszeit ausnutzen.« Er sprach über die neutrale Zone im Grenzgebiet zwischen Saudi-Arabien und dem Irak, die beide Nationen immer noch respektierten, damit die Nomaden weiterhin ihre historischen Handelswege benutzen konnten.

Schwitzend wurden Jon und der Corporal von Mitgliedern der irakischen Untergrundbewegung von einem Beduinenlager zum nächsten weitergereicht, bis sie schließlich die Außenbezirke von Bagdad erreichten, wo ihn der Corporal mit gefälschten Identitätspapieren, irakischen Dinaren, westlicher Kleidung und einem Ausweis und einer Armbinde der Vereinten Nationen überraschte. Jons Deckname war Mark Bonnet.

Erstaunt über die Gründlichkeit des MI6, schüttelte Smith seinem Begleiter die Hand. »Damit haben Sie sich aber Zeit gelassen.«

»Ganz und gar nicht«, erwiderte der Corporal ungehalten. »Ich wusste ja nicht, ob Sie durchhalten würden. Es macht keinen Sinn, gute Ausweispapiere an eine verdammte Leiche zu verschwenden.« Zum Abschied drückte er Jons Hand. »Wenn Sie dieses Arschloch von Howell jemals wiedersehen sollten, richten Sie ihm aus, dass er uns allen verdammt viel schuldet.«

Jetzt saß Jon in der ehemaligen amerikanischen Botschaft und sah mit seinen braunen Baumwollhosen, dem kurzärmeligen Hemd, der Reißverschlussjacke, der wichtigen Armbinde und dem Ausweis wie ein typischer Mitarbeiter der Vereinten Nationen aus. In der Tasche hatte er Geld und zusätzliche Papiere.

»Nehmen Sie unsere Sorge nicht persönlich«, sagte Domalewski, der weiterhin die Straße beobachtete. »Uns können Sie nicht die Schuld dafür geben, dass wir nicht besonders begeistert davon sind, Ihnen helfen zu müssen.«

»Natürlich. Aber Sie sollten wissen, dass dies vielleicht das wichtigste Risiko ist, das Sie je eingegangen sind.«

Domalewski nickte mit seinem struppigen Kopf. »Das wurde in Peters Nachricht angedeutet. Er hat mir auch eine Liste von Ärzten und Krankenhäusern übermittelt, die Sie besuchen wollen.« Mit gehobenen Augenbrauen wandte sich der Pole um. Erneut betrachtete er den Amerikaner. Sein alter Freund Peter Howell hatte gesagt, dass dieser Mann Arzt sei. Aber konnte er auch mit gefährlichen Situationen umgehen? Mit seiner hohen Stirn, den breiten Schultern und der schmalen Taille wirkte er eher wie ein Scharfschütze als wie ein Arzt. Domalewski glaubte, Menschen richtig einschätzen zu können, und soweit er es beurteilen konnte, schien Peter Recht gehabt zu haben, was diesen Undercoveragenten betraf.

»Haben Sie die Treffen arrangiert?«, fragte Smith.

»Natürlich. Zu einigen werde ich Sie persönlich fahren, bei anderen müssen Sie allein klarkommen.« Jetzt hatte die Stimme des Diplomaten einen warnenden Unterton. »Aber erinnern Sie sich daran, dass Ihre Papiere nutzlos sind, wenn Sie der Regierung in die Hände fallen. Dies ist ein Polizeistaat. Viele Bürger sind bewaffnet und jeder kann ein Spitzel sein. Husseins Privatpolizei, die Republikanische Garde, ist so brutal und mächtig wie die SS und die Gestapo zusammen. Sie suchen ständig nach Staatsfeinden, Andersdenkenden oder einfach Leuten, deren Aussehen ihnen nicht passt.«

»Sie schlagen auch willkürlich zu.«

»Dann wissen Sie also über den Irak Bescheid?«

»Ein bisschen.« Smith nickte grimmig.

Domalewski neigte den Kopf zur Seite und versuchte erneut, den Amerikaner einzuschätzen. Dann ging er zum Schreibtisch und zog eine Schublade auf. »Die Willkür ist manchmal die größte Gefahr überhaupt. Hier bricht die Gewalt häufig innerhalb von Sekunden und ohne logischen Grund aus. Peter hat gesagt, dass ich Ihnen das hier geben soll.«

Er setzte sich in einen Armsessel neben Jon und streckte ihm eine Beretta der amerikanischen Armee entgegen.

Smith nahm die Waffe an sich. »Er denkt aber auch wirklich an alles.«

»Was mein Vater und ich seinerzeit auch feststellen durften.«

»Dann haben Sie schon mit ihm zusammengearbeitet?«

»Mehrfach. Deshalb tue ich ihm auch den Gefallen, Ihnen zu helfen.«

Smith hatte sich schon gefragt, warum Domalewski Howells Bitte zugestimmt hatte. »Ich bin Ihnen und Peter zu Dank verpflichtet.«

»Hoffentlich denken Sie morgen und übermorgen immer noch so. Peter behauptet, dass Sie mit der Beretta umgehen können. Zögern Sie nicht, sie zu benutzen, wenn es sein muss. Wie auch immer – erinnern Sie sich daran, dass jeder Ausländer eingelocht wird, wenn er mit einer Waffe geschnappt wird.«

»Ich weiß Ihre Warnung zu schätzen und hoffe, das vermeiden zu können.«

»Gut. Haben Sie schon mal vom Justizgefängnis gehört?«

»Nein.«

»Die Existenz des Justizgefängnisses wurde erst kürzlich bestätigt.« Domalewski sprach jetzt leiser und seine Worte ließen Grauen erkennen. »Das ist eine sechsstöckige, unterirdische Anlage. Stellen Sie sich das vor – keine Fenster, durch die man hineinblicken, keine Wände, durch die man die Schreie der Gefolterten hören kann und keinerlei Hoffnung auf Flucht. Der militärische Geheimdienst hat sie unter dem Krankenhaus in der Nähe der Al-Rashid-Kaserne südlich von hier gebaut. Es wird behauptet, dass Qusai, Saddams geisteskranker Sohn, Entwurf und Bau des Gefängnisses persönlich überwacht hat. Für Offiziere und Soldaten, die Saddam nicht passen, ist ein ganzes Stockwerk reserviert, wo sie gefoltert und hingerichtet werden. Andere Gefängnisinsassen können auf eine Station geschickt werden, wo sie offiziell nicht existieren. Nach ihnen darf niemand fragen und ihre Namen dürfen nicht erwähnt werden. Diese armen Kreaturen sind für immer verschwunden und verloren. Aber für mich persönlich geht es im untersten Stock des unterirdischen Gebäudes am grausamsten und unzivilisiertesten zu. Da gibt es nicht nur Gefängniszellen, sondern auch zweiundfünfzig Galgen.«

Jon unterdrückte sein Entsetzen. »Guter Gott. Zweiundfünfzig Galgen? Massenhinrichtungen? Er lässt zweiundfünfzig Menschen gleichzeitig aufhängen? Das hört sich alles nach einer wahren Hölle an. Dieser Mann ist ein Tier!«

»Genau. Erinnern Sie sich daran, dass es besser ist, die Waffe zu benutzen, als sich damit schnappen zu lassen. Im besten Fall werden Sie aufgrund der Verwirrung eine Chance haben.« Domalewski zögerte, faltete die Hände und blickte besorgt zu Jon auf. »Sie arbeiten unter einem falschen Namen, haben keinen offiziellen Auftrag und werden von niemandem beschützt. Die würden Sie verhaften, und wenn Sie sehr viel Glück haben, legen sie Sie gleich um.«

»Verstehe.«

»Wenn Sie immer noch weitermachen wollen, liegt heute noch eine Menge Arbeit vor Ihnen. Wir müssen sofort losfahren.«

Einen kurzen Augenblick lang sah Smith vor seinem geistigen Auge Sophias gepeinigtes Gesicht während ihres Todeskampfes. Den glänzenden Schweiß auf ihren geröteten Wangen, ihr herabhängendes, seidiges Haar und ihre zitternden Finger, die nach ihrer Kehle griffen, während sie nach Atem rang. Ihre Schmerzen mussten unbeschreiblich gewesen sein.

Während er Domalewskis ernstes Gesicht betrachtete, dachte er in Wirklichkeit an die einzige Frau, die er je geliebt hatte, und an ihren entsetzlichen, unerklärlichen und sinnlosen Tod. Für Sophia würde er es mit allen aufnehmen, selbst mit dem Irak und Saddam Hussein.

Er stand auf. »Lassen Sie uns gehen.«

27

10 Uhr 05
Bagdad

Smith saß allein im Fond der einzigen fahrtüchtigen Limousine der ehemaligen amerikanischen Botschaft und betrachtete die geschäftige Stadt. Angewidert nahm er die allgegenwärtigen Fotografien von Saddam Hussein wahr. Sie reichten von riesigen Postern über wandgroße Plakate bis hin zu kleinen, gerahmten Fotos in den Schaufenstern der schäbigen Läden. Überall sah man Saddams dichten schwarzen Schnurrbart und das Lächeln mit den entblößten Zähnen: Der Staatschef hielt ein Baby in den Armen, bot heroisch dem neuen amerikanischen Präsidenten Paroli, führte eine Familie oder eine Gruppe von Geschäftsleuten an oder salutierte vor im Stechschritt vorbeimarschierenden Truppen.

In diesem einst legendären Land der Bildung und Kultur regierte Hussein mit eiserner Faust und seine Macht war größer denn je. Er hatte den Kriegszustand, in dem sich sein Land offiziell befand, zur Basis seiner Macht gemacht und die Armut der Bevölkerung in patriotischen Stolz verwandelt. Während er das Embargo der Vereinten Nationen – *alhissar* – dafür verantwortlich machte, dass eine Million seiner Landsleute an den Folgen der Unterernährung starben, waren er und seine Kumpane auf schamlose Art und Weise reich und fett geworden.

Als sie die elegante Vorstadt Jadiriya erreicht hatten, wurde Jonathans Ekel noch stärker. Hier lebten viele Bodenspekulanten, Speichellecker und Kriegsgewinnler im Luxus. Jerzy Domalewski fuhr an protzigen Häusern, eleganten Cafés und glitzernden Boutiquen vorbei. An den Bordsteinen parkten auf Hochglanz polierte Mercedes-, BMW- und Ferrari-Limousinen und vor den kostspieligen Restaurants standen livrierte Wachposten. Von hier war die Armut verbannt worden, aber überall sah man Anzeichen menschlicher Gier.

»Das ist ja kriminell«, sagte Smith kopfschüttelnd.

Domalewski, der Mütze und Jackett eines Chauffeurs trug, erwiderte: »Wenn man bedenkt, wie es sonst in der Stadt aussieht, kommt es einem in Jadiriya so vor, als ob man auf einem anderen, extrem reichen Planeten gelandet wäre. Wie können diese Leute ihre Selbstsucht nur ertragen?«

»Sie sind gewissenlos.«

»Ganz meine Meinung.« Der polnische Diplomat hielt vor einem herausgeputzten, mit Stuck verzierten Haus mit blauem Dach. »Da wären wir.« Während der Motor im Leerlauf brummte, blickte Domalewski über die Schulter. Seine Miene wirkte düster und besorgt. »Ich werde auf Sie warten. Natürlich nur, wenn Sie nicht mit der Republikanischen Garde im Nacken herauskommen. Aber das ist meine geringste Sorge. Dennoch – sollte dieser unglückliche Fall eintreten, seien Sie bitte nicht beleidigt, wenn Sie nur noch die Abgaswolke aus dem Auspuff dieses Wagens sehen.«

Smith lächelte kurz. »Verstehe.«

In dem eleganten Haus befand sich die Praxis von Dr. Hussein Kamil, einem bekannten Internisten. Smith trat in den warmen Sonnenschein hinaus, blickte sich vorsichtig um und schlenderte dann an Dattelpalmen vorbei auf die mit Schnitzereien verzierte Haustür zu. Das Wartezimmer war kühl und leer. Er betrachtete die teuren Teppiche, die Vorhänge und Polstermöbel und fragte sich angesichts der geschlossenen Türen, wie sicher er hier war und ob er hier auf Antworten stoßen würde. Obwohl der Arzt offensichtlich wohlhabend war, schien es ihm doch nicht so gut zu gehen, wie dies unter anderen Umständen vielleicht der Fall gewesen wäre. An kleinen Einzelheiten zeigte sich, dass das Land wirtschaftlich isoliert war. Die Vorhänge waren verblichen, die Möbel abgewetzt und die Illustrierten auf den Beistelltischchen fünf oder gar zehn Jahre alt.

Eine der Türen öffnete sich und der Arzt erschien, ein mittelgroßer Mann Anfang fünfzig mit dunkler Haut und einem nervösen, unruhig umherirrenden Blick. Über der grauen gebügelten Hose trug er einen weißen Arztkittel. Dr. Kamil war allein – ohne Praxishilfen. Offensichtlich hatte er das Treffen mit Smith so gelegt, dass es keine Zeugen gab.

»Dr. Kamil? Mein Name ist Mark Bonnet.«

Der Arzt verbeugte sich höflich, aber er sprach leise und schien sich unbehaglich zu fühlen. »Haben Sie Ihre Papiere dabei?« Sein Englisch hatte den Akzent der britischen Oberschicht.

Jon reichte ihm die gefälschten Auweise der Vereinten Nationen. Man hatte Dr. Kamil gesagt, dass Smith zu einem weltweit operierenden Team gehöre, das einen neuen Virus untersuche. Nachdem der Arzt ihn in ein Untersuchungszimmer geführt hatte, studierte er die Papiere so sorgfältig wie die Symptome einer Krebserkrankung.

Während er wartete, blickte Smith sich um – weiße Wände, verchromte Instrumente, zwei Holzstühle und ein Tisch, der an der Stelle weiß gestrichen war, wo Bleistiftstummel in einer Keramikschale lagen. Der medizinischen Ausrüstung merkte man an, dass sie jahrelang nicht ausgetauscht worden war. Alles war sauber und glänzte, aber es gab auch leere Ständer für gebrauchte Reagenzgläser. Das weiße Laken auf der Untersuchungsliege war dünn und mit kleinen Löchern übersät und einige Geräte wirkten sehr altmodisch. Doch das war nicht nur das Problem dieses Arztes, sondern aller seiner Kollegen im Irak. Domalewski hatte erzählt, dass viele der hiesigen Ärzte an den besten medizinischen Fakultäten der Welt studiert hatten und exzellente Diagnosen stellten, aber ihre Patienten mussten sich die Medikamente selbst besorgen. Arzneimittel waren nur auf dem schwarzen Markt erhältlich, und zwar nicht gegen Dinare, sondern nur gegen Dollar. Selbst die Elite, die astronomische Summen zu zahlen bereit war, hatte Schwierigkeiten, sich Medikamente zu besorgen.

Endlich gab Dr. Kamil die Papiere zurück. Er bat Smith nicht,

Platz zu nehmen, und setzte sich auch selbst nicht. Sie standen in der Mitte des spartanisch eingerichteten, etwas heruntergekommenen Raums und unterhielten sich wie zwei misstrauische Fremde.

»Was genau wollen Sie wissen?«, fragte der Arzt.

»Sie haben sich einverstanden erklärt, mit mir zu reden. Ich nehme an, dass Sie sich überlegt haben, was Sie sagen wollen.«

Dr. Kamil winkte ab. »Ich kann gar nicht vorsichtig genug sein, weil ich dem großen Führer nahe stehe. Einige Mitglieder des Revolutionsrats sind meine Patienten.«

Jon betrachtete Dr. Kamil. Er erweckte den Eindruck eines Mannes, der ein Geheimnis hütete, und die Frage war, ob Smith ihn dazu bewegen konnte, es preiszugeben. »Irgendetwas macht Ihnen Sorgen, Dr. Kamil. Ich nehme an, dass es sich um ein medizinisches Problem handelt, und ich bin sicher, dass es nichts mit Saddam Hussein oder dem Kriegszustand zu tun hat. Also dürfte für uns beide keine Gefahr bestehen, wenn wir uns einen Augenblick lang darüber unterhalten. Vielleicht«, tastete Smith sich vorsichtig vor, »geht es um die Menschen, die an der Infektion durch einen unbekannten Virus gestorben sind.«

Dr. Kamil biss auf seiner Unterlippe herum und der Blick seiner schwarzen Augen wirkte verwirrt. Er blickte sich fast flehend um, als ob ihn selbst die Wände verraten könnten. Aber er war auch ein kultivierter Mann. »Vor einem Jahr hatte ich einen Patienten, der plötzlich an akutem Lungenversagen mit hämorrhagischen Blutungen gestorben ist. Zwei Wochen zuvor schien er an einer schweren Erkältung erkrankt zu sein.«

Jon unterdrückte seine Aufregung. Dieselben Symptome wie bei den Todesfällen in den Vereinigten Staaten. »Hat er während der Operation Desert Storm auf irakischer Seite gekämpft?«

Der Gesichtsausdruck des Arztes verriet Angst. »Nehmen Sie diesen Ausdruck nicht in den Mund!«, flüsterte er. »Er hatte die Ehre, mit der Republikanischen Garde im *Glorreichen Krieg der Einheit* kämpfen zu dürfen!«

»Besteht die Möglichkeit, dass sein Tod mit einem Kontakt

mit biologischen Kampfstoffen in Zusammenhang steht? Wir wissen, dass Saddam biologische Waffen hatte.«

»Das ist eine *Lüge*! Nie würde unser großer Führer den Einsatz solcher Waffen zulassen. Wenn es sie gab, hat sie der Feind ins Land geschleppt.«

»Dann könnte sein Tod etwas mit den biologischen Kampfstoffen der Alliierten zu tun gehabt haben?«

»Nein. Auf keinen Fall.«

»Aber Ihr Patient hat sich irgendwann während des Kriegs infiziert?«

Der Arzt nickte. Sein dunkelhäutiges Gesicht wirkte besorgt. »Er war ein alter Freund der Familie. Jedes Jahr habe ich ihn gründlich untersucht. In einem rückständigen Land wie dem unseren kann man mit der Gesundheit nie vorsichtig genug sein.« Sein ängstlicher Blick wanderte durch den Raum, weil er sein Land beleidigt hatte. »Kurz nachdem er sein normales Leben wieder aufgenommen hatte, machten sich viele Symptome geringfügiger Infektionskrankheiten bemerkbar, die sich mit normalen Behandlungsmethoden nicht kurieren ließen, aber bald wieder verschwanden. Im Lauf der Jahre litt er zunehmend unter Fieber und kurzen Grippeerkrankungen. Dann kamen die schwere Erkältung und der plötzliche Tod.«

»Sind noch andere Menschen im Irak an den Folgen der Virusinfektion gestorben?«

»Ja. In Bagdad gab es zwei Todesfälle.«

»Haben sie auch im Golfkrieg gekämpft?«

»Zumindest hat man mir das erzählt.«

»Konnte jemand geheilt werden?«

Dr. Kamil verschränkte die Arme vor der Brust und nickte unglücklich. »Ich habe Gerüchte diesbezüglich gehört«, sagte er, ohne Jon anzublicken. »Aber meiner Meinung nach haben diese Patienten die lebensbedrohliche akute respiratorische Insuffizienz einfach überlebt. Im Gegensatz zu unbehandelter Tollwut ist kein Virus hundertprozentig tödlich, selbst der Ebola-Virus nicht.«

»Wie viele Menschen haben überlebt?«

»Drei.«

Immer wieder drei. Die Hinweise häuften sich. Jon unterdrückte seine Aufregung und sein Entsetzen. Er entdeckte Indizien, die mehr und mehr auf ein Experiment mit menschlichen Versuchskaninchen hindeuteten. »Wer waren die Überlebenden?«

Nun machte der verängstigte Arzt einen Rückzieher. »Das genügt! Ich will nicht, dass Sie mit Informationen zu den Überlebenden in der Gegend herumrennen, die auf mich zurückgeführt werden könnten.« Er riss die Tür des Untersuchungszimmers auf und zeigte auf eine andere Tür jenseits des Korridors. »Gehen Sie!«

Smith rührte sich nicht. »Irgendetwas hat Sie zum Reden veranlasst, Dr. Kamil. Und dabei ging's nicht um die drei Toten.«

Einen Augenblick lang sah es so aus, als ob der Arzt aus der Haut fahren würde. »Ich sage nichts mehr! Schluss jetzt! Gehen Sie! Ich glaube nicht, dass Sie aus Belize stammen oder für die Vereinten Nationen arbeiten!« Seine Stimme wurde immer lauter. »Ein Anruf bei den Behörden, und ...«

Smith' Anspannung wuchs. Der verängstige Arzt schien zu explodieren und Jon konnte nicht das Risiko eingehen, deswegen gleich in der Falle zu sitzen.

Nachdem er das Haus durch den Seiteneingang verlassen hatte, stahl er sich durch eine Gasse davon. Erleichtert sah er, dass die Limousine der ehemaligen amerikanischen Botschaft auf ihn gewartet hatte.

Dr. Hussein Kamil zitterte vor Angst und Wut. Er war wütend, weil er sich selbst in diese Lage hineinmanövriert hatte, und besorgt, dass man ihn schnappen würde. Zugleich bot ihm diese unglückliche Lage aber auch eine Chance – wenn er den Mut hatte, sie beim Schopf zu ergreifen.

Mit gesenktem Kopf und vor der Brust verschränkten Armen versuchte er, sich zu beruhigen. Er hatte eine große Familie zu versorgen und sein Land zeigte Auflösungserscheinungen. Jetzt musste er an die Zukunft denken, weil er es satt hatte, in einem

Land zu den Armen zu gehören, wo man durchaus viel Geld machen konnte.

Schließlich griff er nach dem Telefonhörer. Aber er wählte nicht die Nummer einer Regierungsbehörde.

Der Arzt atmete tief durch. »Hier spricht Dr. Kamil. Sie haben wegen eines gewissen Mannes Kontakt zu mir aufgenommen.« Er versuchte, mit fester Stimme zu reden. »Er hat gerade meine Praxis verlassen. Seine Papiere weisen ihn als Mitarbeiter der Vereinten Nationen aus Belize aus. Sein Name ist Mark Bonnet. Ich bin mir allerdings sicher, dass es der Mann ist, nach dem ich in Ihrem Auftrag Ausschau halten sollte. Ja, nach dem Virus, der im Glorreichen Krieg der Einheit aufgetreten ist, hat er mich gefragt. Nein, er hat nicht gesagt, was er vorhat. Aber er war sehr an den Überlebenden interessiert.... Natürlich.... Ich bin Ihnen sehr dankbar und erwarte morgen das Geld und die Antibiotika.«

Dr. Kamil legte auf und ließ sich auf seinen Stuhl fallen. Er seufzte und fühlte sich schon besser – so viel besser, dass er sich ein schwaches Lächeln gestattete. Das Risiko war groß, aber die Belohnung war es mehr als wert – wenn er Glück hatte. Durch einen einzigen Telefonanruf würde er dann zu den wenigen Menschen in Bagdad gehören, die über eine private Quelle für Antibiotika verfügten.

Zuversichtlich rieb er sich die Hände.

Wenn die Reichen oder ihre Kinder krank wurden, würden sie zu ihm kommen und ihm ihr Geld in den Rachen schmeißen. Und zwar keine Dinare, die nutzlos waren in diesem unaufgeklärten Land, in dem er seit dem von den dummen Amerikanern begonnenen Krieg und dem Embargo eingesperrt war. Nein, die reichen Patienten würden ihn mit Dollars überschwemmen. Bald würde er mehr als genug Geld haben, um mit seiner Familie flüchten und irgendwo anders ein neues Leben beginnen zu können.

19 Uhr 01
Bagdad

In der exotischen Stadt brach langsam die Nacht herein. Eine von Kopf bis Fuß verhüllte Frau in dem allgegenwärtigen *abaya* schlich hastig wie eine schwarze Spinne unter den von Kerzenlicht beleuchteten Balkonen die enge, mit Kopfsteinen gepflasterte Straße entlang. In den heißen Sommern spendeten die Balkone im ältesten Viertel Bagdads Schatten. Aber dies war eine kühle Nacht im Oktober und durch den schmalen Spalt zwischen den Häuserdächern sah man die Sterne.

Weil sie sich so auf die beiden Aufträge konzentrierte, die sie zu erledigen hatte, blickte die Frau nur einmal auf. Sie wirkte alt. Ihre gebückte Haltung war wahrscheinlich nicht nur auf ihr Alter, sondern auch auf die Unterernährung zurückzuführen. Sie hatte eine abgenutzte Sporttasche aus Stoff bei sich. Neben dem ihren Körper verhüllenden schwarzen *abaya* trug sie ein traditionell weißes *pushi*-Tuch, das fast ihr ganzes Gesicht bedeckte und nur ihre dunklen Augen erkennen ließ, deren Blick weder niedergeschlagen noch leer wirkte.

Sie eilte an Erkerfenstern mit geschnitzten Sichtgittern vorbei – *mashrabiyah* –, durch die man zwar auf die Straße blicken, aber nicht in die Häuser hineinsehen konnte. Schließlich bog sie in eine gewundene Hauptstraße ab, die von schwankenden alten Straßenlaternen beleuchtet wurde und von Stimmengewirr erfüllt war. Konkurrierende Ladenbesitzer versuchten verzweifelt, ihre wenigen Waren an den Mann zu bringen. Überall rannten schreiende Kinder ohne Schuhe herum. Niemand warf der Frau mehr als einen flüchtigen Blick zu. Weil es bald acht Uhr abends war und die Geschäfte dann schlossen, herrschte hier der letzte Ansturm des Tages.

Da tauchten drei Männer von Saddam Husseins gefürchteter Republikanischer Garde auf, die die unverwechselbaren dunkelgrünen Uniformen und Koppeln trugen.

Die Nerven der Frau waren zum Zerreißen gespannt, als sich die Uniformierten näherten. Zu ihrer Linken, zwischen den in der kühlen Nachtluft dampfenden Marktständen, stand ein Bauer mit frischem Obst vom Land. Eine Menschenmenge hatte sich dort versammelt und die Leute stritten sich, wer was zu welchem Preis kaufen durfte. Sofort zog sie Dinare aus ihrem weit geschnittenen *abaya*, mischte sich unter die Kunden und fiel in das Stimmengewirr ein.

Mit Herzklopfen betrachtete sie aus den Augenwinkeln die muskulösen Männer der Republikanischen Garde.

Einer von ihnen sagte etwas, ein anderer antwortete. Wegen ihrer Waffen und ihrer ungefährdeten Existenz fühlten sie sich sicher. Bald machten sie lachend höhnische Bemerkungen.

Während sie den Bauern um Obst bat, schwitzte die Frau. Um sie herum blickten andere Iraker nervös über ihre Schultern. Einige debattierten weiter, andere stahlen sich davon.

In diesem Augenblick suchten sich die Männer ihr Opfer aus: einen Bäcker mit hoch aufgetürmten Brotlaiben auf den Armen, der sein Gesicht dahinter verbarg, war zurückgetreten und ging dann um die Menschenmenge herum. Die Frau erkannte ihn nicht.

Mit harten Blicken und gezückten Pistolen umzingelte das Trio den Bäcker. Einer schlug ihm die Brotlaibe aus den Armen, ein anderer knallte ihm die Waffe in das von Panik gezeichnete Gesicht.

In der Tuchtasche der Frau war eine Pistole versteckt und es drängte sie, die Waffe zu ziehen und die brutalen Schergen zu töten. Unter ihrem *pushi* war ihr Gesicht vor Zorn gerötet. Sie biss sich auf die Unterlippe, weil sie sich verzweifelt danach sehnte, handeln zu können.

Aber sie hatte einen Auftrag zu erledigen und durfte nicht erkannt werden.

Plötzlich herrschte auf der belebten Straße Schweigen. Während der Bäcker zu Boden fiel, wandten die Menschen den Blick ab und entfernten sich dann. Jeder, der die Aufmerksamkeit der unberechenbaren Republikanischen Garde auf sich zog, war arm dran. Das Gesicht des Gestürzten blutete und er schrie. Hasserfüllt beobachtete die Frau, wie zwei der Männer seine Arme packten und ihn wegschleiften. Er war öffentlich verhaftet worden, aber vielleicht hatten sie ihn auch einfach nur schikaniert. Man konnte sich nicht sicher sein. Seine Familie würde alles in ihrer Macht Stehende tun, damit er die Freiheit wiedererlangte.

Eine volle Minute verstrich. Wie die Ruhe vor einem Wüstensturm erschien jetzt auch die nächtliche Luft schwer und unheildrohend. Es war nur ein kleiner Trost, dass sich die willkürlich zuschlagenden Schergen einen anderen vorgeknöpft hatten. Beim nächsten Mal konnte es sie treffen.

Aber das Leben ging weiter und es wurde wieder laut auf der Straße. Manche Menschen tauchten wieder auf. Der Bauer nahm das Geld der Frau und gab ihr eine Orange. Zitternd ließ sie sie neben die Waffe in die Stofftasche fallen. Dann eilte sie davon und blickte sich dabei unbehaglich um, während sie vor ihrem geistigen Auge das verängstigte Gesicht des bemitleidenswerten Bäckers sah.

Schließlich bog sie in eine Einkaufsstraße ein, wo die Hochhäuser höher als alle Minarette am anderen Ufer des Tigris waren. Jetzt gab es auf dieser breiten Prachtstraße nur noch wenige Luxusgüter zu kaufen und noch viel weniger Kunden, die sie sich hätten leisten können. Touristen kamen heutzutage nicht mehr nach Bagdad. Deshalb war das moderne König-Sargon-Hotel auch leer, als sie endlich dort eintraf. Die einst spektakuläre Halle mit ihren Obsidian- und Chromverzierungen war von einem Innenarchitekten aus dem Westen entworfen worden, der die Kulturen der alten Königreiche mit dem modernsten Komfort der westlichen Welt verbinden wollte. Jetzt war die Hotelhalle nicht nur schlecht beleuchtet, sondern auch heruntergekommen und weitgehend leer.

Der große Page mit den dunklen Augen und dem Saddam-Hussein-Schnurrbart flüsterte dem gelangweilten Portier eben wütend etwas zu. »Was hat der große Führer denn für uns getan, Rashid? Erzähl mir, wie das Genie aus Tikrit die ausländischen Teufel vernichtet und uns reich gemacht hat. Tatsächlich bin ich so reich, dass mein Doktortitel diese abgewetzte Livree schmückt.« Er pochte aufgebracht gegen seine Brust. »Und das alles in einem Hotel, in das keine Gäste mehr kommen. Meine Kinder können von Glück reden, wenn sie so lange leben, dass sie noch mitbekommen, dass sie keine Zukunft haben!«

»Wir werden überleben, Balshazar«, antwortete der Portier düster. »Wir haben immer überlebt und Saddam ist nicht unsterblich.«

Dann bemerkten sie die gebückte alte Frau, die schweigend vor ihnen stand. Sie war leise zu ihnen getreten, unhörbar wie eine Rauchwolke, und einen Augenblick lang war der Portier verwirrt. Wie konnte ihm entgangen sein, dass sie das Hotel betreten hatte? Er starrte sie an und erhaschte einen kurzen Blick auf die schwarzen Augen hinter dem *pushi*. Dann senkte sie schnell den Blick, wie es in der Gegenwart von Männern – außer dem eigenen Gatten – üblich war.

Der Portier runzelte die Stirn.

Die Stimme der Frau klang unterwürfig und verängstigt. »Ich bitte tausendmal um Entschuldigung«, sagte sie in perfektem Arabisch. »Man hat mich geschickt, weil ich die Näharbeiten von Sundus übernehmen soll.«

Als er ihre ängstliche Stimme hörte, wies der Portier verächtlich mit dem Kopf auf eine Tür. »Du solltest dich nicht in der Hotelhalle aufhalten, alte Frau. Beim nächsten Mal nimmst du den Personaleingang, wie es sich für dich gehört!«

Die Frau murmelte Entschuldigungen vor sich hin und ging dann mit gesenktem Kopf an dem promovierten Pagen vorbei, wobei sie heimlich ein zusammengefaltetes Blatt Papier in die Tasche seiner abgewetzten Livree steckte.

Der Page ließ sich nichts anmerken. »Was ist mit der Elektrizität?«, fragte er stattdessen den eingebildeten Portier. »Wann wird morgen der Strom abgestellt?« Unbewusst legte er eine Hand auf seine Tasche.

Während die Frau durch die Tür verschwand, hörte sie die Stimmen der beiden Männer leiser werden. Innerlich seufzte sie erleichtert auf. Ihren ersten Auftrag hatte sie erfolgreich erledigt, aber die Gefahr war noch nicht vorbei. Sie hatte eine weitere wichtige Aufgabe.

28

19 Uhr 44
Bagdad

Ein scharfer Wind pfiff durch das nächtliche Bagdad und vertrieb die Menschen, die in der Scheich-Omar-Straße einkauften. In der frischen Nachtluft hing der würzige Duft von Weihrauch und Ingwer. Der Himmel war schwarz und die Temperatur fiel. Die gebückt gehende alte Frau in dem schwarzen *abaya* und mit dem ihr Gesicht verbergenden *pushi*, die im König-Sardon-Hotel die Nachricht übergeben hatte, schlängelte sich zwischen den Passanten und den Schuppen aus Sperrholz hindurch, in denen gebrauchte Ersatzteile verkauft wurden und das irakische Improvisationstalent fürs Reparieren blühte. Mittlerweile arbeiteten viele einst gut situierte Angehörige der Mittelklasse in diesen bescheidenen Läden, wo man von Kräutern über warme Mahlzeiten bis hin zu gebrauchten Wasserleitungen alles kaufen konnte.

Während die Frau sich ihrem Ziel näherte, erstarrte ihr Blick plötzlich und ihr Herz pochte wie wild. Sie wollte ihren Augen nicht trauen.

Weil die Menschenmenge sich zum großen Teil verlaufen hatte, fiel der große, schlanke und muskulöse Mann, der hier der einzige Westler war, stärker als unter gewöhnlichen Umständen auf. Er hatte die gleichen dunkelblauen Augen, das rabenschwarze Haar und den kühlen, harten Gesichtsausdruck, an den sie sich so schmerzhaft und zornig erinnerte. Obwohl der Mann eine Armbinde der Vereinten Nationen, eine lässige Windjacke und eine braune Hose trug, war sie sicher, dass er nicht für die Organisation der Völkergemeinschaft arbeitete.

Wenn er nur irgendein Mann europäischer Abstammung gewesen wäre, was im heutigen Irak ja schon ein seltener Anblick war, hätte sie ihn heimlich betrachtet und zu beurteilen versucht. Aber dieser angebliche Mitarbeiter der Vereinten Nationen war nicht irgendein Mann. Für einen kurzen Augenblick stand sie wie gelähmt vor der Werkstatt, die sie dann schnell betrat. Selbst der erfahrenste Beobachter hätte allenfalls ein sehr kurzes Zögern bemerkt. Dennoch war sie tief geschockt.

Was hatte er in Bagdad zu suchen? Er war der Letzte, den sie hier zu sehen erwartet oder gewünscht hätte: Lieutenant Colonel Dr. Jonathan Smith.

Angespannt beobachtete Jon die Schuppen aus Sperrholz und die kleinen Reparaturwerkstätten. Den ganzen Tag über hatte er in Arztpraxen und den Lagerräumen von Krankenhäusern mit nervösen Medizinern, Krankenschwestern und Militärärzten aus dem Golfkrieg gesprochen. Viele hatten bestätigt, dass es im letzten Jahr sechs Fälle von akutem Lungenversagen mit den Symptomen der tödlichen Infektionskrankheit gegeben hatte, die Jon untersuchte. Aber niemand hatte ihm etwas über die drei Überlebenden erzählen können.

Während er weiterschlenderte, versuchte er das Gefühl loszuwerden, dass ihn jemand beobachtete. Unauffällig betrachtete er die von Laternen beleuchtete Straße mit ihren heruntergekommenen Marktständen und Läden und die Männer in ihren langen, weiten Hemden – *gallabiyyas* –, die an zerkratzten Tischen heißen Tee tranken und Wasserpfeife rauchten. Er bemühte sich, vollkommen gelassen zu wirken. Doch dieser Stadtteil des alten Bagdad schien ein merkwürdiger Ort zu sein, um den weltbekannten Kinderarzt und Chirurgen Dr. Radah Mahuk zu treffen.

Aber Domalewski hatte ihm genaue Anweisungen gegeben.

Allmählich verzweifelte Jon. Der berühmte Kinderarzt war seine letzte Hoffnung, denn es wäre sehr gefährlich, einen weiteren Tag in Bagdad zu bleiben. Jeder, mit dem er gesprochen hatte, konnte die Republikanische Garde benachrichtigen. Andererseits war der nächste Informant möglicherweise derjenige, der ihm sagen konnte, wo der Virus zuerst aufgetreten war und welcher Bastard die Iraker und Sophia damit infiziert hatte.

Mit angespannten Nerven blieb er vor einer Werkstatt stehen, wo zu beiden Seiten einer niedrigen Tür an Ketten abgefahrene Autoreifen baumelten. Domalewski hatte ihn zu diesem düsteren Laden geschickt und gesagt, dass der Inhaber ein ehemals erfolgreicher Geschäftsmann sei, der verbittert war, weil sein blühendes Geschäft durch Saddam Husseins überflüssigen Krieg ruiniert worden war.

Die Schäbigkeit der Werkstatt trug nicht dazu bei, Jons Misstrauen zu vertreiben. Er blickte auf die Uhr und sah, dass er pünktlich war. Nachdem er sich ein letztes Mal umgeblickt hatte, betrat er den Laden.

Ein kleiner, kahlköpfiger Mann mit dem üblichen dichten schwarzen Schnurrbart stand hinter einem ramponierten Ladentisch und studierte ein Blatt Papier. Seine dicken Finger waren vom Nikotin verfärbt. Daneben sah sich eine Frau in der schwarzen Tracht der Fundamentalisten die Autoreifen an.

»Ghassan?«, fragte Jon.

»Der ist nicht hier«, antworte der Iraker gleichgültig in einem Englisch mit starkem Akzent, aber der Blick, mit dem er Jon musterte, war intelligent.

Nachdem Jon zu der Frau hinübergeblickt hatte, die offenbar näher gekommen war, um andere Reifen zu betrachten, sprach er leise weiter. »Ich muss mit ihm reden. Farouk al-Dubq hat mir erzählt, dass er neue Pirelli-Reifen bekommen hat.« Der Name der Reifenfirma war laut Domalewski das geheime Erkennungssignal. Er würde kein Aufsehen erregen, weil sich Ghassans boomendes Geschäft auf den Verkauf der weltweit besten Neureifen spezialisiert hatte, und jeder wusste, dass er ein Kenner war.

Ghassan hob die Augenbrauen und lächelte kurz. Dann zerknüllte er mit seinen schwieligen Händen das Blatt Papier. Plötzlich war sein Englisch sehr viel besser. »Ah, *Pirelli*«, sagte er lebhaft. »Eine exzellente Wahl. Die Reifen sind hinten. Kommen Sie mit.« Als er sich umwandte, um Jon in den Hinterraum zu führen, murmelte er etwas auf Arabisch.

Plötzlich standen Jon die Nackenhaare zu Berge. Er wirbelte gerade noch rechtzeitig herum, um zu sehen, wie die Frau in dem langen schwarzen *abaya* durch die Vordertür hinausschlüpfte.

Er runzelte die Stirn und sein Instinkt sagte ihm, dass irgendetwas nicht stimmte. »Wer …?«

»Beeilen Sie sich bitte«, sagte Ghassan eindringlich. »Hier entlang.«

Sie rannten aus dem leeren Laden durch eine mit einem dicken Vorhang verhängte Türöffnung in einen höhlenartigen Lagerraum, wo so viele Stapel abgenutzter Reifen standen, dass sie fast den Hintereingang versperrten. Ein Stapel reichte bis zur Decke und auf dem niedrigsten in der Nähe der Tür saß eine Irakerin mittleren Alters, die ein Baby in ihren Armen wiegte. Kleine Fältchen bedeckten ihre Wangen und ihre hohe Stirn und ihre dunkelgrauen Augen blickten Jon neugierig an. Sie trug ein bedrucktes Kleid, eine schwarze Cardigan-Strickjacke und eine weißes Tuch um den Kopf. Aber Jon blickte auf das verschwitzte, fiebrige Gesicht des wimmernden Babys und eilte zu ihm. Das Kind war ganz offensichtlich krank und das ärztliche Ethos verlangte von ihm, dass er half, gleichgültig, ob es sich um eine Falle handelte oder nicht.

Ghassan redete auf Arabisch hastig auf die Frau ein und Jon hörte, wie sein Deckname erwähnt wurde. Sie runzelte die Stirn und schien Fragen zu stellen. Noch bevor Jon bei dem Kind war, hörten sie aus dem Laden ein heftiges Krachen. Jon erstarrte, als er donnernde Stiefelschritte hörte und eine Stimme auf Arabisch brüllte.

Er wurde von einem Adrenalinstoß erfasst. Man hatte sie verraten! Mit gezückter Beretta wirbelte er herum.

Zugleich zog Ghassan aus einem Stapel von abgefahrenen Goodyear-Reifen ein AK-47-Sturmgewehr. »Die Republikanische Garde!«, brüllte er. Er handhabte das Gewehr mit einer

Erfahrung, die Jon verriet, dass er sein Leben oder seinen Laden damit nicht zum erstenmal verteidigte.

Als Jon gerade auf die Quelle des Lärms zurennen wollte, lief Ghassan vor, um ihm den Weg abzuschneiden. Wütend wies er mit dem Kopf auf die Frau mit dem kranken Baby. »Bringen Sie sie raus und überlassen Sie den Rest mir. Das hier ist meine Sache.«

Der resolute Iraker wartete nicht, um zu sehen, was Jon tun würde. Entschlossen sprang er auf die Türöffnung zu, schob die Mündung der AK-47 durch den Vorhang und eröffnete mit einer Reihe von kurzen Salven das Feuer.

Das Donnern der Schüsse ließ die Sperrholzwände erzittern.

Hinter Smith schrie die Frau auf und das Baby weinte.

Mit der gezückten Beretta rannte Smith zwischen den Reifenstapeln auf sie zu. Die Frau war mit dem Baby aufgestanden und eilte auf den Hintereingang zu. Plötzlich drang ein Kugelhagel aus einer automatischen Waffe in den Lagerraum. Ghassan wurde zurückgestoßen und sprang hinter einen Reifenstapel. Aus einer Wunde an seinem Oberarm strömte Blut. Jon zog die Frau mit dem Baby hinter einen anderen Stapel. Kugeln schlugen in die harten Reifen ein und Gummi spritzte durch die Luft.

In seinem Versteck murmelte Ghassan aufgeregt ein Gebet vor sich hin: »Allah ist groß, Allah ist gerecht. Allah ist barmherzig. Allah ist ...«

Eine weitere Salve peitschte durch den Raum. Die Frau beugte sich schützend über das Kind und Jon legte sich über beide, während verirrte Kugeln Flaschen und Gläser auf den Regalen zerfetzten. Funkelnde Glassplitter flogen durch den Lagerraum und Schrauben und Muttern, die sich in den Glasbehältern befunden haben, schossen wie Granatsplitter durch die Luft. Von irgendwo hörte man das Geräusch einer alten Toilettenspülung.

Für Jon war es nichts Neues, dass schlecht ausgebildete Soldaten von der törichten Annahme ausgingen, blindes Gewehrfeuer würde allen Widerstand brechen. Tatsächlich richtete es nur wenig Schaden an, wenn der Gegner in Deckung gegangen war. Ghassan betete weiter mit gehetzter Stimme. Als der Lagerraum erneut unter Feuer genommen wurde, ging Jon in die Hocke und blickte besorgt auf das vor Angst erbleichte Gesicht der Frau. Weil er sie nicht in seiner Sprache beruhigen konnte, tätschelte er ihren Arm. Das Weinen des Babys lenkte die Irakerin ab und sie murmelte ihm beruhigend etwas zu.

Plötzlich herrschte Stille. Aus irgendeinem Grund hatte die Republikanische Garde das Feuer eingestellt. Dann begriff Jon, weshalb. Die Stiefelschritte kamen hämmernd auf den Vorhang zu – sie wollten den Lagerraum im Sturm nehmen.

»Lobet Allah!« Hinter dem Reifenstapel sprang Ghassan erregt hoch. Er grinste wie ein Wahnsinniger und in seinen schwarzen Augen loderte Feuer. Bevor Jon ihn aufhalten konnte, rannte er schießend durch den Vorhang.

Aus dem Laden kamen hallende Schreie und das Geräusch von splitterndem Holz. Dann war es plötzlich still.

Jon zögerte. Eigentlich sollte er die Frau retten, aber vielleicht…

Stattdessen rannte er gebückt auf den Vorhang zu.

Aus dem Laden wurde erneut eine Gewehrsalve abgegeben.

Jon warf sich zu Boden und kroch vorwärts. Als er den Vorhang erreicht hatte, wurde das Feuer eingestellt. Mit angehaltenem Atem spähte er unter dem mit Perlen besetzten Vorhang hindurch. Da wurde aus einem Gewehr, das einer vereinzelten Stimme in der Wildnis glich, eine weitere Serie von trotzigen Schüssen abgegeben. Ghassan lag hinter einer Ecke des Ladentischs – er hatte die Männer der Republikanischen Garde zu Boden gezwungen. Smith wurde von Bewunderung erfasst.

Jetzt sah er die Gegner durch den Laden kriechen, weil sie in Ghassans Rücken gelangen wollten. Es waren zu viele – der tapfere Iraker würde nicht mehr lange Widerstand leisten können. Jon hatte den verzweifelten Wunsch, ihm zu helfen. Vielleicht konnten sie gemeinsam wenigstens Zeit gewinnen, um zu fliehen.

Von der engen Straße her hörte er jetzt das Geräusch von Fahrzeugen.

Sie schickten Verstärkung – damit wurde sein Plan selbstmörderisch.

Er blickte sich zu der Frau um, die mit dem Baby im Arm abzuwarten schien, welche Entscheidung er traf. Ghassan hatte ihm aufgetragen, sie zu retten. Er opferte sein Leben nicht nur, um sein Geschäft zu verteidigen, sondern auch, um dafür zu sorgen, dass die Frau mit ihrem Kind entkommen konnte. Außerdem musste Jon einen Job erledigen, der Millionen von Menschen einen entsetzlichen Tod ersparen konnte. Als er akzeptiert hatte, dass er Ghassans Leben nicht retten konnte, seufzte er innerlich auf.

Nachdem er seine Entscheidung einmal getroffen hatte, verlor er keine Zeit mehr. Während der krachende Kugelhagel weiterhin sein Trommelfell zu zerfetzen drohte, riss er die zersplitterte Hintertür auf. Durch den ramponierten Laden hallten die Schreie der Verwundeten. Er lächelte der Frau beruhigend zu, ergriff ihre Hand und spähte in eine Seitengasse, die so eng war, dass selbst der Wind kaum hindurchkam. Dann zog er die Irakerin hinter sich her.

Mit dem Kind im Arm rannte sie nach links hinter Smith her. Und dann erstarrten sie.

An beiden Enden der Gasse kamen mit quietschenden Reifen Militärfahrzeuge zum Stehen, aus denen Soldaten heraussprangen und auf sie zuliefen. Sie waren in der Falle der Republikanischen Garde gefangen.

29

Mittwoch, 22. Oktober, 1 Uhr 04
Frederick, Maryland

Adele Schweik wachte abrupt auf, weil neben ihr das schneidende Alarmsignal ertönte, das durch den Sensor ausgelöst worden war, den sie etwas über einen halben Kilometer entfernt in Sophia Russels Büro im USAMRIID angebracht hatte. Nachdem sie das entnervende Alarmsignal abgeschaltet hatte, sprang sie aus dem Bett und aktivierte die Videokamera, die sie ebenfalls in dem Büro installiert hatte.

Sie setzte sich in ihrem dämmrigen Schlafzimmer an den Schreibtisch und starrte auf den Monitor, bis auf dem Bildschirm eine schwarz gekleidete Person auftauchte. Besorgt betrachtete sie den Einbrecher. Er – oder sie – wirkte wie ein Alien, bewegte sich aber mit der Behändigkeit einer Katze und einer Zielstrebigkeit, die Adele Schweik verriet, dass diese Person nicht zum erstenmal in ein bewachtes Gebäude eingebrochen war. Sie trug einen Helm und eine hochmoderne kugelsichere Weste, gegen die man mit den meisten Pistolen und Maschinenpistolen keine Chance hatte.

Adele Schweik war in ihrem Nachthemd genauso wachsam wie in ihrer Dienstuniform und blieb so lange vor dem schimmernden Bildschirm sitzen, bis sie sich über die Absichten des Einbrechers im Klaren war. Die Person durchsuchte Sophia Russels Büro. Als der Adrenalinstoß einsetzte, riss sie sich das Nachthemd vom Leib, zog ihre Tarnkleidung an und rannte zu ihrem Auto.

Einen Häuserblock vom Eingang von Fort Detrick entfernt, saß Marty Zellerbach in einem verdunkelten Wohnmobil und starrte unglücklich auf den Computermonitor. Sein Gesichtsausdruck war besorgt und sein verweichlichter Körper vor Verzweiflung zusammengesunken. Vor sieben Stunden hatte er Mideral genommen. Als die Wirkung des Medikaments nachzulassen begonnen hatte, hatte er die Arbeit an einem brillanten Computerprogramm beendet, das die Abfolge der Relais automatisch und willkürlich änderte, so dass niemand seine elektronischen Spuren jemals wieder verfolgen konnte.

Aber bei der Lösung seiner zwei zentralen Probleme hatte diese Erfindung nicht zum Erfolg geführt. Die Aufzeichnungen von Sophia Russels anderen Telefongesprächen, wenn sie denn existiert haben sollten, schienen weiterhin endgültig gelöscht zu sein und Bill Griffins Spuren waren zu gut verwischt worden.

Er musste eine Speziallösung finden, was unter anderen Umständen für ihn eine willkommene Herausforderung gewesen wäre. Aber jetzt machte er sich große Sorgen. Ihm blieb so wenig Zeit, und obwohl er kontinuierlich an beiden Problemen gearbeitet hatte, war ihm noch bei keinem ein Durchbruch gelungen. Außerdem war da noch die Tatsache, dass er sich um Jon sorgte, der sich freiwillig in den Irak abgesetzt hatte. So sehr Marty Menschen im Allgemeinen auch misstraute, wollte er dennoch nicht, dass ein Großteil von ihnen ausgelöscht wurde, was aber mit Sicherheit der Fall sein würde, wenn der Virus weiterhin ungehindert wüten konnte.

Dies waren die Augenblicke, denen er sein ganzes Leben lang aus dem Weg zu gehen versucht hatte. Sein genau auskalkulierter Eigennutz war gerade mit seinem tiefsten und dunkelsten Geheimnis kollidiert.

Niemand wusste, dass Marty auch ein Altruist war. Er wies nie darauf hin und hätte es mit Sicherheit auch nicht zugegeben, aber tatsächlich dachte er mit zärtlichem Wohlwollen an Babys, störrische alte Menschen und Erwachsene, die in aller Stille ehrenamtlich wohltätigen Zwecken dienten. Er spendete das gesamte jährliche Einkommen aus seinem Vermögen verschiedenen wohltätigen Organisationen auf der ganzen Welt und tat sein Bestes, seinen Lebensunterhalt dadurch zu verdienen, dass er für Individuen, Unternehmen oder die Regierung Computerprobleme löste. Außerdem gab es da noch das beruhigende Sparbuch, von dem er die fünfundzwanzigtausend Dollar für Jon abgehoben hatte.

Er seufzte und spürte die Anspannung seiner Nerven, die ihm verriet, dass es bald an der Zeit war, sein Medikament wieder zu nehmen. Aber sein Geist sehnte sich danach, in jene unbekannte und aufregende Welt zu entfliehen, wo er frei und ganz er selbst war. Während er darüber nachdachte, blitzten irgendwo an seinem geistigen Horizont helle Farben auf und die Welt schien sich in eine Sphäre ungeahnter Möglichkeiten zu erweitern.

Dies war der fruchtbare Augenblick, da er kurz davor stand, die Kontrolle über sich zu verlieren – und er hatte jede Menge Gründe dafür, sich ihm hinzugeben. Er musste herausfinden, wie er die Aufzeichnungen von Sophia Russels Telefonaten überprüfen konnte, und Bill Griffins Aufenthaltsort in Erfahrung bringen.

Jetzt war der richtige Zeitpunkt gekommen.

Er lehnte sich erleichtert zurück, verschränkte die Arme vor der Brust und hob in die überspannte, weite Welt seiner Imagination ab.

Die harte, kalte Stimme, die aus dem Nichts zu kommen schien, traf ihn wie ein Schock. »Wenn ich der Feind wäre, wären Sie jetzt tot.«

Marty sprang auf. »Peter!«, brüllte er. »Sie Idiot! Ich hätte einen Herzinfarkt kriegen können!«

»Sie sind eine leichte Beute«, knurrte Peter Howell, während er verdrießlich den Kopf schüttelte. »Wirklich, Sie müssen wachsamer sein, Marty Zellerbach.« Er trug noch die schwarze Uniform eines Anti-Terrorismus-Kommandos des SAS und machte es sich jetzt in einem Klubsessel bequem. Dann legte er den grauen, kugelsicheren Helm in seinen Schoß. Nach seiner Mission im USAMRIID war er in das Wohnmobil zurückgekehrt, ohne dass sich auch nur ein Lüftchen gerührt hätte.

Marty war zu wütend, um das Spiel des altgedienten Spions mitzumachen. Er sehnte sich danach, dass dieser ganze Ärger endlich aufhörte, damit er in seinen stillen Bungalow zurückkehren konnte, wo der Postbote das ärgerlichste Erlebnis des ganzen Tages war.

Verächtlich schürzte er die Lippen. »Die Tür war abgeschlossen, Sie Idiot. Sie sind nichts als ein gewöhnlicher Einbrecher!«

»Ein *un*gewöhnlicher Einbrecher.« Howell nickte weise und ignorierte Martys mitleidigen Blick. »Wenn ich nur einer der üblichen, stümperhaften Einbrecher wäre, würden wir uns jetzt nicht unterhalten.«

Nachdem sie sich auf dem San Francisco International Airport von Jon Smith getrennt hatten, fuhren sie, sich am Steuer des Wohnmobils abwechselnd, durch das ganze Land. Um Zeit zu gewinnen, aßen und schliefen sie auch im Wohnmobil. Meistens fuhr Peter und er ging auch einkaufen, damit Marty sich nicht ständig beschwerte. Howell hatte Marty das Autofahren erneut beibringen müssen, was seine Geduld arg strapaziert hatte. Als er das Elektronikgenie jetzt anblickte, wusste er nicht mit letzter Sicherheit, weshalb sich dieser verweichlichte kleine Mann allen überlegen fühlte, wo er sich doch im alltäglichen Leben so schwer tat. Und außerdem war er verdammt nervig.

»Bei Gott – ich hoffe, dass Sie mehr herausgekriegt haben als ich«, nörgelte Marty.

»Leider nicht.« Der Ausdruck von Peters wettergegerbtem Gesicht verzog sich zu einer Grimasse. »Ich habe nichts Wichtiges gefunden.« Nachdem sie Maryland erreicht hatten, war Howell zu dem Entschluss gelangt, dass sie am besten mit der Durchsuchung von Sophias Labor und Büro begannen, um sich zu vergewissern, dass Jon nichts entgangen war. Also hatte er das Wohnmobil dort geparkt, wo es jetzt immer noch stand, und war in seiner SAS-Uniform ins USAMRIID eingedrungen.

Howell seufzte. »Marty, guter Junge, es tut mir Leid, dass wir auf Ihr überirdisches Elektronikgenie angewiesen sind, um in der Vergangenheit der armen Sophia herumwühlen zu können. Können Sie an ihre Detrick-Personalakte herankommen?«

Martys Gesichtsausdruck hellte sich auf. Er hob die Hände und schnippte mit den Fingern, als ob sie Kastagnetten wären.

»Sie müssen mich nur darum bitten!« Seine Finger glitten mit großer Geschwindigkeit über die Tastatur, während er den Monitor beobachtete, und ein paar Augenblicke später lehnte er sich mit vor der Brust verschränkten Armen breit grinsend zurück. »Tusch! Die Personalakte von Dr. Sophia Lilian Russel – ich habe sie!«

Peter hatte ihn aus dem dunklen Teil des Wagens beobachtet und war beunruhigt, weil Marty wieder in Ausrufesätzen zu reden begann. Der schlanke, drahtige Brite ging durch das Wohnmobil und blickte auf den Monitor.

»Jon glaubt, dass Sophia irgendetwas in dem gelöschten Bericht vom Prinz-Leopold-Institut, den Sie dann doch noch aufgestöbert haben, interessant fand«, sagte er leise. »Deshalb wurde der Bericht gelöscht und die Seite aus ihrem Journal herausgetrennt.« Er blickte in Martys glänzende grüne Augen. »Wir brauchen alles, was mit diesem Bericht zusammenhängen könnte.«

Marty hüpfte in seinem Schreibtischstuhl auf und ab. »Kein Problem! Ich werde die ganze Datei ausdrucken.« Aus allen seinen Poren schien elektrische Energie herauszuschießen und er lächelte selbstzufrieden. »Ich hab' sie! Ich hab' sie!«

Howell packte Martys Schulter. »Nehmen Sie jetzt besser Ihr Mideral. Tut mir Leid, ich weiß, dass Sie Ihre Pillen nicht ausstehen können. Aber jetzt haben wir eine langweilige Aufgabe zu bewältigen. Am besten, Sie lenken Ihr Gehirn mit dem Medikament ab.«

Während Peter Howell laut den Bericht des Prinz-Leopold-Instituts vorlas, verglich Marty den Inhalt mit Sophias Personalakte. Er las Zeile für Zeile und sein Gehirn arbeitete methodisch, während Peter den Bericht noch einmal vorlas. Mideral war ein Wundermedikament – durch seine schnelle Wirkung sprach Marty bereits langsamer und er blieb auch ruhig sitzen, während sie die mühsame Aufgabe zu bewältigen versuchten. Er verhielt sich wie ein vornehmer, ein wenig melancholischer Gentleman.

Als die Morgendämmerung anbrach, hatten sie immer noch kein Bindeglied zwischen Sophias früheren Aktivitäten und ihrer Zeit beim USAMRIID gefunden.

»Okay«, sagte Peter. »Gehen Sie mal einen Schritt weiter zurück. Wo hat Sie nach ihrer Promotion gearbeitet?«

»An der Universität von Kalifornien.«

»Welcher?«

Wenn Marty nicht seine Medikamente genommen hätte, hätte er verzweifelt die Hände in die Luft geworfen, weil Peter keine Ahnung hatte. Stattdessen schüttelte er einfach nur den Kopf. »Natürlich in *Berkeley*.«

»Ach ja. Und da heißt es, wir Briten wären Snobs. Können Sie in das Computersystem dieser ehrwürdigen Institution eindringen, oder müssen wir erst zur Westküste zurückfahren?«

Marty hob die Augenbrauen. »Mögen wir uns auch so wenig, wenn ich meine Medikamente nicht genommen habe, Peter?«, fragte er wohlüberlegt und irritierend langsam.

»Allerdings, mein Junge.«

Marty senkte würdevoll den Kopf. »Hab' ich's mir doch gedacht.« Er setzte sich an den Computer und zehn Minuten später hielt er Sophias Unterlagen aus Berkeley in den Händen.

Erneut las Howell den Bericht des belgischen Prinz-Leopold-Instituts vor und Marty verglich die Unterlagen der Universität damit.

»Keine identischen Namen. Keine Exkursionen. Damals hat sie sich nur mit Humangenetik beschäftigt, nicht mit Virologie.« Er lehnte sich zurück und der Ausdruck rutschte auf seine Knie. »Es ist sinnlos.«

»Unsinn. ›Wir haben noch gar nicht zu kämpfen begonnen‹, wie wir Briten sagen.«

Marty runzelte die Stirn. »Das ist ein Zitat von John Paul Jones und es war *gegen* die Briten gerichtet.«

»Aber offiziell war er noch Brite, als er es gesagt hat.«

»Sie hätten Ihre ehemaligen Kolonien wohl gern zurück?«

»Es war mir immer verhasst, eine gute Investition aufzugeben. Na gut, wo hat sie an ihrer Dissertation gearbeitet?«

»In Princeton.«

»Dann raus aus dem Berkeley-Computer.«

Aber die Abschrift aus Princeton zeigte, dass Sophias Studien viel zu weitläufig gewesen waren und keine hilfreichen Details enthielten. In ihrer Dissertation spielten Viren keine Rolle. Stattdessen hatte sie über den Gen-Cluster geforscht, in dem eine genetische Mutation für die fehlenden Schwänze der Katzen auf der Insel Man verantwortlich war.

»Hier hat sie an ausgedehnten Exkursionen teilgenommen«, betonte Marty. »Vielleicht könnte das nützlich sein.«

»Okay. Wird der Name ihres Doktorvaters erwähnt?«

»Dr. Benjamin Liu, mittlerweile emeritiert. Gelegentlich hält er noch ein Seminar und er lebt in Princeton.«

»Ich schmeiße den Motor an. Auf geht's.«

8 Uhr 14
Princeton, New Jersey

Während Peter und Marty nach Norden fuhren, schien die aufgehende Sonne auf die herbstlich verfärbten Blätter der Bäume und Büsche herab. Wenn einer müde war, wechselten sie sich hinter dem Lenkrad ab und bald überquerten sie die Delaware Memorial Bridge südlich von Washington. Dann rasten sie über den Jersey Turnpike an den geschäftigen Metropolen Philadelphia und Trenton vorbei. Als sie in Princeton ankamen, herrschte strahlender Sonnenschein und die Blätter der Bäume leuchteten rot, golden und orangefarben.

Princeton war eine alte Stadt. Während des Unabhängigkeitskrieges hatte hier eine Schlacht getobt, da die Stadt das Hauptquartier der Briten beherbergt hatte. Es gab immer noch von Bäumen gesäumte Straßen, Heuwiesen und die alten Häuser und klassischen Universitätsgebäude. In dieser friedvollen Atmosphäre ließ es sich gut studieren und man konnte einem ruhigen Lebensstil frönen. Die berühmte Universität und die historische Stadt waren praktisch ein und dasselbe und wären ohneeinander nicht ausgekommen.

Dr. Benjamin Liu wohnte in einer Seitenstraße, wo die Blätter der Ahornbäume sich flammend rot gefärbt hatten. Das ruhig gelegene, zweistöckige Haus war mit Schindeln aus jenem

Holz der Ostküste gedeckt, dessen Farbe weder dunkelbraun noch dunkelgrau ist, sondern irgendwo dazwischen liegt, weil es jahrelang tapfer den Elementen getrotzt hat.

Auch Dr. Liu war ein Mann mit einem vom Wetter gegerbten Gesicht. Seine äußere Erscheinung war weit davon entfernt, dem Klischeebild eines unergründlichen chinesischen Höflings zu entsprechen – er war groß und muskulös. Zwar erinnerten seine Augen und sein herabhängender Schnurrbart an einen asketischen Mandarin, aber sein hervorspringendes Kinn, die vollen Wangen und die rötliche Hautfarbe ließen eher an den Kapitän eines Walfangschiffs aus New England denken. Er war chinesischer und europäischer Abstammung und die Wände seiner Bibliothek gaben darüber Aufschluss. Dort hingen zwei Porträtfotos, auf denen offensichtlich seine Eltern abgebildet waren. Das eine zeigte eine große, blonde, athletische Frau mit Seglermütze und einer Angelrute in den Händen, das andere einen vornehmen Mann im traditionellen Gewand eines chinesischen Mandarins, der auf dem Bug eines Schiffs saß. Auf einer Seite des Fotos hingen präparierte Sportfische, auf der anderen historische Adelssiegel.

Dr. Liu hatte gerade gefrühstückt und bat sie, in der Bibliothek Platz zu nehmen. »Womit kann ich Ihnen behilflich sein? Am Telefon haben Sie den Namen Sophia Russel erwähnt. Ich kann mich gut an sie erinnern. Sie war eine großartige Studentin, ganz davon zu schweigen, dass sie auch verdammt gut aussah. Nur bei ihr war ich ein einziges Mal versucht, das Schicksal durch eine Affäre herauszufordern.« Er ließ sich in einen Ohrensessel fallen. »Wie auch immer – wie geht's ihr?«

Weil Marty seine Medikamente genommen hatte, begann er mit einer seiner langsam und methodisch vorgebrachten Antworten. »Nun, Sophia Russel ist ...«

»Schon gut, Marty«, unterbrach ihn Peter ungeduldig. »Das ist mein Job.« Howell blickte den emeritierten Professor an. »Sie ist tot, Dr. Liu. Es tut mir Leid, es so offen heraus sagen zu müssen, aber wir hoffen, dass Sie uns helfen können. Sie ist dem neuen Virus zum Opfer gefallen.«

»Tot?« Der Professor war sichtlich geschockt. »Wann ist sie denn gestorben? Wie ist das möglich?« Er blickte zwischen Peter und Marty hin und her und schüttelte zuerst langsam, dann energisch den Kopf. »Aber sie war noch so jung!« Er zögerte, als sähe er die lebhafte Sophia vor seinem geistigen Auge. Dann begriff er die volle Tragweite von Peters Sätzen. »Der neue Virus? Das ist eine globale Katastrophe. Ich habe Enkel und bin zu Tode verängstigt. Dieser Virus könnte die halbe Menschheit auslöschen. Was wird getan, um ihn aufzuhalten? Können Sie mir das sagen?«

»Alle arbeiten rund um die Uhr«, antwortete Howell beruhigend. »Dr. Russel war für die Erforschung des Virus zuständig.«

»Dann hat sie sich bei der Arbeit infiziert?«

»Möglicherweise. Das ist eine der Fragen, die wir zu klären versuchen.«

Das Gesicht des Professors verzog sich grimmig. »Ich kann mir zwar nicht vorstellen, dass ich Ihnen irgendwie helfen kann, werde es aber versuchen. Sagen Sie, was Sie wissen wollen.«

Peter reichte ihm ein Blatt Papier. »Dieser Bericht stammt vom Prinz-Leopold-Institut für Tropenkrankheiten. Lesen Sie ihn bitte und sagen Sie uns dann, ob er in irgendeinem Zusammenhang zu Dr. Russels Studien in Princeton steht. Lehrveranstaltungen, Exkursionen, Forschungsprojekte, Freunde – sagen Sie uns alles, was Ihnen einfällt.«

Professor Liu nickte. Er nahm sich Zeit für die Lektüre und las den Bericht mehrfach. Oft hielt er inne, um nachzudenken und sich zu erinnern. Eine alte Wanduhr tickte laut.

Schließlich schüttelte er den Kopf. »Ich sehe hier nichts, was mit Sophias Arbeit und Studien zusammenhängen könnte. Sie hatte sich auf Genetik spezialisiert, und soweit ich weiß, hat sie nie eine Exkursion nach Südamerika gemacht. Giscours hat nicht in Princeton studiert und Sophia nicht in Europa. Ich habe keine Ahnung, wie sie sich begegnet sein sollten.« Er schürzte die Lippen und blickte erneut auf den Bericht. Dann hob er den Kopf. »Moment, ich erinnere mich an eine Reise, die sie vor ihrem Abschluss unternommen hat.« Er zögerte. »Sie hat nur beiläufig bei einem Treffen außerhalb der Arbeit davon erzählt.« Der Professor seufzte. »Leider kann ich Ihnen nicht mehr darüber erzählen.«

Marty hatte genau zugehört. Auch wenn sein Medikament wirkte und seine Gedanken etwas gebändigt waren, war er immer noch cleverer als achtundneunzig Prozent der Menschheit und deshalb ärgerte er sich zunehmend über Peter Howell. »Wo hat sie denn vor ihrem Abschluss studiert?«, fragte er schnell, um unter Beweis zu stellen, dass er geistig hellwach war.

Der Professor blickte ihn an. »In Syracuse. Aber damals hat sie nicht Biologie studiert, so dass ich nicht sehe, wie ihre Reise mit Giscours und seinem Bericht in irgendeinem Zusammenhang stehen könnte.«

Peter öffnete bereits den Mund, aber Marty war schneller. »Es muss einen geben.« Plötzlich lief es ihm kalt den Rücken hinunter und er blickte Howell an.

Peter zog eine Grimasse, weil er verstanden hatte. »Das ist unsere letzte Chance.«

Adele Schweik beobachtete aus ihrem kleinen Honda das Haus. Auf dem Beifahrersitz saß der dicke Maddux. Sie hatte gesehen, wie der schwarz gekleidete Einbrecher Fort Detrick verlassen hatte und in das am Straßenrand geparkte Wohnmobil eingestiegen war, dem sie dann nach Princeton gefolgt war. Jetzt musste sie wieder an ihren Arbeitsplatz im USAMRIID zurückkehren.

»Das da ist sein Wohnmobil«, sagte sie zu Maddux. »Der Mann sieht gefährlich aus und benimmt sich auch so. Er ist in Begleitung eines anderen, der Ihnen keine Probleme machen dürfte. Verfolgen Sie sie, wenn sie aus dem Haus kommen.«

»Haben Sie Mr. al-Hassan Bescheid gesagt?«

»Dazu hatte ich keine Zeit.«

Maddux nickte. »Okay, verduften Sie. Wir übernehmen die Sache.«

Nachdem er aus dem Honda ausgestiegen war, eilte er zu seinem Lastwagen. Schweik fuhr davon, ohne ihm oder dem Wohnmobil noch einen weiteren Blick zuzuwerfen.

30

9 Uhr 14
Long Lake Village, New York

In den Adirondack Mountains war die Bergluft lieblich und frisch und an diesem Morgen warf die Sonne wegen der hohen Kiefern lange Schatten auf den ausgedehnten Gebäudekomplex von Blanchard Pharmaceuticals. Generalstabsarzt Jesse Oxnard, der sich mit Nancy Petrelli in dem aus Backstein erbauten Hauptquartier aufhielt, war beeindruckt. Gemeinsam mit der Gesundheitsministerin hatte er gerade einen Rundgang durch die Laboratorien und Produktionsstätten von Blanchard Pharmaceuticals beendet, wobei sie Victor Tremont persönlich begleitet hatte. Vom Hörensagen hatte der Generalstabsarzt die Firma natürlich gekannt, aber da sie eher im Hintergrund operierte, hatte er keine Ahnung gehabt, dass sie so groß und weltweit aktiv war.

Zum Kaffee trafen sich die beiden Repräsentanten der Regierung mit Führungskräften, dann suchten sie Tremont in seinem großen, zur Hälfte mit einer Holztäfelung versehenen Büro auf. Durch ein riesiges Panoramafenster blickte man auf den von Wäldern gesäumten See, nach dem die Stadt benannt worden war. Sie nahmen neben dem Kamin Platz, in dem ein angenehmes Feuer brannte. Dann hörten Oxnard und Gesundheitsministerin Petrelli aufmerksam zu, wie Tremont enthusiastisch die Herkunft des vielversprechenden Serums beschrieb.

»Vor über einem Jahrzehnt haben mir unsere Mikrobiologen diesen Vorschlag unterbreitet, weil ich damals für die Forschungs- und Entwicklungsabteilung verantwortlich war. Sie prognostizierten, dass in Ländern der Dritten Welt mehr und mehr Krankheiten auftreten würden, weil sie jetzt für mehr Menschen zugänglich sind und die Bevölkerungszahl dort explodiert. Mit anderen Worten, es würde immer weniger abgelegene Gegenden geben, auf die sich der Ausbruch tödlicher Krankheiten beschränkt. In ihren Augen würde die industrialisierte Welt diesen Krankheiten schutzlos gegenüberstehen, deren Folgen noch verheerender sein könnten als die von AIDS. Meine Mitarbeiter hofften, dass sie durch die Erforschung einiger eher obskurer Krankheiten nicht nur zu wertvollen Forschungsergebnissen gelangen, sondern auch Seren gegen bisher unheilbare Krankheiten entwickeln können. Einer der Viren, auf die sie sich spezialisiert hatten, war für eine bestimmte Affenspezies tödlich, die genetisch besonders eng mit dem Menschen verwandt ist. Daraufhin haben wir ein Rekombinations-Antiserum gegen diesen Virus entwickelt und gleichzeitig auch die biotechnologischen Voraussetzungen für die zukünftige Massenproduktion dieser Antikörper geschaffen.« Er blickte seine beiden Gäste ernst an. »Wegen dieses erfolgreichen Tests habe ich Sie angerufen, Frau Gesundheitsministerin. Vielleicht können unsere Anstrengungen jetzt der Menschheit helfen. Zumindest hoffe ich das.«

Jesse Oxnard, ein großer, robuster Mann mit Pausbacken und einem dichten Schnurrbart, war nicht überzeugt. Jetzt runzelte er die Stirn. »Dieses Serum befindet sich immer noch im Forschungsstadium, oder?«

Auf Tremonts gebräuntem Aristokratengesicht breitete sich ein verständnisvolles Lächeln aus, und als er den Kopf schüttelte, glänzte sein stahlgraues Haar im Schein des Kaminfeuers. »Die Tierversuche und auch die Tests mit Primaten haben wir bereits hinter uns und wir haben bewiesen, dass das Serum bei Affen die Virusinfektion heilt. Wie ich bereits sagte – wir haben die Produktionsstätten für die massenhafte Herstellung und die Techniken nur unter wissenschaftlichen Aspekten entwickelt. Tatsächlich verfügen wir bereits über Millionen von Dosen. Das hat uns veranlasst, das Patent zu beantragen und um die Genehmigung der Ernährungs- und Arzneimittelaufsicht im Bereich Veterinärmedizin nachzusuchen.«

Nancy Petrelli beobachtete, welche Wirkung diese Worte bei dem Generalstabsarzt hinterließen, während sie zugleich Tremonts gefällige Wiedergabe der erfundenen Geschichte bewunderte. Sie selbst hätte ihm ohne weiteres geglaubt und das erinnerte sie daran, dass sie sich absichern musste. Nie gestattete sie es sich, Victor Tremont als einen Freund zu betrachten. Zuerst war er auf ihre finanzielle Investition angewiesen gewesen, später war es ihm um ihren Einfluss als Kongressabgeordnete und dann als Gesundheitsministerin gegangen. Darauf beschränkte sich sein Interesse an ihr.

Nancy Petrelli war eine realistische Frau. Sie hatte kurz geschnittenes silbergraues Haar und trug feminine, aber auch geschäftsmäßige Strickmoden von St. John. Ein Wagnis ging sie nur ein, wenn ihre Chancen extrem gut standen. Victor Tremonts raffinierte und energische Hochstapelei unterstützte sie, weil sie glaubte, dass er es schaffen würde, die Sache durchzuziehen. Aber sie war sich auch der Tatsache bewusst, dass zu seinen sonstigen Verbrechen Massenmord hinzukam, wenn er geschnappt wurde. Daher wollte sie unbedingt den Schein wahren, nichts von seinen Taten zu wissen. Zugleich erwartete sie aber, dass er triumphierte und sie dadurch reich werden würde.

»Affen sind keine Menschen, Mr. Tremont«, sagte sie also in ihrem und in Oxnards Interesse.

Tremont blickte sie fragend an und stimmte dann zu. »Da haben Sie Recht. Aber in diesem Fall sind beide genetisch und physiologisch eng miteinander verwandt.«

»Ich will mich vergewissern, dass ich das richtig verstanden habe.« Generalstabsarzt Oxnard strich sich über den Schnurrbart. »Sie sind nicht sicher, dass das Serum Menschen heilen wird?«

»Natürlich nicht«, antwortete Tremont ernst. »Das werden wir so lange nicht wissen, bis wir es an Menschen getestet haben. Angesichts der Umstände finde ich aber, dass wir es versuchen sollten.«

Oxnard runzelte die Stirn. »Das ist ein großes Hindernis. Tatsächlich ist es gut möglich, dass wir feststellen müssen, dass das Serum Schaden anrichtet.«

Tremont faltete die Hände und blickte auf sie herab. Als er wieder aufsah, klang seine Stimme sehr ernst. »Eins scheint mir fast sicher zu sein – wenn wir kein Heilmittel gegen diesen entsetzlichen Virus finden, werden Millionen Menschen sterben.« Er schüttelte den Kopf, als quälte ihn der Kampf um eine Entscheidung. »Glauben Sie nicht, dass ich mit genau diesem Problem gerungen habe? Deshalb habe ich auch zwei Tage gezögert, bis ich meinen Vorschlag gemacht habe. Ich musste mit mir im Reinen und sicher sein, dass mein Schritt richtig ist. Meine Antwort lautet ja – ich bin überzeugt, dass wir eine sehr gute Chance haben, dass unser Serum diese entsetzliche Epidemie besiegen wird. Aber wie kann ich garantieren, dass es nicht größeres Leiden auslöst, wenn es noch nicht bei Menschen getestet worden ist?«

Alle grübelten schweigend über das Dilemma nach. Oxnard war klar, dass er Tremonts Serum ohne Tests nicht empfehlen konnte, aber zugleich begriff er, dass er als ein tapferer und entschlossener Mann dastehen würde, wenn es Millionen Menschen weltweit vor dem sicheren Tod bewahren würde.

Derweil dachte Nancy Petrelli weiterhin besorgt über sich selbst nach. Wenngleich ihr klar war, dass das Serum wirken würde, hatte sie doch auch durch schlechte Erfahrungen gelernt, dass man sich in politischen Fragen nie zu weit vorwagen durfte. Sie würde vorsichtig sein und sich zunächst auf die Seite der Minderheit schlagen, die letztlich, und da war sie sich sicher, zu Tremonts Gunsten überstimmt werden würde.

Victor Tremont machte sich unterdessen um Jon Smith und seine beiden Freunde Gedanken. Seit dem Fiasko in der Sierra hatte er von al-Hassan nichts mehr über sie gehört. Dann wandte er sich wieder der Gegenwart zu. Er dachte an eine tapfere Geste, die den Generalstabsarzt und dann auch Präsident Castilla hoffentlich überzeugen würde. Aber das Timing musste stimmen.

Als er Oxnards und Petrellis düsteren und gedankenverlorenen Gesichtsausdruck sah, wusste er, dass der richtige Zeitpunkt gekommen war.

Er musste aus der Sackgasse heraus. Wenn er Generalstabsarzt Oxnard nicht überzeugen konnte, war es möglich, dass all die Anstrengungen, die er für über ein Dutzend Jahre auf sich genommen hatte, umsonst waren.

Innerlich nickte er grimmig. Er würde nicht verlieren – das war schlicht unmöglich. »Sicher können wir nur sein, wenn wir das Serum an einem Menschen testen.« Er beugte sich vor und seine Stimme klang herrisch und ernst. »Wir haben kleine Mengen des tödlichen Affenvirus isoliert. Er ist nicht besonders lange haltbar, aber für ungefähr eine Woche kann er konserviert werden.« Tremont zögerte, als ob er mit einer schwer wiegenden moralischen Frage ringen würde. »Es gibt nur eine Möglichkeit. Und versuchen Sie bitte nicht, mir Einhalt zu gebieten – es steht zu viel auf dem Spiel. Wir müssen an das große Ganze denken, nicht nur daran, was wir als Individuen riskieren.« Er schwieg einen Augenblick und atmete tief durch. »Ich werde mich selbst mit dem Affenvirus infizieren ...«

Generalstabsarzt Oxnard zuckte zusammen. »Ihnen ist doch klar, dass das unmöglich ist!«

Der Unternehmenschef hob eine Hand. »Nein, nein. Lassen Sie mich bitte ausreden. Ich werde mir selbst den Virus injizieren und dann das Serum nehmen. Der Affenvirus mag nicht exakt identisch mit demjenigen sein, der sich jetzt bei Menschen ausbreitet, aber ich glaube daran, dass er ihm ähnlich genug ist, dass wir dann über negative Nebenwirkungen Bescheid wissen.«

»Das ist doch absurd!«, rief Nancy Petrelli aus, die den Advocatus diaboli spielte. »Sie wissen, dass wir das nicht zulassen können.«

Jesse Oxnard zögerte. »Würden Sie das wirklich tun?«

»Aber natürlich.« Tremont nickte energisch. »Nur so können wir alle davon überzeugen, dass unser Serum eine sich schnell entwickelnde, entsetzliche Pandemie stoppen kann.«

»Aber …« Nancy Petrelli spielte ihre Oppositionsrolle aus.

Der Generalstabsarzt schüttelte den Kopf. »Darüber haben nicht wir zu befinden, Nancy. Mr. Tremont bietet uns eine menschlich wunderbare Geste an. Wir müssen das zumindest respektieren und dem Präsidenten seinen Vorschlag unterbreiten.«

Die Gesundheitsministerin runzelte die Stirn. »Verflixt, Jesse, wir haben keinerlei Gewissheit, dass die beiden Viren mit dem Serum im menschlichen Körper auf dieselbe Art und Weise interagieren.« Sie bemerkte, dass Tremont sie erneut stirnrunzelnd ansah, als ob er daran zweifelte, sie richtig verstanden zu haben. »Wenn Dr. Tremont sich uns als menschliches Versuchskaninchen zur Verfügung stellen will, sollte er mit dem Virus infiziert werden, dem Menschen zum Opfer gefallen sind. Zumindest sollten wir die beiden Viren miteinander vergleichen, um zu sehen, ob sie vielleicht identisch sind.«

Innerlich kochte Tremont vor Wut. Was zum Teufel war nur in sie gefahren? Sie wusste verdammt gut, dass das Serum nicht hundertprozentig wirksam war. Das konnte man von keinem Impfstoff und von keinem Serum sagen. Er hatte für diese Eventualität Vorsorge getroffen, aber davon wusste die Gesundheitsministerin nichts. Er nickte. »Natürlich hat Frau Petrelli Recht. Das wäre die beste Lösung. Aber wenn wir erst die beiden Viren vergleichen, wäre das ein unnötiger Zeitverlust. Ich versichere Ihnen, dass ich bereit bin, mich mit dem Virus zu infizieren, der Menschenleben fordert. Unser Serum wird wirken, da bin ich mir sicher.«

»Nein.« Der Generalstabsarzt schlug sich auf das Knie. »Das können wir auf keinen Fall zulassen. Aber die Familienangehörigen der Infizierten schreien bereits nach Hilfe, so dass es sinnvoller ist, wenn wir sie fragen, ob sie es zulassen, dass ihre kranken Verwandten Versuchskaninchen spielen. So werden wir herausfinden, was wir wissen müssen, und vielleicht dazu ein bedrohtes Menschenleben retten. In der Zwischenzeit werde ich Fort Detrick und die CDC damit beauftragen, die beiden Viren zu vergleichen.«

»Die Ernährungs- und Arzneimittelaufsicht wird das niemals genehmigen«, wandte Nancy Petrelli ein.

»Wenn der Präsident es befiehlt, wird sie zustimmen«, konterte Oxnard.

»Wahrscheinlich würde der Direktor eher zurücktreten.«

»Schon möglich. Aber wenn der Präsident will, dass das Serum getestet wird, wird das auch geschehen.«

Die Gesundheitsministerin schien darüber nachzudenken. »Ich bin immer noch dagegen, das Serum ohne die üblichen gründlichen Tests einzusetzen. Wie auch immer – wenn wir doch auf diesem Weg weitergehen, ist es sinnvoller, das Leben eines bereits Erkrankten zu retten.«

Der Generalstabsarzt stand auf. »Wir werden den Präsidenten anrufen und ihm beide Vorschläge unterbreiten. Und je eher wir an die Arbeit gehen, desto mehr Menschenleben können wir retten.« Er wandte sich Victor Tremont zu. »Wo können wir ungestört telefonieren?«

»Im Konferenzzimmer. Durch die Tür, bitte.« Tremont wies mit dem Kopf auf eine Tür auf der rechten Seite seines Büros.

»Wollen Sie, Nancy?«

»Rufen Sie den Präsidenten an. Dabei brauchen Sie mich nicht. Sagen Sie ihm, dass ich allem zustimme.«

Während Oxnard den Raum verließ und die Tür schloss, drehte sich Victor Tremont in seinem Sessel herum und lächelte die Gesundheitsministerin kalt an. »Versuchen Sie, auf meine Kosten Ihren Arsch zu retten, Nancy?«

»Ich wollte die Skeptikerin spielen, gegen die Jesse ankämpfen muss«, erwiderte sie. »Es war abgemacht, dass ich die Rolle der Neinsagerin übernehme, damit er sich auf die positiven Seiten Ihres Vorschlags konzentrieren kann.«

Tremonts Stimme ließ seinen Zorn nicht erkennen. »Und Sie haben Ihre Sache verdammt gut gemacht. Aber ich glaube, dass mehr als nur ein bisschen Selbstschutz dabei war.«

Nancy Petrelli verneigte sich. »Das habe ich von einem Meister gelernt.«

»Vielen Dank für das Kompliment. Aber Ihr Verhalten zeigt einen schockierenden Mangel an Vertrauen in mich.«

Sie gestattete sich ein kurzes Lächeln. »Nicht in Sie – in den Zufall, Victor. Niemand hat je ein Mittel erfunden, den Zufall zu besiegen.«

Tremont nickte. »Aber wir tun unser Bestes, um den Zufall auszuschalten und uns gegen alle Eventualitäten zu wappnen, stimmt's? So werde ich beispielsweise darauf bestehen, dass wir die Tests durchführen, und ich versichere Ihnen, dass der Virus harmlos sein wird, bevor ich damit infiziert werde. Aber es bleibt immer ein bisschen Platz für den Zufall und das ist ein Risiko für mich.«

»Wir riskieren alle etwas bei diesem Projekt, Victor.«

Nancy Petrelli sollte nie erfahren, wie diese Diskussion weiter verlaufen wäre. In diesem Augenblick öffnet sich die Tür des Konferenzzimmers und Generalastabsarzt Oxnard betrat Tremonts Büro wieder. Der bärenstarke Mann lächelte erleichtert.

»Der Präsident hat versichert, dass er mit der EAA reden will«, sagte er. »Aber in der Zwischenzeit sollen wir unter den Erkrankten nach Freiwilligen suchen. Castilla ist optimistisch. Auf die eine oder andere Weise werden wir das Serum testen und diesen scheußlichen Virus besiegen.«

Victor Tremont lachte lange und laut. Ja! Er hatte es geschafft. Sie würden alle reich werden und das war erst der Anfang. Er saß an seinem Schreibtisch, rauchte eine kubanische Zigarre, trank seinen Malt-Scotch und schüttelte sich bei seiner privaten Siegesfeier vor Lachen – bis das Handy in der untersten Schreibtischschublade piepte. Nachdem er sie aufgerissen hatte, griff er danach. »Nadal?«

Es gab eine kurze Verzögerung, wie sie bei Handy-Telefonaten aus großer Entfernung üblich ist. Dann hörte Tremont eine selbstzufriedene Stimme.

»Wir wissen, wo Jon Smith ist.«

Das schien sein Tag zu sein. »Wo denn?«

»Im Irak.«

Einen Augenblick lang wurde Tremont von Zweifeln geplagt. »Wie ist er ins Land gekommen?«

»Vielleicht mit Hilfe des Engländers aus der Sierra. Es war unmöglich, etwas über ihn herauszukriegen. Es gibt keinerlei Gewissheit, ob Howell oder Romanow sein richtiger Name ist. Deshalb glaube ich, dass er vieles zu verbergen hat, das nicht ans Licht kommen soll.«

Tremont nickte wütend. »Wahrscheinlich kommt er vom MI6. Wie haben Sie erfahren, wo Smith sich aufhält?«

»Durch Dr. Kamil, einen meiner Informanten. Ich habe vermutet, dass Smith versuchen würde, unsere menschlichen Versuchskaninchen zu finden. Also habe ich alle mir bekannten Ärzte alarmiert. Heutzutage praktizieren nicht mehr allzu viele in Bagdad. Laut Dr. Kamil will Smith sich auch über die Überlebenden informieren.«

»Verdammt! Das dürfen wir nicht zulassen!«

»Falls er es schaffen sollte, wird das auch keine Rolle mehr spielen. Er wird den Irak nie wieder verlassen.«

»Er ist aber auch hineingekommen.«

»Da haben auch noch nicht Saddams Polizei und die Republikanische Garde nach ihm gesucht. Sobald sie wissen, dass sich ein amerikanischer Eindringling in ihrem Land aufhält, werden sie die Grenzen schließen und ihn finden. Und wenn sie ihn nicht umlegen, werden wir das erledigen.«

»Verdammt, Nadal, sorgen Sie dafür, dass er diesmal tatsächlich dran glauben muss«, knurrte Tremont, bevor er sich wieder an ihr anderes Problem erinnerte. »Was ist mit Bill Griffin? Wo steckt er?«

Weil er durch Tremonts Zorn bereits gedemütigt war, antwortete der Araber mit versteinerter Miene: »Wir haben überall nach ihm gesucht, wo Smith sich aufgehalten hat, aber Griffin scheint vom Erdboden verschwunden zu sein.«

»Na großartig!« Tremont schaltete sein Handy wütend aus und starrte in seinem Büro umher, ohne etwas zu sehen. Dann lächelte er wieder, als er sich an seinen Triumph erinnerte. Was immer Smith auch im Irak herausfinden mochte, beim Hades-

Projekt lief alles nach Plan, trotz Bill Griffin. Er nippte an seinem Whisky und sein Lächeln wurde breiter. Jetzt war sogar der Präsident mit an Bord.

10 Uhr 02
Fort Irwin, Barstow, Kalifornien

Der Mann war Bill Griffins Toyota-Mietwagen ab Fort Irwin gefolgt. Er hielt einen gleichmäßigen, sicheren Abstand, zuerst auf der zweispurigen Straße, später auf der Interstate 15. Er wartete darauf, dass Griffin etwas länger an einem Ort blieb, an den er zurückkehren und wo er schlafen würde. Griffin wusste, dass der Mann ihm wenn nötig bis nach Los Angeles gefolgt wäre, bis er sicher wäre, dass sein Zielobjekt lange genug an einem Ort bleiben würde, so dass er Verstärkung rufen konnte.

Jetzt sah der Ex-FBI-Mann durch die Vorhänge seines Motelzimmers in Barstow, wie der Mann aus dem Landrover stieg und auf das Büro des Motels zuging. Es war ein gewöhnlicher Mann, der einen nichts sagenden braunen Anzug und ein am Kragen geöffnetes Hemd trug. Griffin hatte ihn nie zuvor gesehen und wäre auch überrascht gewesen, wenn es sich anders verhalten hätte. Dennoch erkannte er die unverwechselbare Ausbeulung unter der Anzugjacke des Mannes. Er würde überprüfen, ob Griffin – oder unter welchem Namen er sich auch für Nr. 107 eingetragen haben mochte – über Nacht bleiben würde. Dann würde er telefonieren.

Der Ex-FBI-Mann griff nach einem der Motel-Badetücher, öffnete das Hinterfenster, kletterte hinaus und ging hinter den Motelgebäuden bis zu einer Stelle, von wo aus er in das Büro blicken konnte. Sein Verfolger zeigte dem Verwalter des Motels eine falsche Marke oder einen gefälschten offiziellen Ausweis. Nachdem der Verwalter im Gästebuch nachgesehen hatte, nickte er und drehte es um, damit der Besucher hineinsehen konnte.

Griffin eilte zu dem Landrover, kletterte auf den Rücksitz des hohen Fahrzeugs, kauerte sich nieder und wartete. Dann hörte er, wie schnelle Schritte auf den Wagen zukamen und die Vordertür aufgerissen wurde.

Als der Mann die Tür zugeknallt hatte, erhob sich Griffin. In einer Hand hielt er eine 6.35-mm-Walther-PPK mit Schalldämpfer, in der anderen das Badetuch.

Der Mann wählte auf seinem Autotelefon eine Nummer.

Mit einer einzigen Bewegung schlang Griffin ihm das Badetuch um den Kopf und gab einen Schuss ab. Der Schädel des Gangsters kippte nach hinten und Griffin fing mit dem Badetuch einen Großteil des Blutes und der Gehirnmasse auf. Leise ließ er den zusammengesackten Körper zu Boden gleiten. Nachdem er die Leiche schwitzend auf den Beifahrersitz gezogen hatte, setzte er sich hinter das Lenkrad.

Weit draußen in der Wüste vergrub er den Toten. Dann fuhr er nach Barstow zurück und ließ den abgeschlossenen Wagen in einer Seitenstraße stehen. Müde und wütend ging er zu seinem Motel, checkte aus und fuhr auf die Interstate 15 zu. In Fort Irwin hatte er herausgefunden, dass Smith sich für Tremonts ›Regierungsärzte‹ und Major Andersons Militärdienst im Irak während der Operation Desert Storm interessierte. Als er die Interstate 15 erreicht hatte, nahm er die Auffahrt nach Los Angeles und zum International Airport. Er musste Entscheidungen treffen und der beste Ort dafür war die Ostküste.

31

20 Uhr 02
Bagdad

Die gebeugt gehende Frau in dem schwarzen *abaya* hatte sich bereits einen Häuserblock von dem Laden mit den gebrauchten Autoreifen entfernt, als sie die erste Gewehrsalve hörte. In der Nähe eines alten, im Schneidersitz auf der Straße sitzenden Bettlers, der ihr bittend eine Hand entgegenstreckte, blieb sie stehen. Während sie den Mann mit leerem Blick ansah, versuchte sie, sich davon zu überzeugen, dass sie nicht in den Laden zurückkehren musste, um herauszufinden, was es mit der Schießerei auf sich hatte.

Aber dann hörte sie erneut Schüsse.

Als sie den Laden verlassen hatte, war ihr Auftrag erledigt. Sie hatte sich vergewissert, dass der unter einem Decknamen agierende amerikanische Arzt Kontakt aufgenommen hatte, und war danach der Abmachung gemäß gegangen. Ein bewaffneter Angriff war nicht Bestandteil ihres Plans gewesen. Dasselbe galt für den Mann, den sie als den amerikanischen Arzt erkannt hatte. Ihre Nerven waren angespannt. Man mochte ihr ja vieles nachsagen können, aber mit ihren Befehlen ging sie nicht nachlässig um. Auf ihre Arbeit wahr sie sehr stolz und sie war gründlich, verantwortungsbewusst und absolut zuverlässig.

Erneut blickte sie den Bettler an und ließ dann ein paar Dinare in seine Hand fallen. Ihr langer *abaya* flatterte um ihre Beine herum, als sie so schnell zu dem Reifenladen zurückkehrte, wie es ihr gebeugter Gang zuließ.

In der engen Gasse waren Smith, die Frau und das Baby nur durch die dunklen Schatten geschützt. Jon zog die beiden dicht an die Wand des Schuppens, damit sie nicht so deutlich sichtbar waren. Das Gewehrfeuer in dem Laden übertönte die üblichen Geräusche der Stadt, dennoch lauschte Jon, während er beide Enden der dämmrigen Gasse beobachtete. Er konnte die Umrisse von etwa einem Dutzend Männer der Republikanischen Garde – Saddam Husseins gut bezahlten Killern – erkennen, die mit gezückten Waffen vorsichtig näher kamen.

Trotzdem lächelte er der Frau, die ihn im Mondlicht verängstigt anblickte und schützend das Baby an ihre Brust drückte, beruhigend zu. »Ich bin gleich wieder da«, flüsterte er. Ihm war klar, dass sie ihn nicht verstand, aber vielleicht würde ihr der Klang einer menschlichen Stimme helfen, ihr inneres Gleichgewicht zu wahren.

Mit pochendem Puls zerrte Smith an der Klinke der Tür zu seiner Linken. Sie war verschlossen. Dann versuchte er es mit einer zweiten Tür – wieder Pech.

Die Männer der Republikanischen Garde kamen näher.

Smith kehrte um, schlich an der Frau vorbei und versuchte erfolglos, eine dritte Tür zu öffnen.

Besorgt zog Smith die Frau von dem Reifenladen zum benachbarten Gebäude hinüber und tätschelte dann ihren Arm, bis sie sich niedergekauert hatte. Sie sollten keine leicht zu treffende Zielscheibe abgeben. Smith sah keine Alternative – er würde sich ihren Fluchtweg freikämpfen müssen.

Mit vor Anspannung zugeschnürter Brust umklammerte er die Beretta, während er beobachtete, wie die Silhouetten der Männer immer näher kamen. Trotz der kühlen Nachtluft schwitzte er. Im Laden nebenan hatte das Gewehrfeuer aufgehört. Einen Augenblick lang dachte er an Ghassan und hoffte, dass er überlebt hatte. Dann verdrängte er alle Gedanken, die nichts mit der Gefahr zu tun hatten, mit der sie hier in der Gasse konfrontiert waren.

Smith versuchte, sich zu sammeln. Außer den Schritten der sich nähernden Soldaten hörte man keinerlei Geräusche. Er atmete tief durch und bemühte sich, Ruhe zu bewahren. Jetzt erinnerte er sich an Jerzy Domalewskis Warnung, dass es besser wäre, zu schießen und sein Leben zu riskieren, als sich mit der Waffe schnappen zu lassen. Weil aber nicht nur sein Leben, sondern auch das der Frau und des Babys auf dem Spiel standen, musste jeder Schuss sitzen. Sobald die Killer so nahe waren, dass er sie nicht verfehlen konnte, würde er das Feuer eröffnen. Er musste möglichst viele so schnell wie möglich erledigen.

Während er die Beretta hob, wünschte er sehnsüchtig, er hätte mehr Waffen gehabt als nur die eine. In diesem Augenblick begann das Baby durchdringend zu wimmern und zu weinen. Die klagenden Geräusche hallten durch die Gasse, während die Frau das Kind vergeblich zu beruhigen versuchte.

Jetzt wussten die Männer der Republikanischen Garde, wo sie sich befanden, und feuerten. Smith' Anspannung erreichte ihren Höhepunkt. Kugeln schlugen in die Wand ein und Holzsplitter, spitz wie Nadeln, flogen durch die Luft. Die Frau hob mit vor Angst aufgerissenen Augen den Kopf. Smith glitt vor sie und das schreiende Baby und feuerte in beide Richtungen.

»Halten Sie sich bereit«, fauchte plötzlich eine Stimme. »Bewegen Sie sich erst, wenn ich es sage!« Eine Frau sprach amerikanisches Englisch und ihre Stimme kam aus dem Hintereingang des Ladens mit den gebrauchten Autoreifen, wo die von Kugeln durchsiebte Tür halb offen stand.

Bevor Jon reagieren konnte, sah er einen langen schwarzen *abaya* und zwei bleiche Hände mit kurz geschnittenen Fingernägeln, die erfahren eine Uzi-Maschinenpistole umklammerten. Die gesichtslose Frau ging bemerkenswert geschickt mit der Waffe um. Sie hielt sie gegen den Körper und nahm dann die Gardisten zu beiden Seiten unter Beschuss.

Während die Frau sich nach links wandte, blieb Jon in der Hocke, damit die Kugeln über ihn hinwegflogen und er die Irakerin und ihr Baby schützen konnte. Dann wirbelte er nach rechts und schoss mit seiner Beretta auf zwei Männer, die über die Straße rannten. Als die schießende Frau sich nach rechts drehte, zielte er nach links. Weil sie so die ganze Straße mit Feuer bestrichen, waren nach wenigen Sekunden alle Angreifer zu Boden gegangen – tot, verwundet oder Deckung suchend. Schreie hallten durch die dunkle Gasse, aber man hörte keine Schritte mehr oder andere verräterische Geräusche.

»Kommen Sie rein!«, rief die Frau in dem *abaya*.

Jon war wie vom Schlag getroffen – irgendetwas an der Stimme der Frau kam ihm merkwürdig vertraut vor.

Aber das musste warten. Nachdem er die Irakerin mit dem Baby in den Lagerraum mit den Reifen gezogen hatte, rannten sie hinter der Frau her, die an dem zerfetzten Vorhang vorbei in den Laden eilte, wo die Wände mit Blutflecken und der Boden mit Blutlachen übersät waren. Vor zwei gegenüberliegenden Wänden lagen die Toten – Ghassan und vier Männer von der Republikanischen Garde. In der Luft hingen der metallische Geruch von Blut und der Gestank des Todes. Jons Kehle war wie zugeschnürt. Ghassan musste die vier Männer getötet haben, bevor er selbst an einer Schusswunde in der Brust gestorben war.

»Ghassan!«, klagte die Irakerin.

Während die Unbekannte schnell ihren *pushi* abnahm und den *abaya* auszog, redete sie in hektischem Arabisch auf die Frau mit dem Baby ein. Sie stellte ihr Fragen und entfernte dann ein Laufgeschirr, das sie zu dem gebückten Gang gezwungen hatte. Erleichtert streckte sie die Glieder und Jon sah, dass sie etwa einen Meter achtzig groß war. Als sie die Armbinde der Vereinten Nationen an ihrem Tweed-Jackett zurechtrückte, den grauen Rock glattstrich und den *abaya* und *pushi* unter den falschen Boden ihrer Sporttasche stopfte, kämpfte Jon gegen den Schock an. Ihre Verwandlung hatte weniger als eine Minute in Anspruch genommen, während der sie sich zugleich weiter mit der Frau unterhalten hatte.

Aber Jon war nicht deshalb erstarrt, sondern wegen der äußeren Erscheinung der Frau.

Sie hatte dasselbe auffällig blonde Haar wie Sophia, auch wenn sie es kurz und hinter die Ohren zurückgestrichen trug. An seine Verlobte erinnerten auch die Form ihrer Lippen, die gerade Nase, das entschlossene Kinn, die porzellanartig schimmernde Haut und der offene Blick ihrer schwarzen Augen, obwohl ihr Blick jetzt, als sie der Irakerin eine letzte Frage zu stellen schien, hart wirkte.

Es war Randi, Sophias Schwester.

Smith atmete tief durch. »Guter Gott, was tun Sie denn hier?«

»Ihren Arsch retten!«, schnappte Randi Russel, ohne ihn auch nur anzublicken.

Jon hörte kaum, was sie sagte – erneut hatte er das Gefühl, sein Herz würde entzweispringen. Er hatte nicht mehr daran gedacht, wie sehr sie ihrer Schwester ähnelte. Als er Randi jetzt ansah, bekam er eine Gänsehaut, aber zugleich konnte er den Blick nicht von ihr abwenden. Er war so durcheinander, dass er sich am Ladentisch fest halten musste. Nach einem Moment riss er sich entschlossen zusammen.

Nachdem die Frau mit dem Baby ihre letzte Frage beantwortet hatte, wandte sich Randi Smith zu. Ihr Gesichtsausdruck war kühl wie Marmor und hatte jetzt keinerlei Ähnlichkeit mehr mit dem Sophias. »Die Verstärkung der Republikanischen Garde wird jeden Augenblick hier sein. Wir verlassen den Laden durch den Vordereingang. Das ist zwar sehr gefährlich, aber immer noch sicherer, als wenn wir durch die Gasse flüchten würden. Diese Frau kennt sich hier besser aus als ich, deshalb wird sie uns führen. Verstecken Sie Ihre Beretta, sorgen Sie aber dafür, dass Sie sie griffbereit haben. Sie werden nach einem Westler und zwei irakischen Frauen suchen, von denen eine einen *abaya* trägt.«

Jon zwang sich, wieder ganz in die Gegenwart zurückzukehren. »Die Überlebenden werden Bericht erstatten.«

»Genau. Sie werden unser Äußeres beschreiben. Jetzt können wir nur hoffen, dass die neue Mannschaft verwirrt ist, weil ich mich umgezogen habe. Diese Kerle hassen Leute aus dem Westen, sind aber auch nicht auf einen internationalen Skandal scharf.«

Jon nickte. Er spürte, dass seine Kraft zurückkehrte.

Sie verließen den Laden und verschwanden in der dunklen Nacht. Das ist ein Auftrag, sagte er sich, und Randi ist nichts anderes als eine x-beliebige Agentin.

Als er sich mit geübtem Blick auf der Straße umsah, erblickte er sofort zwei Militärfahrzeuge. Das eine glich einem russischen BRDM-2, einem gepanzerten Wagen mit einer 25-mm-Kanone, Maschinengewehren und panzerbrechenden Flugkörpern. Auf der anderen Seite lauerte ein weiteres gepanzertes Fahrzeug, ein tödliches Monstrum, das die verängstigten Passanten aus dem Weg springen ließ.

»Sie suchen uns«, knurrte Jon.

»Los!«, befahl Randi.

Nach ein paar Metern bog die Irakerin in einen Weg zwischen den Häusern ab, der so eng war, dass sich kaum eine Person hindurchzwängen konnte. Während Jon hinter ihr herrannte, blieben Spinnweben in seinem Gesicht hängen. Er war wachsam und nervlich angespannt. Mit der gezückten Beretta in der Hand wandte er sich immer wieder nach Randi um, um sich zu vergewissern, dass mit ihr alles in Ordnung war.

Als sie das Ende des Gangs und eine Hauptstraße erreichten, versteckte Randi die Uzi in ihrer Sporttasche und Smith schob die Beretta unter seiner Jacke in den Hosenbund. Während die Irakerin weiter voranging, schlenderten Jon und Randi hinter ihr her. Alles wirkte ganz normal – zwei westliche Mitarbeiter der Vereinten Nationen, die einen Abendspaziergang unternahmen. Dennoch fühlte sich Jon unbehaglich, weil die Vergangenheit in die Gegenwart eingebrochen und sein Schmerz zurückgekehrt war. Er kämpfte gegen die Trauer um Sophia an.

»Was zum Teufel haben Sie hier in Bagdad verloren, Jon?«, knurrte Randi.

Smith zog eine Grimasse. Das war ganz und gar die alte Randi, so feinfühlig und verständnisvoll wie eine Kobra. »Ich arbeite hier. Offensichtlich genau wie Sie.«

»Sie arbeiten hier?« Randi hob ihre blonden Augenbrauen. »Woran? Mir ist nichts von kranken amerikanischen Soldaten bekannt, die Sie umbringen könnten.«

»Immerhin scheint es hier CIA-Agenten zu geben. Jetzt weiß ich, warum Sie zu Hause oder bei Ihrer ›internationalen Denkfabrik‹ nie zu erreichen sind.«

Randi starrte ihn mit funkelndem Blick an. »Sie haben immer noch nicht gesagt, aus welchem Grund Sie sich in Bagdad aufhalten. Weiß die Army Bescheid, oder befinden Sie sich wieder mal auf einem Ihrer persönlichen Kreuzzüge?«

Smith entschloss sich zu einer halben Lüge. »Es gibt einen neuen Killervirus, mit dem wir uns beim USAMRIID beschäftigen. Ich habe Berichte gelesen, nach denen im Irak solche Virusinfektionen aufgetreten sein sollen.«

»Und die Militärs haben Sie hierher geschickt, um etwas darüber herauszufinden?«

»Ich kann mir keinen besseren Auftraggeber vorstellen«, antwortete Smith leichthin. Offensichtlich wusste sie nicht, dass er sich nach offizieller Lesart ohne Erlaubnis von der Truppe entfernt hatte und im Zusammenhang mit General Kielburgers Tod vernommen werden sollte. Innerlich seufzte er. Dann hatte sie auch nichts von Sophias Tod gehört.

Aber jetzt war nicht der richtige Zeitpunkt, ihr davon zu erzählen.

Erneut wurden die Straßen enger. Die Häuser hatten mit Fenstern versehene Vorsprünge, die von gelblichem Kerzenlicht erleuchtet waren. Die Läden in diesen dunklen Straßen glichen kleinen, in die dicken, alten Wände eingelassenen Zellen, die nicht hoch genug waren, dass jemand aufrecht darin stehen konnte, und gerade breit genug, dass Erwachsene darin ihre Arme ausstrecken konnten. In jedem Eingang hockte ein Verkäufer, der auf der Straße seine mageren Bestände verhökerte. Schließlich betrat die Irakerin den Hintereingang eines heruntergekommenen, aber modernen Gebäudes, das sich als ein kleines Krankenhaus herausstellte. Im Gang und in den Krankenzimmern zu beiden Seiten standen Feldbetten mit im Schlaf stöhnenden Kindern. Die Frau mit dem fiebernden Baby geleitete Jon und Randi an überfüllten Behandlungszimmern vorbei. Sie befanden sich in einem Kinderkrankenhaus, das nach Smith' Eindrücken einst modern und gut ausgestattet gewesen sein musste, jetzt aber in einem jämmerlichen Zustand war.

Vielleicht sollte er den berühmten Kinderarzt hier treffen? Weil er auf einem so andersartigen medizinischen Gebiet tätig war, kannte er seine Kontaktperson nicht persönlich. Er wandte sich zu Randi um. »Wo ist Dr. Mahuk? Ghassan sollte mich zu ihm führen. Er ist Kinderarzt.«

»Ich weiß«, antwortete Randi leise. »Ich war in dem Reifenladen, um mich zu vergewissern, dass Ghassan Kontakt zu einem Agenten mit Decknamen herstellt, offensichtlich zu Ihnen. Dr. Mahuk ist ein wichtiges Mitglied der irakischen Untergrundbewegung. Wir wollten, dass das Treffen in Ghassans Laden stattfindet, weil wir dachten, dass das sicher wäre.«

Die Frau mit dem Baby betrat ein Zimmer mit einem Schreibtisch und einer Untersuchungsliege, auf die sie das wimmernde Kind sanft legte. Dann griff sie nach einem Stethoskop. Jon folgte ihr, während Randi stehen blieb, um aufmerksam den schäbigen Flur zu beobachten. Dann kam auch sie in den Raum und schloss die Tür. Es gab noch eine zweite Tür und sie ging über den abgenutzten Linoleumfußboden schnell darauf zu. Als sie sie vorsichtig öffnete, sah Jon, dass sie in einen Krankensaal führte. Sie hörten an- und abschwellende Kinderstimmen und Schreie. Mit einem traurigen Gesichtsausdruck schloss sie die Tür wieder.

Nachdem sie die Uzi aus ihrer Sporttasche gezogen hatte, lehnte sie sich gegen die Tür.

Während Jon sie anstarrte, wurde ihr Gesichtsausdruck hart, wachsam und professionell. Sie bewachte nicht nur die Irakerin und das Kind, sondern auch ihn. So hatte er Randi nie erlebt. Bei ihrer ersten Begegnung hatte sie auf ihn den Eindruck einer unabhängigen Frau mit einem bezwingenden Selbstvertrauen gemacht. Damals, vor sieben Jahren, hatte er sie wunderschön und interessant gefunden. Er hatte sich bemüht, mit ihr über den Tod ihres Verlobten und seine Schuldgefühle zu reden, aber es war sinnlos gewesen.

Als er sie dann später in ihrer Wohnung in Washington besucht hatte, um sich erneut wegen Mikes Tod zu entschuldigen, hatte er Sophia dort kennen gelernt. Randis Zorn und

Trauer standen immer zwischen ihnen, aber wegen seiner Liebe zu Sophia war das nicht so wichtig gewesen. Jetzt würde er Randi von dem schrecklichen Tod ihrer Schwester erzählen müssen – und das waren keine angenehmen Aussichten.

Lautlos seufzte er. Er sehnte sich nach Sophia und immer, wenn er Randi anblickte, wurde seine Sehnsucht noch stärker.

Als er der Irakerin half, das Baby aus der Decke auszuwickeln, lächelte sie ihn an. »Verzeihen Sie mir bitte, dass ich Sie getäuscht habe«, sagte sie in perfektem Englisch. »Nach dem Angriff war ich besorgt, dass man Sie gefangen nehmen würde. Es war besser, dass Sie nicht wussten, dass ich nach Ihnen gesucht habe. Ich bin Dr. Radah Mahuk. Danke, dass Sie geholfen haben, dieses Baby zu retten.« Sie strahlte, während sie sich über das Kleinkind beugte, um es zu untersuchen.

32

21 Uhr 02
Bagdad

Dr. Radah Mahuk seufzte. »Wir können nur so wenig für die Kinder tun. Eigentlich gilt das für alle Kranken und Verwundeten im Irak.«

Auf dem Untersuchungstisch, der mit Nägeln und Klebeband repariert worden war, hatte die Kinderärztin das Herz des Babys – eines kleinen Mädchens – abgehorcht. Jetzt untersuchte sie Augen, Ohren und Kehle, anschließend maß sie die Temperatur. Jon vermutete, dass das Baby sechs Monate alt war, wenngleich sein Aussehen auf nicht mehr als vier Monate schließen ließ. Er betrachtete die dünne, durchscheinende und fiebrige Haut. Zuvor war ihm aufgefallen, dass die Augen des kleinen Mädchens elfenbeinfarben und ungeädert waren, was auf Vitaminmangel hindeutete. Es litt an Unterernährung.

Schließlich nickte Dr. Mahuk. Sie öffnete die Tür und rief nach einer Krankenschwester. Während sie ihr das Baby gab, streichelte sie dessen Wange und gab der Schwester auf Arabisch Anweisungen. »Baden Sie sie, damit sie sauber wird. Nehmen Sie kaltes Wasser, das hilft, das Fieber zu senken.« Ihr Gesichtsausdruck wirkte beunruhigt und die Müdigkeit hatte bläuliche Ringe unter ihren großen dunklen Augen hinterlassen.

»Was fehlt ihr?«, fragte Randi, die die Anweisungen der Ärztin verstanden hatte, auf Englisch.

»Unter anderem leidet sie an Diarrhöe.«

Jon nickte. »Angesichts der hiesigen Lebensumstände wird Diarrhöe weit verbreitet sein. Wenn Abwässer ins Grundwasser sickern, führt das zu Diarrhöe und weitaus schlimmeren Krankheiten.«

»Sie haben Recht. Nehmen Sie bitte Platz. Diarrhöe ist ein weit verbreitetes Übel, besonders in den älteren Stadtvierteln. Die Mutter der Kleinen hat noch drei Kinder, von denen zwei an Muskelschwund durch Ernährungsstörungen leiden.« Sie zuckte müde die Achseln. »Ich habe ihr gesagt, dass ich ihr kleines Mädchen mitnehme und sehe, was ich für es tun kann. Morgen früh wird die Mutter kommen und das Baby zurückhaben wollen, dabei leidet sie selbst unter mangelhafter Ernährung, so dass ihr Körper keine Muttermilch produzieren kann. Aber vielleicht gelingt es mir, bis dahin einen Jogurt für das Baby aufzutreiben.«

Dr. Mahuk setzte sich auf den Rand der Liege und ihre langen Beine unter dem schlichten, bedruckten Kleid baumelten in der Luft. Sie trug Turnschuhe und weiße Socken. Im Irak ging es für die meisten Menschen um grundsätzliche Fragen des Überlebens und diese Ärztin, deren Werke einst auch im Ausland publiziert worden waren und die die Welt bereist hatte, um Symposien über Kindermedizin zu besuchen, war jetzt auf Medikamente und Jogurt angewiesen.

»Ich weiß es zu schätzen, dass Sie das Risiko eingehen, mit mir zu reden.« Jon saß auf einem wackeligen Schreibtischsessel und blickte sich in dem spartanisch eingerichteten Raum um, der zugleich als Büro und Untersuchungszimmer diente. Seine Nerven waren angespannt, weil er das beunruhigende Gefühl empfand, dass er nicht viel Zeit hatte. Dennoch bemühte er sich, ruhig zu wirken und zwanglos zu sprechen. Er war dankbar, weil die Kinderärztin bereit war, ihm zu helfen, aber der hinter ihm liegende, lange Tag hatte ihn auch frustriert.

Die Ärztin zuckte die Achseln. »Ich tue nur, was ich tun muss. Es ist richtig so.« Nachdem sie ihr weißes Kopftuch abgenommen hatte, schüttelte sie ihr langes dunkles Haar aus, das auf ihre Schultern fiel. Jetzt wirkte sie zugleich jünger und zorniger. »Wer hätte gedacht, dass es so mit uns enden würde? Ich war während der frühen und vielversprechenden Jahre der

Baath-Partei jung. Aufregende Zeiten – das Land war voller Hoffnung. Die Partei hat mich zuerst nach London geschickt, wo ich meinen Hochschulabschluss in Medizin gemacht habe, anschließend nach New York, wo ich an der Columbia-Presbyterian-Klinik gearbeitet habe. Nach meiner Rückkehr nach Bagdad habe ich dieses Krankenhaus gegründet, dessen erste Chefärztin ich wurde. Ich möchte nicht, dass ich auch die letzte bin. Aber als die Baath-Partei Saddam zum Präsidenten kürte, hat sich alles geändert.«

Smith nickte. »Fast unmittelbar danach hat er das Land in den Krieg gegen den Iran geführt.«

»Ja. Es war furchtbar. So viele unserer jungen Männer sind ums Leben gekommen. Nach acht Jahren des Blutvergießens und leerer Parolen haben wir schließlich ein Abkommen unterzeichnet, das uns das Recht zusprach, unsere Grenze ein paar hundert Meter von der Mitte des Shatt-al-Arab-Flusses an sein östliches Ufer zu verlegen. Wegen einer geringfügigen Grenzstreitigkeit sind all diese Menschenleben geopfert worden! Um es noch schlimmer zu machen, mussten wir diese Gebiete 1990 an den Iran zurückgeben, und zwar als Bestechung dafür, dass er sich nicht in den Golfkrieg einmischte. *So ein Schwachsinn!*« Sie zog eine Grimasse. »Dann, nach dem Einmarsch in Kuwait und dem entsetzlichen Krieg, kam das Embargo. Wir nennen es *al-hissar*, was nicht nur für ›Isolation‹ steht, sondern auch dafür, dass der Irak von einer ihm feindlich gesinnten Welt eingeschlossen ist. Weil er alle unsere Probleme dafür verantwortlich machen kann, schätzt Saddam das Embargo. Es ist die wichtigste Basis seines Machterhalts.«

»Und Sie haben jetzt nicht genügend Medikamente«, sagte Jon.

Die Kinderärztin schloss die Augen, zugleich wütend und deprimiert. »Unterernährung, Krebs, Diarrhöe, Parasiten, neuromuskuläre Probleme, Krankheiten aller Art. Wir müssen unsere Kinder ernähren, sie mit sauberem Wasser versorgen und sie impfen können. Jetzt ist in meinem Land jede Krankheit eine lebensgefährliche Bedrohung. Wenn nichts unternommen wird, werden wir eine ganze Generation verlieren.« Ihre dunklen Augen waren tränenfeucht. »Deshalb bin ich der Untergrundbewegung beigetreten.« Sie blickte Randi an. »Ich bin Ihnen dankbar für Ihre Hilfe. *Wir müssen Saddam stürzen, bevor er uns alle umbringt!«*, flüsterte sie eindringlich.

Durch die Tür, an der Randi Russell lehnte, hörte sie die gedämpften Stimmen der Ärzte und Krankenschwestern, deren sanfte Worte nur allzu oft das Einzige waren, was sie den kranken und sterbenden Kindern geben konnten. Sie hatte Mitgefühl mit ihnen und dem tragischen Schicksal dieses Landes.

Zugleich wütete in ihrem Inneren auch ein Aufruhr. Während sie aufpasste, dass Saddams Elitetruppen nicht überraschend vor der Tür standen, beobachtete sie die beiden Ärzte, die weiterhin tief in ihr Gespräch versunken waren. Dr. Radah Mahuks Gesichtsausdruck wirkte gequält. Sie war eine entscheidende Persönlichkeit der schwachen Oppositionsgruppe, die von der CIA finanziert wurde, die auch Randi und andere hierher geschickt hatte, um den Widerstand zu stärken. Jonathan Smith saß in einem niedrigen Schreibtischsessel und wirkte entspannt. Aber sie kannte ihn gut genug, um zu vermuten, dass sich hinter seinem lässigen Verhalten eine wachsame Anspannung verbarg. Randi dachte darüber nach, was er ihr erzählt hatte – er war hier, um irgendeinen Virus zu erforschen.

Ihr Blick wurde härter. Smith' Hang, auf eigene Faust zu agieren, konnte Dr. Mahuk und damit die Widerstandsbewegung insgesamt gefährden. Plötzlich war ihr unbehaglich zumute.

»Haben Sie deshalb Ihr Einverständnis gegeben, mit mir zu reden?«, fragte Smith die Ärztin gerade.

»Ja. Aber wir werden alle beobachtet – deshalb war das Täuschungsmanöver notwendig.«

Jon lächelte grimmig. »Je mehr Täuschungsmanöver, desto zufriedener ist die CIA.«

Randi machte ihrem Unbehagen Luft. »Wenn Sie zu lange zusammen sind, wächst die Gefahr für alle. Stellen Sie die Fragen, deretwegen Sie hier sind.«

Jon ignorierte sie und konzentrierte sich auf Dr. Mahuk. »Über die drei Iraker, die im letzten Jahr an dem unbekannten Virus gestorben sind, habe ich schon einiges in Erfahrung bringen können. Irgendwann gegen Ende des Golfkriegs waren sie im südlichen Irak an der Grenze zu Kuwait stationiert.«

»Das hat man mir auch erzählt. Ein Virus, der im Irak nicht bekannt ist – das ist seltsam.«

»Die ganze Geschichte ist seltsam«, stimmte Smith zu. »Einer meiner Informanten behauptet, dass es auch drei Überlebende gegeben hat. Wissen Sie etwas darüber?«

Diesmal musste die Ärztin zur Eile gedrängt werden.

»Also, Dr. Mahuk?«, fragte Randi.

Die Kinderärztin glitt von der Liege herunter, ging zu der geschlossenen Tür, die auf den Korridor führte, und öffnete sie rasch. Zu beiden Seiten war niemand zu sehen. Schließlich machte sie die Tür wieder zu und lauschte mit geneigtem Kopf auf verdächtige Geräusche. »Es ist verboten, über die Verstorbenen und die Überlebenden auch nur zu reden. Ja, drei Menschen haben die Virusinfektion überlebt, und zwar alle in Basra. Das liegt im Süden, wie Sie wahrscheinlich wissen, in der Nähe der Grenze zu Kuwait. Für mich klingt Ihre Frage so, als ob Sie dieselbe Theorie hätten wie ich.«

»Ein Experiment?«, fragte Jon grimmig.

Die Kinderärztin nickte.

»Dann haben also alle drei Überlebenden am Golfkrieg teilgenommen und waren an der irakisch-kuwaitischen Grenze stationiert?«

»Ja.«

»Merkwürdig, dass die drei Infizierten aus Bagdad gestorben sind, während die in Basra überlebt haben.«

»Sehr merkwürdig. Das war einer der Aspekte, die meine Aufmerksamkeit erregt haben.«

Randi studierte die beiden Mediziner. Sie redeten vorsichtig um ein Thema herum, das sie zwar nicht ganz verstand, aber als enorm wichtig erkannt hatte. Der große Amerikaner und die kleine Irakerin blickten sich konzentriert an und die geistige

Spannung war spürbar. Jetzt schien die Außenwelt für sie nicht mehr zu existieren, was beide verletzbarer machte – und Randi umso aufmerksamer.

»Haben Sie eine Erklärung dafür, warum die Infizierten aus Basra überlebt haben, Dr. Mahuk?«

»Ja – durch einen Zufall. Ich war in dem Krankenhaus in Basra und habe dort geholfen, die Erkrankten zu behandeln. Da traf ein Team von Ärzten der Vereinten Nationen ein. Sie gaben jedem der Infizierten eine Injektion. Ihr Gesundheitszustand verbesserte sich nicht nur, sondern vier Tage später war nichts mehr von den Symptomen der Virusinfektion zu sehen. Sie waren geheilt.« Einen Augenblick lang schwieg sie. »Es war bemerkenswert«, sagte sie mit ausdruckslosem Gesicht.

»Das ist eine Untertreibung.«

»Allerdings.« Sie verschränkte die Arme vor der Brust, als ob sie gerade ein Frösteln empfunden hätte. »Wenn ich es nicht mit eigenen Augen gesehen hätte, dann hätte ich es nicht geglaubt.«

Smith stand auf und ging im Raum auf und ab. Er war tief in Gedanken versunken und seine blauen Augen funkelten kalt und wütend. »Sie wissen, was Sie da sagen? Ein Heilmittel gegen einen tödlichen und unbekannten Virus? Kein Impfstoff, sondern ein *Heilmittel*?«

»Das ist die einzige vernünftige Erklärung.«

»Ein heilendes Antiserum?«

»Das wäre die plausibelste Möglichkeit.«

»Das würde bedeuten, dass diese angeblichen Ärzte von den Vereinten Nationen über eine große Menge des Antiserums verfügten.«

»Ja.«

Jons Stimme schien sich zu überschlagen. »Ein in großen Mengen verfügbares Serum gegen einen Virus, mit dem sich letztes Jahr zuerst sechs Menschen im Irak infiziert haben … Dann taucht er vor etwas mehr als einer Woche auf mysteriöse Weise auf der anderen Seite des Erdballs in den Vereinigten Staaten auf. Und alle zwölf Infizierten haben während des Golfkriegs an der irakisch-kuwaitischen Grenze gedient oder eine Bluttransfusion erhalten, bei der der Spender ein Golfkriegsveteran war.«

»Genau.« Die Kinderärztin nickte energisch. »In zwei Ländern, in denen es diesen Virus vorher nie gegeben hat.«

Die beiden Ärzte starrten sich schweigend an und zögerten, den nächsten Satz auszusprechen.

Also tat Randi es. »Das ist überhaupt nicht bemerkenswert und auch kein Wunder.« Die beiden anderen starrten sie an, während sie das Unaussprechliche sagte: »Irgendjemand hat sie mit dem Virus infiziert.«

»Aber nur die Hälfte der Erkrankten hat dann das Serum bekommen«, sagte Jon angewidert. »Das Ganze war ein kontrolliertes, tödliches Experiment an Menschen, die weder informiert noch um ihre Zustimmung gebeten worden sind.«

Dr. Mahuk erbleichte. »Das erinnert mich an die perversen Nazi-Ärzte, die die Insassen der Konzentrationslager als menschliche Versuchskaninchen missbraucht haben. So etwas ist abscheulich und ungeheuerlich!«

Randi starrte die Irakerin an. »Wer waren diese Leute?«

»Hat einer seinen Namen genannt, Dr. Mahuk?«, fragte Jon.

»Nein. Sie haben behauptet, dass sie wegen dieser Männer Ärger mit unserem Regime oder mit ihren Vorgesetzten in Genf bekommen könnten. Aber ich bin sicher, dass das eine Lüge war. Ohne das Wissen der Regierung hätten sie nie das Land betreten und in diesem speziellen Militärlazarett arbeiten können.«

»Wie ist es dann gelaufen? Mittels Bestechung?«

»Wahrscheinlich haben sie in irgendeiner Weise Saddam Hussein selbst bestochen.«

»Sie glauben, dass sie überhaupt nicht für die Vereinten Nationen gearbeitet haben?«, fragte Randi.

Die Kinderärztin nickte nervös. »Ich hätte diese Schlussfolgerung früher ziehen sollen. Unser Problem besteht darin, dass das nackte Überleben ein permanenter Kampf ist, und so entgeht uns das große Ganze. Nein, ich glaube nicht, dass sie für die Vereinten Nationen gearbeitet haben, und sie waren auch keine praktizierenden Ärzte. Sie verhielten sich eher wie Wissenschaftler. Außerdem sind sie sehr schnell eingetroffen, als ob sie gewusst hätten, wer wann krank werden würde.«

Das passte zu Jons Vermutung, dass die zwölf Erkrankten Versuchskaninchen bei einem Experiment gewesen waren, das gegen Ende des Golfkriegs im 167. Mobilen Militärlazarett begonnen hatte. »Haben sie durch irgendeine Kleinigkeit verraten, wo sie herkamen?«

»Sie haben behauptet, dass sie aus Deutschland kämen, aber ihr Deutsch klang wie aus dem Schulbuch. Außerdem trugen sie keine europäische Kleidung. Meiner Ansicht nach waren sie Amerikaner und deshalb wäre es damals für sie noch gefährlicher gewesen, den Irak ohne die Zustimmung Saddam Husseins persönlich zu betreten.«

Randi runzelte die Stirn, während sie an der Uzi herumhantierte. »Sie haben keine Idee, wer sie geschickt haben könnte?«

»Ich kann mich nur noch erinnern, dass sie untereinander einmal über hervorragende Bedingungen fürs Ski fahren gesprochen haben. Aber sie können viele Orte gemeint haben.«

Während Jon weiterhin auf und ab ging, dachte er über die Wissenschaftler aus den Vereinigten Staaten nach, die im Besitz eines Serums waren, das die Virusinfektion heilte. Dann wurde ihm plötzlich etwas bewusst. »Den ganzen Tag habe ich damit verbracht, nach den sechs Menschen zu fragen, die sich vor einem Jahr mit dem Virus infiziert hatten. Was ist seitdem passiert? Hat es im Irak irgendwelche neuen Fälle gegeben?«

Dr. Mahuk kniff traurig die Lippen zusammen. Ihr ganzes Leben hatte sie dem Sinn gewidmet, Kranke zu heilen, und jetzt schien eine Pandemie zu explodieren, die niemand mehr kontrollieren konnte. Wut und Schmerz färbten ihre Stimme, als sie antwortete. »In der letzten Woche hat es viele neue Fälle von akutem Lungenversagen gegeben. Mindestens fünfzig Menschen sind gestorben. Hinsichtlich der genauen Zahl der Opfer sind wir nicht sicher, sie ändert sich stündlich. Wir stehen erst am Anfang unserer Untersuchungen, ob der neue Virus für die

Erkrankungen verantwortlich ist, aber ich habe da nur geringe Zweifel. Die Symptome sind identisch: geringes Fieber, schwere Erkältung oder leichte Grippe für ein paar Wochen, dann die plötzliche pulmonale Insuffizienz mit inneren Blutungen, dann innerhalb weniger Stunden der Tod aufgrund akuten Lungenversagens. Diesmal hat es keine Überlebenden gegeben.« Ihre Stimme brach. »Keinen einzigen.«

Jon erschrak angesichts der hohen Zahl der Toten und wirbelte herum. Er wurde von Mitleid gepackt. Dann begriff er. »Haben diese Todesopfer ebenfalls im Golfkrieg gedient? Oder stammten sie aus der Gegend an der irakisch-kuwaitischen Grenze?«

Dr. Mahuk seufzte. »So einfach ist die Antwort unglücklicherweise nicht. Nur einige haben im Golfkrieg gekämpft und aus der Gegend an der Grenze stammte keiner.«

»Hatten sie Kontakte zu den ersten sechs Infizierten?«

»Nein«, antwortete die Kinderärztin entmutigt. Jon dachte an seine geliebte Sophia, dann an General Kielburger, Melanie Curtis – und das 167. Mobile Militärlazarett. »Aber wie konnten fünfzig Menschen ohne ihr Wissen gleichzeitig mit dem Virus infiziert werden, noch dazu in einem abgeschotteten Land wie dem Irak? Stammten sie aus derselben Gegend, oder waren sie mal im Ausland? Hatten Sie Kontakte zu Fremden?«

Dr. Mahuk antwortete nicht sofort, sondern verließ ihren Horchposten an der Tür. Aus der Tasche ihres Rocks zog sie eine anscheinend russische Zigarette hervor. Während sie zu der Untersuchungsliege ging, steckte sie sie angespannt und nervös an. Der beißende Geruch nach Scheune, der für russische Zigaretten charakteristisch war, erfüllte das spartanisch eingerichtete Büro.

»Weil ich im letzten Jahr mit den an der Virusinfektion Erkrankten zu tun hatte, hat man mich gebeten, die neuen Fälle zu studieren. Ich habe nach allen möglichen Ursachen der Ansteckung, die Sie genannt haben, gesucht, aber keine gefunden. Eine Verbindung zwischen den Erkrankten ist mir auch nicht aufgefallen. Es sieht so aus, als ob es sich um eine zufällige

Kombination von Menschen beider Geschlechter, aller Altersgruppen, Berufe, ethnischer Zugehörigkeit und geographischer Herkunft handelt.« Sie inhalierte und blies dann langsam den Rauch aus, als ob sie noch über die Formulierung ihrer Gedanken nachdachte. »Sie scheinen sich nicht gegenseitig oder andere Mitglieder ihrer Familien infiziert zu haben. Ich weiß nicht, ob das bedeutsam ist, aber merkwürdig ist es allemal.«

»Es passt. Nach allem, was ich bisher herausgefunden habe, ist der Virus kaum ansteckend.«

»Aber wie haben sie sich dann infiziert?« Randi war dem Gespräch aufmerksam gefolgt. Obwohl sie keinen Universitätsabschluss in Chemie oder Biologie hatte, reichten ihre wissenschaftlichen Kenntnisse aus, um die fundamentalen Probleme zu begreifen. Die beiden Ärzte waren tief besorgt wegen einer Epidemie. »Und warum nur im Irak und in den Vereinigten Staaten?«, fragte sie. »Können die Infektionen durch biologische Kampfstoffe aus dem Golfkrieg ausgelöst worden sein, die hier im Irak versteckt waren?«

Kopfschüttelnd ging Dr. Mahuk zu dem ramponierten Stahlschreibtisch in einer Ecke des Raums und der Rauch ihrer Zigarette folgte ihr wie ein bräunlicher Geist. Nachdem sie aus einer der Schubladen ein Blatt Papier hervorgezogen hatte, reichte sie es Jon. Sofort trat Randi zu ihm. Sie nahm die Uzi zur Seite, damit sie sich dicht über das Schriftstück beugen konnte. Entsetzt lasen sie auf einem Computerausdruck die Schlagzeile der Titelseite der *Washington Post*:

UNBEKANNTER VIRUS LÖST WELTWEIT TÖDLICHE PANDEMIE AUS

In dem Artikel wurde berichtet, dass in siebenundzwanzig Nationen mehr als eine halbe Million Todesfälle zu beklagen waren. Immer hatte die Krankheit mit einer Erkältung oder Grippe begonnen, bis die Opfer plötzlich an exzessiven inneren Blutungen und akutem Lungenversagen gestorben waren. Weitere zweiundvierzig Nationen berichteten von mehreren Millionen, die an einer anscheinend normalen Grippe erkrankt waren. Es war weiterhin nicht bekannt, ob alle oder einige dieser Fälle etwas mit dem Virus zu tun hatten.

Diese Neuigkeiten verschlugen Jon den Atem und er wurde von kalter Angst gepackt. *Eine halbe Million Tote! Mehrere Millionen Erkrankte!* »Wo haben Sie das her?«, fragte er die Kinderärztin.

Dr. Mahuk drückte ihre Zigarette aus. »Wir haben hier im Krankenhaus einen geheimen Computer und den Artikel heute Morgen aus dem Internet heruntergeladen. Offensichtlich beschränkt sich das Auftreten des Virus jetzt nicht mehr auf den Irak, die Vereinigten Staaten oder Menschen, die etwas mit dem Golfkrieg zu tun hatten. Ich glaube nicht, dass biologische Kampfstoffe die Ursache sein könnten. Die hohe Zahl der Todesopfer ist unheimlich.« Die Stimme versagte ihr. »Deshalb war mir klar, dass ich mit Ihnen reden muss.«

Erneut dachte Jon entsetzt an den Zeitungsbericht und die Angaben der Kinderärztin. Nachdem er den Artikel schnell ein zweites Mal gelesen hatte, überlegte er, was er bisher in Erfahrung gebracht hatte. Dr. Mahuk hatte praktisch jeden denkbaren Kontakt zur Außenwelt ausgeschlossen und dennoch hatte der Virus weltweit eine Pandemie verursacht. Wenn man von den drei ersten Toten absah, die vor einem Jahr im Irak gestorben waren, waren alle Todesopfer vor drei Wochen noch am Leben gewesen. Die Geschwindigkeit, mit der sich der Virus mittlerweile ausbreitete, war unvorstellbar.

Er blickte von dem Ausdruck auf. »Die Sache ist außer Kontrolle geraten. Ich muss in die Vereinigten Staaten zurück. Falls es in Amerika wirklich Leute gibt, die über ein Serum verfügen, muss ich sie finden. Vielleicht haben auch einige meiner Freunde neue Informationen aufgetrieben. Ich darf keine Zeit mehr verlieren …«

Plötzlich erstarrte Randi. »Warten Sie.«

Mit erhobener Uzi rannte sie auf die Tür zum Korridor zu. Sofort stand Smith mit gezückter Beretta neben ihr. Randi war angespannt und nervös.

Plötzlich hörten sie vom Flur her eine raue, knurrende Stimme, die arabisch sprach. Leise und verängstigte Stimmen antworteten. Schwere Stiefelschritte kamen dröhnend den Flur herab auf das kleine Untersuchungszimmer zu.

Jon blickte die Kinderärztin an. »Ist das die Republikanische Garde?«

Sie presste die zitternden Finger gegen die Lippen und lauschte. Schließlich schüttelte sie den Kopf. »Es ist die Polizei«, flüsterte sie. Der Blick ihrer ausdrucksstarken Augen wirkte verängstigt.

Randi rannte auf die zweite Tür zu. Mit ihren blonden Locken und dem großen, schlanken Körper, der durch den engen Rock und ihr Jackett noch betont wurde, glich sie eher einem Model als einer erfahrenen CIA-Agentin. Aber Jon hatte erlebt, wie sie in der Gasse hinter dem Laden mit den Autoreifen ihr Leben riskiert und sie gegen die Republikanische Garde verteidigt hatte. Jetzt strahlte sie dieselbe Art von Intelligenz und körperlicher Präsenz aus.

»Es spielt keine Rolle, ob es die Polizei oder die Republikanische Garde ist. Sie werden auf jeden Fall versuchen, uns umzubringen.« Randis Kopf wirbelte herum. Ihr düsterer Blick wirkte wie eine Aufforderung, ihr zu folgen. »Wir müssen durch den Krankensaal verschwinden. Beeilung!« Nachdem sie die Tür aufgerissen hatte, wandte sie sich um und bedeutete Jon und Dr. Mahuk mit einer Kopfbewegung voranzugehen.

Es war ein Fehler – auf der anderen Seite der Tür wartete die Polizei. Sie saßen in der Falle.

Ein uniformierter irakischer Polizist riss Randi die Uzi aus den Händen, bevor sie auch nur reagieren konnte. Drei weitere Polizisten kamen mit erhobenen AK-47-Sturmgewehren in den Raum, und als Jon gerade versuchte, die Beretta zu heben, stürmten zwei weitere Iraker durch die Tür zum Flur und warfen sich auf ihn. Sie waren gefangen.

33

21 Uhr 41
Bagdad

Dr. Radah Mahuk stand reglos mit dem Rücken zur Wand. Sie war zwar tapfer, aber keineswegs tollkühn. Ihre Aufgabe bestand darin, Kranke zu heilen, und tot konnte sie ihre ärztlichen Pflichten nicht mehr erfüllen. Wenn man sie in das berüchtigte Justizgefängnis verschleppte, konnte sie auch nichts mehr zur Befreiung ihres Landes beitragen. Wie der tote Ghassan war auch sie ein Soldat in einer geheiligten Mission, aber sie hatte keine Pistole und kannte sich mit Selbstverteidigung nicht aus. Ihre einzigen Waffen waren ihr Gehirn und das Vertrauen, das sie sich bei ihren Landsleuten erworben hatte. Solange sie in Freiheit war, würde sie ihren Landsleuten und vielleicht auch den Amerikanern helfen können. Also blieb sie hinter dem Tisch stehen und hoffte, nicht beachtet zu werden. Auf ihrer Stirn bildeten sich Schweißperlen.

Zwei weitere uniformierte Polizisten betraten den Raum vorsichtig durch die Tür zum Korridor und blickten mit gezückten Waffen nach rechts und links. Hinter ihnen kam ein schlanker Mann in maßgeschneiderter Uniform mit einer im Irak hergestellten *tariq*-Beretta in der Hand in das Untersuchungszimmer geschlendert.

Im Augenblick achtete niemand auf Dr. Mahuk. Sie war nicht wichtig, zumindest noch nicht. Verängstigt schlüpfte sie in den Flur, wo sie so langsam und unauffällig wie möglich zu einem Telefon ging.

Im Untersuchungszimmer lächelte der Polizist in der maßgeschneiderten Uniform Jon an. »Colonel Smith? Da sind Sie ja endlich.« Sein Englisch hatte einen leichten Akzent. »Es war extrem schwierig, Sie zu finden.«

Vor Randi verbeugte er sich mit übertriebener Höflichkeit. »Und wer ist diese Dame? Ich kenne sie nicht. Arbeitet sie vielleicht für die CIA? Es kursiert das Gerücht, dass Ihr Land den Irak so faszinierend findet, dass es ständig Spione schickt, die überprüfen sollen, wie sehr wir unseren Führer lieben.«

Jon war wütend, weil sie unvorsichtig gewesen waren. Verdammt! »Ich kenne sie auch nicht«, log er. »Sie gehört zum Krankenhauspersonal.« Selbst in seinen Augen war das eine schwache Lüge, aber es war einen Versuch wert.

Der Polizist lachte ungläubig. »Eine Frau aus dem Westen soll zum Personal *dieses* Krankenhauses gehören? Das scheint mir sehr unwahrscheinlich zu sein.«

Randi, die wütend auf sich selbst war und sich wegen der Untergrundbewegung Sorgen machte, warf Jon einen dankbaren Blick zu.

Jetzt lächelte der Polizist nicht mehr, sondern hob seine Waffe. Es war an der Zeit, seine Gefangenen dorthin zu bringen, wo er sie hinbringen sollte. Nachdem er auf Arabisch einen Befehl gegeben hatte, stießen die Polizisten Randi und Jon auf den Flur hinaus. Leise schlossen sich mehrere Türen, weil das verängstigte Personal der Klinik sich selbst und die Patienten schützen wollte. Die beiden Amerikaner verließen das Gebäude durch einen stillen, menschenleeren Korridor.

Nervös hielt Randi nach Dr. Mahuk Ausschau. Als sie sie nicht sah, atmete sie erleichtert auf. Plötzlich presste ihr einer der Polizisten die Mündung seiner Waffe gegen den Rücken und trieb sie zur Eile an, was sie schmerzhaft an ihre gefährliche Lage erinnerte. Jetzt brach ihr vor Angst der Schweiß aus.

Vor dem Krankenhaus wartete in der sternenklaren Nacht am Bordstein mit laufendem Motor ein alter russischer Lastwagen, dessen Ladefläche, auf der Mannschaften transportiert werden konnten, mit einer Plane abgedeckt war. Aus dem Auspuff stiegen silberweiße Abgaswolken in die kalte Nachtluft auf. Die lauten Geräusche der nächtlichen Stadt wirkten bedrohlich. Die

Polizisten öffneten die Heckklappe, hoben die Plane an und stießen die beiden Amerikaner auf die Ladefläche.

Unter der Plane war es feucht und dunkel und es stank nach Diesel. Vor Angst zitternd starrte Randi Jon an.

Er erwiderte ihren Blick und versuchte, seine eigene Furcht zu kaschieren. »Und Sie beschweren sich über meine Kreuzzüge«, bemerkte er trocken.

Sie lächelte schwach. »Es tut mir Leid. Beim nächsten Mal werde ich mir einen besseren Plan einfallen lassen.«

»Danke. Das macht mir wieder Hoffnung.« Aufmerksam betrachtete er den Innenraum des Lastwagens. »Was glauben Sie, wie sie uns gefunden haben?«

»Meiner Ansicht nach gab es keine Möglichkeit, uns von dem Laden hierher zu verfolgen. Ich vermute, dass uns jemand vom Personal des Krankenhauses verraten hat. Nicht alle Iraker stimmen mit Dr. Mahuks revolutionären Ideen überein. So, wie die Dinge in diesem Land stehen, tun die Menschen vieles in der Hoffnung, sich die Polizei gewogen zu machen.«

Zwei Polizisten kletterten auf die Ladefläche des Lastwagens. Sie richteten die großen Kalaschnikows auf die beiden Amerikaner und deuteten durch Gesten und gegrunzte Worte an, dass Jon und Randi in den hinteren Teil des Wagens rücken sollten, so weit wie möglich von der Heckklappe entfernt. Scheinbar resignierend krabbelten die beiden weiter nach hinten und setzten sich hinter das Fahrerhäuschen. Die Bewaffneten bezogen links und rechts vor der Heckklappe Position und bewachten so den einzigen Fluchtweg. Sie waren etwa drei Meter von ihren Gefangenen entfernt – in bequemer Schussweite.

Der Polizist mit der *tariq*-Pistole stand hinter dem Lastwagen. »*Au revoir*, meine neuen amerikanischen Freunde.« Er lächelte, weil ihm sein Scherz offenbar gefiel. Die Waffe auf Jon und Randi gerichtet, gab er den Befehl, die Heckklappe zu schließen.

»Wohin bringen Sie uns?«, fragte Jon.

»Zu einem Spielplatz. Wir machen einen Wochenendausflug in einen Urlaubsort, wenn Sie so wollen.« Der Iraker mit dem

Schnurrbart grinste, aber dann klang seine Stimme knallhart und seine Augen verengten sich zu Schlitzen. »Wollen Sie die Wahrheit hören? Es geht ins Justizgefängnis. Wenn Sie tun, was man Ihnen sagt, werden Sie vielleicht überleben.«

Jon versuchte zu verbergen, wie ihn die Angst übermannte, als er an Jerzy Domalewskis Beschreibung des unterirdischen Gebäudes dachte, wo gefoltert und gemordet wurde. Er tauschte einen Blick mit Randi, die zu seiner Linken dicht neben ihm saß. Ihr Gesichtsausdruck war nichts sagend, aber er bemerkte, dass ihre Hand zitterte. Auch sie wusste über das Justizgefängnis Bescheid.

Es war eine Hölle, die sie nicht überleben würden.

Als die Plane nach unten flatterte, waren sie von der Außenwelt abgeschnitten. Die beiden Wachposten lehnten sich zurück, die Gewehre unablässig auf sie gerichtet. Von vorne hörten sie Geräusche, als der Mann in der Maßuniform und der andere Polizist in das Fahrerhäuschen kletterten.

Jon schwieg, während der Lastwagen losfuhr. Randi war seinetwegen geschnappt worden und er machte sich keine Illusionen, wie die Iraker mit einer CIA-Spionin umgehen würden. Und wie sollte er das USAMRIID und das Pentagon darüber informieren, was er über den Virus und das Heilmittel herausgefunden hatte?

»Wir müssen hier raus«, sagte er leise.

Randi nickte. »Der Gedanke, ins Justizgefängnis gebracht zu werden, gefällt mir auch nicht gerade. Aber die Kerle sind bewaffnet, so dass wir lausig schlechte Chancen haben.«

Jon blickte die beiden Iraker in dem Dämmerlicht an, die sie aufmerksam anstarrten. Neben den Sturmgewehren hatten sie zusätzlich Pistolen.

Sie bogen in eine holprige Straße ein, die so eng war, dass die Plane die Hauswände streifte.

Sie mussten handeln, bevor es zu spät war. Jon wandte sich Randi zu.

»Was ist?«, fragte sie.

»Geht's Ihnen schlecht?«

Randi schürzte die Lippen, aber dann begriff sie. »Tatsächlich – ich habe plötzlich fürchterliche Magenkrämpfe.«

»Stöhnen Sie laut.«

»So?« Sie stöhnte und fasste sich an den Bauch.

»He!«, rief Jon den Wachposten zu. »Sie ist krank. Helfen Sie ihr!«

Randi sank in sich zusammen. »Ich sterbe!«, brüllte sie auf Arabisch. »Sie müssen mir helfen!«

Die beiden Wachposten tauschten einen Blick. Einer hob die Augenbrauen, der andere lachte. Ihren schnellen Wortwechsel verstand Jon nicht. Randi stöhnte erneut.

Wegen der niedrigen Plane konnte sich Jon nicht voll aufrichten. Gebückt ging er einen Schritt auf die beiden Iraker zu. »Sie müssen …«

Während einer ihn anbrüllte, drückte der andere auf den Abzug. Die Kugel pfiff so dicht an Jons Ohr vorbei, dass das schrille Geräusch sein Gehirn zu durchbohren schien. Nachdem das Projektil durch die Plane gedrungen war, bedeuteten die Wachposten Jon, er solle auf seinen Platz zurückkehren.

Randi setzte sich wieder auf. »Sie glauben uns nicht.«

»Die machen Ernst.« Jon ließ sich auf die Planke fallen, während er mit einer Hand sein Ohr beschirmte. In seinem Kopf klingelte es immer noch. »Was haben sie gesagt?« Er schloss die Augen und hoffte, dass der pochende Schmerz nachlassen würde.

»Dass sie Ihnen den Gefallen getan haben, an Ihrem Kopf vorbeizuschießen. Beim nächsten Mal sind wir beide tot.«

Er nickte. »Ich kann's mir ausmalen.«

»Tut mir Leid, Jon. Es war einen Versuch wert.«

Der Lastwagen bog von einer engen Straße in die nächste ab. Gelegentlich streifte er Hauswände. Randi hörte das Geschrei von Ladenbesitzern, die ihre Geschäfte lange über die Ladenschlusszeit hinaus aufließen, in der Hoffnung auf einen weiteren Verkauf, der vielleicht der Einzige des ganzen Tages war. Manchmal hörten sie aus Radios aus der Vorkriegszeit geisterhafte, kratzende Geräusche. Alles deutete darauf hin, dass sie in Bagdads alten Stadtvierteln blieben.

»Sie fahren zu langsam und halten sich an Seitenstraßen«, flüsterte Randi. »Das ist unlogisch. Die Polizei von Bagdad kann sich ihren Weg nach Belieben aussuchen. Es gehört zu ihrem Job, sich in den Vordergrund zu stellen, aber diese Männer vermeiden Hauptstraßen.«

»Wollen Sie damit sagen, dass sie gar nicht zur Polizei gehören?« Weil der Schmerz jetzt nachließ, nahm Jon die Hand vom Ohr.

»Sie tragen Polizeiuniformen und haben die gleichen russischen Waffen. Falls sie nicht zur Polizei gehören, bezahlen sie mit ihrem Leben, wenn sie geschnappt werden. Ich wüsste nicht, wer sie sonst sein sollten.«

»Ich schon.« Plötzlich kehrten die Erinnerungen an die letzte Woche zurück und es geschah das, wogegen Jon seit Stunden angekämpft hatte: Während Randi aus seinem Bewusstsein verschwand, tauchte an ihrer Stelle Sophia auf. Er spürte seine Liebe zu ihr wieder, und als er sie jetzt vor seinem geistigen Auge sah, sehnte er sich mit jeder Faser seines Körpers nach ihr. Ihre wunderschönen schwarzen Augen blickten ihn an und er sah ihre weiche, blasse Haut und ihr langes, seidiges Haar. Ihre vollen Lippen lächelten ihm zu und er konnte ihre kleinen weißen Zähne sehen. Ihre undefinierbare Schönheit hatte nicht nur aus Äußerlichkeiten bestanden. Anstand und Vitalität waren ihre innere Quelle. Sie war in jeder Hinsicht eine wunderbare Frau.

In einem Augenblick der Verwirrung glaubte Jon wirklich, dass Sophia noch lebte. Wenn er nur die Hände ausstreckte, konnte er sie in den Arm nehmen, den Duft ihres Haars riechen und ihr Herz an seiner Brust schlagen hören.

Mühsam versuchte er, in die Wirklichkeit zurückzufinden.

Er blinzelte.

Dann schüttelte er den Kopf, um wieder klar denken zu können. Er musste aufhören, sich selbst zu belügen. Neben ihm saß Randi. Nicht Sophia.

Sie schwebten in ernsthafter Gefahr und er musste der Wahrheit ins Gesicht sehen. Er hatte ein flaues Gefühl im Magen, als hätte er sich in einem Aufzug befunden, der zu schnell in die Tiefe raste. Möglicherweise würden sie nicht überleben. Er durfte nicht mehr länger warten.

Er musste Randi von Sophias Tod erzählen.

Wenn er es nicht tat, würde er in eine andere Welt hinübergleiten, wo er immer vorgeben konnte, dass Randi Sophia war. Er durfte nicht zulassen, dass seine Emotionen ihn weiter zu diesem grausamen Spiel verleiteten.

Hier stand nicht nur seine Zukunft auf dem Spiel, sondern auch die Randis – und die Zukunft von Millionen Menschen, die an dem Virus sterben konnten. In Gedanken hörte er Sophias Stimme: *»Reiß dich zusammen, Smith. Nur weil du dich für das Weiterleben entscheidest, heißt das noch nicht, dass du mich nicht liebst. Du hast einen Job zu erledigen. Liebe mich so sehr, dass du deinen Weg weitergehen kannst.«*

Randi studierte seinen Gesichtsausdruck. »Sie wollten sagen, wer die Polizisten Ihrer Meinung nach sind.«

Jon atmete tief durch. »Zuerst ist es mir nicht aufgefallen. Aber als sie uns im Krankenhaus gestellt haben, hat ihr Anführer meinen richtigen Namen gebraucht – nicht den Decknamen, den ich in Bagdad benutzt habe. Dass ich Colonel Jon Smith heiße, kann er doch nur wissen, wenn er – und seine Leute – von denen angeheuert wurde, die im Besitz des Virus sind. Sie haben versucht, mich von weiteren Nachforschungen abzuhalten, seit …«

Er versuchte, Randi zu sehen, nicht ihre Schwester. Ihr Gesichtsausdruck veränderte sich, als ob sie begriffen hätte, dass er ihr irgendetwas Schreckliches erzählen wollte, das sie in ihrem tiefsten Inneren betraf. Vielleicht wieder etwas, das sie ihm nie verzeihen würde.

»Ich muss Ihnen etwas Schreckliches sagen, Randi«, begann er sanft. »Sophia ist tot. Die Leute, die hinter dieser ganzen Geschichte stecken, haben sie ermordet.«

34

Randi sprang auf. Einen Augenblick lang hatte Jon das Gefühl, als ob sie etwas anderes gehört hätte, nicht seine Stimme oder seine Worte. Ihr Gesicht erstarrte zur eisigen Maske. Sonst ließ nichts an ihrer äußeren Erscheinung erkennen, dass sie die entsetzliche Nachricht verstanden hatte.

In der Stille des Schocks spürte Jon das Holpern und jeden einzelnen Ruck des Lastwagens. Ihr Leben hing am seidenen Faden und er zwang sich, weiter wachsam zu bleiben. Mittlerweile fuhr der Lastwagen schneller. Die Häuser schienen weiter entfernt zu sein und die Stimmen und die Radios wurden leiser. Sie mussten sich auf einer breiteren Straße befinden. Er bemerkte Verkehrsgeräusche und hörte Wortfetzen aus dem Fahrerhäuschen des Lastwagens, aber das war auch alles.

Die Schuldgefühle ließen seinen Puls in den Schläfen pochen. »Randi?«

Plötzlich verzerrte sich ihr Gesicht. Tränen strömten über ihre Wangen, doch sie blieb weiterhin regungslos stehen. Sie hatte seine Worte zwar gehört, konnte ihre Bedeutung aber nicht erfassen. Ein alles überwältigender Schmerz erfüllte sie. Sophia? Tot? Ermordet? Sie weigerte sich, das Unmögliche zu glauben. Wie konnte Sophia tot sein?

»Ich glaube Ihnen nicht«, sagte sie mit hölzerner Stimme.

»Es tut mir Leid, aber es ist die Wahrheit. Ich weiß, wie sehr ihr euch geliebt habt.«

Jetzt wurde sie von Schuldgefühlen überwältigt. Seine Worte glichen Hammerschlägen. *Ich weiß, wie sehr ihr euch geliebt habt.*

Seit Monaten hatte Randi Sophia nicht mehr gesehen. Sie war zu sehr durch ihren Job in Anspruch genommen und hatte gedacht, dass andere Menschen sie mehr brauchten. Später, hatte sie geglaubt, hätten sie genug Zeit, wieder eine enge Beziehung zueinander zu haben. Später, wenn sie beide erledigt hatten, was getan werden musste.

Wenn Jon Smith nicht mehr so viel von Sophias Zeit in Anspruch nehmen würde.

Es war, als ob ihr das Herz bräche. Wütend wischte sie sich die Tränen mit beiden Händen ab.

»Randi?«

Sie hörte Jons Stimme ... hörte das Fahrgeräusch des Lastwagens ... das mit einem Mal merkwürdig hohl klang. Ihr Verstand schaltete schnell um, als ob sie aus großer Entfernung wahrgenommen hätte, dass sie über eine lange Brücke fuhren. Das Wasser warf des Motorengeräusch des Lastwagens hallend zurück. Sie hörte das Geräusch des Windes, die Rufe von Fischern und den Schrei eines Esels.

Und dann erinnerte sie sich wieder. *Sophia.* Sie verschränkte die Arme vor der Brust und versuchte, sich zusammenzureißen, während sie Jon anblickte. In seinem Gesicht stand Verzweiflung. Seine Trauer schien so tief zu sein, als ob sie nie mehr auszulöschen wäre.

Dieses Gesicht log nicht – Sophia war tot.

Sophia war tot.

Randi atmete tief durch und versuchte, nicht die Kontrolle über sich zu verlieren. Vor ihrem geistigen Auge sah sie weiterhin das Bild ihrer Schwester, aber zugleich blickte sie Jon Smith an. Gerade hatte sie angefangen, ihm zu vertrauen. Sie wollte glauben, dass er nichts damit zu tun hatte, aber sie konnte ihr Misstrauen nicht unterdrücken.

Wieder dachte sie an die blinde Arroganz, die er damals an den Tag gelegt hatte, als Mike durch seine fehlerhafte Behandlung ums Leben gekommen war. Hatte er auch ihre Schwester umgebracht?

»Wie ist es passiert?«, fragte sie. »Was haben Sie ihr angetan?«

»Ich war nicht bei ihr, als es passierte. Ich war in London.« Er erzählte ihr alles über sein Treffen mit Bill Griffin, die fehlende

Seite und den Einstich an Sophias Fußknöchel. »Sophia hat versucht, den Virus zu identifizieren, zu klassifizieren und seine Herkunft zu lokalisieren. Den Virus, dessen Spur ich hier im Irak gesucht habe. Aber ihr Tod war kein Arbeitsunfall – so ansteckend ist der Virus nicht. In diesem Fall hätte sie auf sehr sorglose Art und Weise einen Fehler begehen müssen. Nein – sie ist vorsätzlich infiziert worden, weil sie etwas entdeckt hat. Man hat sie ermordet und ich werde herausfinden, wer es war. Sie werden nicht ungeschoren davonkommen ...«

Während er weiterredete, schloss Randi die Augen. Sie dachte daran, wie sehr Sophia vor ihrem Tod gelitten haben musste, und kämpfte gegen ein Schluchzen an.

Mit leiser und ernster Stimme sagte Jon: »Auch den Direktor vom USAMRIID und seine Sekretärin haben sie ermordet, weil ich ihnen erzählt hatte, dass jemand im Besitz des Virus ist und ihn an Menschen ausprobiert. Jetzt gibt es eine weltweite Epidemie. Ich weiß nicht, wie sich die Erkrankten infiziert haben oder wie es diesen Leuten gelungen ist, die Krankheit in ein paar Fällen zu heilen. Aber ich werde es herausfinden ...«

Der Lastwagen fuhr jetzt schneller und die Geräusche der Stadt waren nicht mehr zu hören. Offenbar befanden sie sich auf dem Land. Nur gelegentlich hörte man das Motorengeräusch eines Wagens auf der anderen Fahrspur.

Erneut wurde Randi von Tränen überwältigt. Smith legte einen Arm um ihre Schulter, aber sie stieß ihn weg. Mit dem Ärmel ihres Jacketts wischte sie sich die Tränen ab.

Sie würde nicht mehr weinen. Nicht hier und jetzt.

»Sie sind mächtig«, fuhr Jon fort. »Offensichtlich waren sie im Irak und vielleicht sind sie immer noch hier. Das ist ein Grund mehr für die Annahme, dass sie diese ›Polizisten‹ geschickt haben. Die Leute, die hinter der Sache mit dem Virus stecken, scheinen einen langen Arm zu haben. Selbst auf die Regierung, die Armee und die hohen Tiere im Pentagon haben sie offenbar Einfluss.«

»Die Armee? Das Pentagon?« Sie starrte ihn ungläubig an.

»Es gibt keine andere Erklärung dafür, dass man dem USAM-

RIID die Sache aus der Hand genommen hat und der Deckel darauf gehalten wird und dass mittels des ZMD-Terminals des Staatlichen Gesundheitsamtes alle Aufzeichnungen gelöscht wurden. Ich war zu nahe an ihnen dran und sie mussten mich stoppen. Das ist die einzige Erklärung, warum Kielburger sterben musste. Er hat das Pentagon über meine Entdeckungen informiert. Ein paar Stunden später waren er und seine Sekretärin tot. Jetzt sind sie auch hinter mir her. Nach offizieller Lesart habe ich mich ohne Erlaubnis von meiner Einheit entfernt und außerdem werde ich gesucht, weil ich im Zusammenhang mit dem Tod Kielburgers und seiner Sekretärin vernommen werden soll.«

Randi unterdrückte eine verbitterte Bemerkung. Jon Smith hatte ihre große Liebe umgebracht und jetzt erzählte er ihr, dass die amerikanische Armee in den Tod ihrer Schwester verwickelt und er in der noblen Absicht auf der Flucht sei, mit seinen Nachforschungen weiterzumachen. Wie konnte sie ihm Glauben schenken und vertrauen? Vielleicht war seine Version der Geschichte nur eine riesige Lüge.

Und doch riskierte jeder Amerikaner, der in den Irak reiste, sein Leben und seinen Mut hatte Smith unter Beweis gestellt, als er versucht hatte, Dr. Mahuk vor der Republikanischen Garde zu schützen. Da hatte er schließlich noch nicht gewusst, *dass* sie Dr. Mahuk war. Und dann war da noch der Virus selbst. Wenn nur Smith ihr davon erzählt hätte, würde sie daran zweifeln, aber Dr. Radah Mahuk war eine vertrauenswürdige Quelle.

Während sie über all dies nachdachte, hörte sie, dass der Lastwagen über eine weitere große Brücke fuhr. Erneut warf das Wasser das Motorengeräusch zurück.

Was für ein Fluss war das? Plötzlich war sie hellwach. »Über wie viele Brücken sind wir schon gefahren?«

»Soweit ich mich erinnern kann, zwei. Die Brücken müssen etwa zwanzig bis dreißig Kilometer auseinander liegen. Dies war die Zweite.«

»Zwei.« Randi nickte. »Das habe ich auch gedacht. Wahrscheinlich kommt gleich eine Dritte.«

Sie erschauderte und atmete tief durch. Alle waren tot – ihr Vater, ihre Mutter und nun auch ihre Schwester. Zuerst waren vor zehn Jahren bei einem Schiffsunglück vor Santa Barbara ihre Eltern gestorben und jetzt lebte auch Sophia nicht mehr. Erneut wischte sie sich die Tränen aus den Augen, während sie warteten, in ihrer Trauer vereint.

Als der Lastwagen über eine dritte Brücke fuhr, wurde Randi wieder in die Gegenwart katapultiert. Ihre Aufgabe war jetzt der einzige Balsam für ihre Wunden.

»Wir müssen mitten in Bagdad den Tigris überquert haben«, flüsterte sie. »Die zweite Brücke führt über den Euphrat, ebenso wie jetzt die dritte. Wir fahren nicht in südlicher Richtung, sondern nach *Westen*. Wenn es langsam bergauf geht, wissen wir, dass wir in die syrische Wüste oder vielleicht auch nach Jordanien unterwegs sind.«

Beeindruckt starrte Jon auf die beiden Polizisten, die sich leise unterhielten. Die Mündungen ihrer Gewehre zielten etwas nachlässig auf die beiden Gefangenen. Ihr Täuschungsmanöver lag lange zurück.

»Sagen Sie ihnen, dass mein Körper steif ist und dass ich meine Glieder strecken werde«, bat Smith.

»Warum?«, fragte Randi stirnrunzelnd und irritiert.

»Ich habe eine Idee.«

Erneut schien sie seinen Gesichtsausdruck zu studieren. Dann nickte sie. »Okay.« Sie sprach in holprigem Arabisch mit den beiden Männern.

Einer antwortete mit bellender Stimme und dann sagte Randi ein paar weitere Worte.

»Er ist einverstanden«, meinte sie schließlich zu Jon. »Aber nur Sie dürfen aufstehen. Ich nicht.« Sie lächelte ihn grimmig an.

»Das war zu erwarten.«

Smith stand auf und krümmte seinen Rücken, als ob seine Glieder eingeschlafen wären. Er spürte den wachsamen Blick der beiden Polizisten förmlich. Als sie sich gelangweilt und halb dösend wieder abwandten, blickte er zu einem langen Riss in der Plane hoch.

Plötzlich hörte er die raue, knurrende Stimme eines Wachpostens.

Randi übersetzte. »Lassen Sie's, Jon. Sie haben es gemerkt.«

Jon ließ sich wieder auf die Planke fallen, aber er hatte gesehen, was er hatte sehen wollen. »Der Nordstern. Wir fahren tatsächlich in *westlicher* Richtung.«

»Das Justizgefängnis liegt im Süden.«

»Das habe ich auch gehört. Außerdem müssen wir schon meilenweit davon entfernt sein. Sie bringen uns nicht ins Gefängnis oder in die Stadtmitte. Haben Sie noch irgendwelche Waffen, die sie nicht gefunden haben?«

Randi hob die Augenbrauen. »Ein kleines Messer an der Innenseite meines Oberschenkels.«

Smith blickte auf ihren dezenten grauen Rock und nickte dann. Sie würde schnell an das Messer kommen.

Mit einem plötzlichen Satz verlangsamte der russische Lastwagen seine Fahrt und sie wurden nach vorne geschleudert. Dann warf sie ein weiterer Ruck gegen die Wand des Fahrerhäuschens. Sie prallten gegeneinander. Randi stieß Jon schnell weg. Der Lastwagen hielt und sie hörten raue Stimmen. Dann kletterten plötzlich Männer aus dem Fahrerhäuschen und gingen redend davon.

Hinten kauerten sich die beiden Polizisten nieder, ihre AK-47-Sturmgewehre im Anschlag.

Mit geneigtem Kopf lauschte Randi den arabischen Worten. »Meiner Ansicht nach sind der Anführer und einer seiner Männer aus dem Fahrerhäuschen ausgestiegen.«

Jon schüttelte die Schultern, als ob er die Verkrampfung lindern wollte. »Ist es eine Kontrollstation?«

»Ja.«

Stille, dann Gelächter. Erneut Gelächter. Dann hörten sie, wie sich Männer auf die Schulter klopften, danach Stiefelschritte. Die beiden Polizisten kletterten wieder vorne in den Lastwagen, der holpernd losfuhr und langsam an Geschwindigkeit gewann.

»Nach dem, was ich verstanden habe, sind sie von der Republikanischen Garde angehalten worden«, sagte Randi leise und nachdenklich. »Sie hatten keine Probleme, sie davon zu überzeugen, dass sie echte Polizisten sind. Die Gardisten schienen sogar den Namen des Anführers zu kennen.«

»Dann *sind* sie also von der Polizei?«

»Offenbar. Und das heißt, dass sie wahrscheinlich für Ihre amerikanischen Freunde arbeiten. Wenn wir Recht haben, dann haben diejenigen, die hinter dieser Sache stecken, nicht nur Macht, sondern auch sehr viel Geld. Das einzig Gute an unserer Situation ist, dass wir nicht ins Justizgefängnis gebracht worden sind. Trotzdem – wir haben es mit sechs schwerbewaffneten Männern zu tun.«

Jon lächelte schwach, aber der Blick seiner blauen Augen war kalt. »Sie haben keine Chance.«

Randi runzelte die Stirn. »Was haben Sie vor?«

»Bevor die Republikanische Garde den Lastwagen kontrolliert hat, waren die beiden, die uns bewachen, schon fast eingeschlafen«, flüsterte Smith. »Wenn wir Glück haben, wird sie die monotone Fahrt wieder einlullen und in eine Art Trance versetzen. Wir sollten so tun, als würden wir auch ein Nickerchen halten. Vielleicht macht sie das schläfrig.«

»Uns bleibt nicht mehr viel Zeit. Sie haben uns nicht hierher gebracht, um die Wüstenluft zu genießen.«

Jon und Randi schlossen die Augen, ließen die Köpfe sinken und taten so, als schliefen sie. Gelegentlich wechselten sie wie wirklich Schlafende ihre Haltung. Wenn Jon den Kopf bewegte und aufschnarchte, beobachtete er aus den Augenwinkeln die beiden Wachposten.

Nachdem sie ein paar weitere Kilometer zurückgelegt hatten, wurde das Gespräch der beiden Männer am anderen Ende der Ladefläche leiser und schleppender. Jon und Randi wurden selbst schläfrig. Doch dann hörten sie ein leises Schnarchen, das nicht von Jon stammte.

»Randi«, sagte Smith heiser.

Einer der Polizisten war nach hinten gegen die Plane gesunken, der Kopf des anderen auf die Brust gefallen, während er nickend gegen den Schlaf ankämpfte.

Bald würde sich die Chance ergeben, auf die sie gehofft hatten.

Jon hielt den Zeigefinger an die Lippen und bedeutete Randi dann, dass sie auf der linken Seite entlangkriechen sollte, während er die rechte übernähme. Sie nickte. Nachdem sie sich auf den Bauch gelegt hatten, krochen sie auf den Knien auf das schummrige Licht zu.

Plötzlich wurde das Lenkrad des Lastwagens scharf herumgerissen. Als der Wagen von der Straße auf einen anscheinend mit Schlaglöchern übersäten Weg einbog, wurden alle hart nach rechts geschleudert. Der schwere Lastwagen vibrierte heftig. Enttäuscht nahmen Smith und Randi schnell wieder ihre alten Plätze an der Wand zum Fahrerhäuschen ein. Die beiden Wachposten waren sofort aufgewacht und beschwerten sich lauthals.

»Verdammt«, murmelte Randi.

Jetzt fuhr der Lastwagen langsamer, aber der Schaden war angerichtet. Sie hatten keine Chance, diese wachsamen Männer zu überraschen.

Jon fluchte. Das war ihre bisher beste Fluchtmöglichkeit gewesen – und vielleicht die letzte.

Mit einem weiteren abrupten Manöver verlangsamte der Lastwagen erneut und sie wurden in Fahrtrichtung geschleudert. Als der Wagen rumpelnd zum Stehen kam, hörten sie in dem Fahrerhäuschen jemanden zornig brüllen. Eine andere laute Stimme antwortete in der Nacht. Plötzlich erklang der Motor eines anderen Fahrzeugs. Scheinwerfer richteten sich durch die Finsternis auf die Plane des Lastwagens und beleuchteten auf unheimliche Weise den Innenraum, wo Jon und Randi lauschten. Die Männer sprachen Arabisch.

»Was sagen sie?«, fragte Smith.

»Wir haben Besuch gekriegt.« Randi lauschte den Stimmen. »Und unsere freundlichen Polizisten sind darüber gar nicht glücklich.«

»Wer ist es diesmal?«

»Ich bin mir nicht sicher. Es könnte wieder die Republikanische Garde sein. Vielleicht hat ihnen in ihrem Checkpoint etwas keine Ruhe gelassen und sie haben noch ein paar Fragen.«

»Na toll. Dann haben wir noch mehr Ärger.«

»Die letzte Stimme!«, flüsterte Randi plötzlich eindringlich. »Sie spricht gut Arabisch, aber es war kein *irakisches* Arabisch.«

Im Laderaum des Lastwagens hatten sich die beiden Polizisten wachsam niedergekauert, ihre AK-47-Gewehre im Anschlag. Irgendetwas da draußen verängstigte sie. Sie sprachen leise miteinander und griffen nach der Plane, wobei sie Jon und Randi den Rücken zuwandten.

»Also los«, flüsterte Jon, ohne weitere Zeit zu verlieren.

Er stürzte nach vorne und vertraute darauf, dass Randi seinem Beispiel folgte. Dann riss er den links kauernden Polizisten zurück und rammte ihm die Faust gegen die rechte Schläfe. Während der Mann zu Boden ging, entwand Jon ihm die AK-47.

Gleichzeitig zog Randi das Messer unter ihrem Rock hervor und sprang auf den zweiten Mann zu. Als dieser in der Hocke herumwirbelte, um seinem Freund zu helfen, stieß Randi ihm das Messer in den Arm. Schreiend ließ der Mann das Gewehr fallen und betastete seine Wunde.

Da traf Randi ihn mit dem Knie am Kinn. Der Kopf des Polizisten wurde nach hinten geschleudert, dann fiel er – alle Viere von sich streckend – auf den anderen Uniformierten.

Als Randi nach der AK-47 griff, erklang von draußen automatisches Gewehrfeuer, so laut und überraschend wie Donner. Gebrüll und Geschrei hallten durch die Wüstennacht. Dann hörten sie das Geräusch rennender Schritte und erneutes Gewehrfeuer. Dort draußen tobte eine Auseinandersetzung. Die Geräusche kamen näher und bald würden sie in den Kampf verwickelt sein.

35

18 Uhr 32
Long Lake Village, New York

Victor Tremont saß in seinem Büro am Schreibtisch und schob den Bericht zur Seite, an dem er gerade gearbeitet hatte. Er rieb sich die Augen und schaute zum wiederholten Male auf seine Rolex. Seine Finger trommelten auf der Schreibtischplatte herum. Er war angespannt und nervös. Von Nancy Petrelli oder dem Generalstabsarzt hatte er nichts gehört und auch al-Hassan hatte sich seit mehr als neun Stunden nicht gemeldet. Nach über einem Dutzend Jahren riskanter Arbeit näherte sich das Hades-Projekt seinem triumphalen Höhepunkt und er stand kurz davor, einer der reichsten Männer der Welt zu werden. Jetzt durfte nichts mehr schiefgehen.

Ruhelos stand er auf, verschränkte die Finger hinter dem Rücken und ging über den dicken Teppich auf das riesige Panoramafenster zu. Im letzten Sonnenlicht verlor sich der See wie ein silberner Krater in der Ferne. Fast konnte Tremont den Duft der dicken Kiefern riechen, die sich erst bläulich, dann purpurn gefärbt hatten und jetzt schwarz waren. Wie verstreute Sterne blinkten in den Häusern die Lichter auf. Zu beiden Seiten sah er den verzweigten, in die Landschaft eingebetteten Gebäudekomplex von Blanchard Pharmaceuticals. Er blickte darauf hinab, als ob er sich vergewissern wollte, dass alles an seinem Platz war. Dass es Wirklichkeit war. Dass es ihm gehörte.

Die Gegensprechanlage summte. »Mr. al-Hassan ist eingetroffen, Dr. Tremont.«

»Gut.« Er kehrte an seinen Schreibtisch zurück und setzte

einen beherrschten Gesichtsausdruck auf. »Schicken Sie ihn herein.«

Nadal al-Hassans Miene war triumphierend. »Wir haben Smith«, sagte der pockennarbige Araber.

»Wo haben Sie ihn gefunden?«, fragte Tremont aufgeregt.

Der bis auf die Knochen abgemagerte al-Hassan blieb vor dem Schreibtisch stehen und beugte sich wie ein Windhund vor, der ein Kaninchen packen wollte. »In Bagdad«, antwortete er lächelnd. »Die Polizisten, die ich bestochen habe, haben sie ›verhaftet‹.«

»Sie?« Das war ja noch besser, als er gehofft hatte. »Sind Zellerbach und der Engländer auch im Irak?«

Al-Hassans Lächeln verschwand. »Unglücklicherweise nicht. Smith war in Begleitung einer CIA-Agentin, von der wir annehmen, dass sie dort im Untergrund gearbeitet hat.«

Innerlich fluchte Tremont – eine zusätzliche Komplikation. »Was immer Smith herausgefunden haben mag, mittlerweile wird sie es wissen. Lassen Sie sie eliminieren. Was ist mit den anderen beiden?«

»Wir haben sie bald. Heute früh sind Zellerbach und der Engländer von unserem Spion im USAMRIID entdeckt worden.«

»Heute früh?«, knurrte Tremont wütend. »Und warum erfahre ich das erst jetzt?«

Al-Hassan blickte zu Boden. »Unsere Spionin in Fort Detrick war anfangs allein und zu sehr damit beschäftigt, sie zu verfolgen. Als Maddux und seine Leute sie abgelöst haben, waren sie völlig davon in Anspruch genommen, diesem Howell zu folgen. Sie hatten einfach keine Zeit, Sie anzurufen. Den vollständigen Bericht habe ich erst vor einer Stunde erhalten. Ich habe Maddux gründlich Bescheid gesagt und ihm eingeimpft, mich immer unverzüglich zu informieren.« Al-Hassan beschrieb, wie Peter Howell ins USAMRIID eingebrochen war und Sophia Russels Büro durchsucht hatte, wie Marty Zellerbach Sophias Akte auf seinen Computer geladen hatte und wie die beiden dann nach Princeton aufgebrochen waren. »Laut

Maddux sind sie nach Norden gefahren und befinden sich jetzt kurz vor Syracuse.«

Tremont ging nachdenklich in seinem Büro auf und ab. Dann begriff er. »Zellerbach und Howell untersuchen Sophia Russels Vergangenheit.« Wütend schwieg er einen Augenblick lang. »Sie könnten von ihrer Exkursion nach Peru und dadurch von unserer Bekanntschaft erfahren.« Er versuchte, seinen Zorn zu kontrollieren. Während er den Araber anstarrte, erinnerte er sich selbst daran, dass nur dieser rätselhafte Mann aus einem fernen Land zwischen ihm und der Enttarnung durch Jonathan Smith und dessen Verbündete stand. Innerlich nickte er. Ja, er musste dafür sorgen, dass es al-Hassan endlich gelang, Smith zu töten. Plötzlich kam ihm eine Idee. »Sie hätten ihn schon längst aus dem Verkehr ziehen sollen, Nadal. Sie haben *versagt*.«

Wie Tremont gehofft hatte, zuckte der Mann mit dem scharf geschnittenen Gesicht zusammen. Stumm und reglos stand der Araber da. Es hatte ihm die Sprache verschlagen. Tremont wusste, dass al-Hassan unbehaglich zumute war und dass er es als Demütigung empfand, versagt zu haben. Das war genau die Reaktion, mit der Tremont gerechnet hatte.

»Es wird nicht wieder vorkommen, Dr. Tremont«, sagte al-Hassan mit harter Stimme, während er seinen Boss ehrerbietig anblickte. »Ich habe einen Plan.« Dann verließ er das Büro so geräuschlos wie der Tod.

20 Uhr 21
In der Nähe von Syracuse, New York

Peter Howell trug wieder die schwarze Uniform des SAS, aber diesmal hatte er auf den kugelsicheren Helm und den Gürtel mit den Ausrüstungsgegenständen verzichtet. Während er mit dem großen Wohnmobil über die dunkle Landstraße auf die in der Ferne blinkenden Lichter von Syracuse zufuhr, dachte er konzentriert noch einmal über alles nach. Hinter ihm arbeitete Marty intensiv an Howells Computer. Der weltweite, plötzliche Ausbruch des Virus hatte die beiden Männer erschüttert. Sie mussten in Syracuse irgendetwas finden, das mit dem Bericht des Prinz-Leopold-Instituts in Zusammenhang stand. Andernfalls musste Marty die fehlenden Aufzeichnungen von Sophia Russels Telefongesprächen finden oder Bill Griffins Aufenthaltsort in Erfahrung bringen.

Von Jon hatten sie nichts gehört. Das überraschte Peter zwar nicht, beunruhigte ihn aber. Es konnte heißen, dass Jon in Schwierigkeiten steckte und nicht in die Botschaft in Bagdad zurückkehren konnte, es konnte aber auch gar nichts bedeuten.

Kurz nachdem sie Princeton verlassen hatten, hatte Peter das unangenehme Gefühl gehabt, dass ihnen jemand folgte. Um sich zu vergewissern, war er auf einer komplizierten Route auf Nebenstraßen von New Jersey in den Bundesstaat New York gefahren. Ein gutes Stück hinter der Grenze des Bundesstaats war er auf die Autobahn gefahren. Wenn es einen Verfolger gegeben haben sollte, müsste er ihn jetzt abgeschüttelt haben. Dennoch wollte das unbehagliche Gefühl nicht verschwinden. Diese Leute waren erfahren und einfallsreich.

Zweimal fuhr er auf einen Rastplatz, um zu untersuchen, ob das Wohnmobil mit einem Sender verwanzt worden war, aber er fand nichts. Dennoch wollte seine Sorge nicht weichen und er hatte schon vor langer Zeit gelernt, seinen Gefühlen zu vertrauen. Deshalb bog er frühzeitig von der Autobahn ab, um über kleinere Straßen nach Syracuse zu fahren, auf denen man zwar nicht so schnell vorankam, wo aber weniger Verkehr herrschte.

Während der ersten paar Kilometer sah er nur gelegentlich Scheinwerfer hinter sich und diese Fahrzeuge waren weitergefahren, als er abgebogen war, um sie zu beobachten. Mehr als einmal hatte er seine Route in jeder Himmelsrichtung geändert. Jetzt fuhr er durch die Vorstädte von Syracuse und weil er immer noch keine real existierenden Anzeichen einer Überwachung festgestellt hatte, begann er sich zu entspannen.

Am schwarzen Nachthimmel leuchteten Sterne und unter dem Mond trieben niedrig und unheildrohend dunkelgraue

Wolken dahin. Zu ihrer Rechten erstreckte sich ein bewaldetes Naturschutzgebiet, dessen Zaun in der Nacht an die Skelette von Geistern erinnerte. Der Landschaftspark schien dicht bewaldet zu sein und auf vereinzelten Lichtungen waren Picknicktische und Feuerstellen zu sehen. Um diese Uhrzeit herrschte nur wenig Verkehr.

Da tauchte aus dem Nichts ein grauer Pickup-Truck auf, der das Wohnmobil mit hoher Geschwindigkeit überholte. Plötzlich leuchteten seine Bremslichter blutrot auf und Peter musste auf die Bremse treten. Sofort blickte er in den Rückspiegel. Aufgeblendete Scheinwerfer kamen schnell näher. Ein weiterer Wagen saß ihnen im Nacken.

»Fest halten, Marty!«, rief Peter.

»Was haben Sie denn jetzt schon wieder vor?«

»Vor uns ist ein Pickup, hinter uns kommt auch was. Die Bastarde glauben, dass sie uns wie Hackfleisch auf einem Sandwich zerquetschen können.«

Martys rundliches Gesicht errötete. »Oh.« Er blickte auf den Monitor, zog seinen Sicherheitsgurt fester und hielt sich entschlossen an dem befestigten Tisch fest. »Ich glaube, dass ich mich allmählich an diese Zwischenfälle gewöhne«, sagte er seufzend.

Peter bremste hart und riss das Lenkrad nach rechts herum. Das Wohnmobil legte sich wie eine Segeljacht bei starkem Wind zur Seite und Marty brüllte überrascht auf. Nachdem der Wagen hart wieder auf allen vier Rädern gelandet war, schoss er auf den beleuchteten Picknickplatz. Hinter ihnen hörten sie ein kreischendes Bremsgeräusch. Der Wagen mit den grellen Scheinwerfern holperte über den Rasen, fuhr einen jungen Baum über den Haufen und schoss dann durch das Unterholz, um auf der Strasse des Parks wieder aufzutauchen. Der graue Pickup saß ihnen dicht im Nacken.

Durch die Fenster beobachtete Marty mit wie wild pochendem Herzen das immerhin fesselnde Schauspiel. In intellektueller Hinsicht mochte dieser Engländer keine besondere Leuchte sein, aber wenn es um körperliche Stärke und Gewalt ging, waren seine Fähigkeiten beeindruckend.

Vor ihnen gabelte sich die Straße. Peter entschied sich für die rechts und der schwankende Pickup folgte ihm durch die Finsternis. Plötzlich führte die Straße wieder auf den beleuchteten Picknickplatz zu.

»Verdammter Mist!«, fluchte Howell. »Die Straße ist kreisförmig.« Hinter sich sah er die grellen Scheinwerfer und der graue Pickup kam von vorne auf sie zu. »Wir sitzen wieder in der Falle!« Er griff hinter seinen Sitz und zog das Enfield-Sturmgewehr hervor. »Gehen Sie zur Hintertür und schießen Sie!«

»Ich?« Aber Marty fing das Sturmgewehr auf, das Howell ihm zuwarf.

»Einfach zielen und auf den Abzug drücken, wenn ich es sage, Junge. Stellen Sie sich vor, dass die Knarre ein Joystick wäre.«

Peters Gesicht war vor Sorgen tief zerfurcht, aber seine Augen leuchteten. Er trat erneut auf die Bremse und riss dann das Steuer herum. Wieder schoss das Fahrzeug von der Straße und landete in einer finsteren Baumgruppe. Sobald das große Wohnmobil zum Stehen gekommen war, sprang Howell auf und zog die Heckler & Koch-Maschinenpistole hervor. Dann griff er nach zwei Schachteln mit Ladestreifen, reichte Marty seine Munition und eilte dann mit seinen Ladestreifen und der Maschinenpistole zu einem Seitenfenster.

Die Nase des Wohnmobils war tief zwischen den Bäumen verborgen, und da auch die Seitentür durch einen Baum blockiert war, waren sie vor den Angreifern ziemlich geschützt, während sie zugleich aus der Hintertür und den kleinen Seitenfenstern feuern konnten.

Leise vor sich hin murmelnd, untersuchte Marty seine Waffe.

»Schon verstanden, wie sie funktioniert?«, fragte Peter. Das einzig Gute an diesem nervenden Typ war, dass er tatsächlich so clever war, wie Jon behauptet hatte.

»Es gibt ein paar Dinge, die ich nie lernen wollte.« Marty blickte seufzend auf. »Natürlich verstehe ich dieses primitive Ding. Das ist ein Kinderspiel.«

Der große schwarze Lastwagen mit den grellen Scheinwerfern hatte auf der Straße gehalten, der graue Pickup kam langsam über den Rasen auf das Wohnmobil zu.

Peter schoss auf die Vorderreifen.

Der Pickup blieb stehen und eine Zeit lang geschah nichts.

Dann sprangen zwei Männer aus dem Wagen und gingen darunter in Deckung. Zugleich traf automatisches Feuer aus dem Lastwagen die Seite des Wohnmobils und die Kugeln zerfetzten mit kreischenden Geräuschen das Metal.

»Runter!«, brüllte Peter, während das Wohnmobil durch den Einschlag der Kugeln vibrierte.

Marty ließ sich zu Boden fallen und Peter kauerte sich an die Seitenwand.

Als das Feuer einen Augenblick lang eingestellt wurde, blickte Marty sich um. »Wo sind die Einschusslöcher? Der Wagen müsste wie ein Sieb aussehen.«

Howell grinste. »Ich habe eine solide Panzerung einbauen lassen. Ich dachte, dass Sie das seit dem Krawall in der Sierra wüssten. Gute Idee, oder?«

Eine weitere Gewehrsalve hämmerte gegen die gepanzerten Seitenwände, aber diesmal gingen auch Fenster zu Bruch. Glassplitter landeten auf Haushaltsgeräten und Stofffetzen der Fenstervorhänge rieselten wie Schnee auf den Boden herab.

Marty hatte die Arme über den Kopf gelegt. »Sie hätten auch die Fenster panzern lassen sollen.«

»Nur die Ruhe«, sagte Peter leise. »Mit der Zeit werden sie des Rumballerns müde werden, das Feuer einstellen und nachsehen, ob wir noch leben. Dann werden wir ihnen ihre kleine Party verderben.«

Seufzend versuchte Marty, seine Nerven zu beruhigen.

Nachdem der Kugelhagel noch eine weitere Minute angehalten hatte, wurde es tatsächlich ruhig. Die Stille hing wie ein Vakuum in dem beleuchteten Park. Die Vögel sangen nicht mehr und es raschelten auch keine Kleintiere durchs Unterholz. Marty war vor Angst erbleicht.

»Okay, dann wollen wir mal nachsehen«, sagte Peter munter.

Er stand auf, um durch eine Ecke des zersplitterten Fensters zu blicken. Die beiden Männer aus dem grauen Lastwagen standen im Schutz ihres Fahrzeugs. Sie schienen Ingram-M11-Maschinenpistolen in den Händen zu halten und starrten über den beleuchteten Rasen zu dem Wohnmobil hinüber. Während Peter sie beobachtete, kletterte ein kleiner, dicker, stark schwitzender Mann in einem billigen grauen Anzug aus dem großen Lastwagen; er war mit einer Glock bewaffnet. Er gestikulierte und zwei weitere bewaffnete Männer folgten ihm aus dem Lkw. Mit einer weiteren Handbewegung befahl er seinen Leuten, das Wohnmobil zu umzingeln.

»Okay«, sagte Howell leise. »Sie übernehmen die beiden auf der rechten Seite, ich die auf der anderen. Ich bezweifle, dass irgendeiner von ihnen in unser Feuer stürmen wird, also machen Sie sich wegen Ihres Ziels keine Sorgen. Zielen Sie einfach in ihre Richtung und drücken Sie dann auf den Abzug. Alles klar?«

»Mein Sturz ist tief.«

»Sie sind ein guter Junge. Los geht's.«

36

In dem gut ausgerüsteten Wohnmobil herrschte knisternde Spannung. Die fünf schwer bewaffneten Männer waren noch etwa zwanzig Meter weit entfernt, aber ihr kleiner, dicker Anführer kam schnell näher. Die Angreifer waren vorsichtig – ihre Blicke suchten permanent die Umgebung ab. Die Waffen handhabten sie mit jener Sicherheit, die auf Erfahrung gründete. Selbst aus diesem Abstand wirkten sie bedrohlich.

»Feuer!« Peter gab gezielt eine Salve auf den Anführer ab, während Marty wie wild herumballerte.

Während Martys Kugelhagel Blätter und Tannennadeln traf, Baumrinden abschälte und durch kleine Zweige schlug, hatte Peter getroffen. Der Dicke grunzte, fasste sich an den rechten Arm und fiel auf die Knie. Marty feuerte weiterhin wild drauflos. Der Krach war ohrenbetäubend.

»Stopp, Marty! Das reicht.«

Die Echos der Schüsse hallten durch den Park, während die vier Männer und ihr Anführer hinter Feuerstellen, Bänken, Büschen und Bäumen in Deckung krochen. Dann eröffneten sie erneut das Feuer auf das Wohnmobil. Die Kugeln pfiffen durch das zerbrochene Fenster über Peters Kopf hinweg und schlugen in der gegenüberliegenden Wand ein. Diesmal suchten sie sich ihr Ziel offenbar genauer aus.

Howell kauerte sich nieder. »Sie werden uns nicht mehr so schön ins Messer laufen wie eben, aber sie werden auch nicht verschwinden. Wahrscheinlich ist noch ein Fahrer in dem Lastwagen. Es ist nur eine Frage der Zeit, wann einer von uns getroffen wird oder wann uns die Munition ausgeht. Dann werden sie uns kriegen, oder die Bullen kommen und verhaften uns alle.«

Marty zitterte. »Zu schade, dass die Polizei nicht kommen wird. Das ist eine verlockende Vorstellung.«

Peter nickte und zog eine Grimasse. »Sie würden wissen wollen, warum wir illegale Waffen und ein als Kommandoposten ausgerüstetes Wohnmobil haben. Wenn wir ihnen von Jon erzählen, werden sie das überprüfen und herausfinden, dass er gesucht wird. Dann landen wir im Knast, wo wir auf die Armee und das FBI warten können. Wenn wir es ihnen nicht erzählen, stehen wir ohne Erklärung da und sie werden uns zusammen mit unseren üblen Freunden da einlochen.«

»Klingt logisch. Haben Sie eine Idee?«

»Wir müssen uns trennen.«

»Sie werden mich nicht mit diesen Killern allein lassen«, sagte Marty bestimmt.

Peters Augen glänzten in der Dunkelheit. In seiner schwarzen Kleidung war er nur schwer zu erkennen. »Mir ist klar, dass Sie mich nicht für besonders intelligent halten, mein Junge, aber Sie sollten sich daran erinnern, dass ich mein Geld schon so verdient habe, als Ihr Vater von Ihrer zukünftigen Existenz noch keinen blassen Schimmer hatte. Mein Plan sieht so aus: Ich werde das Wohnmobil durch die Vordertür verlassen, wo sie mich nicht sehen. Dann geben Sie mir Feuerschutz. Wenn ich in Sicherheit bin, werde ich mich nach links wenden und so viel Krach machen, dass sie glauben, dass eine ganze Brigade flieht. Wenn sie davon überzeugt sind, dass wir uns beide nicht mehr im Wohnmobil aufhalten, werden sie mich mit allen Mann verfolgen. Dann können Sie den Motor dieses voll gepackten Monstrums anlassen und verduften. Alles klar?«

Marty schürzte die Lippen und blies nachdenklich seine Pausbacken auf. »Wenn ich im Wohnmobil bleibe, kann ich überprüfen, ob Jon zu uns Kontakt aufnimmt, und weiter nach den Aufzeichnungen von Sophias Telefongesprächen und dem Aufenthaltsort von Bill Griffin suchen. Natürlich muss ich einen Ort finden, wo ich das Wohnmobil verstecken kann. Wenn ich das geschafft habe, werde ich meine Position wie besprochen auf der Asperger-Syndrom-Website hinterlassen.«

»Sie begreifen schnell, mein Junge. Bestimmte Aspekte im Umgang mit einem Genie gefallen mir. Geben Sie mir eine Minute Zeit und dann feuern Sie, bis das Magazin alle ist. Denken Sie daran – eine volle Minute.«

Marty betrachtete das vom Wetter gegerbte, zerfurchte Gesicht Howells – er hatte sich daran gewöhnt, es zu sehen. Heute war Mittwoch und seit Samstag waren sie ständig zusammen. Während der letzten fünf Tage hatte er mehr beängstigende, haarsträubende Erfahrungen gemacht als in seinem ganzen bisherigen Leben und es stand viel mehr als je zuvor auf dem Spiel. Vermutlich war es nur natürlich, dass er sich an Peters Anwesenheit gewöhnt hatte. Einen Augenblick lang empfand er ein seltsames Gefühl des Bedauerns. Obwohl der Engländer in vielerlei Hinsicht nervtötend war, würde er ihn vermissen.

Er wollte sagen, dass Howell gut auf sich aufpassen solle, brachte aber nur einen kurzen Satz heraus. »Es war merkwürdig, Peter. Vielen Dank.«

Ihre Blicke trafen sich, aber beide sahen schnell wieder weg.

»Ich weiß, mein Junge. Ich bedanke mich auch.« Peter zwinkerte ihm zu und krabbelte dann in den vorderen Teil des Wohnmobils, wo er seinen Gürtel anlegte.

Nachdem Marty ihm kurz zugelächelt hatte, bezog er an der Hintertür Position, wartete nervös und redete sich nachdrücklich ein, dass er es schon schaffen würde.

Die Angreifer hatten das Feuer eingestellt – wahrscheinlich heckten sie einen neuen Plan aus. Sobald Peter aus dem Wohnmobil geschlichen und zwischen den dunklen Schatten der Bäume verschwunden war, zählte Marty in Gedanken bis sechzig. Er versuchte, ruhig und gleichmäßig zu atmen. Als die Minute verstrichen war, eröffnete er mit zusammengebissenen Zähnen das Feuer. Die Vibration der Waffe ließ seinen ganzen Körper erzittern. Er war zwar verängstigt, aber auch entschlossen, und deshalb feuerte er permanent weiter. Jetzt hing Peters Leben von ihm ab.

Seine Gegner gaben aus der Deckung eine Salve ab und der Kugelhagel ließ das Wohnmobil erzittern.

Auf Martys Stirn bildeten sich Schweißperlen. Während er

gegen seine Angst ankämpfte, drückte er ununterbrochen auf den Abzug. Als das Magazin leer war, presste er die Waffe an seine Brust und spähte vorsichtig aus der Tür. Nirgends war eine Bewegung wahrzunehmen. Er wischte sich den Schweiß von der Stirn und atmete erleichtert auf.

Während eine weitere Minute verstrich, wechselte er unbeholfen das Magazin und nach zwei Minuten bekam er vor lauter Anspannung eine Gänsehaut.

Dann vernahm er ein Geräusch. Es hörte sich an, als ob sich jemand leise durch die Bäume zu seiner Linken bewegen würde. Peter! Er lauschte mit gesenktem Kopf.

Vom Picknickplatz her hörte er den warnenden Ruf eines der Killer. »Sie hauen ab!«

Fast sofort hörte Marty schweres Gewehrfeuer, das aus zwei oder drei Waffen zu kommen schien. Die Schüsse erklangen aus der Richtung, in die Peter verschwinden wollte.

Auf dem Picknickplatz gingen die Männer aus dem Pickup und dem Lastwagen hektisch erneut in Deckung.

Dann wurde das Feuer eingestellt und Marty glaubte zu hören, dass mehrere Männer nach links in den Wald liefen.

»Verfolgt sie!«, brüllte eine andere Stimme vom Picknickplatz her.

Ein Adrenalinschub durchströmte Marty – das war der Augenblick, auf den er gewartet hatte. Er beobachtete, wie die Männer von dem Lastwagen nach links liefen. Zugleich ließ jemand den Motor des Lastwagens an, wendete und fuhr ebenfalls nach links. Gemeinsam jagten sie Peter, genau wie der es vorhergesagt hatte.

Marty bahnte sich, von Schuldgefühlen geplagt, unbeholfen einen Weg hinter das Lenkrad des Wohnmobils. Während Peter da draußen wie ein Hase von der Meute gejagt wurde, war er hier in Sicherheit. Dennoch wusste er, dass Peters Entscheidung richtig gewesen war – es war der sinnvollste Weg, mit dieser schwierigen Situation umzugehen.

Die Schlüssel steckten im Zündschloss. Nachdem er tief durchgeatmet hatte, um seine widerspenstigen Nerven zu beruhigen, ließ Marty den Motor an. Er war nicht nur beunruhigt, weil er nicht wusste, ob er die wichtigen Informationen entdecken würde, die Jon brauchte, sondern auch, weil er daran zweifelte, dass er Peters Wohnmobil sicher aus dem Park steuern konnte. Aber als die Vibrationen des starken Motors seine Hände und seinen ganzen Körper erfassten, kam ihm eine Idee: Er schloss die Augen und blendete die Realität aus. Plötzlich saß er in einem Raumschiff, das er mit einer Hand in den gefährlichen Vierten Quadranten manövrierte. Weil er immer noch unter dem Einfluss seines Medikaments stand, war es eine durch Willenskraft erzwungene imaginäre Reise. Und dennoch – Sterne, Planeten und Asteroiden schossen wie ein Regenbogen aus Lichtern an dem Raumschiff vorbei und er hatte alles unter Kontrolle, während das Unbekannte rief.

Dann riss er die Augen auf. *Sei kein Narr*, sagte er angewidert zu sich selbst. *Natürlich kannst du dieses durch die Schwerkraft gebundene Wohnmobil fahren. So ein Wagen ist ja praktisch ein technischer Anachronismus.*

Nachdem er selbstbewusst den Rückwärtsgang eingelegt hatte, gab er Gas – und streifte beim Zurücksetzen einen Baum. Unbeirrt blickte er über die Schultern, dann in die Rück- und Seitenspiegel. Niemand war zu sehen. Er riss das Steuer herum, wendete und raste aus dem Wald – wie Zahnpasta, die aus einer Tube schoss. Zugleich blieb er wachsam, wie Peter es ihm geraten hatte. Seine glänzenden grünen Augen glitten über alle Schatten und Hindernisse, wo die Angreifer in Deckung gegangen sein konnten.

Aber in diesem Teil des Parks war es ruhig. Nachdem er erleichtert aufgeseufzt hatte, steuerte Marty das Wohnmobil über den Picknickplatz auf die Schnellstraße, die in nördlicher Richtung nach Syracuse führte.

Peter Howell kauerte mit seiner schussbereiten Maschinenpistole in einem Entwässerungsgraben am Rande des Parks und sah das Wohnmobil nach Norden davonfahren. Dieser nervige kleine Bastard Marty war auch dieser Aufgabe gewachsen.

Howell rieb sich das Kinn und konzentrierte sich dann wieder. Er sog die erdigen Gerüche des feuchten Entwässerungskanals ein, aber auch die der Bäume und der vielen Tiere. Zugleich lauschte er und beobachtete mit angespannten Nerven alles um sich herum. Seine Sinne waren hellwach. Er hörte die zu Fuß und mit dem Lastwagen auf ihn zukommenden Verfolger, die den Entwässerungsgraben überquerten. Jetzt war es an der Zeit, dass auch er sich aus dem Staub machte.

Er löste zwei schwarze zylindrische Behälter von seinem Gürtel, legte sie nebeneinander auf das Geländer der Brücke und zog dann seinen 14-schüssigen 9-mm-Hi-Power-Browning aus dem Holster. Mit der Pistole in der rechten und der MP in der linken Hand blickte er die Straße hinab.

Sie kamen nebeneinander auf ihn zu, hinter ihnen fuhr der Lastwagen. Seine grellen Scheinwerfer hoben die Silhouetten der verdammten Idioten hervor. Howell musste dafür sorgen, dass sie näher zusammenrückten. Als sie noch etwa fünfzehn Meter entfernt waren, eröffnete er aus beiden Waffen das Feuer, wobei er sich schnell hin und her bewegte, um so den Eindruck zu erwecken, dass mehr als nur eine Person schossen.

Die Gegner richteten ihre Waffen auf ihn und feuerten. Howell tat so, als ob er sich zurückziehen würde. Ermutigt rannten die Gangster in einem engeren Halbkreis auf ihn zu, während er nach den beiden Behältern griff und den Verfolgern dann auf dem Bauch entgegenrobbte. Als sie bis auf etwa zehn Meter an ihn herangekommen waren, richtete er den Oberkörper auf und warf den ersten Behälter. Die Magnesium-Blendgranate explodierte blitzend und krachend direkt in der Mitte des von seinen Gegnern gebildeten Halbkreises, nur ein paar Zentimeter vor ihren Füßen.

Die Killer gingen zu Boden. Einige schrien auf und fassten sich an den Kopf, andere waren vor Überraschung für den Augenblick handlungsunfähig. Und genau darauf hatte Howell gebaut.

Sofort war er wieder auf den Beinen und raste um ihre linke Flanke herum. Tausende von Magazinen hatte er bei Schießübungen für den SAS geleert und so seine Fähigkeit perfektioniert, aus vollem Lauf Kopftreffer zu landen. Das war ihm in Fleisch und Blut übergegangen. Mit zwei schnellen Schüssen zerstörte er die Scheinwerfer des Lastwagens und warf dann die zweite Blendgranate, die mitten zwischen seinen Widersachern landete. Da sie sich noch nicht von der ersten Explosion erholt hatten, war die zweite nicht nur in physischer, sondern auch in psychologischer Hinsicht von verheerender Wirkung. Kurz darauf, während seine Verfolger noch versuchten, den Schock zu überwinden, war Peter schon etwa hundert Meter weiter und auf dem Weg zur Schnellstraße nach Syracuse.

Kurz vor der Stadt verringerte Marty die Geschwindigkeit, um nach einem Platz zu suchen, wo er sich und das Wohnmobil verbergen konnte. Aber wo konnte man ein so großes und auffälliges Fahrzeug verstecken, besonders jetzt, wo man die herausgeschossenen Fenster und die Einschusslöcher sah? Hinter Marty bildete sich eine Autoschlange und einige Fahrer hupten. Zusehends nervöser hielt er nach einem sicheren Ort Ausschau.

Schließlich fuhr er an den Straßenrand und die Autos und Lastwagen rasten mit wütendem Dröhnen an ihm vorbei. Verunsichert fuhr er wieder los und setzte seine Suche fort. Dann sah er eine interessante Stelle. Zu beiden Seiten der Schnellstraße befanden sich Autohandlungen mit hell erleuchteten Ausstellungshallen und Parkplätzen. Von leicht erschwinglichen Kleinwagen bis hin zu Luxuslimousinen und Sportwagen war hier alles zu haben. Da kam ihm eine Idee. Er reckte den Hals und guckte nach vorne. Würde er …?

Ja! Wie durch ein Wunder tauchte zu seiner Rechten ein großer, hell beleuchteter Platz auf.

Er dachte an das alte Kinderrätsel: Wo versteckt man einen Elefanten?

Natürlich in einer Elefantenherde.

Fröhlich lachend steuerte Marty durch das Tor und fuhr hinten auf einen leeren Parkplatz. Dort schaltete er den Motor ab.

Es war schon spät und der Autohändler würde sein Geschäft bald schließen. Wenn Marty Glück hatte, würde ihn hier heute Nacht niemand finden.

22 Uhr 27
Syracuse, New York

Der emeritierte Professor Richard Johns wohnte in einem renovierten Haus aus der Viktorianischen Ära in der South Crouse Avenue, unterhalb des Hügels, auf dem die Universität lag. Das Wohnzimmer, in dem die beiden Männer saßen, hatte seine Frau liebevoll mit Antiquitäten ausgestattet, die aus derselben Epoche wie das Haus stammten. Der Professor betrachtete den Mann, der so spät abends geklingelt hatte und etwas über Sophia Russel wissen wollte. Irgendetwas an dem Fremden verängstigte Johns – vielleicht seine Härte und die unterdrückte Gewaltbereitschaft. Er wünschte, er hätte dem Fremden die Türe nicht geöffnet.

»Ich bin nicht sicher, was ich Ihnen sonst noch erzählen könnte, Mr. ...«

»Louden. Gregory Louden«, sagte Peter Howell lächelnd, während er den Professor an den falschen Namen erinnerte, den er ihm an der Haustür genannt hatte. »Dr. Sophia Russel hat Sie sehr geschätzt.« Er trug einen Overall und einen Trenchcoat, die er einem neugierigen Lastwagenfahrer abgekauft hatte, der ihn nach Syracuse mitgenommen hatte. Dann war er mit einem Taxi zum Haus des Professors in der Nähe der Universität gefahren. Bisher hatte sich dieses Unternehmen als Zeitverschwendung herausgestellt. Johns war nervös und erinnerte sich nur daran, dass Sophia eine hervorragende Studentin gewesen war und einige wenige enge Freunde gehabt hatte, deren Namen ihm aber nicht mehr einfielen.

»Ich hatte damals einen Lehrstuhl an der Fakultät, wo sie im Hauptfach studierte, und sie hat an einigen meiner Seminare teilgenommen«, wiederholte Johns. »Das ist alles. Später habe ich gehört, dass sie in der Graduate School ihr Hauptfach gewechselt habe.«

»Bei Ihnen hat sie Anthropologie studiert, oder?«

»Ja. Sie war mit Begeisterung bei der Sache und wir waren überrascht, dass sie ihr Hauptfach gewechselt hat.«

»Warum hat sie es getan?«

»Keine Ahnung.« Der Professor zog die Augenbrauen zusammen. »Ich erinnere mich allerdings daran, dass sie im letzten Studienjahr in Anthropologie nur noch die absoluten Mindestanforderungen erfüllt hat. Stattdessen hat sie damals sehr intensiv Biologie studiert. Natürlich war es da bereits zu spät, noch das Hauptfach zu wechseln, es sei denn, sie hätte geplant, noch ein oder zwei Jahre länger zu studieren.«

»Was hat denn ihr Interesse an der Biologie geweckt?«, fragte Howell.

»Auch das weiß ich nicht.«

Howell erinnerte sich, dass in dem Bericht des belgischen Prinz-Leopold-Instituts Bolivien und Peru erwähnt worden waren. »Hat sie an einer Exkursion teilgenommen?«

Der Professor runzelte die Stirn. »An einer Exkursion?« Er blickte Peter an, als ob ihm plötzlich etwas eingefallen wäre. »Natürlich. Für die Hauptfachstudenten organisiert die Fakultät im Sommer vor dem letzten Studienjahr eine Exkursion.«

»Wohin ist Sophia gereist?«

Johns runzelte die Stirn noch stärker und lehnte sich nachdenklich zurück. »Nach Peru«, sagte er schließlich.

Peters blassblaue Augen leuchteten vor Aufregung. »Hat sie nach ihrer Rückkehr von der Exkursion erzählt?«

Johns schüttelte den Kopf. »Daran kann ich mich nicht erinnern. Aber jeder, der an einer Exkursion teilnimmt, muss hinterher einen Bericht schreiben.« Er stand auf. »Eigentlich müsste ich ihn noch haben.« Der Professor verließ den Raum.

Die Erregung ließ Howells Herz schneller schlagen. Endlich schien ein Durchbruch bevorzustehen. Während der Professor im Nachbarraum mit sich selbst redete, rutschte er gespannt auf die Kante seines Stuhls vor. Er hörte, wie Schubladen aufgezogen und wieder zugeknallt wurden.

Als Johns zurückkam und dabei ein Schriftstück durchblätterte, sprang Howell auf.

»Damals habe ich alle Berichte aufbewahrt. Sie sind nützlich, wenn man jüngere Semester motivieren will.«

»Ich danke Ihnen.« Aber diese Worte waren kaum angemessen. Howell konnte seine Neugier kaum noch unterdrücken. Er setzte sich mit dem Bericht in den nächsten Sessel, las – und dann sah er es. Weil er seinen Augen kaum trauen wollte, begann er zu blinzeln. Dann studierte er den Bericht erneut, wobei er sich jedes einzelne Wort einprägte: »Ich begegnete einer faszinierenden Gruppe von Eingeborenen, die das ›Affenblut-Volk‹ genannt werden. Als wir durch ihr Gebiet kamen, studierten dort einige Biologen aus den Vereinigten Staaten dieses Volk. Es scheint ein faszinierendes Thema zu sein. Es gibt so viele Tropenkrankheiten, dass es ein Lebenswerk sein könnte, zu ihrer Heilung beizutragen.«

Keine Namen, keine Einzelheiten über den Virus. Aber hatte Sophia sich vielleicht an Peru erinnert, nachdem man sie damit beauftragt hatte, den unbekannten Virus zu untersuchen?

Peter stand auf. »Nochmals vielen Dank, Herr Professor Johns.«

»Haben Sie danach gesucht?«

»Schon möglich. Darf ich den Bericht behalten?«

»Tut mir Leid. Er gehört zu meinem Archiv.«

Howell nickte. Weil er sich jedes Wort eingeprägt hatte, spielte es keine Rolle. Nachdem er sich schnell verabschiedet hatte, trat er in die dunkle, kalte Nacht hinaus, die ihm jetzt zum erstenmal freundlicher erschien. Er schlenderte den Hügel hinauf auf die Universität zu, weil er dort mit Sicherheit eine Telefonzelle finden würde.

37

Donnerstag, 23. Oktober, 00 Uhr 06
Wadi al-Fayi, Irak

In der syrischen Wüste war es kalt und still und auf der mit einer Plane abgedeckten Ladefläche des Lastwagens stank es unerträglich nach Diesel. Vor der Heckklappe lauschten Jon und Randi, ob weiterhin geschossen wurde. Hinter ihnen lagen die beiden bewusstlosen Polizisten, die sie bewacht hatten, während sie draußen neue, unbekannte Gegner belagerten.

Angespannt und wachsam hockte sich Smith mit der AK-47 nieder. Dann zog er Randi zu sich heran, die ihre Kalaschnikow gleichfalls schussbereit in den Händen hielt. Sie spähten an der Seitenwand unter der etwas angehobenen Plane hindurch.

»Ich sehe nur die Blitze von Gewehrfeuer und ein paar sich bewegende Silhouetten«, sagte Smith entnervt. Er schwitzte stark. Die Zeit schien unendlich langsam zu verstreichen.

»Das sehe ich auch. Die Scheinwerfer des anderen Lastwagens sind ebenfalls eingeschaltet.«

»Verdammt!«

Weil die Geräusche der bewaffneten Auseinandersetzung abrupt erstarben, ließen sie die Plane sinken. In der kalten Nacht wirkte die Stille bedrohlich. Sie hörten nur den lauten Atem der beiden bewusstlosen Iraker, die in dem unheimlichen Licht der Scheinwerfer des anderen Fahrzeugs auf der Ladefläche lagen.

Jon blickte Randi an, die sich genau in diesem Moment zu ihm umwandte. Er runzelte die Stirn und sie schüttelte den Kopf. Ihr Gesichtsausdruck wirkte bedrückt. Ihr Blick verriet Angst und sie drehte sich rasch weg.

Jons Brust schien sich zusammenzuziehen. Nur die Plane

und die Kalaschnikows schützten sie vor der Gefahr, die draußen auf sie wartete.

»Wir werden das Feuer eröffnen«, sagte er. »Uns bleibt keine andere Wahl.«

»Sobald sie nahe genug sind.«

»Alle haben aufgegeben!«, brüllte ihnen aus der Wüste eine Stimme auf Arabisch zu. »Werft die Waffen aus dem Laster und kommt mit erhobenen Händen raus!«

Randi übersetzte schnell. »Hört sich nach der Republikanischen Garde an«, fügte sie grimmig hinzu.

Smith nickte, während sich seine Augen in der Stille zu Schlitzen verengten. Er würde nicht ruhig darauf warten, dass man ihn exekutierte. Nachdem er die Plane wieder ein bisschen angehoben hatte, sah er durch den Schlitz drei dunkle Silhouetten, die mit Gewehren auf den Lastwagen zielten, in dem sie kauerten.

»Ich sehe drei Männer – perfekte Zielscheiben. Das Problem ist nur, dass wir nicht wissen, wer sie sind. Und wo sind die anderen?«

Randi spähte oberhalb seines Kopfes durch den schmalen Schlitz. Ihr Körper erwärmte die Kälte um ihn herum.

»Vielleicht müssen wir sie trotzdem umbringen«, sagte sie hart. »Wir müssen die Informationen über den Virus irgendwie aus dem Irak herausschmuggeln. Zielen Sie auf ihre Beine. Was sind schon ein paar zerschmetterte Oberschenkelknochen, verglichen mit dem, was hier auf dem Spiel steht?«

Smith nickte nüchtern und schob den Lauf seiner AK-47 unter der Plane hindurch. Er legte den Finger um den Abzug und wollte eben schießen, als …

»Russel!«, schrie plötzlich jemand.

Jon und Randi erstarrten und blickten sich überrascht an.

»Sind Sie da drin, Russel?«, brüllte jemand in einem Englisch, das sehr amerikanisch klang. »Rufen Sie, wenn Sie und der Typ von den Vereinten Nationen die Wachposten überwältigt haben. Ansonsten ist es nicht sehr wahrscheinlich, dass Sie den Lastwagen ohne jede Menge Löcher verlassen!«

Randi atmete aufgeregt tief durch und drückte dann Smith' Schulter. »Gott sei Dank, ich weiß, wer das ist. Donoso?«, rief sie laut. »Sind Sie das, kleines Ferkel?«

»Wer sonst, meine Kleine?«

»Wir hätten Sie fast erschossen, Sie Idiot!«

»Erzählen Sie ihnen nicht, wer ich wirklich bin«, sagte Smith leise. »Benutzen Sie meinen Decknamen. Wie Sie gehört haben, glaubt er, dass ich für die Vereinten Nationen arbeite. Wenn ich der amerikanischen Armee in die Hände falle ...« Er beendete den Satz nicht, weil er wusste, dass sie die unvermeidliche Schlussfolgerung kannte. Man würde ihn daran hindern, die Leute weiter zu verfolgen, die Sophia ermordet hatten. »In Ordnung, Randi?«

Sie sah ihn mit einem wütend funkelnden Blick an. »Natürlich.«

Jon musste ihr vertrauen und das machte ihn ein wenig nervös. Gemeinsam hoben sie die Plane über der Heckklappe an. Als ein kleiner, dunkelhäutiger Mann in Tarnkleidung um den Lastwagen herumkam, warf Jon Randi einen beunruhigten Blick zu. Der Mann hatte den energischen Blick und die Muskelpakete eines Mannes, der aus dem Fitnesstraining eine Religion machte. Mit einer gezückten Beretta blickte er auf die bewusstlosen Polizisten auf der Ladefläche.

Er grinste anerkennend. »Gute Arbeit. Zwei weniger, mit denen wir uns abgeben müssen.«

Smith und Randi sprangen aus dem Lastwagen und Randi schüttelte Donoso die Hand. »Es ist immer angenehm, Ihnen zu begegnen, Donoso. Das ist Mark Bonnet.«

Jon atmete erleichtert auf.

Randi lächelte ihn höflich an und wandte sich dann wieder Donoso zu. »Mark arbeitet an einem medizinischen Auftrag. Das ist Agent Gabriel Donoso, Mark. Wie zum Teufel haben Sie uns gefunden, Gabby?«

»Sofort nach Ihrer Verhaftung hat uns Dr. Mahuk angerufen. Dann ist einer unserer besten Leute dem Lastwagen ab der Brücke über den Tigris gefolgt.« Er blickte sich um. »Ich würde gerne über die gute alte Zeit plaudern, aber irgendjemand könnte die Schüsse gehört haben. Wir sollten uns besser schnell aus dem Staub machen.« Er blickte Smith abwägend an. »So, so, ein medizinischer Auftrag für die Vereinten Nationen?«

»Aha, die CIA.« Smith gab Donoso lächelnd die Hand. »Mein Respekt für die CIA wächst.«

Donoso nickte teilnahmsvoll. »Sieht so aus, als ob Sie beide eine harte Zeit hinter sich hätten.«

Als Donoso um den Lastwagen herum vorging, sah Jon einen alten sowjetischen BMP-I-Truppentransporter, dessen Seitenwände durch eine Schablone mit dem Emblem der Republikanischen Garde besprüht worden waren. Die Fahrspuren ließen erkennen, wo der Wagen gewendet worden war, um die Straße zu blockieren. Jetzt beleuchteten die Scheinwerfer den Polizeilastwagen mit der Plane. Auf dem hellen Wüstenboden saßen die sechs überlebenden Bagdader Polizisten und ihr Anführer, der aus einer Schulterwunde blutete und jetzt nicht mehr mit seiner *tariq*-Pistole herumfuchtelte. Zwei CIA-Agenten, die auch als Irakis durchgehen konnten, bewachten sie.

»Wissen Sie, was die mit uns vorhatten?«, fragte Jon Donoso.

»Sie wollten Sie ins Niemandsland bringen, töten und Ihre Leichen da verbuddeln, wo selbst Beduinen nicht nachsehen würden.«

Jon hob die Augenbrauen und tauschte dann einen Blick mit Randi. Es war keine Überraschung.

»Ich brauche die Kalaschnikows, Mr. Bonnet«, sagte Donoso. »Und zwar beide, meine Kleine.«

»Donoso ist ein chauvinistisches Schwein«, erklärte Randi Jon, als sie ihm ihre Waffen reichten. »Er weiß es besser, aber das kümmert ihn nicht. Deshalb nennt er mich ›meine Kleine‹, ›Girlie‹ oder ›Torte‹ und bemüht jedes andere Klischee, das er aus seinem ziemlich ordinären, proletarischen Milieu kennt.«

Donoso grinste breit. »Und sie nennt mich ›kleines Ferkel‹. Ihre Beine sind erste Sahne, aber ihr Einfallsreichtum ist eher unterentwickelt. Kommt, wir hauen ab. Rein in den Mannschaftswagen.«

»Unterentwickelter Einfallsreichtum? In Riad habe ich Ihren Arsch gerettet. Wo bleibt der Respekt?«

Jetzt grinste Donoso absichtlich einfältig. »Das muss mir entfallen sein.« Er warf die AK-47-Gewehre auf einen Haufen von Waffen, die den irakischen Polizisten abgenommen worden waren. »Sehen Sie Ihre Knarren da?«

Schnell erkannte Jon seine Beretta, während Randi in dem Haufen herumwühlte, bis sie ihre Uzi gefunden hatte. Donoso nickte, dann kletterten sie in den Wagen.

Nachdem sie sich gesetzt hatten, wies Jon mit dem Kopf auf die Gefangenen. »Was werden Sie mit den Irakis machen?«

»Nichts«, antwortete Donoso. »Wenn sie auch nur andeuten, dass sie auf eigene Faust mit einem Polizeiwagen hierher gefahren sind, werden sie ganz schnell an einem von Saddam Husseins Galgen enden. Sie werden kein Sterbenswörtchen darüber sagen, was passiert ist.«

Smith verstand. »Und das heißt, dass sie besser ihre Waffen tragen, wenn sie in ihr Polizeiquartier zurückkehren.«

Donoso nickte. »Sie sagen es.«

Während die Gefangenen düster dreinblickten, setzte sich der alte Mannschaftswagen auf dem harten Wüstenboden in Bewegung. Der Fahrer lenkte ihn in die Mitte der engen Straße, die weiter in die raue Wüste führte. Im Westen sank der Mond, während die Sterne hoch am Himmel schimmerten. Weit vor ihnen lagen am Horizont sandige Hügel, die sich kaum vom schwarzen Nachthimmel abhoben.

Aber Jon blickte nach hinten. Jetzt rannten die Irakis erst auf die Waffen zu, dann zu ihrem Lastwagen. Weil der Truppentransporter mittlerweile außer Schussweite war, konnten sie ungehindert fliehen. Sekunden später verschwand der Lastwagen mit der Plane, pilzförmige Sandwolken aufwirbelnd. Die Polizisten waren nach Bagdad unterwegs. Vielleicht würden sie ihren Ausflug sogar überleben.

»Wohin fahren wir?«, wollte Randi wissen.

»Zu einem alten Außenposten, den die Briten im Ersten Weltkrieg errichtet haben«, antwortete Donoso. »Jetzt gibt es dort nur noch Ruinen. Ein paar zerbröckelte Wände und Wüstengeister. Dort wird Sie im Morgengrauen ein Harrier abholen und in die Türkei ausfliegen.«

»Sie wollen nicht, dass ich im Irak bleibe, kleines Ferkel?«, fragte Randi.

Donoso schüttelte den Kopf. »Keine Chance, meine Kleine. Dieser clevere Spion hat Sie und fast auch die ganze Operation gefährdet.« Seine Stimme wurde lauter. Er sah Jon mit funkelndem Blick an. »Hoffentlich war es das wert.«

»Allerdings«, beruhigte ihn Jon. »Haben Sie eine Familie?«

»Ja. Warum?«

»Deshalb ist es so wichtig. Mit etwas Glück haben Sie ihr gerade das Leben gerettet.«

Der CIA-Agent blickte Randi an, die nickte. »Mir ist's ja recht. Aber in Langley müssen Sie sich schnell ein paar gute Antworten einfallen lassen, Mister.«

»Sind Sie sicher, dass der Harrier uns beide mitnehmen kann?«, fragte Randi.

»Raketen sind nicht an Bord, nur ein Pilot«, sagte Donoso. »Bequem wird's nicht, aber es geht schon.«

Während der schwankende Truppentransporter weiter durch die windige Wüste fuhr, fiel das unwirklich silbrige Mondlicht auf das felsige Wadi. Aller Blicke schweiften, ohne dass sie darüber sprachen, unruhig umher, immer der Tatsache gewahr, dass es weiteren Ärger geben konnte.

Die Ruinen des ehemaligen britischen Außenpostens befanden sich nördlich der Straße. Aus dem Truppentransporter sah Smith, dass die Überbleibsel der Steinwände wie schadhafte graue Zähne aus dem Wüstenboden emporragten. An einigen Mauern wuchsen dürre Büsche, während in der Nähe dornige Tamarisken gediehen, was darauf hinwies, dass es irgendwo unter dem salzigen Boden dieser bedrohlichen Landschaft Wasser geben musste.

Donoso befahl einem seiner Männer, in dem russischen BMP-Transporter Wache zu schieben, und der Rest der Mannschaft lehnte sich, in leichte Decken gehüllt, gegen die Wände des alten Außenpostens, um sich auszuruhen. Es roch nach Alkali. Alle waren müde und einige schliefen schnell ein. Leises Schnarchen verlor sich in dem flüsternden Wind, der durch die Tamarisken blies und kleine Sandwolken aufwirbelte. Randi und Jon schliefen nicht.

Smith betrachtete Sophias Schwester, die in der Dunkelheit vor einer der alten Wände lag. Sein Kopf ruhte auf einem Stein und er beobachtete ihr Gesicht, auf dem man wie in einem Buch ihre Gefühle ablesen konnte. Dieses Phänomen kannte er auch von Sophia. Sie zeigte, was sie fühlte. Als verschlossenerer Mensch genoss Smith diese Gabe. Randi war zurückhaltender als Sophia, aber schließlich war sie ja auch Agentin. Man hatte ihr beigebracht, emotionslos ihren Job zu erledigen, damit sie nicht in Gefahr geriet oder den Verstand verlor. Aber heute Nacht war alles anders – Jon wusste, dass sie an den schrecklichen Verlust dachte, und er empfand tiefes Mitgefühl.

Randi lag mit geschlossenen Augen da, von ihrer Trauer überwältigt. Vor ihrem geistigen Auge sah sie deutlich ihre ältere Schwester vor sich – ihr schmales Gesicht, das sanfte Kinn und die langen, seidigen, zu einem Pferdeschwanz zurückgebundenen Haare. Als Sophia sie anlächelte, musste Randi gegen die Tränen ankämpfen. *Es tut mir Leid, Sophia. Es tut mir so Leid, dass ich nicht bei dir war.*

Plötzlich öffnete sich der Schatz der Erinnerungen, in den Randi, auf Trost hoffend, begierig eintauchte. Das gemeinsame Frühstück war immer am schönsten gewesen. Sie roch förmlich den angenehmen Duft des Kaffees und hörte, wie ihre Eltern sich gut gelaunt unterhielten, während sie mit ihrer Schwester die Treppe hinunterrannte. Abends machten sie Picknick und die Sonnenuntergänge über dem Pazifik waren so schön, dass es einem durch und durch ging. Sie erinnerte sich, wie viel Spaß sie mit ihren Barbie-Puppen und beim Himmel-und-Hölle-Spielen gehabt hatten, und sie dachte an die lustigen Witze ihres Vaters und die zärtlichen Hände ihrer Mutter.

Aber am stärksten hatte ihre äußerliche Ähnlichkeit Sophias

und ihre Kindheit geprägt. Von Kindesbeinen an hatten andere Bemerkungen darüber gemacht, während sie und ihre Schwester es als selbstverständlich ansahen. Die ungewöhnliche Kombination genetischer Faktoren hatte dazu geführt, dass sie keine blauäugigen, sondern braunäugige Blondinen waren. Ihre Augen waren dunkelbraun, fast schwarz. Ihre Mutter fand das faszinierend. Damit ihre Töchter zu diesem ungewöhnlichen Phänomen eine Parallele in der Natur kennen lernten, pflanzte sie auf ihrer Hazienda in Santa Barbara in Kalifornien Schwarzäugige Susanna an, deren dotterfarbene Blüten mit der schwarzen Mitte in jedem Sommer zu bewundern waren.

All das weckte Sophias Interesse an der Wissenschaft, während der atemraubende Blick auf die Channel Islands und den riesigen Pazifik Randis Neugier auf das wachrief, was jenseits des Horizonts lag. Ihre Familie besaß zwei Häuser – das in Santa Barbara und eines an der Chesapeake Bay in Maryland. Ihr Vater, ein Meeresbiologe, fuhr regelmäßig hin und her und gelegentlich begleiteten ihn seine Frau und seine Töchter.

Wer weiß, zu welchem Zeitpunkt das Leben eines Menschen eine entscheidende Wendung nimmt? Randi empfand das Gefühl, ein neuer Mensch zu sein, zuerst auf Reisen, und zwar nicht nur bei denen von der West- zur Ostküste, sondern auch, als sie die mexikanische Küste am Golf von Kalifornien, das Mittelmeer und andere ferne Gegenden besuchten, von denen ihr Vater fasziniert war. Sie fand Gefallen daran, das Unbekannte zu erforschen und fremdartige Menschen kennen zu lernen. Bald schon genoss sie diese Erfahrung und dann konnte sie ohne sie nicht mehr leben.

Wegen ihrer Sprachbegabung erhielt sie ein Stipendium für Harvard, wo sie in Spanisch und Politologie ihren Bachelor machte. Anschließend erwarb sie in Columbia ihren Masters-Abschluss auf dem Gebiet der internationalen diplomatischen Beziehungen. Wo immer sie auch hinreiste, nahm sie zusätzlichen Unterricht, bis sie schließlich sieben Sprachen fließend beherrschte. In Columbia war sie auch von der CIA rekrutiert worden. Mit ihren Universitätsabschlüssen, ihren Beziehungen und ihrer zigeunerhaften Reiselust war sie eine ideale Kandidatin. Aber es stellte sich heraus, dass sie nur eine mäßig interessierte Agentin war, die ihren Job zwar adäquat erledigte, aber gefährliche Aufträge mied. Das änderte sich erst, nachdem Mike in Somalia ums Leben gekommen war.

Er war nicht durch Waffengewalt gestorben, sondern durch einen unsichtbaren Virus, der ihm ein hässliches und qualvolles Ende bereitet hatte. Selbst jetzt noch schnürte ihr die Erinnerung die Kehle zu und sie spürte ein schmerzhaftes Bedauern, wenn sie daran dachte, was aus ihrem Leben hätte werden können.

Damals schien sie an der Ungerechtigkeit des Schicksals zu ersticken. Wohin sie auch blickte – die Menschen hungerten, schwebten in Gefahr, wurden angelogen oder unterdrückt. Das empörte sie. Sie war nachdenklich geworden und bald wurde ihre Arbeit zum Mittelpunkt ihres Lebens. Nach Mikes Tod zählte nur noch der Versuch, die Welt zu einem besseren und sichereren Ort zu machen.

Aber Sophias Welt hatte sie nicht sicherer gemacht.

Erneut wurde sie von Trauer überwältigt. Um sich zu beruhigen, atmete sie tief durch. Sie musste sich konzentrieren. Jetzt hatte sie ein Ziel. Ihr war klar, dass sie nie fähig sein würde, Smith zu mögen, und dass sie ihm wahrscheinlich auch nie wirklich vertrauen konnte, aber das spielte jetzt keine Rolle mehr.

Sie war auf ihn angewiesen.

In ihre Decke gehüllt, stand sie schnell auf und blickte auf die schlafenden Männer. Mit ihrer Uzi kroch sie langsam zu Smith hinüber und streckte sich neben ihm aus. Jon blickte sie an.

»Alles in Ordnung?«, fragte er leise.

Randi ignorierte die Freundlichkeit seines Tonfalls. »Lassen Sie uns eines klarstellen«, flüsterte sie. »Rational verstehe ich, dass sie Mike nicht töten wollten. Zuerst ist es schwierig, Lassa-Fieber von Malaria zu unterscheiden, und er hätte sowieso daran sterben können. Aber vielleicht wäre es anders gekommen, wenn Sie rechtzeitig die richtige Diagnose gestellt und Hilfe gerufen hätten.«

»Randi!«

»Pssst! Ich weiß nicht, ob ich jemals in der Lage sein werde, Ihnen zu verzeihen. Sie haben sich zu unbekümmert und zu eingebildet verhalten und getan, als wüssten Sie alles.«

»Ja, ich war arrogant, aber noch in viel größerem Maße unwissend. Das sind die meisten Militärärzte, wenn es um seltene Tropenkrankheiten geht.« Er seufzte müde. »Es war ein Irrtum, ein tödlicher Irrtum. Aber es lag nicht an meiner Sorglosigkeit, sondern an meiner Unwissenheit. Das soll keine Entschuldigung sein, sondern eine Erklärung. Lassa-Fieber wird auch heute noch mit Malaria verwechselt. Damals habe ich versucht, Ihnen zu erklären, dass ich mich wegen Mikes Tod ans USAMRIID versetzen ließ, um dort zu einem anerkannten Spezialisten für Tropenkrankheiten zu werden. Nur so konnte ich wiedergutmachen, was passiert war, und dafür sorgen, dass dieser Fehler nie wieder einem anderen Militärarzt unterläuft. Es tut mir so Leid, dass Mike sterben musste, und ich bedaure zutiefst, was für eine Rolle ich dabei gespielt habe.« Er blickte Randi an. »Der Tod ist etwas verdammt Endgültiges.«

Sie nahm den Schmerz in seiner Stimme war und ihr war klar, dass er wieder an Sophia denken musste. Ein Teil von ihr wollte ihm vergeben und einen Schlussstrich unter die ganze Geschichte ziehen, aber sie brachte es nicht fertig. Obwohl er seinen Irrtum bereute und seinen Fehler wiedergutmachen wollte, war es durchaus möglich, dass er sich immer noch wie der alte Cowboy verhielt, der achtlos durchs Leben galoppierte und nur an seine eigenen Interessen dachte.

Aber im Augenblick spielte das keine Rolle. »Ich habe Ihnen einen Vorschlag zu machen.«

Stirnrunzelnd verschränkte Jon die Arme über der Decke. »Okay. Schießen Sie los.«

»Sie wollen herausfinden, wer Sophia umgebracht hat. Ich auch. Um die Leute zu finden, die hinter dieser Sache mit dem Virus stecken, bin ich auf Ihr wissenschaftliches Wissen angewiesen. Sie brauchen meine Beziehungen und meine sonstigen Fähigkeiten. Gemeinsam sind wir ein gutes Team.«

Smith betrachtete ihr Gesicht, das dem Sophias so ähnelte. Auch ihre Stimme glich der Sophias, abgesehen von der Härte darin. Die Zusammenarbeit mit ihr war reizvoll, aber auch gefährlich. Er konnte sie nicht ansehen, ohne an Sophia denken zu müssen und einen überwältigenden Schmerz zu empfinden. Ihm war klar, dass er ein neues Leben beginnen musste, aber würde er dazu in der Lage sein, wenn er mit Randi zusammenarbeitete? Sie glich ihrer Schwester so, dass sie eineiige Zwillinge hätten sein können. Sophia hatte er geliebt, Randi liebte er nicht. Die Kooperation mit ihr konnte für ihn endlose Trauer bedeuten.

»Sie können nichts für mich tun«, sagte er. »Das ist keine gute Idee. Danke, aber ich lehne ab.«

»Hier geht's nicht um Sie oder um mich«, erwiderte sie rau. »Sondern um Sophia und um Millionen von Menschen, die sterben werden.«

»Hier geht's um Sie *und* mich«, korrigierte er. »Wenn eine Zusammenarbeit unmöglich ist, wird keiner von uns etwas erreichen. Was für eine Chance ich auch immer haben mag, dieser Sache auf den Grund zu kommen, es wird Streit und böses Blut geben«, knurrte er. »Verstehen Sie doch. Es ist mir verdammt egal, was Sie von mir denken. Ich bin nur daran interessiert, Sophias Mörder zu finden und ihnen Einhalt zu gebieten. Wenn Sie wollen, können Sie sich von mir aus für den Rest Ihres Lebens mit Ihrer kostbaren Wut beschäftigen. Mir bleibt keine Zeit – ich habe etwas weitaus Wichtigeres zu erledigen. Ich werde diesem Leiden ein Ende bereiten und auf Ihre Hilfe bin ich dabei nicht angewiesen.«

Randi verschlug es den Atem. Sie schwieg, weil sie verdutzt war, dass ihre Wut auf ihn eine solche Reaktion provozierte. Außerdem empfand sie ein Schuldgefühl, das einzugestehen sie nicht bereit war. »Ich könnte Sie ans Messer liefern. Es reicht, wenn ich jetzt zu Donoso gehe und ihm etwas ins Ohr flüstere. Dann wird er dafür sorgen, dass nach unserer Landung in der Türkei die Militärpolizei auf Sie wartet. Sehen Sie mich nicht so an, Jon. Ich habe nur gesagt, wie für Sie die Alternative aussehen würde. Sie behaupten, dass Sie mich nicht brauchen, und ich sage, dass Sie sehr wohl auf mich angewiesen sind. Aber bei Menschen, die ich respektiere, wende ich keine schmutzigen Tricks an und nach allem, was ich mit Ihnen im Irak erlebt habe, respektiere ich Sie tatsächlich. Selbst wenn wir nicht zusammenarbeiten, werde ich Donoso nichts sagen.« Sie zögerte. »Sophia hat Sie geliebt – auch das ist wichtig. Vielleicht werde ich über Mikes Tod nie hinwegkommen, aber das wird mich nicht davon abhalten zu versuchen, kooperativ mit Ihnen zusammenzuarbeiten. Haben Sie zum Beispiel irgendeine Idee, was Sie tun werden, wenn ich dafür gesorgt habe, dass wir wieder in den Vereinigten Staaten sind?«

Smith kratzte sich am Kinn. Plötzlich hatte sich alles geändert. »Sie können mich in die Vereinigten Staaten einschmuggeln?«

»Na klar. Kein Problem. Man wird mir anbieten, mich mit einer Militärmaschine nach Hause zu bringen. Ich werde Sie mitnehmen. Ihre Papiere von den Vereinten Nationen sind perfekt.«

Er nickte. »Glauben Sie, dass wir vor unserer Ankunft an einen Computer mit Modem herankommen können?«

»Kommt drauf an. Für wie lange?«

»Für eine halbe Stunde, wenn ich Glück habe. Es gibt da eine Website, die ich einsehen muss, um herauszufinden, wo ich mich mit meinen Freunden treffen kann. Während ich nicht in den Staaten war, haben sie bestimmte Spuren verfolgt. Vorausgesetzt natürlich, sie sind noch am Leben.«

»Natürlich.«

Randi starrte Smith an, erleichtert und von seinem Pragmatismus überrascht. Er war eine sehr viel kompliziertere Persönlichkeit, als sie vermutet hatte. Aber auch sehr viel entschlussfreudiger.

Fast wäre sie schon so weit gewesen, sich bei ihm zu entschuldigen, als er sagte: »Man sieht, dass Sie müde sind. Versuchen Sie, etwas zu schlafen. Morgen haben wir ein volles Programm.«

Er war eiskalt – aber genau darauf war sie angewiesen. Ohne es explizit zu sagen, hatte er der Zusammenarbeit mit ihr zugestimmt. Während sie sich umdrehte und die Augen schloss, betete sie im Stillen, dass sie Erfolg haben würden.

Vierter Teil

38

Mittwoch, 22. Oktober, 17 Uhr 32
Washington, D.C.

Die aktuellen Zahlen besagten, dass fast eine halbe Million Menschen weltweit gestorben waren. Schlimmer noch, zusätzlich zeigten Hunderte von Millionen Erkrankten die Symptome einer schweren Erkältung, die das erste Anzeichen für die Infektion mit dem tödlichen Virus sein konnten, für den es bis jetzt noch keine wissenschaftliche Bezeichnung gab. Überall breitete sich Hysterie aus, als ob die vier Reiter der Apokalypse unterwegs wären. In den Vereinigten Staaten waren die Kliniken mit erkrankten und verängstigten Menschen überfüllt. Wegen der Pandemie waren die Aktienkurse an der Börse in den letzten paar Tagen um sage und schreibe die Hälfte gefallen.

In Präsident Castillas Privatbüro im Treaty Room des Weißen Hauses standen auf einem Marmorsims farbenprächtige geschnitzte Indianerfiguren mit Federschmuck und Lendenschurz. Während der Präsident sie betrachtete, glaubte er fast, das schwere, rhythmische Stampfen ihrer Füße und ihren aufmunternden Gesang zu hören, der die Welt retten sollte.

Er hatte den von Hektik erfüllten Westflügel des Weißen Hauses verlassen, um in seinem Büro die nötige Ruhe zu finden und einer wichtigen Rede den letzten Schliff zu geben, die er nächste Woche bei einem Abendessen vor Lokalpolitikern in Chicago halten sollte. Aber er war unfähig, etwas zu schreiben – die Worte kamen ihm trivial vor.

Würde irgendeiner von ihnen nächste Woche überhaupt noch am Leben sein?

Er beantwortete seine Frage selbst: Nicht, wenn nicht irgendein Wunder die Pandemie aufhielt, die die Welt erfasst hatte und durch Indianertänze und -gesänge allein nicht zu stoppen war.

Er stieß den Notizblock mit den deplatzierten Worten zur Seite und wollte gerade den Raum verlassen, als es klopfte.

Samuel Adams Castilla starrte auf die Tür und einen Augenblick lang hielt er den Atem an. »Herein.«

Generalstabsarzt Jesse Oxnard kam nicht gerade rennend, aber doch sehr schnell in den Raum, gefolgt von Gesundheitsministerin Petrelli und Charles Ouray, dem Stabschef des Weißen Hauses. Als Letzter betrat Außenminister Norman Knight, der gerade seine Lesebrille hochgeschoben hatte, das Büro. Er wirkte ernst und verunsichert.

Die Pausbacken des Generalstabsarztes zitterten vor Erregung. »Sie sind außer Lebensgefahr, Sir!« Als er weiterredete, hob und senkte sich sein dichter Schnurrbart. »Die mit dem Virus Infizierten, die sich freiwillig zur Verfügung gestellt haben, sind durch das Serum von Blanchard Pharmaceuticals *geheilt* worden, und zwar alle!«

Nancy Petrelli, die ein babyblaues Strickkostüm trug, sagte triumphierend: »Sie erholen sich extrem schnell, Sir. *Jeder Einzelne.*« Ihr graues Haar erzitterte, als sie nickte. »Es gleicht einem Wunder.«

»Gott sei Dank.« Der Präsident sank in seinen Sessel zurück, als hätte er einen Schwächeanfall. »Sind Sie absolut sicher?«

»Ja, Sir«, beruhigte ihn die Gesundheitsministerin.

»Hundertprozentig«, fügte Oxnard enthusiastisch hinzu.

»Wie sieht's bei Blanchard Pharmaceuticals aus?«

»Victor Tremont wartet auf den Startschuss für die Auslieferung des Serums.«

»Er wartet auf die Genehmigung der EAA«, erklärte Charles Ouray. Der Tonfall des Stabschefs des Weißen Hauses klang unheilvoll. »Direktor Cormano sagt aber, dass das Genehmigungsverfahren mindestens drei Monate dauern wird.«

»*Drei Monate?* Guter Gott!« Der Präsident griff nach dem Telefonhörer. »Verbinden Sie mich mit Henry Cormano von der EAA, Zora. Und zwar pronto!« Nachdem er den Hörer aufgelegt hatte, starrte er wütend darauf. »Sollen wir alle an unserer eigenen Dummheit zugrunde gehen?«

Der Außenminister räusperte sich. »Die Ernährungs- und Arzneimittelaufsicht ist dazu da, uns vor Fehlern zu schützen, die auf Übereifer und Angst zurückzuführen sind, Mr. President. Deswegen gibt es diese Behörde.«

Castillas Gesichtsausdruck wirkte verärgert. »Es gibt Zeiten, wo die Angst so groß und real ist, dass der Schutz irrelevant wird, Norman. Zeiten, in denen die Vorsicht gefährlicher als ein möglicher Fehler ist.«

Das Telefon klingelte und Castilla nahm den Hörer ab. »Cormano…« Er brachte den Satz nicht zu Ende. Während der Direktor der EAA seine Argumente vortrug, klopfte der Präsident ungeduldig mit dem Fuß auf dem Boden herum. »Okay, Cormano, Schluss jetzt«, rief Castilla schließlich. »Was könnte denn schlimmer sein als diese Epidemie? Verdammt, sie ist jetzt schon schrecklich.« Eine weitere Minute lang lauschte er wütend. »Hören Sie, Henry. Hören Sie genau zu. Der Rest der Welt *wird* das Serum genehmigen, weil es gegen einen Virus wirkt, von dem Ihre Wissenschaftler noch nicht einmal wissen, wo er herstammt. Möchten Sie, dass wir Amerikaner die Einzigen sind, die weiter sterben, während Sie sie ›beschützen‹? Ja, ich weiß, dass das unfair ist, aber genau das wird man behaupten und es *stimmt*. Erteilen Sie die Genehmigung für das Serum, Henry. Dann können Sie ein langes Memorandum darüber verfassen, warum Sie dagegen waren und was für ein Scheusal ich bin.« Er hörte erneut zu, gab es aber bald auf. »Nein!«, brüllte er. »Genehmigen Sie das Serum, und zwar *sofort*!«

Nachdem Castilla den Hörer auf die Gabel geknallt hatte, blickte er die anderen mit funkelndem Blick an. Dann wandte er sich an den Generalstabsarzt. »Wann können Sie liefern?«

»Morgen Nachmittag«, antwortete Oxnard.

»Das Unternehmen wird Unkosten haben«, merkte Nancy Petrelli an. »Und eine anständige Rendite für die Investoren ausschütten müssen. Darauf haben wir uns geeinigt und es ist eine faire Lösung.«

»Das Geld wird morgen überwiesen«, beschloss der Präsident. »Und zwar sofort, wenn die erste Lieferung das Labor verlassen hat.«

»Was ist, wenn irgendein Land zahlungsunfähig ist?«, fragte die Gesundheitsministerin.

»Die Industrienationen werden für die armen Länder einspringen müssen. Es ist alles arrangiert.«

Außenminister Knight war geschockt. »Der Pharmakonzern will Vorauszahlungen?«

»Ich dachte, hier geht's ums Allgemeinwohl, und zwar ohne dass wir dafür zahlen müssen«, knurrte Stabschef Ouray.

Der Generalstabsarzt schüttelte mahnend den Kopf. »Niemand stellt kostenlos einen Impfstoff oder ein Serum zur Verfügung, Charlie. Glauben Sie etwa, dass die Grippeimpfung, die nach unserem Willen jeder Amerikaner im Winter über sich ergehen lassen soll, nichts kostet?«

»Blanchard Pharmaceuticals hat riesige Ausgaben auf sich genommen, um die Biotechnologie und die Produktionsstätten für die Herstellung des Antiserums im großen Stil zu finanzieren«, erklärte Nancy Petrelli. »Ursprünglich ist man davon ausgegangen, die Investition über einen langen Zeitraum wieder hereinzuholen, aber jetzt brauchen wir schnell alle Vorräte des Serums. Das Unternehmen hat sich finanziell sehr weit vorgewagt.«

»Ich weiß nicht recht, Mr. President«, sagte der Außenminister beunruhigt. »Ich glaube, dass ich ein paar Vorbehalte gegen so genannte ›Wunder‹ habe.«

»Besonders, wenn sie nicht gerade billig sind«, fügte Ouray etwas sarkastisch hinzu.

Der Präsident schlug mit der Faust auf den Tisch, sprang auf und ging zur Mitte des Raums. »Verdammt, Charlie, was ist denn nur mit Ihnen los? Haben Sie die letzten paar Tage nicht zugehört?« Er ging zu seinem Schreibtisch zurück und blickte die anderen an. »*Fast eine Million Todesopfer!* Jeden Tag können weitere Millionen sterben. Und Sie wollen über Geld streiten? Über eine vernünftige Rendite für die Aktionäre? Hier, in unserem Land? Wir predigen der ganzen Welt, dass unser Wirtschaftssystem das einzig wahre und gerechte ist, verdammt! Jetzt können wir das Leiden beenden, das dieser entsetzliche Virus verursacht hat. In diesem Augenblick. Verglichen mit dem, was wir jedes Jahr für den Kampf gegen Grippe, Krebs, Malaria und AIDS ausgeben, ist dies eine kostengünstige und zudem schnelle Hilfe.« Castilla wirbelte auf dem Absatz herum und blickte aus dem Fenster, als ob er den ganzen Planeten vor sich sehen würde. »Es könnte *wirklich* ein Wunder geben!«

Als er sich wieder umwandte, hatte sich der Präsident beruhigt. Er fuhr leise und bezwingend fort: »Nennen Sie es Gottes Wille, wenn Sie wollen. Sie, die Zyniker und Säkularisten, bezweifeln die Existenz des Unbekannten und Spirituellen. Zwischen Himmel und Erde gibt es mehr, als in Ihren Philosophien behauptet wird. Und wenn Ihnen das zu hoch sein sollte, wie wär's denn dann mit der alten Volksweisheit: ›Einem geschenkten Gaul guckt man nicht ins Maul?‹«

»Sieht nicht so aus, als ob es sich tatsächlich um ein Geschenk handeln würde«, sagte Ouray.

»Um Himmels willen, Charlie, geben Sie's auf. Es ist ein Wunder. Wir sollten es genießen und *feiern*. Anlässlich der ersten Lieferung des Serums steigt in Blanchard Pharmaceuticals' Hauptquartier in den wunderschönen Adirondack Mountains eine große Party, an der ich persönlich teilnehmen werde.« Als ihm die Konsequenzen seiner Entscheidung klar wurden, lächelte der Präsident. Das waren endlich gute Neuigkeiten und er wusste, wie man damit umgehen musste. Er sprach erneut lauter, aber diesmal wegen seiner Vorfreude. »Wir sollten die Staatschefs der Welt in einer Konferenzschaltung im Fernsehen zusammenbringen. Tremont werde ich die Freiheitsmedaille verleihen. Wir werden diese Epidemie stoppen und diejenigen ehren, die uns dabei geholfen haben.« Dann grinste er. »Natürlich schadet das Ganze unseren politischen Aspirationen auch nicht unbedingt. Wir müssen schließlich an die nächste Wahl denken.«

17 Uhr 37
Lima, Peru

Der stellvertretende Innenminister saß lächelnd in seinem mit Blattgold und Marmor verzierten Büro. »Ist es richtig, dass alle, die ins Amazonasgebiet reisen wollen, eine Genehmigung Ihres Ministeriums brauchen?«, fragte der einflussreiche Engländer.

»Allerdings«, antwortete der stellvertretende Innenminister.

»Gilt das auch für wissenschaftliche Expeditionen?«

»Für die ganz besonders.«

»Sind diese Unterlagen der Öffentlichkeit zugänglich?«

»Natürlich. Wir leben schließlich in einer Demokratie.«

»Eine schöne Demokratie«, erwiderte der Engländer. »Dann muss ich alle Genehmigungen einsehen, die vor zwölf und dreizehn Jahren erteilt wurden. Wenn's nicht zu viel Aufwand ist.«

»Es ist gar kein Aufwand«, antwortete der stellvertretende Innenminister lächelnd. »Zu schade, dass die Akten aus diesen Jahren während der Amtszeit einer anderen Regierung vernichtet wurden.«

»Vernichtet? Wie konnte das passieren?«

»Ich bin mir nicht sicher.« Der stellvertretende Innenminister spreizte entschuldigend die Hände. »Es ist schon lange her. Damals gab es großen Ärger mit unwichtigen Splittergruppen, denen der Sinn nach einem Staatsstreich stand. Mit dem Leuchtenden Pfad und anderen Guerilla-Organisationen. Sie verstehen.«

»Da bin ich mir nicht sicher.« Auch der Engländer lächelte.

»Wie bitte?«

»An einen Anschlag auf das Innenministerium kann ich mich nicht erinnern.«

»Vielleicht ist es passiert, als die Akten fotokopiert wurden.«

»Dazu sollte es Berichte geben.«

»Wie gesagt – damals war eine andere Regierung an der Macht.«

»Wenn ich darf, möchte ich gerne mit dem Minister persönlich reden.«

»Natürlich dürfen Sie, aber er ist leider nicht in der Stadt.«

»Tatsächlich? Merkwürdig, wo ich ihn doch gestern Abend in einem Konzert gesehen habe.«

»Sie müssen sich irren. Er ist im Urlaub. In Japan, glaube ich.«

»Dann muss ich wohl jemand anderen gesehen haben.«

»Der Minister ist eine sehr unauffällige Erscheinung.«

»Nun denn.« Der Engländer stand lächelnd auf und verneigte sich leicht vor dem stellvertretenden Innenminister, der höflich nickte, bevor der Besucher das Büro verließ.

Auf dem breiten Boulevard der eleganten Altstadt, die wegen ihrer Kolonialarchitektur berühmt ist, rief der Engländer, der Carter Letissier hieß, ein Taxi herbei und nannte dem Fahrer eine Adresse im Stadtviertel Miraflores. Im Wagen verschwand sein Lächeln und er lehnte sich fluchend zurück.

Der Bastard war bestochen worden, und zwar erst kürzlich. Ansonsten hätte er es Letissier gestattet, seine Zeit mit den Akten zu vergeuden, damit er schließlich entdeckte, dass die Unterlagen tatsächlich fehlten. Doch so war es denkbar, dass die Akten noch nicht vernichtet waren. Aber Letissier war klar, dass sie spätestens dann verschwunden sein würden, wenn er mit dem Innenminister verabredet wäre. Er blickte auf die Uhr – das Ministerium schloss gleich. Angesichts des Phlegmas typischer stellvertretender peruanischer Minister würden die Unterlagen frühestens am nächsten Morgen verschwinden.

Drei Stunden später lagen die großen Büros des Innenministeriums im Dunkeln. Carter Letissier, ganz in Schwarz gekleidet, trug den kugelsicheren, mit einer Atemvorrichtung versehenen Helm und die schwarzen Stiefel des Anti-Terrorismuskommandos des britischen SAS. Einst war er Captain des 22. SAS-Regiments gewesen und er erinnerte sich mit Stolz an diese denkwürdige Zeit.

Er ging direkt auf den Aktenschrank mit den die Vereinigten Staaten betreffenden Dokumenten zu, fand das Fach mit den Genehmigungen und zog die Schnellhefter für die beiden Jahre heraus, die ihn interessierten. Dann schaltete er eine kleine Taschenlampe an, öffnete die Hefter und fotografierte die Seiten mit einer Minikamera. Sobald er damit fertig war, ordnete er die Schnellhefter wieder an ihrem Platz ein, schaltete die Lampe aus und verschwand in der Nacht.

In der Dunkelkammer seines Hauses in Miraflores entwickelte Letissier, der ein bekannter Importeur von Kameras und Fotozubehör war, den Film. Nachdem die Negative getrocknet waren, machte er große Abzüge.

Dann wählte er grinsend eine lange Telefonnummer. »Hier ist Letissier. Ich habe die Namen der Leiter der wissenschaftlichen Expeditionen, die zu der Zeit an den Ort gereist sind, der sie interessierte. Haben Sie Papier und Stift bereit, Peter?«

39

Donnerstag, 23. Oktober, 10 Uhr 01
Syracuse, New York

Die alte Industriestadt Syracuse lag zwischen bewaldeten, herbstlich gefärbten Hügeln mitten im Bundesstaat New York. Das hügelige, zumeist landwirtschaftlich genutzte Gebiet war von großen Flüssen durchzogen und die auf Unabhängigkeit bedachten Einwohner genossen den Ausblick auf die großartige Umgebung aus ihrer am See gelegenen Stadt heraus. Jonathan Smith wusste dies, weil seine Großeltern hier gelebt hatten, die er jährlich besucht hatte. Vor zehn Jahren setzten sie sich in Florida zur Ruhe, wo sie angelten, surften und spielten, bis seine Großmutter an einem Herzinfarkt starb. Nur drei Monate später folgte ihr ihr Mann, weil er in seiner Einsamkeit nicht mehr weiterleben wollte.

Jon blickte durch das Fenster des gemieteten Oldsmobile, hinter dessen Lenkrad Randi saß. Sie wechselte die Fahrspuren, weil sie die nach Süden führende Interstate verlassen und auf die in östlicher Richtung verlaufende Route 5 abbiegen wollten, wo sie Marty zu finden hofften. Von hier aus konnte er all die vertrauten Wahrzeichen der Innenstadt sehen: das historische Armory-Backsteingebäude, das Weighlock Building und den neuen Carrier Dome der Universität von Syracuse. Er war glücklich, dass die alten Gebäude nicht abgerissen worden waren. Das war wenigstens eine Bestätigung, dass es in dieser unbeständigen Welt doch noch so etwas wie Kontinuität gab.

Smith war müde und nervlich angespannt. Von der irakischen Wüste bis nach Syracuse im Bundesstaat New York war es ein weiter Weg gewesen. Wie Gabriel Donoso versprochen hatte, waren sie von einem Harrier-Jet abgeholt worden, der sie zur Air Force Base Incirlik in der Türkei gebracht hatte. Dort hatte Randi auf raffinierte Weise alles so arrangiert, dass sie in einem C-17-Transportflugzeug mitfliegen konnten. Nach dem Start überredete sie den Kopiloten, ihnen sein Notebook zu überlassen, und Jon suchte im Internet nach OASIS, der Asperger-Syndrom-Website, wo er schließlich auf der Seite für Eltern folgende Nachricht von Marty fand:

Hustender Wolf,

ein Rätsel: Wer wurde angegriffen und getrennt, bleibt aber 5 Straßen im Osten mit Harts Verwechslungskomödie zu Hause? Was ist seegrün und in der Nähe davon, und wessen Brief wurde gestohlen?

Edgar A.

»Das ist die Nachricht?« Randi blickte skeptisch über seine Schulter. »Da wird nicht mal Ihr Name erwähnt und es ist verdammt sicher, dass dort auch kein ›Zellerbach‹ als Absender genannt wird.«

»Ich bin der Hustende«, erklärte Smith. »Denken Sie mal nach: Smith Brothers produziert Hustenbonbons. Mein Onkel, der Psychiater war und Marty behandelt hat, schwor auf diese Pastillen. Ständig haben Marty und ich darüber Witze gerissen. Diese schwarzen Dinger schmecken fürchterlich. Und was tut ein Wolf?«

»Er heult.« Sie rollte die Augen. »Howell – *howl.* Unglaublich. Ziemlich weit hergeholt.«

Smith lächelte. »Deshalb haben wir uns entschlossen, unsere Botschaften so zu übermitteln. Wir sind davon ausgegangen, dass die anderen damit rechnen, dass wir über E-Mail kommunizieren. Aber durch die Asperger-Syndrom-Website haben wir einen Ort, wo wir Nachrichten in einer Art Geheimsprache hinterlassen können. Für Marty und mich ist das kein Problem, weil wir zusammen aufgewachsen sind. Wir haben genügend gemeinsame Erfahrungen, aus denen wir schöpfen können.«

»Dann hat er diese Botschaft mit Anspielungen gespickt, die Sie und Howell verstehen, sonst aber wahrscheinlich niemand.« Sie kauerte sich neben ihn. »Okay – übersetzen Sie.«

»Bei den nächsten beiden Anspielungen ist offenkundig, was sie bedeuten: Marty und Peter wurden ›angegriffen‹ und mussten sich ›trennen‹, aber Marty blieb ›zu Hause‹. Das heißt, dass er sich noch in dem Wohnmobil aufhält und vielleicht nicht weiß, wo Peter steckt.«

»Sonnenklar«, bemerkte sie reichlich sarkastisch. »Also – wo sind Mr. Zellerbach und das Wohnmobil?«

»Natürlich in Syracuse.«

Randi runzelte die Stirn. »Klären Sie mich auf.«

»›Harts Verwechslungskomödie‹.«

»Das verrät Ihnen, dass er in Syracuse ist?«

»Genau. Rogers und Harts Broadway-Musical *The Boys from Syracuse* basiert auf Shakespeares *Komödie der Irrungen*. Also hält sich Marty irgendwo in der Nähe von Syracuse in dem Wohnmobil auf.«

»Und was bedeutet ›5 Straßen im Osten‹?«

»Das war besonders clever. Ich wette, dass wir ihn auf einem Highway ›5‹ ›östlich‹ von Syracuse finden werden.«

»Das glaube ich erst, wenn ich es sehe«, erwiderte Randi zweifelnd.

Nachdem sie außerhalb von Washington auf der Andrews Air Force Base gelandet waren, fuhren sie zum Flughafen Dulles, wo sie frühstückten und neue Kleidungsstücke kauften: schlichte dunkle Hosen, Rollkragenpullover und Jacken. Nachdem sie die Kleidungsstücke, die sie in Bagdad getragen hatten, weggeworfen hatten, gelangten sie mit einem Linienflug nach Syracuse. Den ganzen Morgen über blieben sie wachsam und hielten nach Leuten Ausschau, die vielleicht zu neugierig waren. Während der ganzen Reise musste Smith gegen die Erinnerungen ankämpfen, die Randi auslöste. Nur langsam kam er mit dem Schock klar, der ihn jedesmal traf, wenn er Randi ansah und im ersten Augenblick für Sophia hielt. Trotzdem war an der Tatsache nichts zu ändern, dass ihr Gesicht, ihre Stimme und ihr

Körper denen ihrer Schwester so ähnelten, dass sein Schmerz weiter siedete. Er war überrascht, dass sie so gut zusammenarbeiteten, und dankbar, dass sie ihn aus dem Irak herausgeholt und in die Vereinigten Staaten geschmuggelt hatte.

Vor einer halben Stunde waren sie nordöstlich von Syracuse auf dem Hancock International Airport gelandet, wo Randi das Oldsmobile Cutlass gemietet hatte.

Jetzt befanden sie sich auf der Route 5 – eine Interstate 5 gab es nicht – und behielten beide Straßenseiten im Auge, während sie um die Stadt herumfuhren.

»›Seegrün‹«, las Smith vor. »Irgendetwas an diesem Highway muss mit der Farbe Grün zu tun haben und ein See hängt auch damit zusammen. Vielleicht meint er ein Wahrzeichen oder ein Motel.«

»Wenn Sie das Kauderwelsch richtig interpretiert haben«, bemerkte Randi. »Wir könnten hundertmal daran vorbeifahren, ohne etwas zu merken.«

Smith schüttelte den Kopf. »Marty würde keine für mich nur schwer verständliche Botschaft übermitteln, nachdem wir schon bis hierher gekommen sind. Fahren Sie weiter.«

Während sie durch den Vorort Fayetteville kamen und dort nach den letzten Anhaltspunkten suchten, fühlten sie sich bald entmutigt. Sie passierten Country-Klubs, Shoppingmalls, Autosalons, Gebrauchtwagenhandlungen und all die Geschäfte, die sich in Satellitenstädten niederlassen, wo sich einst ländliche Orte befunden hatten. Nichts erregte ihre Aufmerksamkeit.

Plötzlich erstarrte Jon und zeigte auf etwas. »Da!« Auf der linken Seite sahen sie am Eingang eines großen Parks ein Schild: GREEN LAKES STATE PARK. »›See‹ und ›grün‹.« Seine Stimme klang aufgeregt. »Hier steht ›und in der Nähe davon‹, also müssen wir ihn da irgendwo suchen.«

Randi beobachtete den Verkehr, während sie geschickt die Fahrspuren wechselte, damit sie langsamer fahren konnten, ohne den Verkehrsfluss zu stören. »Sieht so aus, als ob Sie bisher Recht gehabt hätten. Lassen Sie uns mal sehen, ob ich Ihnen helfen kann. Jetzt spielt Ihr Freund auf einen gestohlenen Brief an und seine Nachricht ist mit ›Edgar A.‹ unterzeichnet.« Sie trommelte mit ihren Fingern auf das Lenkrad. »Mir fällt da Edgar Allan Poes Erzählung ›Der entwendete Brief‹ ein. Hilft Ihnen das weiter?«

Während Jon in die Ferne starrte, versuchte er, sich an Martys Stelle zu versetzen. Sein Freund war ein Elektronikgenie, fand aber auch an geheimnisvollen Informationen und Kleinigkeiten Gefallen. »Das ist es! Wo versteckt man am besten einen gestohlenen Brief? Natürlich zwischen anderen Briefen, wo er niemandem auffällt. Das beste Versteck ist dort, wo es jeder sehen kann.«

»Dann will Ihr Freund damit sagen, dass er sich da versteckt hält, wo wir ihn sehen können. Was zum Teufel hat das zu bedeuten?«

»Er meint nicht sich, sondern das Wohnmobil. Wenden Sie, wir fahren zurück.«

Verärgert über seinen rechthaberischen Tonfall, bog Randi in eine Seitenstraße ab, wendete und fuhr dann wieder auf die Straße nach Syracuse. »Ist Ihnen was aufgefallen?«

Smith' blaue Augen leuchteten. »Erinnern Sie sich an die Autohändler hinter Fayetteville? Ich glaube, dass es bei einem einen Parkplatz für Wohnmobile gab.«

Randi begann zu lachen. »Die Idee ist dumm genug – da könnte er sein.«

Erneut fuhren sie durch Fayetteville und beobachteten dabei aufmerksam die Straßenränder. Jetzt wirkte die Stadt größer und chaotischer und Jon begann, die Geduld zu verlieren.

Dann sah er, was er suchte. »Da ist es«, sagte er aufgeregt. »Rechts.«

»Ich sehe es.«

Vor ihnen erstreckte sich ein riesiger Parkplatz mit neuen und gebrauchten Wohnmobilen. Auf den glänzenden Fahrzeugen spiegelte sich das Sonnenlicht. Eine Ausstellungshalle gab es nicht, nur ein Holzgebäude mit dem Verkaufsbüro. Davor saß in einem Gartenstuhl ein Mann in einem Polyesteranzug und mit Sonnenbrille, der Zeitung las.

»Viel scheint hier nicht los zu sein. Das macht es uns leichter.«

Randi fuhr an dem Parkplatz vorbei, bog ab und parkte im Schatten eines großen, herbstlich gefärbten Ahornbaums.

»Wir sollten zu Fuß gehen«, entschied Jon. »Das ist sicherer.«

Sie gingen zurück und achteten darauf, ob sie beobachtet wurden. Auf der Straße fuhren zahlreiche Autos und Lastwagen vorbei. In keinem der geparkten Fahrzeuge war jemand zu sehen. Ein paar Fußgänger schlenderten vorbei, ohne dem Parkplatz viel Aufmerksamkeit zu schenken. An dem Haus auf der gegenüberliegenden Straßenseite lehnte niemand, der vorgab, auf jemanden zu warten, während er in Wirklichkeit Wache schob. Der Verkäufer saß knapp fünfzehn Meter entfernt und blätterte gerade eine Seite seiner Zeitung um. Er war ganz von seiner Lektüre in Anspruch genommen.

Alles schien völlig normal zu sein.

Jon und Randi tauschten einen Blick und stiegen dann leise über eine lose gespannte Kette, die die Grenze des Parkplatzes markierte. Dann fingen sie an, zwischen den Reihen von Campingwagen und Wohnmobilen zu suchen. Smith begann schon zu glauben, dass er sich geirrt hatte und dass Marty nicht hier war. Schließlich erreichten sie die letzte Reihe. Die Fahrzeuge standen vor einer Gruppe von Platanen, Ahornbäumen und Eichen. Eine Brise strich durch die Bäume, deren herbstlich gefärbte Blätter zum Teil schon gefallen waren.

»Guter Gott!« Smith atmete schockiert aus. »Da steht der Wagen.« Peters Wohnmobil stand ganz hinten in einer langen Reihe staubiger Gebrauchtwagen, die offensichtlich schon lange zum Verkauf standen. Die Seitenwände des Wohnmobils mussten von Gewehrkugeln aufgerissen worden sein und einige Fensterscheiben waren herausgeschossen worden.

Randi atmete tief durch. »Was ist nur passiert?«

Jon schüttelte besorgt den Kopf. »Das sieht gar nicht gut aus.«

Niemand war zu sehen. Mit gezückten Waffen inspizierten sie getrennt die Umgebung. Als ihnen selbst zwischen den Bäumen nichts Verdächtiges auffiel, näherten sie sich dem ramponierten Fahrzeug.

»Da drinnen hört man niemanden«, flüsterte Randi.

»Vielleicht schläft Marty.«

Die Tür ließ sich so leicht öffnen, als ob sie in Eile gar nicht richtig geschlossen worden wäre.

Mit gezückten Waffen sprangen sie zurück und die Tür schwang in der unheimlichen Stille hin und her. Noch immer war niemand zu sehen. Nach einem weiteren Augenblick stieg Jon in den Wohnraum. Randi folgte ihm, die Uzi mit grimmigem Blick auf das Innere des Wagens gerichtet.

»Marty? Peter?«, rief Jon leise.

Er erhielt keine Antwort.

Jon schlich durch das voll gestopfte Wohnmobil und Randi ging mit dem Rücken zu ihm in der anderen Richtung auf die Fahrerkabine zu. Neben einer Schüssel auf dem Küchentisch stand eine Schachtel Cheerios, Martys bevorzugtes Frühstück. Der Löffel lag noch in der Schüssel, in einer Lache geronnener Milch. Ein Klappbett mit zerknitterten Laken und Decken war benutzt worden. Der Computer war eingeschaltet, das kleine Badezimmer leer.

Randi kam zurück. »Vorne ist niemand.«

»Hier auch nicht«, sagte Jon. »Aber vor nicht allzu langer Zeit war Marty noch hier.« Er schüttelte den Kopf. »Mir gefällt das alles gar nicht. Er hasst die Öffentlichkeit und scheut den Kontakt mit Fremden. Wo könnte er hingegangen sein? Und aus welchem Grund?«

»Und was ist mit Ihrem Freund, dem Typ vom MI6?«

»Von Peter Howell ist auch nichts zu sehen.«

Sie betrachteten den verwaisten Wohnwagen, der wirkte, als ob er aufgegeben worden wäre. Jon war irritiert und sehr besorgt um Marty und Peter. Randi studierte die Einschusslöcher. Die Kugeln hatten teilweise die Wände und einige daran hängende Wandkarten zerstört. »Wie's aussieht, hat es eine üble Auseinandersetzung gegeben.«

Smith nickte. »Meiner Ansicht nach hat Peter eine Panzerung unter der Außenhaut des Wohnmobils anbringen lassen. Nur durch die Fenster sind Kugeln ins Innere gedrungen.«

»Und das Feuergefecht hat offensichtlich nicht hier stattgefunden. Sonst hätten wir draußen Spuren gesehen.«

»Stimmt genau. Marty, Peter oder beide zusammen müssen mit dem Wohnmobil geflüchtet sein und sich hier versteckt haben.«

»Wir sollten alles noch gründlicher untersuchen.«

Jon setzte sich an den Computer, um zu überprüfen, woran Marty gearbeitet hatte. Aber sein Freund hatte irgendein Passwort benutzt, dass er nicht kannte. Eine halbe Stunde lang versuchte er, die Sperre zu knacken. Er gab den Namen von Martys Straße in Washington ein, sein Geburtsdatum, die Namen seiner Eltern, der Straße, wo er aufgewachsen war, und seiner Grundschule. Das waren Passwörter, wie sie normalerweise verwendet wurden, und auch Marty hatte sie früher wahrscheinlich benutzt. Aber diesmal nicht.

Entmutigt schüttelte Jon den Kopf, als Randi ihm plötzlich etwas zurief. Schnell drehte er sich um.

»Sehen Sie mal! Jetzt wissen wir, wer das Serum hat!«

Randi saß mit ungläubigem Gesichtsausdruck auf dem kleinen Sofa, langbeinig, blond, und da sie sich vorbeugte, fielen ihr die Locken in die Stirn … Selbst vom anderen Ende des Raums her erkannte Jon ihre langen schwarzen Wimpern. Ihre Hosenbeine hatten sich etwas hochgeschoben und er sah die schlanken Knöchel über den Turnschuhen. Unter dem engen Rollkragenpullover zeichneten sich ihre vollen Brüste ab. Sie war wunderschön und mit ihrem angespannten Gesichtsausdruck ähnelte sie Sophia so, dass er es einen Augenblick lang bedauerte, einer Zusammenarbeit mit ihr zugestimmt zu haben.

Dann verdrängte er diese Gedanken. Er wusste, dass seine Entscheidung richtig gewesen war, und jetzt mussten sie beide damit klarkommen. »Was haben Sie gefunden?«

Sie hatte die Zeitungsstapel auf dem Beistelltischchen durchsucht und hielt ein Exemplar der *New York Times* hoch, damit Jon die Schlagzeile der Titelseite lesen konnte: BLANCHARD PHARMACEUTICALS HAT EIN HEILMITTEL ENTWICKELT.

Jon ging mit langen Schritten durch den Raum. »Den Namen des Unternehmens kenne ich. Was steht in dem Artikel?«

Randi las laut vor:

Gestern Abend hat Präsident Castilla auf einer eigens anberaumten Pressekonferenz bekannt gegeben, erste Tests hätten ergeben, dass ein neues Serum ein Dutzend Erkrankte geheilt habe. Sie hatten sich mit dem unbekannten Virus infiziert, der die Welt heimsucht.

Ursprünglich wurde das Serum gegen einen Affenvirus entwickelt, der in abgelegenen Gegenden von Peru ausgebrochen war. Das Serum ist das Resultat eines zehnjährigen Forschungs- und Entwicklungsprogramms von Blanchard Pharmaceuticals über wenig bekannte Viren, das von Victor Tremont initiiert wurde, dem Chief Executive Officer und Präsident des Unternehmens.

»Wir sind Dr. Tremont und Blanchard Pharmaceuticals für die Voraussicht dankbar, die sie bei der Erforschung unbekannter Viren unter Beweis gestellt haben«, sagte der Präsident gestern Abend. »Dank dieses Serums haben wir Grund zu der Hoffnung, dass wir in der Lage sein werden, viele Menschenleben zu retten und dieser entsetzlichen Epidemie Einhalt zu gebieten.«

Zwölf Nationen haben das Serum bereits offiziell bestellt und es wird erwartet, dass andere Länder in Kürze folgen.

Präsident Castilla verkündete, dass er heute Nachmittag um siebzehn Uhr eine Feier besuchen werde, die zu Ehren von Dr. Tremont und Blanchard Pharmaceuticals im Hauptquartier des Unternehmens in Long Lake abgehalten und weltweit im Fernsehen übertragen werde.

Jon und Randi starrten sich an.

»In dem Artikel steht, dass das Projekt zehn Jahre in Anspruch genommen hat«, sagte er.

»Sie denken an die Operation Desert Storm.«

»Allerdings«, antwortete er zornig. »1991. Vielleicht hatten sie mit der Infektion der zwölf Erkrankten nichts zu tun. Hier geht es um einen Affenvirus und wir können nicht sicher sein, dass es derselbe Virus wie der ist, an dem wir gearbeitet haben. Selbst dann nicht, wenn das Serum die Virusinfektion kuriert. Aber es ist schon sehr verwunderlich. Ausgerechnet jetzt treten sie mit einem Serum an die Öffentlichkeit? Passt ja ausgezeichnet.«

»Passt zu gut. Besonders da wir wissen, dass letztes Jahr drei Erkrankte im Irak und letzte Woche drei in den Vereinigten Staaten geheilt worden sind. Aber soweit wir wissen, ist es ein anderer Virus.«

»Die Sache kommt mir verdächtig vor.«

»Sie glauben nicht daran, dass es ein anderer Virus ist.«

»Aus wissenschaftlicher Sicht ist diese Möglichkeit so weit hergeholt, dass die einzige Alternative darin besteht, dass irgendein verrückter Mitarbeiter des Unternehmens den Virus gestohlen und beschlossen hat, Gott zu spielen. Oder den Teufel, wenn Sie so wollen.«

»Aber wie ist die Epidemie ausgebrochen? Es ist doch ein unglaublicher Zufall, dass Blanchard Pharmaceuticals gerade jetzt über ein Serum verfügt, das Affen und offensichtlich auch Menschen heilt. Wie konnte Blanchard oder irgendjemand sonst *wissen*, dass der Virus jetzt oder überhaupt jemals ausbrechen würde?«

Smith zog eine Grimasse. »Das habe ich mich auch schon gefragt.«

Sie starrten sich schweigend an.

Da hörten sie ein leises Geräusch hinter dem Wohnmobil – ein Zweig war zertreten worden.

Randi wirbelte mit der Uzi herum und Jon zog die Beretta aus seinem Hosenbund. Sie lauschten angespannt. Zwar hörten sie keine weiteren brechenden Zweige mehr, dafür raschelten Blätter leise, als ginge jemand oder etwas darüber.

Es hätte der Wind oder ein Tier sein können, aber Randi glaubte nicht daran. Sie spannte die Muskeln an. »Es ist nur einer.«

»Vielleicht haben sie einen Mann als Vorhut geschickt und die anderen beobachten, was geschieht, vielleicht aus der Baumgruppe heraus.«

»Oder es ist ein Ablenkungsmanöver und die anderen warten vorne.«

Die Geräusche verstummten. Außer dem fernen Brummen des Verkehrs hörten sie nichts.

»Sichern Sie die Rückseite«, sagte Jon. »Ich werde vorne nachsehen.«

Er presste sich neben einem Vorderfenster an die Wand, rückte zentimeterweise vor und blickte dann auf die Reihe der gebrauchten Wohnmobile. Er sah nichts Auffälliges.

»Hier ist alles ruhig«, flüsterte Randi, während sie die Bäume beobachtete, die die hintere Grenze des Platzes markierten.

»Es gibt zu viele Stellen, die wir nicht einsehen können«, sagte Smith. »Wir müssen den Wagen verlassen.«

Randi nickte. »Sie sehen links nach, ich rechts. Ich gehe vor.«

»*Ich* gehe vor.« Jon hob die Beretta und griff nach der Türklinke.

Plötzlich hörten sie hinter sich ein lautes Klicken und das kratzende Geräusch von Holz auf Holz.

Mit gezückten Waffen wirbelten sie wie zwei Synchronschwimmer bei den Olympischen Spielen herum.

Überrascht beobachteten sie, wie sich vier quadratische Platten aus dem großen geometrischen Muster des Vinylfußbodens lösten. Durch die Öffnung kam sofort die Mündung einer Heckler & Koch-MP5-Maschinenpistole zum Vorschein.

Smith erkannte die Waffe gleich. »Peter!« Der Finger am Abzug seiner Beretta lockerte sich. »Okay, Randi.«

Mit gerunzelter Stirn starrte sie misstrauisch auf des faltige, wettergegerbte Gesicht Peter Howells. Über seiner schwarzen Uniform trug er einen Trenchcoat.

Der Engländer richtete die Maschinenpistole auf Randi. »Wer ist die Frau?«

»Randi Russel«, antwortete Jon. »Sophias Schwester. Sie arbeitet für die CIA, aber das ist eine lange Geschichte.«

»Erzähl sie mir später«, antwortete Howell. »Sie haben Marty.«

40

10 Uhr 32
Lake Magua, New York

Martys Kopf flog hin und her, während er sich in dem fensterlosen Raum mit dem Feldbett umsah, dessen feuchter Boden unangenehm roch. Er war mit einer dünnen Nylonschnur an einen Stuhl gefesselt, aber seine verwirrenden, fantastischen und allwissenden Gedanken trieben in einer lumineszierenden Wolke über die Köpfe der anderen hinweg. Weil sein Körper dann so leicht zu sein schien, liebte er dieses Gefühl des Schwebens. Einerseits wusste er, dass er seine Medikamente zu lange nicht genommen hatte, andererseits war es ihm egal.

Marty war verärgert. »Sie müssen wissen, dass dies alles für Leute in Ihrem Alter absolut lächerlich ist. Räuber und Gendarm! Also wirklich! Ich versichere Ihnen, dass ich mich um viel wichtigere Dinge zu kümmern habe, als hier Ihre dämlichen Fragen zu beantworten. Ich verlange, dass Sie mich sofort zu der Apotheke zurückbringen.«

Seine Stimme klang fest, ja sogar arrogant. Auf dem Stuhl im Keller von Victor Tremonts großem Sommerhaus richtete er sich trotzig auf. Diese Leute würden ihn nicht einschüchtern! Was glaubten sie, mit wem sie es zu tun hatten? Verdammt, diese feigen Halunken würden bald erfahren, dass es unklug, ja gefährlich war, sich mit ihm anzulegen!

»Dies hier ist kein Spiel, Mr. Zellerbach«, sagte Nadal al-Hassan kalt. »Wir werden in Erfahrung bringen, wo Smith ist, und zwar ziemlich bald.«

»Niemand weiß, wo Jon Smith ist! Die Welt kann ihn oder mich nicht einsperren. Wir fliegen durch eine andere Zeit, in ein anderes Universum. Ihre armselige Welt hat nicht genug Schwerkraft, um uns fest halten zu können. Wir kennen keine Grenzen! *Wir sind unendlich!*« Marty blinzelte zu dem pockennarbigen Araber hoch. »Mein Gott, Ihr Gesicht! Wie entsetzlich. Pocken, vermute ich. Sie haben Glück gehabt, dass Sie überlebt haben. Wissen Sie, wie viele Menschen im Laufe der Jahrhunderte an diesem schrecklichen Leiden gestorben sind? Und wie viel Zeit und was für einen Preis es die Menschheit gekostet hat, diese Krankheit auszurotten? Es gibt immer noch zwei oder drei Reagenzgläser mit tiefgefrorenen ...«

Marty redete weiter, als ob er bequem in irgendeinem Armsessel sitzen und mit einer Gruppe von Studenten über die Geschichte von Viruserkrankungen diskutieren würde. »Gerade jetzt gibt es einen neuen Virusausbruch. Jon sagt, dass der Virus tödlich ist. Er glaubt, dass irgendjemand im Besitz des Virus ist und Menschen damit umbringt. Können Sie sich das vorstellen?«

»Was sagt Jon denn noch über den Virus?«, fragte Victor Tremont lächelnd und in freundlichem Tonfall.

»Oh, sehr viel. Er ist ja Wissenschaftler.«

»Vielleicht weiß er auch, wer den Virus hat und was diese Leute damit vorhaben?«

»Nun, ich versichere Ihnen, dass wir ...« Marty hielt inne und seine Augen verengten sich zu Schlitzen. »Sie versuchen mich auszutricksen! Mich! Den Paladin können Sie nicht hereinlegen, Sie Narr! Ich werde nichts mehr sagen.« Er presste die Lippen zusammen.

Wütend murmelte al-Hassan einen arabischen Fluch vor sich hin und hob die Faust.

Victor Tremont streckte einen Arm aus. »Nein. Noch nicht. Das Medikament, das er in der Apotheke gekauft hat, wo Maddux ihn aufgegabelt hat, ist Mideral, eine von mehreren neuen Stimulanzien für das zentrale Nervensystem. Nach dem, was Sie bei seinem Arzt in Erfahrung gebracht haben, leidet er an irgendeiner Variante von Autismus. Angesichts seines Verhaltens würde ich sagen, dass er irrational reagiert, weil er seine Arznei nicht genommen hat.«

»Dann können wir nicht aus ihm rauskriegen, wo Smith sich aufhält?«, fragte al-Hassan.

»Im Gegenteil. Geben Sie ihm sein Mideral. Innerhalb von zwanzig Minuten wird er sich beruhigt haben und sich mit einer Bruchlandung in der Realität wiederfinden. Wenn er am Asperger-Syndrom leidet, könnte er außergewöhnlich intelligent sein. Aber das Mideral lähmt ihn etwas und macht ihn ein bisschen dumpf im Kopf. Zugleich wird er erkennen, dass er in Gefahr schwebt. Dann sollten wir in der Lage sein, das aus ihm rauszupressen, was wir wissen wollen.«

Marty sang laut vor sich hin und merkte kaum, dass al-Hassan die Fessel einer seiner Hände löste und ihm ein Glas Wasser und eine Pille reichte. Er schluckte sie und sang dann weiter, während der Araber ihn wieder fesselte.

Tremont und al-Hassan beobachteten, wie er allmählich zu singen aufhörte, sein Körper in sich zusammensackte und seine fiebrig strahlenden Augen ihren Glanz verloren.

»Ich glaube, dass Sie ihn jetzt fragen können«, sagte Tremont.

Mit einem wölfischen Lächeln ging al-Hassan zu Marty hinüber. »Also, dann wollen wir mal anfangen, Mr. Zellerbach.«

Marty blickte zu dem schlanken, hartnäckigen Araber hoch und kauerte sich ängstlich zusammen. Dieser Mann war zu nahe vor ihm und wirkte bösartig. Der andere Mann, der große, stand auf der anderen Seite neben Marty. Auch er war zu dicht bei ihm und zu bedrohlich. Marty nahm den Geruch der Fremden wahr und konnte kaum atmen. Er wollte nur, dass sie verschwanden und ihn allein ließen.

»Wo ist Ihr Freund Jon Smith?«

»Im Irak«, antwortete Marty zitternd.

»Gut. Er *war* im Irak. Aber mittlerweile ist er wieder in den Vereinigten Staaten. Wohin wird er sich jetzt wenden?«

Als die beiden Männer sich weiter vorbeugten, blinzelte Marty. Er erinnerte sich an die Nachricht, die er für Jon auf der Website hinterlassen hatte. Vielleicht hatte er sie schon entdeckt und war zu dem Wohnmobil unterwegs. Er hoffte es sehnsüchtig.

Nein! dachte er zähneknirschend. Ich werde ihnen nichts erzählen. »Ich weiß es nicht.«

Erneut fluchte der Araber leise vor sich hin. Dann holte er mit der Faust aus. Marty schrie vor Angst.

In seinem Kopf explodierte der Schmerz und er wurde von einer großen schwarzen Woge übermannt.

»Verdammt.« Victor Tremont ballte die Fäuste. »Er hat das Bewusstsein verloren.«

»So hart habe ich ihn auch nicht erwischt«, protestierte al-Hassan.

»Wir werden warten müssen, bis er wieder zu sich kommt.« Tremont runzelte angewidert die Stirn. »Dann werden wir es auf eine weniger brutale Art versuchen.«

»Auch da habe ich meine Methoden.«

»Aber bei ihm wird es schwierig sein, ihn nicht umzubringen. Sie haben doch gesehen, wie leicht erregbar er ist.«

Frustriert starrten sie den bewusstlosen Marty an, der mit hängendem Kopf gefesselt auf dem Stuhl saß.

Dann begann Victor Tremont zu lächeln, während sein cleveres Gehirn eine Idee ausarbeitete. »Es gibt eine weitaus bessere Idee, wie wir das herauskriegen, was wir wissen müssen.« Er nickte. »Ja, eine viel bessere Idee.«

10 Uhr 35
Syracuse, New York

Peter Howell zog seinen Trenchcoat aus, unter dem er den schwarzen SAS-Kampfanzug trug. Seine blassblauen Augen beobachteten die Einschusslöcher in seinem Hightech-Wohnmobil. Einen Augenblick lang wirkte der Ausdruck seines faltigen Gesichts traurig, aber dann war es damit wieder vorbei und er konzentrierte sich ganz darauf, schnell den Wagen zu untersuchen.

»Was ist Marty zugestoßen?« Jon starrte seinen Freund an, während er vom Fahrersessel zurückkam. »Weißt du, wohin sie ihn verschleppt haben?«

»Ein paar Häuserblocks von hier entfernt habe ich ihn in einer Apotheke gesehen. Es waren drei Mann.« Peters drahtiger Körper strotzte vor Kraft, während er auf sie zuschlenderte. »Ihr Anführer war dieser kleine, dicke Typ, der den Hinterhalt in der Sierra gelegt hat.«

»Heißt das, die Leute mit dem Virus haben ihn in ihrer Gewalt?«, fragte Randi.

Jon zog eine Grimasse. »Ganz genau. Armer Marty.«

»Wird er reden?«, fragte die CIA-Agentin.

»Wenn er etwas ausgespuckt hätte, wären sie wahrscheinlich schon hier«, antwortete Howell.

»Aber er wird reden?«

»Stark ist er nicht gerade«, gab Smith zu. Er beschrieb die Symptome des Asperger-Syndroms.

»Unser kleiner Freund ist sehr viel härter und gewitzter, als man annehmen sollte, Jon«, erwiderte Peter. »Er wird einen Weg finden, nichts zu sagen.«

»Aber nicht für immer. Nur wenige sind dazu fähig. Wir müssen ihn befreien.«

»Wissen Sie, wo er ist?«, fragte Randi Howell.

Der Engländer schüttelte den Kopf. »Unglücklicherweise war ich zu Fuß und konnte ihrem Wagen nicht folgen, als sie ihn gekidnappt haben.«

»Wie hast du herausgekriegt, wo du ihn finden würdest?«

»Vor einer Stunde habe ich seine Nachricht auf der Asperger-Syndrom-Website gesehen und dadurch das Wohnmobil gefunden.« Peter berichtete, dass er das Mobil – genau wie Jon und Randi – leer vorgefunden hatte. Aber er war auf Entwürfe für ein gefälschtes Rezept gestoßen, die Marty ausgedruckt hatte. »Marty muss ein Rezept für sein Mideral gefälscht haben. Als wir uns gestern Nacht getrennt haben, waren seine Pillen fast alle.« Er beschrieb das Feuergefecht im Park.

Jon schüttelte den Kopf. »Was glaubst du, wie sie dich gefunden haben?«

»Meiner Ansicht nach müssen sie uns schon ab Fort Detrick gefolgt sein und dann den günstigsten Augenblick für einen

Angriff abgewartet haben. Ich dachte, ich hätte sie abgeschüttelt, aber es sieht so aus, als ob sie ziemlich clever wären.« Sein Blick fiel auf eine von den Kugeln durchsiebte Wandkarte mit Ländern der Dritten Welt und er schüttelte den Kopf. »Ich habe nach in der Nähe liegenden Apotheken gesucht und war gerade bei der dritten angekommen, als Marty herauskam und von den Männern gepackt wurde.«

»An ihrem Auto konntest du nicht erkennen, wer sie sind?«

»Nein, leider nicht.«

»Dann finden wir Marty nur, wenn wir *sie* finden.«

»Genau – ein ziemliches Problem. Vielleicht habe ich eine Idee. Aber erzähl mir zuerst, was im Irak passiert ist.«

Smith schilderte die Ereignisse in Bagdad, und zwar bis zu dem Angriff der Republikanischen Garde auf den Laden mit den gebrauchten Autoreifen.

Howell grinste breit und warf Randi einen anerkennenden Blick zu. »Die Qualität der CIA-Agenten wird besser. Verglichen mit den üblichen Langweilern in ihren Anzügen mit Westchen, sind Sie eine willkommene Abwechslung. Regen Sie sich nicht auf, ist nur das Geschwätz eines alten Mannes.«

»Danke für das Kompliment. Aber Sie sind auch nicht ohne.« Randi erwiderte sein Lächeln. »Ich werde Ihre Einschätzung an den Boss weiterleiten.«

»Tun Sie das.« Howell wandte sich Jon zu. »Was ist dann passiert?« Sein Gesichtsausdruck wurde schnell wieder sachlich, als Jon ihm erzählte, was sie durch Dr. Mahuk in dem Kinderkrankenhaus herausgefunden hatten und wie sie von der Bagdader Polizei verhaftet worden waren, deren Männer offensichtlich von den Virus-Verbrechern bestochen worden waren.

»Dann sind also tatsächlich auch im Irak drei Kranke geheilt worden?« Der Engländer fluchte. »Ein teuflisches Experiment. Ich darf gar nicht daran denken, wie reich und mächtig die sein müssen, um in einem von der Außenwelt abgeschotteten Land wie dem Irak so etwas zustande zu bringen. Deine Reise hat bestätigt, dass die Wurzeln der Geschichte mit dem Virus im Golfkrieg liegen.« Der Engländer schwieg einige Augenblicke lang. »Jetzt bin ich an der Reihe. Es gibt eine kleine Neuigkeit, durch die mehr über diese ganze ekelhafte Geschichte ans Licht gekommen ist. Ich glaube jetzt zu wissen, was Sophia in dem von Giscours verfassten Bericht des Prinz-Leopold-Instituts entdeckt hat und so bedeutsam fand.«

»Was?«, fragte Jon aufgeregt.

»Peru. Es ging die ganze Zeit um Peru.« Er beschrieb die Exkursion, an der Sophia vor zwölf Jahren als Anthropologiestudentin aus Syracuse teilgenommen hatte. Aufgrund dieser Information hatte Howell zu einem alten Kameraden in Lima Kontakt aufgenommen, der eine Liste mit den Namen von Wissenschaftlern besorgt hatte, die in jenem Jahr in das peruanische Amazonasgebiet gereist waren.

»Hast du sie da?«, fragte Smith sofort.

Ein befriedigtes Grinsen huschte über Peters gebräuntes Gesicht. »Was glaubst du? Kommt, Kinder.«

Während Howell zum Küchentisch ging, zog er zwei zusammengefaltete Blätter aus seiner schwarzen Uniform. Nachdem er sie auf dem Tisch ausgebreitet und das Licht eingeschaltet hatte, überflogen sie die Namen gemeinsam.

»In dem Jahr waren eine Menge Wissenschaftler im Amazonasgebiet, aber nicht zur selben Zeit wie Sophia«, erklärte der Engländer.

Der vierzehnte Name sprang sowohl Jon als auch Randi ins Auge.

»Das ist er!«, rief Randi. *»Victor Tremont.«*

Smith nickte grimmig. »Er ist CEO und Präsident von Blanchard Pharmaceuticals. Morgen wird ihm der Präsident eine Medaille verleihen, weil er durch sein Serum die Welt gerettet hat. Ein großer Wohltäter, dessen Unternehmen das Serum rund um die Uhr produziert und es lediglich gegen Kostendeckung zur Verfügung stellt.«

»Verdammt!« Howell schüttelte den Kopf. »Wer das glaubt, der glaubt auch, dass wir Briten das Empire aufgebaut haben, um den Ureinwohnern die Zivilisation zu bringen.«

»Wir wussten bereits, dass Blanchard Pharmaceuticals im

Besitz des Serums ist«, sagte Randi, die an den Zeitungsartikel dachte. »Jetzt sieht es so aus, als ob Tremont selbst den Virus aus Peru mitgebracht hätte.«

Jon nickte. »Und weil er Wissenschaftler ist, könnte er das kommerzielle Potenzial eines Serums gegen den tödlichen Virus erkannt und es irgendwie geschafft haben, während der Operation Desert Storm ein paar Menschen zu infizieren. Er muss gewusst haben, dass der Virus nicht besonders ansteckend ist und – wie bei einer HIV-Infektion – jahrelang im Körper schlummert.«

»Guter Gott«, flüsterte Peter. »Dann hat er vor zehn Jahren im Irak mit diesen geheimen Tests an Menschen begonnen, als er noch nicht sicher sein konnte, dass ihm jemals die Entwicklung eines Serums gelingt, um die Versuchskaninchen zu heilen, falls der Virus lebensgefährlich ist? Der Mann ist ein Monster!«

»Vielleicht ist alles noch schlimmer. Es passt einfach zu gut, dass der Virus jetzt ausbricht.« Der Ausdruck von Jons blauen Augen war eiskalt. »Irgendwie hat er diese Pandemie vorsätzlich ausgelöst, damit er die Infizierten heilen und ein Vermögen machen kann.«

In dem Wohnmobil herrschte ein entsetztes Schweigen, weil Smith das ausgesprochen hatte, was niemand hören wollte. Aber es war die Wahrheit und die Schlussfolgerungen hingen wie das scharfe Fallbeil einer Guillotine in der Luft, das bald herabsausen würde.

»Wie?«, fragte Randi schließlich.

»Ich weiß es nicht«, gestand Smith. »Wir müssen die Unterlagen von Blanchard Pharmaceuticals überprüfen. Verdammt, ich wünschte, Marty wäre da.«

»Vielleicht kann ich für ihn einspringen«, bot Howell an. »Ich kann ziemlich gut mit Computern umgehen und habe tagelang gesehen, wie er seine Spezialprogramme eingesetzt hat.«

»Ich habe es auch schon versucht, aber er hat ein Passwort benutzt.«

Peter lächelte grimmig. »Auch das kenne ich. Es ist typisch für Martys seltsamen Humor. Es lautet ›Stanley die Katze‹.«

10 Uhr 58
Long Lake Village, New York

In den letzten Hinterstübchen seines Geistes, wo ihm noch ein Rest von Ehrenhaftigkeit und Integrität verblieben war, hatte Mercer Haldane bereits vermutet, was Victor Tremont nie zugegeben hatte: Irgendwie hatte sein ehemaliger Protegé diese Pandemie verursacht, die nun die ganze Welt erfasste. Während er durch das Fenster seines Büros auf die Bühne und den riesigen Bildschirm für die Fernsehübertragung hinabblickte, die für die Feier am Nachmittag vorbereitet wurden, hatte er das Gefühl, nicht weiter schweigen zu können. Guter Gott, der Präsident der Vereinigten Staaten höchstpersönlich würde die erste offizielle Lieferung des Serums auf den Weg bringen, so als ob Blanchard Pharmaceuticals und Victor Tremont die besten Eigenschaften von Mutter Teresa, Ghandi und Einstein in sich vereinen würden.

Seit Tagen schon plagten Haldane Gewissenskonflikte.

Früher einmal war er ein aufrichtiger Mann und stolz auf seine Integrität gewesen. Aber irgendwann im Lauf der Jahre, während er Blanchard Pharmaceuticals zu einem Global Player gemacht hatte, war er, wie ihm jetzt klar wurde, vom rechten Weg abgekommen. Das Ergebnis war, dass Victor Tremont die hoch angesehene Freiheitsmedaille der Vereinigten Staaten verliehen wurde, und zwar für die vermutlich verachtenswerteste Tat, die die Welt je gesehen hatte.

Mercer Haldane konnte das nicht zulassen. Gleichgültig, was mit ihm geschehen würde… Selbst dann, wenn er die Verantwortung zu übernehmen hätte… Dann musste es wohl so sein. Er musste dieser Farce Einhalt gebieten. Ein paar Dinge waren wichtiger als Geld oder Erfolg.

Er griff nach dem Telefonhörer. »Mrs. Pendragon? Verbinden

Sie mich bitte mit dem Büro des Generalstabsarztes in Washington. Meiner Ansicht nach müssten Sie die Nummer haben.«

»Natürlich, Sir. Ich werde Sie sofort verbinden.«

Mercer Haldane lehnte sich in seinem Chefsessel zurück, legte seinen Kopf an das kühle Leder der Rückenlehne und schlug die Hände vors Gesicht. Da überkam ihn eine neue Welle des Zweifels. Erschrocken erinnerte er sich daran, dass er im Gefängnis landen konnte.

Er würde seine Familie verlieren, seine Stellung, sein Vermögen...

Haldane zog eine Grimasse.

Andererseits, wenn er den Mund hielt... Durch Victor würden sie alle eine Menge Geld verdienen. Das wusste er.

Er schüttelte seinen grauhaarigen Kopf. Wie ein Narr hatte er sich benommen, ja schlimmer noch, wie ein sentimentaler, alter Narr. Was spielten diese Millionen gesichtsloser Menschen denn für eine Rolle? Eines Tages würden sie sowieso sterben und so, wie das Leben nun einmal spielte, würde die Todesursache bei den meisten Krankheit, Hunger, Krieg, eine Revolution, ein Erdbeben, Typhus, ein Unfall oder ein aufgebrachter Liebhaber sein. Auf diesem Planeten gab es sowieso zu viele Menschen, besonders in der Dritten Welt, und ihre Zahl nahm jedes Jahr drastisch zu.

Das Resultat war, dass die Natur zurückschlug, wie sie es immer tat: mit Hungersnöten, Krankheiten und kosmischen Katastrophen.

Was spielte es schon für eine Rolle, wenn er, Victor und das Unternehmen am Tod von Millionen kräftig verdienten?

Er seufzte, weil es für *ihn* eine Rolle spielte.

Ein Mensch beherrschte sein Schicksal. Haldane dachte daran, was die Preußen gesagt hatten: Der Wert eines Menschen beginnt erst dann, wenn er bereit ist, für seine Prinzipien zu sterben.

In seinen jungen Jahren hatten Prinzipien eine große Rolle gespielt. Sie waren ihm lieb und teuer gewesen. Falls er noch eine Seele hatte, die zu retten war, konnte er das nur tun, wenn er Victor Tremont stoppte.

Während er mit geschlossenen Augen zurückgelehnt in seinem Chefsessel saß, tobte der Konflikt in seinem Inneren wütend weiter und er fühlte sich noch schwächer und elender. Aber letzten Endes war ihm klar, dass er dem Generalstabsarzt alles sagen würde. Er musste es einfach tun und jeden Preis für die Gewissheit bezahlen, dass er richtig gehandelt hatte.

Als er hörte, dass die Tür geöffnet wurde, nahm er die Hände von den Augen und wirbelte herum. »Gibt es Probleme mit der Verbindung, Mrs. Pendragon?«

»Verlieren Sie die Nerven, Mercer?«

Vor ihm stand Victor Tremont in seinem teuren Anzug und mit den auf Hochglanz polierten Glacéleder-Schuhen. Sein dichtes, stahlgraues Haar glänzte in dem künstlichen Licht und sein unverwechselbares Gesicht mit den adlerhaften Zügen und dem leicht verächtlichen Ausdruck starrte auf Haldane herab. Er strahlte jene Selbstgewissheit aus, dank derer er Vorstandsmitglieder mit der gleichen Leichtigkeit dirigierte wie ein großer Maestro ein berühmtes Orchester.

Haldanes alte Augen blickten seinen früheren Schützling an. »Ich habe mein Gewissen wiedergefunden, Victor«, sagte er ruhig. »Es ist noch nicht zu spät für Sie, dasselbe zu tun. Lassen Sie mich mit dem Generalstabsarzt telefonieren.«

Tremont lachte. »Ich glaube, es war Shakespeare, der geschrieben hat, dass das Gewissen ein Luxus sei, der aus uns allen Feiglinge mache. Aber er hat sich geirrt. Das Gewissen macht uns zu Opfern, Mercer, zu Verlierern. Ich habe nicht die Absicht, eins von beidem zu sein.« Stirnrunzelnd schwieg er einen Augenblick lang. »Ein Mann ist entweder der Wolf oder die Beute – und *ich* will nicht gefressen werden.«

Haldane hob die Hände. »Um Himmels willen, Victor, Blanchard *hilft* den Menschen. Unser Ziel ist es, Leiden zu verringern. Unser Prinzip lautet: ›Tue niemandem ein Leid.‹ Unser Geschäft ist die *Heilung* von Menschen.«

»Zum Teufel mit dem Geschwätz«, erwiderte Tremont kalt.

»Unser Geschäft ist es, Geld zu verdienen. Profit machen, das allein zählt.«

Haldane konnte sich nicht länger beherrschen. »Sie sind ein egoistischer Fanatiker, Victor!«, brach es aus ihm heraus. »Ein *Mörder!* Ich werde dem Generalstabsarzt alles erzählen … Ich werde …«

»Sie werden gar nichts«, schnappte Tremont. »Dieses Telefongespräch wird nie zustande kommen. Mrs. Pendragon erkennt einen Gewinner, wenn er vor ihr steht.« Er zog eine dunkel glänzende Glock-9-mm-Pistole unter seinem Jackett hervor. »Nadal!«

Mercer Haldanes altes Herz pochte wie wild, und als der große, pockennarbige Araber sein Büro betrat, brach ihm der Schweiß aus. Auch er hatte eine Pistole in der Hand. Haldane war vor Angst wie gelähmt und starrte abwechselnd Tremont und al-Hassan an.

41

11 Uhr 02
Lake Magua, New York

Der an Weihnachten erinnernde Duft von Tannennadeln erfüllte das große Wohnzimmer von Victor Tremonts Sommerhaus. Durch die Fenster sah man den kristallblauen, von dichten grünen Wäldern gesäumten See. Vor dem riesigen Kamin, in dem hohe Flammen loderten, saß Bill Griffin in einem ledernen Klubsessel. Sein stämmiger Körper wirkte entspannt und sein braunes Haar hing wie üblich schlaff und ungebändigt über den Kragen seines Jacketts herab. Griffin schlug die Beine übereinander und zündete sich eine Zigarette an.

Er lächelte Victor Tremont und Nadal al-Hassan an. »Das Problem war, dass wir alle an anderen Zielen gearbeitet haben. Seit Sie mir den Befehl gegeben haben, Jon Smith zu eliminieren, habe ich gleichzeitig drei Orte beobachtet: sein Haus in Thurmont, die Wohnung von Sophia Russel in Frederick und Fort Detrick. Kein Wunder, dass es schwierig war, Kontakt zu mir aufzunehmen.«

All das war gelogen. Er hatte sich in einer Wohnung in einem aufzuglosen Haus in Greenwich Village versteckt, die einer Freundin aus alten New Yorker Zeiten gehörte. Aber als er den Zeitungsartikel gelesen hatte, in dem berichtet wurde, dass der Präsident Victor Tremont und Blanchard Pharmaceuticals ehren wolle und Bestellungen für das Serum eingingen, war ihm klar geworden, dass er zurückkehren musste, um dafür zu sorgen, dass er seinen Anteil bekam.

Und dann war da noch die Sache mit Smith.

»Ich dachte, ich kann Smith aus dem Verkehr ziehen, nachdem er Fort Detrick verlassen hat, aber es gab keine günstige Gelegenheit«, erklärte Griffin. »Nach dieser Nacht hat er sich an keinem der anderen Orte mehr blicken lassen und sich einfach in Luft aufgelöst. Vielleicht hat er aufgegeben oder Urlaub genommen. Oder er trauert irgendwo um seine Verlobte.« Griffin hoffte, dass das stimmte, bezweifelte es aber, weil er Jon kannte.

Victor Tremont blickte durch das Panoramafenster auf die Bäume, die sich im See widerspiegelten. »Nein«, sagte er nachdenklich. »Er hat keinen Trauerurlaub genommen.«

Nadal al-Hassan setzte sich auf die Armlehne des hohen Sofas, das dem Kamin gegenüberstand. »Wie auch immer, jetzt spielt er keine Rolle mehr. Wir wissen, wo er ist, und bald wird es kein Problem namens Smith mehr geben.«

Griffin lächelte erneut. »Klingt ja großartig.« Beiläufig fragte er: »Ist Maddux auf ihn angesetzt?«

Tremont verließ seinen Platz am Fenster, um eine Zigarre aus dem Humidor zu nehmen. Er bot auch Griffin eine an, der aber kopfschüttelnd seine Zigarette hochhob. Als strenggläubiger Muslim war Nadal al-Hassan Nichtraucher.

Nachdem Tremont seine Zigarre angezündet hatte, sagte er durch den aufsteigenden, aromatischen Rauch: »Maddux hat übrigens einen von Smith' Freunden geschnappt, einen Computerfreak namens Marty Zellerbach. Wir werden dafür sorgen, dass Zellerbach bald ausspuckt, wo in Syracuse Smith sich aufhält.«

»Smith ist in Syracuse?« Griffin schien alarmiert zu sein. Er blickte al-Hassan vorwurfsvoll an. »So dicht an uns dran? Wie ist er so nah herangekommen?«

»Indem er Sophia Russels Vergangenheit und Ausbildung überprüft hat«, erwiderte der Araber sanft. »Vor ihrem Universitätsabschluss hat sie in Syracuse studiert.«

»Auch noch, als sie nach Peru gereist ist?«

»Leider ja.«

»Dann weiß er über uns Bescheid!«

»Ich glaube nicht. Zumindest noch nicht.«

Griffins Stimme wurde lauter. »Verdammt, bald wird er alles wissen. Ich werde ihn aufhalten. Diesmal werde ich …«

Tremont unterbrach ihn. »Um Smith brauchen Sie sich keine Sorgen zu machen. Ich habe einen anderen Job für Sie. Jack McGraw hat alle Hände voll damit zu tun, die Sicherheitsmaßnahmen für den Präsidentenbesuch vorzubereiten. Die Feier, die heute Nachmittag stattfindet, ist natürlich eine große Ehre für uns, aber die Entscheidung fiel erst im letzten Augenblick. Alle sind vollauf beschäftigt. Und dann sind da noch die Journalistenhorden. Wir wollen uns die Feier nicht durch Störungen verderben lassen. Sie haben doch beim FBI Erfahrungen gesammelt, deshalb sollten Sie die Koordination mit den Leuten vom Secret Service übernehmen.«

Griffin war irritiert. »Natürlich. Sie sind der Boss. Aber wenn Sie wegen Smith noch beunruhigt sind, sollten wir, finde ich …«

»Nicht notwendig«, sagte al-Hassan bestimmt. »Darum haben wir uns schon gekümmert.«

»Wie? Wer?« Griffin starrte den Araber an, während er sich ernsthafte Sorgen um Jon zu machen begann.

»General Caspar hat arrangiert, dass Colonel Smith von einer CIA-Agentin begleitet wird. Sie ist die Schwester der verstorbenen Sophia Russel und hasst ihn wegen einer alten Geschichte. Man hat ihr erzählt, dass Smith eine ernsthafte Gefahr für dieses Land darstelle. Sie wird ihn ohne Skrupel eliminieren.« Al-Hassan betrachtete Bill Griffin. »Für uns ist Smith bereits tot.«

Bill Griffins Gesichtsausdruck blieb unverändert. Er nahm einen tiefen Zug aus seiner Zigarette.

Dann nickte er und täuschte eine mit Zweifel versetzte Genugtuung vor, um weiter die Rolle zu spielen, die er seit seiner Entdeckung übernommen hatte, dass Smith auf der Abschussliste stand. Seit der Nacht, in der er sich mit Jon getroffen hatte, verdächtigten sie ihn, und dass er Jon nicht umgebracht hatte, hatte ihr Misstrauen noch vergrößert. Jetzt hatten sie Marty Zellerbach in der Gewalt, den er aus der Schulzeit als Genie in Erinnerung hatte, der aber auch schwach und leicht zu verängstigen war. Früher oder später würde Marty zusammenbrechen und Jon verraten. Und außerdem gab es da jetzt noch Sophias Schwester Randi – eine besonders üble Geschichte. Jon hatte erzählt, wie sehr ihn diese Frau hasste. Sie wäre durchaus in der Lage, ihn umzulegen. Das galt für jeden Feldagenten der CIA.

Durch Martys Entführung und den Einsatz von Randi Russel hatten Tremont und al-Hassan ihre Probleme im Griff. Zumindest glaubten sie das.

Griffin erhob sich mit einem ruhigen Gesichtsausdruck. »Hört sich nach einem maßgeschneiderten Auftrag für mich an. Ich werde mich sofort an die Arbeit machen.«

»Gut.« Tremont entließ ihn mit einer Kopfbewegung. »Nehmen Sie den Cherokee-Jeep. Wenn wir hier fertig sind, werden Nadal und ich mit dem Landrover fahren. Danke, dass Sie hereingeschaut haben, Bill. Wir hatten uns schon Sorgen um Sie gemacht. Es ist immer schön, Sie zu sehen.«

Aber als Bill Griffin ihm den Rücken zukehrte, änderte sich Tremonts Gesichtsausdruck. Mit kaltem Blick beobachtete er, wie der Verräter das Büro verließ.

Bill Griffin bog von der Straße ab und brachte den Cherokee-Jeep zwischen Eichen und Birken zum Stehen. Während er den Wagen mit Buschzweigen tarnte, damit er von der Straße aus nicht gesehen werden konnte, tobte in ihm ein Konflikt. Irgendwie musste er Jon erreichen, um ihn vor Randi zu warnen und ihm zu erzählen, was mit Marty passiert war. Zugleich wollte er kein Risiko eingehen, all das zu verlieren, wofür er gearbeitet hatte, seit er vor zwei Jahren Victor Tremont begegnet und ins Hades-Projekt eingestiegen war. Er hatte ein Recht auf seinen Anteil an den guten Dingen des Lebens, genau wie all die anderen dieser stehlenden Bastarde, die die Geschicke der Welt bestimmten. Mehr als nur ein Recht nach all diesen Jahren, in denen er für die gottverdammten, undankbaren Betrüger und Lügner gearbeitet hatte, die das FBI und dieses Land führten.

Aber er würde nicht zulassen, dass sie Jon umlegten. So weit würde er nicht gehen.

Er wartete unter den Bäumen und beobachtete das rustikale Landhaus und die Nebengebäude. Die Insekten summten und der Duft des von der Sonne erwärmten Waldes erfüllte die Luft. Sein Puls begann zu rasen.

Nach einer Viertelstunde hörte er den Landrover. Erleichtert beobachtete er, wie der Wagen an ihm vorbeifuhr und in südöstlicher Richtung zwischen den Bäumen verschwand. Nach ein paar Kilometern würden Tremont und al-Hassan die Landstraße erreichen und nach Long Lake Village weiterfahren, um dort die Feier vorzubereiten. Viel Zeit blieb ihm nicht.

Deshalb fuhr er sofort zu dem Sommerhaus zurück, wo er hinter dem Personalflügel parkte und dann zu dem umzäunten Platz am Rande des Waldes eilte, der vom Sommerhaus aus nicht zu sehen war. Er schloss das Tor auf und pfiff leise. Aus einer hölzernen Hundehütte kam der große Dobermann auf ihn zu, dessen braunes Fell im Sonnenlicht glänzte. Die Ohren des Tiers waren aufgerichtet, während seine intelligenten Augen Griffin anblickten.

Bill streichelte den Hund hinter den Ohren. »Bist du bereit, mein Junge?«, fragte er sanft. »Zeit, dass wir an die Arbeit gehen.«

Der große Hund trottete leise hinter ihm her. Nachdem er das Tor wieder verschlossen hatte, eilten sie auf das Sommerhaus zu. Dabei beobachtete Griffin die Umgebung wachsam. Weil er sie kannte, sollten die drei Männer vom Sicherheitsteam, die draußen Wache schoben, kein Problem sein. Dennoch wollte er lieber kein Risiko eingehen. Vor einer Seitentür des Hauses atmete er tief durch und blickte sich ein letztes Mal um. Dann öffnete er die Tür und betrat gemeinsam mit dem Dobermann das Haus. Drinnen war es auf unheimliche Weise ruhig, wie in einem riesigen, hölzernen Sarg. Wegen der Feier im Hauptquartier von Blanchard Pharmaceuticals waren fast alle nach Long Lake Village gefahren, wenn man von den paar Laborarbeitern im zweiten Stock einmal absah. Auf dem Flur, wo sich das Labor befand, konnte Tremont keinen Gefangenen verstecken.

Der Rest des Hauses sollte eigentlich leer sein, wenn man von Marty absah, der vielleicht noch von einem bewaffneten Posten bewacht wurde. Griffin bückte sich. »Such, mein Junge.«

Der Hund verschwand, leise wie Nebelschwaden, die über ein Moor streichen. Griffin lauschte dem entspannten Geplauder der beiden Männer von der Security, die sich nach ihren unterschiedlichen Rundgängen getroffen hatten und vor einem Fenster stehen geblieben waren.

Nach zwei Minuten kam der Dobermann zurück und wollte Griffin unbedingt zeigen, was er gefunden hatte. Bill folgte dem Hund durch einen langen Korridor, von dem aus Türen in Gästezimmer führten, in denen im neunzehnten Jahrhundert die reichen Besucher übernachtet hatten, die hier ihre Rückkehr zur Natur zelebriert hatten. Aber der Hund blieb vor keiner dieser Türen stehen. Stattdessen lief er an der stillen, verwaisten Küche vorbei. Die Köche und Tellerspüler hatten an diesem Nachmittag frei, damit sie an der Feier in Long Lake Village teilnehmen konnten.

Endlich blieb der Hund vor einer geschlossenen Tür stehen. Griffin versuchte, die Tür zu öffnen, aber sie war verschlossen.

Wegen der Anspannung begann seine Haut zu kribbeln. Das riesige, leere Haus allein machte ihn schon nervös, aber jetzt war er im Begriff, eine Tür zu öffnen, deren Schwelle er noch nie überschritten hatte. Nachdem er nach rechts und links geblickt hatte, zog er ein Kästchen aus der Jackentasche, in dem sich kleine Dietriche befanden. Der vierte passte, dann hörte er ein leises Klicken.

Er zog seine Pistole, während er mit der anderen Hand den Türknopf drehte. Leise schwang die gut geölte Tür auf. Dahinter roch es schwach nach Moder. Griffin tastete die Wand ab, bis er einen Lichtschalter gefunden hatte. Als er ihn betätigte, beleuchtete eine Deckenlampe eine Treppe, die in den Keller führte. Er schloss die Tür und gab dem Hund durch eine Handbewegung ein Zeichen. Während der Dobermann die Treppe hinabrannte, hörte Griffin die kratzenden Geräusche seiner Krallen auf dem Stein.

Während er wartete, starrte er mit einem unbehaglichen Gefühl in die Dunkelheit. Nach wenigen Sekunden war der Hund zurück und forderte Bill auf, ihm in den Keller zu folgen.

Auf halber Höhe der Treppe fand Griffin einen weiteren Lichtschalter und diesmal flackerte eine ganze Reihe von Lampen auf. Sie erhellten einen großen Keller mit offenen Lagerräumen, in denen sich Pappkisten befanden, die fein säuberlich mit Aktennamen und Datumsangaben beschriftet waren – die Lebensgeschichte eines Wissenschaftlers und Geschäftsmanns. Aber das Interesse des Hundes galt der einzigen geschlossenen Tür, vor der er aufmerksam herumtänzelte.

Mit gezückter Waffe presste Griffin ein Ohr dagegen. Als er nichts hörte, blickte er zu dem Hund hinab. »Seltsam, was, mein Junge?«

Der Dobermann hob seine Schnauze, als ob er ihm beipflichten würde. Jetzt war der Hund lediglich wachsam, aber wenn Griffin seine Hilfe brauchen sollte, würde er sich sofort in eine mörderische Bestie verwandeln.

Mit einem weiteren Dietrich schloss er die Tür auf, öffnete sie aber noch nicht. Der ganze Keller wirkte wie eine Grabkammer und Griffins Unruhe wuchs. Er stand unter Zeitdruck, doch die Besonnenheit hatte ihn schon vor Jahren gelehrt, nie das Offensichtliche zu erwarten. Er wusste nicht, was hinter dieser Tür lauerte – eine bewaffnete Bande, ein Verrückter oder einfach nichts. Was immer es auch sein mochte, er würde vorbereitet sein.

Nachdem er erneut gehorcht hatte, steckte er den Dietrich weg, umklammerte fest den Griff seiner Waffe und öffnete die Tür.

Der Raum war eine finstere, fensterlose Zelle, in die von draußen ein rechteckiger Lichtfleck fiel. Auf einem schmalen Feldbett an der hinteren Wand, dem einzigen Möbelstück, sah er eine zusammengekrümmte Gestalt. Einer offenen Toilette entströmte unangenehmer Uringeruch. Der Raum wirkte zugleich bedrohlich und traurig. Schnell gab Griffin dem Dobermann ein Zeichen, die Tür zu bewachen, dann eilte er leise auf das Feldbett zu. Unter einer Wolldecke schlief ein kleiner, rundlicher Mann.

»Zellerbach?«

Marty öffnete die Augen. »Was? Wer …?« Seine Worte kamen schleppend heraus und seine Bewegungen wirkten steif.

»Alles in Ordnung? Bist du verletzt?« Griffin half Marty, sich aufzusetzen. Einen Augenblick lang glaubte er, dass sie Marty verletzt hatten, dann, dass er einfach durch den Schlaf desorientiert war. Als er den Kopf schüttelte und sich die Augen rieb, erkannte Griffin den Marty Zellerbach aus ihrer gemeinsamen Zeit auf der Highschool. Er war Jons anderer enger Freund gewesen – ein hochnäsiger, verrückter Bastard, der Jon ständig in Prügeleien und Streitigkeiten verwickelt hatte. Später hatten sie herausgefunden, dass er nicht verrückt und arrogant, sondern ganz einfach krank war. Er litt an irgendeiner Variante von Autismus.

Griffin fluchte leise. Konnte Marty ihm erzählen, was er wissen musste?

»Ich bin's, Marty. Bill Griffin. Erinnerst du dich?«

Marty bewegte sich in der Dunkelheit und das Feldbett quietschte. »Griffin? Wo hast du gesteckt? Ich habe versucht, dich mit dem Computer zu finden. Jon will mit dir reden.«

»Und ich will mit Jon reden. Wie lange bist du schon hier?«

»Ich weiß nicht. Es kommt mir lange vor.«

»Was hast du ihnen erzählt?«

»Erzählt?« Marty erinnerte sich an alle Fragen, den Schlag auf den Kopf und die Finsternis, die ihn übermannt hatte. »Es war entsetzlich. Diese Männer sind pervers. Sie weiden sich am Schmerz anderer. Ich war bewusstlos …« Mit pochendem Herzen erinnerte er sich an das schlimme Erlebnis. Das Ganze schien erst ein paar Minuten zurückzuliegen und seine Erinnerung war so frisch wie eine offene Wunde. Aber sie war zugleich auch getrübt und verwirrend. Er schüttelte den Kopf, um klar denken zu können. Ein großes Problem war, dass er unter dem Einfluss seines Medikaments gestanden hatte. »Ich glaube nicht, dass ich was verraten habe.«

Griffin nickte. »Ich auch nicht.« Wenn er etwas ausgespuckt hätte, hätten sie Jon mittlerweile gefangen genommen oder umgebracht. Doch auch Randi Russel konnte Jon bereits getötet haben. »Ich bringe dich hier raus, Marty. Dann kannst du mich zu Jon führen.«

Martys rundliches Gesicht wirkte gequält. »Ich weiß nicht genau, wo er ist.«

Griffin fluchte. »Warte. Denk nach. Wo könnte er sein? Ihr müsst doch ein Treffen verabredet haben. Du bist doch eine Art Genie und Genies denken immer an so etwas.«

Plötzlich wurde Marty misstrauisch. »Wie hast du mich gefunden?« Er hatte Bill Griffin nie gemocht. Während ihrer gemeinsamen Schulzeit war er ein Großmaul und Besserwisser gewesen, obwohl seine Intelligenz Martys Meinung nach allenfalls etwas überdurchschnittlich war. Außerdem hatte Bill mit Marty um Jons Gunst gebuhlt. Marty kauerte sich gegen die Wand. »Du könntest einer von denen sein.«

»Ich *bin* einer von denen. Mittlerweile weiß Jon das auch. Aber er schwebt in einer viel größeren Gefahr, als er glaubt, und ich möchte nicht, dass er umgebracht wird. Ich muss ihm helfen.«

Das wollte Marty auch und deshalb wollte er Bill Griffin vertrauen. Aber *durfte* er ihm vertrauen? Und wie konnte er das herausfinden?

Griffin betrachtete Marty. »Ich werde dich sicher hier rausbringen. Wirst du mir dann glauben und mir erzählen, wo du dich mit Jon treffen wolltest? Dann fahren wir gemeinsam dorthin.«

Marty neigte den Kopf zur Seite und sein Blick wurde scharf und analytisch. »In Ordnung.« Er sagte sich, dass es eigentlich ganz simpel war. Sollte er zu der Ansicht gelangen, dass er Griffin nicht vertrauen konnte, würde er ihn einfach anlügen.

»Gut. Auf geht's.«

»Ich kann nicht. Sie haben mich an die Wand gefesselt.« Verzweifelt hob Marty die Hände und wackelte mit dem rechten Bein. Er war mit dünnen, starken Ketten an die Wand gebunden, die mit einem Vorhängeschloss gesichert waren.

»Das hätte ich mir denken können, weil sie keinen Wachposten zurückgelassen haben.«

»Es ist verdammt unangenehm.«

»Darauf würde ich wetten.« Mit Hilfe seiner Dietriche öffnete Griffin die Schlösser rasch.

Während Marty sich nacheinander die Hand- und Fußgelenke rieb, pfiff Bill Griffin leise nach dem Dobermann.

Der Hund kam schnüffelnd auf sie zugetrottet.

»Das ist ein Freund«, sagte Griffin zu dem Hund, während er seinen ehemaligen Klassenkameraden berührte. »Er ist in Ordnung. Du musst ihn beschützen.«

Nachdem er seine Beine über den Rand des Feldbetts geschwungen hatte, saß der üblicherweise nervöse Marty mit erstaunlicher Geduld ruhig da, während der Hund an seinen Kleidern, Händen und Füßen roch.

»Wie heißt er?«, fragte er, als der große Hund zurücktrat.

»Samson.«

»Das passt. Er sieht aus, als hätte er Riesenkräfte.«

»Die hat er. Los jetzt«, befahl Griffin dem Dobermann.

Der Hund trottet in den Flur, blickte nach links und rechts und lief dann auf die Treppe zu.

»Komm jetzt.«

Griffin half ihm, bis sie aus dem Raum waren, dann machte sich Marty los. In seinem typischen Gang eilte er hinter Griffin her. Sie erreichten die Treppe und gingen schnell hinauf. Dann liefen sie durch den verwaisten Korridor auf die Hintertür zu, in deren Nähe Griffin den Wagen geparkt hatte. Mittlerweile arbeitete Martys Gehirn mit Höchstgeschwindigkeit und auch seine Sensibilität war geschärft. Griffin gegenüber empfand er gemischte Gefühle. Aber er hatte ihn wenigstens aus diesem ekelhaften Loch herausgeholt.

Als Griffin an der Tür stehen blieb, packte Marty seinen Arm. »Sieh mal«, flüsterte er. »Da bewegt sich ein Schatten.« Er zeigte durch das kleine Seitenfenster.

Der Dobermann hatte wachsam den Kopf gehoben und seine aufgerichteten Ohren drehten sich, während er lauschte. Eine

Handbewegung Griffins bedeutete ihm, an Ort und Stelle zu bleiben. Zugleich zog er Marty mit sich nach unten, wo sie sich hinkauerten.

»Das ist nur einer vom Sicherheitsteam«, flüsterte Griffin heiser. »Er ist auf seinem Rundgang und wird in drei Minuten verschwunden sein. Okay?«

»Ich wollte nur helfen«, sagte Marty säuerlich, aber jetzt fühlte er sich definitiv sicher.

Griffin hob die Augenbrauen, zog sich hoch und blickte aus dem Fenster. Dann nickte er Marty zu. »Los jetzt.« Sobald Marty wieder auf den Beinen war, schubste Griffin ihn nach draußen. Vor ihnen rannte der Dobermann auf den Cherokee-Jeep zu. Bill öffnete die Tür und der Hund sprang in den Wagen. Während Griffin hinter dem Lenkrad Platz nahm, kletterte Marty auf den Beifahrersitz. Lächelnd streichelte er die warme Schnauze des Dobermanns.

»Süßes Hündchen«, säuselte er.

Griffin gab Gas und atmete erleichtert auf. Ein anderer Mann vom Sicherheitsteam winkte, als er das Grundstück verließ, und er erwiderte den Gruß. Das Ganze hatte weniger als zwanzig Minuten gedauert und er war zuversichtlich, dass sie es schafften. Jetzt konzentrierte er sich ganz auf ein Ziel: Er musste Jon Smith finden, bevor Randi Russel ihn umbrachte.

»Okay, das wäre geschafft. Also, wohin fahren wir?«

»Nach Syracuse. Den Rest werde ich dir erzählen, wenn wir da sind.«

Griffin nickte. »Wir werden fliegen und dort ein Auto mieten müssen.« Wegen seiner Hast und seiner Erleichterung hatte er den dritten Wachposten vergessen, der sich zwischen ein paar Pappeln versteckt hielt. Während der Mann dem verschwindenden Jeep nachsah, sprach er leise in sein Handy. »Mr. Tremont? Griffin hat den Köder geschluckt. Er hat diesen Zellerbach befreit und jetzt hauen sie ab. Ja, Sir. Den Sender haben wir installiert, der Flughafen wird überwacht und an der Landstraße wartet Chet.«

42

13 Uhr 02
Syracuse, New York

»Verdammter Mist!« Peter Howell starte frustriert auf den leuchtenden Monitor seines Computers. »In den Dateien von Blanchard Pharmaceuticals steht herzlich wenig über das Veterinärmedizin-Serum oder den Affenvirus. Die Statistik über den unaufhaltsamen Aufstieg des Unternehmens scheint dagegen vollständig zu sein.« Während der Wind durch die zerstörten Fenster des Wohnmobils blies, fuhr sich Howell mit einer seiner knorrigen braunen Hände wütend durch das Haar.

»Nichts über die Versuche an Menschen?« Smith saß mit vor der Brust verschränkten Armen und ausgestreckten Beinen auf dem Sofa in der Nähe des Computers. Während Peter nach den Informationen gesucht hatte, hatte er ein Nickerchen gehalten, die Beretta griffbereit im Hosenbund.

»Und wie sieht's mit dem Irak aus?« Neben ihm streckte Randi ihre Glieder, die ebenfalls geschlafen hatte, bis Peters lauter Fluch sie geweckt hatte. Plötzlich wurde ihr bewusst, wie eng Jon neben ihr saß. Rasch rückte sie etwas zur Seite. Die Uzi lag unter dem Sofa, direkt hinter ihren Hacken. Wenn sie die Füße zurücksetzte, spürte sie die beruhigende Waffe.

»Keine Silbe«, knurrte Peter, während er weiter angespannt auf den Monitor starrte. »Meiner Ansicht nach ist es möglich, dass wir auf der falschen Fährte sind. Vielleicht ist Blanchard Pharmaceuticals sauber und nicht im Besitz des Virus. Möglicherweise handelt es sich bei dem Serum einfach nur um einen glücklichen Zufall.«

»Ich bitte Sie.« Randi schüttelte ungläubig den Kopf.

»Das erklärt nicht, warum es die ersten zwölf menschlichen Versuchskaninchen gegeben hat«, sagte Jon. »Wer immer vor zehn Jahren mit dem Experiment begonnen hat – er muss damals den Virus und vor einem Jahr das Serum gehabt haben, um die Irakis und dann in der letzten Woche die drei Amerikaner heilen zu können.«

Sie erwogen einige andere Erklärungen für das Experiment.

»Es muss noch andere Unterlagen geben.« Peter wirbelte in seinem Stuhl herum. Er blickte sie deprimiert an und kratzte sich am Kopf.

»Es sei denn, dass sie keine schriftlichen Unterlagen führen«, sagte Randi.

»Unmöglich«, erwiderte Smith. »In der Forschung tätige Wissenschaftler müssen Notizen, Resultate und Spekulationen aufbewahren, jedes einzelne Blatt Papier, die kleinste Idee. Ansonsten können sie mit ihrer Arbeit nicht vorankommen, sich neue Ziele setzen und Fördermittel beantragen. Die Buchhaltung muss absolut akkurate Unterlagen über die Finanzen führen.«

»Aber Wissenschaftler müssen nicht alles in den Computer eingeben«, entgegnete Randi. »Sie können auch mit der Hand schreiben.«

Smith schüttelte den Kopf. »Heutzutage nicht mehr. Computer sind zu einem wichtigen Instrument der Forschung geworden. Man braucht sie für Prognosen, Simulationen, statistische Analysen – ansonsten würde alles jahrelang dauern. Nein, die Unterlagen müssen irgendwo auf einem Computer abgespeichert sein.«

»Davon bin ich überzeugt, aber wo?«, fragte Howell.

»Wir brauchen Marty.« Jetzt hatte Smith Grund zum Fluchen. Aus Enttäuschung hatte sich der Blick seiner marineblauen Augen verfinstert.

»Es gibt noch andere Möglichkeiten, es zu versuchen«, sagte Randi. »Wir sollten bei Blanchard Pharmaceuticals einbrechen und die Akten an Ort und Stelle suchen. Falls sich dort jemand herumtreibt, werden wir ihn eben ›überreden‹, uns zuvorkommend zu behandeln.«

»Na großartig«, erwiderte Jon. »Wir haben tatsächlich noch nicht *jedes* Gesetz gebrochen, sondern ein paar vergessen.«

Plötzlich hörten sie ein hektisches Hämmern gegen die Tür, das das ganze Wohnmobil erzittern ließ.

»Verdammt, ich bin alt geworden.« Peter griff nach seiner Heckler & Koch-Maschinenpistole. »Ich habe nicht gemerkt, dass sich uns jemand genähert hat.«

In einer synchronen Bewegung ergriffen auch Smith und Randi ihre Waffen.

»Jon!« Die Stimme klang dünn, vertraut – und gebieterisch. »Jon! Mach die Tür auf. Ich bin's.«

»Marty!« Smith öffnete die Tür einen Spalt weit.

Für einen Augenblick wirkte Martys rundlicher, plumper Körper beinahe athletisch – er stieß die Tür auf, sprang ins Wohnmobil und packte Jon bei den Armen. »Jon! Endlich.« Er umarmte seinen Freund und trat dann verlegen zurück. »Ich habe schon gedacht, dass ich dich nie wiedersehen würde. Wo um alles in der Welt hast du bloß gesteckt? Bill hat mich gerettet und deshalb dachte ich, dass es in Ordnung ist, wenn ich ihn zu dir führe. War das okay?«

»Das ist eine Falle!«, bellte Peter und richtete seine Maschinenpistole auf Griffin, der leise in das Wohnmobil getreten war.

Doch der ehemalige FBI-Mann lehnte allein mit dem Rücken an der geschlossenen Tür und seine Arme hingen schlaff herab. Er hielt keine Waffe in der Hand, wirkte aber angespannt und wachsam. Sein langes braunes Haar war fettig, als ob es tagelang nicht gewaschen worden wäre, und der Blick seiner braunen Augen strahlte eine Leere aus, die Jon frösteln ließ.

Auch Randi hob jetzt ihre Uzi in Richtung Griffin.

»Nein!«, rief Smith und trat zu Griffin. »Genug jetzt. Marty hat Recht. Das ist Bill Griffin. Nehmt die Waffen runter.« Er wandte sich Griffin zu. »Bist du allein?«

»Wir sind allein gekommen«, versicherte Marty. »Bill sagt, dass er dich warnen muss, Jon. Seiner Meinung nach schwebst du in größerer Gefahr als je zuvor.«

»In was für einer Gefahr?«

Randi und Peter blieben wachsam, hatten aber ihre Waffen gesenkt. Da griff Bill Griffin in seine Jackentasche und zog eine Glock heraus.

»Die Frau.« Während er Randi mit leerem Blick ansah, zielte er auf ihr Herz. »Sie ist eine CIA-Agentin. General Nelson Caspar hat sie geschickt, damit sie dich umlegt, Jon.«

»*Wie bitte*?« Randi hob wütend die Augenbrauen, als sie zuerst Smith und dann mit funkelndem Blick Griffin ansah. »Das ist eine Lüge! Wie können Sie es wagen? Sie arbeiten für diese Leute und beschuldigen *mich*?«

Jon hob eine Hand. »Warum sollte Caspar mich umbringen lassen wollen?«

»Weil er für dieselben Leute arbeitet wie ich.«

»Für Tremont und Blanchard Pharmaceuticals?«

»Ich habe dich im Rock-Creek-Park gewarnt.«

Smith starrte ihn an. »Aber sonst hast du niemanden gewarnt«, erwiderte er wütend. »Und deshalb haben sie Sophia ermordet.«

»So ist nun mal die Welt, in der wir leben«, sagte Griffin verbittert. »Gute Menschen gibt es nicht. Niemand glaubt mehr an Gut und Böse. Man muss zusehen, was man für sich selbst herausschlagen kann. Ich werde mir jetzt meinen Anteil holen. Den schulden sie mir.«

Jon wandte den Blick ab und zwang sich, nicht die Selbstbeherrschung zu verlieren. Sophia war tot und er konnte sie nicht wieder ins Leben zurückholen. Sein Leben lang würde er um sie trauern, aber vielleicht würde er lernen, besser mit dieser Trauer umgehen zu können. »Niemand schuldet dir etwas«, sagte er leise. »Und was Randi angeht, liegst du falsch. Sie kann nicht geschickt worden sein, um mich umzulegen. Angesichts der Umstände, unter denen wir uns getroffen haben, ist das unmöglich. Sie hat mir das Leben gerettet.« Als er ihr schnell ein Lächeln zuwarf, bemerkte er erstaunt, dass ihre eisige Miene einen sanften Ausdruck angenommen hatte. »Sie will Tremont stoppen, genau wie ich. Wer hat dir gesagt, dass Caspar ihr den Auftrag gegeben hat, mich zu ermorden?«

Während Bill Griffin Jon zuhörte, empfand er ein seltsames Gefühl, fast so, als ob ihm im Puzzle des Lebens irgendein wichtiges Teil entgangen wäre. Er wusste nicht genau, worum es sich handelte. Aber während einiger klarsichtiger Augenblicke erkannte er den Verlust und die Tatsache, dass er nie in der Lage gewesen war, den Weg zu finden, der ihn zu dem zurückgeführt hätte, was jetzt unwiederbringlich verloren war. Als er nun seinen Freund betrachtete und sah, wie er erschauernd um Fassung rang, weil er an Sophias Tod erinnert wurde, empfand er ein Gefühl der Einsamkeit und des Bedauerns. Vielleicht hatte er sich zu blind nur um seine egoistischen Interessen gekümmert, vielleicht hätte er Sophia warnen sollen. Auch andere hätte er warnen können …

Er unterdrückte den Gedanken. Wie weit konnte er gehen? Mit Sicherheit war es nicht seine Sache, die Welt zu retten. Aber vielleicht konnte er ein letztes Mal etwas für Jon tun, um so wenigstens andeutungsweise wiedergutzumachen, was seiner Verlobten zugestoßen war.

»Victor Tremont steckt hinter der ganzen Geschichte. Der Anführer seiner Leute heißt Nadal al-Hassan. Sie …« Nachdem er die Namen genannt hatte, schrillten in seinem Kopf laut und warnend Alarmglocken. Er dachte an Tremonts Sommerhaus und daran, wie ungefährlich und leicht es gewesen war, dort einzubrechen, Marty zu befreien und mit ihm zu fliehen.

Und daran, wie einfach es gewesen war, an den Wachposten vorbeizukommen.

Abrupt blickte er Marty an. »Hat Tremont oder einer der anderen dir was gegeben, das du bei dir tragen sollst?«, knurrte er. »Denk nach. Knöpfe, Geldstücke, Stifte, vielleicht ein Kamm?«

Smith wandte sich Griffin zu. »Glaubst du …«

»Durchsuch deine Taschen«, befahl der ehemalige FBI-Mann Marty. »Vielleicht haben sie dir was hineingeschmuggelt, ohne dass du es gemerkt hast. Es kann jeder von ihnen gewesen sein. Vielleicht Maddux?«

Zunächst hatte Marty nicht verstanden, worum es ging, aber dann begriff er. »Du machst dir Sorgen, dass sie mich verwanzt haben!« Sofort schüttete er den Inhalt seiner Taschen auf das

Beistelltischchen. »Ich erinnere mich an nichts, aber nachdem der pockennarbige Mann mich geschlagen hat, war ich bewusstlos.«

Mit seinen schwerfälligen Händen, die so schnell über eine Tastatur fliegen konnten, ansonsten aber unbeholfen waren, überprüfte er rasch alle Möglichkeiten. Der frühere FBI-Agent war so ungeduldig, dass er Marty am liebsten die Kleidung vom Leib gerissen hätte, um zu sehen, ob man ihm einen Sender untergejubelt hatte.

»Leg den Gürtel ab, Marty«, befahl er stattdessen »Schnell.«

»Und zieh auch die Schuhe aus«, fügte Smith hinzu.

Während er Jon die Sachen zuwarf, damit er sie untersuchen konnte, errötete Bill Griffin vor Wut. »Sie haben mich angelogen, weil sie wussten, dass ich versuchen würde, dich zu warnen, Jon. Dann haben sie zugelassen, dass ich Marty befreie, damit er sie zu dir führt, weil sie aus ihm nichts herauspressen konnten. Sie müssen mich seit unserem Treffen im Rock-Creek-Park verdächtigt haben. Ich hätte ...«

Von draußen hörten sie das heisere Bellen eines Hundes. Er bellte nur einmal, dann war es wieder still.

Griffin erstarrte. »Al-Hassan und seine Männer warten draußen.«

»Woher wissen Sie das?«

Randi schlich an einer Wand entlang auf das Vorderfenster zu, dessen Scheibe unversehrt geblieben war, und spähte vorsichtig hinaus.

»Der Hund.« Jetzt hatte Jon begriffen. »Der Dobermann, den du damals im Park dabeihattest.«

Bill nickte. »Er heißt Samson und ist als Kampf-, Such- und Wachhund abgerichtet.«

»Ich sehe sie«, flüsterte Randi. »Sieht so aus, als ob es vier wären. Sie verstecken sich in der Reihe von Wohnmobilen vor uns. Einer ist ein großer Araber.«

»Al-Hassan«, antwortete Bill mit tödlich leiser Stimme.

Howell schnalzte mit der Zunge. »So haben sie uns gefunden«, murmelte er. Er hielt einen kleinen Sender hoch, den er im Absatz von Martys Schuh entdeckt hatte. »Eine süße kleine Wanze, was?« Der Engländer schüttelte verärgert den Kopf, warf den Sender aus dem Fenster und griff nach seiner Maschinenpistole.

Randi sah noch immer durch das Fenster. »Polizisten und Soldaten sehe ich nicht.«

»Was spielt das noch für eine Rolle?«, fragte Griffin rau. »Ich habe sie hierher geführt und jetzt sitzt ihr in der Falle. Was für eine Dummheit. Mein Gott, war ich blöd!«

»Nur die Ruhe«, sagte Peter. »So leicht ist es nun auch wieder nicht, uns zu schnappen.« Nachdem er auf einen Knopf an der Wand über dem Küchentisch gedrückt hatte, hoben sich in der Mitte des Raums vier Vinylquadrate aus dem Boden, die von den anderen Fliesen nicht zu unterscheiden waren. Schnell wie der Blitz bewegte sich Peter auf den Fluchtweg zu. »Es darf nie nur einen Ausgang geben, Freunde. Möchtest du ihnen die Ehre erweisen, Jon?«

Smith hob die Falltür an und kletterte hindurch.

»Los, mein Junge«, sagte Howell zu Marty.

Mit düsterem Blick starrte Marty auf den Asphalt hinab, dann folgte er seinem Freund. Hinter dem Wohnmobil lag reglos der Dobermann, dessen große dunkle Augen die freie Fläche und die Bäume hinter dem Wagen beobachteten. Als Randi Russel, Peter und Bill Griffin folgten, krabbelte Marty schnell unter dem Wohnmobil hervor. Der wachsame Dobermann hob seine Schnauze, als er sich ihm näherte und sich neben ihn kauerte. Er streichelte den schlanken Rücken des Tiers. Seltsamerweise hatte er keine Angst. Er blickte auf die Räder der anderen Wohnmobile und auf die ersten Baumstämme des Waldes. Weil er keine Füße sah, hatte er einen Augenblick lang die Hoffnung, dass al-Hassan und seine Killer vielleicht aufgegeben hatten und verschwunden waren.

Bill Griffin rief den Hund zu sich. »Das sind Freunde, Samson«, sagte er leise. »Freunde.«

Er ließ den Hund an der Kleidung der anderen schnüffeln.

Dann schlichen sie Jon hinterher zum Ende des Wohnmobils, das dem Wald am nächsten stand. Nur knapp fünf Meter trennten sie von den ersten Bäumen.

»Da drüben«, sagte Howell. »Dort können wir uns verstecken und entscheiden, was wir dann tun werden. Wenn ich ›los‹ sage, springt ihr auf und jagt los, als ob euch die Höllenhunde im Nacken sitzen würden. Ich werde euch Feuerschutz geben.« Er streichelte seine Maschinenpistole.

Aber dann sahen sie Männer am Waldrand auftauchen.

»Runter!«, knurrte Smith.

Während sie sich fallen ließen, wurde eine Gewehrsalve abgegeben. Pfeifend prallten die Kugeln von den Seitenwänden des Wohnmobils ab. Sie krochen zurück und gingen hinter den Reifen in Deckung.

»Wie viele sind es?«, fragte Griffin laut.

»Zwei.« Während er den Waldrand beobachtete, verengten sich Peters Augen zu Schlitzen.

»Oder drei«, erwiderte Jon schwer atmend.

»Zwei oder drei«, sagte Randi. »Das heißt, dass einer oder zwei noch da hinten sind.«

»Ja.« Bill Griffin blickte auf die angespannten und besorgten Gesichter mit den tapfer leuchtenden Augen. Das traf selbst auf Marty mit seinem seltsamen Körper und seiner noch seltsameren geistigen Verfassung zu. Er war nicht mehr der zimperliche, ärgerliche Jammerlappen, den Griffin von früher kannte. Marty war erwachsen geworden. Während Griffin darüber nachdachte, wurde er innerlich von einer entsetzlichen Angst zerrissen, die an eine alte und schmerzhafte Erinnerung rührte. Zugleich fühlte er, dass sich etwas in ihm veränderte. Vielleicht lag es an der Verbitterung darüber, dass er all die Jahre für Menschen ohne Charakter gearbeitet hatte. Oder daran, dass er nie in diese Welt gepasst hatte, die anderen als so sinnvoll erschien. Plötzlich spürte er, dass ihm mittlerweile alles und alle – sogar er selbst – egal waren.

Verzweifelt wünschte er sich, dass es nicht so wäre. Jetzt begriff er, warum er so viel riskiert hatte, um Jon zu retten. So hatte er die Hoffnung am Leben halten können, noch etwas Gutes in sich selbst zu retten. Mit einem Mal schien das Blut in seinen Adern schneller zu fließen und seine Gedanken waren unglaublich klar. Er wurde von dem Gefühl erfasst, wieder ein Ziel zu haben, und es war so stark wie damals, als er und Jon jung gewesen waren und die Zukunft noch vor sich gehabt hatten.

Jetzt wusste er, was er zu tun hatte.

Er empfand es mit jeder Faser seines Körpers, durch jegliche Desillusionierung hindurch.

Er wusste, was er zu tun hatte, um sich selbst wiederzufinden.

Ohne Vorwarnung sprang er auf und rannte mit einem rauen, kehligen Schrei auf die am Waldrand kauernden Angreifer zu.

»Bill!«, brüllte Jon. »Nein …«

Aber es war zu spät. Mit wehender Mähne lief der stämmige Mann schießend auf die Bäume zu.

Griffin fühlte sich immens erleichtert und alles um ihn herum war ihm völlig egal. Er wollte sich nur noch selbst erlösen. Links neben ihm sprang der Dobermann mit gefletschtem Gebiss auf einen der Angreifer zu.

Mit gezückten Waffen erhoben sich Jon, Randi und Peter, um Griffin zu folgen, aber nach ein paar Sekunden war alles vorüber.

Als Jon Bill erreichte, lag dieser auf dem Rücken am Waldrand. Aus seiner Brust strömte Blut.

»Guter Gott«, flüsterte Peter, während er den Blick über die Bäume und Wohnmobile gleiten ließ, um zu sehen, ob noch Gefahr drohte.

Etwa drei Meter entfernt lag leblos der kleine, dicke Mann, der bei dem Angriff auf Jon in Georgetown an jenem ersten Tag der Anführer gewesen war. Ein Zweiter war an einem Kopfschuss gestorben, der Dritte lag mit zerfetzter Kehle auf dem Rücken. Unterdessen suchte der Dobermann im Wald nach weiteren Gangstern.

»Keine Spur von dem Mann, den Griffin al-Hassan genannt hat«, sagte Peter. »Er könnte immer noch da sein.«

»Wenn er allein ist, wird er es wahrscheinlich nicht mehr auf eigene Faust versuchen«, sagte Randi, die ihre Uzi immer noch schussbereit hielt. Als sie hinabblickte, wurde ihre Stimme sanfter. »Wie geht's ihm, Jon?«

»Helfen Sie mir.«

Während Peter mit seiner Maschinenpistole Wache stand, half Randi Jon, Griffin in den Schutz der Bäume zu tragen, wo sie ihn auf das trockene Herbstlaub betteten.

»Halt durch, Bill.« Jons Kehle zog sich zusammen, als er sich niederkauerte und dann versuchte, seinem alten Freund zuzulächeln.

Peter folgte ihnen rückwärts, immer noch wachsam.

»Bill, du verdammter Narr«, sagte Jon zärtlich. »Was hast du dir dabei gedacht? Wir hätten mit ihnen fertig werden können.«

»Vielleicht, vielleicht auch nicht.« Bill zog Jon am Kragen herab. »Diesmal hätte es dich erwischen können. Irgendwo da draußen wartet al-Hassan auf Verstärkung. Ihr müsst … Verschwindet von hier!«

Sein Griff war fest, aber dann erschien rötlicher Schaum auf seinen Lippen.

»Bleib ganz ruhig, Bill. Ich werde mir sofort deine Wunden ansehen. Alles wird wieder …«

»Unsinn.« Griffin lächelte schwach. »Fahrt zu dem Sommerhaus am Lake Magua. Es ist entsetzlich … entsetzlich.« Er schloss die Augen und sein Atem ging flach.

»Nicht reden«, sagte Jon bestürzt, während er Bills Hemd zerriss.

Die Augen seines Freundes öffneten sich. »Mir bleibt keine Zeit mehr … Es tut mir Leid, was mit Sophia passiert ist … Es tut mir alles so Leid …« Seine Augen weiteten sich, als starrte er in eine unendliche Finsternis.

»Bill? Bill! Tu mir das nicht an!«

Bills Halsmuskeln erschlafften und sein Kopf sackte nach hinten. Im Tod wirkte sein ruhiges Gesicht plötzlich jünger und irgendwie unschuldiger. Die Züge dieses Gesichts, das so viele Rollen hatte spielen können, glätteten sich und unter seiner Haut zeichneten sich klar die Wangenknochen und das Kinn ab. Während Jon benommen auf seinen Freund blickte, begann irgendwo ein Vogel zu singen. Insekten summten und das warme Sonnenlicht drang durch die Zweige der Bäume.

Jetzt kam Bewegung in Smith. Er tastete die Halsschlagader ab – nichts. Hektisch legte er eine Hand auf die blutige Brust, aber es gab keinerlei Anzeichen dafür, dass Bills Herz noch schlug. Neben seinem Freund kauernd, wurde er vom Schmerz erfasst. Erst Sophia, jetzt Bill.

Plötzlich tauchte der Dobermann wieder auf. Das Tier stand vor Bill, liebkoste seinen Kopf und gab ein leises, kehliges Geräusch von sich, das wie ein Stöhnen klang. Marty murmelte etwas vor sich hin und streichelte den Rücken des Hunds.

Nachdem er Bill die Augen geschlossen hatte, blickte Jon auf. »Er ist tot.«

»Wir müssen verschwinden, Jon.« Peters Stimme klang sanft, aber bestimmt. Aus einer Gürteltasche seines Kampfanzugs zog er ein Taschentuch hervor und reichte es ihm.

Jon wischte sich die blutigen Hände ab.

»Es tut mir Leid, Jon«, sagte Randi. »Ich weiß, dass er Ihr Freund war. Aber bald kommt die Verstärkung.«

»Jon!«, rief Marty mit schneidender Stimme, als Smith nicht sofort aufstand. »Mach mir keine Angst. Lass uns abhauen!«

Smith blickte auf das ramponierte Wohnmobil und die Leichen. Um seine Trauer und seine Wut zu beherrschen, atmete er tief durch. Dann blickte er ein letztes Mal auf Bill Griffin hinab.

Victor Tremont würde für einiges büßen müssen.

Er ging weiter in den Wald hinein. »Wir werden auf diesem Weg zum Wagen zurückkehren.«

»Gute Idee.« Randi ging vor.

»Komm, Samson«, rief Marty.

Der Hund hob den Kopf und liebkoste dann die Schultern seines toten Herrn. Noch einmal gab er ein tiefes, kehliges Geräusch von sich und berührte Bill ein letztes Mal. Als er merkte, dass Griffin nicht mehr reagierte, warf er ihm einen Blick zu, als ob er sich von ihm verabschieden wollte. Dann trottete der Dobermann leise hinter den anderen her.

Randi bog nach links ab und bahnte sich mit sicheren Schritten einen Weg durch das Unterholz und die dicht stehenden Bäume, gefolgt von Jon, Marty, Peter und dem Hund. Mit der Maschinenpistole sicherte Peter ihre Flanken.

Jon blickte Marty an. »Weißt du irgendetwas über dieses Sommerhaus am Lake Magua, von dem Bill erzählt hat?«

»Dort haben die mich in den Keller gesperrt.«

»Weißt du, wo das Haus liegt?«

»Natürlich.«

Plötzlich übertönte Peters Stimme ihr Gespräch. »Sie kommen. Ich werde sie aufhalten. Haut ab!«

»Nicht ohne dich!«, widersprach Smith.

»Sei kein Narr. Du musst Tremont fertigmachen. Ich kann schon auf mich aufpassen.«

Als durch die Bäume Schritte auf sie zukamen, wirbelte der große Dobermann herum, um zu Peter zu rennen. Der Engländer sprach leise mit dem Hund und drehte sich dann zu Jon um.

»Verschwindet jetzt! Samson und ich werden euch den Rücken freihalten und zusehen, dass ihr Zeit gewinnt. Beeilung!« Er blickte auf den Hund hinab. »Verstehst du dich auf Handzeichen, mein Junge?«

Er ließ die Hand sinken und machte eine schnelle Bewegung. Sofort raste der Hund tiefer in den Wald. Peter nickte befriedigt. »Seht ihr, ich bin nicht allein.«

»Er hat Recht«, stimmte Randi zu. »So hätte Bill es auch gewollt.«

Für eine Sekunde stand Jon wie erstarrt da. Im Dämmerlicht des Waldes wirkte sein Gesicht mit der hohen Stirn und den dunkelblauen Augen, als ob er nichts Gutes ahnte. Seinem muskulösen Körper merkte man die Anspannung an und er war zum Sprung bereit. Gerade war Bill gestorben, jetzt erbot sich Peter freiwillig, hinter ihnen zurückzubleiben, und ging damit ein großes Risiko ein. Jon hatte sein Leben der Aufgabe gewidmet, Menschenleben zu retten, nicht, sie aufs Spiel zu setzen. Jetzt schien er aufgrund der Umstände in einem unabänderlichen Kreislauf des Todes zu stecken.

Er betrachtete Peters faltiges, wettergegerbtes Gesicht und die wachen Augen, die ihm eine Botschaft signalisierten. *Macht euch aus dem Staub. Lasst mich allein. Ich werde schon klarkommen.*

Jon nickte. »Okay. Du folgst mir, Marty. Alles Gute, Peter.«

»Schon in Ordnung.« Der Engländer hatte sich bereits umgedreht und beobachtete den Wald, als ob sein ganzes Leben auf diesen Augenblick zugelaufen wäre.

Jon starte ihn noch eine weitere Sekunde lang an. Dann eilte er mit Marty und Randi davon. Hinter sich hörten sie eine ausgedehnte Salve, gefolgt von einem Schmerzensschrei.

»Peter …« Martys laute Stimme klang besorgt. »Glaubst du, dass er verletzt worden ist, Jon? Sollen wir umkehren?«

»Die Schüsse wurden aus seiner Heckler & Koch abgefeuert«, sagte Smith, obwohl er sich nicht sicher war.

Marty nickte verängstigt, während er sich an die endlosen Tage erinnerte, die er gemeinsam mit dem Engländer mit dem scharfen Humor und den irritierenden Gewohnheiten in dem Wohnmobil verbracht hatte. »Hoffentlich hast du Recht. Mittlerweile mag ich Peter.«

Während sie weitereilten, wurde die Stille des Waldes immer wieder durch Gewehrfeuer zerrissen. Jeder Schuss schien Jon innerlich tief zu verletzen. Dann herrschte plötzlich Stille und das war noch schlimmer. Irgendwo konnte Peter sterbend in seinem Blut liegen.

Schließlich gelangten sie zu einer ruhigen Straße, die parallel zur Route 5 verlief, und versteckten ihre Waffen unter ihren Kleidungsstücken. Nachdem sie zweimal nach rechts abgebogen waren, befanden sie sich wieder auf der Straße, wo Jon und Randi den Mietwagen unter dem Ahornbaum geparkt hatten.

Getrennt näherten sie sich dem Auto vorsichtig.

Aber es war niemand in der Nähe, der sie aufzuhalten versuchte. Seufzend kletterte Marty auf die Rückbank. Während Jon sich hinters Lenkrad setzte, nahm Randi auf dem Beifahrersitz Platz. Dann fuhren sie Richtung Autobahn los und eine Stunde später waren sie am Oriskany-Utica-Flughafen, wo sie ein kleines Flugzeug bestiegen, das sie in die riesige Wildnis des Adirondack-Nationalparks bringen sollte.

43

15 Uhr 02
Lake Magua, New York

Zwischen den Bäumen unter ihnen ragte riesig Victor Tremonts Sommerhaus auf. Hinter dem Gebäude führte eine schmale Auffahrt von einer überdimensional großen Garage zwischen den Bäumen hindurch. Auf dem Gelände patrouillierten drei schwer bewaffnete Männer. Am anderen Ende des Sommerhauses lag zwischen Kiefern- und Laubwäldern ein klarer See. Am Himmel schwebten große weiße Wolken und die Spätnachmittagssonne warf lange Schatten.

Jon, Randi und Marty beobachteten die Szenerie von einem bewaldeten Hügel hinter dem Sommerhaus. Sie lagen unter den dicht beieinander stehenden Kiefern auf den Tannennadeln und analysierten sorgfältig den Grundriss des Hauses und die Verhaltensweise der gelangweilten Wachposten.

»Hoffentlich geht's Peter gut«, flüsterte Marty beunruhigt, der nicht genau zu wissen schien, wonach er sich umsehen sollte.

»Er weiß, was er tut, Marty«, antwortete Smith, während er gewissenhaft die Rundgänge der Wachposten studierte.

Dann spähte Jon zu Randi hinüber, die mit angespanntem Gesichtsausdruck die Szenerie betrachtete. Sie lag auf der anderen Seite neben Smith und hatte schweigend zugehört.

Jetzt lächelte sie Jon teilnahmsvoll an.

Dann wandten die drei ihre Aufmerksamkeit wieder dem Plan zu, wie sie in Tremonts Trutzburg einbrechen wollten. Einer der gelangweilten Wachposten umrundete jede halbe Stunde das Gebäude, wobei er Türen überprüfte und oberflächlich das Gelände mit einem Blick absuchte, dem außer dem

Offensichtlichen alles andere entgangen wäre. Der zweite Mann saß rauchend in einem Sessel und genoss die Sonne des späten Oktobernachmittags. Auf seinen Knien lag ein altes M-16A1-Sturmgewehr. Der Dritte hatte es sich in einem Humvee etwa fünfzig Meter weiter rechts neben einer kleiner Lichtung, die als Hubschrauberlandeplatz diente, bequem gemacht. Neben ihm lehnte ein Gewehr.

»Hier muss es seit Jahren keine Eindringlinge gegeben haben«, vermutete Jon. »Falls es je welche gegeben hat.«

»Vielleicht gibt es ja gar nichts zu bewachen«, sagte Randi. »Griffin könnte uns angelogen oder sich geirrt haben.«

»Nein. Er hat uns gerettet und wusste, dass er sterben würde«, erwiderte Smith. »Er hätte nicht gelogen.«

»Es ist passiert, Jon. Sie haben gesagt, dass er vom richtigen Weg abgekommen ist.«

»Aber so sehr auch wieder nicht.« Smith wandte sich Marty zu. »Sie hatten dich hier eingesperrt – erinnerst du dich an das Innere des Hauses?«

»Es gab ein großes Wohnzimmer, viele kleine Räume, einen Wintergarten und eine Küche. Mich haben sie in einem Raum auszuquetschen versucht, in den eine Treppe hinabführt. Da gab es nur einen Stuhl und ein Feldbett. Als ich nach dem Faustschlag wieder aufwachte, war ich in einem Lagerraum im Keller an die Wand gefesselt.«

»Mehr können Sie uns nicht erzählen?«, fragte Randi.

»Einen Urlaubsprospekt mit einer genauen Beschreibung des Hauses haben sie mir nicht in die Hand gedrückt«, antwortete Marty pikiert. Dann zog er eine Grimasse. »Schon gut, tut mir Leid. Ich weiß, dass Sie es nicht so gemeint haben. Ein paar Leute in weißen Kitteln und Hosen sind mir aufgefallen. Sie sahen wie Ärzte aus und gingen in der ersten Stock, aber ich weiß nicht genau, wohin.«

»In ein Labor?«, fragte Randi.

»Ein *Geheimlabor.*« Smith sprach leise, aber seine Stimme klang angespannt. »Das ist eine der Einzelheiten, von denen Bill uns hätte erzählen können. Ein geheimes Labor für Forschung und Entwicklung. Die Unterlagen über das Experiment an den zwölf Menschen und über ihre sonstigen Aktivitäten müssten sich hier befinden. Wahrscheinlich war deshalb in den Computerdateien von Blanchard Pharmaceuticals nichts zu finden. Dort wurden die Daten nie eingegeben.«

»Vielleicht gibt es irgendeinen anderen Unternehmensnamen und ein anderes Passwort«, spekulierte Randi.

»Wir sollten besser ins Haus gehen und uns Klarheit verschaffen. Du bleibst hier, Marty. Das ist sicherer. Wenn du jemanden siehst oder hörst, feuerst du einen einzelnen Warnschuss ab.«

»Worauf du dich verlassen kannst.« Marty riss entsetzt die Augen auf. »Ich kann gar nicht glauben, dass ich das gerade gesagt habe. Und schon gar nicht, dass ich es mit Begeisterung getan habe.« Mit nervösem Widerwillen umklammerte er die Enfield unbeholfen. Weil er vor nicht allzu langer Zeit sein Medikament genommen hatte, war er noch ruhig, aber bald würde die Wirkung nachlassen.

Jon und Randi beschlossen zu warten, bis der Wachposten seine nächste Runde beendet hatte und mit seinem Kumpel vor dem Haus entspannt eine Zigarette rauchen würde. Dann würden sie den Mann in dem Humvee auf der Lichtung ausschalten, über die die Sonne lange Schatten warf.

Sie brauchten nicht lange zu warten. Nach ein paar Minuten stand einer der beiden vor dem Haus auf und verschwand hinter dem Gebäude. Zehn Minuten später tauchte er wieder auf, diesmal kam er um die hintere Ecke das Sommerhauses. Nachdem er oberflächlich das Grundstück und den Wald gemustert hatte, meldete er sich über den Hauptsender am Hintereingang und kehrte dann zu seinem Kollegen vor dem Haus zurück.

Auf der Rückseite blieb damit nur der Wachposten in dem Humvee.

»Jetzt«, sagte Jon.

Sie schlichen durch die Kiefern zu der Lichtung, wo der Mann, der von seinen Kumpels nicht gesehen werden konnte, auf dem Fahrersitz in der warmen Sonne döste.

»Wollen Sie hinter den Humvee schleichen, Randi?« Smith

spürte, wie sein Puls schneller zu pochen begann. »Ich werde von hier die Lage beobachten und Ihnen Feuerschutz geben. Wenn Sie dort sind, geben Sie mir ein Zeichen und dann werde ich den Mann von hier aus ablenken. Wenn er zu schnell aufwachen und Sie hören sollte, werde ich ihn aus dem Verkehr ziehen.«

»Ich werde mit einem Taschentuch winken.« Sie lächelte kurz. »In Wirklichkeit habe ich nur ein Kleenex.« Sie war erleichtert, dass das Warten vorüber war.

Mit klopfendem Herzen schlich sie zwischen den Bäumen entlang, bis sie außer Jons Sichtweite war. Er kauerte sich in die Dunkelheit am Waldrand und beobachtete den schlafenden Wachposten mit gezückter Waffe. Fünf Minuten verstrichen. Dann sah er direkt hinter dem Humvee etwas Helles aufblitzen. Der Mann bewegte sich, öffnete aber nicht die Augen. Als er wieder eingenickt war, rannte Jon auf das offene Fahrzeug zu.

Aber als er eben die Mitte der Lichtung erreicht hatte, riss der Wachposten plötzlich die Augen auf. Er griff nach der M-16. Hinter ihm tauchte Randi auf. Ihr blondes Haar leuchtete in der Sonne und ihr wunderschönes Gesicht wirkte durch die Anspannung wie versteinert. Während sie lautlos auf den offenen Humvee zusprintete, bewegte sie sich mit der Eleganz einer Wildkatze. Sie sprang hinten auf den Wagen, setzte einen Fuß auf den Rücksitz, den anderen auf die Türkante und presste dem Mann die Uzi ins Genick. Jon verschlug es den Atem. Noch nie hatte er eine Frau so agieren sehen.

»Lassen Sie die Waffe los«, sagte Randi mit kühler und klarer Stimme.

Als ob er seine Chancen abwägen würde, zögerte der Wachposten eine Sekunde lang. Dann legte er die Waffe langsam auf den Beifahrersitz und seine Hände gut sichtbar flach auf die Oberschenkel, ganz wie jemand, der weiß, wie es läuft, wenn man festgenommen wird.

»Eine kluge Entscheidung.«

Als Smith den Humvee erreicht hatte, nahm er die M-16 an sich. Dann brachten sie den Mann zu Marty, der dessen Hemd in Streifen riss. Mit seinem Gürtel und den Kleiderfetzen knebelten und fesselten Jon und Randi ihn. Bewegungs- und sprachlos starrte sie der Gefangene wütend an.

Smith nahm ihm den Schlüsselbund ab. »Die beiden da vorne werden nicht erwarten, dass wir aus dem Sommerhaus kommen.«

»Gute Idee«, sagte Randi zustimmend.

Er blickte sie etwas länger als notwendig an, aber sie schien es nicht zu bemerken.

Marty seufzte. »Ich weiß, was du gleich sagen wirst. ›Gib einen Warnschuss ab, wenn du etwas siehst.‹ Mein Gott, vor zwei Wochen habe ich noch nie eine Waffe in Händen gehalten. Was für ein *Absturz*.«

Sie verließen den kopfschüttelnden Marty, der den außer Gefecht gesetzten Mann bewachen sollte, und gingen den Abhang hinab zu einem kleineren Hintereingang. Der Duft der Kiefern war zwar aromatisch, aber auch irgendwie unangenehm.

Während Randi aufpasste, fand Jon den richtigen Schlüssel und schloss die Tür auf. Sie traten vorsichtig in eine kleine Diele, wo das Sonnenlicht durch hohe Fenster schien und sich eine weitere Lichtquelle am hinteren Ende eines Flurs befand. Der Korridor war von Türen gesäumt und es roch schwach nach guten Zigarren.

»Was war das?« Randi blieb auf dem Parkettboden stehen.

Smith schüttelte den Kopf. »Ich habe nichts gehört.«

Sie stand mit vor Konzentration angespannten Gesichtszügen da. »Es ist vorüber. Was immer es auch gewesen sein mag, jetzt höre ich nichts mehr.«

»Wir sollten zur Sicherheit alle Räume untersuchen.«

Jon übernahm eine Seite, sie die andere.

»Verschlossen.« Smith schüttelte den Kopf. »Sieht so aus, als ob das Gästezimmer oder Büros wären.«

»Kümmern wir uns später drum.«

Sie gelangten zu einer Treppe, deren ersten Absatz sie nicht überblicken konnten. Lauschend gingen sie weiter. Der Zigarrengeruch wurde stärker. Nervös blickte Jon sich um. Schließlich standen sie vor dem mit Holz getäfelten Eingang zu einem riesigen Wohnzimmer, das mit Ledermöbeln, Messinglampen und niedrigen Holztischen eingerichtet war. Das musste der große Raum sein, den Marty beschrieben hatte. Das Sonnenlicht fiel durch ein riesiges Panoramafenster. In einem gleichfalls riesigen Kamin glühte Holzkohle, die die kühle Oktoberluft erwärmte. Durch das Fenster sah man zwischen den dichten Wäldern den See liegen und in der Mitte führte eine Glastür auf eine überdachte Veranda.

Schweigend schlichen sie durch den Raum zu der Glastür und überblickten die Veranda. Auf dem Rasen zu ihrer Linken standen Stühle, auf denen sich die zwei anderen Wachposten rauchend und plaudernd entspannten, die Gewehre zwischen den Knien. Sie sahen auf das Tal, wo die Herbstsonne die Blätter der Laubbäume zwischen den grünen Kiefern rot und golden verfärbt hatte.

»Die beiden geben perfekte Zielscheiben ab«, sagte Randi.

»Faule Idioten. Weil Tremont nicht hier ist, glauben sie das tun zu können, wozu sie gerade Lust haben.«

»Falls es zu einem Schusswechsel kommt, übernehme ich den Rechten, sie den Linken«, flüsterte Randi. »Wenn wir Glück haben, ergeben sie sich.«

»Wäre mir auch lieber.« Smith nickte. Er gewöhnte sich daran, mit Randi zusammenzuarbeiten, genoss es sogar. Hoffentlich waren sie gut genug, um zu überleben ... »Los geht's.«

Leise öffneten sie die Tür und traten auf die Veranda, während die beiden Wachposten sich rauchend unterhielten. Die tief stehende Sonne blendete Smith, als er auf die nichts ahnenden Männer blickte.

Der größere Wachposten schnippte seinen Zigarettenstummel auf den Rasen und stand auf. »Zeit für den nächsten Rundgang.« Bevor Jon und Randi sich bewegen konnten, bemerkte er sie. »Bob!«, schrie er alarmiert.

»Legen Sie die Waffen auf den Boden«, befahl Jon.

Randis Stimme klang angespannt. »Aber langsam, damit niemand einen Fehler macht.«

Die beiden Männer erstarrten. Einer stand zwar, hatte sich

aber erst halb umgedreht, und der andere war noch nicht von seinem Gartenstuhl hochgekommen. Noch zielte keine ihrer Waffen auf Jon und Randi, die ihrerseits die Wachposten bereits im Visier hatten. Der überraschende Hinterhalt hatte funktioniert und niemand hatte den geringsten Zweifel daran, dass es selbstmörderisch wäre, wenn die beiden Wachposten nicht genau das taten, was ihnen befohlen worden war.

»Scheiße«, murmelte der eine.

Auf dem mit Bäumen bestandenen Grundstück war alles ruhig, als Smith die drei gefesselten Wachposten in einem Nebengebäude hinter der Garage einschloss. Neben ihm stand Marty in der Dunkelheit, während Randi außer Sichtweite war, weil sie das Sommerhaus beobachtete. Der Ausdruck von Martys rundlichem Gesicht wirkte beunruhigt und der Blick seiner grünen Augen hatte sich verfinstert. Er schien sich in einer Welt zu befinden, die er lieber nicht kennen gelernt hätte. In den weiten Hosen und der Jacke wirkte der schwerfällige Mann einsam und verlassen.

Er blickte zu Jon auf. »Möchtest du, dass ich hier bleibe?«, fragte er, als würde er die Antwort bereits kennen.

»So ist es sicherer, Marty. Wir brauchen einen, der Wache schiebt. Ich weiß nicht, was wir in dem Labor finden werden, und wenn uns etwas zustoßen sollte, kannst du durch den Wald fliehen.«

Marty nickte ernüchtert. Er befingerte das Gewehr, als ob er sich nach einer Computertastatur sehnen würde. »Schon in Ordnung, Jon. Ich weiß, dass du zurückkommen wirst. Viel Glück. Und wenn ich etwas sehen sollte«, sagte er tapfer lächelnd, »gebe ich einen Warnschuss ab.«

Smith klopfte ihm ermutigend auf die Schulter.

Marty tätschelte seine Hand. »Alles in Ordnung. Mach dir um mich keine Sorgen. Du solltest jetzt besser gehen.«

Mit den Waffen in der Hand trafen sich Smith und Randi an dem kleinen Hintereingang, durch den sie das Sommerhaus schon einmal betreten hatten. Sie tauschten einen langen Blick, der eine Art Einverständnis zwischen ihnen signalisierte. Dann wandte Jon sich ab und Randi fragte sich nervös, was mit ihr geschah.

In dem langen Korridor blieben sie am Fuß der Treppe stehen. Da sie bis jetzt keinen Schuss hatten abfeuern müssen, hofften sie, dass die Leute im ersten Stock keine Ahnung hatten, dass sie die Wachposten aus dem Verkehr gezogen und das Haus betreten hatten. Bei der ganzen Aktion ging es darum, so schnell und effektiv wie möglich zum Ziel zu kommen und zu überleben.

Wachsam schritten sie die Stufen hoch. Als sie sich nach dem Absatz dem Ende der Treppe näherten, herrschte immer noch Schweigen.

Dann erkannten sie den Grund für die Stille. Auf der anderen Seite einer kleinen Halle befand sich eine dicke Glastür, von schweren Glasfenstern eingerahmt. Dahinter sahen sie ein riesiges, glänzendes Labor mit Büros und anderen angrenzenden Räumen. Seitlich schien es einen Hochsicherheitsbereich für Experimente zu geben, die in einem Reinraum stattfinden mussten. In einem weiteren Zimmer stand ein Elektronenmikroskop. Die Atmosphäre war in allen Laboratorien irgendwie ähnlich: Der Ordnung stand eine Art kontrolliertes Chaos von Papieren, Reagenzgläsern, Bunsenbrennern, Glaskolben, Mikroskopen, Aktenschränken, Computern, Gefrierschränken und dem Zubehör gegenüber, das für die Wissenschaftler bei ihrer Suche nach dem Unbekannten so wichtig war. In diesem Labor gab es außerdem ein ultramodernes Spektrometer.

Aber Jons Blick war von einer Entdeckung gefesselt, die ihm zugleich einen Angstschauer über den Rücken jagte und ihn triumphieren ließ: Auf einer schweren Tür in der Mitte einer Wand sah er das grellrote, an ein Kleeblatt erinnernde Symbol, das vor gefährlichen biologischen Substanzen und einem möglichen Unfall warnte. Es war ein geheimes Stufe-Vier-Labor.

»Ich sehe vier Leute«, flüsterte Randi.

»Zeit, dass wir uns vorstellen«, sagte Jon ruhig.

Mit gezückten Waffen betraten sie das Labor.

44

Zwei Laborarbeiter blickten auf. Als sie die Waffen sahen, wurden sie von Angst gepackt. Einer der beiden stöhnte erschrocken und daraufhin hoben auch ihre Kollegen den Kopf. Sie erbleichten. Ohne ein Wort gesagt zu haben, hatten Jon und Randi ihre Aufmerksamkeit gewonnen.

»Nicht schießen!«, bat der ältere der beiden Männer.

»Bitte, ich habe Kinder!«, sagte die jüngere der beiden Frauen.

»Wenn Sie uns ein paar Fragen beantworten, wird Ihnen niemand etwas tun«, beruhigte Smith sie.

»Genau.« Mit ihrer Waffe zeigte Randi auf ein kleines Konferenzzimmer. »Lassen Sie uns da reingehen, damit wir uns nett und freundlich unterhalten können.«

Die vier Laborarbeiter in den weißen Kitteln betraten nacheinander den Konferenzraum und nahmen auf den Stühlen an dem mit Kunststoff beschichteten Tisch Platz. Sie waren zwischen Mitte zwanzig und Mitte vierzig und wirkten wie Menschen mit einem geregelten Tagesablauf. Dies waren keine Wissenschaftler mit wildem Blick und teigiger Haut, die wochenlang in ihrem Labor blieben, wenn sie intensiv an einem Projekt arbeiteten, sondern ganz normale Menschen mit Eheringen und Familienfotos auf den Werkbänken. Laborarbeiter, keine Wissenschaftler.

Zumindest, wenn man von der älteren der beiden Frauen absah. Sie hatte kurzes graues Haar und trug einen langen weißen Kittel über ihrer Straßenkleidung. Seit sie den Raum betreten hatten, hatte sie geschwiegen und sie aufmerksam beobachtet. Wahrscheinlich war sie Wissenschaftlerin oder Supervisor.

Auf der hohen Stirn des älteren, kahlköpfigen Mannes begannen sich Schweißperlen zu bilden. Er hatte auf die Waffen geblickt, aber jetzt sah er Randi an. »Was wollen Sie?«, fragte er mit zitternder Stimme.

»Schön, dass Sie fragen«, erwiderte Randi. »Erzählen Sie uns von dem Affenvirus.«

»Und von dem Serum, das ganz zufällig eine Virusinfektion bei Menschen heilt«, fügte Jon hinzu.

»Wir wissen, dass Victor Tremont den Virus vor zwölf Jahren aus Peru mitgebracht hat.«

»Und wir wissen auch über die Experimente an den zwölf Soldaten aus dem Golfkrieg Bescheid.«

»Wie lange haben Sie das Serum schon?«

»Und wie hat die Epidemie begonnen?«

Angesichts dieses Feuerwerks von Fragen und Enthüllungen verzerrten sich die Gesichtszüge der älteren Frau und ihr Blick wurde trotzig. »Wir wissen nicht, wovon Sie reden. Mit einem Affenvirus oder einem Serum haben wir nichts zu tun.«

»Woran arbeiten Sie dann hier?«, fragte Randi.

»Meistens geht's um Antibiotika und Vitamine.«

»Warum dann die Geheimnistuerei?«, fragte Smith. »Warum liegt das Labor so abgeschieden? In den Unterlagen von Blanchard Pharmaceuticals ist es nicht aufgeführt.«

»Wir gehören nicht zu Blanchard Pharmaceuticals.«

»An wessen Antibiotika und Vitaminpräparaten arbeiten Sie denn?«

Die ältere Frau errötete und die anderen wirkten verängstigt. Sie hatte mehr verraten, als sie beabsichtigt hatte. »Das kann ich Ihnen nicht sagen«, keifte sie.

»Okay«, erwiderte Randi. »Dann wollen wir uns mal Ihre Unterlagen ansehen.«

»Es gibt sie nur in computerisierter Form. Wir haben dazu keinen Zugang. Nur der Direktor und Dr. Tremont dürfen Einsicht nehmen. Wenn sie zurückkommen, werden sie Ihre Vorstellung hier ziemlich schnell beenden.«

Jons Wut wuchs. Ob sie etwas wussten oder nicht, auch diese Leute hatten ihren Anteil an Sophias Tod. »Niemand wird so bald zurückkommen. Sie sind zu sehr damit beschäftigt, sich Medaillen verleihen zu lassen, und die drei Wachposten sind tot«, log er. »Wollen Sie Ihnen Gesellschaft leisten?«

Die ältere Frau funkelte Smith an, schwieg aber.

Randi versuchte, sich zu beherrschen. »Vielleicht glauben Sie, dass wir Sie nicht umbringen werden, weil wir bis jetzt so höflich waren. Sie haben Recht, wahrscheinlich werden wir nicht so weit gehen. Schließlich sind wir ja gute Menschen. Aber«, fügte sie gut gelaunt hinzu, »ich habe auch keinerlei Probleme damit, beträchtliche Schmerzen zu verursachen. Machen Sie also keinen Fehler. Haben Sie mich verstanden?«

Jetzt war ihre Aufmerksamkeit geweckt, zumindest die der anderen drei, die hektisch nickten.

»Gut. Also – wer von Ihnen wird uns den Namen der Firma verraten, für die Sie arbeiten, und die Computer-Passwörter?«

Smith starrte die ältere Frau an. »Und weshalb braucht man für die Arbeit an Antibiotika und Vitaminpräparaten ein Stufe-Vier-Labor?«

Die Frau erbleichte und ihre Hände zitterten, aber sie versuchte weiterhin, mit ihrem funkelnden Blick ihre drei Kollegen einzuschüchtern.

Doch der kleinste und älteste Mann ignorierte es. »Versuchen Sie das nicht, Emma«, sagte er mit schwacher, aber entschlossener Stimme. »Sie haben hier nicht mehr das Sagen.« Er blickte Jon an. »Woher wissen wir, dass Sie uns nicht töten werden?«

»Das wissen Sie tatsächlich nicht. Aber wenn etwas passieren sollte, dann doch wohl jetzt. Später werden wir zu sehr damit beschäftigt sein, Victor Tremont zu Fall zu bringen.«

Der ältere Mann starrte ihn an und nickte dann ernüchtert. »Ich werde es Ihnen sagen.«

Jon blickte Randi an. »Da die Dinge hier jetzt geregelt sind, werde ich Marty holen.«

Randi nickte ihm kurz zu, während sie weiterhin ihre Uzi auf die vier Laborarbeiter gerichtet hielt. Sie dachte an Sophia, deren Mördern sie sich jetzt näherten. Was sie auch tun musste, sie würde dafür sorgen, dass die Täter dafür bezahlten.

»Reden Sie«, sagte sie zu dem älteren Laborarbeiter. »Und zwar schnell.«

Marty saß, an einen Baumstamm gelehnt, in der Nähe des Schuppens, das Gewehr im Schoß. Er summte vor sich hin und schien die Sonnenstrahlen zu beobachten, die durch die Bäume drangen. Wie er da mit ausgestreckten Beinen auf den Tannennadeln saß, wirkte er wie ein Kobold aus einem alten Märchen, der in dieser Welt keinerlei Probleme hatte – zumindest, bis man seine Augen sah. Auf die konzentrierte sich Smith, als er sich leise und vorsichtig näherte. Martys grüne Augen wirkten fast smaragdgrün und beunruhigt.

»Gibt's Probleme?«

Marty zuckte zusammen. »Verdammt, Jon. Mach beim nächsten Mal etwas mehr Krach.« Er rieb sich die Augen, als ob sie schmerzen würden. »Ich bin glücklich, dir mitteilen zu können, dass ich niemanden gesehen oder gehört habe. Auch im Schuppen war alles ruhig. Aber wenn man bedenkt, wie wir sie gefesselt haben, können sie sowieso nicht viel anstellen. Dennoch glaube ich, dass es nicht mein Ding ist, Wache zu schieben. Das ist zu langweilig und man trägt zu viel Verantwortung.«

»Sehe ich ein. Wie wär's stattdessen mit etwas Detektivarbeit am Computer?«

Sofort wirkte Marty fröhlicher. »Na endlich. Natürlich habe ich Lust.«

»Dann lass uns ins Sommerhaus gehen. Du musst für mich ein paar Computerdateien mit Tremonts Unterlagen finden.«

»Ah, Victor Tremont. Der Mann, der hinter der ganzen Geschichte steckt.« Marty rieb sich die Hände.

Als sie im Haus an den verschlossenen Türen im Korridor vorbeigingen, hörte Smith ein Geräusch. Sie waren fast an derselben Stelle des Flurs, wo Randi zuvor etwas wahrgenommen hatte.

Er blieb stehen und packte Marty am Arm. »Bleib stehen. Hörst du was?«

Langsam drehten sie die Köpfe, als könnten sie durch diese Bewegung ihre Hörfähigkeit verbessern.

Jon wirbelte herum. »Was war das?«

Marty runzelte die Stirn. »Meiner Ansicht nach schreit da jemand.«

Erneut hörten sie das Geräusch. Es war eine menschliche Stimme, die gedämpft klang und von weit her zu kommen schien.

»Hier.« Smith presste sein Ohr gegen eine der Türen, die dicker und widerstandsfähiger als die anderen und mit einem schweren Schloss versehen war. Jenseits der Tür schrie jemand, was für sie aber nur mit Mühe wahrnehmbar war.

»Mach auf!«, sagte Marty.

»Gib mir die Enfield.« Smith schoss mit dem großen Sturmgewehr das Schloss heraus.

Aus dem Labor über ihnen hörten sie verängstigte Schreie. Die Tür öffnete sich und sie betraten vorsichtig den Raum. Fast sofort standen sie vor einer zweiten Tür, und nachdem Smith auch hier das Schloss herausgeschossen hatte, befanden sie sich in einem großen, gut eingerichteten Wohnzimmer. Hinter einem gewölbten Durchgang gab es eine Küche, dann waren da noch ein Esszimmer, eine Bar und ein Flur, der wahrscheinlich zu den Schlafzimmern führte. Die Schreie kamen aus dem Korridor.

»Du bleibst hier und gibst mir Feuerschutz, Marty.«

Das Computergenie machte sich nicht die Mühe zu protestieren. »Okay. Ich werde mein Bestes tun.«

Während Jon den Flur betrat, musste der um Hilfe Rufende gehört haben, dass jemand zu ihm unterwegs war.

Jon versuchte, sie zu öffnen, aber sie war verschlossen. »Wer ist da?«

»Mercer Haldane«, bellte eine wütende Stimme. »Sind Sie von der Polizei? Haben Sie Victor festgenommen?«

»Zurücktreten!«, rief Jon. Für dieses Schloss reichte die Beretta.

Die Tür flog auf und Smith sah einen kleinen, leichtgewichtigen älteren Mann mit einem zerwühlten weißen Haarschopf, dichten weißen Augenbrauen und einem glatt rasierten, cholerisch wirkenden Gesicht, der in einem Armsessel des anscheinend größten Schlafzimmers saß. Er trug Handschellen und war an den Fußgelenken an die Wand gefesselt, aber nicht geknebelt.

»Wer zum Teufel sind Sie?«, fragte der alte Mann.

»Lieutenant Colonel Dr. Jonathan Smith. Einige Ihrer Leute haben versucht, mich umzubringen.«

»Mord? Warum denn, um Himmels...« Der alte Mann hielt inne. »Ah, ja, Victor. Ich wusste, dass ihn irgendetwas beunruhigt... Dr. Smith... Arbeiten Sie für die CDC oder die EAA?«

»Für das USAMRIID.«

»Natürlich, Fort Detrick. Dann haben Sie den Bastard also geschnappt?«

»Wir versuchen es gerade.«

»Dann sollten Sie sich besser beeilen. Um siebzehn Uhr wird ihm diese verdammte Medaille verliehen. Wahrscheinlich hat er das Geld ungefähr eine Minute danach überwiesen bekommen. Keine Frage, wo er dann um sechs Uhr sein wird. Weit weg von hier, so wie ich ihn kenne.«

»Dann sollten Sie uns besser helfen.«

»Fragen Sie.«

»Glauben Sie, dass er die Virusepidemie vorsätzlich ausgelöst hat?«

»Natürlich. Sind Sie ein Dummkopf? Deshalb hat er mich hier eingekerkert. Ich weiß allerdings nicht, wie er die Epidemie verursacht hat.«

Jon nickte. »Passen Sie auf, ich werde die Kette an Ihrem Fuß zerschiessen.«

Mercer Haldane knirschte ängstlich mit den Zähnen. Dann zuckte er die Achseln. »Hoffentlich zielen Sie gut. Ich will noch lange genug leben, um Victor zur Strecke zu bringen.«

Smith zerschoss das Schloss und half dem alten Mann dann beim Aufstehen. »Mein dritter Verbündeter ist im Labor. Wir versuchen, die Unterlagen über Tremonts Forschungen zu finden.«

»Ich hab's auch schon versucht. Er muss sie irgendwo versteckt haben.«

Jon klopfte Marty auf die Schulter. »Sie hatten nicht meine Geheimwaffe.«

Randi wartete schon auf sie, als Jon und Marty mit dem kleinen alten Mann mit dem vor Wut geröteten Gesicht und dem weißen Haar ins Labor geeilt kamen.

»Warum haben Sie geschossen? Ich hätte fast einen Herzinfarkt gehabt.«

»Was haben Ihnen die Laborarbeiter erzählt?«, fragte Smith, nachdem er Mercer Haldane vorgestellt hatte.

»Sie arbeiten für Tremont & Associates. Das Passwort für den Computer lautet ›Hades‹.«

Marty raste auf den nächsten Computer zu und Haldane folgte ihm auf dem Fuße. Weil er endlich wieder in die Welt zurückkehren durfte, in der er sich zu Hause fühlte, wirkte Martys Gesichtsausdruck fast entspannt. Nachdem er Haldane das Enfield-Gewehr gegeben hatte, ohne ihn dabei auch nur anzusehen, spreizte er die Finger und machte sich an die Arbeit. Haldane setzte sich auf einen Stuhl neben ihn. Smith nahm dem ehemaligen Chef von Blanchard Pharmaceuticals die Waffe ab, weil er ihm noch nicht vertraute.

»Mercer Haldane war früher CEO und Präsident von Blanchard Pharmaceuticals«, erklärte Smith Randi leise. »Letzte Woche hat Tremont ihn vor die Tür gesetzt und seinen Job übernommen.«

»Wie hat er das geschafft?«

»Laut Haldane durch die bewährte alte Methode der Erpressung. Aber meiner Ansicht nach hat man ihn ausbezahlt. Auch er hat beim Hades-Projekt seinen Schnitt gemacht – so hat Tremont das Projekt mit dem Virus und dem Serum genannt. Länger als ein Jahrzehnt lang hat er es vor Haldane und dem gesamten Unternehmen geheim gehalten.«

»Angesichts des Schreckens, den sie verursachen, ein perfekter Name. Was hat er Ihnen noch erzählt?«

»Ungefähr das, was wir uns sowieso schon gedacht hatten. Nachdem Tremont im peruanischen Amazonasgebiet auf den Virus gestoßen war, hat er ihn zusammen mit einem nach unseren Maßstäben unausgereiften Heilmittel der Eingeborenen nach Hause gebracht: dem Blut von Affen, die die Krankheit überlebt und jede Menge neutralisierender Antikörper produziert hatten. Einige Indios da unten tranken das Blut der Tiere, was vielen das Leben gerettet hat. Mit dem Geld und einigen Mitarbeitern von Blanchard Pharmaceuticals hat Tremont heimlich ein Team zusammengestellt, das hier zum größten Teil den Virus isoliert und das Antiserum entwickelt hat, indem es die Gene geklont hat, die die Antikörper produzieren. Dann hat der Bastard bestimmte DNS-Reparatur-Enzyme benutzt, um ein paar subtile Veränderungen in dem Virus herbeizuführen und die Inkubationszeit vor dem Ausbruch der tödlichen Krankheit zu verkürzen.«

»Mehr konnte er Ihnen nicht sagen?« Randi war enttäuscht.

»Nein. Wenn man davon absieht, dass er sicher ist, dass Tremont die Pandemie irgendwie selbst ausgelöst hat.«

Wütendes Gebrüll hallte durch das Labor. »Es ist sinnlos! Ich kann nichts finden!«

Marty starrte mit funkelndem Blick Haldane und die Tür des Konferenzraums an, wo sie die vier Laborarbeiter eingesperrt hatten. »In den Dateien von Tremont & Associates ist nichts zu finden. Das ist alles Routinekram über Antibiotika, Vitaminpräparate und Haarspray! Dieser Laborarbeiter hat uns angelogen.«

»Nein«, sagte Haldane. »Typisch Victor. Das ist ein Scheinunternehmen. Diese Leute hier sind Laborarbeiter, die Victor zwar benutzt, denen er aber nichts erzählt hat. Sie glauben, für Tremont & Associates zu arbeiten. Das Hades-Passwort entspricht seiner Art von Humor, sich auf Kosten derjenigen zu amüsieren, die sich zu seinen Computerunterlagen Zugang verschaffen wollen.«

Jon nickte. »Hört sich ganz nach dem Mann an, der im Golfkrieg ein Experiment mit menschlichen Versuchskaninchen durchführen konnte. Aber irgendwo müssen die entscheidenden Informationen zu finden sein, Mart. Hack weiter, wir müssen Bescheid wissen.«

Martys stimme klang entmutigt – noch hatte die Wirkung seines Medikaments nicht gänzlich nachgelassen. »Ich werde es versuchen, Jon. Nur bräuchte ich dringend meine eigenen …«

Plötzlich hörten sie außerhalb des Geheimlabors ein Geräusch und Jon und Randi rannten wie ein eingespieltes Team zum Fenster. Auf der Bergstraße näherte sich ein Auto, das hinter sich eine Staubwolke aufwirbelte.

Smith wurde von einem Adrenalinstoß gepackt. »Marty! Haldane! Bewacht die Laborleute.«

Jon und Randi eilten zum Eingang des Labors und dann die Stufen hinunter bis zum Treppenabsatz. Dort legten sie sich auf den Boden, weil sie von hier aus jeden sehen konnten, der aus dem Wohnzimmer oder vom Hintereingang durch den Korridor kam. Randi sah Jon an und bemerkte den angespannten Blick seiner blauen Augen. Sie musterte sein breites Gesicht mit dem entschlossen wirkenden Kinn und dem zurückgekämmten schwarzen Haar. Sein Gesichtsausdruck war so hart wie Granit.

»Was nun?«

»Das werden wir gleich wissen.« Smith blickte sie nicht an. Es war nicht notwendig, weil er ihre Anwesenheit wie die beruhigende Präsenz eines Freundes spürte.

Zwei Autotüren wurden zugeschlagen und schnelle Schritte näherten sich dem Haus. Sie hörten eine tief und eindringlich sprechende Stimme.

45

15 Uhr 32
Lake Magua, New York

Im Korridor kamen von der Hintertür aus schnelle, leise Schritte auf sie zu.

»Was zum …?«

Bevor Randi ihre Frage beenden konnte, tauchte am Fuß der Treppe der große Dobermann auf. Der kampfbereite Hund blickte mit gefletschten Zähnen und angespannten Muskeln zu ihnen auf.

Smith stand auf, die Beretta schussbereit. »Sitz, Samson!«

Irritiert senkte der Dobermann den Kopf. Als Jon seinen Befehl wiederholte, schien ihn der Hund plötzlich als einen jener »Freunde« zu identifizieren, an deren Kleidung ihn Bill Griffin hatte schnuppern lassen. Langsam setzte sich der Hund auf die Hinterbeine, während er immer noch zu ihnen hochstarrte.

»Peter?«, rief Smith laut.

Da kam auch schon der schlanke Ex-SAS-Agent mit der gegerbten Gesichtshaut in Sicht, der unter seinem Trenchcoat noch den schwarzen Kampfanzug trug. »Wer sonst? Du glaubst doch nicht etwa, dass Samson zum Feind übergelaufen ist?« Mit dem Dobermann eilte er die Treppe hinauf.

Randi sprang auf. »Vergessen Sie's. Schön, Sie gesund wiederzusehen, Peter.«

Smith lächelte breit und einen Augenblick lang wirkte er zehn Jahre jünger. »Wir haben uns schon Sorgen gemacht.«

»Draußen sind keine Wachposten zu sehen. Habt ihr sie ausgeschaltet?«

»Ja. Offensichtlich sind alle anderen bei den Vorbereitungen für die Feier.«

»Wenn man von den vier Laborarbeitern absieht, die wir eingesperrt haben«, fügte Randi hinzu. »Und dann wäre da noch der frühere Boss von Blanchard Pharmaceuticals, der Marty am Computer hilft.«

Randi hielt inne und starrte genau wie Jon Howells linken Arm an, der schlaff herabbaumelte. Unter dem Ärmel seines Trenchcoats sahen sie am Gelenk und der Hand getrocknetes Blut.

»Du bist verwundet! Wie schlimm ist es? Ich werde mir die Verletzung ansehen.«

»Nur ein Nadelstich.«

»Verdammt, komm hoch und zieh den Mantel aus.«

Während Jon ihm die Tür zum Labor aufhielt, stieg Peter mit Samson an seiner Seite seufzend die Treppe hoch.

»Marty«, rief Randi im Labor. »Peter ist hier.«

Als Howell den Raum betrat, wirbelte das Computergenie in seinem Drehsessel herum und über sein rundliches Gesicht glitt ein Lächeln, das der Engländer erwiderte. Er und Marty starrten sich für einen langen Augenblick an.

»Sie müssen sich um mich keine Sorgen machen, mein Junge«, sagte Howell schließlich. »Erinnern Sie sich daran, dass dieser alte Mann auf allen Kontinenten schon viel Schlimmeres erlebt hat. Zurück an die Arbeit.« In seiner Stimme lag Zuneigung.

Martys grüne Augen blinzelten und er nickte kurz. Während er Mercer Haldane von Peter erzählte, tauchte der Dobermann neben ihm auf. Er streichelte ihn und Samson legte sich müde seufzend zu seinen Füßen hin.

»Mach kein Theater«, sagte der Engländer mit gedämpfter Stimme zu Jon. »Ich habe die Blutung zum Stillstand gebracht und das genügt, bis ich zu einem Arzt komme.«

»Ich bin Arzt, du verrückter Brite. Bei dir mag ja sonst noch alles funktionieren, aber deine Erinnerung lässt dich im Stich.«

Howell zog eine Grimasse und legte seine H&K auf eine sterile Werkbank. Jon half ihm aus dem Trenchcoat. Darunter trug er nur die Hose seines Kampfanzugs, sein Oberkörper war nackt. Die Kugeln hatten seine Seite und seinen Arm getroffen und er hatte sie mit den Fetzen eines zerrissenen Lakens verbunden.

Während Peter den provisorischen Verband entfernte, holte Randi den älteren Laborarbeiter aus dem Konferenzraum, der einen gut ausgestatteten Erste-Hilfe-Koffer bei sich hatte. Bei der Wunde im Oberkörper unterhalb der Achselhöhle war die Kugel neben einer Rippe ins Fleisch gedrungen. Die Rippe schien gebrochen zu sein, aber lebenswichtige Organe waren nicht in Mitleidenschaft gezogen. Die Verletzung am Arm war nur eine nicht besonders tiefe Fleischwunde. Die Blutung hatte aufgehört. Nachdem Jon die Wunden ausgewaschen und mit Antibiotika verarztet hatte, verband er sie vorschriftsmäßig und bestand darauf, dass Peter wenigstens Aspirin nahm.

»Du musst ins Krankenhaus, aber fürs Erste wird's so gehen«, sagte Smith.

»Alles wie neu«, erwiderte Howell. »Was hast du herausgefunden?«

»Wir sind ziemlich sicher, dass Tremont und seine Komplizen hier den größten Teil ihrer Arbeit erledigen ließen. Marty und Haldane versuchen gerade, ihre Computerdateien zu finden und zu knacken. Letzte Woche hat Tremont Haldane vor die Tür gesetzt. Haldane behauptet, dass Tremont ihn erpresst habe, aber ich vermute, dass er einen großen Anteil von den Milliarden haben wollte, die sie einstreichen werden. Dann hat sich sein schlechtes Gewissen gemeldet.«

»Es wäre schön, wenn mehr Menschen durch ihr schlechtes Gewissen beunruhigt würden. Sollen wir mal nachsehen, ob Marty und Haldane Fortschritte gemacht haben?«

»Sie sind keinen Schritt weitergekommen.« Randi schüttelte entmutigt den Kopf. »Die Wirkung von Martys Medikament ist immer noch nicht ganz verpufft und er hat Probleme mit dem Zugang zu den Dateien. Dieses Computersystem ist nicht mit dem Mainframe von Blanchard Pharmaceuticals verbunden, so dass Haldane mit seiner Weisheit am Ende ist.«

Randi hatte sich über Martys und Mercer Haldanes Schultern gebeugt, während das Computergenie die Tastatur bearbeitete und der ehemalige Unternehmenschef die Ergebnisse interpretierte.

»Sag dem Knaben, dass er sich besser beeilen soll«, meinte Howell, dem schon das Sprechen Schmerzen bereitete. »Samson und ich haben dem Feind zwar ein paar empfindliche Verletzungen zugefügt, ihn aber keineswegs vollständig ausgeschaltet. Dieser Araber, den wir schon aus der Sierra kennen, scheint der Boss zu sein, genau wie Griffin gesagt hat. Er ist mit mindestens zweien seiner Männer unverletzt entkommen. Die anderen werden sich so schnell nicht wieder erholen, falls sie überhaupt je wieder auf die Beine kommen.«

»Könnten Sie Ihnen gefolgt sein?«, fragte Randi.

»Ich glaube nicht. Aber es ist wahrscheinlich, dass sie darauf kommen, dass Griffin oder Marty uns etwas von dem Sommerhaus erzählt haben und dass wir hier sind. Sie können jeden Augenblick mit Verstärkung eintreffen.«

»Hast du gehört, Marty?«, fragte Smith.

»Ich habe alles versucht«, schnappte Marty gereizt und sehr schnell. »Jetzt versuche ich gerade, eine nicht lokalisierbare Verbindung zu meinem Computer herzustellen, damit ich meine eigenen Programme benutzen kann. Gebt mir noch ein paar Sekunden Zeit.«

Seine Reizbarkeit und die Schnelligkeit, mit der er sprach, wiesen darauf hin, dass die Wirkung seines Medikaments fast vollständig nachgelassen hatte. So geduldig wie möglich warteten sie.

»Jemand sollte unten aufpassen«, sagte Smith. »Du nicht, Peter.«

»Samson kann das erledigen. Er ist ein besserer Wachposten als irgendeiner von uns.«

»Die Verbindung steht!«, brüllte Marty, während der Hund sich von dannen trollte.

»Gott sei Dank«, sagte Randi inbrünstig.

»Okay, dann beginnen wir mal mit der Suche nach dem Unternehmen, das diesen Computer benutzt.« Marty bearbeitete die Tastatur und die Anzeigen auf dem Monitor wechselten so schnell, dass sie nicht folgen konnten. Schließlich erschienen der Unternehmensname »Blanchard Pharmaceuticals, Inc« und das Firmenlogo auf dem Bildschirm.

»Das heißt, dass Victor den Computer auf unseren Namen hat registrieren lassen und dass wir dafür bezahlen«, sagte Haldane. »Bei ihren Nachforschungen sind die Finanzprüfer unter anderem auf ein rätselhaftes Computersystem gestoßen, das sie mit keinem autorisierten Forschungsprojekt in Verbindung bringen konnten.«

Während Marty weiter die Tastatur bearbeitete, blitzten auf dem Monitor erneut Bildschirmanzeigen auf. Schließlich leuchtete ein Firmenname auf: »VAXHAM Corporation«.

»Was zum Teufel ist VAXHAM?«, wunderte sich Haldane.

Marty beugte sich konzentriert vor. Nachdem er auf »VAXHAM« geklickt hatte, sahen sie eine lange Liste von Verzeichnissen. Eines trug den Namen »Laborberichte« und Marty öffnete es. Dann scrollte er schnell durch die Dateien, bis er die erste vom 15. Januar 1989 gefunden hatte. Jon beugte sich über seine Schulter.

»Wow«, flüsterte Jon. »Ein Bericht über das erste Ausschlussverfahren bei dem Affenvirus aus Peru! Jetzt kommen wir allmählich weiter.« Er zog sich einen Stuhl heran. In Gedanken verglich er die Resultate mit denen, die er im USAMRIID bei der Untersuchung des Virus gewonnen hatte. Er pfiff und blickte dann auf. »Das alles ist zwar keine Überraschung, aber wenigstens eine Bestätigung unserer Vermutungen. Die beiden Viren sind fast identisch, ja, vermutlich sind sie sogar identisch. Der Affenvirus und der, der Menschen tötet, sind ein und derselbe.«

»Victor Tremont hat es die ganze Zeit gewusst«, sagte Randi aufgebracht.

Für jedes Jahr gab es eine Zusammenfassung mit den Resultaten der Erforschung des Virus und des Serums. Darin wurde festgehalten, dass die Inkubationszeit bis zum letztlich tödlichen Ausbruch des Virus immer kürzer und die Wirksamkeit des Serums in diesem Stadium immer besser geworden war – zumindest bei Versuchen in der Petri-Schale und später dann bei Affen. Das war eine weitere Bestätigung ihrer Vermutungen.

Aber Marty konnte keine Daten über das Experiment im Irak oder darüber finden, wie der Virus sich mit einem plötzlich größeren Ansteckungspotenzial aus dem abgelegenen Peru über die ganze Welt verbreitet hatte. Oder aus den Labors von Victor Tremont und seiner VAXHAM Corporation.

»Das letzte Verzeichnis ist durch ein Passwort blockiert«, verkündete Marty. Dann sagte er höhnisch: »Diese selbstzufriedenen Idioten glauben, dass sie den Magier Marty Zellerbach aussperren können!« Wie ein Pianist im Konzertsaal hob er die Arme und traktierte dann die Tastatur. Mit Hilfe seiner eigenen Software verwandelte er den Bildschirm in ein Chaos kaleidoskopischer Worte, Fragen, Befehle und Bilder. Es war alles nur eine Sache von Sekunden. »Da!« Marty lächelte in sich hinein. »Wie idiotisch gewöhnlich.«

Auf dem Monitor leuchteten nur drei Worte: *Luzifers Zuhause.*

»Hades«, stöhnte Jon.

»Menschen sind zugleich fantasielos und berechenbar«, verkündete Marty.

Nachdem er das Passwort eingegeben hatte, erschienen zuerst sorgfältig erstellte Finanzkalkulationstabellen und Kurzberichte ab dem Jahr 1989 bis zur Gegenwart. Hier waren auch die Unternehmenseigner aufgelistet: Victor Tremont hielt fünfunddreißig Prozent der Anteile, George Hyem, Xavier Becker, Adam Cain und Jack McGraw jeweils zehn.

In seinem höheren Bewusstseinszustand sah Marty die Verbindung sofort. »VAXHAM ist ein Akronym, bestehend aus den Anfangsbuchstaben von Vor- und Nachnamen: Victor, Adam, Xavier, Hyem und McGraw. Durch das zusätzliche ›A‹ sieht es wie ein richtiges Wort aus.«

»Das sind einige unserer besten Mitarbeiter«, sagte Mercer Haldane entgeistert. »Alle sind Abteilungsleiter und McGraw ist Chef des Sicherheitsdienstes. Kein Wunder, dass sie so lange ungeschoren davonkommen konnten.«

Dann waren Mehrheitsaktionäre aufgeführt: Major General Nelson Caspar und Einar Salonen, Lieutenant General im

Ruhestand. »Da haben Sie Ihre Verbindung zur Armee«, sagte Randi zu Jon und schüttelte angewidert den Kopf.

»Und zur Regierung«, fügte Haldane aufgebracht hinzu. »Hier haben wir Gesundheitsministerin Nancy Petrelli und den Kongressabgeordneten Ben Sloat.«

Marty suchte weiter. »Das scheinen Jahresstatistiken über den Fortgang des Projekts zu sein. Vermutlich Berichte über die einzelnen Vorgänge.« Er schwieg einen Augenblick lang. »Und hier sind Daten über Lieferungen von Antibiotika.«

Jon und Haldane beugten sich weiter vor.

»Das sind alles Antibiotika von Blanchard Pharmaceuticals«, sagte Haldane überrascht. »Und die Zahlen scheinen jeweils die Gesamtzahl unserer jährlichen Lieferungen zu bezeichnen.«

Sie lasen weiter, bis Smith schließlich mit einem scharfen Geräusch einatmete und dann wütend aufstand. »Das ist es!« Unter dem grellen Neonlicht zeichneten sich wegen seines angespannten Gesichtsausdrucks deutlich seine hohen Wangenknochen ab. Der Blick seiner blauen Augen hatte sich total verfinstert. Er schien mit ungläubigem Staunen, Aggression und Trauer zu kämpfen.

Mercer Haldane und Randi starrten ihn an.

»Was ist denn, Junge?« Peter Howell, müde und von Schmerzen gepeinigt, hatte etwas abseits gesessen, aber Jons Miene hatte ihn aus seiner Erschöpfung herausgerissen.

»Druck das aus, Marty«, sagte Smith mit eiskalter Stimme. »Und zwar alles. Fang mit den Berichten über die Entwicklung des Unternehmens an. Schnell!«

»Jon?« Randi betrachtete sein mitgenommenes Gesicht und seinen leeren Blick beunruhigt. »Was hat das zu bedeuten?«

Aller Augen richteten sich auf Smith. In dem Labor herrschte Stille, während Jon seinen Blick langsam über die Reagenzgläser, Mikroskope und sterilen Werkbänke gleiten ließ, an denen während der letzten zehn Jahre so viel verabscheuungswürdige Arbeit verrichtet worden war. Er hatte ein brennendes Gefühl in der Brust und es kam ihm so vor, als ob Piranhas in seinem Magen wüteten. Dann begann er zu sprechen.

46

Jons Stimme war heiser und er sprach langsam, als ob er sich vergewissern wolle, dass jedes einzelne Wort präzise gewählt war. »Diese Antibiotika-Lieferungen von Blanchard Pharmaceuticals erklären die ganze Geschichte. Erinnert ihr euch, dass ich erzählt habe, dass der Virus nicht besonders ansteckend ist? So bin ich auf die Frage gestoßen, wie so viele Millionen Menschen daran erkranken und zum Teil so kurz danach sterben konnten. Es ist, wie wir vermutet haben – Victor Tremont ist dafür verantwortlich.« Einen Augenblick lang schwieg er und seine Hände ballten sich zu Fäusten. »Der Bastard hat den Virus durch die Antibiotika von Blanchard Pharmaceuticals weltweit verbreitet. Medikamente, die ursprünglich Menschen heilen sollten, haben sie mit einer nicht behandelbaren tödlichen Krankheit infiziert.« Sein Blick wirkte gequält. »Vor zehn Jahren haben Tremont und seine Bande alles in Gang gesetzt – das Hades-Projekt. Ein Jahrzehnt lang hat er die Antibiotika von Blanchard Pharmaceuticals mir dem Virus versetzt und so Millionen infiziert, *obwohl er wusste, dass er vielleicht gar nicht über ein Serum verfügt, wenn der Virus das tödliche Stadium erreicht!*«

»Verdammte Scheiße«, sagte Howell ungläubig.

Jon fuhr fort, als ob er Peters Bemerkung nicht gehört hätte. »Sie haben den Virus verbreitet, um zehn Jahr später eine Epidemie auszulösen, und sie haben ihn so verändert, dass das tödliche Stadium jedes Jahr eher erreicht wurde. Und so wurde die Infektion dieses Jahr für Millionen und Abermillionen lebensbedrohlich und sie können sie heilen und Milliarden Dollar Profit einstreichen. Und all dies begann schon, als sie noch nicht sicher sein konnten, ob es ihnen jemals gelingen würde, ein Serum zu entwickeln, und ob dieses ausreichend effektiv, haltbar und lieferbar sein würde. Sie haben Millionen Menschen einem sicheren Tod ausgeliefert, weil sie darauf gesetzt haben, dass irgendjemand zahlen wird, um ihr Leben zu retten.«

Randi schüttelte schockiert den Kopf. »Und das alles nur, damit Blanchard Pharmaceuticals und Tremont Milliarden verdienen, stinkreich werden und gut leben können.« Ihre Stimme brach. »Deshalb musste Sophia sterben. Sie war in Peru und muss dort Tremont kennen gelernt haben. Deshalb fehlt die Aufzeichnung ihres Telefongesprächs. Als sie den unbekannten Virus zu erforschen begann, hat sie sich an irgendetwas erinnert und deshalb Tremont angerufen. Kein Wunder, dass er ihre Nachforschungen verhindern wollte.«

Smith blickte Randi an, der Tränen über die Wangen liefen. Auch seine Augen wurden feucht und er spürte einen Kloß in der Kehle. Randi ergriff seine Hand und er nickte ihr zu und drückte sie.

Haldane stand auf, vor Entsetzen zitternd. »Guter Gott! So etwas Ungeheuerliches hätte ich mir nie auch nur vorstellen können. All diese armen, kranken Menschen, die auf unsere Antibiotika angewiesen waren und der Wissenschaft und der Medizin vertraut haben, dass sie ihre Leiden lindern würden. Sie haben Blanchard Pharmaceuticals vertraut.«

Wütend wandte sich Jon dem ehemaligen CEO des Unternehmens zu. »Und wie viel sollten *Sie* dabei verdienen, bevor Sie plötzlich Ihre Meinung geändert haben?«

»Wie bitte?« Haldane blinzelte Smith an und der Ausdruck seines faltigen Gesichts war genauso aufgebracht wie der Jons. »Victor hat meine Unterschrift gefälscht und mich ausgetrickst. Er hat es so aussehen lassen, als ob ich alles abgesegnet hätte. Was hätte ich tun sollen? Er hatte mich entmachtet und übernahm die Firma. Ich hatte einen Anspruch! Ich ...« Haldane hielt inne, als ob ihm seine eigenen Worte bewusst würden, und ließ sich wieder auf den Stuhl fallen. Jetzt ließ seine Scham ihn leiser sprechen. »Damals habe ich nicht gewusst, was er getan hatte und wie entsetzlich die Folgen sein würden. Als ich es begriff, konnte ich nicht länger schweigen.« Er lachte verächtlich über sich selbst. »Ich habe zu wenig dagegen getan, und das auch noch zu spät. Weil ich genauso gierig wie die anderen war, hat sich mein Gewissen zu spät gemeldet.«

»Klingt plausibel«, sagte Jon, dessen Meinung über Haldane sich jetzt etwas geändert hatte. Dann wandte er sich wieder Peter und Randi zu. »Wir müssen …«

»Jon!« Der laute Schrei klang so entsetzt, dass alle herumwirbelten. Marty, der am Computer weitergearbeitet hatte, starrte auf den Monitor. »Sie haben nie damit aufgehört. O nein! Tremont und seine Leute haben den Virus nicht nur jahrelang in den Antibiotika ausgeliefert, *sie tun es immer noch!* Hier steht, dass heute zusammen mit dem Serum wieder kontaminierte Medikamente ausgeliefert werden!«

Schweigen erfüllte das Labor. Alle blickten sich an, als ob sie nicht richtig gehört hätten.

»Er hat eine Pandemie verursacht, die immer weitergehen soll«, sagte Jon wie betäubt.

»Und neben der sich eine Atombombe wie ein Kinderspielzeug ausnimmt«, fügte Randi hinzu.

Peters blassblaue Augen glitten über das Labor und er griff nach seinem verletzten Arm, als ob die Schmerzen plötzlich schlimmer geworden wären. »Dann müssen wir diesem Scheißkerl die Tour vermasseln.«

»Wir sollten uns besser beeilen.« Noch immer studierte Marty den Monitor. »Wenn heute die erste Lieferung des Serums die Fabrik verlässt, werden Blanchard Pharmaceuticals aus den Vereinigten Staaten und vielen anderen Ländern auf elektronischem Weg mehr als zwei Milliarden Dollar überwiesen.« Er drehte sich mit dem Schreibtischsessel herum. »Und Victor Tremont scheint kürzlich ein Bankkonto auf den Bahamas eröffnet zu haben. Wahrscheinlich für einen unvorhergesehenen Notfall, oder?«

»Wenn es uns nicht gelingt, heute seine Pläne zu durchkreuzen«, sagte Randi, »werden erneut mit dem Virus verseuchte

Medikamente ausgeliefert und Tremont wird wahrscheinlich mit einer Milliarde untertauchen.«

»Aber wie?«, stöhnte Mercer Haldane, der alle Chancen schwinden sah, seine Schande aus den Geschichtsbüchern getilgt zu sehen. »In einer Stunde wird Victor die Medaille verliehen und dann verlässt auch die Lieferung die Produktionsstätte. Und der Präsident wird bei seinem Auftritt bei Blanchard von Secret Service, FBI und sämtlichen lokalen und bundesstaatlichen Polizisten begleitet.«

Jon nickte. »Der Präsident.« In seinen Gedanken begann ein Plan heranzureifen. »Wir werden Tremont die Tour vermasseln, indem wir dem Präsidenten mitteilen, was er verbrochen hat.«

»Wenn wir zu ihm vordringen können«, gab Randi zu bedenken.

»Und den Beweis schwarz auf weiß haben«, fügte Peter hinzu.

»Und jemanden finden, dem er Glauben schenkt«, sagte Jon. »Nicht irgendeinen diskreditierten Wissenschaftler wie mich, der sich unerlaubt von der Truppe entfernt hat und verhört werden soll.«

»Oder eine CIA-Agentin, die mittlerweile wahrscheinlich auch als Verbrecherin abgestempelt ist«, ergänzte Randi düster.

Marty, der immer noch die Unterlagen über das Hades-Projekt ausdruckte, sagte über die Schulter: »Vielleicht darf ich Mr. Mercer Haldane vorschlagen, den ehemaligen Präsidenten von Blanchard Pharmaceuticals, der ja – zumindest auf dem Papier – ebenfalls einer von diesen abscheulichen Verschwörern zu sein scheint?«

Alle starrten den weißhaarigen Exunternehmenschef an, der begeistert nickte, weil er jetzt doch noch eine Chance sah, seine Selbstachtung wiederzugewinnen. »Ja, das würde mir gefallen. Ich möchte dem Präsidenten *alles* erzählen.« Dann ließ sein Enthusiasmus wieder nach. »Aber Victor würde mich nie in seine Nähe lassen.«

»Ich bin mir nicht sicher, ob heute überhaupt jemand von uns persönlich mit dem Präsidenten reden kann«, meinte Randi.

Nachdenklich schürzte Jon die Lippen. »Damit wären wir wieder am Anfang. Aber wir müssen Tremont irgendwie Einhalt gebieten.«

»Und zwar sehr bald«, sagte Peter warnend. »Dieser verdammte al-Hassan und seine Leute können jeden Augenblick hier sein.«

»Wer wird sonst noch an der Zeremonie teilnehmen?«, fragte Randi. »Der Generalstabsarzt, der Außenminister oder der Stabschef des Präsidenten?«

»Die werden genauso gut bewacht werden«, gab Smith zu bedenken. »Außerdem werden auch Tremonts Leute dafür sorgen, dass wir nicht zu nahe an sie herankommen, und Tremonts Sicherheitsteam geht hart zur Sache. In gewisser Hinsicht sind sie ein größeres Problem als der Secret Service.«

»Ich wünschte, dass einige Staatschefs aus dem Ausland persönlich anwesend wären«, sinnierte Randi. »Vielleicht hätten wir dann eine Chance ...«

»Moment mal.« Plötzlich kam Jon eine andere Idee. Er setzte sich neben Marty auf einen Stuhl. »Kannst du eine TV-Konferenzschaltung knacken?«

»Na klar. Bei einer CNN-Übertragung habe ich das mal geschafft.« Lächelnd erinnerte er sich an seinen Streich. »Natürlich war das nur ein lokaler Kabelsender und ich saß in einem anderen Studio im selben Gebäude. Wie es bei einem landesweit operierenden Kabelsender aussieht, weiß ich nicht. Ich brauche den Sendernamen, die Computercodes und selbstverständlich eine Fernsehkamera.«

»In Long Lake Village gibt es ein Studio«, sagte Mercer Haldane.

»Von dort aus werden sie die Übertragung über Kabel oder Satellit an ein größeres Publikum weiterleiten«, wandte Randi ein. »Da wird es vor Technikern nur so wimmeln.«

»Wenn's sein muss, werden wir uns den Weg freischießen. Kannst du in die Kabelübertragung einbrechen, Marty?«

»Ich denke schon.«

»Okay, dann werden wir es so machen.«

»In dem ganzen Kaff werden sich die Bullen gegenseitig auf die Füße treten«, sagte Howell zweifelnd.

Eine Bewegung am Rande des Raums zog ihre Aufmerksamkeit auf sich. Der ältere Laborarbeiter, der Jon den Erste-Hilfe-Koffer gebracht hatte, kam langsam auf sie zu. Sie hatten vergessen, ihn wieder in dem Konferenzzimmer einzusperren. Er war kreidebleich.

»Von dem, was Sie herausgefunden haben, habe ich nichts gewusst. Ich führe nur Routineanalysen durch.« Er streckte eine Hand aus, als ob er um Vergebung bitten würde. »Ich habe selbst Antibiotika von Blanchard genommen und meine Familie ...« Er schluckte. »Sie haben die Medikamente ebenfalls jahrelang eingenommen. Vielleicht sollten Sie wissen, dass Mr. Tremont hier ein kleines Fernsehstudio hat, in dem er sich mit dem Lokalsender und der Fabrik verbinden lassen kann, um Öffentlichkeitsarbeit, Werbevideos und Livesendungen zu machen. Es ist ein hochmodernes Studio – ich kann es Ihnen zeigen.«

»Was sagst du dazu, Marty?«

»Wahrscheinlich wird es von dort aus länger dauern«, antwortete das Computergenie zweifelnd.

Nachdem der erste Schock über Tremonts monströsen Plan nachgelassen hatte, arbeitete Jons Gehirn klar und präzise. Jetzt schien es ihm, als ob seine Gedanken nie exakter gewesen wären. Er blickte auf die Uhr und stieß dann seine Befehle heraus. »Uns bleiben vierzig Minuten. Wir werden zu der Feier fahren und versuchen, dem Präsidenten die Ausdrucke der Unterlagen zu überreichen, Randi. Wenn wir es nicht schaffen sollten, in seine Nähe zu gelangen, können wir wenigstens durch eine Störung der Zeremonie für Marty Zeit gewinnen.« Er wandte sich Howell zu. »Du bleibst mit dem Dobermann hier, um Marty und Haldane zu schützen. Sobald Sie auf Sendung sind, werden Sie die Rede Ihres Lebens halten, Haldane.«

Der frühere Unternehmensboss nickte. »Darauf können Sie sich verlassen.«

»Ein Kinderspiel«, murmelte der wegen seiner Schmerzen bleiche Howell.

»Der Laborarbeiter soll euch zeigen, wo das Studio ist, die anderen drei bleiben eingesperrt. Für den Fall, dass wir Krach machen müssen, nehmen wir die M-16s mit. Alles klar?«

Alle nickten und einen Augenblick lang blickten sie sich der Reihe nach an, als ob sie sich gegenseitig beruhigen wollten. Dann rannten Jon und Randi aus dem Labor und liefen draußen zu dem Mietwagen, während Peter, Marty und Haldane dem Laborarbeiter in den hinteren Korridor folgten.

Im Sonnenschein des Spätnachmittags steuerte Randi das Auto mit hoher Geschwindigkeit über die Bergstraße. Es war beinahe schockierend, wie normal und wunderschön die Welt wirkte. Nach einem guten halben Kilometer sahen sie vor sich Staubwolken aufsteigen.

»Runter von der Straße!«, brüllte Jon.

Mit quietschenden Reifen raste der Wagen zwischen die großen Kiefern, ein Ast riss einen Außenspiegel ab. Mit der Uzi und den M-16-Gewehren in der Hand sprangen sie aus dem Auto und rannten ein paar Meter zurück. Als sie durch die Bäume blickten, sahen sie drei Lastwagen über die Straße heranjagen.

»Da ist er.« In dem ersten Lkw hatte Jon den schlanken Araber erkannt, dem er bereits in der Sierra begegnet war. »Wie erwartet.«

»Al-Hassan«, sagte Randi, die den Araber vor Peters ramponiertem Wohnmobil gesehen hatte.

»Wir feuern aus allen Rohren, damit sie glauben, dass wir mehrere sind, aber treffen Sie die Reifen nicht.«

»Warum nicht, zum Teufel?«

»Damit sie nicht zum Sommerhaus fahren, müssen wir sie dazu bringen, uns zu folgen.«

Sie feuerten, die Waffen hin und her schwenkend. Die meisten Kugeln flogen ziellos durch die Luft, aber einige richteten doch so viel Schaden an, dass alle drei Fahrzeuge von der Straße abkamen. Als der dritte Lastwagen zur Seite zu kippen begann, rannten sie zu ihrem Mietwagen. Randi manövrierte ihn wieder auf die Straße. Als sie an al-Hassan und seinen Kumpanen vorbeirasten, sahen sie, dass bei einem der Lastwagen doch die Vorderreifen zerschossen worden waren. Er stand verlassen zwischen den Bäumen.

»Verdammt!«, fluchte Jon.

»Wenn's sein muss, werden Peter und Samson schon mit ihnen fertig.«

Bei den beiden anderen Lastwagen waren zwar Scheiben zu Bruch gegangen, aber kein ernsthafter Schaden war entstanden. Sofort waren sie wieder auf der Straße. Im Rückspiegel sahen Jon und Randi, wie zwei Männer aus dem fahruntüchtigen Lkw in die beiden anderen Lastwagen kletterten, die dann wendeten, um die Verfolgung aufzunehmen. Die Schnellstraße war ungefähr zwei Kilometer entfernt.

»Sehen Sie zu, dass wir bis Long Lake Village in Sichtweite bleiben«, sagte Smith. »Sie müssen uns verfolgen können.«

»Kinderspiel.« Grimmig lächelnd imitierte Randi Peters Stimme.

47

16 Uhr 52
Long Lake Village, New York

Die Sonne stand niedrig und es war einer dieser wunderschönen Nachmittage in den Adirondack Mountains, die jedem Naturliebhaber einen wohligen Schauer über den Rücken laufen lassen. Die Blätter der hohen Laubbäume hatten sich herbstlich verfärbt, die Kiefern schienen bis in den blauen Himmel zu reichen und die Luft war frisch und rein. Immer noch blühten Gänseblümchen. Auf dem Rasen vor dem weitläufigen Gebäudekomplex, der Blanchard Pharmaceuticals als Hauptquartier diente, saßen Prominente auf weißen Klappstühlen hinter einer erhöhten Bühne und warteten ungeduldig darauf, dass die offizielle Zeremonie begann. Vor der Bühne stand eine lebhafte Menschenmenge.

Während er in einem Zelt wartete, das man zu seinem Schutz aufgebaut hatte, dachte Präsident Samuel Adams Castilla zufrieden über die bevorstehende Feier nach. Das Publikum bestand aus Einheimischen dieser ländlichen Region, Repräsentanten der meisten Nationen dieser Welt und Journalisten aus aller Herren Länder – mehr konnte sich ein Präsident nicht wünschen, dem eine Wahl bevorstand. Allein diese historische Feier, die bis in die letzten Winkel der Erde im Fernsehen übertragen und, was noch wichtiger war, in jedem Haushalt der Vereinigten Staaten empfangen wurde, sollte Castilla eigentlich durch einen erdrutschartigen Sieg die Wiederwahl sichern.

Neben Castilla stand Victor Tremont, der seinen Blick gemächlich über die wogende Menschenmenge gleiten ließ. Seine Gedanken waren weniger heiter. Eine unbehagliche Vorahnung nagte an ihm, als ob sein Vater neben ihm stehen und wieder sagen würde: »Niemand kann alles haben, Vic.« Ihm war klar, dass es keine realistische Grundlage für solchen Defätismus gab, aber er schien seine beunruhigenden Gedanken nicht abschütteln zu können. Dieser verdammte Smith und die CIA-Agentin – die Schwester dieser dummen Sophia Russel – hatten es erneut geschafft, al-Hassan und seinen Männern zu entkommen, obwohl die sich alle Mühe gegeben hatten. Sie waren entkommen und seitdem hatte Tremont nichts mehr von dem Araber gehört.

Trotz seiner Zuversicht, dass er für alle Eventualitäten vorgesorgt hatte, war er besorgt und sein Blick suchte die Menschenmenge nach seinen Widersachern ab. Er wünschte sich, den Telefonanruf von Sophia Russel nie entgegengenommen zu haben. Warum hatte sie sich nur an diese flüchtige Begegnung vor mehr als einem Dutzend Jahren erinnert? Zufall – wie immer auch hier der absolut unvorhersehbare Faktor.

Aber auch das würde ihn nicht aufhalten.

Als er gerade noch einmal seine Handlungen Revue passieren ließ, begann die Blaskapelle »Hail to the Chief« zu spielen.

»Wir sind auf Sendung«, sagte der Präsident genießerisch. »Dies ist ein großer Augenblick, Dr. Tremont. Lassen Sie uns das Beste daraus machen.«

»Einverstanden, Mr. President. Und nochmals vielen Dank, dass Sie mir diese Ehre erweisen.«

Flankiert von Mitarbeitern des Secret Service, verließen Tremont und Castilla das Zelt und der anfangs dünne Beifall verwandelte sich rasch in tobenden Applaus. Die beiden Männer lächelten und winkten. Gemäß den Anweisungen, die man ihm zuvor gegeben hatte, hielt Tremont sich hinter dem Präsidenten, damit dieser zuerst die Bühne betreten konnte. Während er ihm folgte, versuchte er, sich jede Einzelheit dieses denkwürdigen Ereignisses einzuprägen. Die Bühne war mit großen rot-weiß-blauen Flaggen geschmückt und auf dem Podium prangte vorne in Blau und Gold das Siegel des Präsidenten. Hinter der Bühne befand sich eine riesige Leinwand für TV-Konferenzschaltungen, damit jeder die Würdenträger aus aller Welt sehen konnte, die mit live gehaltenen Reden an der Feier teilhaben würden.

Unter anhaltendem Beifall erklommen sie nacheinander die Treppe zur Bühne. In den ersten sechs Besucherreihen sprangen die Prominenten auf, um den Präsidenten zu begrüßen. Da waren alle Mitglieder des Kabinetts, unter ihnen auch die strahlende Nancy Petrelli, der Vorsitzende der Vereinigten Stabschefs mit seinem ersten Berater, Major General Nelson Caspar, die Delegation der Kongressabgeordneten des Bundesstaates New York und die Botschafter von fünfzig Nationen.

Auf dem Podium applaudierte mit den anderen Generalstabsarzt Jesse Oxnard. Sein riesiger Schädel und der mächtige Schnurrbart dominierten seine unmittelbare Umgebung. Schließlich trat er ans Rednerpult, um die erste Ansprache zu halten.

17 Uhr

In der Nähe der Rückseite der Bühne standen Jon und Randi ein paar Meter voneinander entfernt.

Nachdem sie ihren etwas gehandicapten Verfolgern entkommen und vor etwa einer halben Stunde in Long Lake Village eingetroffen waren, hatten sie dort auf den belebten Straßen darüber nachgedacht, wie sie ihre äußere Erscheinung verändern konnten. Schließlich hatten sie auf der Hauptstraße, einem der wenigen Verkehrswege, der durch die Wildnis der Adirondack Mountains führte, ein Bekleidungsgeschäft, einen Spielzeugladen und eine Drogerie gefunden. Nachdem sie alles Nötige eingekauft hatten, zogen sie sich in öffentlichen Toiletten um. Als sie schließlich wieder auf der Straße standen, hatte Smith eine dunklere Hautfarbe und wirkte wie ein Mann aus dieser Gegend. Er trug weit geschnittene Hosen und einen karierten Jägermantel. Sein struppiger schwarzer Schnurrbart stammte von einer Kindermaske. Randi hatte ein mausgraues Kleid an,

Schuhe mit flachen Absätzen und einen Strohhut über ihren blonden Haaren, die sie mittels Schuhcreme dunkel gefärbt hatte.

Es waren genug ausländische Beobachter und Journalisten auf den Straßen, um die Aufmerksamkeit der Leute in Anspruch zu nehmen, und die meisten warfen ihnen nur einen flüchtigen Blick zu. Und dennoch – auf der Bühne und um sie herum standen Leute von Secret Service, FBI und dem Sicherheitsteam von Blanchard, die die Menschenmenge unablässig beobachteten und kontrollierten, ob unerwünschte Eindringlinge zu sehen waren.

Jon und Randi wechselten ihre Position häufig, schweigend und mit etwas gesenkten Köpfen, alle anderen freundlich anlächelnd. Sie taten alles, um einen entspannten Eindruck zu machen.

Als die Blaskapelle »Hail to the Chief« zu spielen begann und sich aller Augen auf Präsident Castilla und Victor Tremont richteten, die auf die Bühne zugingen, trat Randi näher zu Jon. »Die Frau mit den kurzen grauen Haaren und dem Strickkostüm ist Nancy Petrelli und der General in der zweiten Reihe hinter Admiral Browse ist General Caspar«, flüsterte sie.

»Auch Ben Sloat und der alte General Salonen müssen hier irgendwo stecken.«

Ihr Plan war einfach: Sie würden sich weit genug vorkämpfen, um die persönliche Aufmerksamkeit des Präsidenten zu wecken, und dann versuchen, ihre Geschichte herauszuschreien und mit ihren Ausdrucken herumzufuchteln. Alle anderen wären Zeugen, wenn sie Tremont und seine Bande öffentlich beschuldigen und so vielleicht dafür sorgen würden, dass sie in Panik gerieten und gestanden. Dann würden sie den Präsidenten überzeugen, ihnen zuzuhören. Dies war schließlich eine öffentliche Versammlung.

Voraussetzung war, dass alles gut lief.

Wenn es schiefging, würde Marty die TV-Konferenzschaltung unterbrechen, damit Mercer Haldane alles bestätigen konnte.

Doch zuerst mussten sie sich einen Weg durch die Menschenmenge bahnen, ohne die wachsamen Blicke der zahllosen öffentlichen und privaten Wachleute auf sich zu ziehen, die nach Störenfrieden und Terroristen Ausschau hielten – und nach ihnen.

17 Uhr 09
Lake Magua

In dem kleinen Fernsehstudio murmelte Marty wild vor sich hin, während er fieberhaft die Tastatur des Computers in dem hochmodernen Kontrollraum bearbeitete.

»Wo bist du, du Biest! Ich weiß, dass du da irgendwo sein musst. Raus mit dem Code und dem Passwort, verdammt! Noch einmal, die Telefongesellschaft ist …«

Im Studio wartete Mercer Haldane mit den vier Laborarbeitern, die Vergrößerungen der Computerausdrucke in den Händen hielten. Hinter ihnen hing ein Riesenposter mit einer Aufnahme der Wälder der Adirondack Mountains und in der Ferne sah man die Gipfel der Berge Whiteface und Marcy. Haldane war ins Schwitzen geraten und wischte sich permanent den Schweiß ab, während er durch die Glasscheibe zu Marty in den Kontrollraum spähte oder auf die Uhr blickte.

»In Ordnung, *ja!* Jetzt habe ich dich. Ich bin bei der Telefongesellschaft eingebrochen. Jetzt kommt die Verbindung zum lokalen Kabelsender. Komm schon … *komm schon* … Ich weiß, du willst, dass ich dich finde … Ja, das ist es … *Verdammter Mist!*«

An der Tür des Fernsehstudios bewachte Peter den Korridor und lauschte, ob der Dobermann ihn irgendwie warnte. Auch er blickte von Zeit zu Zeit auf die Uhr, während er Martys hektische Bemühungen verfolgte.

»*Aha!* Jetzt habe ich dich. Jetzt ist der Kontrollraum an der Reihe. Los geht's … Verdammte Sauerei. Du wirst mich nicht aufhalten, *das schaffst du nicht* …« Schweißperlen rannen über

Martys Gesicht und seine Finger trommelten nur so auf der Tastatur herum, während er gehetzt nach einer Möglichkeit suchte, in das System einzubrechen.

17 Uhr 12
Long Lake Village

Während der Generalstabsarzt in höchsten Tönen die Rechtschaffenheit Victor Tremonts und die Weisheit des Präsidenten pries, bahnten sich Jon und Randi parallel zueinander einen Weg durch die Menschenmenge, wobei sie die Distanz zwischen sich langsam verringerten. Smith sah, dass Nadal al-Hassan, Tremonts pockennarbiger Killer, in ein Gespräch mit einem Mann versunken war, der wie der Anführer der anwesenden FBI-Agenten aussah. Mit einer Armbewegung zeigte der Araber auf die Menschenmenge, während er in seiner dürren Hand einen Stapel Fotos hielt. Wer auf diesen Fotos abgebildet war, brauchte Jon gar nicht erst zu raten. Er unterdrückte ein sorgenvolles Stöhnen.

Die Begrüßungsansprache des Generalstabsarztes war zu Ende, jetzt trat der Präsident ans Rednerpult. Mit einem feierlichen Gesichtsausdruck ließ er seinen Blick zuerst über das Publikum, dann über die anwesenden Würdenträger hinter sich gleiten. Nachdem er auch die Männer vom Secret Service und von Tremonts Team kurz betrachtet hatte, wandte er sich der entzückten Menschenmenge zu.

»Wir leben in schrecklichen Zeiten«, begann er. »Die Welt leidet, Millionen Menschen sterben. Und dennoch sind wir hier, um zu feiern. Und das ist auch völlig angemessen. Der Mann, den ich gleich ehren werde, wird nicht nur als Visionär, sondern auch als großer Wohltäter der Menschheit in die Geschichtsbücher eingehen. Er hat …«

Während Castilla mit aufrüttelnder und wohlmodulierter Stimme weitersprach, arbeiteten sich Jon und Randi unaufhaltsam vor. Manchmal kamen sie nur ein paar Schritte, dann wieder ein paar Meter voran. Sorgfältig achteten sie darauf, niemanden gegen sich aufzubringen und keine überflüssige Aufmerksamkeit zu erregen. Zugleich versuchten sie den Eindruck zu erwecken, als ob sie von der Rede des Präsidenten fasziniert wären, der schnell zum Ende kam:

»... Immer werde ich dafür dankbar sein, Dr. Victor Tremont mit der höchsten zivilen Auszeichnung der Vereinigten Staaten ehren zu dürfen, der wie eine riesige Sonne die Finsternis erhellen wird, in die wir alle gestoßen wurden.«

Victor Tremont versuchte, einen zugleich feierlichen und geehrten, demütigen und selbstbewussten Gesichtsausdruck aufzusetzen, obwohl er am liebsten in ein schallendes, triumphierendes Gelächter ausgebrochen wäre. Während er auf das Podium zuging, verzerrten sich seine Züge zu einer grotesken Grimasse. Als der Präsident ihm die Medaille verlieh, nahm er sie bescheiden entgegen. Anschließend erschien auf der riesigen Leinwand das Gesicht des britischen Premierministers.

17 Uhr 16

Langsam ließ al-Hassan seinen verschleierten Blick über die wogende Menschenmenge gleiten. Seine Miene war ausdruckslos und sein schmaler Schädel bewegte sich wie der Kopf einer Heuschrecke, während sein kalter Blick hier auf einem Gesicht ruhen blieb, das ihn an die eine oder andere Verfolgungsjagd erinnerte, dort auf einer ihm vertraut erscheinenden Schulter, dann misstrauisch die militärische Körperhaltung eines Besuchers begutachtete.

Er war sicher, dass sie hier waren. Smith hatte sich als ein sehr viel fantasievollerer und gefährlicherer Gegner herausgestellt, als er je erwartet hätte. In die Polizei dieser ländlichen Stadt hatte er nur wenig Vertrauen und dasselbe galt auch für McGraws aus ehemaligen Soldaten und pensionierten Cops bestehendes Sicherheitsteam und die Leute vom FBI. Außerdem war er sich der Tatsache bewusst, dass die Agenten vom

Secret Service sich darauf beschränken würden, die persönliche Sicherheit des Präsidenten zu gewährleisten. Auf seinen Schultern lastete die Aufgabe, Victor Tremont und das Hades-Projekt zu schützen.

Weiterhin bewegte sich sein Blick über das Publikum. In dem kalten Dämmerlicht zeichneten sich die tiefen Pockennarben in seiner Gesichtshaut deutlich ab. Er atmete die kühle, nach Holzkohle riechende Abendluft genießerisch ein. Der Duft erinnerte ihn an seine Jugend, als er im Norden des Iraks als Nomade an Lagerfeuern gesessen hatte. Keine Zeiten, an die er sich gern erinnerte. Nach diesen armseligen Jugendjahren hatte er einen weiten Weg zurückgelegt und das Hades-Projekt war der Höhepunkt seiner langen Reise. Niemand würde ihm einen Strich durch die Rechnung machen.

Als ihm dieser Gedanke durch den Kopf ging, sah er sie. Er atmete tief durch.

Smith hatte sich mit Hilfe weit geschnittener Hosen, eines karierten Jägermantels und eines struppigen falschen Schnurrbarts maskiert und die CIA-Agentin trug ein mausgraues Kleid und einen Strohhut über den mit Schuhkrem dunkler gefärbten Haaren. Aber einem al-Hassan konnten sie nichts vormachen.

Nachdem er McGraw etwas zugeflüstert hatte, bahnte er sich aufgeregt einen Weg durch die Menschenmenge.

17 Uhr 16
Lake Magua

Mit sorgenvollem Blick hatte sich Marty so dicht über die Tastatur gebeugt, dass Schweißperlen darauf fielen. Er kämpfte mit dem letzten Hindernis, das ihm noch im Weg stand, um sich in die Kabelübertragung einschalten zu können. Schon längst hatte er damit aufgehört, vor sich hin zu murmeln oder aufzuschreien. Unter den heißen Lichtern musste er sich ständig den Schweiß abwischen, der ihm die Stirn und die Wangen hinunterlief. Während seines Kampfs war er in ein tiefes und entschlossenes Schweigen gesunken.

Vor der einzigen, bereits eingeschalteten und aufnahmebereiten Kamera standen Mercer Haldane und die vier Laborarbeiter. Genau wie Marty musste sich auch der ehemalige Unternehmenschef von Blanchard Pharmaceuticals wegen des grellen Scheinwerferlichts ständig den Schweiß von der Stirn wischen. In der angespannten Atmosphäre war niemandem nach einer Plauderei zumute.

An der Eingangstür des Fernsehstudios hatte Peter Howell aufgehört, den Korridor zu beobachten oder zu lauschen. Jetzt nahm er nur noch die scheinbar endlose Stille im Studio wahr. Er wusste nicht, was in Long Lake Village vor sich ging, aber die Reden dort mussten vor mindestens zehn Minuten begonnen haben. Hoffentlich näherten sich Jon und Randi mittlerweile der Bühne, damit sie dem Präsidenten, den Zuschauern, dem Secret Service, Tremont und dem weltweiten Fernsehpublikum bald die Wahrheit ins Gesicht schreien konnten.

Aber sie würden ihre Anschuldigen nicht beweisen können, wenn es Marty nicht gelang, in den nächsten paar Sekunden in die laufende TV-Übertragung einzubrechen.

17 Uhr 17
Long Lake Village

Jon und Randi hatten die zweite Zuschauerreihe erreicht. Direkt vor ihnen befand sich die erhöhte Bühne mit dem farbenprächtigen patriotischen Flaggenschmuck. Das Publikum, die Würdenträger, Victor Tremont und der Präsident starrten auf die Leinwand, auf der das überdimensional große Gesicht des britischen Premierministers zu sehen war, der ein Loblied auf Tremont sang und ihm seinen Dank aussprach.

Nachdem er tief durchgeatmet und Randi zugenickt hatte, brach Jon durch die erste Zuschauerreihe und brüllte dem Präsidenten, der ihm den Rücken zuwandte, zu: »Tremont ist ein

Betrüger und Massenmörder!« Er fuchtelte mit den Ausdrucken der geheimen Unterlagen herum. »Er hat die Pandemie selbst verursacht, um abzukassieren! Um die ganze Welt um Milliarden zu erpressen!«

Schockiert wandte sich der Präsident um.

Victor Tremont tat es ihm gleich. »Sie haben Waffen!«, schrie er. »Dieser Mann ist ein Deserteur, ein unlauterer Wissenschaftler und ein *Killer*! Erschießen Sie ihn!«

Die Männer vom Secret Service sprangen von der Bühne herab und rannten auf Jon zu.

Jetzt übernahm Randi. »Tremont infiziert noch immer Millionen von Menschen! Er verbreitet den Virus über seine Antibiotika! Jeden Tag liefert er verseuchte Medikamente aus! Selbst *jetzt noch*!«

Nadal al-Hassan und seine Männer kämpften sich durch die Menschenmenge zu ihnen vor und Jack McGraw brüllte seinen Leuten Befehle zu.

Jon versuchte, sich dem Griff der Agenten zu entwinden, und schaffte es, erneut mit den Papieren herumzuwedeln. »Hier habe ich den Beweis! Ich bin im Besitz ihrer Aufzeichnungen! Ich …«

Doch jetzt rangen ihn die Männer zu Boden.

Andere Agenten von Secret Service und FBI stürzten sich auf Randi. Durch ihre Schultern schoss ein heftiger Scherz. Rasch entdeckten sie die Uzi. »Sie ist bewaffnet!«

Nadal al-Hassan war jetzt fast bei ihnen, hatte seine Waffe aber noch nicht gezogen.

17 Uhr 18
Lake Magua

»Wir sind drin!«, brüllte Marty ins Mikrofon.

»Los!«, schrie Peter.

Mercer Haldane starrte in die Kamera, holte tief Luft und begann zu sprechen.

17 Uhr 18
Lake Magua

Auf der Bühne ergriffen die Geheimdienstleute den Präsidenten, um ihn in Sicherheit zu bringen.

Die gigantische Leinwand über den Köpfen des Publikums wurde einen Augenblick lang dunkel und dann erschien Mercer Haldanes würdevolles, von dem wilden weißen Haarschopf gekröntes Gesicht. Er stand in dem Geheimlabor und hinter ihm hielten die vier Laborarbeiter riesige Vergrößerungen der Ausdrucke mit den schlimmsten Beweisen hoch. Das Publikum schwieg überrascht.

»Mein Name ist Mercer Haldane«, verkündete der einstige Unternehmenschef mit dröhnendem Organ. Irgendwie musste Marty es geschafft haben, die Lautstärke zu erhöhen. »Bis letzte Woche war ich Präsident und CEO von Blanchard Pharmaceuticals. Ich habe Neuigkeiten über den Virus und Sie sollten alle aufmerksam zuhören, weil Ihr Leben davon abhängt. Durch Victor Tremonts Schuld ist ein großes Unglück über uns gekommen.« Durch diese schockierenden Enthüllungen hatte Haldane die Aufmerksamkeit aller auf sich gezogen, selbst die der Agenten. »Vor zehn Jahren hat Victor Tremont einen ungeheuerlichen, geheimen Plan konzipiert. Er hat ihn auf den Namen ›Hades-Projekt‹ getauft und im Golfkrieg vorsätzlich zwölf Soldaten – jeweils sechs auf beiden Seiten – mit einem einzigartigen und tödlichen Virus infiziert, den er im peruanischen Urwald entdeckt hatte. Dann hat er damit die Antibiotika von Blanchard kontaminiert und die verseuchten Medikamente weltweit verbreitet. Normalerweise würde dieser Virus eine Zeit lang schlummern, und zwar für etwa …«

Auf der Bühne hörte der Präsident nicht länger zu. Immer noch von wachsamen Agenten umringt, starrte er blinzelnd auf die riesige Leinwand, während er Mercer Haldanes Enthüllungen zu verdauen versuchte. Auch die Honoratioren blickten auf den ehemaligen Firmenchef. Über dem Publikum lag ein unheimliches Schweigen, als Mercer Haldane auf Einträge, Daten und Zahlen zeigte.

Das Publikum begann zu murmeln, zuerst leise wie ein noch ferner, kaum hörbarer Tornado, aber dann schwoll das Geräusch immer mehr an.

Die Agenten des Secret Service, die Jon und Randi fest hielten, lockerten ihre Griffe.

Auf der riesigen Leinwand zeigte Haldane jetzte auf die Liste der Führungskräfte und Aktionäre der geheimen VAXHAM Corporation.

Als die Menschenmenge ihm erschaudernd zu glauben begann, brüllte der Präsident einen Befehl und die Agenten bezogen neben Nancy Petrelli, General Caspar, Ben Sloat, dem aufgebrachten General Salonen und den vier VAXHAM-Führungskräften Position.

Der Präsident blickte ins Publikum. »Bringen Sie diese beiden Schreihälse auf die Bühne. Ich will die Unterlagen sehen, die sie mir zeigen wollten.«

Nachdem Randi die Agenten zur Seite gestoßen hatte, sprang sie auf die Bühne und reichte Präsident Castilla die Ausdrucke. »Sie müssen Victor Tremont sofort verhaften lassen, Sir. Ansonsten wird er entkommen und Milliarden Dollar auf seine Offshore-Konten transferieren.«

Nachdem der Präsident die Papiere flüchtig durchgeblättert hatte, bellte er erneut einen Befehl und die Agenten schwärmten aus, um nach Victor Tremont zu suchen.

Der Protokollchef kam auf die Bühne gestürmt. »Er ist nicht mehr hier, Mr. President. Victor Tremont ist verschwunden!«

Randi blickte sich um. »Jon auch.«

»Finden Sie sie!«, brüllte der Präsident.

17 Uhr 36

Die Flure im Lagerkeller des Hauptgebäudes von Blanchard Pharmaceuticals waren hell erleuchtet und mit Kisten, Aktenschränken und ausgemusterten Büromöbeln und -geräten voll gestopft. Unter diesem Keller gab es noch einen weiteren, wo die Beleuchtung trüber war. Hier befanden sich die Heizung und die Klimaanlage des großen, zweistöckigen Gebäudes.

Darunter gab es noch eine dritte unterirdische Ebene, wo sich nur selten jemand blicken ließ. In den engen Gängen war es dunkel und feucht, aber nicht still. Das Geräusch von Laufschritten hallte von den Wänden wider – Victor Tremont und Nadal al-Hassan durchmaßen einen Gang mit der Schnelligkeit und Sicherheit von Männern, die wussten, wohin sie wollten. Beide waren bewaffnet. Als sie an einer gewöhnlichen Stahltür zu ihrer Rechten vorbeikamen, blieben sie nicht stehen, sondern rannten weiter auf die hintere Wand zu. Sie war so glatt und unversehrt wie alle anderen Wände in diesem feuchten untersten Kellergeschoss – augenscheinlich nur das Ende des Flurs.

Victor Tremont zog ein kleines schwarzes Kästchen aus der Tasche seiner Anzugjacke.

Mit gezückter Waffe beobachtete Nadal al-Hassan aufmerksam den hinter ihnen liegenden Seitengang.

Tremont drückte auf einen Knopf und die gesamte Wand glitt schwerfällig nach links. Dahinter befand sich eine Kellertür aus härtestem Stahl. Sie war nach Tremonts Anweisungen gebaut worden, als er mit Blanchard in die Wildnis der Adirondack Mountains umzog. Tremont zitterte. Nachdem er die Kombination eingestellt hatte, hob sich die Tür durch eine pneumatische Vorrichtung ein paar Millimeter und schwang dann langsam auf.

»Clever«, sagte Jon, während er aus dem Hauptgang trat, die Beretta mit beiden Händen fest umklammernd. Die Waffe war auf die flüchtenden Männer gerichtet, die jetzt aufblickten.

Während Mercer Haldane zu der verdutzten Menschenmenge gesprochen hatte, hatte Jon beobachtet, wie sich Victor Tremont aus dem Staub machte. Weil er zwischen den vielen Zuschauern eingekeilt war, konnte Jon Tremont nicht so schnell folgen, wie er es sich gewünscht hätte. Aber jetzt spielte das keine Rolle mehr – er hatte ihn gefunden.

Nadal al-Hassan zögerte nie. Während ein dünnes Lächeln über sein schmales Gesicht glitt, feuerte er schon auf Jon, bevor das Echo von dessen Stimme verklungen war.

Um Haaresbreite pfiff die Kugel an seinem Hals vorbei.

Auch Jon zögerte nicht und er schoss auch nicht daneben. In einem unvergesslichen Moment standen ihm all die entsetzlichen Ereignisse der letzten zwei Wochen vor Augen. Er drückte auf den Abzug und der Araber fiel geräuschlos nach vorn. Mit gespreizten Gliedern lag al-Hassan auf dem grauen Betonboden. Aus seiner Schläfe floss Blut.

Aber auch Victor Tremont verfehlte sein Ziel nicht. Wie sengendes Eis durchbohrte seine Kugel Jons linken Oberschenkel. Weil er gegen die Wand geschleudert wurde, gingen Tremonts zweiter und dritter Schuss ins Leere. Die Kugeln prallten ab und pfiffen heulend durch den Hauptkorridor.

An die Wand gestützt, kämpfte Jon darum, nicht das Bewusstsein zu verlieren. Er schoss erneut und traf Tremont in den rechten Arm. Dieser knallte gegen die halb geöffnete Tür und seine Pistole flog in hohem Bogen durch die Luft. Das metallische Geräusch der dahinschlitternden Waffe hallte wie ein Todesschrei durch die geheimen Gänge.

Das blutende Bein mühsam hinter sich herziehend, näherte sich Jon dem Massenmörder.

Aber Tremont zuckte nicht vor Angst zurück. Er hob das Kinn und seine funkelnden Augen verrieten seine Überzeugung, dass jeder Mensch seinen Preis hat. »Ich gebe Ihnen eine Million Dollar! Fünf Millionen!«

»Sie haben keine Million Dollar. Jetzt nicht mehr. Sie sind praktisch schon tot, weil Sie auf dem elektrischen Stuhl enden werden.«

»Die werden mich nicht kriegen.« Mit einer Kopfbewegung

wies er hinter die halb geöffnete Tür. »Ich habe die Pläne vernichtet. Niemand weiß, dass es hier einen Ausgang gibt. Ich habe ihn von Ausländern bauen lassen. Das Geld ist bereits dorthin überwiesen, wo es niemand finden wird.«

»Ich dachte mir, dass Sie einen Notplan haben.«

»Ich bin kein Idiot, Smith. Sie werden mich nie finden.«

»Nein, Sie sind kein Idiot, sondern nur ein perverser Unmensch und ein millionenfacher Mörder. Aber das ist alles schon ein Fall für die Statistik. Die Welt wird deshalb über Sie richten müssen. Aber Sie haben Sophia umgebracht und das ist eine persönliche Angelegenheit. Ich weiß, was ich zu tun habe. Durch eine Handbewegung haben Sie ihr Leben beendet: Eliminiert sie. Jetzt bin ich an der Reihe.«

»Die Hälfte! Ich gebe Ihnen die Hälfte! Eine Milliarde Dollar! Oder noch mehr!« Tremont kauerte sich an die massive Stahltür.

Jon humpelte vorwärts, die Beretta mit beiden Händen umklammernd. »Ich habe sie geliebt, Tremont, und sie hat mich geliebt. Jetzt ...«

»Nein, Jon«, sagte Randi hinter ihm. »Tun Sie es nicht. Er ist es nicht wert.«

»Was wissen Sie denn? Verdammt, ich habe sie *geliebt*!« Sein Finger legte sich fester um den Abzug.

»Er ist am Ende, Jon. Das FBI ist hier. Und der Secret Service. Sie haben alle festgenommen. Das Serum ist unterwegs, damit das Sterben aufhört, und alle Antibiotika sind konfisziert worden. Sollen sich die Behörden mit ihm befassen. Soll sich die Welt mit ihm befassen.«

Jons Gesichtsausdruck war grimmig und seine Augen glühten wie Kohlen. Ohne die Beretta zu senken, trat er einen weiteren Schritt auf Tremont zu, bis die Waffe nur noch Zentimeter von dessen vor Angst zuckendem Gesicht entfernt war. Tremont wollte etwas sagen, aber sein Mund, seine Lippen und seine Zunge waren zu ausgetrocknet. Er brachte nur ein Winseln heraus.

»Jon?« Plötzlich klang Randis Stimme weich und er hörte sie direkt hinter sich.

Als er über die Schulter blickte, sah er Sophia – ihr wunderschönes Gesicht mit den großen, intelligenten Augen und dem liebenswerten Lächeln. Er blinzelte. Nein – es war Randi. *Sophia*. Randi. Er schüttelte den Kopf, um wieder klar denken zu können. Er wusste, was Randi wollte, und auch, was Sophia gewollt hätte.

Nachdem er ein weiteres Mal tief durchgeatmet hatte, warf er einen letzten funkelnden Blick auf den zitternden Tremont. Dann ließ er die Waffe sinken und humpelte davon, das verletzte Bein hinter sich herziehend. Er ging an Randi vorbei und bahnte sich einen Weg zwischen den Männern von FBI und Secret Service hindurch. Einige Agenten streckten die Hand aus, um ihn aufzuhalten.

»Lassen Sie ihn durch«, sagte Randi sanft. »Bald wird es ihm wieder gut gehen. Lassen Sie ihn jetzt einfach in Ruhe.«

Jon hörte ihre Stimme hinter sich, aber die Tränen machten ihn blind. Er konnte nicht aufhören zu weinen und er wollte es auch nicht. Geräuschlos liefen ihm die Tränen über die Wangen. Nachdem er in den Hauptkorridor abgebogen war, humpelte er auf die Treppe zu.

Epilog

Sechs Wochen später, Anfang Dezember
Santa Barbara, Kalifornien

Santa Barbara ... Land der Palmen und der magentaroten Sonnenuntergänge, der Seemöwen und der glitzernden Jachten mit den weißen Segeln auf dem türkisen Kanal. Das Land der schönen jungen Frauen und stattlichen Männer in den knappsten Bademoden. Dr. Jon Smith, ehemals Lieutenant Colonel der U.S. Army, versuchte, sich an die ruhige Schönheit dieses sanften Paradieses zu gewöhnen, wo alle Anstrengungen sinnlos erschienen und nur der Genuss des Lebens, der Natur und der Träume zählte.

Es war ein Kampf gewesen, seine Offiziersstellung aufzugeben. Die Armee hatte ihn nicht gehen lassen wollen, aber um seinem Leben einen neuen Sinn zu geben, war ihm keine andere Wahl geblieben. Nachdem er sich von seinen Freunden beim USAMRIID verabschiedet hatte, verweilte er lange in Sophias einstigem Büro. Dort hatte bereits ein eifriger junger Mann mit einer ganzen Tasche voller Zeugnisse und Referenzen seine Sachen ausgepackt, die jetzt dort lagen, wo sich einst ihre Stifte, ihre Notizen und ihr Parfüm befunden hatten. Jon ging hinüber in sein Büro, das ebenfalls bereits für seinen Nachfolger ausgeräumt worden war. Hier fühlte er sich weniger traurig. Dann verabschiedete er sich von dem neuen Direktor. Als er dessen Büro betrat, glaubte er beinahe, einen lauten Wortschwall General Kielburgers zu hören, der – völlig unerwartet – kurz vor seinem Tod gezeigt hatte, dass er Anstand besessen hatte.

Dann beauftragte er eine Umzugsfirma damit, sein Haus leer zu räumen und es zum Verkauf anzubieten. Ihm war klar, dass er dort nicht mehr leben konnte, nicht ohne Sophia.

Die ganze schmutzige Geschichte um das Hades-Projekt beschäftigte die Medien noch wochenlang, weil mehr und mehr Enthüllungen über Victor Tremonts Pläne ans Licht kamen und weitere einst respektable Persönlichkeiten verhaftet wurden. Die Anklagen gegen Jon Smith, Randi Russel, Marty Zellerbach und einen mysteriösen Engländer wurden stillschweigend fallen gelassen, Einzelheiten im Namen der nationalen Sicherheit unter den Teppich gekehrt. Jon war nicht beglückt, als eine unternehmungslustige Journalistin einige Details über seine Vergangenheit am USAMRIID, in Somalia, im ehemaligen West-Berlin und im Golfkrieg ausgebuddelt und versucht hatte, eine Verbindung zwischen dieser Zeit und seiner Fähigkeit herzustellen, die kriminellen Machenschaften von Victor Tremont und dessen Kumpanen aufzudecken. Aber der Gedanke tröstete ihn, dass im Laufe der Zeit andere Nachrichten die Schlagzeilen beanspruchen würden. Wenn er nur weit genug fort war und alle Verbindungen endgültig löste, würde das Interesse an ihm schwinden. In den Geschichtsbüchern würde ihm nicht einmal eine Fußnote gewidmet werden.

Einen Tag lang blieb er in Council Bluffs in Iowa, um die Stadt am Fluss wiederzusehen, wo er geboren worden war. Dort schlenderte er in der Innenstadt durch den Park mit dem Springbrunnen und den hohen, ehrwürdigen Bäumen. Dann starrte er von einem Parkplatz in der Bennett Street aus auf die Abraham-Lincoln-Highschool und erinnerte sich an seine, Bill Griffins und Martys Jugendzeit. Damals war alles so viel einfacher gewesen. Am nächsten Tag flog er nach Kalifornien, in dieses ruhige Erholungsgebiet, wo die Häuser rot gedeckt waren und das Leben leicht war. Er mietete ein Haus am Strand von Montecito, neben dem der Remaks, wo er zweimal pro Woche mit ein paar Universitätsprofessoren und Schriftstellern pokerte. Er aß in den örtlichen Restaurants, schlenderte über die Hafenmole und sprach nie mit Fremden, weil er ihnen nichts zu sagen hatte.

Jetzt saß er in Shorts und barfuß auf seiner Terrasse und starrte auf die von Wolken eingehüllten Inseln. Es roch nach Salzwasser, und obwohl es eigentlich ein eher kühler Tag war, wärmte ihn die strahlende Sonne.

Da klingelte das Telefon und er griff danach.

»Hallo, alter Soldat.« Randis Stimme klang lebhaft und fröhlich. Anfangs hatte sie ihn fast jeden Tag angerufen. Sie hatten sich um Sophias Hab und Gut und den Verkauf ihrer Wohnung kümmern müssen, was sie so schnell wie möglich hinter sich gebracht hatten. Beide hatten für sie wichtige Erinnerungsstücke ausgesucht, um so Sophias Andenken zu bewahren. Aber Randi rief weiterhin mehrfach pro Woche an, bis Smith begriff, dass sie ihn im Auge behalten wollte. Erstaunlicherweise war sie beunruhigt.

»Hallo, alte Spionin. Wo sind Sie?«

»In Washington. Diese Großstadt, erinnern Sie sich? Ich mache hier wieder meinen miesen, langweiligen Job in der Denkfabrik. Ach, was gäbe ich nicht für ein Leben voller Abenteuer. Ich glaube nicht, dass ich in nächster Zeit einen neuen Auftrag kriegen werde. Aber ich habe das Gefühl, dass sie irgendeine große Sache ausbrüten. In der Zwischenzeit, scheinen sie zu glauben, brauche ich Ruhe. Warum kommen Sie nicht Weihnachten vorbei? Dieser ewige Sonnenschein und das gute Wetter müssen Ihnen doch allmählich auf die Nerven gehen.«

»Ganz im Gegenteil – mir geht's gut. Ich werde in Santa Barbara bleiben und hier eine wundervolle Zeit verbringen.«

»Sie werden Marty und mich vermissen, da bin ich ganz sicher. Ich werde an Weihnachten mit ihm zu Abend essen. Natürlich habe ich keine Chance, ihn aus seinem kleinen Bungalow herauszulocken, also muss ich ihn besuchen.« Sie lachte in sich hinein. »Auch Samson hilft jetzt mit, seine Festung zu sichern. Sie sollten die beiden zusammen sehen. Marty mag es besonders, wenn Samson sabbert. Er behauptet tatsächlich, dass der Hund diese Körperfunktion kontrollieren könne.« Einen Augenblick lang schwieg sie. »Sie sind doch Arzt. Was denken Sie?«

»Ich denke, dass die beiden verrückt sind. Wer kocht?«

»Ich. Im Gegensatz zu Ihnen bin ich nicht verrückt. Ich will, dass etwas Essbares auf den Tisch kommt. Was mögen Sie gerne – den traditionellen Truthahn? Vielleicht die altbewährten gebratenen Rippchen? Oder eine Weihnachtsgans?«

Jetzt lächelte Smith. »Sie werden mich nicht überreden, nach Washington zu kommen. Zumindest noch nicht.« Er blickte auf den ruhigen Pazifik, auf dessen gekräuseltem Wasser sich die Sonne spiegelte. Sophia und Randi waren in Santa Barbara aufgewachsen. Am Tag seiner Ankunft war er am Haus ihrer Familie vorbeigefahren. Es war eine wunderschöne Hazienda auf einem Kliff, von wo aus man einen Panoramablick über das Meer hatte. Nie hatte ihn Randi gefragt, ob er ihr altes Haus besucht hatte. Noch immer gab es Themen, die sie beide lieber mieden.

Nachdem sie noch etwa fünf Minuten geplaudert hatten, verabschiedeten sie sich. Dann dachte Jon an Peter, der in sein Nest in Kalifornien zurückgekehrt war, sobald man ihm die Erlaubnis erteilt hatte, Washington zu verlassen. Seine Wunden waren so oberflächlich gewesen, wie Jon bei seiner Diagnose vermutet hatte. Die gebrochene Rippe hatte die ständigen Schmerzen verursacht. In der letzten Woche hatte sich Jon telefonisch erkundigen wollen, wie es ihm ging, aber nur den Anrufbeantworter erwischt. Er hinterließ eine Nachricht. Innerhalb einer Stunde hatte ihn ein Mann telefonisch informiert, dass Mr. Howell im Urlaub und mindestens einen Monat lang nicht zu erreichen sei. »Aber lassen Sie sich nicht entmutigen, Mr. Smith. Mr. Howell ruft Sie an, sobald er zurück ist.«

Im Klartext: Peter war wieder in irgendeiner Mission unterwegs.

Jon verschränkte die Arme vor der Brust und schloss die Augen. Ein warmer Wind, der vom Meer kam, strich durch seine Haare und ließ die gläsernen Glocken am Rande seiner Terrasse erklingen. Am Strand bellte ein Hund. Kinder lachten, die Möwen schrien. Er legte seine Füße auf das Geländer und merkte, wie er schläfrig wurde.

»Haben Sie von all dem Frieden und der Ruhe schon die Nase voll?«, fragte plötzlich jemand hinter ihm.

Jon zuckte zusammen, weil er weder eine sich öffnende Tür noch Schritte gehört hatte. Automatisch wollte er nach seiner Beretta greifen, aber die lag in einem Schließfach in Washington.

Einen Augenblick lang war er wieder Victor Tremont auf den Fersen, vorsichtig und wachsam … und lebendig.

»Wer zum Teufel …?« Er wandte sich um.

»Guten Tag, Colonel Smith. Ich bin einer Ihrer Bewunderer. Mein Name ist Nathaniel Frederick Klein.«

In der offenen Glasschiebetür stand ein mittelgroßer Mann in einem zerknitterten dunkelgrauen Anzug. In der linken Hand hielt er eine Aktentasche aus Kalbsleder, mit der rechten steckte er eben seine Dietriche in die Jacketttasche. Er hatte eine hohe Stirn und trug eine Nickelbrille auf der langen Nase. Seine blasse Haut wirkte, als ob er seit dem Sommer nicht mehr in der Sonne gewesen wäre.

»*Dr.* Smith«, berichtigte Jon. »Kommen Sie aus Washington?«

Klein lächelte kurz. »Dann eben Dr. Smith. Ja, ich komme direkt vom Flughafen. Wollen Sie weitere Vermutungen anstellen?«

»Ich glaube nicht. Sie sehen wie ein Mann aus, der viel zu erzählen hat.«

»Tatsächlich?« Klein setzte sich auf einen Gartenstuhl. »Sehr scharfsinnig. Aber nach dem, was ich über Sie in Erfahrung gebracht habe, ist das eine der Eigenschaften, die Sie so unverzichtbar macht.« Er rasselte kurz Jons Lebensgeschichte herunter, von seiner Geburt über seine Ausbildung bis zu seiner Arbeit für die Armee.

Während er sprach, sank Jon tiefer in seinen Liegestuhl und schloss seufzend die Augen.

Als Klein mit seinem Vortrag fertig war, öffnete er sie wieder. »Wahrscheinlich haben Sie das ganze Material in Ihrer Aktentasche und sich während Ihres Flugs die Einzelheiten eingeprägt.«

Klein gestattete sich ein Lächeln. »Nein. Ich bin mit meiner Lektüre der Illustrierten einen Monat im Rückstand. Während des Flugs konnte ich das aufholen.« Er lockerte seine Krawatte und seine Schultern sackten herab, weil er müde war. »Ich komme direkt zur Sache, Dr. Smith. Bei uns nennt man Leute wie Sie ›eine große Unbekannte‹ …«

»Wie bitte?«

»Eine große Unbekannte«, wiederholte Klein. »Sie wissen nicht recht, was Sie mit sich anfangen sollen, und Sie haben gerade eine schreckliche Tragödie hinter sich, die Ihr Leben unwiderruflich verändert hat. Aber Sie sind immer noch Arzt und ich weiß, dass Ihnen das etwas bedeutet. Sie haben für die Armee, in der Wissenschaft und für den Geheimdienst gearbeitet und ich frage mich, was Ihnen sonst noch etwas bedeuten könnte. Eine Familie haben Sie nicht, nur ein paar enge Freunde.«

»Ja«, sagte Jon trocken. »Und ich suche keinen Job.«

»Wohl kaum.« Klein lächelte. »Jede der neuen internationalen Detektivagenturen würde Sie einstellen. Aber offensichtlich sagt Ihnen das nicht zu. Ein Blick in Ihre Akte reicht, um jeden mit gesundem Menschenverstand davon zu überzeugen, dass Sie eine Art Einzelgänger sind. Und das heißt, dass Sie trotz Ihrer Jahre bei der Armee eigentlich ein Individualist sind. Sie mögen es, Ihr eigenes Ding durchzuziehen, aber Sie sind immer noch ein großer Patriot und Prinzipien verpflichtet, die die Armee damals für Sie attraktiv gemacht haben und die Sie woanders vergeblich suchen werden.«

»Ich habe nicht vor, mich selbstständig zu machen.«

»Gut. Wahrscheinlich würden Sie da auch versagen. Nicht, dass Sie es nicht genießen würden, eine Firma hochzuziehen – Sie haben ein unternehmerisches Wesen. Wenn Sie Lust dazu hätten, würden Sie alles auf sich nehmen, um ein Geschäft aufzubauen und es zu einem Riesenerfolg zu machen. Aber dann, wenn alles bestens läuft, würden Sie den Laden verkaufen oder ruinieren. Ein richtiger Unternehmer ist seiner Natur nach ein lausiger Manager, weil er sich zu leicht langweilt.«

»Sie glauben, alles über mich zu wissen. Wer zum Teufel *sind* Sie?«

»Darauf kommen wir in einer Minute. Wie gesagt – Sie sind eine große Unbekannte. Das bezieht sich darauf, wie die unglücklichen Ereignisse des Oktobers Sie verändert haben. Die äußeren Veränderungen sind offensichtlich – Sie haben Ihren Job aufgegeben, Ihr Haus verkauft und eine Pilgerreise in die Vergangenheit unternommen. Sie weigern sich, alte Freunde zu treffen, und leben jetzt an der Westküste. Habe ich was vergessen?«

»Okay, Sie haben mich an der Angel. Dann lassen Sie uns mal zu den inneren Veränderungen kommen. Aber wenn das hier eine kostenlose Psychotherapiesitzung werden soll, habe ich kein Interesse.«

»Empfindlich sind Sie auch noch. Aber das war zu erwarten. Wie ich schon sagte, wir wissen nicht – und wahrscheinlich wissen Sie es selbst nicht –, wie sehr all dies Sie innerlich verändert hat. Tatsächlich sind Sie im Moment nicht nur für alle anderen, sondern auch sich selbst eine große Unbekannte. Wenn ich mich nicht irre, sind Sie mit der Welt um sich herum nicht im Reinen. Als ob Sie Ihren Platz darin verloren hätten. Außerdem scheinen Sie keinen Grund zum Weiterleben finden zu können.« Einen Augenblick lang schwieg Klein und dann klang seine Stimme sanfter. »Auch ich habe meine Frau verloren. Sie hatte Krebs. Sie sollten also wissen, dass ich großes Mitgefühl für Sie empfinde.«

Jon schluckte und schwieg.

»Und deshalb bin ich hier. Ich bin autorisiert, Ihnen einen Job anzubieten, der Sie interessieren sollte.«

»Ich brauche keinen Job und suche auch keinen.«

»Hier geht's nicht um einen Job oder ums Geld, wenngleich man Sie gut bezahlen wird. Hier geht's darum, in Krisensituationen Menschen und Regierungen zu helfen und die Verhältnisse zu verändern. Sie haben mich gefragt, wer ich bin, und ich kann Ihnen nicht die volle Wahrheit sagen, solange Sie nicht ein geheimes Abkommen unterzeichnet haben. Folgendes darf ich Ihnen erzählen: Hohe Tiere aus der Regierung zeigen Interesse für Sie. Sie bilden eine sehr kleine und handverlesene Gruppe von Individualisten, die wie Sie Einzelgänger sind, strenge ethische Prinzipien haben, sich dieser Welt aber nicht wirklich zugehörig fühlen. Der Job wird gelegentlich starke Belastungen und Gefahren mit sich bringen und Sie werden sicher häufig reisen müssen. Nicht jeder wäre daran interessiert und noch weniger Männer sind in der Lage, diese Arbeit anständig zu erledigen. Finden Sie diese Vorstellung reizvoll?«

Jon betrachte Klein, auf dessen Brillengläsern sich das Sonnenlicht spiegelte. Er hatte einen ernsten Gesichtsausdruck. »Wie heißt diese Gruppe?«, fragte er schließlich.

»Im Augenblick ›Covert-One‹. Offiziell gehört sie zur

Armee, tatsächlich ist sie aber unabhängig. Vielleicht ist es kein sehr schöner Job, aber ein sehr wichtiger.«

Jon blickte auf das Meer, als ob er die Zukunft vor sich sähe. Noch immer empfand er den Schmerz über Sophias Tod, aber er lernte langsam, damit zu leben. Er konnte sich zwar nicht vorstellen, sich erneut zu verlieben, aber vielleicht würde er eines Tages anders darüber denken. Dann erinnerte er sich an den kurzen Augenblick, als Klein ihn überrascht hatte: Automatisch hatte er nach der Beretta greifen wollen. Es war eine völlig reflexhafte Reaktion gewesen, mit der er nie gerechnet hätte.

»Sie haben einen langen Weg zurückgelegt, um eine Antwort auf Ihre Frage zu bekommen«, sagte er unverbindlich.

»Wir halten diese Frage für wichtig.«

Jon nickte. »Wie kann ich Sie erreichen, wenn ich zu dem Schluss gelangen sollte, dass mich Ihr Angebot interessiert?«

Klein stand auf. Er machte den Eindruck eines Mannes, der erreicht hatte, was er sich vorgenommen hatte. Aus der Innentasche seines Jacketts zog er eine schlichte weiße Visitenkarte hervor, auf der sein Name und eine Washingtoner Telefonnummer standen. »Lassen Sie sich nicht abschrecken, egal, was für eine Firma antwortet. Nennen Sie einfach Ihren Namen und sagen Sie, dass Sie gerne mit mir reden würden. Dann werden wir weitersehen.«

»Ich habe nicht gesagt, dass ich interessiert bin.«

Klein nickte wissend und ließ dann seinen Blick über das Meer schweifen. Eine weiße Möwe flog vorbei. »Es ist schön hier. Für meinen Geschmack gibt's allerdings zu viele Palmen.« Er griff nach seiner Aktentasche und ging ins Haus. »Bleiben Sie ruhig sitzen. Ich finde den Weg schon.« Und dann war er verschwunden.

Jon blieb noch eine weitere Stunde auf der Terrasse sitzen. Dann öffnete er das Tor seiner Veranda und schlenderte durch den warmen Sand. Wie immer bei seinem täglichen Spaziergang ging er in Richtung Osten. Die Sonne stand hinter ihm und vor ihm erstreckte sich der scheinbar endlose Strand. Er dachte an die Zukunft. Und dass die Zeit reif war.

Danksagung

Bei der Niederschrift von *Der Hades-Faktor* hat mich Dr. Stuart C. Feinstein in sehr großzügiger Weise in seine bahnbrechenden Erkenntnisse über Zellen, Viren, Antigene und Antikörper eingeweiht. Er ist Professor und Lehrstuhlinhaber der Fakultät für Molekular-, Zell- und Entwicklungsbiologie an der University of California in Santa Barbara. Außerdem ist Dr. Feinstein einer der Leiter des Neuroscience Research Institute.